Sueños de felicidad

Sueños de felicidad

Lisa See

Traducción de Efrén del Valle

Barcelona • Madrid • Bogotá • Buenos Aires • Caracas • México D.F. • Miami • Montevideo • Santiago de Chile

Título original: *Dreams of Joy*
Traducción: Efrén del Valle
1.ª edición: septiembre 2012

© 2011 by Lisa See
  First Published by Random House, Inc. in the US.
  Translation rights arranged by Sandra Dijkstra Literary Agency
  and Sandra Bruna Agencia Literaria, SL.
  All rights reserved.
© Ediciones B, S. A., 2012
  Consell de Cent, 425-427 - 08009 Barcelona (España)
  www.edicionesb.com

Printed in Spain
ISBN: 978-84-02-42129-6
Depósito legal: B. 20.225-2012

Impreso por LIBERDÚPLEX, S.L.
Ctra. BV 2249, km 7,4
Polígono Torrentfondo
08791 Sant Llorenç d'Hortons

A mi padre, Richard See

Nota de la autora

En 1958, un comité del Gobierno de la República Popular China desarrolló el estilo pinyin de transliteración para las palabras chinas, pero transcurrieron varios años antes de que se utilizara de forma generalizada en el continente y no fue adoptado por la Organización Internacional de Normalización hasta 1982. Por esa razón, he utilizado el sistema Wade-Giles de transliteración de términos chinos de conformidad con la época, el pasado y la formación de Pearl. Quienes hayan leído *Dos chicas de Shanghái* recordarán que Pearl también utiliza una combinación de cantonés y mandarín cuando habla.

El Gran Salto Adelante comenzó en 1958 y terminó en 1962. Aunque nunca se sabrá a ciencia cierta cuánta gente murió en la posterior hambruna, materiales de archivo publicados recientemente por el Gobierno chino, además de investigaciones realizadas por estudiosos y periodistas, apuntan a cuarenta y cinco millones de víctimas.

El aullido de una sirena de policía en la distancia me recorre todo el cuerpo. Los grillos chirrían en un incesante coro de recriminaciones. Mi tía gimotea en su cama gemela en el extremo opuesto del porche cubierto que compartimos, un recordatorio del sufrimiento y la vergüenza que han causado los secretos que ella y mi madre se han confiado durante la discusión de esta noche. Trato de escuchar a mi madre, que se encuentra en su habitación, pero está demasiado lejos. Ese silencio es doloroso. Me aferro a las sábanas y pugno por concentrarme en una vieja grieta del techo. Intento resistir desesperadamente, pero me hallo al borde de un precipicio desde la muerte de mi padre, y ahora tengo la sensación de que me han empujado y me precipito al vacío.

Todo cuanto creía saber acerca de mi nacimiento, de mis padres, de mis abuelos y de mí misma era mentira. Una gran mentira. La mujer a quien consideraba mi madre es mi tía. Mi tía es en realidad mi madre. El hombre al que quise porque ejerció de padre no guardaba parentesco alguno conmigo. Mi verdadero progenitor es un artista de Shanghái a quien mi madre y mi tía han amado desde antes de que yo naciera. Y eso es solo la punta del iceberg, como diría la tía May. Pero yo nací en el Año del Tigre; así pues, antes de que me abrumen la persistente negrura de culpabilidad por la muerte de mi padre y la angustia que albergo por esas revelaciones, me agarro con más fuerza a las sábanas, aprieto la mandíbula e intento acobardar mis emociones con mi ferocidad de tigre, pero no funciona.

Desearía hablar con mi amiga Hazel, pero estamos en mitad de la noche. Pero, por encima de todo, deseo regresar a la Universidad de Chicago, ya que mi novio, Joe, entendería por lo que estoy pasando. Sé que lo haría.

Son las dos de la mañana cuando mi tía concilia el sueño, y la casa parece en calma. Me levanto y me dirijo al salón, donde tengo guardada la ropa en un armario. Ahora oigo a mi madre llorar y es desgarrador. Ni se imagina lo que estoy a punto de hacer, pero, aunque así fuera, ¿me lo impediría? No soy hija suya. ¿Por qué iba a detenerme? Preparo una bolsa atropelladamente. Allá donde voy necesitaré dinero, y el único lugar que conozco donde puedo conseguirlo me traerá más desgracia y rubor. Me encamino presurosa a la cocina, busco bajo el fregadero y saco la lata de café que contiene los ahorros con los que mi madre pretendía costearme la universidad. Ese dinero representa todas las esperanzas y sueños que tiene depositados en mí, pero ya no soy esa persona. Siempre ha sido previsora, y por una vez en la vida le estoy agradecida. Su temor a los bancos y a los estadounidenses sufragará mi huida.

Busco papel y lápiz, me siento a la mesa de la cocina y garabateo una nota.

Mamá, ya no sé quién soy. Ya no entiendo este país. Detesto que esta nación matara a papá. Sé que pensarás que estoy confusa y que soy una estúpida. Y tal vez lo sea, pero tengo que encontrar respuestas. Quizá China sea mi verdadero hogar...

Sigo escribiendo y le digo que me dispongo encontrar a mi verdadero padre y que no debe preocuparse por mí. Doblo la hoja y la llevo al porche. La tía May ni se inmuta cuando deslizo la nota sobre mi almohada. En el umbral titubeo. Mi tío, que ha quedado inválido, está en su dormitorio, ubicado en la parte trasera de la casa. Nunca me ha hecho nada. Debería despedirme de él, pero sé lo que dirá: «Los comunistas no son buenos. Te matarán.» No necesito oír eso, y no quiero que alerte a mi madre y a mi tía de mi partida.

Cojo la maleta y echo a andar en plena noche. Doblo la esquina de Alpine Street y me dirijo a Union Station. Es 23 de agosto de 1957 y quiero memorizarlo todo, porque dudo que vuelva a ver el barrio chino de Los Ángeles nunca más. Antes me encantaba deambular por estas calles y las conocía mejor que cualquier otro lugar en el mundo. Aquí conozco a todos y todos me conocen. Las casas, casi todas ellas chalés de listones, han sido *chinificadas*, como yo digo, con bambú plantado en los jardines, macetas con naranjos enanos dispuestas en los porches y tablones de madera tendidos en el suelo, sobre los cuales se esparcen sobras de arroz para los pájaros. Después de nueve meses en la facultad y de los acontecimientos de esta noche lo veo diferente. Aprendí e hice muchas cosas en la Universidad de Chicago durante mi primer curso. Conocí a Joe y me uní a la Asociación Democristiana de Estudiantes Chinos. Estudié la República Popular China y lo que está haciendo el presidente Mao por el país, lo cual contradice todas las creencias de mi familia. Así que, cuando llegué a casa en junio, ¿qué hice? Critiqué a mi padre porque parecía que acabara de desembarcar, por la comida grasienta que servía en su bar y por los estúpidos programas que le gustaba ver en televisión.

Esos recuerdos desencadenan un monólogo interior que he mantenido desde su fallecimiento. ¿Por qué no vi lo que mis padres estaban pasando? Ignoraba que mi padre fuese un inmigrante que había llegado ilegalmente a este país. De haberlo sabido, jamás habría suplicado a mi padre que confesara ante el FBI como si no tuviese nada que ocultar. Mi madre responsabiliza a la tía May de lo ocurrido, pero se equivoca. Incluso la tía May cree que fue culpa suya. «Cuando el agente del FBI vino a Chinatown», me desvelaba en el porche hace solo unas horas, «le hablé de Sam». Pero al agente Sanders nunca le importó realmente el estatus legal de mi padre, porque lo primero que hizo fue preguntar por mí.

Y luego el círculo de culpabilidad y tristeza se estrecha todavía más. ¿Cómo podía yo saber que el FBI consideraba el grupo al que me uní un frente de actividades comunistas? Formábamos parte de piquetes contra establecimientos que no permitían a los negros trabajar o sentarse al mostrador. Denunciábamos que Estados Unidos había internado a ciudadanos de origen japonés durante la guerra. ¿Cómo podía convertirme eso en comunista? Pero así era para el FBI, motivo por el cual ese espantoso agente aseguró a mi padre que quedaría limpio si denunciaba a quien considerara comunista o simpatizante. Si yo no hubiese ingresado en la Asociación Democristiana de Estudiantes Chinos, el FBI no habría podido presionar a mi padre para que delatara a otros, concretamente a mí. Mi padre jamás me habría entregado, y no le quedó otra opción. Mientras viva no olvidaré la imagen de mi madre sosteniéndole las piernas en un intento desesperado por aliviar el peso de la cuerda que le rodeaba el cuello, como tampoco me perdonaré a mí misma por mi papel en su suicidio.

PRIMERA PARTE

El tigre se abalanza

Joy

Salvavidas

Recorro Broadway y después Sunset, lo cual me permite pasar por lugares que deseo grabar en la memoria. La atracción turística mexicana de Olvera Street está cerrada, pero las estridentes luces de Carnaval proyectan un brillo dorado sobre los puestos de *souvenirs*. A mi derecha se encuentra la plaza, el lugar de nacimiento de la ciudad, con su quiosco de música de hierro forjado. Justo detrás atisbo la entrada de Sanchez Alley. Cuando era pequeña, mi familia vivía allí, en el segundo piso del edificio Garnier, y ahora me inundan los recuerdos: mi abuela jugando conmigo en la plaza, mi tía regalándome piruletas mexicanas en Olvera Street y mi madre llevándome a la escuela de Chinatown todos los días. Fueron años felices y, sin embargo, estaban tan llenos de secretos que me pregunto qué era real en mi vida.

Ante mí, las palmeras dibujan sombras perfectas en las paredes de estuco de Union Station. La torre del reloj marca las 14.47. Apenas tenía un año cuando se inauguró la estación ferroviaria, así que este lugar también ha sido una constante en mi vida. A esta hora no hay coches ni tranvías, de modo que no me molesto en esperar a que cambie el semáforo y cruzo Alameda. Un único taxi aguarda junto al bordillo de la terminal. En su interior, la cavernosa sala de espera está desierta, y mis pasos retumban sobre los suelos de mármol y baldosa. Me meto en una cabina telefónica y cierro la puerta. Se enciende una luz cenital y me veo reflejada en el vidrio.

Mi madre se empeñó siempre en que no fuera arrogante. «No querrás ser como tu tía», decía cada vez que me descubría admirándome en un espejo. Nunca quiso que mirara muy de cerca, porque, ahora que observo, ahora que observo de verdad, veo lo mucho que me parezco a la tía May. Tengo las cejas como hojas de sauce, la piel pálida, los labios carnosos y el cabello de un negro ónice. Mi familia siempre ha insistido en que me lo dejara largo, pero a comienzos de este año fui a una peluquería de Chicago y pedí que me lo cortaran como a Audrey Hepburn. La estilista lo definió como un corte de duendecillo. Ahora llevo el pelo como un chico y brilla incluso aquí, bajo la tenue luz de la cabina telefónica.

Vierto el contenido del monedero sobre la repisa, marco el número de Joe y espero a que la operadora me indique cuánto me costarán los tres primeros minutos. Introduzco las monedas en la ranura y suena la línea de Joe. Son cerca de las cinco de la madrugada en Chicago, así que lo despertaré.

—¿Sí? —dice con voz somnolienta.

—Soy yo —anuncio, tratando de sonar entusiasta—. Me he escapado. Estoy lista para hacer lo que dijimos.

—¿Qué hora es?

—Tienes que levantarte y hacer las maletas. Coge un avión a San Francisco. Nos vamos a China. Dijiste que debíamos formar parte de lo que está sucediendo allí. Bien, pues hagámoslo.

Al otro lado de la línea telefónica lo oigo darse la vuelta e incorporarse.

—¿Joy?

—Sí, soy yo. ¡Nos vamos a China!

—¿A China? ¿A la República Popular China? Por el amor de Dios, Joy, es de noche. ¿Te encuentras bien? ¿Ha ocurrido algo?

—Me dijiste que tramitara el pasaporte para poder marcharnos juntos.

—¿Estás loca?

—Dijiste que si íbamos a China trabajaríamos en el campo y

cantaríamos canciones —prosigo—. Que haríamos ejercicio en el parque. Que ayudaríamos a limpiar el barrio y compartiríamos comidas. Que no seríamos ni pobres ni ricos, que seríamos todos iguales.

—Joy...

—Ser chinos y llevar eso sobre los hombros y en el corazón puede ser una carga, pero también un motivo de orgullo y alegría. También dijiste eso.

—Una cosa es hablar de lo que está pasando en China, pero yo tengo un futuro aquí: la escuela de odontología, trabajar en la consulta de mi padre... Nunca he pensado marcharme allí de verdad.

Cuando detecto su tono burlón, me pregunto a qué venían todas aquellas reuniones y aquella cháchara. ¿Hablar de igualdad de derechos, de compartir la riqueza y del valor del socialismo frente al capitalismo era una manera de llevarme a la cama? (No se lo permití.)

—Me matarían, y pronto a ti también —concluye, haciéndose eco de la misma propaganda que el tío Vern me ha recitado todo el verano.

—¡Pero fue idea tuya!

—Mira, es de noche. Llámame mañana. No, no lo hagas. Es demasiado caro. Estarás de vuelta en un par de semanas. Podemos hablarlo entonces.

—Pero...

Ha colgado.

Me niego a que la furia y la decepción que siento hacia Joe me disuadan de llevar a cabo el plan. Mi madre siempre ha tratado de cultivar mis mejores virtudes. Los nacidos en el Año del Tigre son románticos y artísticos, pero también me ha advertido que está en la naturaleza del tigre el ser imprudente e impulsivo, el dar un salto cuando las circunstancias se afean. Mi madre ha intentado inculcarme todo eso, pero mi deseo de saltar es incontenible, y no permitiré que este revés me detenga. Estoy resuelta a encontrar a mi padre, aunque viva en un país de más de seiscientos millones de habitantes.

Vuelvo afuera. El taxi sigue ahí y el conductor duerme en el asiento delantero. Doy un golpecito en la ventanilla y se despierta de una sacudida.

—Lléveme al aeropuerto —le digo.

Una vez allí, voy directa al mostrador de Western Airlines, ya que siempre me han gustado sus anuncios de televisión. Para viajar a Shanghái, tendré que hacer escala en Hong Kong. Para llegar a Hong Kong tendré que salir desde San Francisco. Compro un billete para el tramo inicial de mi viaje y embarco en el primer vuelo a San Francisco. Todavía despunta el alba cuando aterrizo. Me dirijo al mostrador de Pan Am para preguntar por el vuelo 001, que va al otro extremo del mundo con escalas en Honolulú, Tokio y Hong Kong. Una mujer que luce un desenfadado uniforme me observa extrañada cuando pago en metálico un billete de ida a Hong Kong, pero, al tenderle el pasaporte, me lo entrega de todos modos.

Faltan unas dos horas para que despegue mi avión. Encuentro una cabina telefónica y llamo a casa de Hazel. No tengo pensado decirle adónde voy. Joe ya me ha dejado en la estacada, y sospecho que la reacción de Hazel sería todavía peor. Me advertiría que la China comunista es un lugar peligroso y cosas por el estilo, el habitual pesimismo al que nuestras familias nos tienen acostumbradas.

La más joven de las hermanas Yee responde al teléfono y me pone con Hazel.

—Quiero despedirme —le digo—. Me voy del país.

—¿De qué estás hablando? —pregunta Hazel.

—Tengo que huir.

—¿Te vas del país?

Intuyo que Hazel no me cree, porque ninguna de las dos ha viajado nunca, salvo a Big Bear y San Diego en excursiones de fin de semana con la iglesia metodista y la universidad, pero acabará haciéndolo. Para entonces yo estaré sobrevolando el Pacífico y no habrá marcha atrás.

—Siempre has sido una buena amiga —prosigo. Se me llenan los ojos de lágrimas—. Has sido mi mejor amiga. No me olvides.

—No te olvidaré. —Tras una pausa, pregunta—: ¿Quieres ir

a Bullock's esta tarde? No me importaría comprar algunas cosas para llevarlas a Berkeley.

—Eres la mejor, Haz. Adiós.

El sonido del receptor depositándose sobre la horquilla suena a despedida. Cuando anuncian mi vuelo, embarco y ocupo mi asiento. Busco con los dedos la bolsa que llevo colgada del cuello. La tía May me la regaló el verano pasado, antes de marcharme a Chicago. Contiene tres semillas de sésamo, tres judías y tres monedas de cobre chinas.

—Mamá nos dio estas bolsas a Pearl y a mí para protegernos cuando huimos de Shanghái —me contó la última noche—. Yo te regalé la mía el día que naciste. Tu madre no quería que la llevaras cuando eras un bebé, pero me permitió entregártela cuando te fuiste a la universidad. Me alegro de que la hayas llevado este último año.

Mi tía... Mi madre... Empiezan a anegárseme los ojos, pero contengo las lágrimas, sabedora de que si empiezo a llorar, puede que nunca pare.

Pero ¿cómo pudo darme May en adopción? ¿Cómo pudo mi verdadero padre desprenderse de mí? ¿Y Sam? ¿Sabía que no era hija suya? May me dijo que nadie más estaba al corriente. De haberlo sabido, no se habría suicidado. Todavía seguiría vivo para echarme a la calle por ser una bastarda irrespetuosa, vergonzante, embustera y problemática. Bien, ahora me he ido. Mi madre y mi tía probablemente estén en el piso de arriba, sin dirigirse la palabra pero preguntándose dónde estoy. Me alegro de no tener que elegir a qué madre amar y ser leal, aun con sus venenosos secretos, porque es una decisión imposible. Y lo que es peor, llegará un momento en que las aguas volverán a su cauce y mi madre y mi tía se reconciliarán, y examinarán todo de nuevo con lupa como siempre hacen. Sumarán dos más dos y se darán cuenta de que la verdadera culpable de lo sucedido a Sam, mi padre, soy yo, y no la tía May. ¿Cómo reaccionarán cuando por fin averigüen que era yo quien interesaba al FBI, que fui yo quien llevó al agente Sanders directo a casa, donde provocó tamaña devastación? Cuando eso ocurra, se alegrarán de mi partida. Quizá.

Suelto la bolsa y me enjugo el sudor de las manos en la falda. Estoy ansiosa —¿Quién no lo estaría?—, pero no puedo ponderar cómo afectarán mis actos a mi madre y a mi tía. Las quiero a las dos, pero estoy enfadada con ellas, y me atemoriza lo que puedan pensar de mí. Además, sé que siempre llamaré tía a May y mamá a Pearl. De lo contrario, me sentiría aún más confusa de lo que ya lo estoy. Si tuviera a Hazel sentada junto a mí, diría: «Joy, eres un desastre.» Por suerte, no está aquí.

Un billón de horas después aterrizamos en Hong Kong. Unos hombres arrastran unas escaleras hasta el avión y salgo con el resto de los pasajeros. Del asfalto emanan ondas de calor y el aire es sofocante, con una humedad aún peor que cuando abandoné Chicago en junio. Sigo a los demás pasajeros hasta la terminal por un lúgubre pasillo y llego a una espaciosa sala con un sinfín de colas de control. Cuando llega mi turno, el hombre me pregunta con un seco acento británico:

—¿Cuál es su destino final?

—Shanghái, en la República Popular China —respondo.

—¡Échese a un lado!

El agente coge el teléfono y en dos minutos me apresan unos guardias. Me conducen a la zona de equipajes para recoger mi maleta y me escoltan por unos oscuros pasillos. No veo a otros pasajeros, solo a personas vestidas de uniforme que me observan con desconfianza.

—¿Adónde vamos?

Uno de los guardias responde a mi pregunta tirándome violentamente del brazo. A la postre llegamos a una doble puerta. La franqueamos y regresamos al horrible calor. Me meten en la parte trasera de una furgoneta sin ventanas y me ordenan que guarde silencio. Los guardias se montan delante y nos ponemos en marcha. No veo nada. No entiendo qué está ocurriendo y tengo miedo; estoy petrificada, para ser sincera. Lo único que puedo hacer es resistir mientras la furgoneta gira bruscamente y recorre unas carreteras erizadas de baches. Al cabo de media hora se detiene. Los guardias se aproximan a la parte trasera. Hablan unos minutos y me dejan allí dentro, inquieta y sudorosa. Cuando se abren las puertas, veo que nos encontramos en un muelle, donde un gran barco está recogiendo su carga. En él ondea la bandera de la República Popular China, cinco estrellas doradas sobre un fondo rojo. El mismo guardia mezquino me saca del vehículo y me arrastra hasta la pasarela.

—No queremos que difunda el comunismo aquí —me espeta casi a voces mientras me entrega la maleta—. Súbase al barco y no lo abandone hasta llegar a China.

Los dos guardias esperan a los pies de la pasarela para cerciorarse de que embarco. Todo esto es una sorpresa, una sorpresa amedrentadora e inquietante. En lo alto veo a un marinero. No, no se llamaría así. Creo que es un miembro de la tripulación. Me habla atropelladamente en mandarín, el idioma oficial de China, que no domino en su vertiente más pura. He oído a mi madre y a mi tía conversar en dialecto wu —shanghaiano— toda mi vida. Creo que lo conozco bien, pero ni mucho menos como el cantonés, que era el idioma habitual en Chinatown. Cuando hablo con mi familia, siempre utilizo un poco de cantonés, un poco de shanghaiano y un poco de inglés. Supongo que en adelante renunciaré por completo a este último.

—¿Puede repetirlo un poco más lento? —pregunto.

—¿Regresa a la patria?

Asiento, bastante convencida de que entiendo lo que me dice.

—Perfecto, ¡bienvenida! Le mostraré su litera. Luego le llevaré a ver al capitán. Debe pagarle el billete a él.

Vuelvo la mirada hacia los dos guardias, que todavía me vigilan desde el muelle. Los saludo con la mano como una idiota y sigo al miembro de la tripulación. Cuando era más joven trabajé de extra con mi tía en muchas películas. En una ocasión participé en una sobre unos huérfanos chinos que son evacuados en barco desde su país durante la guerra, y esto no se asemeja en nada a aquel plató. Hay óxido por todas partes. Las escaleras son angostas y empinadas. Los pasillos apenas están iluminados. Continuamos atracados en el muelle, pero noto el vaivén del agua bajo mis pies, lo cual evidencia que tal vez no sea el barco que se encuentra en mejores condiciones para navegar. Me indican que dispondré de un camarote para mí sola, pero al verlo, me cuesta imaginar que dos personas puedan compartir un espacio tan claustrofóbico. Afuera hace calor, y puede que aquí dentro haga incluso más.

Más tarde me presentan al capitán. El tabaco le ha teñido los dientes y su uniforme está manchado de comida y aceite. Observa con atención cuando abro la cartera y pago el billete. Todo esto me resulta un tanto repulsivo.

De vuelta al camarote, me recuerdo a mí misma que esto es lo que quería: huir, aventuras, encontrar a mi padre, una feliz reunión. Aunque acabo de descubrir que Z.G. Li es mi padre, ya había oído hablar de él. Solía pintar a mi madre y a mi tía cuando trabajaban de modelos en Shanghái. Nunca he visto ninguno de esos carteles, pero sí algunas ilustraciones que le encargó *China Reconstruye*, una revista de propaganda que compraba mi abuelo en el estanco, donde las guardaban debajo del mostrador. Me resultaba extraño ver el rostro de mi madre y de mi tía en la portada de una revista de la China comunista. Z.G. Li las había pintado de memoria, y lo hizo en muchas más ocasiones. Para entonces se había cambiado el nombre por el de Li Zhi-ge, probablemente en consonancia con los cambios políticos que estaban aconteciendo en China, según mi madre. A mi tía le gustaba colgar las portadas de revistas que publicaban ilustraciones suyas en la pared situada sobre su cama, así que tengo la sensación de conocerlo un poco como artista. Estoy convencida de que Z.G. —o comoquiera que se llame— estará muy sorprendido y contento de verme. Esos pensamientos alivian temporalmente mi desazón por la seguridad del barco y su extraño capitán.

No bien abandonamos el puerto de Hong Kong voy a cenar al comedor y descubro que la función primordial del barco es transportar a miembros de la diáspora china. Cada día zarpa una nave desde Hong Kong, según me cuentan, y lleva a otros como yo a China. Veinte pasajeros —todos ellos chinos— procedentes de Singapur, Australia, Francia y Estados Unidos también han sido conducidos directamente aquí desde otros aviones y barcos (¿Qué cree Hong Kong que ocurrirá si uno de nosotros pasa una noche o una semana allí?). A mitad de la cena empiezo a marearme. Antes de que me sirvan el postre he de levantarme de la mesa porque tengo náuseas. Llego al camarote a duras penas. El olor a combustible y a letrina, el calor y el agotamiento físico y emocional de los últimos días me pasan factura. Durante tres días intento retener caldo y té en el estómago, duermo, me siento en cubierta con la esperanza de respirar aire fresco y charlo con los demás pasajeros, que me ofrecen toda suerte de consejos útiles para el mareo.

La cuarta noche estoy tumbada en la litera cuando por fin se atenúa el bamboleo. Debemos de adentrarnos en el estuario del río Yangtsé. Me han dicho que todavía faltan unas horas para llegar a Shanghái surcando el Huangpu. Me levanto antes de que amanezca y me enfundo mi prenda favorita, un vestido suelto de plumetis en color azul pálido con el forro blanco. Le hago una visita al capitán, le entrego un sobre que debe enviar cuando regrese a Hong Kong y le pregunto si puede cambiarme unos dólares por divisa china. Le doy cinco billetes de veinte. Se guarda cuarenta dólares y me entrega yuanes chinos por valor de sesenta. Estoy demasiado indignada como para discutir, pero gracias a su conducta tomo conciencia de que no sé qué ocurrirá cuando desembarque. ¿Me tratarán igual que en Hong Kong? ¿La gente con la que me tope será como el capitán y me birlará el dinero? ¿O no sucederá nada de eso?

Mi madre siempre ha dicho que China era un país corrupto. Pensaba que eso había desaparecido cuando los comunistas subieron al poder, pero, por lo visto, no se ha erradicado por completo. ¿Qué haría mi madre si estuviera aquí? Escondería el dinero, como hacía en casa. Cuando vuelvo a mi camarote, saco todo lo que robé de la lata que guardaba debajo del fregadero y lo separo en dos montones. Envuelvo la cantidad más grande en un pañuelo y me la coso a la ropa interior. Los doscientos cincuenta dólares restantes los meto en el monedero junto a la divisa china. Luego cojo la maleta, salgo del camarote y desembarco.

Son las ocho de la mañana, y el aire es denso y cálido como un caldo de patata. Me arrean con el resto de los pasajeros hasta una sala asfixiante cargada de humo de tabaco y un olor acre, como de comida que ha pasado demasiado tiempo sin refrigeración bajo este clima. Las paredes están pintadas de un enfermizo verde guisante. La humedad es tan intensa que las ventanas se empañan. En Estados Unidos todo se haría ordenadamente y la gente formaría cola. Aquí, los pasajeros se hacinan en una masa palpitante para dirigirse al puesto de tramitación de documentos. Estoy tan nerviosa tras mi experiencia en el control de pasaportes de Hong Kong que me hago a un lado. La hilera avanza muy lentamente, con numerosas paradas por motivos que no alcanzo a comprender o intuir. Me lleva tres horas llegar hasta la ventanilla.

—¿Cuál es el motivo de su visita? —me pregunta un inspector ataviado con un uniforme verde apagado que no le sienta nada bien.

Habla shanghaiano, lo cual es un alivio, pero dudo que deba contarle la verdad: que he venido a buscar a mi padre pero no tengo ni idea de dónde está exactamente ni de cómo localizarlo.

—Estoy aquí para ayudar a construir la República Popular China —respondo.

El inspector me pide la documentación y abre unos ojos como platos cuando ve mi pasaporte estadounidense. Me mira primero a mí y después la foto.

—Ha tenido suerte de venir este año y no el pasado. El presidente Mao dice que los chinos de la diáspora ya no tienen que solicitar permisos de entrada. Lo único que necesito es algo que corrobore su identidad, y ya me lo ha facilitado. ¿Se considera usted apátrida.

—¿Apátrida?

—Es ilegal viajar a China en calidad de ciudadano estadounidense —precisa—. Por tanto ¿es usted apátrida?

Tengo diecinueve años. No quiero parecer una fugitiva desinformada e ignorante, ni tampoco confesar que desconozco el significado de esa palabra.

—He venido a China en respuesta al llamamiento a los ciudadanos patriotas originarios de Estados Unidos que deseen servir al pueblo —digo, recitando algunas cosas que aprendí en el club de Chicago—. ¡Quiero colaborar con la humanidad y ayudar en la reconstrucción nacional!

—De acuerdo entonces.

El funcionario guarda mi pasaporte en una taquilla y la cierra con llave, lo cual me resulta alarmante.

—¿Cuándo lo recuperaré?

—No lo recuperará.

Jamás se me había pasado por la cabeza que renunciaría a mis derechos si quería abandonar China y volver a Estados Unidos. Tengo la sensación de que se acaba de cerrar una puerta. ¿Qué haré si más adelante quiero irme y no dispongo de la llave? De repente, se me aparecen fugazmente los rostros de mi madre y mi tía y se reavivan de nuevo las tumultuosas y tristes emociones de los últimos días que pasamos juntas. No volveré nunca. Jamás.

—Todo el equipaje de los chinos de la diáspora debe ser registrado —afirma el inspector, señalando un cartel que dice: EL PROCEDIMIENTO DE ADUANAS IMPONE UN TRATO ESPECIAL AL EQUIPAJE PERSONAL DE LOS CHINOS DE LA DIÁSPORA—. Buscamos artículos de contrabando y envíos clandestinos de divisa extranjera.

Abro la maleta y rebusca en su interior. Me confisca los sujetadores, lo cual tendría su gracia si no fuera porque estoy sorprendida y asustada. ¿El pasaporte y los sujetadores?

Me lanza una mirada severa.

—Si estuviese aquí la matrona, le quitaría el que lleva puesto. La ropa reaccionaria no tiene cabida en la Nueva China. Por favor, deshágase de esa prenda ilegal lo antes posible. —El inspector cierra la maleta y la aparta a un lado—. ¿Cuánto dinero ha traído consigo? Le asignarán un grupo de trabajo, pero de momento no podemos permitirle la entrada en el país a menos que tenga un medio de sustento.

Cuando le entrego la cartera, coge la mitad del dinero y se lo guarda en el bolsillo. Me alegro de llevarlo casi todo en la ropa interior. Luego, el inspector me examina de arriba abajo y repara en el vestido de plumetis. Ahora me doy cuenta de que tal vez haya sido un error. Me pide que no me mueva de donde estoy y se va. Me preocupa que se repita lo ocurrido en Hong Kong. Pero ¿adónde me enviarán ahora? Puede que Joe y mi tío tuviesen razón. Puede que esté a punto de sobrevenir alguna tragedia. El sudor empieza a recorrerme la parte baja de la espalda.

El inspector reaparece acompañado de varios hombres, que sonríen con entusiasmo y llevan los mismos uniformes de color verde apagado. Me llaman *tong chih*, que significa «camarada», pero con la connotación de que eres una persona que comparte el mismo espíritu, objetivos y ambiciones. Oír esa palabra me reconforta sobremanera. «¿Lo ves?», me digo a mí misma. «No tenías de qué preocuparte.» Se agolpan, conmigo en medio, para que puedan sacarnos una fotografía, lo cual explica el retraso anterior. Luego me muestran una pared llena de fotos enmarcadas en las que aparecen personas que, según me cuentan, han entrado en China a través de esta oficina. Veo mayoritariamente hombres, un par de mujeres y varias familias. No todos ellos son chinos. Algunos son de raza blanca. Ignoro de dónde provienen, aunque a juzgar por su vestimenta no parecen estadounidenses. Tal vez sean de Polonia, Alemania oriental o algún país del Bloque del Este. Pronto mi foto colgará también de la pared.

Entonces, los agentes me preguntan dónde me hospedaré. Al percatarse de mi perplejidad, cruzan miradas de preocupación y desconfianza.

—Debe informarnos de dónde dormirá antes de que podamos dejarla salir de aquí —dice el inspector jefe.

Agacho la cabeza y alzo la vista hacia ellos, como diciendo que soy inocente y estoy desamparada. Aprendí esa expresión de mi tía hace años, en un plató de rodaje.

—Estoy buscando a mi padre —confieso con la esperanza de que se apiaden de mí—. Mi madre me sacó de China antes de que yo naciera. Ahora he vuelto a casa, al lugar donde pertenezco.

No había mentido hasta entonces, pero necesito que me ayuden.

—Quiero vivir con mi padre y ayudarlo a construir el país,

pero mi madre se negó a decirme dónde está. Se ha vuelto demasiado estadounidense.

Hago una mueca al pronunciar esa última palabra, como si fuese lo más detestable del mundo.

—¿De qué trabaja? —pregunta el inspector jefe.

—Es artista.

—Bien —apunta—. Un trabajador cultural.

Aquellos hombres debaten rápidamente las posibilidades, y entonces el inspector jefe dice:

—Vaya a la Asociación de Trabajadores Artísticos de China. Creo que ahora la llaman Asociación de Artistas a secas, sucursal de Shanghái. Supervisan a todos los trabajadores culturales. Ellos sabrán cuál es su paradero.

El inspector anota las indicaciones pertinentes, dibuja un sencillo mapa y me explica que puedo llegar a la Asociación de Artistas a pie. Me desean suerte y salgo a la zona del malecón para unirme a una marejada de gente que se parece a mí. Chinatown era un pequeño enclave de Los Ángeles y no había demasiados chinos en la Universidad de Chicago. Esto es lo más chino que he visto en toda mi vida y me invade una oleada de placer.

Me encuentro sobre una pasarela, una especie de parque que bordea el río. Ante mí se extiende una calle llena de gente montada en bicicleta. Es mediodía, así que es probable que todo el mundo esté almorzando, pero no lo sé a ciencia cierta. Al otro lado de la calle, enormes edificios, más pesados, grandiosos y amplios de lo que me tiene acostumbrada Los Ángeles, se elevan a lo largo del malecón, siguiendo el meandro del Huangpu. Al volverme hacia el río veo buques de la Armada y cargueros de todas las formas y envergaduras. Docenas y docenas de sampanes cabecean como si fuesen un montón de insectos acuáticos. Los juncos se deslizan con las velas hinchadas. Lo que parecen miles de hombres desnudos hasta la cintura, con finos pantalones de algodón remangados hasta la rodilla, cargan fardos de algodón, cestas llenas de productos y enormes cajones en los barcos. Todos y todo parecen ir o venir de algún lugar.

Consulto el mapa para orientarme, agarro con fuerza la maleta, me abro paso entre la multitud y, cuando llego a la acera, espero a que las bicicletas se detengan, pero no lo hacen, y tampoco hay semáforo. Entre tanto recibo golpes y empujones de la incesante caterva de transeúntes. Veo a algunos adentrarse en las hordas de bicicletas y cruzar con osadía la calle. Cuando un peatón se baja de la acera, camino detrás de él con la esperanza de estar a salvo siguiendo su estela.

Mientras enfilo la calle Nanking no puedo evitar comparar Shanghái con Chinatown, donde la mayoría de la gente proviene de Cantón, en la provincia de Kwangtung, situada al sur de China. Mi familia también es oriunda de Kwangtung, pero mi madre y mi tía se criaron en la ciudad. Siempre decían que en Shanghái la comida era más dulce y la ropa más moderna. La urbe tenía más encanto, con sus clubes, sus bailes, sus paseos por el malecón bien entrada la noche y algo más: sus risas. Apenas oía a mi madre reír cuando era pequeña, pero me contaba que ella y la tía May sí lo hacían en su dormitorio, intercambiando chistes con atractivos jóvenes, contentas de encontrarse en el lugar adecuado, el París de Asia, en el momento adecuado, antes de que los japoneses lo invadieran y mi abuela, mi madre y mi tía tuvieran que huir para salvar la vida.

Lo que contemplo ahora sin duda no es el Shanghái del cual me hablaron mi madre y mi tía. No veo mujeres elegantes paseando por la calle, escudriñando los escaparates de los centros comerciales buscando lo último en moda parisina o romana. No veo extranjeros actuando como si fuesen los amos del lugar, sino chinos por doquier. Todos tienen prisa y no me parecen nada elegantes. Las mujeres llevan pantalones de algodón y blusas de manga corta o vestidos azules lisos. Ahora que me he alejado del río, los hombres van mejor vestidos que los trabajadores del puerto. Lucen atuendos grises, que mi padre llamaba «trajes Mao» en tono jocoso. Nadie parece demasiado delgado ni demasiado grueso. Nadie parece demasiado rico, y no veo a los vagabundos ni tampoco los *rickshaws* de los que siempre se quejaban mi madre y mi tía.

Solo hay un inconveniente: no encuentro la Asociación de Artistas. Las calles de Shanghái son laberínticas y acabo totalmente extraviada. Me adentro por caminos apartados y callejuelas y desemboco en patios y callejones sin salida. Pido indicaciones, pero la gente pasa de largo o me devora con los ojos por ser una desconocida. Imagino que tienen miedo de hablar con alguien que parece tan desorientado. Entro en un par de tiendas a pedir ayuda, pero todos me dicen que jamás han oído hablar de la Asociación de Artistas. Cuando les muestro el mapa, lo miran, menean la cabeza y me echan de mala gana del establecimiento.

Después de varias horas sintiéndome rechazada, ignorada deliberadamente o vapuleada por la muchedumbre, me doy cuenta de que me he perdido. Tengo un hambre voraz y el calor me atonta. El temor empieza a apoderarse de mí. Tengo mucho, mucho miedo; me encuentro en una ciudad desconocida en la otra punta del mundo. Aquí nadie me conoce, y la gente me mira porque tengo un aspecto de lo más extraño con mi estúpido vestido azul de plumetis y mis sandalias blancas. ¿Qué estoy haciendo aquí?

Debo mantener la calma. Tengo que pensar. Necesitaré un hotel. Tendré que regresar al malecón y empezar de nuevo. Pero primero necesito comer y beber algo.

Encuentro el camino de vuelta a la calle Nanking y después de andar un poco llego a un parque enorme donde veo un par de puestos de comida. Compro unos bollos salados rellenos de cerdo y verduras picadas envueltos en papel manteca. En otro puesto me sirven té en una gruesa taza de cerámica y me siento en un banco cercano. El bollo está delicioso. El té caliente me hace sudar todavía más, pero mi madre aseguraba siempre que una taza te refresca en los días sofocantes. Es última hora de la tarde y la temperatura no ha descendido lo más mínimo. Hay mucha humedad y no sopla la brisa, así que no acierto a decir si el té tiene un efecto refrigerante o no. Aun así, la comida y el líquido me reaniman.

Nunca había visto un parque como este. Es llano y parece extenderse varias manzanas. Gran parte de él está pavimentado y parece más destinado a reuniones de masas que al juego o al recreo. Con todo, hay gran cantidad de abuelas cuidando de niños pequeños. Llevan a los bebés colgados de la espalda. Algunos chapotean con unos pantalones abiertos por la entrepierna. ¡Veo a una niña pequeña ponerse en cuclillas y mear en el suelo! Los más mayores, ninguno de los cuales tiene más de cuatro o cinco años, juegan con palos. Una de las abuelas está sentada en un banco frente a mí. Su nieta rondará los tres años y es preciosa; el pelo, que lleva recogido con unos lazos, le brota de la cabeza como si fuesen pequeñas setas. La niña no deja de mirarme. Debo de parecerle un payaso. La saludo con un gesto y ella hunde la cabeza en el regazo de su abuela. Vuelve a mirarme, la saludo y se esconde de nuevo. Esto se repite varias veces hasta que la pequeña me hace un ademán con los dedos.

Devuelvo la taza de cerámica al vendedor ambulante, y cuando regreso al banco para recoger la maleta, la niña se me acerca, renunciando a la seguridad que le procura su abuela.

—¿*Ni hao ma*? —pregunto. ¿Cómo estás?

A la niña le entra la risa tonta y echa a correr hacia su abuela. Debería irme, pero es encantadora, y jugar con ella me infunde la sensación de que este es mi lugar, de que todo saldrá bien. La niña me señala y susurra a su abuela. La anciana abre una bolsa, busca en su interior y deposita algo en la diminuta mano de su nieta. Cuando me quiero dar cuenta, la niñita vuelve a estar junto a mí, y con el brazo extendido me ofrece pan de gamba.

—*Shie-shie*.

Al darle las gracias, la niña esboza una sonrisa. Luego se sienta a mi lado y empieza a balancear las piernas y a parlotear de esto y de aquello. Pensaba que mi dialecto shanghaiano era bastante potable, pero no la entiendo ni mucho menos como yo esperaba. Al final, su abuela se acerca a nosotras.

—Acaba de conocer usted a nuestra decepción —me dice—. Mi marido y yo esperamos que la próxima vez sea un nieto.

He oído cosas como esa durante toda mi vida. Doy una palmada a la niña en la rodilla en un gesto de solidaridad.

—No parece usted de Shanghái —continúa la anciana—. ¿Es de Pekín?

—Vengo de muy lejos —respondo, pues no deseo contarle

toda la historia—. He venido a visitar a mi padre, pero me he perdido.

—¿Adónde va?

Le muestro el mapa.

—Sé dónde está esto —dice—. Podemos acompañarla si quiere. Nos viene de camino.

—Les estaría muy agradecida.

La mujer recoge a su nieta y yo la maleta.

Unos minutos después llegamos a la Asociación de Artistas y doy las gracias a la anciana. Busco en el bolso el último paquete de caramelos y se lo regalo a la niña. No sabe qué son.

—Son caramelos —le explico—. Un dulce para un dulce.

El recuerdo de mi tía pronunciando esas palabras me causa una punzada de angustia. He llegado hasta aquí y mi madre y mi tía siguen conmigo.

Después de mostrarles mi agradecimiento varias veces más, me doy la vuelta y entro en el edificio. Esperaba que hubiese aire acondicionado, pero en el vestíbulo hace el mismo calor opresivo que en la calle. En el centro de la sala hay una mujer de mediana edad sentada detrás de una mesa que me sonríe y me indica que me acerque.

—Estoy buscando a un artista llamado Li Zhi-ge.

La mujer adopta un semblante serio y frunce el ceño.

—Llega usted tarde. La reunión está a punto de acabar.

Me siento desconcertada.

—No le permitiré entrar —espeta con sequedad, y señala molesta la doble puerta.

—¿Quiere decir que está ahí dentro? ¿Ahora mismo?

—¡Claro que está ahí dentro!

Mi madre diría que encontrar a mi padre tan fácilmente ha sido cosa del destino. Pero puede que se trate de una casualidad. Sea como fuere, he tenido suerte. Aun así, sigo sin comprender por qué la recepcionista no me deja entrar.

—Tengo que verle —digo casi suplicando.

Justo en ese momento, las puertas se abren y sale un grupo de gente.

—Ahí lo tiene —comenta la recepcionista con desprecio.

Señala a un hombre alto con gafas de montura metálica. Lleva el pelo bastante largo, que le cae sobre la frente. Sin duda la edad coincide —unos cuarenta y cinco años—, y es increíblemente atractivo. Lleva un traje Mao, pero es distinto de los que he visto por la calle: limpio y almidonado, de corte elegante, y la tela parece de más calidad. Mi padre debe de ser muy célebre y poderoso, porque los demás le siguen de cerca y prácticamente lo llevan a empujones hacia la puerta.

Cuando abandonan del edificio, salgo corriendo detrás de ellos. Una vez en la acera, los otros desertan, fundiéndose con la multitud de viandantes. Z.G. permanece allí quieto unos instantes, buscando entre los edificios un tramo de cielo blanco. Entonces suspira, sacude las manos como si pretendiera aliviar el estrés y echa a andar. Yo lo sigo, arrastrando todavía la maleta. ¿Qué sucederá si me acerco a él y le anuncio que soy su hija? No le conozco, pero no me parece buen momento. Y aunque lo fuera, estoy llena de aprensión. Se detiene en una intersección y me planto a su lado. Tiene que fijarse en mí, pues soy muy diferente —al fin y al cabo, todo el mundo lo ha hecho—, pero parece totalmente absorto en sus disquisiciones. Debería decirle algo. «Hola, usted es mi padre.» Pero no puedo hacerlo. Me mira, sin percibir nada llamativo, y cruza la vía.

Dobla por una calle más tranquila. Edificios de aspecto oficial dan paso a bloques de pisos y pequeñas tiendas de barrio. Recorre varias manzanas y toma una calle peatonal jalonada a ambos lados de hermosas casas de dos y tres plantas de inspiración occidental. Me quedo en la esquina y observo adónde se dirige. Deja atrás las tres primeras casas y después abre una pequeña cerca de madera, entra en un patio, sube las escaleras hasta el porche y franquea la puerta principal. Doy unos pasos en la calle peatonal. Veo céspedes, orquídeas barco en flor y cepas trepadoras. Hay bicicletas apoyadas contra los porches y ropa colgando de unos palos que sobresalen de las ventanas. Las casas son preciosas, con tejas en lo alto, fachadas bien pintadas y rejas de hierro que cubren las ventanas, ejercen de mirillas para las puertas y decoran los aleros y los buzones.

No es así como Joe y mis profesores describían la China

roja. Yo me esperaba viviendas utilitarias comunistas o incluso una única habitación para un artista. Por el contrario, mi padre vive en una elegante casa de estilo *art déco* con un espléndido jardín. ¿Qué dice eso de él exactamente?

Respiro hondo, subo las escaleras y llamo al timbre.

Joy

Dos sombras que se alargan

Abre la puerta una joven. Lleva unos pantalones negros holgados y una túnica azul claro con unas ranas bordadas que se abotonan en el cuello, sobre el pecho y bajo el brazo.

—¿En qué puedo ayudarte? —pregunta.

¿Será la hija de Z.G., mi hermanastra?

—He venido a ver a Li Zhi-ge.

—¿De qué se trata?

Su melodiosa voz se torna más rígida, fruto de la irritación, tal vez, o del miedo.

—He recorrido un largo camino. —Levanto ligeramente la maleta. De todos modos, ya habrá adivinado que no soy de por allí—. Es un asunto privado y es muy importante que hable con él.

La chica se echa a un lado y entro en la casa. El recibidor es amplio. Un suelo de caoba pulida cubre un largo pasillo. A mi derecha veo un salón lleno de muebles de la dinastía Ming. A mi izquierda, el comedor presenta una decoración similar. Al haberme criado en Chinatown, sé distinguir algo auténtico de una falsificación, y esto es auténtico y de gran calidad. Pero lo que me sobresalta es lo que cuelga de las paredes. Veo a mi madre y a mi tía en un sinfín de carteles. Están jóvenes y radiantes, enfundadas en hermosos conjuntos y realizando toda clase de actividades: preparándose para saltar a una piscina, saludando mientras bajan de un avión y bebiendo champán en un baile. Mi madre y mi tía a menudo se recordaban como «chicas guapas». Y allí están, enmarcadas y exhibidas como si de un museo privado se tratase. Albergo sentimientos encontrados, porque todavía estoy molesta con ellas, pero ver sus rostros me infunde valor.

—Siéntate, por favor —dice la joven.

Obedezco, y sale silenciosamente de la habitación. Unos momentos después aparece otra joven, vestida con unos pantalones y una túnica idénticos. Sin mediar palabra, me sirve una taza de té y se marcha.

¡Mi padre tiene sirvientas! No es así como había imaginado su vida.

—¿Qué deseas? —pregunta un hombre.

Es él. De repente me echo a temblar con tanta violencia que me da miedo levantarme. He viajado a un lugar tan remoto y he roto tantos lazos...

—¿Puedo hablar contigo? —le pregunto, consciente de mi voz trémula—. ¿Estás ocupado?

—Pues lo cierto es que sí —replica con sequedad—. Me disponía a irme al campo, como ya sabrás. Así que, si no te importa, seguiré preparando mi equipaje. Tengo muchas cosas que hacer...

—¿Eres Li Zhi-ge?

—¡Por supuesto que lo soy!

—Hace mucho tiempo respondías a otro nombre. La gente te llamaba Z.G. Li...

—Por aquel entonces mucha gente utilizaba nombres distintos. En aquella época seguía la dirección del viento y adopté las costumbres occidentales. Comprendí mi error, cambié con los tiempos y sigo haciéndolo.

—¿Eres el mismo artista que pintaba chicas hermosas?

Me mira con impaciencia y señala las paredes.

—Sí, como puedes comprobar. También me arrepiento de aquella época...

—¿Pintaste alguna vez a Pearl y a May Chin?

No responde; de nuevo, la respuesta se halla en las paredes, pero su cara se torna gris y su postura se desinfla.

—Si has venido aquí a castigarme, no te molestes —me espeta con brusquedad.

¿De qué está hablando?

—Pearl Chin es mi tía —prosigo—. May Chin es mi madre. Tengo diecinueve años.

Mientras hablo, lo observo atentamente. Su retraimiento grisáceo se desvanece en un blanco fantasmagórico.

—Soy tu hija.

Se apoltrona en la silla situada frente a mí, y me mira a la cara, luego a los carteles que tengo detrás, y de nuevo a mí.

—Cualquiera podría afirmar tal cosa.

—¿Y por qué iba a hacerlo? —respondo tajante—. Me pusieron Joy.

Hablo en plural, y tengo la esperanza de que no pregunte por qué. No estoy preparada para contárselo todo ahora mismo.

—Me dijeron que Pearl y May habían muerto.

—Pues no es verdad.

Hurgo en el bolso, saco el monedero y le muestro una foto tomada ese mismo verano, cuando visitamos Disneyland por primera vez. Mi madre y mi tía consideraron que debíamos vestirnos para la ocasión. La tía May llevaba un vestido largo de algodón con la cintura ajustada y enaguas, y mamá una falda plisada y una blusa a medida. Ambas habían ido al salón de belleza y se habían envuelto la cabeza con pañuelos de seda para protegerse el peinado. Completaba el conjunto unos tacones altos. Naturalmente, habíamos discutido como locas por lo que yo debía ponerme. Al final habíamos acordado una falda de tubo, una blusa blanca sin mangas y manoletinas. Mi padre nos hizo la foto a las tres frente a la atracción de Peter Pan.

Empiezan a humedecérseme los ojos y trato de contener las lágrimas. Z.G. estudia la fotografía con una expresión que no comprendo. ¿Pérdida? ¿Amor? ¿Arrepentimiento? Puede que simplemente se haya dado cuenta de que le he contado la verdad.

—May —dice arrastrando las sílabas.

Sintiéndose observado, endereza los hombros.

—Y bien, ¿dónde están? ¿Por qué no han venido contigo? ¿Por qué te han enviado aquí sola?

Él también habla en plural y no pienso corregirlo.

—Están en Los Ángeles —y para que suene mejor, añado—: En *Haolaiwu*, Hollywood.

No parece caer en la cuenta de que no he respondido a sus otras preguntas, porque dice:

—May siempre quiso ir a *Haolaiwu*.

—¿Has visto sus películas? Actúa en muchas. ¡Y yo también! Trabajábamos juntas, primero como extras, y luego... ¿Nos has visto?

Me mira como si fuese una criatura de otro planeta.

—Joy. Te llamas Joy, ¿verdad? Esto —dice señalando a su alrededor— es China. Aquí no vemos películas de Hollywood.

Tras una pausa, añade:

—¿De dónde eres? ¿Cómo has llegado hasta aquí?

—Lo siento, pensaba que te lo había contado. Soy de Los Ángeles. ¡He venido a conocerte y a unirme a la lucha revolucionaria!

Echa la cabeza atrás como si quisiera contemplar el techo. Vuelve a clavar sus ojos en los míos y pregunta:

—Pero ¿qué has hecho? ¿Eres tonta?

—¿A qué te refieres? Necesitaba conocerte. ¿Es que no me quieres?

—No sabía que existías hasta hace unos minutos.

Mira hacia el vestíbulo por encima de mi hombro y frunce el ceño al ver la maleta.

—¿Qué vas a hacer? Tu dialecto wu no es demasiado bueno. Es pasable, pero la mayoría de la gente se dará cuenta de que no eres de aquí. Aunque tu shanghaiano fuera perfecto, desentonas con ese pelo y esa ropa.

¿Por qué tiene que pintarlo todo tan negro?

—Es imposible que tu madre y tu tía hayan aprobado que vengas aquí.

Me doy cuenta de que intenta sonsacarme más información, pero todavía no lo va a conseguir.

—Tu Gobierno ha pedido que venga gente como yo —digo, tratando de expresar el entusiasmo que he sentido durante meses—. Quiero ayudar a construir la nueva sociedad.

Pero es como levantar la tapa de un bote de arroz. Todo mi aroma se ha escapado con demasiada rapidez. ¿Por qué no se alegra de verme? ¿Por qué no me ha abrazado ni me ha besado?

—No soy la única, ¿sabes?

—Tú eres la única que es... que es... —Traga saliva. Espero a que diga las palabras que necesito escuchar—. Que es mi hija.

En ese momento se queda en silencio y se pellizca la barbilla con los dedos. De vez en cuando me mira, sopesando, reflexionando. Parece que esté intentando dar con la solución a un problema complejo, pero ¿qué problema? Ya ha reconocido que soy su hija. Finalmente pregunta:

—¿Eres artista?

Es una pregunta extraña. No creo que nadie pueda definirme como tal, así que miento.

—¡Sí! Es lo que ha dicho siempre la gente.

—Entonces háblame de las cuatro disciplinas artísticas.

¿Va a someterme a examen? Me muerdo el labio para ocultar mi decepción y trato de recordar las cosas que he visto en Chinatown. Todo el mundo tiene calendarios del Año Nuevo chino. Incluso Pearl's Coffee Shop imprimió uno que regalábamos a nuestros clientes más fieles.

—Bueno, están los calendarios de Año Nuevo —digo con indecisión.

—Correcto. Son una de las cuatro disciplinas aceptadas. Son para los campesinos, como el arte tradicional y, por tanto, buenos para las masas. Los retratos de personajes políticos y los carteles propagandísticos también entrarían en esta categoría.

Me viene a la memoria algo que aprendí en la Universidad de Chicago y empiezo a recitar:

—Mao dijo que el arte debe servir a los trabajadores, los campesinos y los soldados. Debe estar íntimamente relacionado con la práctica revolucionaria...

—No has terminado con los cuatro tipos de arte. ¿Qué te parece el realismo socialista?

Eso lo recuerdo a la perfección de mis días en la facultad.

—Ofrece un retrato casi científico del mundo real, como si fuera un espejo: las masas construyendo una presa, mujeres jóvenes tejiendo prendas en una fábrica, tractores y tanques circulando en paralelo por una carretera rural, uniendo a trabajadores y soldados. Como lo que hiciste para *China Reconstruye*. Mi madre y mi tía —de nuevo, no especifico quién era quién— guardaban los ejemplares que incluían obras tuyas.

—¿May las vio?

May otra vez. Parece sentir más curiosidad por ella que por mí.

—Sí, las colgaba todas en la pared de encima de su cama.

Esboza una leve sonrisa. Se nota que se siente halagado.

—¿Qué más? —pregunta.

¿Sobre May? ¿Sobre arte? Me decanto por esto último.

—Las caricaturas son adecuadas para la política...

Asiente, pero percibo que en el fondo todavía le gusta que alguien siga sufriendo por él en un país lejano.

—¿Y el cuarto?

Me ruborizo. Es como si, de repente, hubiera olvidado todo cuanto aprendí. Repaso mentalmente las paredes de nuestra casa en Chinatown, los bares y tiendas de curiosidades que he visitado toda mi vida, los garajes y los comercios...

—¡Paisajes! ¡Flores y mariposas! ¡Señoras hermosas contemplando un estanque o relajándose en un pabellón! ¡Caligrafía!

Alguna de esas respuestas tiene que ser correcta.

—Pintura china tradicional —responde con aprobación—. Es la antítesis de los calendarios de Año Nuevo. Está muy alejado de la vida de los soldados, los trabajadores y los campesinos. Algunos lo consideran demasiado elitista, pero, aun así, es una forma de arte aceptada. Y bien ¿cuál es tu especialidad?

—En Chinatown, la gente decía siempre que mi caligrafía era intachable...

—Muéstramela.

¿Ahora tengo que enseñarle mi caligrafía a este hombre, a mi padre? ¿Por qué son tan importantes mis habilidades artísticas? ¿Es una investigación para corroborar que verdaderamente soy hija suya? ¿Y si fracaso?

Z.G. se levanta y me indica que le siga hasta la mesa, donde saca los cuatro Caballeros del Erudito: papel, piedra, cálamo y pincel. Llama a una de sus sirvientas para que le traiga agua y observa como machaco la tinta con la piedra y la diluyo hasta que consigo la opacidad deseada, y como sostengo el pincel y lo deslizo sobre el papel escribiendo un pareado. No quiero plasmar un dicho común del estilo: «Que goces de paz y tranquilidad el año próximo.» Un buen pareado requiere simetría: frase a frase, nombre a nombre y verbo a verbo. Recuerdo uno que escribí para nuestros vecinos hace un par de años. Para la primera parte del pareado, escribo los caracteres correspondientes a «fin del invierno», «montañas despejadas» y «agua centelleante». En cuanto termino, comienzo la segunda parte, que colgaría al otro lado de la puerta: «llega la primavera», «flores fragantes», «pájaro canta».

—Tu *ch'i yun* —resonancia de la respiración— es bueno —dice Z.G—, pero como ha observado el propio líder, este tipo de arte ya no puede ejecutarse como un ideal en sí mismo. Por tanto, ¿estás utilizando la tradición para servir al presente? Sin duda alguna. Tu necesidad es grande en este momento y lo noto. Veo tu trabajo y no estoy seguro de si veo posos feudales o flores aromáticas, pero podrías aprender de mí.

No entiendo la mitad de lo que dice. ¿Dónde ve posos feudales o flores aromáticas en el pareado? Pero ahora mismo no importa, porque he aprobado su examen.

—Es una suerte que hayas venido hoy, porque me voy al campo a enseñar arte a los campesinos. Me acompañarás en calidad de ayudante. Me han dado suficientes cupones de arroz para el... viaje, y puedo compartirlos contigo. La gente del campo no sabe lo ignorante que llegas a ser.

¿Al campo? Cada decisión que tomo me aleja un poco más de todo y de todos aquellos que conozco. Tengo miedo, pero estoy entusiasmada... y me siento honrada.

Una hora después, Z.G. entrega las dos bolsas que llevó durante la Larga Marcha al chófer, que las guarda, junto con mi equipaje y varias cajas y sacos llenos de utensilios artísticos, en el maletero de una lujosa limusina. Luego, el conductor nos lleva hasta el puerto, donde subimos a un transbordador rumbo a Hangzhou. Una vez que dejamos las bolsas en nuestros camarotes, nos dirigimos al restaurante. Z.G. pide por ambos, y la comida está bastante bien. Mientras comemos, me explica a grandes rasgos cuál será nuestro cometido e intento demostrarle mi valía.

—Estamos al final de la Campaña de las Cien Flores.

—Y la Competición de las Cien Escuelas —intervengo—. La conozco. Mao animó a los artistas, a los escritores y a la población en general a criticar al Gobierno en un esfuerzo por que la revolución se mantuviese fuerte y próspera.

Me lanza otra de esas miradas que no sé interpretar.

—Como parte de la campaña, se ha pedido a otros artistas como yo que abandonen sus estudios, conozcan a las masas y experimenten la vida real. Iremos a ver la Aldea del Dragón Verde, en la provincia de Anhwei. Es uno de los nuevos colectivos. Son...

—¡También los conozco! —exclamo—. He leído sobre ellos en *China Reconstruye*. Primero hubo una reforma agraria, cuando los terratenientes entregaron sus tierras al pueblo...

—Más bien fueron confiscadas y redistribuidas.

—No es lo que yo leí —repongo—. Deberíais estar orgullosos de ese logro. Después de más de dos mil años, el sistema feudal de propiedad fue destruido...

—Y la clase de los terratenientes eliminada...

Interrumpo su agrio comentario.

—Entonces se pidió a las masas que formaran equipos de apoyo mutuo compuestos por entre cinco y quince familias para repartirse el trabajo. Hace dos años nacieron los colectivos. Ahora se han reunido entre una y trescientas familias para compartir quehaceres y beneficios.

—Esa es una manera bastante simplista de interpretarlo. —De nuevo, no puedo evitar percibir un tono seco—. Pero más o menos tienes razón. En fin, me voy a la Aldea del Dragón Verde. Después, solo tendremos que valorar el clima llegado el momento.

Se da la vuelta y mira por la ventana. Trato de recordar si sé algo de la provincia de Anhwei. ¿No estaba ambientada allí la película *La buena tierra*? Prácticamente me crie jugando en el plató de la granja de Wang, que formaba parte de China City, la atracción turística en la que trabajaban mis padres. La casa de un agricultor me resultará familiar: pollos picoteando en la puerta principal, aperos de madera, una mesa sencilla y un par de sillas.

En Hangzhou nos hospedamos en una pensión bastante limpia, pero solo dispone de un retrete al fondo del pasillo a compartir entre todos los huéspedes. Z.G. me lleva a un restaurante junto al lago y charlamos sobre la comida: sopa de pescado con fideos de arroz, guisantes y arroz. Él me llama Joy y yo le llamo Z.G. De postre tomamos unos buñuelos preparados con maíz recién extraído de la mazorca y espolvoreados con azúcar glas. Después de cenar paseamos por la orilla del lago. Noto el estómago y el corazón llenos al caminar junto a mi padre biológico. Aquí estoy, en China, junto a un lago con destellos rosas bajo la puesta de sol. Los sauces llorones tienden sus zarcillos sobre el agua. No sé dónde mirar ni qué me hace más feliz, si ver nuestras sombras proyectándose ante nosotros o su rostro bañado en aquella hipnótica luz.

Joy

Una ramita de bambú

La mañana siguiente, mi primer domingo en China, no estoy segura de qué ocurrirá. Toda mi vida he asistido a catequesis y a los oficios de la iglesia metodista. Incluso cuando vivía en Chicago participaba en las ceremonias. Pero ¿y hoy? Cuando Z.G. sale de la habitación, su aspecto es muy distinto. Ya no luce su traje de corte elegante, sino unos pantalones anchos, una camisa blanca de manga corta y sandalias. Yo llevo unos piratas rosas y una blusa blanca sin mangas que la tía May me compró el año pasado en las rebajas de Bullock's. Decía que el conjunto resultaba «fresco y juvenil», pero Z.G. no parece prestarle atención.

Tras un desayuno consistente en gachas, pasteles de arroz rellenos de verduras picantes, nísperos frescos y té fuerte, zarpamos de nuevo y recorremos un pequeño río hasta Tun-hsi, donde cogemos un *rickshaw* para dirigirnos a la estación de autobuses. Tun-hsi es diminuta con respecto a Shanghái y bastante monótona en comparación con la hermosa Hangzhou. Los edificios de la ciudad son de un tamaño modesto y no parece existir industria. Por lo visto, la gente de la región trae aquí productos y artesanía para venderlos. Llegamos a la estación de autobuses, que está atestada de viajeros y mercancías. Veo a gente con vestidos tradicionales: túnicas azules, tocados de vivos colores y joyas de plata hechas a mano. Oigo dialectos que no comprendo, lo cual es extraño, porque todavía estamos muy cerca de Shanghái. La gente me mira, pero en lugar de volver la cabeza, como hacían muchos en Shanghái, me saludan con una sonrisa amplia y a menudo desdentada.

Nos subimos a un desvencijado autobús. Los pasajeros, que huelen a ajo y cada vez sudan más, llevan niños gimoteando, pollos y patos vivos, bolsas de productos y tarros de conservas en vinagre y cosas saladas cuyo hedor inunda el autobús con el paso de las horas. Miro por la ventana los campos abrasados por el sol. Pronto, la carretera se estrecha y se convierte en un camino sin asfaltar. Estamos subiendo unas colinas bajas. Le pregunto a Z.G. cuánto falta para la Aldea del Dragón Verde.

—No estoy seguro. Nunca he estado allí. Me han dicho que en su día fue un pueblo próspero. Nos hospedaremos en una villa. —Hace sobresalir la mandíbula. Mi padre, Sam, solía hacer eso en lugar de encogerse de hombros—. No tengo claro a qué se refieren con eso.

Z.G. dice que el Dragón Verde se encuentra a cuatrocientos kilómetros de Shanghái. Sin embargo, el estado de la carretera, si es que puede llamársele así, es tan nefasto que apenas avanzamos y vamos dando brincos. Al cabo de dos horas el autobús se detiene. El conductor anuncia el nombre de varios pueblos, entre ellos el Dragón Verde. Somos los únicos que nos apeamos. Cojo mi maleta, y Z.G. sus bolsas y cajas. Nos hallamos en un camino polvoriento en mitad de la nada. A la postre se acerca un muchacho montado en un carro tirado por un burro y Z.G. habla con él. Tampoco entiendo su dialecto, pero capto alguna palabra aquí y allá. Z.G. me ayuda a subirme a la parte posterior del carromato. Luego carga nuestras bolsas y se monta junto al muchacho, quien a su vez azota al asno. A la derecha veo a hombres y mujeres trabajando los arrozales. A lo lejos, un búfalo de agua tira de un arado en un campo anegado. Es un mundo muy distinto, y por un instante me pregunto si seré capaz de vivir en el campo, de aprender a labrarlo, e incluso de ayudar a Z.G.

A eso de las cinco, el chico tira de las riendas y nos bajamos del carromato. Z.G. y yo nos colgamos un par de mochilas a la espalda. Luego recogemos las bolsas y emprendemos una larga y pausada caminata por un sendero; ascendemos una pequeña colina y llegamos a un valle estrecho, donde nos cobija la sombra de unos olmos. Pasamos junto a un cartel pintado a mano que dice:

LIMPIEN LO QUE DEJEN SUS ANIMALES.
SEAN ARMONIOSOS.
RESPETEN A LA GENTE Y LA TIERRA.

Entramos en el Colectivo de la Aldea del Dragón Verde. El viento mece ligeramente los sauces. Más adelante se extiende una plaza pública, una zona abierta con un único árbol plantado en medio. Un joven está sentado en una roca en los márgenes de la plaza, vigilando, con los codos sobre las rodillas. Va descalzo. Tiene el cabello tan oscuro que emana un reflejo azul bajo la luz del sol. Cuando nos ve, da un salto y echa a correr hacia nosotros.

—¿Es usted el camarada Li? —pregunta.

Z.G. asiente.

—Y esta es mi hija.

El rostro del joven es despejado y tiene una dentadura blanca y perfecta. Se intuyen unos hombros anchos y fuertes bajo la camisa de algodón.

—Me llamo Feng Tao —anuncia—, y estoy dispuesto a aprender.

—Soy yo quien espera aprender de ti —responde Z.G. con formalidad.

Z.G. se expresa en el mismo dialecto tosco que ha empleado con el muchacho del carromato, pero mientras escucho esta sencilla conversación empiezo a captar los matices en el tono y la pronunciación que distinguen este modelo discursivo del dialecto wu de Shanghái o del mandarín más estándar de la región.

Tao me coge las mochilas que llevo colgadas y nos guía hasta el centro de la plaza, junto al árbol, cubierto de flores blancas aromáticas que recuerdan a las de los guisantes de olor. No veo un solo cable eléctrico o telefónico. No hay coches ni motocicletas y, sin embargo, un ligero olor a gasolina impregna el aire fresco. Unos pollos picotean en el suelo, tal como yo esperaba. Árboles altos y delgados jalonan un arroyo a mi derecha. Una tenue brisa hace temblar las hojas de los árboles. Al otro lado del riachuelo un camino recorre una colina en la que se aprecian diminutas casas desperdigadas. Tienen que ser las versiones auténticas de la granja de Wang. A mi izquierda se alza un muro alto de color gris.

Tao nos conduce por un sendero que discurre paralelo al muro hasta que llegamos a una elaborada puerta con un espejo colgado sobre un friso tallado. Franqueamos la entrada y salimos a un patio. De la pared penden patas de cerdo y una cuerda con peces desecados, y todavía se trata de un muro exterior.

—¡Kumei, sal rápido! ¡Ya están aquí! —grita Tao.

En el umbral aparece una joven. Tiene más o menos mi edad y lleva a un niño de unos cuatro años apoyado en la cadera. A ambos lados de su cabeza se balancean unas trenzas sujetas con lana de color escarlata. Tiene las mejillas rubicundas y es más baja que yo, pero su cuerpo es mucho más recio. Es hermosa, salvo por las abultadas cicatrices que le recorren el cuello y le llegan al hombro y el brazo izquierdos.

—¡*Huanying*! ¡*Huanying*! ¡Bienvenidos! ¡Bienvenidos! —exclama—. Soy Feng Kumei y viviréis aquí conmigo. ¿Habéis comido?

Sí, me gustaría almorzar, tomar un té y darme una ducha, pero no tengo opción, ya que Tao interviene:

—Pero están todos esperando.

—Entonces, llévanos directamente a nuestro lugar de trabajo, por favor —responde Z.G.

—Me imaginaba que diría eso —precisa Tao.

Dejamos las bolsas de ropa en el patio y Kumei le pide al niño que vuelva adentro. Una vez que se ha marchado, los cuatro salimos al exterior, nos dirigimos a la plaza y entramos en un edificio adyacente con tejas y aleros invertidos.

—Este era el templo ancestral de la familia del terrateniente y también del resto de la aldea, porque aquí todo el mundo comparte el apellido Feng —explica Tao—. Desde la liberación hemos celebrado las reuniones aquí. Adelante, adelante.

Con un ademán me invita a seguirle de cerca. Aunque el tejado parecía enorme desde el exterior, el templo consiste en un patio descubierto que permite que se filtren los últimos destellos de luz en este día de verano. Enormes columnas de madera pintadas de rojo sangre sustentan los tramos del tejado que rodean el patio. En una charca situada en el centro nadan con apatía unas carpas. Las piedras están cubiertas de musgo verde. El agua parece fresca, aunque el ambiente es igual de sofocante y húmedo que en otros lugares que he visitado. Aun estando al aire libre persiste el olor a gasolina, pero desde mi llegada no he visto coches ni motores.

La gente —jóvenes, ancianos, hombres, mujeres y niños— está sentada en el suelo de piedra, a lo largo de los márgenes del pasillo. Las mujeres van vestidas de manera casi idéntica, con unos pantalones anchos de color azul y blusas de manga corta con un pequeño bordado floral. Algunas llevan el pelo cubierto con un pañuelo, y la mayoría de ellas luce trenzas. Los hombres también llevan pantalones azules holgados y camisetas interiores sin mangas, como las que se ponían mi padre y mis tíos para sentarse a cenar durante las calurosas noches estivales; para mis amigas de Chicago eran un rasgo característico de los chicos malos, como Marlon Brando en *Un tranvía llamado deseo*.

Un hombre rechoncho da un paso al frente con la mano extendida. Aparenta unos treinta y cinco años y se le forman bolsas debajo de los ojos.

—Soy el secretario de partido Feng Jin, el miembro de más alto rango en la aldea —anuncia.

Después de estrecharnos la mano, señala a su corpulenta mujer, que está sentada sobre un banco de piedra con sus voluminosas piernas abiertas en una postura de lo más masculina.

—Esa es mi esposa, Sung-ling. Ella es la segunda en la jerarquía y ambos somos responsables de todas las actividades del colectivo.

Z.G saluda inclinando la cabeza.

—Para mi hija y para mí es un honor estar aquí...

—Nadie mencionó a su hija —repone el secretario de partido Feng con rotundidad.

—Ha obtenido permiso para acompañarme —dice Z.G. para tranquilizarlo.

Hasta ahora no me había dado cuenta de que tal vez no debería haber venido con Z.G. ni de que podía suponer un problema para él, e intento que mi expresión transmita la misma impasividad que la suya.

—Ella también quiere aprender y observar la vida real.

El secretario de partido me mira con desconfianza —tengo que comprarme ropa nueva—, pero, tras una larga pausa, cambia de tema y de tono. Mientras habla, parece que sus palabras vayan dirigidas a los aldeanos y no a nosotros.

—Tras la Liberación, nuestro gran presidente ordenó el cierre de todos los templos, santuarios y monasterios. Todos los adivinos fueron desterrados o detenidos. Se prohibieron las canciones tradicionales, las baladas y las óperas. Se desaconsejó la celebración de banquetes y festivales. Mi deber es cerciorarme de que se respetan esas normas, pero yo cambio con el Gobierno. Si me piden que reabra el templo para los consejos de la aldea, obedezco. Si las melodías que se entonaban en las plantaciones vuelven a estar permitidas, lo acato. Ahora me han dicho que recibiremos clases de arte —señala a los campesinos que esperan sentados—. Ya hemos cumplido nuestra labor en el campo y estamos dispuestos a aprender.

Nos adentramos con él en el templo, caminando junto a una pared cubierta de carteles que parecen formar una cronología de la vida en la Aldea del Dragón Verde desde antes de la Liberación hasta el presente. En el primero aparecen unos soldados del Ejército Rojo, sonriendo y ayudando a unos campesinos a reparar una brecha en un dique. En el siguiente, unas personas sostienen hojas de papel. Probablemente sea la época de la redistribución de tierras. Otro cartel ilustra la vida cotidiana: un hombre con un saco de trigo colgado del hombro, otro enroscando una bombilla y otro hablando por teléfono, mientras unos niños entrados en carnes juegan a sus pies. El eslogan que se lee debajo es muy directo: LA COLECTIVIZACIÓN OFRECE A TODOS PROSPERIDAD Y SATISFACCIÓN.

—Me honra ver que parte de mi trabajo ha llegado a su colectivo, secretario de partido Feng —dice Z.G.—. Espero que haya sido inspirador.

—¿Los hizo usted?

—No todos —responde Z.G. con modestia.

La gente sentada cerca de nosotros suspira admirada. Algunos vitorean y aplauden. El rumor no tarda en extenderse por toda la sala. No es un artista cualquiera; este ayudó a modelar sus vidas.

Z.G. no es tímido ni inseguro como mi padre. Da dos pasos, se detiene en mitad del templo y se dirige a los aldeanos. Pero, al poco, una mujer situada en primera fila grita:

—Pero ¿qué hago? Sé cultivar arroz en verano y calabazas en otoño; sé tejer una cesta y limpiarle el trasero a un bebé, pero no soy artista.

—Puedo enseñarle a sostener un pincel y a pintar un nabo, pero dentro de usted hay algo que es aún más importante que componer un buen cuadro —responde Z.G.—. Es usted roja por los cuatro costados. He venido aquí a enseñarle, es cierto, pero quiero que usted también me enseñe a mí. Juntos, encontraremos la rojez en nuestra obra.

Tao y Kumei me ayudan a repartir papel, pinceles y tinta mezclada previamente en unos platillos. Z.G. nos indica que nos sentemos y nos preparemos para trabajar. Sí, me dijo que sería su ayudante y que tal vez sabía más que los campesinos, pero me complace aprender con los demás. Este es el tipo de igualdad y comunidad del que he oído hablar y estaba esperando. Z.G. nos pide que pintemos una rama de bambú. Me gusta esta tarea, porque la hice muchas veces en la escuela de Chinatown. Mojo la punta del pincel en la tinta y deslizo las cerdas por el papel, con ligereza pero sin perder el control. Tao, sentado junto a mí, imita mi manera de coger el pincel y, con una mirada de determinación, se inclina sobre su lámina.

Pintar una rama de bambú parece un encargo sencillo y la gente trabaja con presteza. Z.G. se pasea por la sala ofreciendo sus observaciones: «Demasiada tinta»; «Todas las hojas deben ser exactamente iguales». Entonces se acerca a Tao y a mí, y examina primero mi trabajo.

—Es normal que no entiendas la esencia más profunda del bambú, pero tienes que evitar expresarte demasiado y jugar en exceso con la tinta. Con unas sencillas pinceladas puedes evocar el estado espiritual del tema. Debes conjurar la naturaleza, no copiarla.

Me decepciona no haberle impresionado, y me ruboriza ser criticada delante de los demás. Me arden las mejillas y no levanto la mirada.

Z.G. se dirige a Tao.

—Eres muy bueno con el estilo *hsi-yi* de dibujo a mano alzada —le dice—. ¿Has estudiado en algún sitio, camarada Feng?

—No, camarada Li. Esta es la primera vez que utilizo un pincel.

—No seas modesto, Tao —grita la anciana de la primera fila y, con una seña, pide a Z.G. que se acerque—. Cuando era niño, Tao ya nos entretenía con sus dibujos en la arena.

—Cuando se hizo mayor —tercia otro alumno—, le dábamos papel y una taza de agua para que practicara. Utilizaba el dedo a modo de pincel. El agua impregnaba el papel, y durante unos segundos veíamos montañas, ríos, nubes, dragones, campos...

—¡Hasta la cara del carnicero veíamos! —dice otro con entusiasmo—. Entonces el agua se evaporaba y Tao empezaba otra vez.

Z.G. permanece allí de pie, contemplando la pintura de Tao, frotándose la barbilla con el pulgar y el índice, aparentemente ajeno al cacareo de los aldeanos. Tras una larga pausa, alza la mirada y dice:

—Ya basta por esta noche.

Cuando los demás se levantan y empiezan a desfilar, Z.G. menea el hombro de Tao en un gesto de congratulación. Yo me crie en una familia en la que el contacto físico era infrecuente, así que el ademán de Z.G. me resulta extraordinario. En reacción a su sorprendente encomio, Tao perfila una amplia y resplandeciente sonrisa, la misma que nos regaló a nuestra llegada.

Recojo los dibujos de todos los asistentes. Son terribles, grandes manchurrones de tinta sin delicadeza alguna que me hacen juzgar el mío con mucha más complacencia, hasta que recuerdo la severa evaluación de Z.G. ¿Por qué ha tenido que ser tan mezquino delante de todo el mundo?

El sol se esconde detrás de las montañas y lo tiñe todo de dorado mientras nos encaminamos a la villa con Tao y Kumei. En el umbral, Tao nos da las buenas noches. Aunque todos los habitantes de esta aldea comparten el mismo nombre de clan, pensaba que Kumei y Tao estaban casados, y siento cierto alivio al comprobar que no es así. Z.G. traspasa la puerta detrás de Kumei, y yo aguardo unos instantes, observando a Tao caminar por el sendero, cruzar un puente de piedra y dirigirse a la ladera de la colina. Después doy media vuelta y entro en la casa. Mi maleta todavía está en el patio delantero. La recojo y sigo a los demás hacia las entrañas del complejo. Por primera vez asimilo la palabra «villa». Nunca he estado en un lugar así. Hace cien años debía de ser hermosa y moderna, pero a mí, a una chica de Los Ángeles, se me antoja bastante primitiva. Estrechos caminos de piedra y pasillos unen una serie de patios rodeados de edificios de madera de dos plantas. Todo es muy confuso e inmediatamente pierdo la orientación.

Seguimos a Kumei hasta la cocina, pero no he visto nunca nada igual. Es una estancia al aire libre, sin techo, lo cual resulta agradable en una noche tan bochornosa. Junto a un tabique hay una gran cocina de ladrillo. Me asomo a otra pared, que me llega a la altura de la cintura, y veo un abrevadero vacío, heno sucio y barro seco.

—Tuvimos que donar los cerdos al colectivo —explica Kumei cuando se percata de mi interés.

¿Cerdos en la cocina? ¿En una villa? Me devano los sesos para asimilar lo que estoy viendo. Esto no se parece en nada a China City. ¿Es que vamos a comer aquí? Parece bastante sucio, como si estuviésemos en el exterior, y yo nunca he ido de acampada.

Z.G. y yo nos sentamos en unos bancos que parecen caballetes de aserrar colocados junto a una tosca mesa de madera. Kumei nos sirve unos cuencos con sobras de cerdo y sopa de verdura aderezada con guindillas. Está delicioso. Después comemos un arroz a temperatura ambiente sacado de un envase de latón.

Entre tanto, Kumei parlotea. El niño que hemos visto antes con ella es Ta-ming, su hijo. Una anciana llamada Yong también vive aquí, pero no ha asistido a la clase de arte porque le vendaron los pies en tiempos feudales y no puede caminar largas distancias.

Después de cenar, Kumei nos guía una vez más por el laberinto de caminos y patios descubiertos y nos explica que la casa cuenta con veintinueve dormitorios.

—¿Por qué no vive más gente aquí? —pregunto.

En mi opinión, si la Aldea del Dragón Verde es un colectivo, esta casa deberían compartirla más personas.

—Da igual, da igual —responde Kumei, agitando la mano con desdén—. Yo me ocupo de la casa por todos.

Lo cual no responde a mi pregunta.

Una vez que llegamos al tercer patio, Kumei nos conduce al interior de un edificio. Entramos en una especie de salón con paredes de madera y una tonalidad que recuerda al jarabe de arce. En el otro extremo hay dos ventanales cubiertos con plafones, coronados por una elaborada talla en madera y relieves dorados de unas ardillas jugando en una pérgola con generosos racimos de uvas. Hay una mesa en mitad de la sala y varias sillas apoyadas contra la pared izquierda.

—Dormiréis aquí —dice Kumei—. Podéis elegir habitación.

Z.G. inspecciona apresuradamente todas las estancias y elige la segunda por la izquierda; yo me quedo con la contigua. Es pequeña, pero todavía da menos sensación de espacio porque está ocupada casi en su totalidad por una cama antigua de matrimonio con armazón macizo y un dosel tallado. No puedo creerme que vaya a dormir en algo tan lujoso. Por otro lado, no he visto un cuarto de baño ni alumbrado eléctrico, y la cocina era viejísima. ¿Esto es una villa o la morada de un campesino?

Dejo la maleta en el suelo y me vuelvo hacia Kumei.

—¿Dónde está el aseo?

—¿Aseo?

Kumei parece no entenderme. Utilizo la palabra «lavabo», pero también se la ve desconcertada.

—Quiere saber dónde puede lavarse la cara y hacer sus necesidades —grita Z.G. desde su habitación.

Kumei se echa a reír.

—Te lo mostraré.

—Cuando termines —añade Z.G.—, ¿puedes traerme un termo de agua hervida y un cuenco a la habitación?

Estoy a punto de recordarle que esta es la Nueva Sociedad y que Kumei no es su sirvienta, pero a ella no parece importarle.

Recojo el neceser y sigo a Kumei por el complejo, salimos por la puerta principal y tomamos un sendero que nos lleva a un abrevadero. Lo miro, y después a Kumei, que gesticula con las manos, como lavándose la cara. Supongo que sabrá lo que se hace, así que mojo el cepillo de dientes en el abrevadero. Kumei me imita cuando me echo agua a la cara. No metí una toalla en la maleta cuando me fui de Los Ángeles, así que sigo su ejemplo y me enjugo la cara con los antebrazos y dejo que el calor de la noche haga el resto.

Cuando regresamos al complejo, agarro a Kumei del brazo.

—¿No ibas a enseñarme también dónde hacer mis necesidades?

Me acompaña a mi habitación y señala un objeto que parece la mantequera que un día llevaron los profesores de la escuela elemental a clase para hablarnos de los tiempos de los pioneros. Es de madera, tiene unos veinte centímetros de altura, es más ancho en la parte inferior y se cierra con una tapa. «¿Voy a tener que utilizar eso? ¿Bromeas?»

Al detectar mi expresión, Kumei pregunta:

—¿No tenéis de estos en Shanghái?

No sé si en Shanghái los tienen o no, pero niego con la cabeza. Kumei suelta otra carcajada.

—Este es tu inodoro. Levantas la tapa, te sientas y haces tus necesidades —tras una pausa, añade—: ¡No te olvides de bajar la tapa cuando termines o habrá mal olor y muchas moscas!

No es una información que me entusiasme precisamente, y caigo en la cuenta de que al marcharme de casa no cogí papel higiénico, por no hablar de artículos para lo que mi madre y mi tía siempre han denominado «la visita de la hermanita roja». ¿Qué voy a hacer ahora?

Kumei me da las buenas noches y cierro la puerta de mi habitación. Me siento al borde de la cama —madera dura cubierta con un colchón de plumas y un edredón—, intentando absorberlo todo. Quiero que China sea perfecta y que mi estancia aquí resulte gratificante, pero gran parte de lo que he visto hoy es primitivo o un tanto aterrador. Respiro hondo para recobrar el equilibrio y miro en derredor. La única ventana de la estancia es una abertura cubierta por otro plafón tallado. La oscuridad se cierne rápidamente sobre nosotros, y las cigarras arman mucho alboroto. Sobre la mesa hay una pequeña lámpara de aceite, pero no tengo cerillas para encenderla y, aunque las tuviera, no he traído nada para leer. Las paredes parecen abalanzarse sobre mí. El calor es insoportable. Contemplo el inodoro. Pensaba que estaba preparada para vivir sin comodidades, pero todavía no me he armado de valor para utilizar ese artilugio. Oigo a Z.G. deambular por la sala central y salgo a su encuentro.

—¿Qué tal el día? —me pregunta.

Sus palabras me dejan paralizada. Quiero encajar, pero este no parece lugar para mí, y estoy convencida de que mi actitud así lo demuestra. Quiero gustarle a Z.G., pero sé que soy una sorpresa y una carga inesperada para él. Y, sobre todo, quiero amar a China, pero todo resulta de lo más extraño.

—Es como me lo imaginaba, pero mejor —digo, tratando de responder lo que él quiere oír.

¿Cómo puedo explicárselo? Estoy muy lejos de las comodidades con las que me crie, pero esto es justo de lo que hablábamos Joe y yo con los otros niños de Chicago.

—Mi madre y mi tía siempre decían que no conoces el lujo hasta que te privan de él. Ellas perdieron mucho cuando se fueron de China, pero nunca he entendido sus sentimientos. ¿Quién necesita lujos cuando tienes objetivos, bondad y pasión?

—Tú no estás viviendo esta vida en realidad —corrige Z.G., que ha detectado mi falso entusiasmo—. No conoces el día a día.

—Es verdad, pero eso no significa que no me alegre estar

aquí —replico, mostrándome susceptible con mi nuevo padre—. Y creo que la gente también se alegra de que estemos aquí —guardo silencio unos instantes y preciso mi afirmación—. De que estés aquí. Van a aprender mucho de ti.

—Lo dudo —responde, y me pregunto una vez más por qué es tan pesimista—. Cumpliremos nuestro cometido, pero esos campesinos no van a aprender nada de mí, ya lo verás. Y coincido con Pearl y May: la gente como nosotros se adapta mejor a Shanghái —tras unos momentos, añade—: Incluso en su estado actual.

Z.G. se lleva la mano al bolsillo y saca lo que parece un fajo de papel crepé beige.

—Puedes utilizarlo para el inodoro —me dice.

Y con eso se retira a su habitación y yo me dirijo a la mía. Las paredes están hechas de la misma madera delgada y oscura que compone todos los edificios que he visto hasta el momento en la villa. Son verdaderamente delgadas, porque oigo a Z.G. en la sala contigua orinando y expulsando flatulencias. Me desnudo, me pongo el camisón y utilizo el retrete por primera vez. Si a mi nuevo padre nada le da vergüenza, yo tengo que superar la mía. No obstante, me siento en el borde, me inclino hacia delante e intento dirigir el chorro de manera que haga el menor ruido posible.

Me tumbo. Hace demasiado calor como para taparme con la colcha y no entra ni un hálito de aire fresco por la abertura que ocupa el lugar donde normalmente hay una ventana de cristal. Me quedo dormida con el sonido de los ratones arañando y correteando por las vigas.

Pearl

Una viuda debe...

Voy en un avión camino de Hong Kong, un lugar que no he visitado desde que mi hermana y yo partimos de China hace veinte años. Aquí, apretujada en mi asiento, rememoro mi pasado. Mi hermana, una egocéntrica a la que he intentado proteger desde que era niña y que me lo pagó traicionándome una y otra vez, me atormenta. Mi hija me llena de inquietud. Mi marido, Sam... Oh, Sam...

Ahora soy viuda. Mi madre decía que una viuda es la persona más desventurada de la Tierra, porque o bien cometió un delito imperdonable en otra vida o bien porque su falta de devoción hacia su marido le provocó la muerte. Sea como fuere, está condenada a vivir sin ser amada por otro hombre, pues ninguna familia de bien aceptará a una viuda en su hogar. Y aunque lo hiciera, la viuda no accedería, porque el mundo sabe que una mujer decente no debe unirse a un segundo marido. Debe esperar y aceptar una existencia miserable.

Una viuda tiene que rezar, ayunar y recitar sutras (omitiré los sutras y me limitaré a las oraciones). Debe dedicarse a realizar buenas obras en su lugar de culto (por ahora, solo podré hacerlo en mi corazón, porque no tengo ni idea de qué encontraré para una metodista como yo en la República Popular China). Debe pasar el resto de su vida respetando la castidad (algo que no me rompe el corazón, si he de ser sincera). Debe renunciar a las posesiones materiales y dedicarse a otros como yo: las personas socialmente muertas (sin embargo, estoy volando a la otra punta del mundo en busca de mi hija). Muchas veces he oído que una viuda vence la vanidad y el apego mostrando su sufrimiento a pecho descubierto (yo jamás he sido vanidosa, eso se lo dejé a mi hermana, pero no puedo renunciar al apego si eso significa renunciar también a mi hija). Una viuda como es debido ha de llevar ropa oscura y, a lo sumo, algunas piezas de jade de buena calidad. Pero ¿por qué pienso siquiera en esas cosas cuando he emprendido una búsqueda frenética e improvisada de Joy?

Es de justicia admitir que no sé lo que estoy haciendo. Me gusta proyectar las cosas y proceder con cautela, pero la vida no siempre se rige por un plan. De joven amaba a Z.G., pero me impusieron un matrimonio concertado para sufragar las deudas de mi padre. Ahora, al pensar que crie a la hija de May como si fuera mía, sin saber que Z.G. era el padre de Joy, la tristeza y la vergüenza me comprimen el pecho al imaginarme a mi hermana y a ese hombre juntos. Ella es una oveja y él un conejo. Es una de las parejas más idóneas y, sin embargo, pensaba que Z.G. y yo éramos quienes debían estar juntos. Saberlo es desolador y me parte el corazón, pero ahora mismo tengo otras cosas de las que preocuparme.

Rebasamos la línea internacional de cambio de fecha, lo cual significa que han transcurrido diecisiete días desde que Sam se suicidó, trece desde su funeral y dos desde que Joy emprendiera su huida. Nunca dudé que sería yo quien perseguiría a Joy. Una persona prudente diría que May no quería abandonar a Vern, su marido inválido, que nunca ha estado bien de la cabeza, pero la conozco. No quería dejar sus negocios ni exponerse al peligro. ¿Cómo es esa expresión suya? No quería romperse una uña. Puede que Joy no sea una hija biológica, pero es mía y haré lo que sea por ella. No dejo de pensar en mi madre, que siempre me decía que tuviese cuidado con el rasgo que comparto con quienes han nacido en el Año del Dragón: este animal, que es considerado un ser justo, a menudo se sume precipitadamente en una situación desastrosa. Mi madre tenía razón en muchas cosas.

—Es usted muy valiente —me dice la mujer sentada junto a mí mientras el avión da sacudidas en el aire. Está pálida de miedo y se agarra con fuerza a los reposabrazos—. Ya debe de haber pasado antes por esto.

—Es la primera vez que vuelo —respondo tras una larga pausa.

La tristeza que siento por mi marido y el pavor que me causa mi hija me paralizan de tal manera que no tuve miedo cuando despegó el avión, y apenas noté las turbulencias que comenzaron después de repostar en Tokio. Me vuelvo hacia la ventana y contemplo la oscuridad. Más tarde oigo a la mujer vomitar en una bolsa.

Finalmente, el avión inicia el descenso hacia el aeropuerto Kai Tak de Hong Kong. En el mar despuntan pequeñas islas, los barcos pesqueros se deslizan sobre las olas y las palmeras se mecen con el viento. Después nos adentramos en la ciudad, tan cerca de los edificios que veo hombres en camiseta bebiendo té, la colada tendida sobre los respaldos de las sillas y mujeres cocinando. Cuando tomamos tierra, un grupo de hombres con la camisa desabotonada hace rodar unas escaleras hasta el avión. Recojo mis pertenencias y sigo a los demás pasajeros en dirección a la salida. Los vapores del humo de carbón, pato asado y jengibre, que se mezclan en el pesado y húmedo aire, me llenan los pulmones. Estoy en Hong Kong, una colonia británica, pero para mí huele igual que China.

Un agente de inmigración me pregunta cuál es mi destino final. Como dragón, quiero salir disparada hacia China, irrumpir en el país y abrir puertas con mis largas garras para encontrar a mi hija, pero primero tengo otros cometidos. Para llevarlos a cabo, debo ir a la ciudad.

—Hong Kong —respondo.

El aeropuerto se encuentra en el distrito de Kowloon. Al caer la noche, el taxi serpentea por las atestadas calles en dirección a la terminal del Ferry Star. Estridentes luces de neón perfilan aleros volteados, deletrean los nombres de restaurantes en inglés y en chino y anuncian desde bebidas gratuitas y bailarinas para los marineros estadounidenses hasta hierbas y tónicos para gestar niños fuertes y sanos. Me inundan los recuerdos. Hace veinte años, esta ciudad representó la puerta de entrada que separaba mi huida y la de May del barco que nos llevaría a Estados Unidos. Ahora vuelve a ser una colonia británica, pero me abruma lo china que es. La frontera con China está a unos treinta kilómetros de distancia, y la provincia de Cantón a ciento sesenta.

Embarco en el Ferry Star y cruzo la bahía hasta Hong Kong, donde altos edificios blancos se yerguen sobre las colinas verdeantes. Me dirijo al mismo hotel barato en el que nos hospedamos May y yo hace veinte años. Después de registrarme, subo a la habitación y cierro la puerta. Es como si toda la tristeza que debería haber sentido al quedarme viuda me azotara de súbito, y el terror que me provoca Joy es apabullante. He experimentado muchas cosas horribles en la vida, pero la huida de mi hija es la peor. Tengo miedo de no ser una madre tan fuerte como debería. Puede que nunca lo haya sido. Puede que nunca haya sido lo bastante buena como para ser la madre de Joy. Porque, por supuesto, no soy la madre de Joy.

Mi mente visita una sucesión de lugares atroces antes de girar incontroladamente a otro aún peor. La vergüenza que me embarga por haber fallado a mi marido y a mi hija me quema la piel. No tengo a nadie, ni siquiera a mi hermana. Dudo que llegue a perdonarla por haber delatado a Sam ante el FBI. Me pidió perdón, y cuando nos encontrábamos en el aeropuerto, dijo: «Cuando tengamos el pelo canoso todavía conservaremos nuestro amor fraternal.» La escuché, pero no la creí. No dije nada porque, me gustara o no, éramos dos hermanas que habían acudido juntas en busca de Joy. Dicho esto, cuando pienso en las acusaciones que me profirió May ayer noche, sé que en muchos sentidos tenía razón. Mencionó que yo había ido a la escuela en Shanghái pero que no había servido de nada. Tampoco había aprovechado las oportunidades que me brindaron en Los Ángeles. Me reprochó que prefería ser una víctima y regodearme en mis sacrificios. Se mofó de mí por tener miedo y huir del pasado. Pero May también solía decir: «Todo vuelve siempre al principio.» Se reiría si me viera ahora, porque he corrido tanto y durante tanto tiempo que he cerrado el círculo de mi pasado.

¡Y mírame! Como decía May, tengo miedo. Siempre he sido patética y perdidamente timorata, pero mi hermana nunca ha tirado la toalla. Hace veinte años, cuando huíamos de Shanghái, no me dejó en la choza cuando fui violada y golpeada por unos soldados japoneses que a punto estuvieron de matarme. Por el contrario, me subió a una carretilla —inconsciente— y me llevó a un lugar seguro en el campo. No se marchitó cuando tuvo que entregarme a la hija que había llevado dentro y amado durante nueve meses. Tampoco titubeó jamás a la hora de ejercer de tía de Joy durante diecinueve años y mantener el secreto. Nos honró a su hija y a mí guardando silencio. No se encerraba en una habitación de hotel a llorar y lamentarse toda la noche.

Justo antes del amanecer me levanto, me doy una ducha, me visto y me miro en el espejo. Tengo cuarenta y un años y, pese a mis vicisitudes, no peino una sola cana. Nunca he sido como mi hermana, cuyo rostro es su fortuna, pero mis mejillas siguen conservando un tono rosado tras las penurias que he vivido en las últimas semanas. Solo en los ojos veo la profundidad de mi acongojado corazón, una vorágine de tristeza y de pérdida.

Bajo las escaleras y pido un cuenco de gachas de arroz y té de jazmín. Me alimento de lo más sencillo que encuentro. Soy viuda y lo he perdido todo. ¿Acaso podría permitirme un desayuno inglés en Hong Kong a base de huevos, panceta, tomates cocidos y tostadas?

Después de desayunar voy a recepción para que me indiquen cómo llegar a la Asociación Benéfica Soo Yuen, con la esperanza de que me aconsejen sobre cómo entrar en China y enviar cartas a mi hermana una vez allí. La asociación se fundó para ayudar a la gente de las familias Louie, Fong y Kwong. Mi suegro utilizó sus servicios durante años. Papá Louie mantuvo contacto con su aldea natal de Wah Hong después de pasar casi toda su vida en Estados Unidos. Enviaba dinero a sus parientes, aunque ello le supusiera un sacrificio. Cuando China quedó aislada, tuvo que recurrir a la asociación para que el dinero pudiera cruzar la frontera y llegar a su familia. Tras la muerte de papá

Louie, Sam continuó enviando sus ahorros a Wah Hong, cosa que el FBI y el INS consideraron uno de sus delitos más graves. Casi puedo oír a Sam decirles: «Hacemos lo que podemos por nuestros familiares atrapados en un mal lugar.» Obviamente, a los agentes les daba igual. Por tanto, sé que si May me envía cartas y dinero directamente a la China roja, será blanco de los ataques del FBI por simpatizar con el comunismo, como le sucedió a Sam. Al mismo tiempo, lo que me espera al otro lado de la frontera es un misterio. Me han contado que con frecuencia abren, leen y censuran el correo, o que lo tiran directamente a la papelera. Sé también que la gente de China que se atreve a enviar cartas al extranjero o a recibirlas, por inocente que sea el contenido, puede ser acusada de capitalista o espía.

Ya en la calle, Hong Kong rebosa vitalidad: vendedores de flores y pájaros, mercados al aire libre, empresarios británicos engalanados con sus trajes y mujeres con hermosos vestidos y sombrillas para protegerse del sol. Podría decir que Hong Kong es una versión más grande, llamativa, opulenta y cosmopolita de Chinatown, pero entonces tendría que reconocer que ya no es mi hogar de adopción, con la salvedad de la comida, las oleadas de turistas blancos y las caras chinas. Podría decir que Hong Kong se asemeja más al recuerdo que guardaba de Shanghái, con su animado muelle, el comercio de sexo y pecado y el olor a perfume, carbón y las exquisitas delicias que se cocinan en plena calle, pero no es ni tan grande ni tan adinerada como la ciudad de mi infancia.

Una hora después llego a las oficinas de la Asociación Benéfica Soo Yuen y me acerco a un hombre delgado de unos cincuenta años que lleva un traje barato y bebe té detrás de un mostrador. Le tiendo la mano y farfullo:

—Me llamo Pearl Louie y vengo de Los Ángeles. Mi hija nació en Estados Unidos. Parece china, pero es de allí. Mi hija...

Se me anegan los ojos de lágrimas, pero logro contenerlas.

—Solo tiene diecinueve años y ha huido a China en busca de su padre, seguramente a Shanghái. Se cree muy lista y muestra mucho entusiasmo por lo que sucede allí, pero no tiene ni idea de nada.

¿Que por qué comparto todo esto con un completo desconocido? Porque no puedo contar con su ayuda si no soy honesta con él.

—¿Planea viajar a la República Popular China? —pregunta sin inmutarse.

—Lo dice como si fuera lo más normal del mundo, pero es un país comunista. Está cerrado.

—Sí, sí, sí —interviene con aire aburrido—. El Telón de Bambú y todo eso.

Su actitud me despierta incredulidad. Acabo de desnudar mis penurias e inquietudes ante él y se comporta como si no tuvieran la menor importancia, así que golpeo el mostrador con los nudillos para captar su atención.

—¿Piensa ayudarme o no?

—Mire, señora, es un telón de bambú, no un telón de acero. La gente entra y sale de China constantemente, no hay para tanto.

—Pero ¿qué dice? —pregunto con impaciencia—. Las fronteras de China están cerradas...

—A la República Popular China se le da muy bien la propaganda, pero a su país también. Ustedes, los estadounidenses, se creen que la República Popular China es totalmente impenetrable, pero forma parte de la campaña de su Gobierno para aislar al país, rechazando el reconocimiento diplomático, prohibiendo el comercio, restringiendo las visitas para la reunificación de las familias...

Soy muy consciente de que Estados Unidos está castigando a China por su papel en la guerra de Corea y por apoyar a la Unión Soviética en la Guerra Fría. Por si no bastara con eso, están la irritación constante que provoca Taiwán y la amenaza de la propagación del comunismo.

—Pero los británicos siguen haciendo negocios allí. —Se inclina hacia delante para recalcar su argumento—. Algunos países de Europa del Este están trabajando en el país. Incluso algunos estadounidenses invitados por Mao y el Gobierno entran y salen de China. Pero sobre todo nosotros, los chinos, hemos continuado haciendo negocios allí. Hong Kong y la China continental han mantenido una relación comercial especial durante cientos de años, mucho antes de que Hong Kong fuese una colonia. ¿Cómo vamos a vivir sin hierbas medicinales chinas, por ejemplo?

Ante mi mirada inexpresiva, responde él mismo.

—No podemos. Necesitamos ingredientes para todo tipo de afecciones: paperas, fiebre, problemas por debajo de la cintura... Y recuerde que dentro de cuarenta años, Hong Kong se anexionará de nuevo a la República Popular China. No crea que esos comunistas no están intentando hacerse con un trozo del pastel a estas alturas. En todo Hong Kong, el régimen de Pekín puede absorber divisa extranjera, comprar componentes difíciles de conseguir en otros lugares y exportar ciertas materias a otros países. No digo que el tránsito de gente y mercancías sea sencillo...

—Uno de mis mayores temores es que a mi hija la apresaran y fusilaran en cuanto puso un pie en China. ¿Va a decirme que nunca ha ocurrido algo así? —pregunto, porque nada de lo que me cuenta encaja con lo que he leído ni oído sobre la república.

—Propaganda —replica, marcando todas las sílabas—. Insisto, no sabe cuántos chinos regresan a su país cada día. Desde la Liberación, han vuelto a Fukien más de sesenta mil chinos de la diáspora. Otros noventa mil han abandonado Indonesia y regresado a la patria. ¿Cree que el Gobierno mataría a toda esa gente? —pregunta burlonamente—. Pero, si tan preocupada está, tal vez no debería ir.

—Tengo que encontrar a mi hija.

No me importa lo que diga. He leído los periódicos; he visto las noticias; es la China roja, por el amor Dios.

Me mira de arriba abajo, valorándome por la viuda que soy, y añade:

—Como bien dice, es una hija. Quizá no merezca la pena. Si fuese un hijo, sería distinto.

Puede que Hong Kong sea una colonia británica, pero las costumbres y tradiciones chinas son ancestrales y profundas. Estoy tan enfadada que siento tentaciones de atizarle.

—Olvide a esa estúpida muchacha —apostilla—. Puede tener más hijos. Todavía es joven.

—Sí, sí —asiento, porque es absurdo discutir sobre el valor de una hija o poner a ese hombre en su sitio por ofender los votos de una viuda—. Aun así iré a China y necesito ayuda.

—¡Ah! ¡Estamos en la primera casilla! ¿Qué clase de ayuda necesita?

—Solo dos cosas: recibir cartas y dinero de mi hermana y poder contestarle.

—¿Ha hecho esto antes? Escribir a China, quiero decir...

—Mi suegro utilizaba esta asociación para enviar dinero a su aldea natal —respondo.

—Recuérdeme su apellido.

—Mi nombre de soltera era Chin y el de casada Louie.

El hombre se aleja, rebusca en unos archivos y vuelve con una ficha.

—Hasta este mismo mes ha llegado dinero de su familia de Los Ángeles a la aldea de Wah Hong. —Su actitud parece cambiar al conocer ese dato—. ¿Quiere que le envíe dinero allí?

—No voy a Wah Hong.

—De acuerdo. Aun así podremos hacerle llegar el correo si se encuentra en algún lugar de la provincia de Kwangtung. Nuestros contactos están justo al otro lado de la frontera, como ha ocurrido durante más de cien años.

—Pero yo voy a Shanghái.

Joy dijo que quería conocer a su padre. Tiene que estar allí.

—Shanghái —dice con una mueca—. No puedo enviar nada directamente a Shanghái. Allí no tenemos contactos.

—Si manda el correo a nuestros parientes de Wah Hong, ¿podrían enviármelo a mí?

El hombre asiente, pero debo verificar que eso es posible.

—¿Y cómo funciona?

—Alguien tiene que mandarnos dinero...

—Mi hermana enviará cartas y dinero, y puede que incluso algún paquete. Habrá que tener en cuenta los costes...

—Y el tiempo. Una carta de Estados Unidos a Hong Kong puede llegar muy rápido por correo aéreo, pero los portes son prohibitivos.

—Me hago cargo. Le diré a mi hermana que los envíe por barco.

—En cualquier caso, guardaré lo que envíe en un sobre o un paquete nuevo y lo remitiré a su primo. —Mira la tarjeta que sostiene en la mano—. Louie Yun. Se lo entregaré a uno de mis hombres y él se lo llevará personalmente en tren hasta Cantón. Desde allí, viajará a Wah Hong y le dará la carta a Louie Yun, que la meterá en otro sobre y se lo enviará a usted a Shanghái. Obviamente, tiene que contactar con ese primo suyo para explicarle qué debe hacer.

Mi deseo es ir directamente a Shanghái, pero le digo:

—Me ocuparé de ello.

Tras una pausa, pregunto:

—¿Tiene que ser tan complicado?

—Si quiere recibir solo correo es bastante sencillo, aunque pueden leerlo, censurarlo e incluso confiscarlo. Si quiere recibir dinero...

—No quiero meter en líos a los habitantes de la aldea —interrumpo—. Hace tiempo recibimos una carta de un primo de Wah Hong en la que decía que ya no necesitaba nuestro dinero. «No hay carencias en la nueva China», escribía. Luego lo mataron cuando trataba de huir...

El hombre resopla detrás del mostrador.

—China es impredecible y la situación cambia de una semana a otra. Ahora mismo, los comunistas quieren que la gente envíe dinero. Lo necesitan. Quieren inversión extranjera. Créame, aceptaremos gratamente su dinero.

—No quiero que se queden con mi dinero ni tampoco invertir —contesto—. Yo solo pretendo cerciorarme de que las cartas llegan al remitente en ambos extremos.

El hombre levanta los brazos con un gesto de impaciencia.

—¡Piense, señora Louie! Si quiere que se queden con todo o parte de su dinero, pídale a su hermana que le envíe directamente el sobre a usted y a ver qué llega. O puede decirle que esconda dinero en un paquete y utilizarnos para que se lo entreguemos. Nosotros, y otras asociaciones familiares y de distrito, llevamos haciéndolo mucho tiempo. Sabemos qué nos traemos entre manos.

—¿Me jura que mis familiares recibirán las cartas de mi hermana y que no se verán en aprietos?

—Si los descubren, sí, ¡tendrán problemas!

Lo mismo sucedería si May enviara o recibiera correo directamente de la China roja.

—Así que asegurémonos de que nadie es descubierto.

Todo esto me llena de inseguridad, pero ¿qué puedo hacer? Tal vez no sea la solución perfecta, pero ahora tengo la manera de enviar correo a China: de May a la Asociación Benéfica Soo Yuen, después a la familia de papá Louie en Wah Hong y finalmente a mí, en Shanghái. Podré utilizar el mismo procedimiento para comunicarme con mi hermana. Ojalá que May y yo tuviésemos un familiar cercano como intermediario, pero no es posible. May y yo estamos emparentadas con todos los habitantes de Yin Bo, nuestra aldea natal, pero me marché de allí cuando tenía tres años y May era solo un bebé. Mi madre está muerta. Nunca supimos qué suerte corrió mi padre. Estoy segura de que ha fallecido, asesinado por la Banda Verde, masacrado durante uno de los bombardeos de Shanghái o aniquilado por los soldados japoneses después de que nos abandonara. Puede que el pueblo de Yin Bo no recuerde a May, a mis padres ni a mí. Y, aunque lo hiciera ¿podría confiar en ellos?

—¿Puedo darle un consejo? —pregunta el hombre de la asociación familiar—. Le he dicho que mucha gente está volviendo a China, y es cierto. Entrar es fácil, pero salir es complicado. No debe viajar allí a menos que tenga un plan de salida.

—Estoy dispuesta a quedarme en China siempre que pueda encontrar...

Levanta la mano para impedir que continúe.

—A su hija, lo sé. —Se rasca el cuello y añade—: Pero ¿tiene un plan para escapar?

—Solo pienso en localizar a mi hija —reconozco—. No puedo permitir que siga allí sola.

El hombre menea la cabeza ante mi tozudez.

—Si hay una manera de salir de China es a través de la provincia de Cantón. Si usted y su hija consiguen llegar hasta allí, serán solo dos personas entre las centenares que se marchan a diario.

—¿Centenares? Pero si ha dicho que vuelven decenas de miles de personas a China.

—A eso me refería. No es fácil escapar, pero la gente se las arregla. A veces tengo la sensación de que me paso la mitad del tiempo enviando dinero a aldeas para que se ocupen de las casas de la gente que se ha ido. Justo al pasar la frontera hay pueblos enteros que han quedado desiertos. Los llamamos aldeas fantasma. Algunos dejan la casa tal como estaba aquella mañana —muebles, ropa, armarios repletos de alimentos en conserva— para encontrarlo todo exactamente igual cuando vuelvan...

—¿Cuándo puedo marcharme? —pregunto, interrumpiéndolo.

—¿Cuándo estará lista?

Una vez concluidas todas las disposiciones, incluido un plan para que alguien me recoja en la estación de tren de Cantón y me lleve a Wah Hong, me ofrece un último consejo:

—La República Popular China existe desde hace casi ocho años y cambia continuamente. No será como usted la recuerda o como cree que debería ser, y desde luego no se parecerá en nada a lo que haya oído en Estados Unidos.

A mi regreso al hotel, le pido a la recepcionista un formulario para enviar un telegrama. Luego busco una silla en el vestíbulo y escribo a May: LLEGADO A HONG KONG. MAÑANA A WAH HONG. DETALLES POR CORREO CUANDO LLEGUE A SHANGHÁI.

Al día siguiente me pongo la ropa de campesina que me compró mi hermana hace veinte años para salir de China. Me dirijo a la estación y compro un billete de ida para el trayecto entre Kowloon y Cantón. El tren empieza a traquetear y en cuestión de minutos hemos abandonado la ciudad y atravesamos los Nuevos Territorios, que todavía forman parte de la colonia.

Me pregunto cómo cruzó Joy la frontera. ¿Y si fue a China

pero le impidieron la entrada? Debieron de percatarse inmediatamente de que no provenía de Shanghái. Siempre me pareció que su chino era bueno en comparación con el de otros niños de Chinatown, pero su acento... Y no sé a quién o qué creer, si al hombre de la asociación familiar o todo lo que he oído sobre la China roja en Los Ángeles. ¿Estará muerta Joy a estas horas? ¿Qué habrá ocurrido si han conjeturado que era espía? ¿Y si la mataron en cuanto pisó territorio chino? Este es mi mayor temor, el que me llena de desesperación, pero no es lo único que me tortura: si encuentro a Joy, ¿cómo estará física y emocionalmente? ¿Querrá verme siquiera? ¿Seremos capaces de reparar una relación que, al fin y al cabo, estaba basada en una mentira? ¿Volverá a casa conmigo, suponiendo que encontremos la manera de salir del país?

Los treinta kilómetros que median hasta la frontera —un puente sobre el río Sham Chun— transcurren más rápido de lo esperado. La bandera de la República Popular China ondea al viento. Unos guardias recorren el tren y comprueban los carnés de identidad de quienes han abandonado el país por asuntos de negocios o de los parientes que llegan de visita desde Hong Kong. Son muchos, lo cual confirma lo que dijo el empleado de la asociación familiar. Esto me recuerda mucho a la frontera entre California y México, que cada día traspasan verdaderas multitudes para ir a trabajar.

Cuando informo al guardia de que soy una china de la diáspora, me sacan del tren junto a otros viajeros. Me vienen a la mente los recuerdos de mi llegada a Estados Unidos, cuando nos separaron a mi hermana y a mí del resto de los pasajeros y nos enviaron a la Oficina de Inmigración de Angel Island, donde nos interrogaron durante meses. ¿Sucederá lo mismo ahora?

Me acompañan a una sala y cierran la puerta con pestillo. Espero hasta que entra un inspector. Su estatura es mucho menor que la mía, pero es enjuto y rudo.

—¿Es usted apátrida? —pregunta.

Buena pregunta. No dispongo de pasaporte. Lo único que tengo es el Certificado de Identidad emitido por Estados Unidos, y se lo muestro al inspector, que no sabe qué pensar.

—¿Es usted ciudadana estadounidense?

Si esto es como Angel Island, tendré que repetir lo que hicimos May y yo en su momento: embrollar la historia para poner trabas a la burocracia.

—No me concedieron la ciudadanía —respondo—. No era lo bastante buena para ellos. Tratan muy mal a los chinos.

—¿Con qué propósito ha regresado a la República Popular China?

—Para contribuir a la construcción de la nación —contesto diligentemente.

—¿Es usted científico, médico o ingeniero? ¿Puede ayudarnos a fabricar una bomba atómica, a curar una enfermedad o a diseñar una presa? ¿Posee usted aviones, una fábrica o algún patrimonio que pueda donar al Gobierno?

Hago un gesto negativo con la cabeza, y entonces añade:

—Y bien, ¿qué se supone que debemos hacer con usted? ¿Cómo cree que puede ayudarnos?

—Con estas —digo, alzando las manos.

—¿Está dispuesta a renunciar a los repugnantes y pestilentes ideales estadounidenses que ha abrigado en su corazón?

—¡Sí! ¡Por supuesto! —exclamo.

—¿Es usted estudiante? En Cantón disponemos de unas instalaciones especiales para recibir a estudiantes de la diáspora. Allí se les pide que confiesen sus verdaderas razones para volver a China, sus ideas sobre la fama y el beneficio y cualquier pensamiento anticomunista que puedan albergar.

—Perdone, pero ¿tengo pinta de estudiante?

—Tiene pinta de ocultar algo. A mí no me engaña con esa ropa del pueblo.

El chirrido de la silla contra el suelo de cemento no augura nada bueno.

—No se mueva de aquí.

Sale y cierra la puerta de nuevo. Me siento confusa y asustada. El hombre de la asociación familiar me dijo que sería fácil, pero a mí no me lo parece. ¿Es posible que Joy haya pasado por esto? ¿Se declararía apátrida y entregaría el pasaporte? Espero que no.

Se abre la puerta y entra una mujer.

—Desnúdese.

Esto me recuerda demasiado a Angel Island. No me gustó que me registraran entonces y no quiero que lo hagan ahora. Desde la violación me da miedo que me toquen, incluso mis seres queridos y mi propia hija.

—Tengo que registrar a otras personas. ¡Dese prisa! —ordena.

Me quedo en ropa interior.

—El sujetador es un signo de la decadencia occidental —me espeta con sorna—. Déjelo aquí.

Acato sus indicaciones y cruzo los brazos sobre el pecho.

—Ya puede vestirse.

En ese momento vuelve el inspector y me interrogan durante una hora más. Registran mis maletas y me confiscan algunos enseres, entre ellos mi otro sujetador. Vuelvo a subirme al tren, y al cabo de unos instantes cruzamos la frontera y nos adentramos en la China continental. Sin embargo, no tengo la posibilidad de verla porque entra un guardia en el vagón y nos exhorta a correr las cortinas.

—Cada vez que pasemos por un puente o junto a unas instalaciones industriales o militares deben correr las cortinas. No se apeen del tren hasta que lleguen al destino que figura en su billete.

Pearl

Belleza perenne

Salgo de la estación ferroviaria de Cantón convencida de que estará esperándome el coche que me llevará a la aldea de Wah Hong, pero no es así. En el aparcamiento tampoco veo vehículos privados ni taxis. Solo hay bicicletas y transeúntes vestidos prácticamente igual. Todo el mundo parece pobre. Cantón era una ciudad próspera, así que los cambios que ha sufrido me resultan chocantes. Cuando algunos de los pasajeros —los estudiantes chinos procedentes del extranjero— son conducidos a empujones a su centro especial de recepción, doy media vuelta y echo a andar al trote en dirección contraria. Yo no soy estudiante, pero no quiero verme envuelta en ninguna medida oficial ni por asomo. Cruzo el aparcamiento y llego a la acera. La calle está llena de bicicletas, pero, una vez más, no hay taxis. Veo muy pocos coches o camiones. Pasan un par de autobuses, pero no sé adónde se dirigen. Pregunto a un viandante cómo llegar hasta Wah Hong. No conoce el pueblo, al igual que las personas con las que hablo después. Me quedó allí de pie, royendo una cutícula, sin saber qué hacer. Si el hombre de la asociación familiar se ha equivocado en esto, ¿cómo voy a confiarle mi correo?

Empezamos mal.

Vuelvo a la entrada de la estación y me siento sobre la maleta. Intento conservar la calma, pero no estoy tranquila en absoluto, más bien aterrorizada. Decido esperar una hora, y si no viene nadie a recogerme, buscaré un hotel. Al fin, un desvencijado Ford —un recuerdo de épocas más pujantes— se detiene delante de mí. El aniñado conductor baja la ventanilla y me pregunta si soy Pearl Louie.

Al poco hemos dejado atrás Cantón y circulamos por una carretera elevada sin asfaltar, atravesando los arrozales inundados en un trayecto hasta Wah Hong que, según me informa, durará unos cuarenta y cinco minutos. Parece que, con el comunismo, Cantón ha dado un paso atrás, pero ahora tengo la sensación de estar retrocediendo un siglo. Bordeamos pequeñas aldeas formadas por caóticas chozas de campesinos. Me dan escalofríos. Yo fui violada y mi madre asesinada en una cabaña como esas. Todos estos años he anhelado las alegres y coloridas calles de Shanghái, pero jamás he echado de menos la china rural, y sin embargo aquí estoy. Los malos recuerdos me invitan a ceñirme unas vendas imaginarias. Estoy aquí, pero hago todo lo posible por no verlo.

Cuando llegamos a Wah Hong, pregunto a la primera persona que veo si conoce a Louie Yun. Este es otro de esos pueblos diminutos con trescientos habitantes a lo sumo, todos ellos con el nombre de clan Louie y emparentados con mi suegro. Me acompañan a casa de Louie Yun y se llevan una sorpresa mayúscula al verme. Sirven té y traen aperitivos. Entra una manada de familiares a conocerme, pero, por más que intento no ver o sentir que me hallo en una choza, lo estoy, y me asedian toda clase de recuerdos.

Cuando llegué a Los Ángeles al término de la Gran Depresión, mis suegros y todos mis conocidos eran más pobres que cualquiera de mis allegados de Shanghái. Puede que en Chinatown estuviésemos hacinados —los siete en un piso de tres habitaciones—, pero era verdaderamente espacioso en comparación con esta choza de dos estancias en la que residen diez o más parientes de Louie. Oigo historias espeluznantes sobre lo ocurrido durante la denominada Liberación a los miembros de la familia Louie que se beneficiaron del dinero que enviamos. Los llamaban «cobardes imperialistas», los golpeaban o los obligaban a arrodillarse sobre cristales en la plaza pública. Algunos corrieron una suerte aún peor. Los relatos son tal como los imaginaba y me llenan de temor, pero otros alaban al presidente Mao y le dan las gracias por la comida y la tierra que les ha proporcionado.

La práctica aceptada sería que ofreciera un banquete, pero no quiero quedarme tanto tiempo. Me llevo a Louie Yun aparte, le doy un poco de dinero y le prometo más si me gestiona el correo. Tras pormenorizarle el proceso, digo:

—No le voy a engañar. Podría ser peligroso para usted y para el resto de la familia.

No sé si es una muestra de gratitud por los regalos de papá Louie a lo largo de los años, un deseo de burlar la pobreza o indiferencia hacia los peligros políticos, pero pregunta:

—¿Cuánto pagarás por este servicio?

—¿Cuánto quiere?

Negociamos hasta fijar una cantidad justa —sopesando los peligros respecto del valor de los dólares estadounidenses—, que May le enviará cada mes, y pongo rumbo a Cantón. Me llevan al muelle, donde encuentro un barco con destino a Shanghái. Será más rápido que el tren y más barato que un vuelo. Me digo a mí misma que he comprado la lealtad de Louie Yun, pero no tengo forma de saberlo.

Cuatro días después me encuentro en cubierta oteando Shanghái. Hace una semana descendía de un avión en Hong Kong y me veía envuelta en un cúmulo de olores que no había percibido desde hacía años. Esta mañana, mientras aguardo el desembarque, inhalo las esencias de mi hogar —el aceite— y el agua infestada de residuos, el arroz que están cocinando en un sampán, peces podridos descomponiéndose en el muelle y verduras cultivadas río arriba que se marchitan a causa del calor y la humedad. Pero lo que veo delante de mí parece un garabato de Shanghái. Los edificios que bordean el malecón —los bancos de Hong Kong y Shanghái, el Shanghái Club, el hotel Cathay y el servicio de aduanas— son grises, abandonados y desastrados. Tampoco ayuda que de las fachadas cuelguen unas redes que parecen trampolines. Imagino que no habrá culíes. ¿No se supone que esta es la Nueva China? Pero allí están, en el muelle: medio desnudos, corriendo a toda prisa de un lado a otro con grandes pesos a la espalda.

Esta impresión inicial no me desalienta. ¡He llegado a casa! Estoy deseando poner un pie en tierra y recorrer las calles. Por un momento me gustaría que May estuviera aquí conmigo. ¿Cuántas veces nos hemos sentado, hablando de este o aquel bar o de aquella tienda, siempre queriendo que las cosas fueran como antaño, cuando éramos unas jóvenes hermosas?

Me trasladan junto al resto de los pasajeros a la nave de procesamiento. Una vez allí entrego mi Certificado de Identidad a un inspector, que examina la documentación y después a mí. Llevo una falda de algodón y una blusa rosa, pues no concibo llegar a Shanghái con el atuendo de pueblerina. Aun así, desentono con los demás, lo cual parece despertar un mayor interés en la gente. Un inspector registra mi equipaje mientras otro me pregunta cuáles son los motivos de mi regreso a China, si me comprometo a renunciar a mis costumbres capitalistas y si he venido para servir al pueblo. Todo se sucede con rapidez si lo comparamos con el control en la frontera. Puede que oigan mi dialecto wu y crean que soy shanghaiana. Una vez concluido el interrogatorio —y he mentido reiteradamente—, uno de ellos saca una cámara.

—Nos gusta hacerles fotos a los patriotas que regresan —dice, señalando los retratos enmarcados que cuelgan de la pared.

Me apresuro a buscar entre las fotos con la esperanza de encontrar a mi hija. ¡Allí está! ¡Mi hija sigue viva y está aquí! En la fotografía aparece rodeada de un grupo de hombres que llevan uniformes verdes y gorras a juego con estrellas rojas. Una bonita sonrisa ilumina su faz. Les pregunto por ella. La recuerdan. ¿Cómo no iban a recordarla? No pasan por aquel edificio hermosas estadounidenses a diario.

—¿Adónde iba? —pregunto.

—Su padre es trabajador cultural —responde un inspector amablemente—. La mandamos a la Asociación de Artistas a buscarlo.

Sonrío para la cámara. Estoy contenta, así que no me supone

ningún esfuerzo. Joy ha localizado a Z.G., y presumo que los encontraré en breve. Esto será mucho menos complicado de lo que pensaba.

Pago una cantidad simbólica por dejar las bolsas en la nave y recorro a toda prisa el malecón y los bulevares sin prestar atención a las vistas que me rodean. En el vestíbulo de la Asociación de Artistas me acerco a una mujer sentada detrás de un mostrador.

—¿Podría decirme dónde puedo encontrar a Li Zhi-ge?

—¡No está aquí! —dice.

Los burócratas son iguales en todas partes.

—¿Sabe dónde vive? —pregunto.

Me mira con desconfianza.

—¿Qué quiere de él? No debería intentar ver a Li Zhi-ge. Ese hombre está marcado.

Sus palabras son alarmantes. Creo que el inspector debería haberlo mencionado.

—¿Qué ha hecho?

—¿Quién es usted? —levanta el tono de voz—. ¿Qué quiere de él?

—Es un tema personal.

—En China no hay nada personal. ¿Quién es usted? —insiste—. ¿También es una alborotadora?

¿Alborotadora? ¿Qué ha hecho Z.G.? Y, por favor, Dios mío, dime que no ha arrastrado también a mi hija.

—¿Ha visto a una chica...?

—Si no deja de hacer preguntas tendré que llamar a la policía —me advierte.

Por un momento creí que iba a ser coser y cantar, pero en esta vida nada es fácil, y no soy yo misma. Esta es mi ciudad natal, pero me siento torpe y descolocada en la nueva Shanghái. Sin embargo, debo intentarlo una vez más.

—¿Ha visto a una chica? Es mi hija...

La mujer da un manotazo en la mesa y me mira fijamente. Entonces coge el teléfono y se dispone a marcar.

—Da igual —digo, retrocediendo lentamente—. Volveré en otro momento.

Salgo por la puerta, bajo las escaleras y recorro dos manzanas sin detenerme. El calor, la humedad y el terror me hacen sudar. Me apoyo en una pared, me rodeo la tripa con los brazos y respiro hondo varias veces, tratando de dominar el miedo. Pese a la facilidad del desembarque, tengo que recordar los contratiempos que viví en la frontera. Debo ser cautelosa. No puedo terminar mi búsqueda antes de que empiece siquiera.

Se me ocurre otro lugar al que puedo acudir. En su día, la Concesión Francesa era una zona animada con prostíbulos, clubes nocturnos y panaderías rusas, pero ahora todo es gris y deprimente. Muchas calles han cambiado de nombre, pero aun después de todos estos años recuerdo cómo llegar hasta el viejo piso de Z.G., donde May y yo solíamos ejercer de modelos. La casera sigue allí, y es tan mezquina y cascarrabias como siempre.

—¡Tú! —exclama al verme—. ¿Qué quieres esta vez?

Y eso después de no haberme visto en veinte años.

—Estoy buscando a Z.G.

—¿Todavía estás con esas? No te quiere. ¿Es que no te das cuenta? ¿Solo tu hermana lo sabe?

Sus palabras son como agujas clavadas en los ojos. ¿Por qué lo dice ahora y no lo hizo entonces?

—Dígame dónde está.

—No está aquí. Y aunque así fuera, eres demasiado vieja. Mírate al espejo y lo verás.

En todo momento escruta mi ropa, mi cara, mis manos y mi peinado. Probablemente haya estado asimilando mi olor, ya que estos años de dieta occidental a base de ternera y leche afloran en mi sudor. Puede que sea una vieja cruel, pero no es tonta y conjetura al instante que soy extranjera.

—Volvió a Shanghái después de la Liberación —me cuenta—. Pagó el alquiler que debía y me dio más dinero por lo que le había guardado: pinturas, pinceles, ropa y todo lo demás. Le pagó a mi nieto por trasladarlo todo a su nueva casa. Y después me entregó aún más dinero...

Me está ofreciendo bastantes pistas. Puede que algunas viejas costumbres chinas sigan vigentes.

—¿Cuánto pide por su dirección?

Probablemente crea que está proponiendo una cifra astronómica, pero es poco más de un dólar estadounidense.

Z.G. vive cerca de aquí, en una calle peatonal bordeada de elegantes casas de estilo occidental construidas en los años veinte. Me detengo a ponerme carmín y me cepillo el pelo. Después deslizo las manos sobre las caderas para cerciorarme de que todas las costuras están rectas y de que la caída de la falda es perfecta. No puedo evitarlo, quiero estar hermosa.

—No está aquí —me informa la hermosa sirvienta que abre la puerta.

—¿Puedo entrar? Soy una vieja amiga.

La sirvienta me mira con curiosidad, pero, sorprendentemente, me deja pasar. Una vez dentro recobro el aliento y lo que veo me deja helada: en las paredes hay viejos carteles donde aparecemos mi hermana y yo. Han permanecido ocultos al resto de la gente y protegidos de la desolación de las calles. Solo los contempla Z.G. Nada es como yo esperaba: los carteles, la riqueza, la sofisticación y las tres sirvientas, que se alinean frente a mí nerviosas y cabizbajas, cruzando las manos.

Señalo los carteles.

—Ya ven que su —¿cuál sería el término adecuado en la Nueva China?— jefe y yo nos conocemos bien desde hace años. Por favor, díganme dónde está.

Las chicas parecen agitadas y se niegan a cruzar la mirada conmigo o a responder a mi petición. Hace mucho tiempo que no tengo que lidiar con criados, así que hago lo mismo que con la antigua casera de Z.G.: abro el bolso y saco la cartera.

—¿Dónde está? —pregunto.

—Lo han enviado al campo —responde la chica que, por lo visto, está al mando.

Parece la mayor, aunque dudo que tenga más de veinticinco años. Las otras dos siguen mostrándose inquietas.

No recuerdo que Z.G. tuviese lazos con la China rural. También he leído que el destierro al campo es un castigo habitual en el país.

—¿Es porque vive así? O...

Vuelvo a mirar los jóvenes rostros que tengo ante mí. ¿Le

habrá supuesto algún contratiempo el vivir con esas tres mujeres? En el pasado se producían toda clase de impropiedades. Estoy sopesando cómo abordar ese tema cuando la sirvienta que lleva una melena corta me proporciona nueva información.

—Las pistolas siempre abaten al pájaro líder —dice en voz baja—. El señor Li está en aprietos.

—Las cosas siempre se convierten en su antítesis —tercia la otra.

—Hoy perro, mañana gato —aventura la muchacha de la melena—. Puede que lo hayan enviado a un campo de trabajo.

—O que lo hayan matado —dice la tercera sirvienta, elevando una mirada ansiosa que se clava en la mía.

—¿Le han detenido? —pregunto. Al ver que no responden, añado—: Quiero toda la verdad.

—Se ha ido al campo por propia voluntad, para redimirse, aprender de los campesinos a ser más humilde y recordar los objetivos del arte socialista —recita rápidamente la líder antes de que las otras sirvientas puedan intervenir con sus sandeces.

—¿Cuándo volverá a casa?

—Querrá decir si volverá a casa —pregunta la muchacha de la melena—. Al fin y al cabo, un árbol grande atrapa el viento.

La líder le da un pellizco para que se calle; por lo visto, no le gusta que sus subordinadas se salten la jerarquía.

—Yo sigo teniendo esperanzas —dice la sirvienta principal—. De lo contrario no me habría dejado dinero para que me ocupara de la casa.

—Y para alimentarnos también —masculla la muchacha más callada.

Las observo a todas. Deben de tener la edad de Joy. ¿Qué clase de hombre es Z.G.? ¿Todavía pierde los papeles por una cara bonita?

—¿Habéis tenido visitas? Una chica joven quizá...

—Continuamente —dice la sirvienta de la melena.

Aprieto la mandíbula. Durante mucho tiempo sentí que vivía como una criada, pero no lo era. No me caracterizaba por mi insolencia...

—Estoy buscando a mi hija —afirmo con decisión mientras me dispongo a guardar la cartera.

—¡La conocemos!

—¡Sí!

—Contadme.

—Llegó el día que se marchaba el señor Li. Le oímos decir que era hija suya. Venía de otro lugar...

—Como usted.

—¿Dónde está ahora? —pregunto.

—Se fue con él al campo.

No son las peores noticias que podía recibir, pero tampoco óptimas.

—¿Sabéis adónde han ido? ¿A qué aldea?

Las tres menean la cabeza. Ni siquiera pueden ayudarme cuando les ofrezco más dinero.

Ya en la calle, me detengo unos instantes. He chocado contra un muro y no sé qué hacer. Estoy desesperada y aterrorizada. Mi hija se encuentra con una persona atribulada que parece haber preferido un destierro a ser detenida. En mi desasosiego me descubro hablándole a May, como si pudiera oírme desde Los Ángeles. «Todavía no he encontrado a nuestra chica. Está con Z.G. y podría causarle problemas, cosas que ni siquiera hemos imaginado.»

Sacudo la cabeza y Shanghái empieza a inundar mis sentidos. Oigo un tranvía y el rumor de un autobús o un camión en la distancia, pero por lo demás hay muy poco tráfico. Todos los coches extranjeros han sido sustituidos por *rickshaws*, bicicletas y carros tirados por asnos. Un vendedor de frutas ofrece sus delicias a voz en grito: «¡Aceitunas sazonadas frescas! ¡Aceitunas frescas! ¡Comprad mis aceitunas!» No he probado las aceitunas de Shanghái desde hace veinte años y sigo aquellos bramidos hasta encontrar a un hombre con una cesta colgada del hombro. Cuando me acerco, se descuelga la cesta y retira una toalla húmeda para mostrarme el contenido. Las hay de tres tipos: grandes, pequeñas y marrones. Le pido unas cuantas aceitunas grandes y antes de pagarle me llevo una a la boca. Cierro los ojos al degustar aquel sabor alcalino, que troca en algo ligero, fresco y vigorizante. Al instante me siento transportada al pasado, cuando comía aceitunas con May y nuestros amigos Tommy, Betsy y Z.G.

Por alguna razón, ese estallido de sabor me aclara las ideas. Tendré que volver a la Asociación de Artistas a indagar más, pero primero debo averiguar cuál es la mejor manera de arrancar información a esa mujer del vestíbulo o conseguir que me deje pasar. Sin embargo, por ahora necesito un lugar donde hospedarme. Estoy convencida de que encontraré a alguien que me alquile una habitación si pago el doble o el triple de la tarifa habitual, pero me niego.

Hogar. Ahora mi hogar es Los Ángeles —y qué extraño resulta después de tantos años sintiendo nostalgia de este lugar—, pero esa palabra me recuerda que aquí también tenía uno. Para llegar hasta él tengo que dirigirme al distrito de Hongkew, al otro lado de Soochow Creek. No veo *rickshaws*, pero dudo que pudiera montarme en uno después de haber estado casada con Sam. Si viera uno, se me rompería el corazón. Con todo, no puedo evitar preguntarme qué habrá sido de ellos.

Vuelvo a toda prisa al malecón. Hablo de nuevo con el inspector que ayudó a Joy e incluso le ofrezco un soborno, pero insiste en que no sabe nada más, así que he tirado el dinero. Después tengo que abonar lo que él denomina «gastos de gestión» por vigilar mis pertenencias esta noche. Cojo mi única bolsa de viaje y pregunto por una parada de autobús. Las calles estaban abarrotadas cuando llegué. Ahora que ha terminado la jornada laboral, las aceras están atestadas de gente y el asfalto es una masa de bicicletas, cuyos timbres son casi relajantes, como chicharras en una calurosa noche de verano. Me subo al autobús que me llevará a Hongkew. Durante años, May ha aprendido expresiones estadounidenses y las ha utilizado hasta casi volvernos locos. «Apretados como sardinas» era una de ellas. Ahora entiendo a qué se refería. La gente se agolpa sobre mí por los cuatro costados y noto que se identifica ese pánico habitual. Me obligo a mí misma a devorarlo y me balanceo con la ósea masa de humanidad cuando el autobús acelera o se detiene.

Me bajo en mi antiguo barrio, donde todo me resulta familiar y a la vez distinto. Veo multitud de vendedores y pequeñas tiendas que ofrecen artículos y servicios: reparación de ruedas de bicicleta, cortes de pelo y extracciones dentales; naranjas, huevos y cacahuetes; ropa interior masculina de la marca Front Gate, servilletas sanitarias Red Flag y pilas White Elephant. Llego a la que era mi calle. Las casas de mi manzana siguen en pie. Recuerdo que cada primavera nuestros vecinos las pintaban de ricos tonos terrestres: púrpura, verde o rojo oscuro, colores que disimularían el polvo o el musgo que crece tan rápido debido a la humedad de Shanghái. Pero no parece que las hayan remodelado en años. Buena parte de la pintura se ha desconchado por completo, revelando el sucio yeso gris.

Sin embargo, las costumbres de las noches estivales no han cambiado demasiado desde la última vez que estuve aquí. Los niños juegan en la calle. Las mujeres están sentadas en las escaleras ensartando guisantes, pelando maíz o tamizando arroz. Los hombres se apoltronan en sus sillas o se inclinan sobre cajas volcadas, fumando cigarrillos y jugando al ajedrez. Algunos ojos empiezan a seguirme. Me da miedo devolverles la mirada. ¿Me habrán reconocido?

Entonces encuentro el hogar de mi familia. La magnolia está enorme y hace que la casa parezca más pequeña de lo que recordaba. Cuando me acerco, veo que el plafón de madera tallada que vetaba la entrada a los espíritus todavía está colgado sobre la puerta, pero el jazmín y los pinos enanos que otrora mimaba nuestro jardinero han desaparecido. Los rosales de mi madre se aferran a la cerca, todavía vivos, pero secos y descuidados. Casi lo único que «crece» es la colada sobre unos arbustos o tendida en cuerdas. Aquí debe de vivir mucha gente, al igual que sucedía cuando nos fuimos May y yo. Al aproximarme, un hombre que está sentado en la escalera principal se pone en pie. Debería haber preparado una introducción, pero no parece que sea necesario.

—¿Pearl? Eres Pearl, ¿verdad? Pearl Chin.

Debe de tener más o menos mi edad, es alto y delgado y, pese a su porte distinguido, lleva la ropa raída.

—Ese era mi nombre de soltera —respondo, titubeante. ¿Quién es?

El hombre extiende el brazo, me coge la bolsa y abre la puerta.

—Bienvenida a casa —dice—. Llevamos mucho tiempo esperándote.

Mis zapatos resuenan con fuerza en el suelo de parquet. El salón está exactamente igual que lo dejamos. Alcanzo a ver el fondo del pasillo y el piso superior, que también han permanecido intactos. Entre tanto, el hombre que me ha invitado a entrar llama a varias personas, que asoman de las habitaciones, bajan las escaleras y se secan las manos al salir de la cocina. Como en el autobús, estoy rodeada por todas partes. Me miran con expectación. Yo los observo sin saber qué hacer ni qué decir.

—¿No sabes quiénes somos? —pregunta una mujer de mediana edad.

Al negar con la cabeza, empiezan a presentarse. Son las personas a las que alquilamos habitaciones cuando mi padre perdió el dinero de la familia: las dos bailarinas que se instalaron en la buhardilla (aunque ya no parecen bailarinas con su ropa de trabajo: unos apagados pantalones anchos de color azul y blusas blancas), el zapatero que vivía debajo de las escaleras (tan ahusado y arrugado como lo recordaba), la mujer que habitaba la parte posterior de la casa, con su marido policía y sus dos hijas (ahora es viuda y las chicas se han casado), y el estudiante que ocupaba el salón de la segunda planta (ese hombre tan cortés que me ha abierto la puerta es profesor). Recuerdo vagamente que respondía al nombre occidental de Donald. Ahora se presenta como Dun-ao.

—¿Cómo es posible que sigáis todos aquí? —pregunto extrañada—. ¿Qué fue de la Banda Verde? Iban a ocupar la casa.

—Y lo hicieron —responde el profesor—. Pero Pockmarked Huang —al escuchar ese nombre, incluso después de tantos años, un escalofrío me recorre la columna vertebral— se exilió a Hong Kong. El rey del hampa murió allí hace seis años.

El profesor resopla burlonamente.

—De todos modos, para entonces el Gobierno le había confiscado todas sus propiedades.

—Nos permiten quedarnos porque es donde hemos estado siempre —precisa la viuda.

Se me llenan los ojos de lágrimas. May y yo creíamos que estábamos solas en el mundo, pero aquí hay gente que nos conoce, y ha sobrevivido. Es un auténtico milagro.

De repente se apartan para dejar pasar a alguien. Tengo la esperanza momentánea de que sea mi padre. Sinceramente, no sé cómo me sentiré si es él. Las deudas de juego de papá nos arruinaron la vida, y era un cobarde. Pero no es papá, sino Cook. Al final no puedo contener el llanto, por más que lo intente. Cuando yo era una niña, él ya era un anciano. Probablemente sea octogenario. Parece frágil, y los demás lo tratan con respeto. Así es como debe ser. Lo ancestral siempre ha recibido honores en China.

—¿Puedo quedarme aquí? —pregunto.

—¿Tienes permiso de residencia? —La viuda se vuelve hacia Cook y añade con sumisión—: No queremos problemas, director Cook.

—Nadie tendrá problemas —dice el anciano—. Esta es la casa de su familia y hemos conservado su habitación.

Cook se dirige a mí:

—Puedes quedarte, pero debes acatar las reglas de la casa y de la calle o daré parte a las autoridades.

En ese instante me doy cuenta de que los huéspedes no respetan a Cook por su edad; le tienen miedo. Le dimos cobijo cuando mi padre lo perdió todo porque no tenía adónde ir. Ahora, en la Nueva Sociedad, es respetado y temido porque forma parte de la clase roja. Director Cook. No le llaman director Wag, Lu o Eng, porque nunca tuvo un nombre. Lo llamábamos Cook porque ese era su cargo.* Ahora regenta la casa de mi familia.

El profesor me agarra suavemente del brazo y me lleva escaleras arriba.

—No creas que porque hayas vuelto a casa las cosas serán igual —me dice Cook desde abajo—. Es cosa del pasado, señorita.

Pero tal vez no tanto como él cree. De lo contrario, no se referiría a mí con esa vieja expresión cariñosa y no respondería

* *Cook* significa cocinero en inglés. (*N. del T.*)

al nombre de Cook. Habría adoptado un nuevo apelativo, como Siempre Rojo o Rojo Para Siempre, que casara con la Nueva Sociedad.

—Tendrás que limpiarte la letrina y prepararte la comida —prosigue—. Te lavarás la ropa y realizarás tareas. Además...

Hoy me he encontrado con numerosas sorpresas, pero nada me ha preparado para el momento en que Dun-ao abre la puerta de mi habitación. Está tal como May y yo la dejamos: dos camas gemelas con un baldaquín revestido de tela blanca y glicinias bordadas y nuestros carteles favoritos de chicas guapas en las paredes.

—No lo entiendo —digo—. ¿Cómo puede seguir todo igual?

—Sabíamos que tus padres no volverían. Ahora el director Cook duerme en su habitación. Pero todos sospechábamos que tú y tu hermana regresaríais algún día, y aquí estáis. Pero May no...

Supongo que espera que diga algo sobre mi hermana, pero no puedo. Aparto la mirada de su amable rostro y observo el lavabo: las baldosas, la bañera, el espejo... todo está exactamente igual.

—Las habitaciones de muchas casas de la ciudad son parecidas a esta —afirma Dun-ao—. El Gobierno chino no siempre es propicio, pero la cultura nacional está aquí, y respeta a la familia. Todos esperamos a que vuelvan los que se han marchado. Todo el mundo vuelve a Shanghái.

Imagino que tiene razón. La casera de Z.G. conservó sus pertenencias y él volvió para reclamarlas. Esta idea coincide incluso con lo que me contaba el hombre de la asociación familiar sobre las aldeas «fantasma» situadas al otro lado de la frontera de Hong Kong. Pero ojalá mi hermana pudiera ver que mi casa y mi habitación han permanecido intactas todos estos años.

—Parece que necesitas descansar —me dice—. Seguramente tendrás equipaje en algún lugar. Cuando estés lista, te acompañaré a buscarlo. Y no te preocupes mucho por Cook. Es un tirano insignificante, pero ahora tenemos muchos de esos. Ya verás como en el fondo es solo Cook, el hombre que te quería cuando eras pequeña —sonríe—. Lo sé porque me lo ha dicho muchas veces.

Cuando el profesor me deja sola, me siento al borde de la cama. El polvo se arremolina a mi alrededor. Aliso la colcha y recojo algunos restos con la mano. Es probable que no hayan limpiado esta habitación desde que May y yo nos fuimos. Me levanto y me dirijo al armario. Recuerdo el día que mi suegro revolvió esta habitación, buscando ropa para que May y yo tuviéramos algo que ponernos para ir a trabajar a China City. Dejó aquí nuestros vestidos de estilo occidental, y aquí siguen, junto a los zapatos, las prendas de piel y los sombreros.

Me fijo en un abrigo de brocado negro forrado de armiño. Es mío. Mamá encargó dos iguales para May y para mí, pero yo era la que verdaderamente lo quería. El mío me parecía elegante, pero May decía que el suyo era demasiado lóbrego, que la avejentaba (lo cual, por supuesto, era una crítica apenas velada hacia mi persona). May perdió el suyo el invierno antes de que todo cambiara. Todavía oigo a papá reprendiendo a May por ser tan olvidadiza y a mí por no ser mejor *jie jie*, por no haber recordado a su hermanita pequeña que cogiera el abrigo. ¡May tenía dieciocho años! ¿Por qué tenía que responsabilizarme de que cogiera el abrigo en una fiesta o en el guardarropa de un club? Entonces, papá me pidió que le diera mi abrigo a May. Aunque no le gustaba, ella lo habría aceptado, pero yo era más alta y detestaba que le llegara hasta los tobillos.

Cierro la puerta del armario y voy al vestidor. En los cajones encuentro ropa interior, jerséis de cachemira, medias de seda y trajes de baño. Saco un vestido de noche, confeccionado con tela de colores llamativos y un lazo artesanal. Para mi sorpresa aún me viene a medida. Me miro en el espejo. A mi alrededor veo también reflejos de mi hermana. He cambiado tanto por dentro... Ya no soy la chica que estaba presente en esos carteles, pero sigo igual de delgada, y parece que podré ponerme mi vieja ropa, aunque en la China comunista no sé dónde podré lucirla.

Estoy agotada, pero tomo asiento y escribo dos cartas, una para Louie Yun en Wah Hong, en la que le facilito mi dirección, y la otra para May, diciéndole que ya he llegado, que no he encontrado a Joy y que me alojo en la que fuera nuestra casa. También le explico cómo debe enviarme la correspondencia.

Después me levanto, me acerco a la cama y doblo la colcha, intentando que el polvo no se disperse de sus pliegues. Me tumbo en las frías sábanas y antes de darme la vuelta miro la otra cama, la cama de May. He venido aquí en busca de mi hija, pero también huyendo de mi hermana. Y, sin embargo, ella está aquí, observándome con aire benigno desde las paredes. La miro a los ojos y le digo: «Estoy en casa. Estoy en nuestra habitación. ¿Puedes creértelo? Siempre pensamos que jamás volveríamos a ver este lugar. Y está exactamente igual, May.»

Vuelvo a la Asociación de Artistas en varias ocasiones. Aunque le he ofrecido un soborno a la mujer del vestíbulo, insiste en que ignora el paradero de Z.G. Lo único que puede decirme es que se ha enfrentado a sus miembros y ha abandonado la ciudad. Estoy tentada de preguntarle de nuevo por Joy, pero ya sé que está con Z.G. y tengo miedo de despertar un interés no deseado hacia ella. Le doy más dinero y me organiza un encuentro con el director de la asociación, un hombre rechoncho con el cabello grisáceo a la altura de las sienes que, tras recibir su gratificación, me indica que Z.G. se ha marchado al campo a «observar y aprender de la vida real», aunque no sé qué significa eso.

—Pero ¿en el campo dónde?

—Desconozco esos detalles —responde.

—¿Sabe cuándo volverá?

—Eso no lo decidiré yo. El caso ya no está en mis manos, lo lleva gente de Pekín.

Salgo de la Asociación de Artistas inquieta y defraudada. ¿Qué ha hecho Z.G. para meterse en semejante embrollo y por qué ha tenido que arrastrar también a mi hija? He hecho todo lo imaginable. Ahora mi única alternativa es esperar, porque volverán algún día. Tienen que hacerlo. Como dice la gente constantemente, todo el mundo regresa a Shanghái. Yo lo hice.

Limpio la habitación de arriba abajo sin ayuda de nadie. ¿Por qué iban a ayudarme? Nuestros antiguos huéspedes ahora están autorizados a vivir aquí por el equivalente a un dólar con veinte centavos, y no quieren que nadie piense que arriman el hombro con una aburguesada. ¿Y Cook? He conocido a las sirvientas de Z.G., y en el mercado he visto a otras comprando para sus señores, pero él se ha hecho un hueco en casa de mi familia como miembro de la nueva élite y de las masas honorables para ser respetado, y no le importa su antigua señorita. De todos modos es muy viejo. No puede desempolvar las alfombras, pulir el suelo, limpiar las ventanas o lavar y planchar mi ropa de cama. Yo me encargo de todo, y ahora nuestra habitación está casi como el día que la dejamos. Es espeluznante y reconfortante al mismo tiempo.

Entonces, una noche, transcurrida una semana desde mi llegada a Shanghái, alguien llama a la puerta de mi dormitorio. Es un agente de policía, y el miedo me retuerce por dentro.

—¿Es usted la china de la diáspora cuyo nombre de nacimiento es Chin Zhen Long?

—Sí —respondo titubeando.

—Tiene que acompañarme ahora mismo.

Me lleva escaleras abajo y nos dirigimos a la puerta principal pasando por el comedor, donde los demás huéspedes me miran boquiabiertos, señalan y susurran entre ellos. ¿Habrá dado parte alguno de ellos? ¿Me habrá delatado Cook?

Cerca de allí entramos en una vivienda convertida en comisaría y me ordenan que me siente en un banco de madera. Varias personas que se disponen a registrar nacimientos, muertes, llegadas y partidas me observan con curiosidad y desconfianza. Una vez más, retrocedo en el tiempo hasta Angel Island, donde May y yo tuvimos que esperar un interrogatorio en una zona vallada. Estoy muerta de miedo, y respiro hondo para dar una apariencia de tranquilidad. Me recuerdo a mí misma que no he cometido ninguna fechoría.

Finalmente me meten en una sala y un joven agente uniformado se sienta a una mesa utilitaria. No hay ventanas y un ventilador hace circular aire caliente.

—Soy el comisario de tercer rango Wu Baoyu —anuncia—. Me ocuparé de su caso.

—¿De mi caso?

—Ha estado usted incordiando en la Asociación de Artistas. ¿Por qué pregunta por Li Zhi-ge?

Me niego a mencionar a mi hija, porque ignoro qué consecuencias puede tener.

—Lo conozco desde hace años —respondo—. Quería retomar nuestra relación.

—Debería tener cuidado con las compañías que frecuenta. Ese tal Li Zhi-ge ha sido denunciado. Usted es una recién llegada y por esta vez lo pasaré por alto, pero le advierto que los sobornos ya no están permitidos.

Vuelven a retorcérseme las tripas y empiezan a sudarme las manos.

—Bien, empecemos —prosigue—. ¿Lugar de nacimiento?

Durante una hora repasa una lista de preguntas que lleva en una carpeta con sujetapapeles. Qué familiares viven todavía en mi aldea natal, qué clase de trabajo desempeñan, quiénes son mis amigos en China y con qué frecuencia los veo. De repente, atruena un anuncio desde un altavoz. El comisario Wu se levanta, me indica que no me mueva y se va. Unos minutos después oigo unos fuertes cánticos. Asomo la cabeza por la puerta y veo un grupo de hombres y mujeres uniformados que sostienen el *Libro rojo* de Mao y gritan eslóganes al unísono. Cierro la puerta y vuelvo a mi asiento. Al cabo de media hora regresa el comisario Wu, que deja de preguntarme por mi familia y por mi vida y se centra en los motivos de mi regreso.

—¿Por qué no ha informado a la Comisión de Chinos de la Diáspora?

—Nunca había oído hablar de ella hasta ahora; no sabía que debía hacerlo.

—Pues ahora ya lo sabe y es su obligación. Es allí donde aprenderá a tener un espíritu patriota y donde procesarán los envíos que reciba del extranjero.

—No espero ningún envío —miento.

No quiero que mi dinero pase por un organismo del Gobierno. ¿Y si no me lo hacen llegar, como dijo el hombre de la asociación familiar?

—Prefiero trabajar.

—Para eso necesita un *danwei*, una unidad de trabajo —puntualiza—. Y para conseguir trabajo necesita un *hukou*, un permiso de residencia. Para obtener el permiso de residencia tiene que registrarse en el Gobierno local. ¿Por qué no lo ha hecho?

Todo esto me asusta. Solo llevo una semana aquí y ya me han apresado y señalado. Ahora que las autoridades saben de mi existencia será mucho más difícil moverse. Eso si no me encierran en una celda ahora mismo.

—¿Puede ayudarme con todo eso? —pregunto, tratando de enmascarar mi miedo.

—Obtendrá un permiso de residencia para hospedarse en su antigua casa, pero debo recalcar que ya no es suya. Ahora pertenece al pueblo. ¿Entendido?

—Entendido.

—También necesitará cupones —añade—. El Gobierno se encarga del reparto de todas las necesidades básicas y compra directamente a los agricultores y los fabricantes para que los habitantes de las ciudades de toda la nación deban utilizar cupones para adquirir productos esenciales —aceite, carne, cerillas, jabón, agujas, carbón y ropa— en tiendas regentadas por el Estado. Como es de suponer, los cupones de arroz son los más importantes. En cuanto consiga trabajo, vuelva aquí y le ayudaré a conseguirlos.

—Gracias.

El comisario levanta una mano.

—Todavía no he terminado. Los cupones de arroz tienen validez local. Si viaja, tendrá que solicitar unos cupones especiales para utilizarlos en todo el país. Si no dispone de ellos, tendrá que prescindir del arroz. No puede salir de la ciudad sin mi permiso. Ha regresado a China y debe obedecer. ¿Entendido? —insiste.

—Sí, entendido.

Me siento como si estuvieran levantando un muro a mi alrededor.

—Es usted afortunada —sentencia con falsa amabilidad—. A los campesinos se los trata con dureza cuando regresan a China. Los envían de vuelta a sus aldeas de origen, donde les asignan labores agrícolas en un colectivo, aunque hayan traído suficiente dinero de Estados Unidos como para jubilarse sin más dolores de cabeza. Pero podría ser peor. A algunos desventurados los mandan al extremo occidental a recuperar y cultivar tierras baldías.

La sala es sofocante y me falta el aire, pero el terror me paraliza. No pueden enviarme a una granja en un lugar remoto.

—Yo no soy campesina. No sabría hacer ese trabajo.

—Los otros tampoco, pero aprenden.

El policía consulta su lista.

—¿Está dispuesta a confesar sus lazos con los nacionalistas de Taiwán?

—No los tengo.

—¿Por qué trabó tanta amistad con imperialistas estadounidenses?

—Mi padre me vendió en un matrimonio concertado.

Estoy diciendo la verdad, pero no transmite en modo alguno lo que ocurrió realmente.

—Por fortuna, esos tiempos feudales son cosa del pasado. Aun así, tendrá que someterse a numerosos interrogatorios para corregir su individualismo burgués. Veamos —vuelve a mirar la lista—. ¿Es usted científica? —me escruta unos instantes y llega a la conclusión de que no—. Si lo fuera, tendría que obligarla a firmar una confesión en la que reconoce que la luna china es más grande que la estadounidense —deja la carpeta sobre la mesa—. El hecho es que usted pertenece a otra categoría: la de la gente rica.

Me toma por una persona acaudalada, y supongo que en la Nueva China, con mis dólares estadounidenses, lo soy.

—A los chinos de clase alta llegados del extranjero se les conceden todos los privilegios. Gozará usted de las Tres Garantías. Podrá conservar sus envíos siempre y cuando sean procesados por la Comisión de Chinos de la Diáspora. Podrá canjearlos por certificados especiales, que le permitirán costearse sus gastos, viajes y funerales. También tendrá la posibilidad de comprar productos en ciertos comercios, donde podrá usar los certificados que obtenga a cambio de sus envíos.

—¿Y qué ocurre si no quiero los certificados?

Prefiero tener el dinero bajo control, pero no lo menciono.

—No tendrá que depositar sus envíos en un banco a menos que así lo desee —eso no responde a mi pregunta—. Y sus secretos estarán a buen recaudo.

Todo esto me parece algo más que tres garantías, pero tampoco lo digo.

—Vendrá aquí cada mes y hablaremos. También tendrá que informar a la Comisión de Chinos de la Diáspora. Si no lo hace, lo sabré. También visitaré su casa e interrogaré a los camaradas que viven allí. No crea que podrá ocultarnos ni a ellos ni a mí sus costumbres burguesas.

Golpea la mesa con el lápiz y me mira con dureza.

—Nos parece muy bien que haya regresado a China, pero debe obedecer nuestras normas. Espero que haya aprendido la lección y que se comporte como es debido.

Se levanta, se dirige a otra mesa y me entrega unos panfletos.

—Lléveselos y léalos antes de nuestra próxima reunión. Contienen los frutos de la reforma del pensamiento. Le pediré que revise su pasado desde un punto de vista revolucionario. No aceptaré una confesión que no me parezca convincente. Debe ser honesta y sumergirse en la caldera de la construcción socialista y la reeducación patriótica.

Unos minutos después salgo por la puerta principal. Respiro hondo y expiro lentamente. No me esperaba que la policía me detuviera y me sometiera a interrogatorio, y el pánico se ha apoderado de mí.

—¿Estás bien? —pregunta alguien.

Levanto la mirada y allí está Dun-ao. Me siento muy aliviada al verle y también sorprendida de que corra riesgos por mí.

—Te he seguido hasta aquí y he esperado para asegurarme de que salías.

Acaba de expresar justo lo que yo me temía: que me han arrestado. Si eso ocurriera, nadie volvería a saber de mí. Y lo que es peor, no encontraría nunca a Joy.

—Vámonos a casa —dice—. Tomaremos un poco de té. A lo mejor puedo ayudarte.

Cuando llegamos preparo infusión para dos y le cuento a Dun-ao la huida de Joy, mi persecución, los problemas de Z.G., mi necesidad de esperar a que regresen y todas las normas que el policía me ha pedido que respete. Lo hago porque me he sentido intimidada y asustada y no logro pensar con claridad. Dun —prefiere que le llamen por ese nombre— asegura que en realidad he tenido bastante suerte.

—Tendrás que asistir a sesiones de reforma del pensamiento, como todos, pero mientras no te clasifiquen como un elemento retrógrado, disfrutarás de muchas ventajas. Tendrás tus certificados especiales y podrás conseguir un permiso de salida sin demoras ni interrogatorios.

—Pero ¿qué hay de mi hija? No pienso marcharme sin ella.

—Es mejor que estéis las dos aquí. Todo el mundo sabe que el régimen trata como rehenes a las familias chinas llegadas del extranjero para embolsarse el dinero que les envían desde fuera. Ese es el único propósito de la Comisión de Chinos de la Diáspora. Explotan a la gente para que sus familias les manden más dinero que destinarán a la construcción del país. Por eso son reacios a que los miembros de una familia abandonen China.

—Pero acabas de decir que los chinos de la diáspora pueden obtener permisos con facilidad.

—Buen argumento. Las solicitudes de permisos de salida que se consideran perjudiciales para los intereses del régimen son denegadas.

—Entonces ¿qué es lo habitual?

—Puede que ambas cosas —dice con cierta inseguridad.

—En cualquier caso —prosigo animadamente, intentando transmitir seguridad en mí misma— esas solicitudes de envíos son un chantaje. Pese a todo, si yo estuviese en Los Ángeles y Joy aquí, le enviaría hasta el último dólar para intentar sacarla. Ahora tengo que pensar en cómo podemos irnos las dos. No puedo dar una imagen de rica, pero tampoco de pobre. Tengo que quedarme en Shanghái y esperar a que vuelvan Z.G. y mi hija. Necesito cupones para vivir y hacerme invisible para llevarlo todo a cabo.

»Pero la policía ya sabe que existo, y en cuestión de días la

Comisión de Chinos de la Diáspora también lo sabrá. Aparte de eso, lo último que quiero es ser la típica viuda invisible, cobarde o victimista. Esperar va en contra de la naturaleza de un dragón, pero es lo único que puedo hacer. Tengo que ser un dragón astuto, tranquilo y cauteloso.

—Necesitarás un puesto de trabajo —dice Dun.

—Le he dicho al comisario Wu que quiero un empleo. Tal vez podría ir a trabajar con las bailarinas. Fabrican plumas inspiradas en la Parker 51.

Recito de un tirón el lema de la fábrica, que las chicas pronuncian a la mínima oportunidad.

—¡Póngase al día con Parker!

—Tengo una idea mejor. Deberías trabajar de recolectora de papel.

—¿Y eso qué es?

—Siempre hemos sentido veneración por el papel rotulado —explica con aire académico—. En la dinastía Song, los miembros de la Asociación del Papel Rotulado coleccionaban hojas escritas, las quemaban en ceremonias especiales y almacenaban ritualmente las cenizas. Cada tres años, los miembros llevaban las cenizas a un río o al océano, donde las hundían para que renaciesen como nuevas palabras e imágenes. ¿Recuerdas las cestas de bambú que había en las esquinas de Shanghái, donde la gente podía deshacerse adecuadamente del papel rotulado?

Guardo un vago recuerdo de esas cestas, pero mi hermana y yo no sentíamos la menor veneración por el papel rotulado, teniendo en cuenta que ejercíamos de modelos para anuncios, que sin duda eran el papel rotulado más comercial de todos.

—La que en su día fue una profesión honorable —continúa Dun— ahora es poco menos que la de basurero. Aun así, creo que te aportará todo lo que necesitas: anonimato, acceso a todos los rincones de la ciudad, obediencia a las normas que te han impuesto, cupones y una distracción hasta que vuelva tu hija.

Joy

Observar y aprender de la vida real

Todavía está oscuro cuando empiezan a cantar los gallos. Me quedo unos minutos en la cama, escuchando a los pájaros cantores, el crujido de las tablas del suelo que provoca mi padre al levantarse en la habitación contigua y a la gente que se da los buenos días fuera de la casa. A juzgar por el sonido de los listones del suelo, las puertas correderas y los delgados tabiques es imposible guardar un secreto. Oigo cada paso, cada ronquido, cada pisada, cada suspiro y cada susurro. Me levanto y me pongo a toda prisa unos pantalones holgados y una camisa de algodón con un estampado floral desteñido. Ambas prendas, desgastadas por el uso y numerosas coladas, son un regalo de Kumei. Me cepillo el pelo. Ojalá pudiera recogerlo en una trenza como las otras chicas de la aldea, pero no es lo bastante largo, así que me pongo un pañuelo y lo anudo a la altura de la nuca. Me miro fugazmente en el espejo. Algunos residentes me han dicho lo mucho que me parezco a mi padre y que compartimos muchas peculiaridades, como mi forma de rascarme la barbilla cuando pienso o de arquear las cejas con aire inquisitivo. Es posible, pero eso no significa que nos parezcamos en nada. Por lo menos mi aspecto se asemeja más al de una campesina que cuando llegué aquí hace un mes.

Abro la puerta y recorro varios pasillos y patios hasta llegar a la cocina. Kumei ya ha encendido el fuego y la tetera hierve.

Vierto un poco de agua en una taza y la llevo al abrevadero al que fui la primera noche para cepillarme los dientes y lavarme la cara.

¡Qué estúpida fui! Asearme con agua del abrevadero me pareció algo divertido, toda una audacia, pero caí enferma y me pasé los primeros días en el Dragón Verde con una diarrea incontenible y vómitos. Z.G. no se mostró muy comprensivo.

—¿Qué te esperabas? —me dijo—. Esto es una aldea. Es probable que esa gente solo cambie el agua cada tres o cuatro días y seguro que se lavan los pies y las axilas con ella.

Se me revolvió el estómago otra vez. Mis inhibiciones a la hora de usar la letrina —y más aún sabiendo que Z.G. podía oírme— desaparecieron por completo cuando me hube recuperado. Pero aprendí, como estoy aprendiendo cada día. Ahora sé que las tallas con ardillas y uvas que hay en el salón correspondiente a los cuatro dormitorios de esta parte del complejo simbolizan una promesa de prosperidad para las generaciones futuras. Los leones cincelados en los postigos de madera que cubren las ventanas representan la riqueza de una persona. El espejo colgado sobre la puerta principal impide la entrada de espíritus malignos, mientras que el pez seco clavado en la pared del patio delantero está allí porque *yu*, una palabra que significa pescado, suena parecido al término que designa la abundancia. ¿Y las pezuñas secas de cerdo en el patio delantero? Son para comer. El olor a gasolina que percibí aquella primera noche obedece a que los habitantes la utilizan para quitar manchas cuando no quieren lavar una prenda entera a mano. El árbol plantado en mitad de la plaza, con esas flores que parecen guisantes de olor, se llama sófora. Las flores se han convertido en frutos que crecen en largas vainas amarillentas como sartas de perlas. Y cuando tuve el periodo, Kumei me enseñó lo que hacen las mujeres de la aldea: envuelven arena con un trozo de tela y se la embuten en las bragas. Esas son solo algunas de las cosas que he aprendido.

Ayudo a Kumei a llevar la comida y los utensilios al salón de la villa. Z.G. y Yong, la anciana que también vive allí, están sentados a la mesa con Ta-ming entre los dos. Yong tiene los pies vendados y resulta grotesco. Son diminutos, como chocolatinas en miniatura que le asoman de debajo de los pantalones. Una mañana, cuando entré en la cocina, se había remangado una pernera para masajearse la delgada y blanquecina pantorrilla. Detrás del tobillo se apreciaba un bulto de carne y huesos abotargados que no le caben en los zapatos. Ahora intento no mirarle los pies. Creo que por eso no le caigo bien, o tal vez piense que es ella quien no me gusta a mí. Sea como fuere, apenas hemos cruzado una palabra.

El desayuno de hoy consiste en gachas de arroz, huevos cocidos, nabos en vinagre y unas bolas de harina de arroz teñidas de verde con un alga local y rellenas de verduras especiadas y cerdo salado. Está todo delicioso, pero solo me como mi ración. Hundo la cuchara en las gachas mientras escucho a Kumei y Yong. He aprendido los matices del dialecto local y mi dicción ha mejorado mucho.

Me alegro de que a Z.G. y a mí nos hayan enviado a vivir con Kumei. Nos hemos hecho buenas amigas, aunque en muchos aspectos todavía somos unas desconocidas. ¿Cómo se hizo esas cicatrices? ¿Por qué vive en la casa? ¿Quién era su marido? Me muero por preguntárselo, pero no quiero parecer una entrometida, así que me he inventado una historia. Es probable que Kumei se casara con un soldado que pasaba por esta región y que muriera durante la Liberación. Su marido era un héroe, así que los aldeanos le permitieron instalarse en la villa, donde se ocupa de su hijo y de Yong, que también es viuda, ya que, en la Nueva Sociedad, la casa se ha convertido en un refugio para mujeres que han perdido a su cónyuge. Puede que nada de eso sea cierto, pero me gusta la historia, y Kumei también. Su nombre significa «hermana amarga», pero a mí no me parece una persona resentida. Es analfabeta, pero no ha permitido que los lastres del pasado le supongan un obstáculo y va a clase por la tarde junto a muchos otros campesinos.

Kumei deja a su hijo al cuidado de Yong y salimos al campo. Z.G. se ha quedado en casa. He recorrido un largo camino para conocerlo y ya ha transcurrido un mes, pero sigue siendo un enigma para mí. Apenas me ha preguntado nada sobre May o sobre mí, y yo tampoco lo he hecho, aunque me agradaría conocerlo mejor. Cuando estoy con él me ruborizo y no sé qué decir. Puede que él también sea apocado, o puede que no esté acostumbrado a tener una hija. Tal vez nunca pueda sentir por mí lo que sentía mi padre, Sam.

Estamos a finales de septiembre. El aire todavía es cálido, pero no tan opresivo como cuando llegué. Desfilamos junto a los arrozales, donde los tallos ya han adquirido una tonalidad dorada. Luego subimos la pequeña colina que se alza frente a la villa. Camino con la cabeza gacha, fingiendo buscar surcos o piedras en el sendero, y miro furtivamente la casa de Tao, situada en lo alto de la montaña. Es como tantas otras —pequeña, construida con ladrillos y cubierta de barro—, pero es la única orientada al norte. Las ventanas son simples aberturas, igual que en la villa. El tejado es bajo e inclinado. Un pequeño muro de contención forma un bancal justo a la entrada. En una de las paredes exteriores han construido un horno de leña, y a la madre de Tao debe de serle difícil cocinar cuando llueve. En el suelo yace una escalera de madera con peldaños rotos, pero nadie se ha tomado la molestia de levantarla desde que llegué. En la villa, el pez seco y las patas de cerdo están bien guarecidos en el primer patio; aquí están colgados de cualquier manera en un muro exterior con las prevenciones justas para que no se acerquen perros ni roedores. La colada gotea en una cuerda: las camisetas interiores de Tao, los pantalones anchos de su padre, las túnicas oscuras de su madre y la ropa de sus ocho hermanos y hermanas pequeños. Para mí, la casa es muy campestre y romántica. A mi madre le parecería espantosa y la tacharía de choza patética.

—Tao nació en el Año del Perro —apunta Kumei al darse cuenta de que estoy contemplando la casa—. Todo el mundo sabe que el perro y el tigre son la pareja ideal.

—No estoy buscando pareja...

—No, claro. Por eso tenemos que venir hasta aquí cada mañana a la misma hora. No quieres ver a nadie en particular.

—No.

Pero no es cierto. Si May pudo darme en adopción sin contemplaciones y Z.G. no quiere conocerme, quizá Tao... Puede que todavía me merezca un poco de amor.

—A todo el mundo le gustan los perros —continúa Kumei—. Congenian con los demás y les lamen las manos. Son fieles, aunque su dueño sea su mujer. Se les da bien los rescates, como todo el mundo sabe. ¿Tú necesitas ser rescatada?

Si ella supiera.

—¿Y tú? —pregunto—. Tu eres cerdo, ¿verdad? A lo mejor Tao y tú deberíais casaros.

No hablo en serio, pero con suerte mis preguntas desviarán el tema.

—Sí —asiente con aire reflexivo—. Podría funcionar, pero soy viuda y tengo un hijo. Ahora nadie querrá casarse conmigo.

—Pero esto es la Nueva China y se ha aprobado una nueva ley matrimonial. Las viudas...

Al acercarnos a la casa, Tao sale al exterior. Es como si hubiera estado esperando en la sombra nuestra llegada. No soy la única que se percata. Kumei baja el tono de voz.

—Olvídate de mí y pensemos en besos para ti. Un tigre necesita un perro práctico y bueno. Hacen tan buena pareja... —suspira teatralmente, lo cual no hace sino subrayar el hecho de que está mofándose de mí—. O, puesto que esta es la Nueva Sociedad, podrías probar el amor libre.

Después, dirigiéndose a Tao:

—Buenos días. ¿Vas al campo? ¿Quieres dar un paseo con nosotras? La camarada Joy está muy callada esta mañana. Seguro que todavía vive con el horario de la ciudad. A lo mejor puedes despertarla tú.

Cada vez que veo a Tao me ruborizo, pero he notado que a él también se le enrojecen las mejillas. Se alborota el puntiagudo cabello y sonríe.

—Quizá pueda ayudar a nuestra camarada de la ciudad.

Justo entonces aparece la madre de Tao en el umbral. Lleva la camisa remangada hasta el codo, como si estuviera a punto de lavar más ropa o salar verduras. Lleva un niño colgado a la espalda y otros tres revolotean entre sus piernas como pollitos (el presidente Mao ha alentado a las masas a dejar una descendencia numerosa para que en China queden supervivientes que puedan restablecer rápidamente la población en caso de que Estados Unidos lance bombas atómicas sobre el país, y ha dicho: «Con cada barriga llega otro par de manos.» China necesita esas manos para construir la Nueva Sociedad, y los padres de Tao han puesto su granito de arena). La madre de Tao me mira con resentimiento y dice a su hijo:

—Ven a casa en cuanto termines. Te prepararé una comida sencilla. Sencilla porque nuestros gustos también lo son.

Por algún motivo, la madre de Tao ha llegado a la conclusión de que soy una persona de paladar sofisticado. Tal vez sea por el vestido que lucía la noche de mi llegada, o tiene miedo de que le robe a Tao y me lo lleve a Shanghái. Es posible que vivamos en la Nueva China, pero para esta gente Shanghái tiene el aura de un lugar misterioso, decadente y pecaminoso.

Tao salta desde el bancal y echa a andar delante de nosotras. He reparado en que los hombres de la aldea siempre caminan con las mujeres a la zaga, pero no me importa, porque ello me permite ver a Tao subiendo por la colina, con los nervios de los brazos y las piernas deslizándose con elegancia sobre sus huesos. Me alegro de que Kumei no pueda oír mis pensamientos.

Llegamos a la cima de la colina. Desde aquí podemos ver otras cinco aldeas —cada una de las cuales constituye su propio colectivo— anidadas entre ondulantes colinas o en las laderas. En los bancales que se forman en las pendientes crecen prolijas hileras de árboles de té. En el valle, arrozales y campos de maíz, mijo, sorgo, boniatos y heno tejen un manto de alimentos y riqueza. Bajamos por el camino y nos unimos a nuestros compañeros del equipo de trabajo, que también se dirigen a los campos.

Algunos días trabajamos en los bancales de té, recogiendo hojas y atendiendo la cosecha más preciada del Dragón Verde, o recolectamos boniatos para secarlos, almacenarlos y alimentar al ganado. También hemos construido acequias de riego, pozos y charcas. Las mujeres somos más afortunadas que los hombres: el Gobierno ha dictado una proclama que nos prohíbe trabajar con el agua hasta la cintura. Nadie quiere que las mujeres sufran infecciones en sus partes íntimas, lo cual me parece espantoso. Sin embargo, hoy solo labraremos un campo de maíz. Puesto que todas las herramientas han sido donadas al colectivo, pedimos al jefe del equipo de trabajo azadas y otros aperos que vamos a necesitar.

Ahora que estamos acompañados, soy prudente al interactuar con Tao. Cuando se dirige hacia el campo que nos ha sido asignado, me quedo en los márgenes y me calo un sombrero de paja encima del pañuelo para protegerme del sol antes de adentrarme en las maduras ringleras de maíz. Kumei va por delante y elige un surco junto a Tao; yo avanzo cinco más y hundo la azada en la tierra para descuajar las malas hierbas.

Hace un mes no sabía desempeñar esta labor. Me esforzaba al máximo, pero estaba desesperada y exhausta. No dejaba de pensar en uno de mis profesores, que decía que el campesino chino es «el hermano gemelo del buey». Yo no me parecía en nada a un buey. Al volver del campo me dolían la espalda y los músculos y tenía ampollas en las manos. El calor era brutal, y no entendía que había que beber agua hervida y té continuamente. Pero como dicen por estos lares: «Ver algo una vez es mejor que oírlo cien. Hacer algo una vez es mejor que verlo cien.» He aprendido de la vida real, la he observado. Todavía estoy lejos de convertirme en una mujer del «grupo de choque» de Mao, pero he descubierto lo que los aldeanos denominan un espíritu de hierro.

Oigo a la gente trabajando a mi alrededor: el crujido al sortear las vainas de maíz, los golpes de las azadas al hendir los surcos y las melodías de una canción autorizada recientemente, que se elevan por los aires desde el campo de heno adyacente. Así es como me imaginaba la Nueva China: campesinos de mejillas sonrosadas ayudándose y compartiendo los frutos, el sol calentándome la espalda, el chirrido de los grillos y los pájaros acompañando nuestros cánticos.

A las once vienen unas mujeres casadas de la aldea con unos botes atados al extremo de un palo que llevan apoyado en los hombros. Nos sirven arroz y verduras —pepinos, berenjenas, tomates y cebollas, todo ello cosechado por el colectivo— y volvemos al trabajo. Poco después de mediodía aparece Z.G. Lleva un sombrero de paja de ala ancha, una mochila y un caballete. Trabaja en el campo durante una hora y luego se sienta debajo de un árbol a dibujar. Nadie se queja; está plasmando nuestra labor.

A las cuatro, el tramo más caluroso del día, regresan las mujeres casadas con termos de té y más arroz. Durante el descanso, los trabajadores se arraciman en torno a Z.G. para ver sus bocetos, a menudo exclamando y riendo al reconocerse a sí mismos y a los demás.

—¡Mira, esa es la cicatriz en forma de murciélago del camarada Du!

—¿Así de torcidas tengo las piernas?

—Esas son las chicas del equipo de riego dando un paseo. Cuando se juntan se lo pasan en grande. Se toman la vida con mucho sentido del humor.

A Tao debe de costarle escuchar esos cumplidos, ya que en su día fue él quien los recibía, pero sabe que se encuentra ante un artista mucho mejor que él.

Tras la pausa regresamos a los huertos. La jornada está tocando ya a su fin cuando oímos el alarido de una mujer. Los cánticos se han acallado, pero los grillos siguen chirriando mientras intentamos averiguar de dónde proviene ese alboroto. De repente se suceden unos gritos de dolor. Kumei y yo echamos a correr entre los tallos de maíz en dirección al henar adyacente. Allí ya ha empezado la cosecha, y al otro extremo han segado el heno con una afilada cortadora. En la zona que ha quedado despejada se congrega un grupo de gente. Corremos hacia ellos y nos abrimos paso a empujones. Junto a una mujer vemos a un hombre salpicado de sangre. Está pálido y parece consternado. La mujer tiene el cuello desgarrado y el brazo prácticamente separado del cuerpo. La sangre borbotea y se encharca a su alrededor. Tres mujeres se han quitado los pañuelos y los utilizan para tratar de contener la hemorragia, pero no creo que sirva de nada.

El olor de la sangre bajo el sol se me agolpa en la garganta. Siento náuseas y repugnancia, pero las moscas y otros insectos se han visto atraídos por el aroma y revolotean alrededor de la mujer para beber su sangre. La he visto antes —en la aldea, durante nuestras clases de arte vespertinas, y en los senderos que llevan a los campos—, pero no sé como se llama.

—No es culpa mía —dice con voz temblorosa el hombre ensangrentado—. Estaba trabajando en mi surco. La camarada Pingli estaba a mi lado. Sin que me diera cuenta, se arrojó bajo la cortadora y no pude esquivarla. No debió de verme. Pero ¿cómo es posible? —Vuelve la cabeza hacia nosotros buscando una respuesta, pero ninguno de nosotros la tiene—. Es imposible que no me haya visto. Trabajamos uno al lado del otro cada día.

—No es culpa tuya, camarada Bing-dao —dice alguien entre la multitud—. Son cosas que pasan.

Sus palabras son recibidas con murmullos de aprobación, y yo me digo: «¿Cosas que pasan? ¿Quién salta delante de una cortadora?» Me vienen a la cabeza otros pensamientos prácticos: ¿Dónde está la ambulancia? ¿Y el hospital? Pero no hay ambulancias ni hospitales en varios kilómetros a la redonda. Tampoco un tractor, ni un camión o un coche con el que realizar un traslado aunque hubiera un centro médico, pero tampoco importa. La mujer está moribunda. Su piel ha adquirido una textura cerosa. El charco de sangre no cesa de crecer, pero la hemorragia se ha atenuado. Tiene los ojos cristalinos y parece ajena a lo que la rodea. Las mujeres arrodilladas la reconfortan lo mejor que pueden.

—El colectivo cuidará de tus hijos —dice una de ellas—. No hay huérfanos en la Nueva China.

—Nos aseguraremos de que tus hijos te recuerden —promete otra.

—La sangre roja es un signo de pureza socialista —tercia una mujer—. Y tu sangre es muy roja.

Una vez más, se oyen murmullos de aprobación.

Aparto la mirada cuando le cierran los ojos a la mujer ya difunta y veo a Z.G. El carboncillo que sostiene en la mano se pasea rápidamente sobre su cuaderno de dibujo.

Más tarde me encuentro en el patio delantero de la casa reuniendo material para la clase de arte de esta noche cuando aparece Tao en la entrada. Me pregunta si estoy bien. Le digo que sí, pero que todavía me siento consternada por haber visto morir a esa mujer. Tao asiente en un gesto de comprensión y dice:

—Quiero enseñarte una cosa. ¿Me acompañas?

—Tengo que prepararme para la clase.

—Por favor, serán solo unos minutos.

Compruebo si alguien nos observa. No veo a nadie, pero eso no significa que nadie pueda oírnos habida cuenta de cómo viaja el sonido aquí.

—Camarada Tao —digo con previsora formalidad—, iré contigo. Quiero ser útil a todos los habitantes de la aldea.

Sonríe y franqueo con él la entrada principal. Tao gira a la izquierda y recorremos el sendero que discurre paralelo al muro de la casa. Cruza un pequeño puente de piedra y dobla de nuevo a la izquierda para tomar un camino junto al riachuelo del Dragón Verde. Si Tao huele a gasolina, no lo noto, porque ahora yo también me he impregnado de ese olor. Lo llevo con orgullo, sabiendo que me he integrado verdaderamente en la vida de la aldea.

No hemos llegado muy lejos cuando Tao me coge de la mano y me aparta del camino. El contacto físico era tabú en Chinatown, pero aquí las normas son todavía más estrictas. No puedo creerme que Tao esté tocándome o que lo esté siguiendo por una empinada escalinata de piedra situada en la ladera de la colina. No me suelta la mano. En lo alto, medio oculto entre una arboleda de bambúes, hay un pabellón de unos tres metros de ancho. Me he quedado sin resuello. Unos postes redondeados de madera con pintura roja desconchada se elevan hasta las vigas. El bambú de color verde claro rodea tres lados de la cabaña. Una piedra de baja altura que recorre el cuarto costado nos protege de una larga caída hasta el valle. Colinas, aldeas y campos se extienden ante nosotros.

—Es precioso —digo.

Aparto la mirada del paisaje y me topo con los ojos oscuros de Tao. De repente, el aire me parece pesado. Presiento lo que va a ocurrir. Tal vez estoy deseando que suceda. Cuando Tao me rodea entre sus brazos, cedo con sumisión. Su boca tiene un sabor fresco, como el té blanco. Noto su corazón latiendo contra el mío. Me abraza otra vez y me mira a los ojos. Me siento como si estuviera escudriñando su alma. Veo amabilidad, simpatía y generosidad. Veo a un artista.

Entonces me suelta y da un paso atrás. No me importa lo que dijo Kumei. En China no existe el amor «libre». Ni siquiera gozamos de él en Estados Unidos. Todo amor tiene su precio, como bien sabe mi tía May. Tao y yo solo estábamos besándonos, es cierto, pero lo que he hecho está terminantemente prohibido en la Nueva China. Pero ¿qué estoy diciendo? ¡También lo estaba en la vieja China! Y, afrontémoslo, soy una buena chica criada en Chinatown. Yo no hago esas cosas.

—¿Qué es este lugar? —pregunto, desesperada por marcar cierta distancia entre lo que quiero y lo que debo hacer.

—Es el Pabellón de la Caridad —responde Tao. Su voz es potente y no titubea en ningún momento—. Fue construido por el abuelo del terrateniente que en su día fue propietario de la casa donde te alojas. Todas estas tierras eran suyas: el pabellón, la casa, todos los edificios del Dragón Verde y los campos que trabajamos —señala las colinas verdes y ondulantes—. De ahí recibió el nombre nuestra aldea. Es como un dragón verde correteando por el campo.

Si puede ser tan franco, yo también debo serlo. Contemplo el pabellón. En las tres vigas hay pintadas sendas máximas: SÉ AMABLE Y BENEVOLENTE. HAZ UNA PARADA EN EL CAMINO INTERMINABLE HACIA EL FUTURO y DESTIERRA TODOS LOS PROBLEMAS DE TU MENTE.

—«Haz una parada en el camino interminable hacia el futuro» —digo leyendo en voz alta—. ¿Eso es lo que estamos haciendo?

Tao me lanza una mirada que no comprendo.

—¿Eso es lo que estamos haciendo? —insisto.

—Pero ¿por qué tenemos que parar?

Escucho sus palabras con mentalidad estadounidense. Solo me han besado tres chicos. Uno de ellos fue Leon Lee, el hijo de Violet y Rowland Lee, unos amigos de mis padres. Desde que Leon y yo éramos niños nuestros padres pensaban que algún día nos casaríamos, pero no ocurrió. Leon era demasiado serio para mí y nunca quise acabar ansiando persistentemente el Sueño Americano, comprar una casa, un lavavajillas y un césped. Joe Kwok y yo nos besamos varias veces en la universidad y creía que íbamos en serio, pero me di cuenta de que solo se tomaba en serio su futuro. Y ahora Tao. Soy virgen, pero conozco los peligros, y no pienso llegar a la segunda base.

—Estabas predestinada a venir a mi aldea —dice Tao—. Estaba escrito que tu padre sería un artista que me daría clases y puede que también esté escrito que acabemos juntos.

—Tengo que volver —murmuro—. He de ayudar a mi padre.

Cuando me dispongo a marcharme, me acerca a él una vez más. No se desprende timidez de su manera de abrazarme o de cómo me desliza la mano por debajo de la blusa para tocarme el pecho. Es algo nuevo para mí y mi mente se vacía. El placer que me procura, el anhelo y el deseo que despierta en mí, me asombran y me inquietan. Me acaricia el cuello y aparta con los labios el saquito que me regaló mi tía. Su lengua asoma y prueba mi carne, provocándome escalofríos desde el cuello hasta los pezones. ¿Cómo sabe lo que tiene que hacer?

—Vuelve tú primero —dice con una voz sorprendentemente ronca—. Yo llegaré un poco tarde a la reunión para que nadie sospeche.

Asiento y me voy.

—Tenemos que andarnos con cuidado —añade—. Nadie puede saberlo... por ahora.

Asiento de nuevo.

—Vete —dice.

Y yo obedezco.

Asistir a nuestra clase de estudios políticos y arte en la sala ancestral no apacigua mis convulsas emociones. Después de haber visto morir a una mujer y de sentir el delicado tacto de Tao me hallo totalmente desorientada. Mis sentimientos son confusos, pero eso no explica la agitación que me rodea. Esta noche los hombres se apiñan cabizbajos, hablando con un hilo de voz, mientras las mujeres se congregan al otro lado de la sala, con la cabeza alta y la lengua afilada como un cuchillo.

—En tiempos feudales, las mujeres tenían que seguir a su marido fuera cual fuese su destino —afirma una mujer con suficiente fuerza para que el mensaje llegue hasta el otro extremo—. Los hombres decían: «La mujer es como un poni. La montaré y la azotaré cuando guste.» El marido de la camarada Ping-li se olvidó de que ahora vivimos en la Nueva Sociedad.

—Ping-li era una mujer, pero persona ante todo.

—Nos dicen que somos dueños de nuestro destino, pero Ping-li era esclava de ese marido suyo.

Me dejan boquiabierta tanta ira y reproches.

—¿Lo de hoy no ha sido un accidente? —pregunto a Z.G. mientras ordenamos los pinceles y el papel que Kumei y yo repartiremos después de la sesión política.

Mi padre me mira con exasperación, y Kumei susurra:

—Todo el mundo dice que ha sido un suicidio. El marido de la camarada Ping-li la pegaba y la obligaba a trabajar mucho. Pidió el divorcio muchas veces, pero solo conseguía que la pegara más. ¿Qué otra opción tenía?

Sin pensarlo, me llevo la mano a la garganta cuando me inundan las imágenes de Sam, mi padre. En el Dragón Verde nadie sabe lo que he dejado para venir aquí. Retiro la mano con fingida despreocupación e intento que todos los sentimientos se diluyan de mi rostro. Veo a Z.G. mirándome —escrutándome, como siempre parece hacer— y se da cuenta de que en cierto modo no estoy a la altura.

—Puede que tu Nueva China no sea tan perfecta después de todo —me dice en inglés, ante lo cual, Kumei abre unos ojos como platos.

—¡Hablas ruso! —exclama.

Todo el mundo, desde el presidente Mao hasta esta aldeana analfabeta, quiere imitar a la Unión Soviética, que conocen como Lao Da Ge, el Viejo Gran Hermano.

—¡La Unión Soviética de hoy es nuestro mañana! —dice, recitando un dicho popular.

No la corregimos. Es mejor que crea que entiendo el ruso a que sospeche que vengo de Estados Unidos. Incluso aquí, en medio de la nada, la gente odia a los imperialistas estadounidenses, como ellos los llaman.

Miro a Tao, que se encuentra al otro lado del salón. Casi toda la aldea está presente, pero por su manera de mirarme me siento como si estuviéramos solos en una habitación. La mera idea de estar a solas parece algo prohibido y aleja mis pensamientos de la difunta y del recuerdo de mi padre ahorcado en el vestidor. Tao me dirige una mirada de aliento, como si quisiera transmitirme que todo irá bien.

—Salimos de casa durante la colectivización —protesta una mujer—. Nos dijeron que recibiríamos un salario equitativo por nuestra labor. Nos dijeron que nos guiaría la nueva ley del matrimonio. Pero ¿recibimos ayuda cuando la necesitamos?

Sung-ling, la corpulenta esposa del secretario del partido, se dirige hacia un viejo altar y apoya sobre él los dos puños cerrados.

—Las costumbres feudales son difíciles de cambiar —dice con estridencia—. Cuando el Ejército de la Octava Ruta atravesó nuestro condado durante la guerra de Liberación, nos enseñó a manifestar nuestra amargura. Se animó a las mujeres a protestar por las humillaciones que soportábamos: violaciones, palizas, matrimonios sin amor y la vida bajo el dominio de unas suegras sin corazón. Canalizamos nuestras tristes historias de angustia y sufrimiento en una ira colectiva contra el sistema feudal. Si un hombre nos engañaba o nos menospreciaba, le pegábamos juntas en la plaza hasta que quedaba inmóvil como un perro, con la boca, los ojos y la nariz llenos de barro y la ropa hecha jirones.

Este discurso exalta a las mujeres en lugar de calmarlas, pero Sung-ling no ha terminado todavía.

—Pero cuchicheando y quejándonos como mujercillas débiles no conseguiremos que los hombres nos escuchen. Propinarle una paliza a un hombre en la plaza pública no lo convertirá en mejor marido, padre o camarada. Ahora corren otros tiempos. Me hacéis dar una mala imagen con vuestras costumbres anticuadas. Tenemos que abordar estas cuestiones como es debido. Pediré al condado que envíe un equipo de propaganda a nuestra aldea. Ellos nos ayudarán a organizar una obra de teatro para recordar a todo el mundo las normas. Necesitaré voluntarios.

Yo tengo experiencia en el mundo de la interpretación, así que levanto la mano, y Tao y Kumei me imitan.

—Bien —dice Sung-ling—. Ahora, durante el resto de la noche, no quiero oír una sola palabra más sobre la camarada Pingli. Está muerta. Eso es lo único que puedo decir.

Mira alrededor de la sala, prácticamente suplicando que alguien la contradiga. Frunce los labios y asiente ligeramente antes de continuar.

—Y ahora demos comienzo a nuestro debate político. Por favor, id a vuestros puestos habituales.

La dividida sala se reúne a regañadientes, y Tao acaba sentado junto a mí. Pese al discurso que ha pronunciado Sung-ling para levantar la moral —si es que era eso lo que pretendía—, la gente se muestra impaciente. El secretario del partido Feng Jin sigue las instrucciones de su mujer y se niega a mencionar a la difunta. Por el contrario, reparte elogios para elegir a trabajadores modélicos. Después relata algunas de las mayores hazañas del Ejército Rojo, lo cual se repite cada noche. Empiezan a gustarme más que los episodios de *Gunsmoke*, *Sky King* y *Highway Patrol* que solía ver mi familia.

La primera historia de esta noche habla de las valientes operarias de comunicaciones durante la guerra de Liberación.

—Tenían que correr bajo un fuego constante —subraya el secretario del partido Feng Jin—, de un cráter de bomba a otro. Enviaban mensajes urgentes, de vida o muerte. Si perdían la conexión, convertían sus cuerpos en conductores eléctricos sosteniendo los cables entre los dientes. ¡Esas mujeres fueron hermanas en la guerra de la resistencia!

No es la moraleja más sutil que quepa imaginar, y en muchos sentidos es una elección extraña, ya que estoy segura de que aquí pocos han visto un teléfono en su vida, pero todo el mundo parece más calmado. Yo, sin embargo, no lo estoy. La pierna de Tao roza la mía. El calor de su carne me atraviesa las dos capas de ropa y penetra en mi piel. Sigo mirando hacia delante, a las nucas que tengo frente a mí, pero el corazón me palpita con fuerza.

—¿Qué nos ha traído la Liberación? —pregunta el secretario del partido Feng Jin, y a continuación cita al presidente Mao—: «Todo el mundo trabaja para que todo el mundo coma.» ¿Qué significa eso? Hoy, esas mujeres valientes trabajan en centrales eléctricas. Se encaraman a las líneas de alta tensión y cambian unos aislantes de porcelana para mantener las transmisiones. Un día traerán teléfonos y electricidad hasta aquí. Otras mujeres trabajan en fábricas de algodón y de harina o como fresadoras, geólogas, soldadoras, forjadoras, pilotos y marineras. Las mujeres reciben educación, ya sea en una clase de alfabetización como la que tenemos en el colectivo o en una universidad.

A continuación se abre un debate y varios hombres alzan la mano para hablar. De nuevo nos recuerdan lo que ha prometido el presidente Mao para la Nueva Sociedad: las mujeres sostienen la mitad del cielo. Todos, hombres, mujeres y niños, deben implicarse en la lucha política para enfrentarse a las tormentas y al mundo. Todos debemos adherirnos a la ley del matrimonio. El secretario del partido Feng Jin finaliza la sesión con una canción. En toda la sala se percibe el eco de los buenos sentimientos cuando las voces del colectivo de la aldea del Dragón Verde se unen a él.

Más tarde, durante la clase de arte, sigo notando la presencia de Tao junto a mí. ¿Cómo no iba a hacerlo cuando siento aún su sabor en la boca y su tacto en los labios, en el cuello y en el pecho? Me niego a mirarlo, pero me fijo en su mano e intento dibujarla.

—Algo se ha abierto en ti, Joy.

Levanto la cabeza, y al ver a Z.G. me sonrojo.

—Tu técnica todavía está por pulir, pero creo que las clases de caligrafía te han conferido un toque delicado. —Se echa hacia atrás con los brazos cruzados, contemplando mi obra con auténtica apreciación—. La mano es lo más difícil de dibujar —añade—. Creo que podrías ser buena si quisieras aprender de verdad.

Sonrío. Este ha resultado un día de lo más extraño y maravilloso. Cuando termina la clase, Tao se marcha con el resto de los aldeanos. Z.G., Kumei y yo recogemos los enseres y volvemos a la casa. Kumei nos da las buenas noches y Z.G. y yo recorremos los patios hasta llegar a nuestras habitaciones contiguas. Él desaparece en la suya mientras yo coloco el instrumental, pero regresa al cabo de unos minutos con un cuaderno.

—Esto es para ti —dice—. Necesitarás mucha práctica si quieres dibujar bien una mano. Intenta representar siempre el mundo interior del corazón y la mente. Esa es la esencia de la empresa artística china. Creo que puedes conseguirlo.

Sin mediar palabra, vuelve a su habitación. Ahora están en mi haber los dos primeros regalos de mi padre: sus palabras y el cuaderno de dibujo.

Después de esa noche sigo madrugando y labrando el campo como hacía antes. Por las tardes, Z.G. trabaja solo junto a los huertos con carboncillo, lápiz y cuaderno o con pinceles, pintura y papel. La gente todavía se detiene a ver sus dibujos, pero esconde cada vez más su obra, a menudo superponiendo otra hoja de papel, sobre todo cuando yo me acerco, para que no pueda ver en qué está trabajando. Eso hiere mis sentimientos, pero ¿qué puedo hacer?

Al final del día, Tao y yo nos quedamos rezagados y recogemos las herramientas de los demás para dejarlas a buen recaudo durante la noche. Luego, regresamos a la Aldea del Dragón Verde. Nos cuidamos mucho de cogernos de la mano o de tocarnos por si hay alguien asomado a una ventana o una puerta. Nos dirigimos a la entrada principal, cruzamos el pequeño puente y seguimos apresuradamente el camino del río hasta el desvío del Pabellón de la Caridad. Ahora soy más fuerte, y puedo llegar a la cima de la colina y tener resuello suficiente para besar a Tao al instante. Más tarde acudimos por separado a la reunión política y a la clase de arte que se celebra en la sala ancestral. Ya no nos sentamos juntos, pero lo siento cerca, sabiendo que mañana gozaremos de nuestro momento de privacidad en el pabellón.

He pasado de perder al único hombre que me importaba en la vida a ganar dos hombres nuevos y únicos. Me distraen. Me complacen, pero de maneras distintas, por supuesto. Y cada día, durante unos minutos, e incluso unas horas, puedo olvidarme de Sam. Pero no es fácil. Sé que le entristecería verme. No querría que trabajara en el campo, que limpiara la letrina, que permitiera que el sol me quemara la piel y —esta habría sido su mayor objeción— que pasara tiempo a solas con Tao. Mi padre jamás lo habría mencionado —lo habría dejado en manos de mi madre—, pero se habría sentido muy decepcionado conmigo. Le habría preocupado que echara por la borda mis opciones de llevar lo que él denominaba una vida estadounidense de verdad.

No me abruman demasiado los remordimientos por todo eso. Parte de mí cree que la intensa luz del sol está quemando mi pasado y que el duro trabajo está desgranando mis errores. Cada noche, cuando me meto en la cama —con la piel sucia y los músculos exhaustos— me siento purificada y logro conciliar el sueño. Por la mañana, cuando la oscura masa de culpabilidad que anida en mi pecho, y que no me ha abandonado un solo minuto desde que vi a mi padre colgando de una cuerda en su vestidor, amenaza con emanar de mi interior y derrotarme, me visto y me uno a los demás con una sonrisa en la cara. Soy incapaz de olvidar que mi madre y mi tía mintieron y se pelearon por mí, aunque a la postre no merezca sus quebraderos de cabeza ni su afecto. Sí, he huido de los ojos acusadores de mi madre y de los reproches de mi tía, pero no puedo huir de mí misma. Mi única salvación es arrancar las malas hierbas del campo, dejar que me embarguen mis emociones hacia Tao y obedecer las órdenes de Z.G. cuando tenga en mi mano un pincel, un lápiz, carboncillo o pintura al pastel.

SEGUNDA PARTE

El conejo se escabulle

Joy

Contra viento y marea

Hemos ensayado muchos días y estamos preparadas para escenificar nuestra obra teatral sobre las mujeres, la ley matrimonial y el pensamiento adecuado en la Nueva Sociedad. Tambores, timbales e instrumentos de viento convocan al pueblo, que está en sus hogares. Los petardos estallan y centellean, anunciando que está a punto de tener lugar una celebración. Es última hora de una tarde de domingo. La mayoría de la gente ha tenido el día libre para descansar, arreglarse la ropa y jugar con sus hijos. Ahora, todos los habitantes del Dragón Verde acuden a la plaza situada justo enfrente de la villa para presenciar nuestra actuación. Cinco niñas —con blusas a juego, lazos rosas en el pelo y largos banderines ondeantes— corretean entre la gente. Unos niños reparten conos de papel repletos de cacahuetes o semillas de sandía, que los aldeanos rompen con los dientes.

El escenario improvisado está organizado a la manera china, sin telón y con todo a la vista de los asistentes. Los músicos prosiguen con su clamorosa melodía, mientras un grupo de hombres de la *troupe* acrobática del equipo de propaganda da volteretas y giros por todo el escenario. El programa comienza con un relato de algunos de los triunfos de Mao y el Ejército Rojo durante la guerra de Liberación. Después, los actores del equipo de propaganda representan una estampa consagrada a la medida en Doce Puntos para incrementar la producción agrícola.

El contenido no es nada nuevo. Sé que los aldeanos del Dragón Verde ya hacen esas cosas, porque yo misma las he hecho o las he visto. He llevado al campo cubos de agua colgados de un palo sosteniéndolos sobre los hombros, he esparcido estiércol con las manos, he rociado excrementos sobre las calabazas, y cada día Tao y yo pasamos junto a un búfalo de agua que pisotea las piedras para aplastarlas y disgregar el terreno a fin de preparar un nuevo huerto. Al principio me preocupaba esa criatura. Llevaba anteojeras y había tropezado tantas veces con las afiladas rocas que tenía las piernas ensangrentadas y llenas de costras. Mis simpatías occidentales sacaban lo mejor de mí misma, y le pregunté a Tao por qué no le quitaban las anteojeras para que pudiera ver adónde iba.

—Sin ellas esquivaría las rocas —respondió—. Este es su castigo por lo que ha hecho en una vida anterior.

Todavía me cuesta creer que Tao tenga unas creencias tan trasnochadas, pero lo cierto es que la velada está dedicada a la educación de los campesinos.

Tras la lección de agricultura llega una exhibición acrobática que mejora considerablemente el estado de ánimo del público. Cuando el último saltimbanqui abandona el escenario dando una voltereta, Kumei, Sung-ling y yo nos cogemos de las manos y salimos. Yo interpretaré dos papeles distintos esta noche. Soy la única de los tres que ha actuado profesionalmente, así que mis textos son los más extensos. Para el primer personaje voy vestida de soldado, con una chaqueta y unos pantalones verdes y una gorra con la estrella roja. A mi izquierda, Kumei encarna a una soltera de los tiempos anteriores a la Liberación y lleva un elaborado tocado con borlas y cuentas, una chaqueta de brocado y una falda larga de seda con docenas de pliegues diminutos. A mi derecha, Sung-ling luce el atuendo cotidiano de todas las mujeres que he conocido en el campo: una blusa de algodón con un motivo floral, pantalones azules anchos y zapatos artesanales.

—Las tres hemos encontrado otra vida en la Nueva China —digo, dirigiéndome al público—. Hemos luchado contra los sistemas feudales de autoridad política, la autoridad de clanes, la autoridad religiosa y la autoridad marital. Hemos combatido la opresión de clases y la agresión extranjera.

—Soy una chica de los días feudales —anuncia una nerviosa Kumei.

Cuando empezamos los ensayos, Sung-ling insistió en que Kumei se encargara de este papel. Cuesta bastante imaginársela —con sus mejillas sonrosadas y su voz chillona— encarnando a una soltera recatada. Yo habría encajado mucho mejor, ya que en una ocasión interpreté a la hija de un emperador como extra en una película. Además, mi tía siempre decía que eligiera el papel con mejor vestuario.

—A los cinco años, mis padres me vendieron al terratenien-te —continúa Kumei—. Con el tiempo, me vestía como si fuese un regalo y me abría cada noche. Oh, cómo lloraba. Tenía boca, pero no derecho a hablar. Tenía piernas, pero no libertad para correr.

Los movimientos de brazos de Kumei son torpes y tiene una presencia nula sobre el escenario. Aun así, me sorprende que lo esté haciendo tan bien. Es analfabeta, así que no ha podido leer el guión. Trabajé con ella la semana pasada, intentando ayudarla a que memorizara el texto, pero Sung-ling insistía en que la ver-sión de Kumei estaba bien.

—Los soldados de Kuomintang no hacían nada por proteger al pueblo de los soldados japoneses ni de los elementos. Hace quince años, la sequía agostó los campos. Hace once, la ham-bruna azotó nuestro país. Millones de personas no tenían nada que comer.

Kumei titubea y balbucea al hablar. Entonces se queda en silencio. Se oyen risas ahogadas entre el público, que la señala. Creí que sería divertido, pero ahora desearía que no se hubiese ofrecido voluntaria para ayudar. Sung-ling le susurra la frase si-guiente, y Kumei la repite.

—Mi amo no compartía su arroz. La gente se marchaba de la aldea para mendigar. Vendían a sus hijos. Murieron demasiados. Cuando terminó el enfrentamiento con los agresores japoneses llegó la guerra de Liberación.

El público prorrumpe en vítores y Kumei da unos pasos sobre el escenario y junta las manos como si se dispusiera a rezar. Su recitado es propio de un aficionado, pero ahora procede con mayor firmeza.

—Cuando nuestro gran líder liberó a las masas, el pueblo acusó a mi amo de crímenes terribles. Lo mataron y me ordenaron que hiciera autocrítica, cosa que acaté delante de todo el pueblo. Y vosotros —extiende los brazos, como abarcando a todo el público— recordasteis mi pasado como la hija de una familia campesina. ¡Me perdonasteis la vida!

El público está hipnotizado, pero yo podría haber interpretado el monólogo mucho mejor. Habría memorizado el texto que envió el Gobierno en lugar de tomarme tantas libertades.

Ahora Sung-ling recorre el escenario. Ha sido encasillada como la aldeana modélica.

—Nuestro gran presidente envió a gente que nos enseñara. La primera lección fue que me lavara los dientes, y obedecí. Más tarde instituyó la reforma agraria. Todo el mundo obtuvo una parcela de tierra. Las mujeres, como yo, vimos nuestros nombres en títulos y escrituras agrícolas. Por fin nos habíamos zafado de la opresión de los terratenientes feudales.

Este no es precisamente un papel difícil para Sung-ling, ya que pronuncia estas peroratas a diario. Ahora se inclina hacia delante para confesar con aire de complicidad:

—Pero el presidente Mao no había terminado. Nos ha situado en la senda del socialismo al comunismo, y hemos cumplido. Cinco años atrás formamos equipos de ayuda mutua. Hace dos años entregamos nuestra tierra, nuestros animales, nuestras semillas y nuestras herramientas al colectivo.

Ya he oído todo esto antes, pero por primera vez lo asimilo. ¿La gente poseyó tierras solo durante tres años? Pero aquí nadie se queja. Todo el mundo ama el colectivo, porque...

—Ya no pasamos hambre —declara Sung-ling—. Liberados del chupasangres del terrateniente, los beneficios de la granja han aumentado y nuestros hijos incluso están rollizos.

Hace una reverencia y recibe una gran ovación. Después, levanta la cabeza y continúa:

—La reforma agraria y la ley del matrimonio llegaron al mismo tiempo. Esto no es como aprender a cepillarse los dientes o limpiarse los oídos. Como veréis, haremos frente a una gran resistencia...

En el siguiente número, Tao y una chica del equipo de propaganda interpretan a una pareja de jóvenes. Caminan juntos por el escenario, pero no se tocan. El diálogo de Tao consiste en solo ocho líneas y en los ensayos no ha conseguido pronunciarlas debidamente ni una sola vez.

—Tendría que pedirle a mi padre que concierte nuestro matrimonio —recita Tao con monotonía.

Intenté ayudarlo con su interpretación, pero es obvio que no lo conseguí.

—Nuestros padres negociarán el precio de la novia y la dote, y luego vendrás a mi casa.

La chica se aleja remilgadamente de él y hace un ademán negativo con el dedo índice.

—No, no, no pueden hacer eso. No permitiré que comercien conmigo.

Tao farfulla la siguiente línea del diálogo, que supuestamente reza: «Pero ya te he dicho que me alegro de que seas mi segunda esposa.»

Su *partenaire* continúa con el espectáculo, como diría la tía May.

—Se acabaron las esposas múltiples, las novias adolescentes y las concubinas —su voz se torna más contundente cuando repite—: Y nada de comprar mujeres.

Tao, el pretendiente inadecuado, persiste, gesticulando con torpeza a su aspirante a novia con tanto ardor como un bloque de hielo.

—Conmigo estarás a salvo. No tendrás que salir de casa ni del patio. Ya conoces el viejo dicho. —Y aquí Tao sonríe, aliviado por tratar algo que conoce bien—. Los hombres van al mercado a vender su mercancía, pero el lugar de una mujer es la casa, con su suegra y sus hijos.

En ese momento, unos murmullos de aprobación recorren todo el público, lo cual me sorprende dada la sincera acogida que ha tenido la historia de la reforma agraria. Interpreto que muchas familias de la aldea, como la de Tao, siguen teniendo a sus esposas, madres, hermanas y abuelas encerradas. Me hallo tan absorta en mis pensamientos que Sung-ling me da un codazo en la espalda para que participe de la escena.

Me han asignado el papel de la hermana de Tao, que acaba de regresar del servicio militar. Levanto el brazo hacia el cielo con el estilo alentador que transmiten los carteles del Gobierno que he visto.

—Hermano, ha llegado la hora de que entiendas que las mujeres ya no pueden ser oprimidas o explotadas. Mírame; he luchado con el ejército. Hoy seré liberada de las cuatro paredes de mi casa.

Tengo un extenso monólogo y me he esforzado en memorizarlo. Hasta el momento estoy muy satisfecha con mi interpretación.

—Hermano —prosigo—, pídele a tu novia que te acompañe por voluntad propia a ver a los líderes del partido de nuestra aldea y solicitad permiso para casaros. Si acepta, mi cuñada gozará de igualdad en tu hogar. Si tenéis una niña, le darás la bienvenida. ¡El infanticidio está terminantemente prohibido! Recuerda que estás construyendo la Nueva Sociedad. Si persistes en respetar las viejas costumbres una vez que estés casado, yo misma llevaré a mi cuñada a los tribunales para que pida el divorcio. El pueblo se pondrá en tu contra. Te despojarán de tus tradiciones contrarrevolucionarias y estarán encantados de concederle el divorcio si no abandonas la senda burguesa.

Los miembros del equipo de propaganda insistieron en que utilizara esa expresión, pero yo me pregunto qué saben esos aldeanos —por bien que me caigan— de la senda burguesa.

El director del equipo de propaganda se dirige al frente del escenario para exponer la moraleja.

—El novio ha reparado en su error y promete seguir el camino adecuado —proclama—. Nuestra joven pareja atenderá sus intereses y volverá radiante del registro matrimonial.

Al caer la noche, los miembros de la compañía dejan a los pies del escenario unos pequeños platillos llenos de aceite de soja que han prendido con bolas de algodón. Esta atmósfera más oscura resulta adecuada para lo que llega a continuación. El camarada Feng Rui, marido de la difunta, es conducido al escenario para que haga autocrítica. Está cabizbajo y se niega a mirar al público. Lleva la ropa habitual del campesino y el cabello grasiento y lacio.

—Recuerda—advierte Sung-ling—: Laxitud para quienes confiesan y severidad para quienes se niegan a hacerlo.

Feng Rui empieza a hablar en voz baja.

—He sido un mal marido. No respetaba las costumbres rojas.

Es todo cuanto puede decir antes de que la gente empiece a abuchearlo.

—Siempre nos has parecido un reaccionario —grita alguien.

—Tu mujer decía que eras malvado, y tenía razón —acusa otro.

Sung-ling levanta una mano pidiendo silencio para poder dirigirse al camarada Feng Rui.

—Tu esposa era una mujer, pero también una persona. Sin embargo, la tratabas como a un perro. La pegabas y la insultabas. Permitías que tu madre la atormentara. ¿Qué tienes que decir? Cuéntanos tu triste historia para que sepamos quién eres.

Feng Rui farfulla algo ininteligible. Parte de mí se compadece de él por ser humillado delante del colectivo. Entonces me vienen a la mente las lesiones de su esposa y su piel cerosa en el momento de la muerte. Tiene suerte de salir tan airoso.

—Te portabas tan mal con tu mujer —añade Sung-ling— que se arrojó a la cortadora de heno del camarada Bing-dao. ¿Y cómo crees que se siente él ahora? Se ha cobrado una vida, pero no fue el responsable.

—¡La culpa es tuya! —grita el público.

Me encuentro a un lado del escenario. Ya me he puesto el nuevo disfraz y se supone que debo prepararme para el gran final. Por el contrario, acabo uniéndome a los cánticos de condena del marido de la camarada Ping-li. La adrenalina bombea en mis venas cuando le prenden un lazo blanco en el pecho al camarada Feng Rui.

—A partir de ahora llevarás este lazo de denuncia —declara

Sung-ling—. ¡Todo el mundo te verá como el elemento derechista que eres!

Acto seguido se llevan a Feng Rui y concluye así la sesión punitiva. Estoy emocionada, preparada para mi papel protagonista. Me doy pequeños pellizcos en las mejillas para que cojan color, ya que ninguno de nosotros lleva maquillaje. Esta última escena debe culminar la velada con una nota de optimismo.

Ocupo mi lugar a una mesa con uno de los actores enviados por el condado. Se llama Sheng. No hace falta fijarse demasiado para percatarse de que no ha seguido las enseñanzas para el cepillado dental, y tampoco parece que se haya lavado últimamente. Interpretamos a un hombre y una mujer que viven un matrimonio infeliz. Ambos somos pescadores. Discutimos por quién debe realizar las tareas, quién se ocupa de los niños, quién teje y quién hace la colada. Entonces las acusaciones pasan de la vida doméstica al ámbito público.

—De modo que te gusta salir al mar para demostrar tu fuerza, ¿verdad? —pregunta Sheng en tono burlón—. Eso es como pedirle a un pollito que se trague una semilla de soja. Acabarás ahogándote.

—¡Pero si yo no me he ahogado! Estoy surcando los mares de la revolución como todo el pueblo chino. ¡Estoy resistiendo contra viento y marea y abriendo un nuevo camino para las mujeres! Mis camaradas y yo hemos aplicado el pensamiento de Mao Tse-tung a la pesca. Mi barco ha capturado más de setecientas toneladas de pescado. ¡Todo el mundo trabaja para que todo el mundo coma!

Mi marido no se da por satisfecho con esa respuesta. Puede que lo haya derrotado en la pesca, pero ahora él está imponiendo su fuerza física. No me da comida. Me cierra la puerta de casa para que tenga que dormir a la intemperie. Cuando de niña trabajaba en los platós, me adulaban por mi habilidad para llorar en cuanto el director gritaba «acción». Ahora dejo que corran las lágrimas. Estoy tan triste, soy tan patética, que parece que no haya escapatoria para mí. Cojo un cuchillo de carnicero y me dispongo a hundírmelo en el corazón. Incluso los hombres del público lloran al ver tan aciaga vida.

Justo entonces alzo la mirada y veo un cartel sobre la ley del matrimonio. Estudio las imágenes y explico lo que veo:

—Una unión apresurada no es una base sólida para el matrimonio. El suicidio no es la solución a la infelicidad. El divorcio será concedido cuando marido y mujer así lo deseen.

Al darme la vuelta, hay un tribunal de jueces sentados a la mesa de la cocina y les relato mi desventurada historia. Mi marido ofrece su versión. Al final me conceden el divorcio de conformidad con la ley matrimonial y nos separamos amigablemente. Yo regreso a mi barca de pesca y él a la suya.

—Las oscuras nubes de la tristeza se han disipado —le digo al público—. Ha aparecido un cielo azul. Se ha restablecido la armonía.

Con esta conclusión, hacemos una reverencia. Nuestro pequeño espectáculo no ha sido tan profesional como una película o un programa de televisión, pero al público le ha encantado. Abrigo la misma sensación que después de cualquier representación: regocijo y alegría. Cuando los aldeanos se marchan a casa, Tao, Kumei, Sung-ling y yo ayudamos a la compañía a cargar el vestuario y la utilería en carromatos, que empujarán hasta la carretera más cercana, situada a varios kilómetros. No bien han abandonado la plaza, Kumei y su hijo recorren la corta distancia que media hasta la villa.

—Gracias por tu ayuda —me dice Sung-ling.

—Gracias a ti por permitirme participar —respondo—. Me alegro de haber podido...

—No presumas tanto —me interrumpe—. Los individuos jamás deben atribuirse el mérito de un buen trabajo. La gloria es para nuestro equipo y para nuestro colectivo.

Sung-ling asiente con brusquedad y se va. Tao y yo nos quedamos prácticamente solos en la plaza. Ojalá pudiéramos ir a algún sitio a tomar una Coca-cola o un helado como hacía en mi país, porque no estoy preparada para volver a la casa. Envalentonada por la adrenalina que todavía me recorre todo el cuerpo, le pregunto si le apetece dar un paseo. Está demasiado oscuro para subir la colina hasta el Pabellón de la Caridad, así que nos quedamos en el sendero que bordea el riachuelo. Al cabo de un rato, nos detenemos y nos sentamos en unas rocas junto al agua. Me quito los zapatos y los calcetines y hundo los pies en el frío caudal. Tao se quita también las sandalias y sumerge los pies junto a los míos. En la escuela primaria, Hazel y yo solíamos reírnos de las chicas que querían hacer piececitos con algún chico. Era la clase de burla estúpida a la que recurrían las niñas cuando no sabían absolutamente nada de sexo, chicos o romances. Pero ahora deslizo los dedos —mojados y suaves— por el empeine del pie derecho de Tao. Sin embargo, las sensaciones que ello me procura no se limitan a los pies. La representación también ha infundido valor a Tao, porque me coge de la mano y se la lleva al regazo. Noto su asombrosa dureza y no la aparto.

Más tarde, al regresar a la casa, todo el mundo se halla en el patio delantero. Ta-ming está durmiendo con la cabeza apoyada en los muslos de Kumei. Yong se ha encaramado a una jardinera de cerámica y sus pies vendados apenas tocan el suelo. Por su parte, Z.G. está sentado en un escalón, con los codos apoyados en las rodillas y la cabeza inclinada hacia delante. Me siento animada, pero él parece enojado, y eso me irrita.

—Vienes de muy lejos y todo el mundo intenta ser comprensivo con tus costumbres —su tono es severo y áspero—. Pero en esta casa nadie puede permitirse tus actividades burguesas.

—¿Qué actividades...?

—Salir de la casa con Tao y hacer quién sabe qué. Esto tiene que acabarse.

Mi primera respuesta es de indignación. «¿Quién te crees que eres? ¿Mi padre?», quiero preguntarle, pero es la verdad. Tal vez lo sea, pero no me conoce. No es quién para darme órdenes. Apelo a Kumei y Yong en busca de apoyos. Acabamos de ver una serie de números teatrales sobre la liberación de las mujeres. Ellas deberían ponerse de mi parte, pero están pálidas, infiero que de miedo.

—Estamos en la Nueva China, pero no ha cambiado absolutamente nada —prosigue Z.G.—. Tus acciones repercuten en todos nosotros.

¿Mis acciones? Pienso en lo que acabamos de hacer Tao y yo. Me arde la cara por la vergüenza y el recuerdo del placer. Aun así, respondo en tono desafiante.

—¡No ha pasado nada!

—Si os cogen —continúa Z.G.—, no te castigarán solo a ti. Todos tendremos que asistir a sesiones punitivas y realizar autocríticas.

—Lo dudo —replico con petulancia, como hacía cuando me metía en aprietos con papá.

Hablo en serio. He venido aquí con un ánimo excelente: por el espectáculo, por la reacción del público ante mi interpretación y por haber llegado a la tercera base con Tao. ¿Por qué tiene que estropearlo Z.G.?

—Tú no sabes nada de nada. Lo que haces es peligroso para nuestros anfitriones —responde—. En los dos últimos años, más de dos millones de personas han sido trasladadas a la fuerza al extremo occidental a cultivar páramos como castigo por criticar al Gobierno, por ser inadaptados sociales o por tendencias contrarrevolucionarias. Algunas de esas personas eran campesinos como Kumei, Yong y Ta-ming que hicieron algo que molestó a la plana mayor del partido local. ¿Cuánto crees que durarían esos tres allí? No tardarían mucho en morir, ¿no crees?

—Me recuerdas a mi tío —repongo—. Pareces un lobo aullando. Yo no veo nada de malo.

—¿Y lo que acaba de ocurrirle al marido de Ping-li?

—¡Se lo merecía!

Z.G. menea la cabeza. No hace mucho que nos conocemos, pero es obvio que le resulto frustrante, y él me saca de quicio.

—Te lo repetiré una vez más —dice, tratando de dotar su voz de cierta cortesía—. Tus acciones son peligrosas, no solo para ti, sino también para nuestros anfitriones.

—Me niego a creerlo. ¿Por qué iban a tener mis actos consecuencias para ellos o para cualquier otro?

—También es peligroso para mí —confiesa Z.G.—. ¿Qué crees que dirá el secretario del partido Feng Jin a la Asociación de Artistas sobre la persona a la que he traído a la Aldea del Dragón Verde y sobre como está corrompiendo a las masas?

—Ahora se dirige a mí en inglés—. Eres extranjera. Todavía no he pensado en cómo te protegeré cuando volvamos a Shanghái.

—A lo mejor no quiero volver...

Z.G. desdeña mi comentario agitando impacientemente la mano y respira hondo para calmarse antes de continuar.

—Quiero que entiendas que no soy inmune al amor. Precisamente tú deberías saberlo. Sé que es imposible separar a dos personas jóvenes si quieren estar juntas. De hecho, solo hacen falta unos minutos.

Su crudeza y rotundidad me asombran. No me imagino a mi padre, Sam, diciéndome algo así.

—Solo veo una solución —afirma—: Teneros a los dos cerca de mí. A partir de ahora iréis al campo con Kumei. Se acabó eso de ir al Pabellón de la Caridad con Tao.

—¿Cómo sabes...?

—Esta es una aldea pequeña. Aquí no hay privacidad. Todo el mundo lo ve todo. ¿Es que todavía no te has dado cuenta? —hace una pausa para que lo asimile—. Por la noche vendrás conmigo a la sala ancestral para la sesión de estudios políticos y las clases de arte. Repartirás el papel y los pinceles tú sola. No necesitas ayuda.

—Entonces nunca podré verle...

—El sábado por la noche —prosigue Z.G., interrumpiéndome— organizaremos una exposición con los mejores trabajos. Tú y Tao exhibiréis vuestros cuadros dedicados al Pabellón de la Caridad.

—Pero si no he pintado nada allí —admito—. Y Tao tampoco.

—Lo sé —dice con sequedad—. Tendréis que poneros manos a la obra de inmediato. Así que, después de la clase en la sala ancestral, los dos volveréis a casa conmigo.

—No quiero que nadie piense que soy especial...

—Nadie lo pensará cuando vean como te trato. Te enseñaré a dibujar y aprenderás. Te pondré deberes y los harás. No tendré miramientos. Todo el mundo acepta que Tao posee talento. En tu caso no estoy tan seguro, pero eres mejor que los demás. Por tanto, de ahora en adelante los tres daremos clases particulares en el patio delantero. Dejaremos la puerta abierta para que todo el mundo pueda vernos. Pronto la gente entenderá que vuestras visitas al Pabellón de la Caridad eran solo para dibujar y pintar, y nada más. Si tienes suerte, se olvidarán de ti en un par de días. Una vez que eso ocurra, si tengo que alejarme unos minutos...

Puede que no esté tan mal. Puede que incluso nos convenga. Tao y yo podemos trabajar todo el día en el campo y por la noche asistir a una clase particular. Aprenderemos con Z.G., pero también estaremos juntos sin la posibilidad de un desenlace peligroso. Tengo diecinueve años y no soy tonta. Con Tao las cosas han ido muy deprisa. Y, como decía Z.G., sé perfectamente dónde puede acabar el coqueteo.

—¿Y qué ocurrirá a partir del sábado? —pregunto.

—Ya lo veremos llegado el día. Pero recuerda: una persona es su historia. Si la tuya no es buena, tú tampoco lo serás. Un niño de cinco años que se comporte como un rebelde será un rebelde de joven y morirá como tal. ¿Qué eres tú, Joy? ¿Cuál es tu historia y qué piensas ser?

Y así comienza mi formación artística. Tal como prometió Z.G., no es benévolo conmigo.

—Los perfiles están bien, pero tu expresión todavía no es lo bastante profunda —declara—. Nuestro gran presidente dice que no puede existir el arte por el arte. Debes expresar los pensamientos y sentimientos de la gente. ¡Tiene que ser realista!

Me estoy esforzando más que nunca en mi vida. Los juicios de Z.G. son severos, pero sus clases me permiten estar con Tao, cuya presencia constata a quienes se apiñan a nuestro alrededor en el patio de la villa que el profesor no muestra ningún favoritismo hacia su hija.

—Tao tiene un don —dice Z.G. a los aldeanos—. Mi hija... está aprendiendo a pintar la misma hoja de bambú una y otra vez. Los artistas de la dinastía Ming perfeccionaban esta técnica pictórica plasmando exactamente la misma hoja de bambú de manera incesante.

Tiene razón. Sigo pintando ramitas de bambú, al igual que

hicimos la noche que llegamos. No entiendo por qué, teniendo en cuenta sus críticas.

—Los artistas Ming intentaban recrear la esencia del bambú con sus sencillas pinceladas —continúa—. Ahora observad cómo ha pintado mi hija el bambú que rodea el Pabellón de la Caridad. Es hermoso, pero mirad más de cerca. No hay nada detrás de sus trazos. Yo le digo que debe llegar hasta el hueso para encontrar su corazón emocional.

Pearl

Polvo y recuerdos

Mi jornada comienza a las seis y media de la mañana. Me despiertan los rítmicos golpes de los huéspedes practicando ejercicio físico al son de un programa radiofónico. Se ha alentado a todo el mundo a escucharlo a diario. Cuando me levanto y bajo las escaleras, los residentes están en la cocina, discutiendo e intentando hacerse un hueco, como de costumbre.

—Me toca a mí la cocina —espeta una de las bailarinas a la viuda del policía, que intenta razonar.

—Solo quiero dejar el bollo cerca de la olla para que se caliente.

—Ya conoces las normas. ¡Vete!

Al retroceder, la viuda tropieza con el zapatero, que derrama las gachas de arroz.

—¡Eh! ¡Ten más cuidado, búfalo de agua! —le grita.

—¿Por qué me chillas? —replica la viuda—. El problema lo has causado tú. En la Nueva Sociedad todo el mundo debe tener espacio.

El zapatero gruñe; luego se lleva el cuenco a la boca, sorbiendo ruidosamente, y con la otra mano se rasca el trasero. Nadie hace ademán de limpiar el desaguisado que se ha formado en el suelo, pero dudo que hayan pasado la fregona desde la Liberación, o quizás antes. Me levanto de la mesa, vierto un poco de agua caliente de los termos en un trozo de tela y limpio las gachas. Salen varias capas de mugre y reaparecen los dibujos de las baldosas, una especie de hielo agrietado que a mi madre le encantaba. Miles de comidas grasientas cocinadas por los habitantes de la casa de mi familia y puede que nadie haya limpiado una sola vez, pero los hermosos azulejos siguen ahí. Doblo el trapo y agrando un poco el tramo limpio. Las trifulcas de primera hora de la mañana cesan y la habitación queda en silencio. Seis pares de ojos me miran fijamente: la viuda del policía con desprecio, el zapatero con sorna, las dos bailarinas con semblante divertido, Cook preocupado y el profesor con comprensión. Me levanto, lavo el trapo y vuelvo a mi taza de té.

Después de desayunar, subo las escaleras, que probablemente tampoco hayan limpiado desde que May, mi madre y yo dejamos la casa. Ya en mi habitación cierro la puerta. Me cepillo los dientes, me envuelvo el pelo con un pañuelo, me ciño el brazalete en el brazo hasta que la carne impide que se mueva, me pongo una delgada chaqueta y me encamino al trabajo. Nadie se despide de mí ni me desea que todo vaya bien. Ha sido así durante seis semanas. A veces me desespera la idea de que Z.G. y Joy no regresen a Shanghái o de que nunca vuelva a tener noticias de ella. He escrito a mi hermana una vez por semana y no he obtenido respuesta. ¿Habrá recibido alguna de mis cartas? ¿O mentía el hombre de la asociación familiar cuando dijo que mi hermana y yo podíamos comunicarnos a través de él y de Louie Yun, en la aldea de Wah Hong? Lo único que puedo hacer es esperar y vivir el día a día.

Hoy el cielo de mediados de octubre es azul, y el aire, perfecto. Los vendedores de sandías de finales de verano han sido reemplazados por los comerciantes de caquis de otoño. Un vendedor de voz aguda y chillona promociona sus pasteles de rábano y repollo fritos en aceite de hígado. Un productor de tofu empuja un carrito de madera y canta las bondades de sus perfectos dados blancos. Las mujeres, incluso en la Nueva Sociedad, se pasan al menos tres horas al día preparando comida, visitando numerosos mercados, troceando, cocinando y limpiando. A esta hora, llevan termos a la tienda de agua caliente o cestas a los establecimientos regentados por el Estado para recoger leche de soja y buñuelos. Veo a muchas sirvientas: chicas de campo —pueblerinas reconocibles por sus blusas con motivos florales, sus pantalones de algodón atados con un cordel y sus zapatos artesanales con suela de cartón— formando cola, sosteniendo en la mano los cupones de alimentos que les han facilitado sus amos.

Cuando llega el autobús, me hacino con otros trabajadores, la mayoría vestidos con monótonos tonos azules y grises y algún que otro detalle en rojo y amarillo, ya sea una bufanda envuelta al cuello o un pañuelo para cubrirse el pelo. El vehículo se sumerge en una marejada de miles y miles de personas montadas en bicicletas de la marca Eternal. Atravesamos Hongkew y pasamos por el puente del Jardín hasta llegar al malecón. Luego me dirijo a toda prisa a mi trabajo. Es importante no llegar tarde a la tarea de la construcción socialista.

Me presento ante mi jefe, recojo la cesta y otras herramientas y vuelvo a salir hacia el malecón. Ahora sé por qué los edificios occidentales en su día esplendorosos están cubiertos de redes. Sirven para atrapar a los suicidas. Desvío la mirada y contemplo el Huangpu. Cada mañana y cada noche presencio la llegada y la partida de los barcos que surcan el río. Hace veinte años, May y yo abandonamos China en una embarcación de pesca, pero ahora sería imposible. Las barcazas de patrullaje pueden detener a cualquier embarcación en el río o en el mar, y los buques de la Armada fondeados también me ponen nerviosa.

De acuerdo, manos a la obra. Soy un diminuto piñón en la gran maquinaria que los comunistas denominan «limpieza del terreno». Si todo sale a pedir de boca, lo que se percibía como occidental, «pecaminoso y corrupto», o individualista, único y hermoso pronto será erradicado. Hoy me han asignado la que otrora fue la Concesión Francesa. Todos los nombres de antaño —la Concesión Francesa, el Asentamiento Internacional e incluso la Vieja Ciudad China— han desaparecido. Ahora es tan solo Shanghái. Pasaré las próximas diez horas patrullando calles y callejuelas, recogiendo trozos de papel que han caído al suelo o arrancando viejos carteles y anuncios de las paredes de casas y comercios.

Dicen que volver a tu tierra natal es como regresar con tu madre, pero yo no lo veo así en absoluto. Realizar este trabajo me ha permitido ver los cambios que ha sufrido mi ciudad de origen, desde los detalles más íntimos de la vida cotidiana hasta el impacto más profundo del comunismo en el que fue el París de Asia. Veo barrenderos, camiones de la basura y personas como yo —carroñeros de todo pelaje— y, sin embargo, cada día encuentro más papeles y porquería. Es como si a la gente le diera miedo tirarlo todo de una tacada. Me he tropezado con viejas etiquetas y envoltorios de productos y tiendas que ya no existen: Flaubert's Furs, polvos dentífricos Lion Brand y British American Tobacco. He despegado antiguas proclamas políticas de paredes y puertas. He encontrado cartas de amor, ofrendas para los templos y fotografías desechadas hace largo tiempo. He recogido incluso votos nupciales caídos de las rebosantes papeleras. Muchas veces me he preguntado, al echar los votos en la cesta, si el matrimonio en la Nueva Sociedad es algo que pueda descartarse sin tomar en consideración las costumbres, la tradición, el amor o los buenos deseos. Hoy encuentro una factura de una fábrica de balanzas. Más adelante, hojas sueltas de la Overseas Banking Company revolotean por la calle como motas de polvo.

Alrededor de las diez llego a un mercado al aire libre propiedad del Gobierno. El ajetreo de la mañana se ha atemperado, y la zona que rodea el mercado está salpicada de hojas de repollo, fruta podrida y escamas y agallas de pescado. Un camión de basura se detiene y lo recoge todo. Cuando se marcha, la calle vuelve a estar limpia. Para mí, eso resume la nueva Shanghái. La vida de la ciudad ha sido saneada. Los extranjeros que antes poblaban y dirigían Shanghái han desaparecido. Las únicas excepciones son los expertos soviéticos o los escasos estadounidenses, franceses o alemanes que, guiados por lo que juzgo una estupidez supina, decidieron quedarse cuando China se cerró o abandonaron todo cuanto tenían en Occidente para venir aquí.

Los clubes que May y yo frecuentábamos han desaparecido. ¿Dónde están ahora las bailarinas de pago, los músicos y los camareros? Muertos, enviados al interior para reciclar tierras o trabajando en una fábrica como las ex bailarinas que habitan en casa de mi familia. Los bielorrusos que vivían en la avenida Joffre también han desaparecido, al igual que la propia avenida. Ahora se llama calle Huaihai, en conmemoración de la segunda gran campaña de 1949, cuando los soldados de Mao avanzaron desde el río Huai hasta el mar, lo cual permitió la conquista de Shanghái. El Race Club, situado frente a la avenida Edouard VII, en el Asentamiento Internacional, donde mi padre perdió tanto dinero, se ha convertido en la plaza del Pueblo, en lo que ahora se conoce como calle Yen'an.

Ya no hay bebés muertos en las aceras. Era algo tan habitual que recuerdo que pasaba junto a dos o tres cada día sin detenerme o reparar siquiera en ellos. Tampoco he visto a tiradores de *rickshaws* o mendigos muertos de hambre o de frío por la noche. Aun así, he visto muchos cadáveres: un hombre, probablemente un capitalista no reformado, que saltó de un edificio situado lejos del malecón, por lo cual no se habían instalado redes que ejercieran de barrera; y otro hombre, una presunta «alimaña burguesa», al que sus antiguos trabajadores propinaron una paliza mortal en plena calle.

En su día, las prostitutas eran como flores que engalanaban la ciudad. Ahora la gente viste de manera tan idéntica y discreta —con pantalones, camisas y gorras grises— que a veces cuesta distinguir a hombres y mujeres. Curiosamente, en los escaparates de los grandes almacenes todavía se ofrecen prendas de inspiración occidental, excedentes de tiempos más prósperos. En las tiendas he encontrado crema facial Pond's y pintalabios Revlon. Están caducados y no van a reponerlos, pero cuando los veo los compro porque tal vez sea mi última oportunidad. Cuando se agoten, tendré que empezar a utilizar artículos de tocador de fabricación rusa, aunque el olor a veces es repugnante.

¿Cómo es posible que sienta nostalgia de las prostitutas y los vagabundos? Pero lo cierto es que echo de menos todo: el zumbido de los coches extranjeros, los elegantes caballeros con sus trajes a medida y sus garbosos sombreros, las risas, el champán, el dinero, los forasteros, las aromáticas panaderías francesas y rusas y la libertad de vivir en una de las grandes ciudades del planeta. Ojalá hubiese traído la cámara para poder enviar fotografías a May. Nada de lo que escriba puede ser tan gráfico o creíble como una imagen.

Lo que no ha desaparecido son las ratas. Están por todas partes. Hay algo que no comprendo: el viejo Shanghái, mi Shanghái, estaba revestido de pecado en la superficie, pero era refrenado por la respetabilidad de la banca y la riqueza mercantil que había debajo. Ahora veo la denominada respetabilidad del comunismo en la superficie y la decadencia debajo. Pueden barrer, arrancar y llevarse todo lo que quieran, pero eso no cambiará el hecho de que mi ciudad natal está descomponiéndose, pudriéndose y convirtiéndose en un esqueleto. Al final, lo único que quedará será polvo y recuerdos.

Como de costumbre, encuentro fragmentos de May y de mí en mi ruta asignada. No sé si otros recolectores de papel han ignorado esos anuncios pegados a la pared o si simplemente no han llegado todavía a esas calles, pero se me hace raro arrancar nuestras narices, caras sonrientes, bonitos peinados y atuendos. Cojo los pedazos, a veces solo un ojo o un dedo, y me los meto en el bolsillo. Consigo arrancar un cartel entero, lo enrollo y me lo guardo debajo de la chaqueta. Al final de la jornada debo entregar todo lo que haya recogido, pero conservaré el cartel y los otros fragmentos que llevo en el bolsillo para sumarlos a lo que ya he escondido en casa.

Doblo una esquina y llego a un callejón. Las imágenes se suceden en mi cabeza: visitas sociales el día de Año Nuevo, mi madre recibiendo ayuda desde un *rickshaw* y mi padre enjugándose el sudor de la frente con un pañuelo de hilo. Conozco este lugar; aquí vivía la familia Hu. Madame Hu era la mejor amiga de mi madre, y siempre tramaban para casar a May y Tommy, el preciado hijo de los Hu. Ahora sé que era imposible, pero a la sazón me parecía que formaban una pareja adorable. Recuerdo también el día en que las bombas cayeron sobre la calle Nanking y Tommy falleció. Puedo volver la vista atrás y reconocer muchos momentos que me cambiaron la vida. El día que Tommy murió fue uno de ellos. Es curioso que no nos lo tomáramos como una aciaga profecía, porque esa noche los matones de la

Banda Verde de Pockmarked Huang fueron a amenazar a mi padre.

¿Por qué no se me ha ocurrido venir aquí hasta ahora? Tengo que averiguar si algún Hu sigue con vida. Las casas de esta calle son muy distintas de otras que he visto. Me he habituado a la ropa tendida en unos palos que sobresalen de las ventanas, sobre los arbustos, como si fueran sábanas de nieve sucia, o en vallas y muros. No hay secretos en la Nueva China. Todo el mundo conoce a todo el mundo gracias a la colada: qué edad tienen los habitantes de la casa, cuál es su sexo o si son pobres o algo más acomodados. Pero frente a la casa de los Hu no veo pantalones ni chaquetas remendados, calzoncillos holgados ni los finos calcetines que demostrarían que aquí vive alguien. No hay ropa por ningún sitio. En los rosales todavía crecen algunas flores, y una morera proyecta un poco de sombra.

Me dirijo a la entrada y llamo al timbre, y me abre la puerta una elegante mujer con los pies vendados. La reconocería en cualquier lugar del mundo: es madame Hu. Me han hablado de los rezagados, de aquellos que poseían dinero y poder para marcharse cuando tuvieron la oportunidad pero no lo hicieron. Madame Hu es uno de ellos. Han pasado veinte años, pero me reconoce al instante. Nos quedamos allí de pie, riendo y llorando por lo inverosímil de la situación.

Madame Hu me invita a entrar y me guía hasta el salón. Es como retroceder en el tiempo. Todas las pertenencias de la familia Hu siguen aquí, hermosamente conservadas. La habitación está llena de sillas y sofás bajos de terciopelo. El diseño geométrico del suelo de baldosa está limpio y pulido.

Madame Hu se sienta en una silla y recobro el aliento mientras los recuerdos de mi madre me inundan la mente y el corazón. La anciana hace sonar una campanilla y aparece una sirvienta.

—Necesitaremos té —ordena Madame Hu.

Entonces se vuelve hacia mí.

—¿Te gusta el té de crisantemo o prefieres otra cosa?

Sin duda recordaba todo esto. Cuando May todavía era una niña, mamá me traía aquí a tomar el té. Escuchaba a las dos cotillear y me dejaban beber un poco de infusión endulzada con dos cucharadas de azúcar. Me sentía mayor cuando estaba con ellas.

—Me encantaría el de crisantemo —respondo.

La sirvienta se marcha. Durante unos largos instantes, la tía Hu, como May y yo la llamábamos cortesmente cuando éramos niñas, nos miramos la una a la otra. ¿Qué estará viendo? ¿Decepción por mi uniforme de trabajadora común, o va más allá y escruta a la persona en la que me he convertido? Cuando la miro —y, lo reconozco, lo hago fijamente, impregnándome de ella— es como si estuviese viendo a mi madre, como si estuviera viva. La tía Hu es diminuta, no por su edad o por las penurias que haya podido soportar, sino porque ella y mamá eran menudas (cómo recuerdo su preocupación al verme crecer sin parar y al final superarlas a ambas en altura, y también a mi padre. Recuerdo haber oído agitadas conversaciones sobre si algún día encontraría marido con mi desagradable y poco femenina envergadura).

A la tía Hu siempre le interesaron la moda y el estilo, igual que a mamá, y todavía lleva una ropa muy bonita. Luce una túnica de seda azul marino con unos elaborados botones en forma de rana en el cuello, el pecho y el costado. Las joyas son exquisitas: pendientes de jade tallado y oro, un broche y un sencillo collar. Le miro los pies y también son tal como los recordaba: inmaculados y enfundados en unas zapatillas de seda bordadas. El olor que emana de esos preciosos apéndices —una peculiar amalgama de carne putrefacta, alumbre y perfume— es algo que no he percibido en veinte años. Lo que más me sorprende es que la tía Hu parece joven, o más de lo que cabría imaginar. Entonces caigo en la cuenta de que si mamá estuviera viva, solo tendría cincuenta y siete años.

—No deberías haber vuelto —dice la tía Hu—. Es peligroso para ti.

—Tenía que hacerlo.

Entonces procedo a contarle la historia de mi hija y de la búsqueda que he emprendido en Shanghái. La tía Hu menea la cabeza.

—Cuánta tristeza y dolor, ¿no es así? Y, sin embargo, tenemos que seguir viviendo.

—Y usted, tía, ¿por qué se quedó?

—Este es nuestro hogar. Yo y mi marido nacimos aquí. Nuestros padres y abuelos nacieron aquí. Y, por supuesto, Tommy nació y está enterrado aquí. ¿Cómo iba a abandonarlo? ¿Cómo iba a dejar a mi marido?

—¿Cómo está el tío Hu?

No responde directamente.

—Cuando Mao y sus compinches subieron al poder, se empeñaron en requisar todas las propiedades. No se nacionalizó todo de golpe. Por el contrario, lo hicieron por medio de una larga tortura, haciendo desaparecer a gente como nosotros. Tuvimos que entregar nuestros bienes pedazo a pedazo. Al final, el Gobierno nos embargó la fábrica. El tío se vio obligado a limpiar el suelo de la fábrica que había fundado su abuelo. Pero esos abortos de tortuga no sabían lo que hacían. La producción disminuyó. Algunos trabajadores resultaron heridos. Le pidieron a mi marido que volviera a ocupar su antiguo puesto de director, pero con el mismo salario que percibía limpiando. —Hace una pausa y respira hondo—. Murió al cabo de dos años. Ahora la fábrica pertenece al Gobierno, pero todavía conservo la casa.

—Lo lamento, y también lo del tío.

—No podemos predecir el destino, y todos hemos perdido a gente.

En ese momento reaparece la criada y nos sirve el té. Sin preguntar, la tía Hu vierte dos cucharadas de azúcar en mi taza y me la tiende. Hace años que no tomo azúcar con el té. El sabor, combinado con el aroma a crisantemo y el olor que asciende desde los pies vendados de la tía Hu, resulta un tanto nauseabundo, pero me transporta a la seguridad, el lujo y la intimidad de mi infancia.

—¿Cómo puede seguir viviendo así? —le espeto, olvidando mis modales.

—No es tan difícil llevar la vida de antaño —reconoce—. Muchos lo hacemos. Tengo sirvientes, porque nos prohibieron dejarlos marchar después de la Liberación. —Se permite una delicada risa socarrona—. El presidente Mao no quería que agraváramos el problema del desempleo.

Eso explicaría que Z.G. tenga sirvientas, aunque hace ocho años eran unas niñas.

—Todavía dispongo de una modista propia —añade—. Puedo llevarte a verla si quieres. A tu madre le gustaría.

Pero no está respondiendo a mi pregunta, y lo sabe.

—No descorro las cortinas para que la gente no sepa cómo vivo. Si miras dentro de cualquier casa de esta calle, encontrarás amas de llaves, ayudas de cámara, doncellas, cocineros, jardineros y chóferes. Incluso en la Nueva Sociedad hay que tener la casa limpia y ordenada.

La tía Hu arruga la cara en un gesto divertido.

—Lo llaman la Nueva Sociedad y la Nueva China, pero es como los viejos tiempos de los que me hablaba mi abuela, cuando el exterior de las casas de los ricos era gris y sencillo para que los bandidos que rondaban por allí o las personas malintencionadas no intuyeran los privilegios que se ocultaban tras sus muros. Puede que nuestros antepasados vistieran opulentamente con brocados y sedas dentro de sus viviendas, pero llevaban ropa modesta y sin ornamentos cuando salían a la calle para no ser víctimas de un secuestro. ¡Eso es lo que hacemos ahora! Con la salvedad —emite un soplido diabólico— de que los shanghaianos no hemos perdido nuestro *hai pah*.

Es cierto; los shanghaianos siempre han hecho gala de una elegancia única.

—Todavía envío a mi doncella a comprar peonías cuando es temporada. Y tengo que colocarlas en algún sitio. ¿Por qué no puedo utilizar este jarrón? —pregunta la tía Hu, señalando un recipiente *art déco* con una mujer desnuda grabada en el cristal.

Sus ojos se clavan en los míos.

—¿Dónde te hospedas?

—En mi antigua casa, pero no es como esta.

—Lo sé. —Menea la cabeza en un gesto de comprensión—. Tras el bombardeo de 1937 —de eso hace mucho tiempo ya— fuimos a tu casa al no recibir noticias de tu madre y nos encontramos con unos huéspedes. Más bien eran ocupantes ilegales. Nos hablaron de la Banda Verde. El tío os daba a los cuatro por muertos, pero yo conocía a tu madre. No iba a permitir que a las niñas os pasara nada.

—No sé qué fue de papá, pero mamá, May y yo salimos juntas de Shanghái.

Busco debajo de la manga y tiro del brazalete de mamá hasta la altura de la muñeca. La tía Hu lo reconoce y se le iluminan los ojos. No es necesario que le cuente los terribles detalles.

—No llegó a Hong Kong.

La tía Hu asiente con tristeza pero no me ofrece sus condolencias. Como ella decía, todos hemos perdido a alguien.

—En fin —dice—, he visitado tu casa cada pocos años. He visto cómo la han tratado esos huéspedes, pero podría ser aún peor. La casa quedó dividida antes de la Liberación y no le fue asignada a nadie más. No cuentes con que se marchen esos parásitos.

—¿Parásitos?

—La gente que vive en tu casa. Una vez que entran, ya no hay quien los saque. Pero es necesario que tenga ese aspecto —me advierte con aire maternal—. Visita las tiendas de empeños. Seguro que puedes encontrar y recuperar algunas pertenencias de tu familia.

—Dudo que sigan allí después de todo este tiempo.

—Te sorprenderías. ¿Quién iba a comprar nada durante el conflicto con los japoneses, o más tarde, en plena guerra civil? ¿Todos esos trabajadores que ves por la calle? ¿Cómo iban a saber qué comprar aunque tuvieran dinero? No son shanghaianos de verdad. No tienen *hai pah*. No temas vivir como lo hacías antes.

—Si lo que dice es cierto ¿dónde están los clubes nocturnos? ¿Dónde están la música y el baile?

—Bailar en un club toda la noche no tiene nada que ver con poseer cosas. Además, alguna gente muy acomodada toca instrumentos occidentales, baila al son de la música de Occidente... Los comunistas aseguran que son puros y están consagrados a las masas, pero si asciendes lo suficiente, verás que son muy corruptos. Pero nada de eso importa. —Se inclina hacia delante y me da un golpecito en la rodilla—. Tienes que arreglar la casa, aunque estén esos parásitos.

—¿Cómo puedo hacerlo? ¿No me delatarán?

—Conmigo no lo han hecho.

—Usted vive sola.

La tía Hu dibuja una mueca y me arrepiento al instante de mi comentario. Pero es una mujer de viejas tradiciones, así que opta por ignorar mi grosería, como dejándome por una niña malcriada.

—Nunca olvides que esto es Shanghái. No olvides que eres shanghaiana ni tu *hai pah*. Lo llevas dentro, por muchas campañas que lance ese presidente gordo.

Más tarde me acompaña a la puerta. Me toma de la mano y contempla el brazalete de mi madre.

—Siempre fuiste la favorita de tu madre.

Entonces lo envuelve con los dedos y lo desliza por debajo de la manga de la chaqueta.

—Por favor, ven a visitarme.

Paso otra hora buscando papel y vuelvo a la oficina a entregar buena parte de lo que he recogido. Ha oscurecido y aún me quedan algunas cosas por hacer antes de ir a casa. Primero observo los barcos y la seguridad del malecón. El presidente Mao no capitanea una gran armada: hay prendas tendidas en cuerdas, sombreros y ropa colgados sobre los cañones y marineros sentados en cubierta comiendo cuencos de fideos. La sopa debe de ser fuerte y sabrosa, porque me llega el olor de jengibre, cebolleta y cilantro fresco. Una cosa es segura: los marineros no prestan demasiada atención a nada, salvo a la comida.

Asiento para mis adentros y, como hago cada mañana, voy a casa de Z.G. Hace una semana, las sirvientas acabaron tan irritadas por que llamé al timbre por la noche que ya no me molesto en intentarlo. Por el contrario, aguardo detrás de un arbusto al otro lado de la calle y observo qué luces hay encendidas en la casa. Algún día veré a mi hija, pero no será esta noche.

Después acudo como cada día a la misión metodista a la que iba de niña. Como a muchos otros, me da miedo entrar, así que me siento en el bordillo situado al otro lado de la calle. No estoy sola por mucho tiempo. Se aproximan otras mujeres, que parecen arrastrar alargadas sombras de recuerdos tras ellas, y se sientan en la acera junto a mí.

El presidente Mao está en contra de todas las religiones, ya sean chinas u occidentales, pero eso no significa que no existan. A los monoteístas como yo nos han exhortado a seguir el camino del socialismo, a desenmascarar a los elementos derechistas que se ocultan detrás del velo de la cristiandad y a combatir con decisión las actividades anticomunistas y antisocialistas llevadas a cabo por elementos que utilizan los frentes de la iglesia o el libre apostolado. Pueden decirme qué debo hacer, pero no pueden impedirme rezar.

Le hablo a Dios de la soledad que siento por los lugares y las personas a los que he perdido. Le pregunto por Joy. ¿Añorará Chinatown igual que yo añoraba Shanghái cuando era una joven en un país nuevo? ¿Echará en falta a sus abuelos, a sus tíos y a sus padres como yo echaba en falta a mis padres, a mis hermanas y a Sam? Dejo que me inunde la tristeza que siento por Sam. Agacho la cabeza y los hombros y mi espalda se debilita.

Tal vez sea mejor estar en Shanghái. En casa todo me habría recordado a él: su sillón abatible, su cuenco favorito y su ropa, que todavía está colgada en el vestidor en el que se suicidó. Si saliera de mi casa en Chinatown, vería los lugares que frecuentábamos juntos, el bar donde trabajábamos y la playa donde íbamos a hacer picnics. Tampoco encendería el televisor, porque no querría ver ninguno de los programas que nos gustaban a ambos. ¿Y si oyera alguna de nuestras canciones favoritas en la radio? Cualquiera de esas cosas habría resultado devastadora. Pero ahora estoy en Shanghái y no puedo volver las manecillas del reloj, alterar el presente o influir en el futuro.

Termino con una petición especial a Dios para que vele por mi hija y por Z.G. No he olvidado un solo instante que sus sirvientas mencionaron que estaba en apuros, así que, dondequiera que esté, espero que la proteja. Rezo un padrenuestro y me pongo en pie. A mi derecha, un afilador empuja su carro por un callejón, agitando unos cascabeles metálicos y gritando: «Afilen sus tijeras para alejar la mala fortuna. Tengan unas tijeras tan afiladas que puedan cortar todos sus desastres.»

El autobús está abarrotado, como de costumbre. Me apeo en mi parada y voy a toda prisa a la junta política del barrio. Me han dicho que he realizado una buena labor al «participar activamente» en algo que yo solo puedo tildar de lavado de cerebro. Escucho las lecciones, recito lemas en voz alta y critico como los demás a un vecino por su conducta burguesa y a otro por sus tendencias derechistas, pero me guardo mis verdaderos pensamientos para mí. En mi barrio no puedo disfrazarme de recolectora de papel analfabeta. Mis vecinos conocen mi pasado decadente y mi largo periplo en Occidente. Me consideran una persona con un «problema histórico». Podrían atacarme en cualquier momento, pero, tal como me aconsejó Dun, cuanto más acepte su instrucción, mejor me irá. Cuanto más confiese —y qué fácil es en realidad—, más confiarán en mí.

Las calles están prácticamente desiertas cuando emprendo el camino a casa. Si tuviera que ofrecer un único ejemplo que demuestre lo mucho que ha cambiado Shanghái es que la ciudad está adormecida a las nueve de la noche. Ni siquiera se permite la circulación de coches a partir de esa hora, a menos que dispongan de un permiso especial. En cuanto llego a casa, miro la mesita situada junto a la puerta principal para ver si he recibido alguna carta. He esperado tanto tiempo las noticias de May que casi he perdido toda esperanza, pero hoy hay un paquete con una caligrafía que no reconozco. Veo por el matasellos que proviene de la aldea de Wah Hong. Han abierto la caja y han vuelto a cerrarla descuidadamente. La cojo, corro escaleras arriba y cierro la puerta de mi dormitorio.

Arranco el papel. La caja contiene ropa y otros artículos. Encima hay un sobre con la letra de May. Abro la carta y leo solo la primera línea —«¡Buenas noticias! Ha llegado una carta de Joy»— antes de buscar frenéticamente otro sobre con la caligrafía de mi hija. Hay algunos jerséis, un paquete de suministros sanitarios y el sombrero con plumas que llevaba cuando salí de China hace muchos años. Agradeceré los jerséis este invierno si sigo aquí. Los enguatados son una auténtica maravilla en comparación con lo que he encontrado en la tienda de telas local, pero no veo la carta de Joy. Cojo el sombrero. Escondí la documentación de ayuda y un poco de dinero en el forro cuando llegamos a Angel Island. Me ha llevado un minuto, pero solo yo podría calibrar la importancia de este sombrero en particular. Retiro cuidadosamente el forro y saco un billete de veinte dólares y dos sobres más, ninguno de ellos escrito.

Abro uno de ellos, y ahí está la prolija caligrafía de mi hija. La misiva comienza con un «Queridas Pearl y May», como si fuésemos amigas y no su madre y su tía. Su formalidad me cae como una puñalada en el corazón.

Escribo esta carta desde el barco que me lleva a Shanghái y se la entregaré al capitán para que la envíe a su regreso a Hong Kong. Debéis de estar preocupadas por mí, o tal vez enfadadas. En cualquier caso, quiero que sepáis que estoy bien, de verdad. Nunca me he sentido en casa en Chinatown. Ahora me dirijo a mi verdadero hogar. Sé que dudáis de mí y casi puedo oír al tío Vern despotricando del comunismo. Por favor, confiad en mí; sé lo que me hago. Agradezco lo que habéis hecho por mí, pero de ahora en adelante el presidente Mao será mi madre y mi padre. Si me equivoco —que no lo hago—, aceptaré las consecuencias. Ambas me habéis enseñado a hacerlo... a aceptar las consecuencias. Yo fui una consecuencia. Ahora lo sé.

Lamento haber supuesto un lastre para las dos. Siento haber sido un error que habéis tenido que pagar tantos años. No os preocupéis por nada de eso ahora. Os querré siempre.

Con cariño,

JOY

Deslizo un dedo sobre las palabras de Joy e intento imaginarla mientras las escribía. ¿Lloraría igual que lo hago yo ahora? Está muy segura de sí misma, pero cualquiera puede estarlo a los diecinueve años. ¿Cómo puede decir que nunca se ha sentido en casa en Chinatown? Lo hicimos todo, absolutamente todo, por darle un buen hogar, así que la alegría que me inspira una carta de mi hija se ve diluida por la decepción. Con ese sentimiento abro el otro sobre.

Estimada Pearl,

Si estás leyendo esto, sabrás que nuestro sistema de correspondencia funciona. He metido un poco de dinero en el sombrero y en la caja. Si ha desaparecido parte de él, alguien lo ha robado por el camino. ¿Los primos de Wah Hong? ¿Los censores?

Seguiré mandándote ropa. Busca mensajes y dinero ocultos en ella. ¿Has leído la carta de Joy? Algunas de las cosas que ha escrito me rompen el corazón. Vern está triste y se siente solo. La gente a la que más quería en el mundo, Sam, Joy y tú, ha desaparecido. Su confusión me demuestra lo apenado que está. Me preocupa cómo afectará eso a su salud.

Pearl, en tu iglesia todo el mundo reza por ti y por Joy. Yo también lo hago, y pienso en ti cada día. Lo más importante es que hemos tenido noticias de Joy. Espero que te sientas tan aliviada como yo.

Eres muy valiente, Pearl. Si nuestra Joy se parece en algo a ti —¿Cómo no va a parecerse?—, sobrevivirá. Has hecho mucho por mí a lo largo de los años, pero nunca me he sentido tan orgullosa y honrada como ahora de tenerte por hermana.

Cuídate.

Con todo mi cariño,

MAY

Revuelvo las cosas que ha enviado May para buscar su carta original. La ha escrito de modo que pase inadvertida para los censores. Contiene noticias inocuas sobre Chinatown, el clima y una cena a la que asistió y en la cual la anfitriona sirvió gelatina verde con plátanos. No menciona en ningún momento Hollywood, sus negocios o detalles sobre sí misma en las cartas. Con eso no interpreto que se haya obrado en ella un cambio milagroso.

Luego retomo la carta de Joy y la leo varias veces más. No me facilita su búsqueda en modo alguno, pero me regocija saber de ella, me alivia que May y yo podamos comunicarnos, y me siento enormemente feliz de haber visto a la tía Hu. Menudo día después de tantas semanas de monotonía.

Me levanto de la cama y pongo el cartel que he salvado junto a otros que guardo en el armario. Meto los fragmentos de ojos, oídos y bocas de mi hermana y míos en una caja de peral embutida debajo de la cama. Es arriesgado conservar esos recuerdos del pasado, pero no puedo evitarlo. Si Z.G. puede tener carteles enmarcados en las paredes, ¿por qué no puedo guardar yo esas cosas en mi habitación? Conozco la respuesta de sobra: puede que Z.G. esté en apuros, pero aún es una persona importante, y esta ya ni siquiera es mi habitación. Así pues, ¿dónde ocultaré las cartas de Joy y May? Por ahora las meto en el sombrero y lo dejo en una estantería alta del armario.

La visita a la tía Hu y el rayo de esperanza por las nuevas de mi hija me han revitalizado. Me quito la ropa de trabajo, la amontono de cualquier manera en el suelo y me doy un baño. Me siento inspirada, así que rebusco otra vez en el armario y en los cajones. Me pongo un sujetador hecho a medida y unas bragas de seda rosa claro con una puntilla francesa artesanal. Luego me enfundo un vestido de lana carmesí que me confeccionó madame Garnett, en su día una de las mejores patronistas de la ciudad. El vestido me viene perfecto, pero lo que resultaba elegante y elaborado hace veinte años ahora ha pasado de moda. Me pongo unas sandalias de cocodrilo que han adquirido un cálido tono ámbar con el paso del tiempo. La lana y la seda me parecen de lo más tersas en comparación con la tosquedad de la ropa de trabajo. Siento la frialdad y el peso del brazalete de jade en la muñeca.

Cuando vuelvo al piso de abajo, intento verlo todo desde el prisma de Joy. Aunque todavía no sé dónde está, abrigo una fe renovada en que regresará aquí, y pronto. Cuando lo haga, quiero que la casa tenga buen aspecto. La tía Hu estaba en lo cierto; no lo había analizado adecuadamente: los huéspedes han vivido aquí durante veinte años, pero, hasta donde yo sé, no han vendido ni tirado ninguna de las pertenencias de la familia. Eso no significa que hayan cuidado bien las cosas. El papel de pared está manchado, sucio o rasgado en algunos lugares. Las alfombras, las telas y los tapizados tienen una apariencia horrible. Pero ya estoy de vuelta, y seguiré el consejo de la tía Hu. En mi próximo día libre visitaré una casa de empeños y un mercadillo. Compraré algunas cosas para la casa y me haré con una cámara. Recuerdo lo estrictos que fueron los guardias del tren, corriendo las cortinas para que la gente no pudiera ver los puentes ni las instalaciones militares. No sé qué ocurriría si, por ejemplo, intentara sacar una foto a los buques de la Armada amarrados en el malecón, pero no tengo pensado hacerlo. Si puedo, encontraré un lugar donde revelar las fotografías para enviárselas a May. Entre tanto, mirar de nuevo a través de una lente me procurará cierto placer. También terminaré lo que he empezado por casualidad esta mañana: la limpieza de la casa. Lo haré con cuidado, cuando las estancias comunes estén vacías. Tal vez los huéspedes se den cuenta, o tal vez no.

La riña que comenzó esta mañana en la cocina continúa por la noche. El profesor se encuentra frente al horno preparando una olla de fideos.

—Estás tardando demasiado —protesta una ex bailarina.

—Y has preparado demasiada comida para una persona —observa su compañera de dormitorio—. No debes derrochar tanto.

—No derrocho —responde mientras vierte la sopa en dos cuencos y los coloca sobre una bandeja de mi madre junto a dos juegos de palillos y sendas cucharas de porcelana. Entonces me mira y me pregunta:

—¿Te apetece comer unos fideos conmigo en el salón del segundo piso?

El silencio que reinaba esta mañana cuando me vieron limpiar la mancha en el suelo no es nada comparado con el que los deja a todos atónitos en ese momento. De repente, se ponen a chillar al unísono.

—¡El salón del segundo piso es tu dormitorio!

—¡Nunca compartes los fideos con nosotros!

—¡No tienes espíritu socialista!

Cook interrumpe el parloteo con una dura reprimenda dirigida a mí.

—Señorita, en esta casa no se toleran los malos modos.

No medio palabra y sigo a Dun al piso de arriba. No he entrado en esta habitación desde que mis padres dividieron la casa para alquilársela a los huéspedes, pero este es otro oasis en medio del gris comunista que tiñe Shanghái. Mi madre debió de apiadarse de aquel pobre estudiante arrendatario, porque tiene algunos muebles que creía que se habían vendido hacía mucho tiempo. La cama está impoluta, y las estanterías llenas de libros. También dispone de una vieja máquina de escribir con teclado inglés y de un fonógrafo, que recuerdo de cuando May y yo éramos niñas.

Dun deja la bandeja sobre la mesa, que también hace las veces de escritorio. Con un gesto me indica que me siente en la silla y saca un taburete.

—Espero que no nos metamos en un lío —dice—. No quiero que te denuncien al comité de bloque.

Lo que dice a continuación es todavía más problemático.

—Estás muy guapa esta noche.

Acabo de quedarme viuda. Debería levantarme ahora mismo y volver a mis aposentos. Sin embargo, adopto otra perspectiva. Dun y yo somos amigos y nada más.

—Gracias —digo, tomándome el cumplido como si viniera de la tía Hu o incluso de Cook—. Y también por invitarme a cenar.

—¿Te apetece un vaso de vino?

Abre la ventana y trae una botella de Lotus que estaba enfriándose en el alféizar. El vino me deja un sabor ligero en la boca, pero al instante me provoca una explosión de calor en el pecho. Comemos en un amigable silencio durante un rato. Dun es un hombre amable, digno y educado. Irradia una elegancia que me sorprende, ya que buena parte de la ciudad resulta ahora uniforme y lóbrega. En otra vida, si las cosas hubieran sido distintas, quizá me habría casado con alguien como él.

Cuando los otros residentes encienden la radio en el salón para seguir la clase vespertina de ruso, me dispongo a levantarme de la silla. No me interesa el idioma, como tampoco me interesa ver una película soviética en uno de los cines en los que May y yo nos enamoramos de *Haolaiwu*. Pero se supone que todos deseamos aprender del Viejo Gran Hermano —arte, ciencia, todo—, así que por las noches practicamos ruso con la radio. Si después nos queda algo de tiempo, nos enfrascamos en estudios políticos, escribimos cartas o zurcimos ropa.

—Antes de irte —dice Dun—, me preguntaba si podrías enseñarme inglés.

—¿Inglés? ¿No sería peor que tener a una mujer en tu habitación?

Ignora mi pregunta.

—Tu madre me contó que dabas clases. Cuando estudiaba, la literatura inglesa era mi especialidad. Ahora imparto literatura del socialismo y el comunismo, *Las uvas de la ira* y libros así. Por desgracia, mi inglés ya no es tan bueno como antes.

—¿Y por qué te interesa?

—Porque me ayudará en la docencia, y me gusta pensar que soy buen profesor.

Dibuja una leve sonrisa.

—Y algún día espero ir a Estados Unidos.

Lo miro con escepticismo. ¿Cómo piensa salir del país?

—Puedo soñar, ¿no? —dice.

—Pues los martes y los jueves por la noche. Pero nada de vino.

Joy

Lealtad al comunismo; experiencia con el pincel

—Te lo he dicho un millón de veces, Deping, tienes que coger el pincel así —insiste Z.G.—. ¡Concéntrate! Ese nabo no se parece en nada al que hay encima de la mesa. ¡Míralo! ¡En serio, míralo! ¿Qué ves?

Es difícil no advertir la impaciencia de Z.G., pero incluso yo me siento exasperada y decepcionada. Hace unos días, el secretario del partido Feng Jin nos informó de que había recibido una notificación desde la capital: se ha agotado nuestro tiempo en el Dragón Verde. Z.G. y yo nos marcharemos por la mañana y nos dirigiremos al sur, hacia Cantón, para visitar una feria. Él se alegra de abandonar este lugar. Llevamos aquí dos meses y los aldeanos todavía se niegan a sujetar los pinceles como es debido. Ignoran las recomendaciones de Z.G. sobre la cantidad de tinta que debe impregnar sus pinceles, y sus dibujos son zafios.

—Que todo el mundo examine lo que ha pintado Tao —dice Z.G.—. Él utiliza el pincel para plasmar lo que ve. Podemos observar nubes recorriendo el cielo. Podemos observar tallos de maíz mecidos por la brisa. ¡Y podemos observar un nabo!

Todos sabemos que Tao pertenece a otra categoría. Él no se limita a la tinta negra. Por el contrario, Z.G. le ha dado a Tao (y recientemente a mí) una caja de acuarelas. El resultado son unas imágenes exquisitamente vívidas en las que los verdes, los azules, los amarillos y los rojos transmiten una gran profundidad y luminosidad.

—Cuando uno mira este cuadro —prosigue Z.G.— se siente inspirado, pero también en paz. Tao cree en lo que pinta y nos lo contagia.

Tao se pone en cuclillas; no cabe en sí de gozo. Ha lavado tantas veces la ropa que prácticamente ha quedado blanca a causa del sol y de tanto frotarla. Me encantaría ser capaz de recrear en un cuadro ese color, los azules y grises ocultos que todavía se adivinan en el tejido.

—Ahora analicemos la obra de mi hija —continúa, mientras de dirige hacia mí.

Aquí viene... una vez más... la habitual crítica desfavorable.

—Como sabéis, ha estado trabajando en un retrato de nuestro gran presidente. No lo conoce, pero cree en él.

—Como todos —exclama uno de los estudiantes.

—Cuando llegamos a vuestra aldea —dice Z.G.—, la técnica de mi hija era endeble y le tenía miedo al color. Pero la técnica que le faltaba la compensó con su entusiasmo por la Nueva China. ¿Quién puede decirme qué es lo mejor de su retrato?

—Que no le ha dibujado el lunar ni demasiado grande ni demasiado pequeño —interviene Deping, que ha sido duramente criticado por su dibujo.

—Me gusta el traje azul. Le queda perfecto —añade Kumei.

—Sí, y lo ha dibujado un poco más delgado que en la vida real —tercia Z.G., soltando una carcajada que contagia a los demás.

—¿No nos dijo que las mejores obras de arte glorifican a los líderes, la historia y las políticas del partido? —pregunta Tao.

—Desde luego —asiente Z.G. amigablemente—. Es la columna vertebral de la Nueva China.

—Las siguientes obras de arte más importantes son un reconocimiento a trabajadores, campesinos y soldados —apostilla Tao.

—Son la esencia de nuestro país —coincide Z.G., pero no ha terminado conmigo—: Mi hija ha hecho un buen trabajo. —Vuelve la mirada hacia mí—. Creo que no es mala en absoluto.

Por fin tengo la sensación de estar aprendiendo.

Cuando termina la clase, Tao nos ayuda a Z.G. y a mí a llevar el instrumental a la villa. Sé que a Tao y a mí ya no nos está permitido quedarnos solos, pero quiero pasar un rato con él antes de marcharme del Dragón Verde. Estoy cavilando cómo pedir permiso a Z.G. cuando nos espeta:

—Volved en una hora.

Tao y yo franqueamos la puerta al trote, giramos a la izquierda y seguimos el riachuelo hasta llegar al camino que conduce al Pabellón de la Caridad. Apenas hemos entrado en él cuando Tao me estrecha entre sus brazos. Lo beso, me besa, y todo es muy frenético, presuroso y desesperado. Durante mucho tiempo solo hemos podido mirarnos desde el otro lado de una mesa, separados por mi padre, durante las clases particulares. Hemos tenido que sentarnos en extremos opuestos de la sala ancestral mientras Z.G. impartía sus lecciones de arte. Nos hemos dirigido al campo a horas diferentes y elegido tareas distintas: recoger o desenvainar maíz, recolectar o cribar arroz o empaquetar y cargar cestas de tomates.

Los labios de Tao se deslizan por mi cuello y forcejea con las presillas de mi blusa, pero me aparto. Respiro hondo una vez, y luego otra. Tao se esfuerza por recuperar el control de sí mismo. Vuelvo a respirar hondo, exhalo lentamente y contemplo el paisaje. Cuando llegué aquí, los campos se extendían ante nosotros como satén verde. Ahora parece Los Ángeles en esta época del año, cuando las malas hierbas, el césped y los jardines se tiñen de marrón claro. Echaré de menos este lugar. Añoraré el olor de la tierra, las puestas de sol y los tranquilos caminos que serpentean por las laderas y se adentran en los valles. Pero lo que más echaré de menos es Tao. Está detrás de mí, con las manos en mis hombros, su boca rozándome la oreja y su cuerpo apoyado en mi espalda.

—¿Puedo llamarte Ai jen, amada? —pregunta.

Su voz no denota miedo ni descaro. Simplemente es franco y honesto. He oído a muchos cónyuges jóvenes referirse el uno al otro con ese apelativo cariñoso. ¿De veras soy la amada de Tao?

—¿Estás seguro?

—Lo supe la noche misma en que llegaste. El presidente Mao dice que las mujeres sostienen la mitad del cielo. ¿No podemos sostenerlo juntos? Mi casa es pequeña y tendríamos que vivir con mi familia...

—¡Un momento! —meneo la cabeza, convencida de que no le he entendido bien—. ¿Qué estás diciendo?

—Tienes la edad adecuada y yo también. Somos parientes en tercer grado de consanguinidad. Ninguno de los dos padece enfermedades. Vayamos a ver al secretario del partido y a su mujer para pedirles permiso para casarnos.

¿Casarnos? Su propuesta desencadena algo maravilloso: todas mis preocupaciones y recuerdos se desvanecen.

—Apenas nos conocemos —respondo.

—Nos conocemos mucho mejor que la gente en la época feudal. Entonces, los chicos y las chicas no se conocían hasta el día de la ceremonia.

Pero el matrimonio no es algo que me haya planteado. Aun así, quedarme aquí, en un lugar que parece hallarse a millones de kilómetros y millones de vidas del barrio chino de Los Ángeles, donde nadie me conoce ni sabe de mi pasado, sería una cura para la culpabilidad y la vergüenza que me acompaña allá donde voy.

—Los dos queremos lo mismo: pintar, cosechar y ayudar a construir la Nueva Sociedad —continúa Tao.

—Es cierto, pero ¿tú me quieres?

Tao me gusta, de eso no cabe duda. No puedo dejar de pensar en él. Y el hecho de que me lo hayan prohibido durante estas últimas semanas todavía lo hace más deseable.

—No te pediría que te casaras conmigo si no te quisiera —sonríe—. Y tú también me quieres. Lo noté cuando nos conocimos.

Quiero decirle que sí. Quiero hacer el amor con él. Quiero que estemos juntos. Pero, pese a estar muy segura de lo que siento por Tao, no estoy preparada. Acabo de conocer a mi padre biológico y casi no lo conozco. Luego está China. Tengo diecinueve años y me han brindado la oportunidad de hacer algo que pocas chicas tienen a su alcance. Me gustaría ver Cantón, Pekín, Shanghái y el resto del país mientras pueda.

—Sí, te quiero —digo, y lo creo de verdad. Estoy convencida de ello—. Pero ¿quieres que la gente del colectivo crea que estamos huyendo juntos? ¿Y tu madre? No creo que esté preparada para acogerme en su casa. —Es un eufemismo. Está claro que a su madre no le gusto—. Y dudo que mi padre esté preparado para despedirse ya de mí.

—No necesitamos su permiso.

—Lo sé, pero su bendición sería maravillosa.

Expone otras razones por las que deberíamos actuar de inmediato, pero al poco se rinde.

—De acuerdo —dice—. Esperaré.

Luego me besa otra vez, y me siento feliz, sumamente feliz.

—Ojalá pudieras venir conmigo —le susurro al oído—. Podríamos ver China juntos.

—Lo que más deseo en este mundo es irme de aquí —responde en un tono que resulta esperanzado y ansioso—. Pero necesitaría un pasaporte internacional, y no lo tengo. A lo mejor tu padre puede conseguirme uno.

El presidente Mao no autorizó el pasaporte internacional hasta el año pasado. El Gobierno quiere impedir que los campesinos acudan en tropel a las ciudades, pero el nuevo documento también prohíbe viajar a vendedores ambulantes, médicos y artistas, excepto aquellos que obtengan una aprobación estatal. Eso conserva la pureza de las aldeas, pero también las mantiene aisladas. Es una de las cosas que más me gustan de estar aquí.

—Tal vez —respondo—. Tal vez.

Más tarde, cuando volvemos hacia la aldea, Tao dice:

—Prometo que no te olvidaré, pero tú también debes hacerlo.

A la mañana siguiente, Z.G. y yo abandonamos el Dragón Verde, nos dirigimos al punto de encuentro, situado a unos tres kilómetros, y cogemos el autobús en dirección a Tun-hsi. Desde allí vamos a Huangshan, donde me siento inspirada por los imponentes picos y los pinos que asoman de las colinas en inverosímiles ángulos. Todo ello me recuerda, como les ha ocurrido a tantos otros artistas antes que a mí, la insignificancia del hombre frente a la naturaleza. Regresamos a Hangzhou y paseamos junto al lago Oeste como hicimos de camino al Dragón Verde, solo que esta vez nos detenemos a pintar los Diez Paisajes que tanto gustaban al emperador K'ang-hsi hace largo tiempo. Z.G. me cuenta que Hangzhou es la ciudad más romántica de China, y es la sensación que me reporta. Echo de menos a Tao, y cuando pinto noto su aliento en mi piel. Pero también siento que algo se abre en mi interior... como artista. Sé que estoy mejorando día a día.

A principios de noviembre llegamos a Cantón para asistir a la Feria China de Servicios de Exportación, que se prolongará durante una semana. La Asociación de Artistas quiere que Z.G. desempeñe la labor en la que tanto destaca: la propaganda que vende China a los chinos y a otros que simpatizan con el régimen desde el mundo exterior. Recorremos los pasillos de la feria y observamos las mercancías: telas, radios, termos, tarjetas de visita y ollas arroceras, todo ello de fabricación china. Paso frente a ciento setenta modelos distintos de tractor. Ha venido gente de todo el mundo para comprar excavadoras de vapor, componentes para automóviles y plumas estilográficas. Todo está a la venta: redecillas para el pelo, maquillaje y espejos. Pero ¿acaso no es mejor hacerse unas prácticas coletas, dejar que el sol te enrojezca las mejillas y verte reflejado en una charca o un riachuelo antes que comprar todas esas cosas? ¿Necesitas botones de plástico o goma elástica cuando las presillas artesanales son mucho más bonitas y un simple cordón funciona igual de bien para aguantar los pantalones? Y, sinceramente ¿por qué necesita la gente un tractor cuando puede trabajar hombro con hombro con sus camaradas para realizar las mismas tareas manualmente? Me dicen que han asistido a la feria más de dos mil empresas extranjeras y chinos que residen fuera del país, y que están comprando como locos. Es la primera vez en dos meses que veo a personas no chinas y ello me causa agitación.

Estoy deseando salir del recinto de la feria, pero he estado tanto tiempo en el campo que Cantón me sorprende por su ajetreo. Los negocios —librerías, barberías, bancos, estudios fotográficos, sastres y grandes almacenes— pelean por hacerse un hueco. Veo hospitales, clínicas, baños públicos y teatros. Desde los altavoces instalados en cada esquina atruenan música, anuncios y noticias. El tráfico me recuerda un poco a lo que vi durante mi fugaz visita a Shanghái: bicicletas, bicicletas y más bicicletas. Familias enteras —madre, padre y dos o tres hijos— hacen equilibrios sobre manillares y guardabarros. También las utilizan para transportar bidones, cajas y jaulas, cerdos metidos en cestas y grandes fardos de heno que a veces se elevan un metro por encima de la cabeza del ciclista y pueden tener hasta tres metros de diámetro, dependiendo del número de tallos de bambú utilizados como contrapeso. Las bicicletas que más me gustan llevan las dotes de las novias —aunque supongo que en la Nueva China sería más exacto denominarlas regalos de boda— por toda la calle para que el pueblo pueda admirarlas. Lo más popular es un juego de dormitorio con cabecero, mesitas de noche y tocador, y ver todo eso apilado sobre dos ruedas resulta verdaderamente llamativo.

En nuestra última noche en Cantón, Z.G. llama a la puerta de mi habitación (qué extraño ha sido gozar de agua corriente, inodoros, bañera e incluso una televisión estos días). Entra, aparta la silla de la mesa y se sienta.

—Me han destinado a Pekín —anuncia—. Tengo que presentar mi obra en un certamen internacional de arte —hace una pausa. Se adivina que trata de decirme algo. Finalmente—: Estamos muy cerca de Hong Kong. Con tantos extranjeros aquí, esta es tu oportunidad para irte. Puedes tratar de conseguir un permiso de salida e ir a Hong Kong en transbordador o en tren con una de las delegaciones. Desde allí, podrías volver a casa.

Es todo cuanto puedo decir para no romper a llorar.

—¿Es que no me quieres?

Se lo pregunté cuando llegué por primera vez a su casa y todavía desconozco la respuesta. Es mi padre biológico, pero no hemos hablado de ello. No lo llamo *baba* ni papá; a excepción de algún que otro encomio a mis dibujos, tampoco me ha dedicado ningún gesto de cariño. No soy su «retaquito», como a veces me llamaba Sam, o ni siquiera *Pan-di* —esperanza para un hermano—, como decía mi abuelo. Pero me siento decepcionada con Z.G. por que quiera deshacerse de mí.

—La cuestión no es si te quiero —me explica—. Ningún cargo de importancia sabe que estás aquí. Si vas a Pekín y la gente te conoce, no podrás marcharte a casa.

Pienso en todo lo que he visto y experimentado —cantar en el campo con Kumei, besarme con Tao en el Pabellón de la Caridad, ayudar a construir la Nueva Sociedad—, y luego en el secreto que mi madre y tía May me ocultaron, en lo mucho que querrán luchar por mí, en el tío Vern languideciendo en el dormitorio del fondo, inválido para siempre, atrapado en su cuerpo y su mente, y en la expresión de mi madre cuando me mira y piensa en el suicidio de mi padre.

—No quiero volver allí —digo—. Este es mi lugar.

Z.G. se empeña en disuadirme, pero me niego a escucharlo. Un tigre puede ser testarudo, y yo ya he tomado una decisión. Aun así, me doy cuenta de lo poco que ha faltado para que me mandaran a casa. Necesito conocer mejor a Z.G., y quiero que él también me conozca a mí.

Al día siguiente, cuando subimos al tren rumbo a Pekín, Z.G. se sienta enfrente de mí con sus largas piernas cruzadas. Se ha quitado la ropa de campo y se ha puesto un traje Mao que le queda bastante elegante. Tengo el cuaderno sobre el regazo y estoy dibujando los fragmentos de vida que pasan fugazmente por la ventana como si fuesen postales: un carromato apoyado en una pared, un naranjo chino en una maceta, un pequeño huerto que llega hasta las mismas vías y gente trabajando en los arrozales. No he pensado mucho en mi hogar desde que llegué a China. De hecho, me he esforzado sobremanera en no hacerlo. Pero mientras el tren traquetea a través de los campos, recuerdo Chinatown y a toda la gente que me crio.

Me aclaro la garganta y Z.G. levanta la vista.

—Cuando era niña —empiezo con voz temblorosa— vivíamos en un piso.

Z.G. guarda silencio, lo cual interpreto como una señal de que continúe.

—No teníamos jardín y no jugaba con nadie. Ya en la guardería empecé a ir a casa de otras niñas. Aquello era Chinatown, así que los jardines eran pequeños, pero estaban llenos de orquídeas barco, bambú y algún que otro árbol Bodhi. También estaban repletos de cachivaches de todo tipo: cable eléctrico usado, palas hechas con viejas latas de salsa de soja y motores grasientos. Yo pensaba que todo el mundo vivía así.

Creo que Z.G. entiende por qué estoy contándole todo esto, o al menos eso espero. «Quiero conocerte. Quiero que me conozcas.»

—Entonces mi madre empezó a llevarme a clases de chino en la Iglesia Metodista Unida.

Parece que vayan a salírsele los ojos de las cuencas. Sí, supongo que le cuesta creer que la tía May enviara a su hija a una escuela religiosa, pero sé qué debo decir exactamente.

—Mi madre y mi tía fueron educadas en la escuela metodista de Shanghái, ¿recuerdas? Por eso me mandó allí. En fin, para asistir a clases de chino también tenía que ir a los oficios dominicales y a catequesis. Una cosa llevó a otra, y al poco tiempo las mujeres de la iglesia nos enviaron a mí y a otros niños a su casa en Hancock Park, Pasadena, y Beverly Hills...

Z.G. me mira con expresión inquisitiva.

—Son buenos lugares para vivir.

—Pero ¿por qué ibas a aquellas casas? —pregunta.

—Para cantar en reuniones, recibir regalos durante las vacaciones, ya que éramos niños pobres, o escuchar recitales de piano.

—Gente rica —observa con desdén—. Estados Unidos.

—Veía jardines con extensos céspedes y rosas. Me parecían peculiares, pero nunca puedes subestimar la rareza de *lo fan*.

—Los recuerdo de sus días en Shanghái —coincide con aire sombrío.

—Cuando cumplí catorce años nos mudamos a una casa. Tenía un jardín marchito, pero mi madre pasaba mucho tiempo en él, arrancando la hierba y sustituyéndola por las cosas que tenían nuestros vecinos: orquídeas barco, bambú, verduras y un montón de chatarra que mis padres y mis abuelos recogieron en las cunetas.

—Si eres pobre, nunca sabes cuándo te vendrá bien un poco de cable eléctrico o un viejo motor —comenta Z.G.

Contemplo su traje impecable, sus gafas impolutas y sus elegantes modales.

—Cuando iba a la Universidad de Chicago...

—¿Fuiste a la universidad? —pregunta.

Placer, satisfacción y puede que incluso orgullo impregnan su voz. ¿Cómo es posible que hayamos pasado dos meses juntos y todavía sepamos tan poco el uno del otro?

Asiento.

—Para entonces había estado en platós de rodaje, en todas aquellas casas durante las excursiones de la iglesia e incluso en algunas residencias de chicos *lo fan* del instituto cuyos padres eran «progresistas», es decir, que no les importaba tener a una niña china en su dormitorio. En aquel momento llegué a la conclusión de que lo raro no eran aquellos lugares con el césped bien cortado, sino los jardines de mi familia y de nuestros vecinos.

Z.G. mira por la ventanilla del tren las pequeñas chozas que llegan hasta las vías y señala los minúsculos patios y jardines.

—¿Como esos? —pregunta—. Tienen bambú, verduras y chatarra, aunque no veo viejos motores ni cable eléctrico usado. Aquí nadie tiene acceso a esa clase de material, pero la gente ha salvado otras cosas.

Tiene razón. Han recogido muchas otras cosas: vasijas de barro rotas, una rueda de bicicleta doblada y sacos de arroz. Siempre había creído que la gente de Chinatown guardaba todos aquellos artilugios porque habían vivido la Depresión; ahora veo que la madre de Hazel y todos los demás trataban de recrear el sur de China. Z.G. me ha ayudado a entender un aspecto de mi vida de una manera puramente visual.

—Exactamente como esos —respondo—. Siempre consideré que el jardín era dominio de mi madre, pero ella era de Shanghái. ¿Por qué quería un jardín como los del sur de China?

—Quizá fuera un reflejo de la comunidad en la que vivía, una comunidad llena de campesinos de la China meridional.

Una vez más tiene razón. Mi madre y mi tía May eran chicas

de Shanghái, pero mi padre, mis abuelos, mis tíos y todos nuestros vecinos eran campesinos del sur. Incluso quienes habían vivido en Los Ángeles durante dos generaciones o más —algunos de los cuales habían recibido una buena educación, hablaban un inglés fluido y vestían como estadounidenses— en el fondo seguían siendo campesinos del sur de China. En cierto modo conservaban la idea visual de cómo debían ser las cosas, la exuberancia del sur de China recreada en el desierto de Los Ángeles. Y, lo que es más importante, aún retenían la frugalidad típica de su región.

—Yo soy de Shanghái —dice Z.G.— y, desde luego, May era un producto de esa ciudad. Puede que lleves esos jardines en la sangre, pero tú también eres una chica de Shanghái.

Lo dice con suma confianza, y en cierto sentido me hace feliz. Me alegro de haberme decidido a hablar con él, pero no puedo dejar de pensar en la mujer que siempre creí que era mi madre. A juzgar por su jardín, debía de guardar recuerdos de su aldea natal. O tal vez aquella aldea se hallaba en lo más profundo de su alma, como mi amor por el campo está en la mía a través de Sam. Por mis padres biológicos debería ser una chica de Shanghái de los pies a la cabeza, como asegura Z.G. Por el contrario, me siento unida a la gente que veo al otro lado del cristal: los campesinos de China, que son como los habitantes de la Aldea del Dragón Verde, como la gente de Chinatown, como mi padre, que tanto me quería. Ahora, sentada en el tren, comprendo un poco por qué amo a Tao. Me recuerda a mi padre, no al que tengo sentado frente a mí, con su traje elegante, sino el que se preocupaba cuando caía enferma, el que me hacía regalos especiales y me contaba cuentos al acostarme.

En Pekín, Z.G. y yo vamos de excursión a la Gran Muralla, el Palacio de Verano y la Ciudad Prohibida. Conozco esos lugares de toda la vida gracias a la escuela china y a las fotos y dibujos que mi padre recortaba de las revistas para colgarlos en la pared. Las vistas son bellas, pero estoy convencida de que son mucho mejores en primavera, cuando no hace este frío que pela.

Por la noche vamos a fiestas, donde Z.G. me enseña a distinguir a la gente importante.

—Una persona corriente lleva una estilográfica en el bolsillo —me explica en una fiesta celebrada en un complejo junto a la Ciudad Prohibida, donde viven y trabajan los miembros más relevantes del Partido Comunista—. Una persona que lleva dos es más importante. Los más poderosos llevan varias plumas en los bolsillos delanteros. Son las máximas autoridades.

Z.G. parece conocer a todo el mundo. Tiene buenos *guan-hsi* —contactos—, que funcionan como una red que entrevera relaciones con el Gobierno, familia, influencia y poder. La gente se alegra de verlo, sobre todo las mujeres, que le ofrecen bebidas, se tapan la boca para disimular sus risitas y en general actúan como si nunca hubieran visto a un hombre. Conocemos a muchos estadounidenses, que constituyen el grupo más numeroso de extranjeros en Pekín después de los expertos soviéticos. Incluso asistimos a un par de fiestas en las que el presidente Mao y el primer ministro Chou En-lai se pasean por la sala. Los veo saludar a Z.G. en dos ocasiones, pero no se acercan a nosotros. Son personas sobre las que he leído y me han inspirado. Han hecho historia y han cambiado un país. Cuando era niña conocí a muchas estrellas cuando trabajaba en los platós. Incluso me senté en el regazo de Clark Gable en una ocasión. Pero ninguno de ellos atesora el carisma de los líderes chinos. Cuando entran en una estancia, el aire se transforma y se torna eléctrico en el sentido más estricto de la palabra: es centelleante y poderoso. Estoy completamente boquiabierta.

Todo es maravilloso, pero me inquietan dos cosas. En primer lugar, y sé que no tiene importancia, aquí hace un frío terrible. Las fiestas a las que vamos apenas tienen calefacción. A veces un brasero de carbón o un desvencijado radiador de aspecto milenario bombean algo de calor, pero de poco sirve en un gran salón o en una casa de la época de la dinastía Ming en la que soplan fuertes corrientes de aire. Tengo que llevar ropa interior y camisetas de franela debajo de los prácticos vestidos de lana que me ha regalado Z.G., además de un jersey, bufanda, sombrero y abrigo. El otro hecho que me corroe es algo que supongo que debería tachar de hipocresía. Supuestamente pertenecemos a una sociedad sin clases, pero asisto a fiestas y banquetes con la plana mayor de China. Es emocionante encontrarse en un salón de la capital con el presidente Mao, pero esto dista mucho de la sencillez y la pobreza de la aldea del Dragón Verde, y no tiene sentido para mí. Con eso no quiero decir que no esté pasándolo bien. Me estoy divirtiendo mucho, pero este aspecto de China no es lo que esperaba.

Al margen de esos interrogantes, me veo arrastrada a un torbellino de excursiones y fiestas. Pruebo bolas de masa al vapor, dátiles y manzanas silvestres caramelizadas que compramos a los vendedores ambulantes durante el día, y disfruto de un sinfín de platos extravagantes en banquetes por la noche, pero nada me sabe tan dulce como la comida del Dragón Verde. Y desde luego no siento tanto aprecio por nadie como por Tao.

El día del certamen internacional, patrocinado por la Asociación de Artistas y la Galería de Arte China, ambas controladas por el Gobierno, Z.G. y yo asistimos a la fiesta inaugural. Artistas de todo el país y de los orígenes más variopintos han presentado proyectos para disputarse el galardón al mejor cuadro dedicado al Año Nuevo. Entramos en la galería justo cuando el juez principal está iniciando su discurso. Mientras escucho, veo que el presidente Mao está presente, al igual que otras importantes figuras políticas. Algunos nos sonríen, pero, como de costumbre, el presidente nos brinda solo un gesto de cortesía con la cabeza.

—Hoy buscamos el mejor cuadro para conmemorar la llegada del nuevo año —anuncia el juez a los allí reunidos—. Si su obra es seleccionada, las masas la colgarán en las paredes de sus casas, fábricas y colectivos. Servirán al pueblo de la mejor manera posible, inspirándolo a ayudar en la construcción de la senda que lleva del socialismo al comunismo. A los jueces les recuerdo que sus viejos hábitos y gustos feudales no tienen cabida en la Nueva China. La fantasía, la superstición y otros elementos reaccionarios no serán tolerados. Pero no olviden que las masas tampoco quieren ver historia en sus paredes por Año Nuevo.

Con ese confuso mensaje, invita a todos los asistentes a visitar la exposición.

Z.G. se detiene delante de todos los cuadros. Me pide mi opinión al respecto y después me dice si tengo o no razón. Sin duda ve cosas que a mí me son esquivas y comprende su significado más profundo. Nos plantamos delante de un cuadro titulado *La gran victoria en la guerra de liberación popular*, y digo a Z.G. que debería alentar a la gente a recordar su alegría y las celebraciones del momento.

—Sí —coincide— pero ¿es una imagen adecuada para Año Nuevo? El Ministerio de Cultura les pide a los artistas que plasmen aspectos políticos e históricos en su obra, pero, como acaba de decir el juez, las masas no quieren ver esas cosas en los carteles de Año Nuevo. Echan de menos los estilos de antaño, que les traerán a la mente sus esperanzas de buena fortuna, prosperidad e hijos, además de sus principios morales y religiosos.

—Pero el juez también ha dicho...

—Que debemos evitar las temáticas tradicionales.

Z.G. se inclina hacia delante y me susurra al oído:

—Esas instrucciones deben de provenir del presidente Mao. Es cosa nuestra descifrar lo que quiere a la vez que impedimos que se sienta desprestigiado. De lo contrario, mucha gente sufrirá.

Doy un paso atrás, asombrada de que Z.G. diga semejante cosa en público. Me alegro de que la muchedumbre vocifere tanto y de que nadie haya podido oírle.

Z.G. se aleja y sigo con la exposición. Veo que los deseos de Mao y la propuesta de Z.G. sobre su significado han sido captados por diferentes artistas. Algunos han optado por lanzar un mensaje político a través de imágenes del pasado: dioses portales con uniforme militar o diosas vestidas de campesinas. Otros han ignorado por completo la política y la historia y se han centrado en diversos símbolos de buena suerte.

Llego al cuadro de Tao, que presentó el propio Z.G. El estilo se antoja infantil al lado de los artistas profesionales. La obra muestra a unos campesinos cosechando arroz. Los colores son llamativos, pero planos, con poca o ninguna perspectiva. No obstante, la imagen irradia algo muy vivo. Casi puedo degustar los campos del Dragón Verde, el cálido sol encima de mí y el olor a tierra llenándome los orificios nasales.

Z.G. ha presentado varios proyectos. Mi favorito muestra a un joven Mao, con una larga toga de erudito, paseando por un campo con varios agricultores y soldados a la zaga, como si fuera un dios liderando a sus seguidores. De fondo veo las colinas que rodean el Colectivo de la Aldea del Dragón Verde. Estoy segura de que al presidente le gustará, y me pregunto si también a los jueces.

Atrapo a Z.G., que se encuentra ante un cuadro titulado *Una cosecha abundante*.

—Ya has visto la mayoría de los candidatos —dice—. ¿Cuál querrá el presidente Mao que sea el ganador?

Antes de que tenga la oportunidad de contestar, se forma un escándalo en la galería y los jueces se arraciman en torno a una obra. Vamos corriendo hacia allí y nos unimos al resto de los asistentes que quieren ver qué es tan inquietante.

—Esto podría haberse pintado hace veinte años —protesta uno de los jueces—. La pose... Los colores... Esto no es realismo social.

—El artista se ha contaminado de elementos extranjeros —añade otro con brusquedad—. Nuestro gran presidente nos ha dicho que el arte debe ser analizado y dividido en flores fragantes y escoria feudal. Esto es escoria.

—Las rosas recuerdan a la ideología capitalista —critica un tercer juez—. ¿Ven cómo la mujer se ha llevado una mano detrás de la cabeza. Todos sabemos lo que eso significa. Está vendiéndose, haciéndonos señas con sus malas costumbres, como una prostituta.

Con gruñidos de disgusto, los jueces siguen adelante. Cuando la multitud se dispersa, me acerco al cuadro. En él veo a una joven campesina en un campo de rosas, sosteniendo una cesta llena de flores y colocándose una detrás de la oreja derecha. ¿Quién es la figura principal? ¡Yo! ¡Z.G. me ha pintado a mí!

Siempre que lo veía con el cuaderno en los márgenes de los huertos del colectivo estaba retratándome. Al igual que el cuadro de Mao, este es una mezcla de realidad y fantasía. Llevo la ropa de Kumei —una blusa amarilla y pantalones azul claro—, como hacía a menudo en la aldea, pero tengo el pelo más largo y lo llevo recogido en una trenza como tantas otras chicas de la China rural. Me encuentro en un campo de rosas. Jamás he visto una sola rosa en el Dragón Verde.

—Te pareces a tu madre —dice Z.G. en voz baja.

Me ruborizo. A la tía May siempre la han considerado una belleza. Yo nunca me he visto así, pero al contemplar el cuadro me asaltan las dudas.

—La he echado de menos —añade.

Su mirada y la mía se cruzan, y por unos instantes advierto el amor que todavía siente por ella.

Entonces veo al presidente Mao junto a mí. Es un poco barrigón y empieza a clarearle el pelo a la altura de las sienes. Su cara es brillante y gruesa. Su sonrisa, cálida y acogedora. Estar a su lado es como hallarse frente a la historia y me quedo estupefacta.

—Me gusta mucho este cuadro —dice—. La chica es muy bonita, pero también saludable. Creo que eres tú.

—Es mi hija —interviene Z.G., realizando una ligera reverencia.

—Ah, Li Zhi-ge, cuánto tiempo —dice Mao pausadamente—. La mayoría teníamos mujeres en el campo hace muchos años. Ignoraba que tú también —su sonrisa es más marcada—. ¿Cuántas hijas bonitas has dejado por toda China?

Yo no soy producto de esas aventuras, pero eso no parece importar a Mao, que vuelve a dedicarme su atención.

—¿Tu padre te ha hablado mucho de mí? Estuvimos juntos en las cuevas de Yen'an. ¿Recuerdas los viejos tiempos, camarada Li?

Z.G. asiente y el presidente continúa.

—Para ser conejo, tu padre era buen combatiente, pero me daba la impresión de que podría aportar más y conquistar más corazones con el pincel que con la bayoneta.

Hay quien dice que cuando el presidente Mao empieza a hablar, no hay quien le detenga. No le interesan las opiniones de los demás. Ni siquiera desea entablar conversación como la mayoría de la gente. Tienes que limitarte a escuchar e intentar comprender lo que dice.

—Como héroe de la Liberación, tu padre ocupa un lugar especial en nuestra sociedad. Después quise que viniera a Pekín. Yo sabía explotar sus habilidades innatas. Habría vivido conmigo y otras personas en el Comité Central. Lo habrían tratado como un príncipe, un príncipe rojo, pero echaba de menos su hogar. Quería regresar a Shanghái, así que lo nombré miembro del Comité Permanente de la Asociación de Artistas y asesor de la sucursal de Shanghái. Ganó premios en concursos nacionales, pero todos tenemos momentos de debilidad, todo el mundo transgrede de vez en cuando.

Z.G. se aclara la garganta.

—Reconozco que a veces he seguido el camino equivocado, pero no soy capitalista. He intentado redimirme subsanando mis errores. Me fui al campo...

—Sí, sí —interrumpe Mao, gesticulando despectivamente con la mano. Me mira con una expresión cargada de júbilo—. Incluso en Yen'an tuvimos que lidiar con las costumbres de conejo de tu padre. Es muy cauteloso, muy discreto, pero no consiguió engañarnos. Bajo su fachada de amabilidad, muy propia del conejo, se esconden una voluntad férrea y una seguridad casi individualista. —Se vuelve hacia Z.G.—. No te preocupes más por todo eso. Como se suele decir, el conejo siempre supera los obstáculos y las calamidades y aterriza de pie. Así que... me gusta el retrato que me has hecho. Es una buena manera de pedir perdón. Creo que podemos hacer algo con él y con otros similares. Pero la próxima vez píntame como un hombre del pueblo: pantalones y camisa sencillos, sombrero de paja y...

—Un fondo plano —concluye Z.G.—. Para que la gente solo le vea a usted.

Pero Mao ha perdido el interés en esa conversación. Ahora se dirige directamente a mí.

—No hablas mucho.

—Todavía no he dicho nada.

El presidente se echa a reír. De súbito, adopta una expresión de falsa seriedad.

—Conozco el acento de todas las provincias, pero no consigo ubicar el tuyo. Dime de dónde eres. Lo pregunto porque dentro de unos días ordenaré al Comité Central que apruebe una nueva ley más estricta —Contener el Éxodo de las Aldeas— para impedir que todos los campesinos vengan a las ciudades. Controlaremos las líneas ferroviarias, las autopistas, los puertos fluviales y todos los puntos de comunicación entre las provincias. Así que dime, pequeña, ¿dónde te criaste? ¿Tendremos que mandarte de vuelta allí?

Para mí es un anciano —desde luego es mayor que mis padres—, pero ¿está intentando coquetear conmigo o infundirme pánico? ¿Cómo puedo darle una respuesta que no me lleve al campo, sino directa a California?

—Su madre es de Shanghái —responde Z.G. por mí—, pero mi hija nació en Estados Unidos. Ha llegado a China recientemente.

—¿Has traído dinero contigo? —pregunta el presidente—. Agradecemos mucho el dinero de los chinos de la diáspora. La moneda extranjera contribuye a la construcción de nuestro Estado socialista.

De nuevo, Z.G. interviene en mi nombre y, por primera vez, lo oigo alardear.

—Ha hecho algo mejor: ha vuelto en persona para ayudar a la patria.

—Ya, pero ¿es de esas que solicitarán un permiso de salida mañana mismo? —pregunta Mao—. Para fortalecer nuestro frente unido entre los chinos venidos del extranjero hemos tenido que relajar los controles sobre esos permisos. Demasiada gente se comporta como pájaros enjaulados, esperando la oportunidad de liberarse de la cautividad. Se quejan de que sus raciones de arroz están mezcladas con cereales bastos. Dicen que no mostramos consideración hacia los mayores, los enfermos, las embarazadas o los recién nacidos. Occidente los ha corrompido, y valoran la libertad personal por encima de todo lo demás, pero ahora deben obedecer al Partido. Incluso yo debo hacerlo.

Entonces imita la voz quejumbrosa de un hombre infeliz que ha regresado de otro país.

—Tengo el estómago habituado a la leche de vaca y el pan blanco. No tolera el pescado seco y la cebada —Mao emite un gruñido—. ¿Qué clase de chino es ese? Un chino es su estómago. Esos chinos de la diáspora no son capaces de olvidar sus raíces capitalistas y no se adaptan al estilo de vida socialista.

Z.G. ignora sus palabras y responde:

—Mi hija ha estado ayudándome en el campo. Hemos aprendido y observado la vida real...

—Ofrecerte voluntario para ir al campo fue una decisión muy inteligente para ahorrarte problemas, camarada Li.

Z.G. inclina la cabeza con aire interrogativo.

—Lo hiciste bien allí —continúa Mao—, pero necesitaba que fueras a Cantón. Volviste a dar la talla, así que te he traído aquí. Cuando llegaste a Pekín por primera vez, creía que aún estabas al borde de ser calificado de derechista. Entonces vi el cuadro que pintó tu alumno, Feng Tao. Se ajusta a lo que pienso desde que regresé de Moscú. Creen que han avanzado muy rápido, y es cierto. Lanzaron el *Sputnik*. Ahora el camarada Jruschev dice que la Unión Soviética superará económicamente a Estados Unidos en quince años. ¿Por qué no podemos derrotar nosotros a Gran Bretaña en el mismo plazo? Pronto, el viento oriental se impondrá al occidental.

Una joven uniformada se une a nosotros.

—Los jueces están preparados —dice.

El presidente junta las manos y las agita con decisión.

—Tendremos que retomar nuestra conversación más tarde.

Mao se aleja y respiro hondo. No puedo creerme que haya estado departiendo con el presidente, tan cerca de él, oyéndole recordar el pasado y hablar de sus nuevas ideas. Parte de mí piensa: «Ojalá Joe lo hubiera visto.» Y entonces Joe se desvanece de mis pensamientos, porque Mao ha dejado de consultar con los jueces y se ha dirigido al estrado.

—He tenido una pequeña trifulca con los jueces. —Se ase al estrado y dice—: No quiero ver nada demasiado popular o que huela a influencia occidental. No les gustan las chicas bonitas del pasado. Yo soy de otra opinión. En lugar de chicas bonitas, ¿por qué no podemos disfrutar de trabajadoras hermosas, trayendo la cosecha, trepando postes de teléfono o... recogiendo flores?

Agarro con nerviosismo a Z.G. del brazo mientras los murmullos de sorpresa retumban por toda la galería. Mao sonríe.

—Camarada Li Zhi-ge, acércate, por favor.

Z.G. se dirige al estrado y se sitúa a corta distancia del presidente Mao. Las cámaras centellean.

—Te has alejado de tu torre de marfil occidental —dice Mao—. Al mismo tiempo, has utilizado técnicas extranjeras para servir a China. Me has demostrado la lealtad de tu espíritu rojo mediante la experiencia de tu pincel. Eres el ganador del gran trofeo.

La Navidad transcurre sin una sola felicitación, decoración o regalo, pero aun así la vida es festiva y divertida. El cartel de Z.G. en el que aparezco está por todas partes. Los carteles pueden reproducirse en unas diez horas desde su concepción hasta la impresión final, lo cual los convierte en manifestaciones casi instantáneas del estado de ánimo del Partido, de sus deseos, políticas y posiciones. A consecuencia de la súbita celebridad de Z.G. nos invitan a numerosas entrevistas y frecuentes banquetes. Estoy harta de las famosas exquisiteces —cerebro de mono, cabeza de león, sopa de nido de pájaro, aleta de tiburón, pepinos de mar— y de todo el arroz que puedo llegar a ingerir. Allá donde vamos, Z.G. me presenta como su hija y musa. No me opongo a ello, pero, con todo, no me siento su hija y no estoy segura de querer ser su musa. Desde la exposición he ponderado la posibilidad de ser artista. De ser así, ¿en qué vertiente encajaría? ¿En la idea de Mao, en la de Z.G., en lo que he visto en los libros de arte occidentales? ¿Pintaría chicas bonitas como mi madre y mi tía, o hermosas trabajadoras como propuso Mao? ¿Y cuál sería mi temática? ¿Arte que glorifique la revolución, honre a los héroes o fomente las políticas del Partido? Nada me convence del todo. Lo que me mueve son las emociones, y yo solo puedo pensar en Tao.

Por la noche llego a altas horas y duermo hasta tarde, pero siempre tengo tiempo —necesito tiempo— para pensar en Tao. Me paso horas dibujándolo de memoria, tratando de recordar solo un dedo. No dejo de imaginar a los artistas de la dinastía Song, que sabían captar la esencia de algo con las mínimas pinceladas. Cada boceto, cada trazo, me acerca más a Tao. Así de profundo es mi amor por él. En el proceso me doy cuenta de que mi técnica ha adquirido un toque mucho más refinado.

En enero, el presidente Mao va a la ciudad de Nan-ning a pronunciar un discurso en el que inaugura lo que ha bautizado como el Gran Salto Adelante. Al escucharlo en la radio veo que es una continuación de lo que nos dijo a Z.G. y a mí en la exposición. «Existen dos métodos para hacer las cosas», proclama. «Uno que ofrece resultados más lentos y negativos y otro que brinda consecuencias más rápidas y positivas.» El presidente anuncia que tomará el control de la economía. Dice que China puede superar a Gran Bretaña en la producción de acero en cuestión de quince años, como ya aseguró aquella noche en la galería, pero dos semanas después cambia de parecer y acorta el plazo: China puede hacerlo en siete años. Poco después, pone la mirada en Estados Unidos, y afirma que China puede imponerse en la producción de acero y en el sector agrícola en quince años. «Debemos esforzarnos», declara. «Trabajo duro unos años, felicidad durante un milenio.» Nadie entiende qué significa eso, pero todos estamos entusiasmados.

En febrero, después de solo tres meses en Pekín, Z.G. y yo nos subimos a un tren y ponemos rumbo a Shanghái, más al sur, porque quiere estar en casa para Año Nuevo. Cuando salí de Shanghái era una ciudad increíblemente calurosa y húmeda. Ahora, al apearnos del tren, no hace tanto frío como en Pekín, pero la temperatura es bastante baja. Los niños llevan tantas capas de ropa acolchada que les asoman los brazos directamente del cuerpo. La facha de los adultos no es mucho mejor. Cuando llegamos a casa de Z.G., veo los carteles de mi madre y mi tía en el salón. Me había olvidado de ellos. Entonces, las tres sirvientas, todas ellas con prendas enguatadas, nos dan la bienvenida y me acompañan a mi habitación. Los grandes ventanales con carpintería de acero dan a la calle. Es invierno, así que los árboles están desnudos y permiten que el sol temple el dormitorio, lo cual es de agradecer, porque la casa de Z.G. no tiene calefacción. Por primera vez en la vida dispongo de tocador, espejo y una cama doble, además de un armario y cuarto de baño propios. ¡Pero hace frío! Me pongo la ropa interior de franela, calcetines gruesos y otro jersey debajo del abrigo que me compró Z.G. en Pekín. Me envuelvo el cuello con una bufanda y me enfundo los guantes. No quiero pasar frío en casa.

Cuando vuelvo al piso de abajo, Z.G. me mira y dice:

—Esto no es apropiado. Ahora estás en Shanghái. Por favor, acompáñame.

No sé qué tiene de malo mi indumentaria, porque él todavía lleva la ropa de viaje y se ha protegido tanto del frío de la casa como yo, pero le sigo escaleras arriba hasta llegar a la buhardilla. Algunos de sus cuadros están apoyados contra la pared. En el suelo hay cajas apiladas desordenadamente, pero sabe lo que está buscando. Se agacha, abre un baúl y con un gesto me pide que me acerque.

—Antes tenía un estudio donde pintaba a tu madre y a tu tía. Fui allí cuando volví a Shanghái después de la Liberación. Mi casera lo había guardado todo. La gente se va —a la guerra, a vivir a otros países, a huir de las habladurías—, pero los chinos siempre regresamos... si podemos. Mi casera sabía que acabaría volviendo.

Saca un abrigo negro de brocado revestido de piel.

—Pruébate esto. Era de tu madre. Un día se lo dejó en mi estudio.

Me quito esa especie de manta gruesa de lana gris que me daba calor en Pekín y me pongo el abrigo de tía May.

—Es precioso —digo—. Pero ¿no es demasiado ostentoso?

—No te preocupes por eso —responde Z.G. para tranquilizarme—. Las mujeres de Shanghái han llevado abrigos de piel toda la vida.

Escruto ansiosamente el baúl. Z.G. me tiende una bata de satén rojo con dos fénix voladores bordados.

—Tu madre la llevaba en un cartel en el que representaba a una diosa. Estaba espléndida. Y mira, hay más.

No quiero herir sus sentimientos, pero tengo que expresar una obviedad.

—Son disfraces.

—Puedes ponértelos para las ocasiones especiales. Tendrías que haber visto a tu madre cuando se vistió de Mulan, la mujer guerrera...

No entiendo a la gente mayor. ¿Cree que si me pongo uno de esos disfraces seré como May? ¿Es que no se da cuenta de que no quiero ser como ella? Observo la bata tendida en mi regazo. El tejido es terso y suntuoso. Miro a Z.G. Todavía no le he contado la verdad sobre mi infancia, Sam o la ira que siento hacia mi madre y mi tía.

—A los niños les cuesta imaginarse a sus padres cuando eran jóvenes —dice Z.G.—. Pero tu madre y yo lo pasábamos muy bien. Tu tía Pearl también era maravillosa, pero May era una de esas personas a las que siempre parece sonreírles la fortuna. Ven, quiero enseñarte otra cosa.

Salimos de la buhardilla y me lleva a su dormitorio. Es la primera vez que entro en la habitación de un hombre. La de mi tío Vern estaba llena de maquetas de barcos y aviones. La de mis padres estaba dominada por las cosas de mi madre: lámparas con pantallas de volantes, una colcha floreada y cortinas de encaje. Esta es muy distinta; una pesada cama con baldaquín de madera oscura (sin duda vestigio de los colonos que vivían aquí antes de la Liberación) ocupa buena parte de la estancia. Una tela gruesa, con un tono rojo oscuro que recuerda a los muros de la Ciudad Prohibida, cubre el edredón de plumas. Todo es ordenado y acogedor, excepto la chimenea, sobre la cual hay un retrato de la tía May. Aparece envuelta en una especie de tela diáfana, pero nada permanece oculto. Está total y absolutamente desnuda. Conozco a la tía May de toda la vida. Dormí con ella en el porche durante seis años. La veía llegar tarde por las noches de sus cenas de negocios —oliendo un poco a alcohol y con la ropa algo desastrada—, pero jamás la había visto así.

—Esta es tu madre en su apogeo —dice Z.G.

Pearl me viene de inmediato a la mente: «Guarda la compostura. No permitas que te vea conmocionada. Finge que es solo una obra de arte más.» Asiento, intentando mostrarme despreocupada, tratando de parecer feliz, pero tengo ganas de vomitar. Una cosa es ir al campo, ver los famosos paisajes y codearse con gente en Pekín, pero ahora estoy en Shanghái, en una casa que en muchos sentidos es un templo dedicado a mi madre y mi tía. En los pocos minutos que llevo aquí he visto cómo debía de ser su vida, cómo debían de ser ellas. No eran las personas con las que me crie. Y, desde luego, mi tía May no tuvo mucha suerte: vivió en Chinatown, se casó con Vern y nunca reconoció que yo era su hija.

—Es maravilloso —digo—. Todo es maravilloso.

Me sobreviene otro acceso de náuseas.

—Estoy deseando saber más sobre aquellos días, pero aún no he visto Shanghái. ¿Te importa si salgo a dar un paseo? Volveré pronto. Ahora que estoy aquí tenemos mucho tiempo.

—Por supuesto. ¿Quieres que te acompañe?

—No, no. Solo quiero caminar un rato. Hemos pasado mucho tiempo en el tren.

Bajo las escaleras deprisa y salgo a la calle en plena noche. Hace frío, pero el aire fresco es un alivio. Dibujo una sonrisa. He venido aquí a ser feliz, y lo seré. Si sonrío, tal vez pueda convencer a mi cuerpo de lo contenta que estoy. Miro a ambos lados, y decido ir a la derecha. No sé adónde me dirijo. Solo necesito caminar y seguir sonriendo.

Pearl

Cicatrices en su pecho

Voy camino de casa de Z.G., como acostumbro hacer a última hora del día. Es 15 de febrero según el calendario occidental y faltan tres días para el Año Nuevo chino. Soy cristiana y monoteísta, pero solo pude llevar el espíritu de la Navidad en el corazón. El día de San Valentín solo podía pensar en Joy y en las tarjetas que solía confeccionar para sus compañeros de clase cuando estaba en la escuela primaria. Ahora, los que me rodean están enfrascados en los preparativos de Año Nuevo: comprar ropa, barrer las escaleras de casa y buscar ingredientes especiales. Veo a Joy por todas partes. La primera vez que me topé con el cartel de Año Nuevo en el que Z.G. retrató a Joy me sentí abrumada. Ahora está colgado en las paredes de bares, tiendas, consultas médicas y colegios. He oído que se han vendido cerca de diez millones de copias. Abrigo la esperanza de que cada trozo de papel que recojo y entrego sea procesado y reciclado para imprimir otro cartel de mi hija, porque su faz sonriente me hace saber que está bien.

Entonces la veo de verdad.

¡Joy!

Camina con decisión hacia mí, sin temor a la oscuridad, como recién salida de un cartel, como si conociera la ciudad. Lleva el abrigo de May, el que supuestamente perdió mi hermana. Z.G. debe de haberlo conservado todos esos años. Se me revuelve el estómago al pensarlo, pero lo ignoro porque mi hija ha regresado a Shanghái. Me mira fijamente, nuestros ojos se cruzan durante una fracción de segundo y sigue caminando. No me reconoce. ¿Tanto he cambiado? ¿Se ha negado a ver que me encontraba justo delante de ella porque no podía imaginarse que estaría aquí? ¿O no me ha reconocido porque voy vestida con capas y capas de ropa acolchada, con un sombrero de lana cubriéndome el pelo y las orejas y una bufanda alrededor del cuello subida hasta la nariz?

Me doy la vuelta y la sigo a una distancia prudencial. Parte de mí quiere echar a correr detrás de ella y estrecharla entre mis brazos, pero no lo hago. He trabajado todo el día, y tengo el aspecto de lo que soy: una recolectora de papel. No puedo permitir que ella y Z.G. me vean de esta guisa. Es cierto, he recorrido todo este camino para encontrar a mi hija, y cuando la veo sucumbo a la vanidad. ¿Cómo me mirará Z.G. después de todo este tiempo? Durante años he sabido que existía en algún lugar de China. Jamás creí que volvería a encontrármelo, pero ver a Joy significa que también estoy a punto de ver de nuevo a Z.G. Siento el apremio de esconderme detrás del arbusto que crece delante de su casa, observarlos por la ventana mientras deambulan por las habitaciones, esperar hasta que ordene mis pensamientos y emociones y llamar a la puerta, pero tampoco puedo hacerlo. Las sirvientas de Z.G. saben de mi existencia. No quiero que Joy las oiga hablar de mí. Pero hay algo más. De repente, no sé qué decirle.

Llegamos a la calle Huaihai. Dobla a la derecha, en dirección al río Huangpu. Sé lo que quiero decir —vendrás conmigo a casa ahora mismo—, pero también que sería un craso error. He sido madre durante diecinueve años, y sé unas cuantas cosas acerca de la maternidad y de mi hija. Estoy decepcionada con ella por haber sido tan imprudente y estúpida al venir aquí, pero cuando pasó junto a mí no parecía triste ni descorazonada. Nada más lejos. Por tanto, ¿qué táctica utilizamos las madres con nuestros hijos cuando sabemos que van a cometer o que ya han cometido una terrible equivocación? Aceptamos nuestra parte de culpa. En mi caso, puedo consentir cierta responsabilidad por haberle mentido todos esos años. Le hablaré de lo arrepentida que estoy por haberle fallado. Y luego, y luego... «¡Por favor, ven a casa!» Ese método tampoco funcionará.

Me detengo, veo a mi hija desaparecer entre la multitud y me encamino a una parada de autobús. Cuando llego a casa, me baño, me recojo el pelo en un moño a la altura de la nuca, me aplico un poco de maquillaje y abro el armario. Allí está mi ropa, recuerdos del pasado. Hay una estola de zorro, y también el vestido negro de brocado forrado de piel, exactamente igual al que llevaba Joy, el que tanto deseé, el que papá intentó que le regalara a May. Saco un conjunto que me confeccionó madame Garnett, una pieza de lana verde con un corte en diagonal y ornamentado con botones negros en las caderas. Hace veinte años, mamá opinaba que era demasiado sofisticado para mí; ahora creo que será adecuado: es modesto y un poco anticuado, y el color acentuará mi pelo negro. Quizás a Z.G. le gustaría verme con el abrigo de brocado, pero no puedo excederme. Me digo a mí misma que no me importa mi aspecto después de veinte años, pero, por supuesto, no es cierto. Me digo a mí misma que una mujer no debe permitir que un hombre vea las cicatrices de su pecho o de su corazón.

Quiero hacer algo para recordarle a Joy su hogar, y también que la queremos y la echamos de menos. Le llevaré un regalo (¿qué clase de madre sería si la olvidara por Navidad?). Cojo un viejo frasco de perfume del tocador y lo envuelvo con una bufanda de seda. Me enfundo de nuevo en la chaqueta acolchada y guardo el regalo en el bolsillo. Me pongo también los guantes de trabajo, pero me enrollo una vieja bufanda roja de cachemira al cuello. Es la primera vez que llevo algo tan bonito por la calle, pero queda prácticamente oculto bajo la chaqueta.

Cojo un autobús para dirigirme al barrio de Z.G., camino hasta su casa y llamo al timbre. Me abre la puerta una de las sirvientas, que asiente como si estuviera esperándome y me invita a pasar al salón. Me quito la chaqueta y los guantes. Z.G. entra unos minutos después. Todavía me parece un hombre extraordinariamente atractivo, y espero que su reacción hacia mí sea la misma, pero lo primero que hace es mirar por encima de mi hombro para ver si me acompaña May. En un esfuerzo por guardar la compostura y no denotar ni un ápice de decepción, me recoloco el brazalete de jade en la muñeca.

—Mis sirvientas me dijeron que estabas en la ciudad —afirma Z.G., y su voz se precipita sobre mí como el agua sobre las rocas. Un conejo siempre es elegante y comedido al hablar.

—He venido a buscar a mi hija —le espeto.

—¿A tu hija?

Su respuesta me indica que Joy no ha sido honesta con él.

—Joy —digo—. Es mía. La crie yo. May me la entregó.

—May nunca haría algo así, y Joy no ha mencionado nada...

—Te sorprenderías de lo que puede hacer May.

Mis palabras suenan más duras de lo que pretendía. Esbozo una sonrisa para demostrar que no soy la mala aquí.

—Joy ha creído toda su vida que yo era su madre y mi marido su padre. Cuando descubrió la verdad, huyó y vino a buscarte y... No sé.

—¿Joy le ha mentido a su propio padre?

Me resulta desconcertante percibir incredulidad en su voz. No conoce en absoluto a Joy.

—Sam Louie, mi marido, era su padre. Ahora está muerto.

Z.G. asimila mis palabras, reflexiona y dice:

—Sigo siendo su padre.

—Perdiste ese honor hace mucho tiempo.

El sarcasmo se apodera de mi voz, pero ya no puedo contenerme. Han sido demasiados años de dolor como para que reclame su paternidad. Aun así, me mira sin un atisbo de comprensión.

—Cuando acudí a ti aquella noche para decirte que May y yo nos casaríamos con unos desconocidos en un matrimonio concertado, no intentaste impedirlo. ¿Por qué no hiciste nada? ¿Por qué no abriste la boca?

Veinte años de ira y decepción hierven en mi fuero interno, pero todavía no parece comprenderlo. Lo peor es que no puedo dejar de mirarlo. Mis viejas pasiones —pese a todo lo que sé de él y de mi hermana— me aceleran y entrecortan la respiración. Me late tan fuerte el corazón que parece que vaya a salírseme del pecho. Y más abajo —aunque soy viuda, aunque amaba a Sam— noto una cálida sensación que jamás tuve por mi marido. Siempre creí que era por culpa de la violación, pero ahora veo que no es así. Me siento avergonzada, culpable y disgustada.

—May sabía que sentías algo por mí —dice por fin—. Me pidió que no te contara lo nuestro. No quería hacerte daño, y yo tampoco. Yo solo quería cuidar de May.

—Era una oveja —digo con amargura—. Todo el mundo quería cuidar de ella.

Durante nuestra última riña, May dijo que ella y Z.G. se reían de mi manera de comportarme cuando estaba con él. ¿Qué historia he de creer? He venido hasta aquí en busca de Joy, pero lo que me pasa por la mente es si todavía puedo encontrar el amor de este hombre, que ha ocupado mi corazón todos estos años. Solo han pasado seis meses desde la muerte de Sam, pero ¿es posible que merezca una segunda oportunidad?

¡Un momento!

—¿A qué te refieres con que querías cuidar de May? La dejaste embarazada y no moviste un dedo, no hiciste absolutamente nada para ayudarla. Permitiste su matrimonio concertado. Te fuiste de la ciudad...

—Nunca me dijo que estaba embarazada.

Sus palabras me hacen reflexionar. ¿Cómo es posible?

—Cuando la pintabas y ella estaba desnuda —cierro los ojos, me contraría ese recuerdo—, ¿no lo notaste?

—¿Tú lo sabías?

—No, pero yo no hacía el amor con ella. ¿Qué pensabas que iba a ocurrir?

—No pensaba —reconoce—. Al menos como es debido. Por aquella época me involucré en el movimiento. Estaba lleno de *ai kuo*, de amor por nuestro país y nuestro pueblo. Creía que podía ayudar a cambiar China. No pensé suficiente en el *ai jen*, en el amor que sentía por May. Éramos todos jóvenes. Ninguno sopesó las consecuencias de sus actos.

En ese momento suena el timbre. Ya sabemos quién es. Me aliso el vestido y me recojo unos cuantos mechones de pelo en el moño. Z.G. saca pecho y junta las manos detrás de la espalda.

Nos quedamos como dos estatuas mientras una sirvienta se dispone a abrir la puerta.

Joy irrumpe en la habitación, toda energía deslumbrante, con las mejillas rosadas del frío. Aunque es febrero, se nota que ha tomado el sol. Se quita el sombrero y descubre su cabello negro alborotado. No se lo ha cortado desde que se fue de Los Ángeles.

Joy absorbe la adusta mirada de Z.G. y sus ojos recorren la sala para ver qué ocurre. Sus delicadas cejas, su bonita nariz y sus gruesos labios registran una perplejidad absoluta al verme. Abre unos ojos como platos, y adquieren un brillo todavía más intenso. Pero no veo felicidad, ni tristeza, ni siquiera enfado por el hecho de que esté allí. Es aún peor; las frías sombras de la indiferencia caen sobre sus rasgos. Me mira, pero no media palabra.

Sonrío y le digo:

—Hola, Joy.

Al no hallar respuesta, me apresuro a añadir:

—Te he traído un regalo de Navidad.

Voy a por el abrigo, busco en el bolsillo, saco el frasco de perfume envuelto y se lo ofrezco.

—Ya no celebro la Navidad.

Tras su afirmación se impone un largo silencio. Sabe que soy monoteísta y que eso me ha dolido.

—Joy —hay un claro matiz de súplica en mi voz. Tendrá que responder.

—No te quiero aquí. Lo estropearás todo.

—No le hables así —dice Z.G. sosegadamente—. Es tu tía.

Me clavo las uñas en las palmas de la mano para impedir que el dolor me aturda.

—Y tú eres mi padre —replica Joy—. Eso es mucho más importante.

Siento que todas las acusaciones que he querido lanzarle —«desagradecida, malcriada y egocéntrica, como tu madre biológica»— pugnan por salir de mi boca. Z.G. da un paso al frente, pero con la mano le impido que se acerque más o que hable.

—Te quiero mucho, Joy. Por favor, ¿podemos hablar del motivo de tu huida?

Por supuesto, conozco la razón —no quería tratar con dos madres que le habían mentido—, pero necesito que se sincere.

—Aquella noche no tuvimos la oportunidad de charlar. Si me cuentas lo que sentiste, a lo mejor lo verás todo desde otro prisma, y quizá pueda ayudarte.

Y así, mi hija vuelve a tener cinco años, y se muerde el labio con fuerza para dominar sus emociones.

—Dime, cariño. Cuéntamelo para que pueda entenderlo.

Cuando cabecea, sé que estoy acometiendo la situación de la manera adecuada. Hemos vuelto a la senda que hemos vivido como madre e hija tantas veces.

—Siento no haber hecho más por ti cuando murió papá —le digo—. Te pido disculpas. Las dos le queríamos —las lágrimas le recorren las mejillas—. Deberíamos habernos refugiado la una en la otra.

Pero lo que dice me coge por sorpresa.

—Hiciste bien en ignorarme después de lo que hice.

—¿Qué hiciste? —pregunto, confusa. De nuevo, esto no es lo que yo me esperaba. Mi cerebro trata de comprenderlo.

—Mamá, fue todo culpa mía. La tía May y yo hablamos después de que os pelearais. Me explicó que papá era un inmigrante ilegal...

—May siempre le echa la culpa a los demás.

—No, mamá, escúchame. El FBI y el INS nunca habrían investigado a nuestra familia si no me hubiese involucrado en ese grupo de Chicago. El agente Sanders se acercó a la tía May por culpa mía. Ella intentaba ayudar a nuestra familia y conseguiros la amnistía a ti y a papá. No se daba cuenta de que el verdadero objetivo era yo. Si me hubieras contado la verdad sobre papá, me habría andado con más cuidado, no me habría unido a ese club y el Gobierno no habría sabido que existíamos.

Tiene razón. Si Joy no hubiera ingresado en ese club, todo habría sido muy distinto. Aun así...

—Eso no cambia el hecho de que mi hermana nos traicionó.

—¡Pero la tía May no te traicionó! Intentó ayudarte lo mejor que supo. Amnistía, mamá. ¿Sabes al menos qué significa?

Parte de mí piensa: «Incluso aquí, después de todo lo ocurrido, Joy se pone de parte de May.» Pero también he oído lo que acaba de decir mi hija. He culpado a May de todo, pero ¿y si es inocente?

—Cariño, el suicidio de tu padre no fue culpa tuya. No pienses eso nunca. Sí, puede que el FBI te utilizara como un títere, pero hubiera ganado la partida igualmente.

—Nada de lo que digas o hagas cambiará lo que pasó, lo que hice o donde he acabado. Nunca podrás castigarme tanto como lo haré yo misma.

—¿Por eso has venido aquí? ¿Para castigarte? Esta es demasiada penitencia para cualquiera.

—Mamá, no entiendes absolutamente nada. Quiero participar en la creación de algo más grande que mis problemas. Quiero compensar todo lo que he destruido: la vida de papá, nuestra familia... Es mi manera de repararlo.

—Lo mejor que puedes hacer es volver a casa. El tío Vern te echa de menos. Y —me cuesta decirle esto—, ¿no quieres conocer a May de otra manera? Aunque tuvieras razón, que no la tienes, la China roja no es un buen lugar para compensar nada.

—Pearl tiene razón —interviene Z.G.—. Debes irte a casa; no entiendes lo que ves y experimentas. Lu Shun escribió: «La primera persona que probó un cangrejo debió de probar también una serpiente, pero se dio cuenta de que no era tan apetitosa.» Tu solo has probado el cangrejo. —Me mira y se vuelve de nuevo hacia Joy—. La última vez que vi a tu madre fue hace veinte años. No sabía que existías. No sabía qué les había ocurrido a tu madre y tu tía. ¿Por qué? Porque me uní a Mao. Entré en combate. Maté a hombres.

Empieza a relatar sus penurias de las dos últimas décadas, porque, en cierto sentido, piensa que el problema de todo esto es él. Supongo que hemos de dar por sentado que está contándonos la historia de su vida, pero conocía muy bien a Z.G. y sé que está ocultando muchas cosas. ¿Por qué lo hace? Acaba de conocer a Joy. Es agradable que tu hija te mire con amor y respeto, pero estoy harta de mentiras.

—Huiste —le digo—. Te convertiste en un artista famoso y nos destrozaste la vida a May y a mí.

—¿Destrozarla? ¿Cómo? —pregunta Z.G.—. Saliste, te casaste, formaste una familia, tenías a Joy en tu vida. Algunos podrán decir que he prosperado en el régimen, pero otros pueden pensar que he vendido mi alma. Permíteme que te diga una cosa, Pearl: puedes vender, vender y vender, pero a veces no es suficiente. —Mira a Joy—. ¿Quieres conocer el verdadero motivo por el que me fui al campo?

—Para enseñar a las masas —responde diligentemente.

—Puedo intentar enseñar todo lo que quiera, pero no puedo instruir a unos analfabetos.

¿Olvidé decir que el conejo también es clasista?

—Quizá seas mal profesor —replico.

Z.G. me mira.

—He estado enseñando a mi hija y ha aprendido mucho.

—Y también a Tao —añade Joy.

Percibo una repentina ligereza en la voz de Joy al pronunciar ese nombre.

—Lo elogié porque tenía que elogiar a alguien —dice Z.G.—, pero no es muy bueno. Supongo que lo habrás notado.

—Pues no —responde ella con vehemencia.

El rostro de Joy irradia indignación. Es una mirada que reconozco de cuando era niña y le decían algo que no quería oír. Debido a su reacción, ese Tao me despierta cierta curiosidad, pero Z.G. vuelve a preguntar:

—¿Quieres saber por qué fui al campo?

Esta vez no espera respuesta. La escucharemos nos guste o no.

—El año pasado, Shanghái era muy distinta de ahora. Reabrieron los clubes de jazz para gente como yo: artistas y, bueno, los que formaban parte de la élite. También había danza, ópera y acróbatas. Entonces, hace diecinueve meses, Mao lanzó la Campaña de las Cien Flores.

Recuerdo lo emocionada que estaba Joy. Se reía con el tío Vern, que pensaba que esa campaña no llegaría a buen puerto.

—Nos aseguraron que podíamos decir lo que quisiéramos sin temor a represalias —continúa Z.G.—. Criticamos las cosas que creíamos que no habían funcionado en los primeros siete años del régimen. Aireamos nuestras opiniones sin reservas, y hubo quejas para todo. Pensábamos que debía existir una rotación de poder, que congraciarse con la Unión Soviética era un error y que debía restablecerse el contacto con Estados Unidos y Occidente. Artistas y escritores confeccionaron sus listas de objeciones. Queríamos liberar el arte y la literatura del Partido. Para nosotros, no todo el arte y la literatura tenían que honrar a los trabajadores, los campesinos y los soldados. En mayo, el presidente Mao ya no quería oír más protestas; en verano ya no las toleraba. Cuando pronunció un discurso en el que hablaba de incitar a las serpientes a salir de sus madrigueras, supimos que había empezado la Campaña contra los Derechistas. La lanza golpea al pájaro que asoma la cabeza.

No sé muy bien por qué Z.G. se ha salido por la tangente, pero Joy está ahí sentada, escuchándolo como si la hubiera hipnotizado. La historia de Z.G. le está llegando muy adentro, a ese lugar tan recóndito que yo he sido incapaz de alcanzar. ¿Está compartiendo sus miserias con Joy, quien, como ya sabe, tiene sus propias tragedias, tristezas y sentimientos de culpabilidad, ya sean justificados o no, para darle cierta perspectiva? Me siento junto a Joy en el sofá y me obligo a prestar más atención.

—Cuando empezó la rectificación, algunos grupos fueron enviados a las montañas y a aldeas remotas para ocupar puestos intrascendentes o trabajar en el campo. En el caso de los escritores y los artistas fue aún peor. Cuando alguien preguntó al primer ministro Chou En-lai por qué lo hacían, ¿sabéis qué contestó?

Ninguna de las dos responde.

—Dijo: «Si los intelectuales no manejan estiércol, se olvidarán de sus orígenes, se volverán presuntuosos y serán incapaces de servir incondicionalmente a las masas trabajadoras.» Pero palear estiércol no es castigo suficiente para los que han sido tildados de contrarrevolucionarios, derechistas, espías, simpatizantes de Taiwán o traidores.

—No entiendo qué tiene que ver todo eso con que me lleve a Joy a casa —digo.

—Ella solo ve lo que quiere ver, y estoy intentando que comprenda las cosas —explica Z.G.—. Cuando todo cambió, me acusaron de ser una hierba venenosa; ya no era una flor aromática. El día que Joy llegó a Shanghái, se enfrentaron a mí en la Asociación de Artistas, donde mis amigos me acusaron de tener una visión demasiado occidental, de utilizar técnicas occidentales de sombreado y perspectiva en mis cuadros y de ser demasiado individualista en mis trazos. No fui al campo a enseñar arte a las masas, ni tampoco a observar la vida real y aprender de ella. Fui para evitar que me confinaran en un campo de trabajo para reformarme.

—No puede ser verdad —dice Joy con incertidumbre.

Siento lástima por ella, pues tendrá que ver las cosas de otra manera... una vez más. Qué duro es saber que la persona hacia la que ha huido también estaba huyendo.

—Piénsalo, Joy —dice Z.G.—. Nos metieron en casa del terrateniente porque allí es donde vive la gente indeseable y cuestionable en el Colectivo del Dragón Verde.

—No es verdad —insiste Joy.

—Sí lo es. Kumei, Yong y Ta-ming eran la concubina del terrateniente, una de sus esposas de pies vendados y su único hijo superviviente.

—Es imposible que Kumei sea concubina...

—Tú creías que los aldeanos nos trataban como invitados especiales, pero te aseguro que el hecho de que nos alojáramos en la villa era un castigo.

—Pero estábamos sirviendo al pueblo —aduce Joy—. Estábamos ayudando en la colectivización.

—Al ofrecerme voluntario para ir a la aldea, estaba intentando controlar mi castigo —argumenta Z.G.—. Pensaba que tendría que quedarme en el Dragón Verde al menos seis meses, pero habría sido mejor que los años que podía pasarme en un campo de trabajo... si es que llegaba a salir. Tu llegada al umbral de mi casa complicó las cosas. ¿Cómo podía tener una hija procedente de Estados Unidos, nuestro máximo enemigo ultraimperialista? Si alguien me preguntaba por tu madre, ¿qué podía responder? ¿Que era una mujer hermosa? Todo el mundo habría llegado a la conclusión de que tenía lazos nacionalistas; de lo contrario, no habría salido de China. Eso habría sido otro estigma para mí.

—Pero al presidente Mao le gustas —dice Joy, prácticamente gimiendo—. Me contó todo lo que hicisteis juntos en las cuevas de Yen'an.

—Por aquel entonces éramos camaradas —reconoce Z.G., rememorando el pasado—. Lo conocí e ingresé en la Academia de Arte Lu Shun en invierno de 1937. Allí formaban en materia de propaganda cultural a quienes se unían a nuestra causa. ¿Quién mejor para desempeñar esa labor que una persona que había diseñado carteles publicitarios durante tantos años? No es difícil cambiar los retratos de chicas bonitas en paisajes inventados por los de gente como Mao, Chou y otros líderes del partido posando en situaciones imaginarias con trabajadores, soldados y campesinos sonrientes.

—Esas cosas no son imaginarias...

—¿De verdad? ¿Has visto al Gran Líder paseándose por el campo con los campesinos? —pregunta Z.G.

Espera una respuesta, pero al no obtenerla, añade:

—Como te dijo, cuando llegamos a Pekín me ofreció un cargo importante, pero para entonces ya estaba desencantado. En tiempos feudales, la gente decía: «Servir al emperador es como una esposa o una concubina que sirve a su marido o maestro. La mayor virtud es ser leal y sumiso.» Eso es lo que quiere Mao de nosotros, pero me temo que solo se me dan bien la lealtad y la sumisión si las alternativas son los trabajos forzados o un campo de la muerte. Por suerte, mi rehabilitación se produjo al cabo de solo un par de meses. Empezó cuando Mao me envió a Cantón.

Al oír la palabra «rehabilitación» pienso en Sam. Él también fue perseguido por el Gobierno, pero para él no hubo rehabilitación. Joy no parece comprender nada.

—Pero al presidente Mao le gustas —repite con escasa convicción.

—Le gustas tú —responde Z.G.—. Le complació que una chica tan bonita abandonara Estados Unidos para venir aquí. Gracias por contribuir a mi rehabilitación.

—¿Rehabilitación? —repite Joy, reparando al fin en esa palabra.

—¿No recuerdas la conversación que mantuvo con nosotros en la exposición?

No sé de qué están hablando, pero Joy asiente.

—¿Por qué no me lo dijiste?

—Lo intenté, pero no escuchabas. Cuando estábamos en Cantón, quise que te fueras del país.

—Eso es cierto —admite Joy—. Lo hiciste.

—Obviamente, no pusiste suficiente empeño —intervengo.

Ambos se vuelven hacia mí, como si acabaran de recordar mi presencia.

—Lo cierto es que no quería que se fuera —dice Z.G.

—¡Es tu hija! ¡Deberías haberla protegido!

—Es mi hija —responde Z.G.—. No sabía que existía. Fui un egoísta porque quería conocerla.

Ahora se dirige a Joy.

—Pero eso no significa que debas quedarte aquí.

—No quiero quedarme aquí. Quiero volver al Colectivo del Dragón Verde.

Z.G. parece inquieto. No sé qué clase de lugar es ese, pero sí que un colectivo no es sitio para mi hija.

—La gente está condicionada por la tierra y el agua que la rodea —afirma Z.G.—. Tú eres estadounidense. No sabes lo que es pasar apuros ni cómo sobrevivir. Si vuelves al Dragón Verde, renunciarás a la vida en la ciudad. No podrás regresar a Shanghái. Y desde luego no podrás salir de China.

—No quiero salir de China —insiste Joy con tozudez—. Ahora es mi hogar.

—¿Cómo puedo explicarle las cosas para que las entienda? —me pregunta Z.G.

Joy se pone tensa y yo mantengo la boca cerrada. Z.G. se vuelve hacia ella.

—Pedí perdón a Mao y Chou con mis cuadros, pero ¿quién sabe qué podría suceder mañana? Mao es incapaz de reconocer sus errores y purga a quien discrepe de él. Desde la reciente lucha de clases, todo el mundo que tenga cerebro o columna vertebral es enviado a un campo de trabajo o liquidado. Los que quedan, como Chou En-lai, tienen miedo de enfrentarse a Mao, pero no importa, porque igualmente ha dejado de escuchar a los demás. ¿Quién protegerá a China de las malas ideas?

Observo el hermoso rostro de mi hija, y no sé si le interesa algo de lo que está exponiendo Z.G. Ha intentado razonar —por egocentristas que sean sus motivos—, pero mi hija sufre un síndrome que la lógica no puede alterar. Los muertos pueden apoderarse de los vivos, y la culpabilidad y la tristeza se han apoderado de mi niña.

—Joy —digo en voz baja—, ¿vendrás conmigo? Nunca has visto la casa en la que nos criamos May y yo.

—¿Y por qué iba a querer ir?

—Porque soy tu madre y he venido hasta aquí.

—Nadie te ha pedido que lo hagas.

—¡Joy! —la contundencia en el tono de Z.G. me coge desprevenida.

Joy parpadea rápidamente, avergonzada de sí misma, conteniendo las lágrimas. Entonces Z.G me dice:

—Todo esto es muy repentino. Necesitamos tiempo para acostumbrarnos. Deja que Joy se quede aquí unos días y luego te la llevaré.

Pearl

La tristeza de la vida

15 de febrero de 1958

Querida May,

Nuestra niña ha regresado finalmente a Shanghái. Se encuentra bien, de una pieza. Eso es lo más importante que debemos recordar. Me he esforzado tanto en encontrarla que no he pensado lo suficiente en cómo se sentiría cuando me viera o qué sucedería a continuación. No sé cómo decirte esto, pero debo hacerlo: Joy no quiere venir a casa. Ella cree, y esto me duele más de lo que puedo expresar, que es la culpable de la muerte de Sam. Por más que no quiera aceptarlo, tiene parte de razón. Si no se hubiera unido a ese club, el FBI nunca nos habría investigado.

Como ya sabes, te he culpado de todo lo ocurrido. Solo he mantenido contacto contigo porque Joy huyó y necesitaba tu ayuda. Has intentado explicarme cómo te sentías, en el aeropuerto y en tus cartas, pero no te he escuchado ni te he reconocido nada. Parte de mí sigue enfadada contigo, pero al escuchar a Joy pronunciando las mismas palabras que tú, me las tomé de otra manera. Amnistía. ¿Verdaderamente crees que nos habrían concedido a Sam y a mí una amnistía? No comprendí tus razones cuando me dijiste lo que habías hecho. Pensaba que eras capaz de decir cualquier cosa para justificarte, pero me equivocaba. No diste parte para perjudicarnos. Lo hiciste porque querías proteger a Sam, a mí y sospecho que sobre todo a Joy.

Amnistía. No dejo de repetir esa palabra, y cada vez me flagelo un poco más. Si estaba equivocada, entonces Sam también debía de estarlo. Si hubiéramos confesado, Sam seguiría vivo y la familia estaría unida. Oh, May, tendrías que haberle visto la cara a Joy cuando hablaba de Sam. Fue como una puñalada en el corazón. Ha habido tantos errores que han provocado tantas tragedias a lo largo de los años, y ahora aquí estamos. Sam ha muerto, y Joy está tan destrozada por el sentimiento de culpabilidad que se niega a volver, ya sea a Los Ángeles o a nuestra vieja casa de Shanghái. Dime qué puedo hacer.

PEARL

No nombro a Z.G. porque no quiero que se encone esa vieja historia. Tampoco he mencionado el Colectivo del Dragón Verde, las opiniones políticas de Joy ni a Tao, que supongo que es un joven al que ha conocido en sus viajes. Cuando pienso en ese tal Tao, me vienen a la mente todos los ejemplos de insensatez que ya ha protagonizado mi hija. En este sentido, se parece demasiado a su madre biológica. Pero ¿qué conseguiré si escribo esas cosas? Doblo la carta, la meto en un sobre y anoto nuestra dirección de Los Ángeles. Luego guardo el sobre en otro más grande y lo remito al primo Louie, en la aldea de Wah Hong, junto con una nota para el hombre de la asociación familiar de Hong Kong, en la que le pido que envíe la misiva por correo aéreo.

Al día siguiente me llega una carta de May escrita doce días atrás. He recibido paquetes de forma periódica con dinero oculto en su interior, el primero de ellos el pasado octubre. Esta es la primera vez que recibo una simple carta. La han abierto, lo cual me llena de desasosiego, pero, por fortuna, no han tachado ni una sola palabra.

Querida Pearl,

Todo son noticias tristes. Vern murió la semana pasada. Nunca volvió a ser el mismo después del fallecimiento de Sam y de tu marcha y la de Joy. Creo que tiró la toalla, pero el doctor Nevel dice que no debemos pensar así. «La tuberculosis ósea nunca tiene un final feliz.» Eso me dijo. «Además, tenía problemas mentales.» Sí, Vern siempre fue como un crío, pero jamás hizo daño a nadie. Era amable. Soportaba los achaques y el dolor en silencio. Y las dos sabemos lo generoso que podía llegar a ser.

Estos últimos días he visto mi vida bajo una perspectiva muy diferente. Nunca fui una buena esposa para Vern. Estaba fuera constantemente. Recurrí a ti para que cuidaras de él, y lo hiciste, como has cuidado de tantas cosas por mí. Nunca he creído en la culpabilidad ni el arrepentimiento y siempre me ha molestado que te aferraras al infortunio. Pero ahora han venido a mí. Cuando vi al encargado de las pompas fúnebres y sus ayudantes llevarse a Vern de casa...

Ahora lo único que queda de mi marido son los persistentes olores de su enfermedad y algunas maquetas de aviones y barcos que no se rompieron la terrible noche en que Joy huyó. Cuando pienso en cómo lo menospreciaba por aquellas maquetas... Cuando pienso que siempre dejaba en manos tuyas y de Sam los pañales, las llagas y los dolores de Vern... Desde que tú y Joy os fuisteis, solo me tenía a mí y alguna que otra visita de los tíos y sus familias. Pearl, ahora comprendo cómo te sentiste cuando murió Sam, y era mucho mejor hombre y marido de lo que lo fue nunca mi Vern.

Lo organicé todo para que el funeral de Vern se celebrara en tu iglesia. El reverendo me dio la bienvenida y jamás me reprochó que no asistiera a los oficios. Las mujeres —Violet y las demás— me trataron como una más de la congregación, y no como una persona que se reía de ellas porque iban mal vestidas y llevaban unos peinados pasados de moda. Estoy agradecida a todo el mundo, porque ¿quién si no iba a ocuparse de acompañar a Vern a la otra vida? Su banquete funerario fue pequeño, solo dos mesas. Al llegar a casa encendí un poco de incienso en el altar. Esté en el cielo chino o en el vuestro, espero que se encuentre con papá Louie, con Yen-yen y con Sam. Una vez más, estará rodeado del amor que merecía.

Intento imaginarte leyendo esta carta. ¿Estarás pensando que tu hermana es una mujer inútil, egoísta y egocéntrica? He sido todas esas cosas. ¿Es demasiado tarde para cambiar?

Pearl, aunque estás muy lejos, por favor, quiero que sepas que pienso en ti todos los días. ¿Por qué he tardado tanto en entender cuáles son las cosas importantes en la vida? Siempre he dependido de los cuidados de los demás. Ahora estoy sola en esta casa y en la vida. Por favor, vuelve, Pearl. Por favor. Necesito a mi hermana.

Con cariño,

MAY

La tristeza de la vida me hace llorar. Ruego por Vern y espero que por fin se haya librado del dolor que ha sufrido todos estos años. Me duele pensar que solo tuvo a May en sus últimos días. Parece que por fin ha entendido al hombre con el que estaba casada y lo buena persona que era, pero ¿qué hay de Vern? Debía de tenerla por un pájaro exótico que se colaba en su habitación bien entrada la noche o al despuntar el alba y desaparecía de nuevo. Sam y yo éramos su única compañía de verdad. Estoy harta de llorar. Estoy harta de desengaños. He encontrado a Joy, pero ¿volveré a ser feliz algún día?

Saco pluma y papel y me dispongo a escribir:

Todos hemos hecho lo que ha estado en nuestra mano, pero a veces no es suficiente. Vern vivió más tiempo del que esperaban sus médicos. Ojalá estuviera allí contigo, porque entiendo de sobra el dolor que sientes.

«Unos pocos días», como decía Z.G., se han convertido en dos semanas, y retomo mi vieja rutina: ir al trabajo en autobús, inspeccionar el puerto y recoger papel. Hago cola en varias tiendas para canjear mis cupones por aceite, carne y arroz. Reservo algo de tiempo para la oración, acudo a la entrevista mensual con el comisario Wu y sigo las reuniones políticas. Me dejo caer por casa de Z.G. una o dos veces al día, siempre a horas diferentes. Cuando llevo la ropa de trabajo, Joy y Z.G. no me reconocen.

Miro por las ventanas, observo el ir y venir de las sirvientas y aprendo mucho. Joy duerme hasta tarde, desayuna en la cama, se da un largo baño, se viste, y ella y su padre salen de casa hacia mediodía. Los veo subirse a una limusina Red Flag con unas cortinas azules corridas para protegerse de miradas curiosas cuando los llevan a fiestas o dondequiera que vayan. A veces reconozco la ropa que lleva Joy. Son disfraces que en su día nos poníamos May y yo para posar ante Z.G.

Z.G. y Joy llaman mucho la atención, y a ella parece gustarle. En Los Ángeles, Sam fue siempre un antiguo conductor de *rickshaws*. En Shanghái, el padre de Joy es una celebridad. Me molesta ver como viven, y no comprendo por qué Joy no se rebela contra esos privilegios. Y lo que es peor, no les preocupa el hecho de que apenas me ven. Pero lo que más me duele es que parece que estén excluyéndome deliberadamente. Me preocupa mucho mi hija; la veo a diario, pero en muchos sentidos todavía está muy lejos.

Entonces sucede algo que me empuja a escribir a May. Me inquieta que enviar demasiada correspondencia a Wah Hong pueda alertar a las autoridades, pero May tiene que saber esto.

20 de marzo de 1958

Querida May,

Hoy es el vigésimo cumpleaños de Joy. La he invitado a celebrarlo en casa. Incluso le he pedido a Cook que prepare algunos de nuestros platos favoritos de los viejos tiempos: anguila al vapor, langostinos con trapa y *chatang*. Pero todo ha sido un desastre. A nosotras siempre nos encantó la casa, pero ya no es como antes. Estos últimos meses, como ya te he dicho, he comprado algunos de nuestros muebles en casas de empeño. Cada vez que encuentro algo, me invade la sensación de que estoy enderezando las cosas. Pero la manera que tenía Joy de mirarlo todo me hizo sentir muy pobre de espíritu. ¿Y en qué estaría yo pensando cuando le pedí a Cook que preparara la cena? Estaba todo pasado e insípido. ¿Cómo va a competir una cena mediocre en nuestro viejo comedor con los banquetes a los que ha asistido Joy?

Una vez más, debo decirte que tiene buen aspecto. La han llevado a la mejor costurera de la ciudad. No es madame Garnett, pero lo que ha confeccionado para Joy es mucho más elegante que la ropa que suelo ver por la calle. Quizá todavía pueda experimentar parte del Shanghái que nosotras amábamos, o al menos lo que queda de él.

Ha pasado algo más de un mes, pero sigo esperando el momento en que Joy me pida que la lleve a casa. Me temo que todavía falta mucho para eso. Creo que está enamorada, y eso tampoco ayuda. No me ha hablado mucho de ese tal Tao, pero cuando lo nombra, se ruboriza y le brillan los ojos. La mejor noticia es que Joy y yo hemos firmado una precaria tregua.

Con cariño,

PEARL

Una vez más obvio a Z.G. No le cuento que sostenía dulcemente a Joy del brazo cuando la paseaba por mi casa. En un par de ocasiones parecía que mi hija fuera a echar a correr: cuando vio la mugre de la cocina que todavía no he tenido oportunidad de limpiar, cuando vio en el dormitorio los carteles en los que aparecemos mi hermana y yo o cuando conoció a Cook. Noté que a Z.G. se le emblanquecían los nudillos al agarrarla con fuerza para que no se moviera. Me pregunto qué le dijo antes de llegar y cuando se fueron.

No obtengo respuesta a mis dos últimas cartas. ¿Las habrán retenido? ¿Me arrestarán? ¿Ha estado demasiado ocupada para escribir? ¿O la habrán consumido la tristeza y el arrepentimiento? Sé qué se siente. Al cabo de un mes pergeño una sucinta nota:

¿Va todo bien? ¿Has recibido mis cartas? En caso contrario, he encontrado a Joy y lamento lo de Vern. Por favor, contesta lo antes posible.

Sigo esperando respuesta sin éxito, lo cual significa que no debo mencionarle a May el cartel de Joy, que a su vez nos llevaría a hablar de Z.G., ni tampoco el día que Joy me visitó por primera vez sin anunciarse. Miré por la ventana y allí estaba, contemplando la primera rosa que había florecido en la valla. Me alegré mucho al verla, convencida de que Joy había experimentado un cambio radical. Herví té y nos sentamos en el salón. Aquella visita fue su manera de tenderme una mano, estoy convencida de ello, pero solo habló de banalidades. Me contó que había informado a la comisaría y al comité de bloque del barrio de Z.G. «No ha sido para tanto», dijo. También había visitado la Comisión de Chinos de la Diáspora, donde le habían entregado los cupones especiales a los que yo también tengo acceso. «Pero no los necesito», precisó, encogiéndose de hombros. «En casa de Z.G. tengo lo que me apetezca.»

Al oírla hablar me entraron ganas de llorar, porque a veces es muy duro ser madre. Tenemos que esperar eternamente a que nuestros hijos nos abran su corazón. Y si eso no funciona, debemos aguardar el momento oportuno y aprovechar un instante de debilidad para colarnos a hurtadillas en su vida y que nos vean y nos recuerden como unas personas que los quieren incondicionalmente.

Tengo mis preocupaciones, pero la vida sigue. Z.G. ha diseñado un nuevo cartel, en el que aparece Mao frente a un fondo sobrio —tal como el presidente pidió ser retratado, según Joy— y enfundado en unos sencillos pantalones y una camisa blanca con el primer botón desabrochado. Parece un dios benevolente, del pueblo y para el pueblo. Sinceramente, no puedo ir a ningún lugar ni mover un dedo sin ver su cara. Está literalmente en todas partes: en los laterales de los edificios, en los restaurantes y en las casas. Me han dicho que se han vendido cuarenta millones de copias del cartel en todo el país. En cualquier otro lugar del mundo, eso convertiría a Z.G. en un hombre extremadamente rico. Aquí le deparan privilegios e invitaciones a fiestas para él y Joy.

Todavía no he recibido ninguna carta de May. ¿Le escribo otra nota o lo dejo una temporada? No sé dónde está o cuál es el problema. Ante la posibilidad de que haya habido algún contratiempo con el contenido de mis cartas, decido redactar un alegato sobre el Gran Salto Adelante. Sigo mostrándome cautelosa, pero es sencillo. Lo único que debo hacer es evocar el entusiasmo que oigo por los altavoces, veo en los carteles o leo en los periódicos. May y yo somos hermanas. Supongo que buscará mensajes ocultos en mis palabras.

15 de mayo de 1958

Querida May,

El presidente Mao, nuestro Líder Supremo, está guiándonos en tiempos maravillosos. Ha ideado un lema que todos repetimos con alegría: Trabajo duro unos años, felicidad durante un milenio. ¿Recuerdas cuando la gente se moría de hambre en China? Ahora será una tierra de abundancia y riqueza. Las otras naciones ya no nos mirarán por encima del hombro. Lo conseguiremos con la ayuda de «dos generales»: la agricultura y el acero. Si trabajamos con tesón, pronto todo el mundo vestirá de satén y seda. Todos viviremos en rascacielos con calefacción, aire acondicionado, teléfono y ascensor. Podremos pasar el tiempo libre con nuestra familia.

No puedo cultivar cereales, pero cada día, antes y después del trabajo, ayudo a los vecinos en la producción de acero. Nos da igual no cobrar, porque estamos construyendo la nación. Cada manzana cuenta con al menos un alto horno hecho de ladrillo gris. Los camaradas de nuestra antigua casa aceptaron llevar el último radiador al horno de la calle. May, tendrías que verme. Tres veces por semana manejo el fuelle para mantener el horno en funcionamiento. ¿Me imaginas fundiendo hierro? Así de fuerte soy por la República Popular China. Cuando no me encargo del fuelle, camino por la calle con la mirada baja, buscando clavos viejos, piñones oxidados y cualquier fragmento de metal que los demás hayan pasado por alto. ¡El presidente Mao dice que el acero es el mariscal de la industria!

No escribo que cuando llega la hora de verter el material fundido en los palés no se parece en nada al acero que he visto en los noticiarios. Por el contrario, sale en arenosas gotas de un rojo apagado. Cuando se seca, recuerda a los pasteles de *nuishi-ge-da*, a excrementos de vaca. Soy incapaz de imaginarme para qué lo utilizarán. Desde luego, para fabricar tractores, vigas o maquinaria textil no, porque no sería lo bastante sólido. Así pues, hasta donde yo sé, es una pérdida de tiempo, energía y sudor, y además no remunerada. Si manifestara mi opinión, los huéspedes y el comité de bloque me acusarían de defender ideas demasiado capitalistas.

La mejor noticia es que el mes pasado se inauguró la primera comuna popular. ¡Cuenta con 40.000 personas! El presidente Mao dice: «¡La comuna popular es espléndida!» No he estado en el campo y debo confiar en que el presidente Mao me cuente lo que han visto sus ojos. Dice que allí los sacos de cereales llegan hasta el cielo. Sí, vamos encaminados a superar a Estados Unidos. ¡Pronto China os exportará cereales a vosotros!
Con cariño,

PEARL

Finalmente llega una carta, y no es una respuesta a mis noticias sobre el Gran Salto Adelante. Está fechada el 1 de marzo, y May debió de enviarla cuando recibió el anuncio del regreso de Joy a Shanghái. Buena parte de ella ha sido tachada. Lo que queda son mayoritariamente preguntas cuyas respuestas no solo le gustaría conocer a May, sino también a los censores y al comisario Wu: «¿Dónde ha estado Joy todo este tiempo? Si Joy no vive contigo, ¿dónde se hospeda? ¿Quién le ha comprado la ropa? ¿Ese Tao al que mencionabas? No me gusta como suena. No es una chica a la que se pueda comprar con unos metros de tela.» Esa frase, más que ninguna otra, me indica que May no comprende lo que sucede detrás del Telón de Bambú. Ya no quedan chicas malas. Entonces formula el interrogante que llevo tiempo esperando: «¿Has encontrado a Z.G.? Te será difícil, pero debes intentarlo. En su día fuimos todos buenos amigos. Tiene que ayudarnos.»

Leo esta última parte varias veces. Unos celos patéticos borbotean en mi interior, pero ¿cómo puedo estar celosa ahora, después de todos estos años? He venido aquí para que mi hija recuerde por todos los medios quién y qué es, pero parte de mí todavía se aferra a cosas insignificantes de hace dos décadas. Pienso de nuevo en todas las cartas que he recibido de May desde mi llegada a Shanghái. No ha preguntado por Z.G., pero se intuye su presencia: «¿Ves a alguien del pasado? ¿Qué hay de los amigos a los que conocíamos entonces?» ¿Cuántas veces he ignorado sus preguntas, apartándolas de mi mente con mayor severidad que los censores? Sí, he respondido aquí y allá: fulanito murió durante la guerra, fue un héroe, recibió un disparo o escapó... pero no he mencionado a Z.G. ni una sola vez. ¿Por qué? Un recodo de amargura lo ha mantenido en secreto. ¿Ha sido mi venganza por la responsabilidad de May en la muerte de Sam? ¿Cómo es posible cuando sé que no fue culpa suya?

Nadie es perfecto. No soy la buena mujer que siempre creí ser. Me avergüenza decir que no contesto porque podría decir cosas que le dolerían mucho. Desde que Joy vino a visitarme por su cuenta, ella y Z.G. me han llevado a cenar una vez por semana. Podría decirle a May que ayer noche Z.G., Joy y yo comimos guisado de cangrejo con consomé, pato y gobio mandarín —todo ello exquisiteces de Shanghái— en un restaurante del malecón. Podría describir lo hermosa que estaba Joy y mencionar que la tensión que había entre nosotras parece estar disipándose, pero que Z.G. me miraba a mí, enfundada en el vestido rojo que antaño tanto le gustaba a May. Podría escribir que en ocasiones los tres vamos de paseo al jardín de Yu Yuan, o que hemos trabajado en los hornos al aire libre de mi barrio o el de Z.G. Lo hemos pasado bien, y no quiero romper el hechizo compartiéndolo con mi hermana. Pero aunque quizá no sea perfecta, no puedo escribir a mi hermana. Sería brutal e innecesario, y se preocuparía en exceso. Una vez más, me limito a hablar de política.

20 de junio de 1958

Querida May,

Han transcurrido casi tres meses desde la inauguración de la primera comuna popular. Una comuna se forma uniendo varios colectivos o aldeas para compartir el trabajo y los beneficios. ¡Ahora las hay por todas partes! Algunas cuentan con 4.000 miembros, otras con hasta 50.000. Los shanghaianos estamos ayudando a los camaradas del campo. Siempre hemos enviado abono en barcazas a los campesinos. Ahora todos esperamos ese momento del día en que podemos aportar lo que sale de nuestro cuerpo a la construcción del socialismo y la consecución de nuestros objetivos. Qué felicidad, entusiasmo y orgullo indescriptibles sentimos cuando las barcazas cargadas de excrementos zarpan del malecón y navegan río arriba hacia las comunas.

El acero que ha producido el pueblo ha infundido al presidente Mao una gran confianza en nuestras habilidades. Primero debíamos superar a Gran Bretaña en la producción de acero en quince años, después en siete y más tarde en cinco. ¡Ahora vamos a hacerlo en dos años! Al mismo tiempo, ha anunciado que doblaremos la cosecha de cereales. El presidente Mao dice que las comunas son la puerta de entrada al paraíso. China podrá rebasar el socialismo e ir directa al comunismo. Ojalá estuvieras aquí para ver todos esos cambios. Reirías y llorarías de felicidad al mismo tiempo.

Qué afortunada es Joy por no sentir nostalgia de su país de origen. Por el contrario, está paladeando la tierra que lleva en la sangre, y entiende que el socialismo llega cuando todo el mundo obedece a la comuna. Su corazón rebosa idealismo.

Deberías recordar tu madre patria y enviar dinero para contribuir a su construcción.

Con cariño,

PEARL

Estoy convencida de que May captará mis mensajes encubiertos sobre la locura de esas comunas, la ridiculez de los propósitos del Gran Salto Adelante y el temor que siento por Joy.

El 28 de julio recibo un paquete de Wah Hong que contiene una falda y una blusa. Corto la costura del cuello y encuentro veinte dólares y una breve nota de May.

Tengo mucha fe en mi hermana, pero debes esforzarte más para convencer a Joy de que vuelva a casa. Y todavía no me has hablado de Z.G. ¿Lo ha encontrado Joy?

Si le he enviado mensajes encriptados en los que omitía aspectos en los que sin duda habrá reparado, tiene que ser consciente de que esta nota va a inquietarme. Debo «esforzarme más para convencer a Joy» de que salga de China, como si no hubiera renunciado a mi vida para estar aquí, como si no intentara reunir fuerzas cada día para el momento en que pueda acercarme más a ella. Y, por supuesto, está lo de Z.G.

Escondo la carta con las demás y respondo lo que juzgo una misiva informal. «A menudo, cuando vuelvo a casa del trabajo, Dun —¿Recuerdas al estudiante que vivía en el salón del segundo piso— me prepara té y nos sentamos a hablar de libros. El otro día fui a una tienda de empeños y encontré un jarrón de cristal tallado de mamá. Lo compré, y ahora está sobre el tocador. Lo he llenado de rosas que corté en el jardín y su aroma impregna la habitación.» No escribo ninguna de las cosas que no significarían nada para los censores pero herirían a mi hermana.

Sin embargo, se ha impacientado conmigo. Su siguiente nota es la más breve:

¿Has visto a Z.G.? ¿Te ves con él? Dímelo, porque ya nos hemos hecho bastante daño.

Me fijo en esas palabras. Tengo la sensación de que mi hermana las escribió a altas horas de la noche, porque de lo contrario no habría sido tan rotunda. Me pregunto si se habrá trasladado del porche a una estancia interior. ¿Estará durmiendo en la cama de Vern? ¿En la de papá Louie? ¿En la mía? La casa no era espaciosa, pero debe de parecerle enorme ahora que está sola.

Tres días después, Z.G. y Joy vienen a casa a darme una noticia. El Gran Salto Adelante no se limita al acero y los cereales, me dicen. Los seiscientos millones de chinos deben «salir, apuntar bien alto y obtener resultados económicos más grandes, rápidos y apropiados para construir el socialismo». Como parte de ese mandato, Z.G. será destinado de nuevo al campo para visitar diversas aldeas. Alarmada, formulo la pregunta obvia:

—¿Joy te acompaña?

—Sí, nos vamos al campo —responde Joy por él.

No quiero que vuelva allí, y no podrá hacerlo si Z.G. se queda. Me vuelvo hacia él.

—Tú eres famoso. No tienes por qué hacerlo, ¿no?

Z.G. me mira con dureza.

—Tengo una alternativa. Todos los estudiantes y profesionales del arte deben estar entre tres y seis meses en el campo enseñando esa disciplina a las masas, o pasarse ese mismo periodo trabajando en una fábrica.

A continuación, procede a explicarme que las fábricas se han impuesto el desafío de despachar en una semana las linternas, radios o termos que antes producían en un mes. Las fábricas de algodón han incrementado la producción anual de ropa. Z.G. prefiere crear arte —algo que forma parte de su esencia— que perderse en una fábrica, de donde podría no salir jamás.

—Estoy tratando de verlo como un honor y un privilegio, de verdad. El Gobierno quiere que se cree mucho arte —explica Z.G.—. Para hacerlo, necesitaremos más manos. Esas manos están donde siempre han estado: en el campo.

—Pero los campesinos no son artistas.

Estoy intentando aplicar la lógica para disuadirlo de que se vaya al campo y se lleve a mi hija con él, pero Joy se lo toma como una discusión política.

—No has visto enseñar a Z.G. —Sus ojos despiden el mismo brillo que los inunda siempre que habla de la revolución, y cita a Mao con cierta inexactitud—: ¡Mientras haya entusiasmo y determinación, podremos conseguir cualquier cosa!

Z.G. adopta una postura más pragmática, como ha hecho desde que éramos jóvenes.

—Taiwán y Estados Unidos son aliados y pretenden fraguar una alianza con Japón y Corea del Sur. Eso a Mao no le gusta, y ahora intenta demostrar nuestro poder al mundo.

—Pero ¿cómo se demuestra algo al mundo exterior pintando un puñado de cuadros nefastos o fabricando miles de linternas baratas?

—El carácter rojo tiene prioridad sobre la experiencia, como ha ocurrido durante años —responde Z.G.—. Debemos pensar en cantidad, no en calidad, si queremos superar este nuevo desafío. En cuanto a Joy y a mí, empezaremos en el Dragón Verde, donde fuimos el verano pasado. Ahora forma parte de una comuna. Cuando hayamos terminado allí, nos dirigiremos a otras comunas del sur. A principios de noviembre, la Asociación de Artistas quiere que visite la feria de servicios de Cantón. Cuando termine, volveremos a casa —hace una pausa y añade—: Espero.

Eso es mucho tiempo, y no quiero volver a separarme de mi hija.

—¿Estás segura de que quieres marcharte tanto tiempo? —pregunto a Joy con tacto.

—Mamá, ¿es que no lo entiendes? Hemos venido a pedirte que vengas con nosotros. Z.G. ha obtenido permiso para que nos marchemos todos.

Mamá. Me ha llamado mamá.

—Quiero enseñártelo todo —continúa Joy—. Deberías llevarte la cámara para hacer fotos. Por favor, di que sí.

Es la primera vez que Joy me pide que haga algo desde que

llegué (esas cenas para los tres han sido idea de Z.G.). Noto que realmente quiere que la acompañe. Y eso, pese a la desazón que me causa la idea de ir al campo, me convence para que me una a ellos.

Tras una extensa entrevista, el comisario Wu me concede permiso para viajar. En la Comisión de Chinos de la Diáspora cambio unos dólares por certificados especiales. Antes de abandonar Shanghái, escribo una última nota a mi hermana y sé que le dolerá. Pensaba contarle la verdad en algún momento, pero no que surgiría así.

Z.G. y yo nos llevamos a Joy al campo.

Me imagino a May en casa mientras lee esa frase. Me odiará. Sé que lo hará, porque así actuaría yo (y, para ser sincera, tendrá razón. Esta es la oportunidad que nunca he tenido de estar con él. Sí, Joy también estará, pero quién sabe qué puede ocurrir... No debo anticiparme a los acontecimientos). May siempre ha sido de lágrima fácil. En esta ocasión las imagino brotando de un lugar profundamente magullado y trágico. No hay golpe más doloroso que el que te propina quien dice que más te quiere. Lo sé porque mi hermana me ha asestado esa puñalada muchas veces.

Siento no haber mencionado antes a Z.G. Perdóname. No ha ocurrido nada. Sigo siendo tu *jie jie*, y desearía poseer algo tuyo que nunca he podido tener y que desde luego no merezco. Te escribiré desde la Aldea del Dragón Verde, nuestra primera parada, pero no sé qué tal funcionará el servicio de correos. Te quiero mucho, May. No lo olvides nunca.

Joy

Un rabanito

Viajamos en el autobús que nos lleva de Tun-hsi al punto de desembarco en la Aldea del Dragón Verde. En el arcén han colocado cestas de productos y ollas con comida para transmitir el mensaje de que el Gran Salto Adelante ha sido tan beneficioso que la gente puede regalar alimentos a cualquiera que pase. «¡Comed! ¡Tenemos de sobra!» Veo muchos niños pequeños, otro regalo del presidente Mao. «¡Concebid hijos! ¡Tened más y más!»

Z.G. y mi madre están sentados frente a mí en un banco. Mi madre está encogida y tensa, como si eso fuera a protegerla de los demás pasajeros, los pollos, los patos, los olores y el humo de cigarrillo. De cuando en cuando se lleva la mano al pequeño saco de cuero que lleva colgado del cuello. Es idéntico al que me regaló la tía May antes de irme a la universidad y que llevaba cuando vine a China. Espero que mi madre deje de asirse a esa bolsita y de actuar como si el fin fuera inminente. No pienso permitirle que me arrebate mi felicidad, porque...

¡Volvemos al Dragón Verde y veré de nuevo a Tao!

Shanghái no es ni mucho menos como mi madre y mi tía me la describieron, pero es imposible resistirse a su vitalidad. Me ha encantado la casa de Z.G. Me cayeron bien sus tres sirvientas, aunque a veces me miraban raro y discutían por cosas que no alcanzaba a comprender. Pero, aparte de esa pequeña sensación incómoda —que Z.G. me pidió que aceptara porque no se puede impedir que el servicio cuchichee—, se vivía bien, mejor que en Chinatown.

Mi padre es muy importante. Su posición —amén de unos cuantos paquetes de tabaco regalados a la persona adecuada— me sirvieron para que me atendieran la primera en la consulta del médico cuando me dolía la garganta en primavera, y nos ha conseguido las mejores mesas en los banquetes. He escuchado a grupos de jazz interpretando melodías conocidas: *You Are My Sunshine*, *My Old Kentucky Home* y *My Darling Clementine*. Sí, no suena muy comunista ni socialista. Y sí, todo lo que he hecho desde que Z.G. y yo nos fuimos del Dragón Verde hace meses es una traición a mis ideales, pero para ayudar a China tenía que saber más al respecto. Las comidas —ya fueran preparadas en casa por las sirvientas de Z.G. o en un banquete— han sido deliciosas. En Shanghái la comida es dulce. Recuerdo que a mi madre siempre le gustó el azúcar y se lo echaba a los platos más insospechados, como los tomates a rodajas. Ahora entiendo de dónde salía esa costumbre. Incluso el banquete más elegante incluye una bandeja de patatas fritas sazonadas con azúcar blanco. He tenido la oportunidad de probar, ver y aprender muchas cosas. Ha sido divertido.

Sin embargo, nunca he podido ignorar el hecho de que Shanghái fue antaño el hogar de mi madre y de mi tía. No quiero ser ellas, no quiero ser como ellas, y no quiero que me las recuerden y, sin embargo, no he podido evitarlo. Buen ejemplo de ello es el hecho de que Z.G. quisiera que llevara la ropa que guardaba en la buhardilla. Era bonita, pero todo me resultaba un tanto repulsivo. Y, por supuesto, mi madre estaba en Shanghái. Z.G. insistió en que fuera a verla una vez por semana. No puedo creerme lo mucho que insistían mamá y la tía May en lo grande y elegante que era su casa; a mí no me ha parecido gran cosa. Es espaciosa, de acuerdo, pero está sucia y vive demasiada gente allí. ¿Y Cook? A mi madre la llamaba señorita. Ahora ya nadie habla así, excepto él.

¿Y qué hay de mi madre? Ha hecho cuanto ha estado en su mano —sé que es así—, pero vine a China para huir de ella. No quiero que me recuerden el pasado. No quiero pensar en mi padre, Sam. Cuando mi madre me mira con esos ojos llenos de tristeza, cuando percibo reproche en su voz, cuando noto su tacto indeciso en mi brazo, cuando la veo vigilándome en las sombras, quiero alejarme de ella tanto como pueda. Entonces surgió la posibilidad de abandonar Shanghái, pero no como yo esperaba, porque Z.G. insistió en pedir a mi madre que viniera con nosotros. Sin embargo, cuanto más reacia se mostraba, más me empeñaba yo. Quiero demostrarle que se equivoca. Quiero que conozca la gloria del Gran Salto Adelante. Si es capaz de ver lo feliz que soy en el Dragón Verde quizá me deje ir, quizá me libere, como hizo cuando fui a la universidad.

Miro por la ventana cuando el autobús se acerca a la parada del Dragón Verde. Más adelante se apiñan varias personas que portan gavillas de arroz o carteles de bienvenida. Kumei nos saluda a lo lejos. Junto a ella está su niño, Ta-ming, que ha crecido mucho este último año. El secretario del partido Feng Jin y Sung-ling adoptan una postura recta y digna. Hay otros, pero no estoy segura de quiénes son. Tao, que es a quien yo busco, se ha situado enfrente del grupo para asegurarse de que le veo.

El autobús se detiene con un tambaleo. Alguien ayuda a mi madre a bajar. Ella le da las gracias, se atusa el pelo y junta las manos. La gente nos descarga las maletas. Sonrío como una idiota. Tao está tan guapo como cuando me fui: fuerte, moreno y con una sonrisa radiante. Me apetece abrazarlo, pero, por supuesto, no puedo.

Se acerca un hombre calvo al que no conozco.

—Soy el líder de brigada Lai —anuncia—. Me ha enviado el distrito para dirigir la Comuna Popular Diente de León Número Ocho.

Es una autoridad con una sola estilográfica, un cargo poco reseñable para una persona que aparenta unos cuarenta años. Por otro lado, ya está calvo, lo cual se considera un signo de sabiduría. En general, la comuna tiene suerte de contar con una persona de su rango para garantizar que cumpla los objetivos marcados por el Gran Salto Adelante.

—Venid —nos dice—. Os hemos preparado una visita y una cena.

El líder de brigada emprende la marcha y le seguimos. El calor es sofocante y todavía nos quedan varios kilómetros a pie. Mi madre saca una sombrilla para protegerse del sol y los demás la observan con curiosidad. A la postre llegamos a la colina que sirve de barrera natural para el Dragón Verde. Mi madre se recompone, se ajusta la maleta en la mano y avanza con determinación. En la cresta de la colina, el Dragón Verde se extiende a nuestros pies. A un lado del camino han instalado un nuevo cartel.

Bienvenidos a la Aldea del Dragón Verde

MIEMBRO DE LA COMUNA POPULAR
DIENTE DE LEÓN NÚMERO OCHO

1. Planta más.
2. Produce más.
3. Se otorgarán puntos en función de la fuerza física y la salud.
4. Toda artesanía y empresa privada está prohibida.
5. Come tres veces diarias gratuitamente.

El líder de brigada Lai nos suelta una perorata sobre los cambios que ha sufrido el Dragón Verde a lo largo del último año.

—Un generador suministra electricidad a unos altavoces colgados en los árboles —dice— y en todas las casas, no solo en esta aldea, sino en las trece que integran la Comuna Popular Diente de León Número Ocho. La nuestra es una comuna pequeña, con algo más de cuatro mil miembros. Dispongo de un teléfono en el salón de liderazgo.

—No solo he visto el teléfono —alardea Kumei—, sino que he oído al líder de brigada Lai hablando. Se aloja en la villa y un día me lo enseñó.

Pasamos frente a unos altos hornos y reconozco a varias alumnas de Z.G. avivando el fuego.

—Kumei, háblales a nuestros invitados de las mujeres de la aldea —ordena el líder de brigada.

—Las mujeres nos hemos emancipado de los confines de nuestros hogares —su voz suena tan entusiasta como de costumbre—. Con el Gran Salto Adelante ya no llevamos la carga de ser esposas y madres. Ya no ocupamos un lugar parasitario en casa. Nos han liberado de nuestras vidas frustrantes y egocéntricas.

—Todas las promesas que le hicieron al pueblo cuando estuve aquí por última vez se han materializado, desde el teléfono y la comida para todos hasta la auténtica liberación de la mujer —observo.

El líder de brigada me dedica una sonrisa de agradecimiento, y dejo que sea mi madre quien vea el vaso medio vacío.

—Disculpe, pero ¿puedo preguntar quién se ocupa de los niños? ¿Quién lava la ropa? ¿Quién prepara las comidas? ¿Quién cuida de los ancianos y los enfermos?

Mi madre puede ser insufrible, pero el líder de brigada le responde con una risa jovial.

—Para una mujer de su edad debe de ser difícil aceptar que las cosas han cambiado —asegura, lo cual no le sienta muy bien a mi madre—. La comuna popular ofrece asistencia a los niños, lavandería, cantina...

—Maravilloso —dice mi madre—. Me gustaría verlas. ¿Esas empresas están dirigidas por hombres?

El líder de brigada empieza a bravuconear.

—La cantina libera a las mujeres, que así se olvidan de la piedra de afilar y de la sartén...

—Desde luego, ahora somos más felices —dice Sung-ling, situándose entre mi madre y el líder de brigada.

Después agarra a mi madre del brazo y la conduce a la villa. Dejamos las maletas en el patio delantero, tal como hice la noche de mi llegada, y recorremos el camino que discurre paralelo al muro de la casa, donde han pegado enormes carteles que representan la vida en la comuna, la producción de acero y hierro, escenas de pesca y nuevas carreteras rurales. Cruzamos el pequeño puente y continuamos por el camino que bordea el arroyo. Me gustaría que Tao y yo pudiéramos desviarnos hacia el Pabellón de la Caridad, pero él y Z.G. se han adelantado y charlan animadamente, con las cabezas casi juntas.

—Por fin podemos realizar el mismo trabajo y disfrutar de la misma comida que nuestros padres, maridos, hijos y hermanos —continúa Sung-ling—. Se acabaron las sobras para nosotras. Cada uno recibe un salario acorde con su labor. Cuanto más trabajo hacemos, más nos pagan. Ahora puedo gastarme el dinero como me plazca. Ningún hombre puede decirme lo que tengo que hacer. Toda mujer es jefa y dueña de sí misma. Es algo positivo, ¿no te parece?

—Sí —coincide mi madre—. Todo es positivo.

Sonrío. Mamá por fin ha oído algo que le gusta.

—La comuna popular es maravillosa —añade Sung-ling—. Ninguna lista puede condensar todas sus ventajas.

—¡La comuna popular es fantástica! —dice Kumei casi a voz en grito.

Cuando la gente la mira, se pone colorada, agacha la cabeza y se cubre la cicatriz con la mano.

—Kumei tiene razón —tercia Tao—. ¡La fortuna nos sonríe a todos!

Aunque hace un calor abrasador, me recorre la espalda un escalofrío de emoción. Me alegra estar de vuelta. Estos son mis amigos y este es mi lugar.

Al cabo de unos diez minutos cruzamos otro puente de piedra. A nuestra derecha se extienden unos arrozales. A la izquierda sorteamos campos de calabacines, maíz y boniatos. Justo delante se erige una serie de edificios, de los cuales todos excepto uno están construidos con tallos de maíz atados a modo de paredes y techos sostenidos por un armazón de bambú.

El líder de brigada Lai extiende el brazo en un gesto de lo más teatral.

—¡La Comuna Popular Diente de León Número Ocho! Ese edificio alberga nuestra guardería. Tenemos también el Jardín de la Felicidad, una casa para ancianos...

—¿También está hecha con tallos de maíz? —pregunta mi madre.

El líder de brigada Lai la ignora.

—Hemos construido un patio de la maternidad en otra aldea, pero aquí disponemos de una clínica y de una guardería para niños demasiado pequeños para ir al colegio. Ese edificio de ahí es la cantina. Sí, está construido con tallos de maíz. Aquí no se desperdicia nada.

—¿Dónde daré mis clases? —pregunta Z.G.—. Tenemos mucho arte que crear para el presidente Mao.

El secretario del partido Feng Jin frunce el ceño.

—Pensaba que todavía querrías darlas en la sala ancestral del Dragón Verde.

—No, esta debe ser una iniciativa para toda la comunidad. Todo el mundo debe crear arte, ese es el mandato.

—¿Y la producción de acero? —pregunta el líder de brigada—. Tenemos que cubrir un cupo...

—Y lo que es más importante, ¿qué hay de la cosecha? —El secretario del partido mantiene un semblante de inquietud.

—Esas son las órdenes que he recibido —repone Z.G. en tono comprensivo—. Todos debemos hacer lo posible por satisfacer los deseos del presidente Mao.

—¡Y eso es lo que haremos! Nos dirigirás aquí mismo, en este campo.

El líder de brigada Lai levanta el puño. Sung-ling, Tao, Kumei y los que nos han seguido estallan en un rítmico estruendo: «¡La comuna popular es maravillosa! ¡Larga vida al presidente Mao!» Yo me uno a ellos, alzando el puño y gritando. Ahora que todo el mundo los observa, Z.G. y mamá también participan. Me alegro mucho de haber traído a mi madre, porque al fin empieza a ver lo que yo veo y a sentir lo que yo siento.

El líder de brigada Lai nos lleva aparte a Z.G., a mi madre y a mí, y nos guía hasta un edificio de bloques de hormigón. Él lo denomina el salón del liderazgo, aunque no invita a Feng Jin ni a Sung-ling a acompañarnos. Vuelvo la mirada hacia Kumei, Tao, Feng Jin y Sung-ling, que están sentados en cuclillas a la sombra de un árbol ginkgo. En el interior del salón del liderazgo hay tres estancias espaciosas —un comedor, una cocina y un gran almacén—, y otras cinco que podrían ser dormitorios o barracones. Han preparado una mesa para cuatro personas. Unas campesinas salen a toda prisa de la cocina para servir un elaborado banquete que consta de ocho platos. El manjar es perfecto: las verduras dejan un sabor fresco en la lengua, las guindillas me provocan un maravilloso picor, la carne se desprende delicadamente de las espinas del pescado y el cerdo curado con judías negras salteadas es de lo más sabroso, pero yo quiero comer con Tao y mis amigos. Aunque esta comida sea solo para personas importantes, ¿por qué no han sido invitados Feng Jin y Sung-ling?

Después de comer volvemos a la deslumbrante luz del sol y empiezo a parpadear, tratando de disipar unos puntos negros que se han formado en mis ojos. Tao, Kumei y los demás se levantan de un salto al vernos. De camino hacia la villa, Tao y yo nos quedamos rezagados. Cuando llegamos al desvío que conduce al Pabellón de la Caridad, Tao lo enfila y no dudo ni un instante. Salgo detrás de él, correteando por el sendero lo más rápido que puedo. Cuando llego al pabellón, me lanzo a sus brazos. Nuestros besos son a un tiempo dulces y frenéticos. Han pasado muchos meses. Más que enfriarse, mis sentimientos hacia Tao no han hecho sino crecer, y percibo que a él le ha sucedido lo mismo.

Al día siguiente me levanto a las cinco de la mañana con el sonido de los anuncios y la música militar de fondo que emite con gran estruendo un altavoz instalado en la casa: «Traed vuestras sartenes. Traed vuestros asaderos. Traed vuestros cerrojos.» Me visto apresuradamente y acudo al salón que comparten los cuatro dormitorios de esta parte de la casa. Mi madre está sentada a la mesa. Tiene los ojos cerrados y se masajea las sienes.

—¿Te encuentras bien?

Recuerdo la primera semana que pasé aquí hace un año, cuando estaba más enferma que el perro de la aldea.

Abre los ojos, apagados por el dolor.

—Sí, estoy bien —dice—. No pasa nada. Es solo que...

No tiene la oportunidad de terminar, porque Z.G. sale de la habitación con expresión malhumorada.

—¿Qué es ese ruido?

Nos dirigimos a la cocina y vemos a Kumei, Ta-ming y Yong

buscando en los armarios. El líder de brigada Lai ya se ha ido. Cada mañana debe acudir al salón del liderazgo muy temprano. En la mesa situada en el centro de la sala, que siempre se ha utilizado para preparar la comida, no hay verduras ni tarros de encurtidos. En su lugar veo utensilios de cocina y otros enseres metálicos ordenados por tamaños.

Le presento a Yong a mi madre, o al menos lo intento, porque tengo que competir con el alboroto que emana del altavoz, que está colgado de una viga. Primero mira los pies vendados de Yong y luego levanta la cabeza.

—Es un honor conocerla —dice mi madre.

—Hacía mucho tiempo que no veía a una auténtica dama de Shanghái —responde Yong.

—¿Conoce la ciudad?

—Nací allí —contesta Yong, que empieza a utilizar el dialecto wu.

Kumei y yo nos miramos. Yong nunca se dirigió a mí en esa variedad cuando estuve aquí. Me pregunto si con Z.G. hablaba el lenguaje de la ciudad de ambos cuando yo no estaba presente.

Mi madre y Yong se observan, como diciendo: «¿Cómo hemos acabado aquí?»

«Traed vuestras cuchillas de carnicero», sigue anunciando a bombo y platillo el altavoz. «Traed vuestras bisagras. Traed vuestras tijeras.»

—Debemos darnos prisa —dice Kumei, señalando los objetos de la mesa—. Puede llevar la sartén si quiere.

—¿Para el alto horno? —pregunta mi madre.

Kumei asiente.

—Pero ¿no la necesita?

—Es la última que nos queda. Tuvimos que entregar las otras a la cantina.

—¿Y qué utilizará para cocinar? —pregunta mi madre, consternada.

—Comemos siempre en la cantina.

—Eso está muy lejos de aquí. —Entonces, mi madre señala los pies de Yong—. ¿Cómo va hasta allí?

—Han autorizado que Kumei y el chico me traigan comida —responde Yong.

—Vamos —implora Kumei—, coja algo. Tenemos que irnos.

Me decido por un cucharón de sopa, y los demás cogen los enseres más pequeños que encuentran: una cuchara de estilo occidental, una cesta metálica para sacar ingredientes de una olla caliente y unas horquillas de pelo. Con nuestras donaciones en mano, desfilamos hacia la plaza de la aldea. Todo el mundo sostiene algo hecho de metal: un viejo apero, la cabeza de un hacha, unos clavos y más utensilios de cocina. Se lo entregamos todo a una mujer, que a su vez se lo da a otra y lo arroja al horno.

—Esto me recuerda a cuando recogíamos papel de estaño, grasa de panceta y cintas de goma durante la guerra —digo a mi madre—. Lo pasábamos bien, ¿te acuerdas? Lo que hicimos nos ayudó a ganar.

Mi madre proyecta la mirada a media distancia. Noto que todavía le duele la cabeza, pero sus pensamientos siguen siendo un misterio para mí. Entonces echa los hombros atrás, da un paso adelante y dice a la mujer que recoge metal:

—En Shanghái manejaba los fuelles en el horno de mi calle. ¿Puedo ayudar aquí?

—Todo el mundo trabaja para que todo el mundo coma —responde la mujer—. Su ayuda será bienvenida, camarada.

Justo entonces, algunos sacan banderas rojas y las ondean por encima de la cabeza. De manera sistemática, los aldeanos se agrupan detrás de ellos. La música militar vuelve a sonar con estruendo desde los altavoces. Tao me agarra del dobladillo de la blusa —con cuidado de no tocarme la piel en público— y me lleva a la hilera encabezada por Z.G. Entonces, todo el mundo, excepto quienes trabajan en el horno, desfila tras las banderas rojas, tomando distintas direcciones como si de riachuelos de hormigas se tratara.

Nuestro grupo se dirige a la parte principal de la comuna y se detiene frente al salón del liderazgo, donde comimos ayer. Nuestro proyecto es sencillo pero ambicioso. Disponemos de una semana para crear siete mil carteles. Aunque son fáciles y rápidos de imprimir, Mao quiere demostrar al mundo lo que puede conseguir una comuna si la gente utiliza las manos para trabajar todos a una en el Gran Salto Adelante. El contenido ha sido aprobado por la Asociación de Artistas. La imagen plasmará a las masas cosechando un maizal y los márgenes izquierdo y derecho mostrarán lemas idénticos. Un lado dirá: «Cuanto más vivan las comunas, más prósperas serán», y el otro: «Cuanto más alto esté el sol, más fuerte brillará.» Aunque en la comuna viven cuatro mil personas, no todas ellas pueden participar en nuestro proyecto. Cada una de sus trece aldeas ha enviado unas treinta personas para ayudarnos. Todos los integrantes de nuestro equipo tendrán que producir unos veinte carteles en siete días. Y, salvo unas pocas personas a las que reconozco del verano pasado, la mayoría de los ayudantes carece de formación artística y casi ninguno está alfabetizado.

Z.G. cuelga el cartel de muestra en la pared del edificio de bloques de hormigón y yo me dedico a repartir papel, pinceles y pintura. Los aldeanos hacen lo que pueden para copiar la imagen del cartel y cuando terminan anoto el lema. Trabajamos hasta las once y paramos para desayunar en la cantina, que es el edificio de tallo de maíz más grande de todos y cubre un enorme tramo de terreno despejado. La comida es abundante y pesada: gachas, bolas de masa rellenas de carne y una contundente sopa. De nuevo en el exterior, soportamos el calor más intenso del día, pero, aun así, trabajamos con tanto ahínco y tanta rapidez como podemos. Nos animamos los unos a los otros y nos reímos. Estamos aportando todo nuestro buen hacer. A las tres nos tomamos un descanso para almorzar, sentados en largos bancos a la sombra que ofrece el techo de tallo seco. Después volvemos a trabajar hasta que la música militar anuncia que es hora de irse a casa.

Recojo los carteles y se los doy a Z.G., que los hojea y observa con sequedad:

—Una producción desmesurada de esas obras no dista mucho de una cosecha de árboles amorfos y malas hierbas en un jardín en el que no hay una sola planta rara ni una flor hermosa.

¿Qué puedo decir al respecto? Tiene toda la razón.

Me dirijo a la villa para recoger a mi madre y llevarla a cenar, pero me dice que quiere quedarse con Yong y vuelvo a la cantina con todo el mundo. En la comuna se anima a las familias a separarse para comer. Los niños se sientan con los niños y las mujeres con las mujeres. A los jóvenes les gusta estar juntos. Algunos se reúnen por equipos de trabajo: los sembradores de arroz, los recolectores y los embaladores; los sembradores de té y los sanadores; las mujeres que dirigen la guardería; los carniceros; los criadores de animales; los tejedores y zapateros; y los artistas como nosotros. El aire se llena con el sonido que emiten los residentes compartiendo una buena comida: cuchicheos, risas y parloteos. De nuevo es un menú generoso: sopa de rabo de buey, cerdo curado con verduras, brotes de bambú en vinagre y gigantescas cacerolas de arroz hervido en todas las mesas. De postre tenemos rodajas de sandía. Después de cenar preparamos unos envases de comida para mi madre y para Yong, y Tao, Kumei, Z.G. y yo volvemos sobre nuestros pasos hasta la villa.

—¿Por qué no comparten habitación tus padres? —susurra Kumei aprovechando que Z.G. se ha adelantado—. ¿Es que en la ciudad hacen las cosas de otra manera?

Tao también me mira con curiosidad. Me pregunto cuántos habitantes de la comuna saben dónde duermen mi madre y Z.G. después de solo una noche. ¿Por qué no se nos ocurrió antes de venir? Todo el mundo debe de pensar que mi madre y Z.G. están casados. Tengo que inventarme una explicación que no solo satisfaga a Kumei, sino también al resto de la comuna. No puedo decirle que son demasiado mayores, porque los padres de Tao todavía conciben hijos.

—En algunas comunas, el presidente Mao ha pedido a los matrimonios que duerman en dormitorios separados —respondo con voz suave.

Es cierto, pero eso no explica por qué mi madre y Z.G. ocupan habitaciones distintas.

—Espero que esa norma no llegue nunca aquí —interviene Tao tan sombríamente que Kumei se echa a reír.

Z.G. nos espera a la entrada de la villa. Tao se despide de nosotros y camina colina arriba en dirección a su casa. Estoy cansada pero feliz. Al acercarnos a la cocina, oímos a Yong y a mi madre riéndose en tono conspirador.

—Ese hombre es un rabanito, una persona insignificante —dice mi madre—. ¡Líder de brigada! Qué ridículo. No tiene pinta de poder liderar nada.

Tendré que decirle a mi madre que se ande con más cuidado. El líder de brigada Lai vive en la villa y se oye todo.

—Es mejor que Feng Jin y su mujer —responde Yong con desdén—. Esos dos han dirigido la aldea desde la Liberación. Ella era una de las sirvientas de mi marido, una campesina que solía venir a mendigar a nuestra puerta.

—Y analfabeta, imagino.

—Por supuesto, y ocupa un puesto de autoridad.

—¿Y ese tal Tao? —pregunta mi madre. Percibo sentido del humor, pero está teñido de desprecio—. *Hsin yan* —espeta justo cuando Z.G. y yo entramos en la cocina.

Yong contiene las carcajadas y Kumei me mira de soslayo. Z.G. deja los envases de comida encima de la mesa. El silencio es muy incómodo y sé que tengo las mejillas coloradas como remolachas. La traducción literal de *hsin yan* es «ojo del corazón», pero significa «mente» o «intención». Se le puede dar una interpretación positiva —bondadoso— o negativa: una persona que ha hecho algo deplorable o que es taimada. Conozco a mi madre y sé perfectamente a qué se refiere, al igual que todos.

—Os hemos traído la cena —digo con una sonrisa forzada—. Que aproveche.

Luego asiento y salgo al pasillo. Respiro el aire húmedo y lo expulso lentamente.

Los siguientes tres días siguen el mismo patrón: me levanto antes del amanecer al son de los anuncios acompañados de música militar, llevo algo al horno, sigo al líder que porta una bandera roja, pinto todo el día, como en la cantina y aprovecho los momentos furtivos con Tao, que son cada vez más intensos. El cuarto día noto que está observándome continuamente. Esa noche, después de cenar, me ayuda a preparar los envases de comida para mi madre y Yong y se los entrega a Kumei, que se marcha con Ta-ming y Z.G. Los seguimos, y después nos desviamos del camino y subimos por la colina a nuestro lugar secreto. Allí nos besamos y hacemos otras cosas. Seguimos besándonos y contemplamos las vistas. El brillo de los hornos se proyecta sobre el paisaje hasta donde nos alcanza la vista; es como una galaxia de estrellas rojas.

Sé lo que sucederá a continuación, y me siento preparada. He cumplido veinte años. Me conozco a mí misma y sé lo que quiero. Pero Tao no desea llegar hasta el final, al menos en este momento.

—Camarada Joy —dice—, el verano pasado ya te lo pregunté y volveré a hacerlo: ¿Me acompañarás a ver al secretario del partido Feng y su esposa para pedirles permiso para casarnos?

Esta vez no dudo.

—¡Sí!

Es un sí a todo: a la Nueva China, a la comuna, al Dragón Verde, a Tao y al asunto conyugal —como mi madre lo ha denominado siempre tan delicadamente— sin tener que preocuparnos por meternos en un lío.

Tao me lleva directa a casa de los Feng.

—¡Ha llegado la hora! —exclama Sung-ling.

Ella y su marido están encantados. Cumplimos todos los requisitos, así que rellenan de inmediato los formularios, que presentarán en la oficina de distrito.

—¿Queréis que os case ahora mismo? —pregunta Feng Jin.

A ambos nos encantaría, pero Tao quiere decírselo a su familia y yo necesito anunciarlo a mi madre y a Z.G. Vamos a la villa cogidos de la mano. Nunca más tendremos que preocuparnos por si alguien nos ve, aunque se desaconsejan las demostraciones públicas de afecto, incluso entre las parejas de cónyuges. Tao me da las buenas noches en la entrada y, tras recorrer los diversos patios, me dirijo al edificio en el que me alojo con mi madre y con Z.G. Están despiertos, sentados en el salón común. La luz de la lámpara de aceite centellea. En la pared bailan las sombras. La expresión de Z.G. es la misma que cuando se enfrentó a mí el verano pasado por mis visitas a Tao. Mi madre tiene las manos cruzadas sobre el regazo y la espalda rígida, pero estoy segura de que trata de ocultar sus emociones, como suele hacer.

—¿Dónde has estado? —pregunta con prudencia.

La tranquilidad de su voz denota lo enfadada que está.

—He estado con Tao. Me ha pedido que me case con él y le he dicho que sí.

Asiente de manera casi imperceptible.

—Se veía venir.

—No hay discusión —dice Z.G. a mi madre—. Tienes que decirle que no.

Ella lo ignora por completo.

—Por supuesto, lo que siempre he deseado es tu felicidad —sigue hablando con esa voz acompasada—. Lo entiendes, ¿verdad, Joy?

—Sí —respondo con incertidumbre.

—¿Te parece si te hago unas cuantas preguntas?

Sé lo que pretende. Quiere que me dé cuenta de que he cometido un error, pero no es así. Soy feliz y es lo correcto. Nada de lo que diga o pregunte me hará cambiar de opinión.

—¿No crees que eres mejor que esta aldea? ¿Es que no ves que eres mejor que ese chico? Tú has ido a la universidad y él es analfabeto. No tienes por qué quedarte con un rabanito. Ya has cometido suficientes errores en la vida. No cometas otro.

—Papá era analfabeto —digo, echando mano de algo con lo que poder defenderme.

Mi madre se encoge al oír mis palabras. Le he hecho daño, pero sabe exactamente qué decir para devolverme el dolor.

—Correcto, tu padre era analfabeto. Era campesino. ¿Recuerdas cuando te reías de él por su comida grasienta, por lo mal que hablaba el inglés y por sus costumbres anticuadas? ¿Recuerdas cómo te mofabas de él porque no sabía los nombres de los presidentes estadounidenses? ¿Crees que Tao conoce los nombres de los emperadores?

Lo dudo, pero no me importa, porque he encontrado otro argumento.

—El abuelo Louie siempre quiso que yo volviera a China. De hecho, quería que regresáramos todos. Me enviasteis a la escuela china para aprender las tradiciones, las normas y el idioma. Queríais que fuese una niña china como es debido, porque vosotros también estabais deseando volver. ¿Cuántas veces me dijiste que en China se vivía mejor?

—En Shanghái...

—De acuerdo, en Shanghái. Pues ya he estado allí y prefiero la Aldea del Dragón Verde.

—Querrás decir la Comuna Popular Diente de León Número Ocho —precisa, pero ¿con qué finalidad? Y añade—: Siempre has tenido una piel traslúcida como la leche de arroz. ¿Quieres acabar con tu buena suerte?

¿Habla por boca de May cuando formula esa pregunta? No lo sé, pero respondo:

—Ya he estado aquí y a mi piel no le ha pasado nada.

—Todavía eres joven y solo has vivido aquí unas semanas. Imagínate cómo estarás dentro de un año o toda una vida. No puedes comprar un gramo de tiempo con un gramo de oro.

—A mí esas cosas me dan igual. No soy la tía May.

—Pero eres igual de testaruda que ella —responde—. Si te quedas aquí, estarás con una mano delante y otra detrás.

—Siempre has tenido prejuicios contra los agricultores y el campo.

Mi madre no lo niega.

—¿Qué hay de los cupones especiales que obtienes por ser una china de la diáspora? —pregunta—. ¿Y del trato especial que has recibido por ser hija de Z.G.?

—No quiero ningún trato especial. Quiero ser una china de verdad, no una china de la diáspora. Y tampoco necesito cupones especiales. Tengo toda la comida que quiero. La cultivamos aquí.

—La única razón por la que Tao quiere casarse contigo es que está deseando marcharse de la aldea —tercia Z.G. repentinamente—. Te parecerá un paleto, pero es ambicioso. Quiere ir a Shanghái, a Pekín. Pero no funcionará.

—Lo sé. Tú mismo me dijiste que no puede salir de la aldea,

y si me caso con él, yo tampoco podré hacerlo. Lo que no entiendes es que quiero quedarme aquí. Amo a Tao.

Mi madre se inclina hacia delante. Sus labios esbozan una sonrisa cómplice y, de acuerdo, lo diré: también maliciosa.

—¿El verdadero problema no será que estás embarazada?

Pearl

Sobre un palanquín floreado

No debería haber pronunciado esas palabras. Me dije a mí misma que en este viaje sería diferente. Me dije a mí misma que venir aquí era una oportunidad para reclamar a mi hija y pasar tiempo con Z.G. Me dije a mí misma que sería agradable, que no entraría en discusiones y que le demostraría a Joy que era capaz de verlo todo desde su perspectiva y dar una oportunidad a lo que sea que está buscando. Sé todo lo que debería y no debería haber hecho, pero no pude callar, porque lo que quiere Joy es inaceptable. Estos últimos días —no, estos últimos meses— me he afanado en moderarme cuando hablo con mi hija para no herir sus sentimientos ni distanciarla de mí. Ahora mismo he intentado ayudarla a concienciarse de su error. No debería haberle demostrado lo que realmente pensaba o sentía. Como todas las madres, tenía que disimular mi tristeza, enfado y dolor, pero mis pensamientos —debe de estar embarazada (igual que su madre)— se escabulleron.

—Pues claro que no estoy embarazada —dice Joy con los ojos centelleando—. ¿Cómo voy a estar embarazada si solo llevamos aquí una semana?

—Una mujer puede saberlo...

—¡Pero yo no he hecho semejante cosa!

«Algo es algo», pienso, pero no lo verbalizo. Por el contrario, pregunto:

—Pero ¿por qué quieres casarte, Joy?

—Porque nos amamos.

Y es cierto. Lo veo en sus ojos. Lo oigo en su voz. De hecho, lo sé desde la primera vez que pronunció el nombre de Tao en Shanghái, pero eso no significa que el matrimonio sea buena idea. Mi vida ha estado plagada de malas decisiones y he padecido demasiado tiempo las consecuencias. No podría soportar otro desengaño, y me corroe la vergüenza de haber fracasado como madre. Respiro hondo, con la esperanza de que se pose un ángel en mi hombro, y me adapto al papel de madre. Z.G. no está ayudando, desde luego, pero imagino que es lo que cabría esperar. Ha sido agradable tenerlo durmiendo en la habitación contigua. Me ha reconfortado escuchar el peso de sus pasos, sus silbidos cuando cree que nadie le oye, sus profundos suspiros, el rumor de su ropa al caer cuando se desnuda y sus eructos y otros sonidos varoniles, pero sé que el conejo jamás lo da todo por nadie; nunca te defenderá ni batallará por ti. Además, Z.G. no sabe lo que significa ser padre. ¿Qué diría Sam a Joy?

Me aclaro la garganta.

—Tu padre creía en las parejas perfectas, y mi madre también, al igual que Yen-yen y papá Louie. Tu padre y yo fuimos muy felices, aunque el buey y el dragón no son la pareja perfecta. Aun así, se profesan un gran respeto y trabajan en objetivos comunes. Ni siquiera yo, que soy dragón, pude quejarme nunca de la valía de un buey. Tú eres tigre, pero no has mencionado qué signo rige a Tao.

—Es perro —responde Joy.

—Claro. El perro es el signo más simpático.

Joy sonríe, pero no debería dar por sentados mis sentimientos; todavía no he terminado.

—El perro puede poner una cara sonriente, pero es pesimista por naturaleza. No le importa el dinero...

—Ni a mí tampoco —exclama Joy.

—El perro puede ser violento...

—Tao no.

—¿Es un perro digno de confianza y amor o te morderá?

¿Es un perro holgazán al que le gusta sentarse junto al fuego sin dar golpe?

—Solo estás enumerando atributos negativos —dice Joy—. Lo dices porque eres dragón, y un perro nunca se plegará a tu petulancia.

—Tu tía May diría que el perro y el tigre se mueven siempre por impulsos...

—La tía May es oveja —interrumpe Joy—. Tao sería demasiado práctico para tolerar su egoísmo.

Parece desesperada cuando apela a Z.G., tratando de llevárselo a su terreno.

—Dile que el perro y el tigre son una de las mejores parejas posibles. Creemos en lazos sólidos con los demás. Eso significa que ambos compartimos nuestro amor por las masas y por lo que sucede en la comuna.

—Sí, los dos estáis motivados por el idealismo —admite Z.G.—. Son sellos distintivos de vuestro signo.

Pero, Dios mío, los hombres —los padres— pueden mostrarse débiles y sentimentales.

—Perfecto, pero no es buena idea —le digo—. Y lo sabes. Acabas de decir que es imposible.

—Lo sé, pero pienso en todo el dolor que nos habríamos ahorrado si May y yo hubiéramos escuchado nuestro corazón —dice.

¿Me sentiré siempre como la traicionada? ¿Entenderá algún día que las cosas habrían sido muy distintas si él hubiera escuchado mi corazón?

—Pero tú y May os amabais —cómo me duele decir eso, aun después de tantos años—. Es imposible que Joy ame a Tao. Con frecuencia se confunde la simpatía con el amor, y la gente acaba atrapada en matrimonios y vidas infelices. ¿Cómo sabemos que Tao no es un perro ciego que se ha tropezado con una buena comida por casualidad?

—¿Eso es lo que sentías por tu marido? —pregunta Z.G.

Antes de darme la oportunidad de contestar, añade:

—En cualquier caso, Joy no siente simpatía hacia Tao —se vuelve hacia ella—. ¿No es así?

—Le quiero —afirma, y pese a ello sigue recordándome a May cuando tenía su edad: tozuda, tonta y romántica.

Z.G. se dirige de nuevo a mí.

—Una mujer es como una cepa. No puede vivir sin el sostén de un árbol. ¿Acaso tu matrimonio no fue así?

—Tao no es un árbol —respondo con brusquedad, pero las palabras de Z.G. me duelen.

Sam me parecía un hombre tenaz. Pensaba que podría sustentarnos a mí, a Joy y a todos para siempre.

—Además —prosigue Z.G.—, Joy admira a Tao como artista. Eso me asombra.

—Pero si has dicho que no es muy bueno.

—Aun así es artista —responde Z.G. encogiéndose de hombros.

Es un comentario de lo más ególatra, muy propio de Z.G., pero sigo notando la punzada de su comentario sobre mi matrimonio. ¿Quién soy yo para decir cómo funciona el corazón? Sam era tan solo un tirador de *rickshaw* cuando nos conocimos, y lo amaba profundamente.

Me doy cuenta de que no puedo ganar la batalla contra este matrimonio, pero intento demorar las cosas proponiendo que celebremos una boda como es debido en Shanghái.

—Alquilaré un palanquín floreado para que te lleve a la ceremonia. Organizaré un banquete con los mejores platos y podrás tener la boda que yo no tuve.

—Mamá, yo no quiero una boda así. Estamos en la Nueva China, y aquí rellenas unos formularios y ya estás casada. Eso es todo.

—No podrás salir de aquí. Estarás atrapada —le digo, incidiendo de nuevo en el que considero el argumento de mayor peso contra este enlace.

—Yo no quiero volver a Shanghái —insiste Joy.

—Cariño, tú no eres de Shanghái y la Aldea del Dragón Verde tampoco es tu casa. Tú eres de Los Ángeles. Ese es tu hogar.

Z.G. y Joy reciben mis palabras con suspiros. Al parecer, las madres de la novia no saben absolutamente nada.

De niña soñaba con mi boda —el vestido, el velo, el banquete, los regalos— y nada salió como había imaginado. Como madre, he soñado con las nupcias de mi hija —una ceremonia en la iglesia metodista de Chinatown a la que asistirían todos nuestros amigos, el vestido de Joy, el mío, las flores, la recepción en el restaurante Soochow—, pero tampoco se parece en nada. Joy tenía razón cuando decía que no debe haber ningún tipo de ceremonia o celebración, pero como extranjera y como persona que tiene un poco de dinero, puedo saltarme las normas. El líder de brigada Lai está encantado de aceptar un soborno —algunos de mis certificados especiales para chinos de la diáspora, que valen menos de veinte dólares— para poder ofrecer a mi hija una boda que rinda homenaje al pasado a la vez que es fiel a la Nueva China.

La ceremonia tiene lugar dos días después al atardecer, en una ladera que domina los campos verdeantes de la aldea. La brisa nos trae el aroma de los arbustos de té plantados en los bancales. La novia va vestida de rojo nupcial, un conjunto que Yong encontró en la villa, en un baúl que contenía una dote. Lleva la bolsita que le regaló May, y yo la mía, un símbolo de que Joy está unida a mi hermana y a mí, y las tres a mi madre. El cabello, que le habrá crecido quince centímetros este año, lo lleva recogido en dos coletas que le caen sobre los hombros. En ellas han entrelazado unas tiras de lana roja que forman unos pesados lazos. Le brillan las mejillas por la felicidad y el calor y se ha pintado las uñas con un bálsamo que les da un tono rojizo. El novio va vestido como siempre lo he visto: túnica azul, pantalones holgados a juego y sandalias. Se ha peinado y parece que va limpio.

El líder de brigada Lai pronuncia unas palabras:

—El comunismo es el paraíso. Las comunas populares nos llevarán hasta él. Tao y Joy, camaradas primero y para siempre, ayudarán al país a escalar las cimas más altas. Si Tao surca los mares, Joy remará en la misma barca. Si Joy sube una montaña, Tao la seguirá de cerca.

Z.G. me coge de la mano. El tacto de su piel —su amabilidad— en este momento me da ganas de llorar. Hasta ahora pensaba que mi hija había cometido el más terrible error viniendo a China, pero no era nada en comparación con este matrimonio. Las madres sufren y los hijos hacen lo que quieren. Observo a la familia de Tao. Ellos tampoco parecen especialmente contentos. La madre debe de tener más o menos mi edad, aunque aparenta sesenta o incluso más. Es lo que ocurre cuando tienes nueve hijos vivos, quién sabe cuántos muertos y no puedes ser más pobre. El padre es una versión más anciana de su hijo: delgado, pero tan consumido y arrugado como mi suegro justo antes de que el cáncer se lo llevara.

El líder de brigada Lai llega al final de la ceremonia. Tao se vuelve hacia los asistentes y anuncia:

—Camaradas, soy feliz.

—Yo también —añade Joy.

—En tiempos difíciles, comeremos del mismo plato —promete Tao.

—Beberemos de la misma taza —dice Joy—. Trabajaré junto a mi marido en la comuna. Trabajaré con todos vosotros.

Hago unas cuantas fotos de la pareja nupcial mientras los amigos de Tao preparan unas tracas de petardos. Luego nos dirigimos a la cantina. Los grandes banquetes de boda no están permitidos en la Nueva China —incluso la ceremonia se ha desviado de lo que se considera aceptable—, pero si me fijo bien, puedo encontrar ingredientes con significados fortuitos en nuestra comida. Nos sirven pollo, que simboliza un buen matrimonio y unidad familiar, pero no hay patas de pollo ni gambas, que normalmente se ofrecen juntos en representación del dragón y el fénix. En lugar de la típica tarta occidental de varios pisos que siempre quise para Joy, un camarero nos trae un plato de pomelo a rodajas, que significa abundancia, prosperidad y una numerosa descendencia. Después de la cena —y no podemos entretenernos ni bailar porque otros miembros de la comuna todavía no han comido— nos dirigimos al nuevo hogar de Joy. Estallan más petardos. En los viejos tiempos, servían para espantar a los espíritus del zorro, a fantasmas y a demonios. En la Nueva China, donde no debemos albergar creencias supersticiosas, los petardos simbolizan la buena suerte.

La nueva casa de Joy —que con ella sumará doce habitantes— es una rudimentaria choza de dos habitaciones hecha de barro y paja y está orientada al norte. Todo el mundo —excepto mi hija, por lo visto— entiende que solo los más pobres entre los pobres construyen su vivienda en un lugar que no bañe el sol en invierno. A la izquierda de la puerta hay ropa de cama amontonada. Los padres de Tao y todos esos hermanos y hermanas deben tener pensado dormir al aire libre o en el salón principal esta noche.

La gente festeja a mi alrededor, brindando con vino de arroz, pero yo apenas puedo respirar porque al entrar en la habitación he retrocedido al pasado, a una choza situada a las afueras de Shanghái, de camino al Gran Canal. Mi hermana permanece oculta en la otra estancia, y mi madre y yo somos violadas y golpeadas repetidamente por unos soldados japoneses. Me echo a temblar y jadeo entrecortadamente. El olor de los petardos y esos desaseados hermanos y hermanas me están poniendo físicamente enferma.

Salgo a respirar un poco de aire fresco. Noto un peso en el pecho y tengo la sensación de que se me desgarra el corazón. Incluso cuando era niña, mucho antes de la violación y de la muerte de mi madre, odiaba el campo. Cuando mi padre nos enviaba a May y a mí a un campamento de verano en Kuling, veía maldad en el modo en que los caminos y la carreteras sin asfaltar zigzagueaban por la tierra como serpientes deslizándose. Tampoco le he encontrado nunca el encanto a la miseria o la suciedad. Ahora el campo me asesta otro golpe cruel.

Joy sale a mi encuentro. Tiene las mejillas enrojecidas por el triunfo y la euforia. Las palabras salen de su boca como burbujas espumosas.

—Mamá, ¿no quieres estar dentro con todo el mundo?

Mi hija y yo somos como el *yin* y el *yang*, la una oscura, triste y cerrada; y la otra luminosa, alegre y abierta a su nueva vida. Pero, por más que me sienta abatida por lo ocurrido, la quiero mucho.

—Por supuesto que quiero formar parte de la celebración, pero me apetecía contemplar esta hermosa noche un minuto. Mira, Joy. El cielo, la luna, las luciérnagas; recuérdalo siempre.

Joy me abraza y la correspondo con fuerza, tratando de memorizar la calidez de su cuerpo, el latido de su corazón, la presión de sus jóvenes senos contra los míos.

—Sé que no siempre he sido la madre que querías...

—No digas eso...

—Y sé que todo esto lo he gestionado mal, pero espero que sepas que lo único que he deseado siempre es que fueras feliz.

—Mamá —dice, dándome otro abrazo.

Debería decir a Joy qué sucederá la noche de bodas, pero solo tengo tiempo para susurrar:

—Muestra siempre la máxima amabilidad posible con las personas que no te gustan. Si eres afable con tu suegra, que, como todas las mujeres, ha sido criada para odiar a su nuera, generarás una obligación que nunca podrá corresponderte.

Joy se aparta y me mira sorprendida. Vuelvo a acercarla a mí.

—Recuerda también lo que aprendiste en la iglesia. Sientas lo que sientas, y por desesperada que estés, adopta siempre una postura ética. Si lo haces, Dios velará por ti.

La gente sale de casa en busca de la novia y se la lleva. Yo los sigo de cerca, decidida a ser una buena madre, sin importar lo que siento por dentro o los recuerdos que aviva la cabaña en mí. Jie Jie, la hermana de Tao, que tiene catorce años, cuelga unos versitos rojos junto a la puerta de la que esta noche será la cámara nupcial. Una cara dice: LAS CANCIONES FLOTAN EN EL AIRE, y la otra: LA FELICIDAD INUNDA LA HABITACIÓN. La gente se acerca con regalos. Algunos han traído azaleas rojas que han recogido en las colinas circundantes. Otros regalan paquetes de té cultivado en las pendientes del Dragón Verde, un tarro de pepinillos en vinagre o una tela bordada. El líder de brigada Lai les ofrece un presente de la Comuna Popular Diente de León Número Ocho: treinta metros de tela de algodón para que Joy confeccione unas colchas para el ajuar.

—Cuando nazcan vuestros hijos, os traeremos cinco metros más —proclama.

Yong ofrece a los novios un despertador Golden Clock. Tao y Joy no lo necesitan teniendo el altavoz y los niños pequeños de esta casa, pero el regalo es a un tiempo generoso y un misterio. ¿De dónde lo ha sacado Yong? ¿Lo conservó de sus días más felices junto a su marido?

Ha llegado el momento de que entremos en la cámara nupcial. La habitación ha sido decorada con recortes de papel rojo: carpas que simbolizan la armonía y la felicidad conyugal, orquídeas para una progenie numerosa y el hombre superior, y melocotones que representan el matrimonio y la inmortalidad. Sobre la única ventana con celosía han colgado un lema que dice: SI HOMBRES Y MUJERES SON IGUALES, EL TRABAJO SALE BIEN. LOS MATRIMONIOS LIBRES SON MATRIMONIOS FELICES. Encima de la plataforma que esta familia utiliza a modo de cama han pegado otra hoja grande de papel rojo. Antaño la habrían pintado con el carácter que corresponde a «doble felicidad». Por el contrario, Z.G. ha escrito con su elegante caligrafía algo más acorde con los tiempos: EL PATO MANDARÍN Y SU COMPAÑERO NADAN EN EL OCÉANO REVOLUCIONARIO. LAS PAREJAS CASADAS SON CAMARADAS.

En la habitación centellean dos velas rojas que proyectan sombras en la pared. Dos jóvenes pronuncian un discurso, realizando los habituales comentarios sugerentes sobre la destreza de Tao en el dormitorio y la candidez de la novia. Nadie nos pide a Z.G. ni a mí que hablemos, pero Kumei se dirige a la multitud con su habitual jovialidad.

—¿Por qué nos encantaban las bodas? Íbamos para disfrutar de la felicidad de los demás e inundarlos con la nuestra.

Entonces, Yong da un paso al frente.

—El cielo creó el mundo —dice—, pero se olvidó de crear la felicidad, sobre todo en el caso de las mujeres. Cuando me casé, mi padre contrató a gente para que llorara. Quería que llorara tanta gente que el Yangtsé se desbordase. Durante siete días mi único sustento fue el caldo para que estuviera débil y obedeciera. Me cubrieron la cara con un velo. Cuando mi marido lo apartó vi un rostro severo; fue su manera de hacerme entender que debía ser sumisa. Hasta la llegada del presidente Mao no hemos encontrado la felicidad. Les deseo toda la dicha a Tao y a Joy.

Los invitados sueltan unos cuantos chistes subidos de tono, burdas ocurrencias y risas escandalosas, y toman más tazas de vino de arroz. Entonces llega la hora. Todo el mundo, excepto Tao y Joy, sale de la habitación, y cierran la puerta. Los jóvenes salen al exterior y aplauden, gritan y golpean lo que tengan a mano para hacer ruido, todo ello en un esfuerzo por desconcentrar a su amigo y prolongar la duración de la relación íntima entre marido y mujer. Las chicas, lideradas por Kumei y Jie Jie, se apostan junto a la puerta del dormitorio para escuchar y empiezan a reír. ¿Habrán oído algo ya?

Al día siguiente termina el encargo de Z.G. Hoy nos dirigiremos a otra comuna más al sur. Hacemos las maletas y envuelvo con una bufanda la cámara y los pocos carretes que traje conmigo. Luego voy a casa de Joy, situada en lo alto de una colina. Es temprano, y los colchones de bambú y la ropa de cama para buena parte de la familia todavía cubren el suelo de la estancia principal. Los niños están como Dios los trajo al mundo y se los ve aún más mugrientos.

La puerta de la otra habitación sigue cerrada y evito pensar en Joy y Tao ahí dentro y en lo que hicieron la noche anterior. En ese momento sale Joy y su mirada me resulta incomprensible. ¿Duda? ¿Confusión? ¿Disgusto? Me pregunto si su suegro buscará manchas de sangre en las sábanas nupciales como me ocurrió a mí hace tantos años, pero no lo hace. O bien la tradición ha desaparecido con la Nueva China o esta familia no tiene sábanas.

¿Dormirán Joy y Tao esta noche en el salón principal con los demás niños? En el futuro, cuando quieran mantener relaciones, ¿se escaparán de casa y buscarán algún lugar en el campo? Miro a Joy a los ojos. La luz que irradiaban ayer noche ha desaparecido. Recuerdo la decepción que sentí tras la noche de bodas —¿Tanto alboroto para eso?—, pero mis circunstancias eran muy distintas. Joy insistió en que estaba enamorada. Puede que esta mañana se haya despertado en una pequeña aldea en medio de la nada, en un cuartucho de una choza que da cobijo a doce personas, y por fin se haya dado cuenta de lo que ha hecho.

Quiero preguntarle qué le pasa, pero creo que no debo, así que le digo en inglés:

—Por última vez, te pido que vuelvas a casa conmigo. No es demasiado tarde...

Mi hija, temblorosa y dubitativa, mira la puerta abierta. Se queda allí inmóvil, y en el labio superior le brilla una gota de sudor.

—Sal de aquí conmigo, Joy —continúo en inglés, un idioma que me parece de lo más abierto y libre en este lugar claustrofóbico—, por favor.

Joy niega con la cabeza y le entrego mis regalos de boda: la cámara, los carretes y la bufanda.

—Haz algunas fotos —le digo—. Mándame los carretes y los llevaré a revelar. May querrá verte aquí, así que le enviaré algunas.

Joy me acompaña colina abajo en dirección a la villa. Z.G. y yo recogemos las maletas y viene con nosotros hasta la montaña que marca el límite de la aldea. En el cielo se desplazan sin rumbo unas nubes en forma de escamas de pescado. Los grillos chirrían. Nos despedimos junto al cartel de bienvenida. Mi chica no llora, y yo tampoco, pero al mirarla a la cara no veo a la novia de fortaleza gloriosa de la víspera, sino a una persona insegura. Cuando Z.G. y yo llegamos a la mitad de la colina vuelvo la vista atrás. Pensaba que mi hija seguiría allí, pero ya ha emprendido el viaje que la llevará a su marido y a su nueva vida.

Z.G. continúa por el sendero, cargado con la maleta y varios sacos. Esta mañana han salido los instrumentos de arte y todos los carteles que hemos realizado en la comuna en una caravana de carromatos. Me gustaría decir que me debato entre mi hija y marcharme sola con Z.G. durante las próximas semanas, pero esta decisión es sencilla.

—Z.G. —exclamo. Él se detiene y me mira. Dejo la bolsa en el suelo y echo a correr hacia él—. Yo me quedo.

Z.G. descarga las bolsas, preparándose para una discusión.

—No puedo dejar a Joy —me apresuro a decir—. He venido hasta aquí y la quiero demasiado.

Me mira con unos ojos lúcidos. Estos últimos cinco meses he aprendido que tal vez no sea el mejor padre ni ofrezca los mejores consejos, pero siente alguna conexión con Joy.

—Me gustaría poder quedarme aquí contigo —dice al fin—, pero mi estatus es demasiado inestable.

—No tienes que darme explicaciones. Hoy perro, mañana gato —respondo, citando lo que dijo su sirvienta cuando llegué a Shanghái.

El éxito del que ha gozado con su cartel de Año Nuevo y sus recientes retratos de Mao lo ayudaron a solucionar los problemas políticos que tenía, pero eso podría cambiar en un suspiro.

—Volveré en tres meses para llevarte a la feria comercial de Cantón. He utilizado mi *guan-hsi* para obtener permiso para que tú y Joy me acompañéis. Ella probablemente no querrá venir y, en cualquier caso, no puede porque está casada y vive en el campo. Pero tú tendrás que ir a la feria conmigo.

O volverá a verse en apuros.

—Lo entiendo —digo—, pero puede que no quiera marcharme.

—Eso lo dices ahora, pero para entonces ya sabrás si Joy es feliz. Si consigue demostrártelo, podrás venir conmigo.

Por primera vez siento hacia Z.G algo parecido a la admiración. Al fin empieza a entender qué clase de mujer soy. Me apoya las manos en los brazos y aprieta, mirándome a los ojos. Yo le aguanto la mirada.

—Pearl.

—Sí.

—Eres una buena madre. Nunca podré agradecértelo suficientemente.

Me suelta los brazos, recoge los sacos y enfila el sendero que conduce a la carretera, donde cogerá el autobús. Lo observo unos instantes y doy media vuelta, cargo la maleta y voy hacia la Aldea del Dragón Verde.

TERCERA PARTE

El perro sonríe

Pearl

Una cara sonriente

PAM, PAM, PAM, PAM.

Me revuelvo y me tapo la cabeza con la almohada. He pasado otra noche en vela porque alguien me ha despertado un par de veces merodeando frente al edificio de la villa en el que duermo. Necesitaría un poco de descanso.

PAM, PAM, PAM, PAM.

No sirve de nada. El altavoz todavía no nos ha pedido que nos levantemos, pero la Campaña contra los Cuatro Males —gorriones, ratas, insectos y moscas (que, por alguna razón, tienen una categoría propia)— no es para holgazanes. El peor de los males son los gorriones. Dicen que devoran las semillas y los cereales y ahora deben ser eliminados. Si las masas hacen ruido suficiente —golpeando tambores, palos, ollas y cualquier utensilio de cocina que todavía no hayan llevado al alto horno—, los gorriones no se posarán, y seguirán volando hasta que, exhaustos, caigan muertos. Adopto un gesto sonriente y salgo de la habitación.

Kumei y su niño están en la cocina. Ta-ming, que sostiene un pequeño tirachinas, está ansioso y salta alternativamente con ambos pies. Kumei sonríe.

—¿Quieres pasear con nosotros esta mañana?

Siempre me pregunta lo mismo, y siempre le respondo igual.

—¡Claro!

Dejamos la villa, doblamos a la izquierda por un camino de adoquines, cruzamos un puente cubierto de musgo, giramos de nuevo a la izquierda y seguimos el riachuelo cobijado por la sombra. Al cabo de un kilómetro tomamos otro sendero bordeado de álamos. Todavía despunta el alba, pero ya oímos golpes desde las colinas que nos rodean. Aparte del ruido, que resulta inquietante, y es esa la intención, estos paseos a primera hora de la mañana junto al riachuelo son agradables. Kumei es una simpática joven y su niño es encantador. Solo tiene cinco años, pero es serio. Se detiene a coger una piedrecita, la coloca en el tirachinas y dispara a los árboles con la esperanza de alcanzar a un gorrión.

—¡He vuelto a fallar, tía Pearl!

—No te preocupes, al final cazarás uno. Solo tienes que seguir intentándolo.

Cogemos comida en la cantina y volvemos a toda prisa a la villa. Kumei entra para dejarles el desayuno a Yong y al líder de brigada Lai y regresa al momento. Esperamos a que Joy, Tao, sus padres y sus ocho hermanos desciendan la colina y nos disponemos a realizar nuestras labores.

Las madres dejan a sus niños en la guardería. Los más mayores cogen a sus hermanos de la mano y van a la escuela. Ta-ming se guarda el tirachinas en el bolsillo y se une a sus compañeros. Los demás se separan para seguir a sus líderes, que como siempre ondean banderas rojas, desfilando con las rodillas altas y cantando himnos del Gran Salto Adelante de camino a sus puestos de trabajo: algunos van a la sala donde se tejen sábanas, pantalones y blusas; otros acuden al salón del liderazgo, donde se procesan cartas, llamadas telefónicas y telegramas; y algunos al campo. Hoy me cuesta creer lo que les han asignado a los campesinos: machacar cristal llegado de Shanghái y enterrarlo como «nutriente». A mí me parece ridículo, pero los campesinos lo hacen porque el Gran Líder no se equivoca nunca.

Ahora todas las madres y abuelas deben salir a trabajar. La madre de Tao ya no puede quedarse en casa a lavar, tejer y limpiar para su familia, excesivamente numerosa. Ni siquiera Yong puede permanecer oculta en la villa. A la mayoría de las mujeres

—yo incluida— se les encargan cometidos diversos en sus aldeas. Paso por la villa para recoger a Yong y la agarro del brazo mientras se dirige tambaleándose hacia nuestro puesto de trabajo.

El líder de brigada Lai ha destinado a la gente «mayor» —como Yong, la madre de Tao y yo— al Batallón Superar a Gran Bretaña. Algunos días, los miembros del equipo de los ancianos trabajamos en los hornos, avivando el fuego, echando el metal que queda en la comuna o transportando el arrabio a la plaza central, donde hombres con carros cargan los bloques y recorren los varios kilómetros que los separan de la carretera. Otros días desenvainamos maíz, tamizamos arroz o ponemos boniatos a secar. Yo no soy mayor ni tengo una sola cana, pero pongo una cara sonriente y hago lo que me dicen. Muchas tareas me recuerdan a las cosas que hacía con mi suegra cuando llegué a Chinatown años atrás. Esas tareas me acercaron a ella, al igual que estas me han acercado a la suegra de Joy (digo «suegra de Joy» porque carece de lo que considero un nombre como es debido. Nació en el seno de la familia Fu y fue anónima hasta que se casó a los catorce años. Luego añadieron *shee* al apellido familiar para indicar que ahora era una mujer casada del clan Fu: Fu-shee). Somos un grupo reducido, todo mujeres de cierta edad, pero, insisto, no tan mayores. Hoy nos sentamos a ensartar ajos, contar historias y quejarnos de los maridos, el trabajo doméstico y la visita de la hermanita roja, como han hecho madres, hermanas y amigas durante milenios.

—Somos afortunadas de vivir aquí, porque podemos utilizar arena para absorber la sangre —dice una mujer—. ¿Recordáis cuando me uní al Ejército de la Octava Ruta después de atravesar nuestro condado? Utilizábamos arena envuelta en un trapo y nos la poníamos entre las piernas. A veces usábamos flores suaves y otras plantas. Cuando fuimos a la tundra, en el extremo norte, las mujeres de la zona nos enseñaron a utilizar hierba seca.

—Cuando era niña y aún vivía en mi aldea natal, usábamos una hoja de un árbol que crecía al lado del río —rememora Fu-shee—. Mi madre me dio diez hojas secas para utilizarlas toda la vida. Cada mes penetra la sangre, se seca, y vuelves a utilizar la misma hoja al mes siguiente; van haciéndose cada vez más duras con el paso de los años. Me alegro de haberme casado en esta aldea.

Me preocupa que alguien me pregunte qué utilizo yo. ¿Creerían que compré suministros sanitarios en Hong Kong o que mi hermana me envió algunos de Estados Unidos? ¿Que tiro las compresas después de usarlas? No les parecería bien, e incluso podría tener consecuencias negativas para mi hija. Pero hay todavía alguien más sospechoso que yo.

—¿Y tú, Yong? —pregunta alguien—. Viviste en la aldea y siempre oímos que utilizabas algo especial.

—Me arrepiento de esos días y reconozco mis errores —responde Yong, contrita.

En otras comunas, algunas mujeres se quitan poco a poco las vendas de los pies para evitar un trauma emocional y físico —que las dejaría totalmente lisiadas— y permitir así que los pies recuperen gradualmente su forma original para que puedan trabajar en el campo. En nuestra comunidad solo tenemos una mujer con los pies vendados, y hasta el momento nadie le ha pedido que lo haga. Aun así, son un recordatorio visible de su pasado privilegiado. Las demás se inclinan hacia delante, esperando su confesión.

—Las mujeres de la aldea utilizaban las cenizas perfumadas del incienso que quemaban en la sala ancestral.

—¡*Aiya*! ¿De la sala ancestral?

—¡Bah!

Las mujeres menean la cabeza con incredulidad. Si no fuese una cuestión exclusiva de las mujeres, Yong probablemente sería atacada durante una de las sesiones de estudios políticos o sería obligada a hacer autocrítica en público.

—Pertenecías a la clase terrateniente —interviene alguien—. Podías hacer lo que quisieras.

—Esa debía de ser tu impresión —responde Yong—, pero no solo tenía que obedecer a mi marido, sino también a la primera, la segunda y la tercera esposa. Qué crueles eran, peores que la peor suegra.

Me resulta incómodo oír hablar de malas suegras, porque Fu-shee no ha acogido a mi hija como a Joy le gustaría. Pero ella no entiende que algunas relaciones son tan profundas y fundamentales que no pueden cambiar solo porque el presidente Mao diga que deben hacerlo. Sabe, pero no quiere entender, que por defecto las suegras no se llevan bien con las nueras. Le he explicado que el carácter que significa «pelea» son dos mujeres debajo de un mismo techo. Le he recitado el viejo dicho: «Una esposa amargada resiste hasta que se convierte en suegra», que significa que una mujer debe trepar lentamente la jerarquía familiar antes de inspirar respeto. Sin embargo, según Joy, estas ideas no tienen cabida en el nuevo orden social. Dirá lo que quiera, pero las suegras serán así cuando yo haya muerto, cuando Joy ya no esté y cuando el presidente Mao sea solo un mal recuerdo.

A las once nos tomamos un descanso para desayunar en la cantina, que es algo que me encanta. En la Nueva Sociedad las mujeres ya no tienen que cocinar para su familia. Nos lo dan todo hecho. Algunos se quejan de que los comedores comunales están destruyendo la esencia de la familia china. Al fin y al cabo, la familia se construye en torno al desayuno, el almuerzo y la cena. Pero aun así estamos comiendo juntos, ¿no? Desde mi llegada han ampliado la cantina (no se necesitó gran cosa, más tallos de maíz atados para formar las paredes y un techo endeble sobre una estructura de bambú), y ahora tiene capacidad para mil personas. Esta mañana, como en todas las comidas, los niños corren entre las mesas, las ancianas cuchichean y los demás hablan del tiempo y de la próxima cosecha. De este modo, cada comida es como un banquete, si no fuera porque los altavoces se imponen a la cháchara y las risas para emitir noticias llegadas de la capital, música patriótica y mensajes de ánimo para construir una China mejor.

Encuentro a Joy arrodillada delante de su marido y su suegro, curándoles los cortes de los pies. Me siento a su lado para prestarle ayuda. No tienen zapatos de piel y rara vez llevan siquiera sandalias. Tienen los pies duros, pero no lo suficiente para caminar por unos campos llenos de fragmentos de cristal.

Miro de soslayo a Joy, que frunce los labios mientras arranca trozos de vidrio de los pies callosos, agrietados y sangrantes de su suegro. ¿No se da cuenta de que es una locura? ¿Es que nadie ve los errores que se están cometiendo? Al percatarse de que estoy observándola, me mira. Dibuja una sonrisa y yo la correspondo automáticamente. ¿Es una disculpa o está avergonzada? No he venido aquí a criticar, aunque ardo en deseos de hacerlo. Creo que confiará en mí si le doy tiempo.

Pam, pam, pam. Una nueva semana, un nuevo mes. Me pongo la misma ropa y la misma cara sonriente.

En la cantina, la gente se admira cuando los altavoces anuncian las extraordinarias actividades que llevan a cabo otras comunas. «Salid, apuntad alto y obtened resultados económicos más grandes, rápidos y mejores para la construcción del socialismo», lee el locutor con entusiasmo. «En Hunan han producido rábanos tan grandes como un bebé. En Hopei han cultivado melones más grandes que un cerdo. En Kwangtung los escolares han cruzado una calabaza con una papaya, los agricultores, un tulipán con una alcachofa, ¡y los científicos del Gobierno, tomates con algodón para fabricar algodón rojo!» Es imposible que esos logros sean reales, pero a todo el mundo le encanta oírlos. Necesitamos hallar inspiración donde podamos si hemos de conseguir la que, según dicen, será la mejor cosecha de los últimos años.

Hoy la comuna ha organizado un concurso. ¿Qué aldea —Estanque de la Luna, Puente Negro o Dragón Verde— hará la cosecha más rápido? Hoy será mi primera jornada entera en el campo, ya que se necesita a todo el mundo si el Dragón Verde quiere ganar.

—Bebed mucha agua —recomienda Joy—. Durante el descanso comed verduras en vinagre. Os ayudarán a recuperar sal. Ah, y vaciad los zapatos siempre que podáis, porque si no os saldrán ampollas. ¡Yo lo aprendí a la fuerza! —sonríe—. Quedaos conmigo y os enseñaré qué debéis hacer.

Joy me cubre el pelo con un pañuelo, me cala un gran sombrero de paja y me da una guadaña. Es la primera vez que tengo una en las manos y me muestra cómo debo utilizarla. Después coge una cesta y tomamos posiciones con otros miembros de los equipos de trabajo del Dragón Verde en un arrozal dorado. El líder de brigada Lai hace sonar un silbato. Joy y yo trabajamos hombro con hombro tan rápido como podemos. No somos muy diestras y no cortamos demasiados tallos.

—¿Qué pasa con el grano que cae al suelo? —pregunto.

—No te preocupes por eso —responde Joy—. Date prisa.

No tiene sentido, pero estoy con mi hija y me está hablando. Cada paso me acerca más a ella, ¿no es así?

La Aldea del Estanque de la Luna gana el concurso. Después hay que cosechar tres maizales pequeños. El Estanque de la Luna vence de nuevo, aunque el Dragón Verde y el Puente Negro llenan más cestas de maíz. Y así proseguimos hasta la hora de comer. En la cantina se respira un ambiente animado. Veo rostros sudorosos salpicados de tierra. Oigo risas y puyas inocentes. Todos tenemos hambre, y la comida es abundante: sopa de melón, ternera estofada con salsa roja, tofu con jamón curado, verduras salteadas con ajo y guindillas y brotes de bambú frescos.

—Lo has hecho muy bien, mamá —me susurra Joy en inglés. Percibo orgullo en su voz. Esta vez mi sonrisa es sincera.

Después volvemos al campo, donde se celebran más concursos: más maíz, más arroz y luego un rápido cambio de ritmo para arrancar hojas caducas y duras de las plantas de té. El entusiasmo de la mañana se disipa con el transcurso de las horas. Estamos cansados, pero todavía irradiamos determinación. El equipo del Puente Negro se retira de la competición y el Estanque de la Luna y el Dragón Verde empatan.

—Para el último desafío tendréis que recoger boniatos —anuncia el líder de brigada Lai.

No me parece justo organizar esto a última hora del día. De hecho, no me parece justo plantear este desafío en absoluto. ¿Boniatos? No son como los que había en Los Ángeles: grandes, gruesos y de color naranja. Ni siquiera allí me gustaban demasiado y solo los cociné una vez con malvavisco porque Joy decía que teníamos que comerlos el día de Acción de Gracias.

Aquí, los boniatos se cultivan como forraje para los búfalos de agua y demás ganado. Pero yo quiero hacer feliz a Joy, así que corremos de un extremo a otro del campo, cavando, arrancando y lanzando boniatos a la cesta, pero dejando muchos en el suelo. Antes hemos aprendido bien la lección: la rapidez es más importante que la cantidad. Nuestro equipo acaba el primero y gana el premio de la Comuna Popular Diente de León Número Ocho a los cosechadores más rápidos. A cambio obtenemos más cupones de arroz, que ya recibimos en abundancia. No lo entiendo, pero mi hija está encantada y nos damos un abrazo. Veo semblantes de desaprobación por esta muestra de afecto. Les devuelvo la mirada con una sonrisa en la cara. ¿Qué pueden hacerme?

—¿Quieres que volvamos a la villa a darnos un baño? —susurro a Joy al oído.

Ella se aparta y me lanza una de esas miradas que soy incapaz de interpretar. Entonces dice:

—Sí, me gustaría. Me gustaría mucho —baja el tono y añade en inglés—: Gracias, mamá.

Me duelen los músculos y estoy exhausta, pero regreso a la villa, cojo agua, enciendo un fuego en el hornillo y la caliento en la última olla grande que nos queda. Kumei me ayuda a arrastrar una bañera hasta la cocina y se va. Puede que todas seamos mujeres, pero la carne desnuda es algo demasiado íntimo como para compartirlo, incluso entre nosotras. Joy se quita la ropa y se mete en la bañera. Veo que ya no lleva el saco colgado del cuello. Se sienta con las rodillas encogidas debajo de la barbilla. Su entusiasmo se diluye en el agua caliente. No parece darse cuenta de que ha bajado la guardia y reaparece ese desánimo que detecté la mañana después de la boda.

—¿Recuerdas cuando te bañaba en el fregadero? —le pregunto. Joy niega con la cabeza y añado—: Supongo que eras muy pequeña. De hecho, eras un bebé. Papá se sentaba a la mesa y nos miraba. Y los abuelos también.

Cojo un trapo, lo sumerjo en agua, echo un poco de jabón y le lavo la espalda a mi hija con movimientos amplios y rítmicos.

—¡Cómo te reías! Me encantaba ese sonido, nunca lo olvidaré. ¡Chapoteabas en el agua hasta que me dejabas empapada y el suelo de la cocina quedaba hecho un estropicio!

Me río al recordarlo.

—¿Y a papá Louie no le molestaba?

—Ya sabes cómo era: *Pan-di* para aquí, *Pan-di* para allá. Ladraba mucho, pero te quería. Tu *yen-yen* te quería. Tu *baba* te quería. Te quería más que a nada en el mundo.

Un temblor le recorre todo el cuerpo. «Cállate antes de que vayas demasiado lejos», me digo.

—Ya que estamos aquí, déjame lavarte el pelo.

Vierto el agua tibia en el cabello de Joy. Lo lavo y lo aclaro, dejando que el agua le caiga por la espalda.

—No digo que no hubiera momentos difíciles —continúo—. Los hubo. Pero, Joy, cuando te sacaba del fregadero, rosada y resbaladiza, te envolvía en una toalla y te dejaba en el regazo de tu *baba*, nadie en el mundo era tan feliz como nosotros.

Ojalá tuviera ropa limpia que darle a Joy, pero se pone la misma indumentaria sucia y sudada que ha llevado hoy y llevará mañana. Vamos juntas hacia la entrada principal.

—¿Volverás? —pregunto, casi como si fuese un conocido, pero manteniendo cierta distancia, consciente de cómo es.

Joy asiente.

En mi cuarta semana en la comuna, como en la cantina, el líder de brigada Lai pregunta a un grupo de agricultores cuánto trigo puede producir por *mu*.

—No cultivamos trigo —responde el padre de Tao, y varios hombres asienten—. Nunca lo hemos hecho. Cultivamos arroz, té y algodón, semilla de colza y verdura.

—Sí, pero este otoño, ¿cuánto maíz cultivaréis por *mu*? —insiste el líder de brigada Lai.

El padre de Tao consulta a los demás campesinos antes de responder.

—Puede que trescientos *jin*.

—¿Trescientos *jin*? ¡Que sean ochocientos o mil!

—Eso es imposible —observa el secretario del partido Feng

Jin, que es reacio a aceptar las ideas del líder aunque sea arriesgado enfrentarse a él.

—¡Nada es imposible en el Gran Salto Adelante! —Al notar que los agricultores no están con él, el líder de brigada pregunta—: ¿Cuánto grano necesitáis para comer?

—Siempre hemos consumido al menos *jin* y medio de fécula al día.

No es mucho. Un *jin* de cereales da para un bollo, un cuenco de gachas y arroz para el almuerzo y la cena.

—Ahora coméis mucho más —precisa el líder de brigada Lai.

Y es cierto. En las comidas hay arroz más que suficiente. De hecho, estoy convencida de que he ganado peso desde que llegué a la comuna.

—Esto es lo que haremos para la primera cosecha de trigo —continúa el líder de brigada—. Se llama siembra intensiva, y se plantan seis veces más cereales de lo normal en un solo campo.

Los hombres gruñen.

—No funcionará —dice uno—. Si siembras las semillas demasiado cerca, las plantas mueren por falta de sol y de nutrientes.

—Ahí te equivocas —replica el líder de brigada—. El presidente Mao dice que la siembra intensiva será como conseguir que las masas formen un flanco sólido en la guerra contra los avances del imperialismo. ¡Pensad en cuánto trigo plantaremos! Más de setecientos *jin* por *mu*. —Al menos ha rebajado sus cálculos—. Habrá tanto trigo que tendremos que regalarlo. ¡Seremos una comuna modélica!

—¿Y dónde vamos a plantarlo?

—Arrancaremos algunas plantas de té y modificaremos los campos de verduras —espeta el líder de brigada Lai—. Nuestro gran presidente dice que quiere trigo, y trigo le daremos.

El locutor de radio anuncia la hora. Los campesinos se levantan poco a poco, meneando la cabeza. ¿Cómo se puede razonar con una persona que ha vivido siempre en la ciudad sobre cosechas y terrenos que tú y tus antepasados habéis trabajado durante generaciones? Incluso yo sé, gracias al jardincito que tenía en Los Ángeles, que lo que propone el líder de brigada no funcionará, pero todo el mundo tiene miedo de manifestar demasiadas críticas o escepticismo. Nadie quiere meterse en líos. Nadie quiere que lo señalen. Quienes tienen poco que perder no están dispuestos a perderlo. Todos mostramos nuestra mejor sonrisa y nos reunimos bajo el sol con nuestros equipos de trabajo.

Esta tarde, las mujeres del grupo de edad avanzada cuentan historias sobre partos. Oigo un relato espantoso tras otro, y les cuento que yo perdí a un hijo durante el alumbramiento. Perder a una hija es triste, me dicen. Perder a un hijo es trágico. Lloran conmigo, y me siento parte de la comunidad como nunca antes.

Cuando se acerca el final de la jornada, los habitantes vuelven desordenadamente a la aldea después de realizar los trabajos que les han sido asignados. Joy y Kumei entran juntas en la plaza. Joy tiene los hombros encorvados y la mirada atormentada.

—He recibido una carta de la aldea de papá Louie —dice, sosteniendo un sobre sin abrir y señalando el remitente—. ¿Por qué me habrán escrito?

—Probablemente contenga una carta de May —digo—. Le escribí y le dije que estábamos aquí.

Joy medita mis palabras.

—¿Por qué no la abres?

Joy rompe el sobre y cae una fotografía al suelo. La recojo y allí está May en nuestro patio trasero. A su alrededor se aprecia una cascada de rosas Cecile Brunner en una exuberante muestra de la fertilidad del sur de California. May sostiene un perro pequeño y suave, lo que yo denominaría un perrito ladrador.

—Déjame ver —dice Joy.

Le doy la fotografía y los demás se arremolinan para verla. Las mujeres del grupo de trabajo observan la imagen con incredulidad y señalan el atuendo de May: una falda con unas grandes enaguas, un delgado cinturón y zapatos de tacón forrados de seda a juego con la blusa. Comentan el maquillaje y le tocan el peinado con los dedos.

—¿Por qué tiene un perro? —pregunta Fu-shee.

—Sí, ¿por qué? —insiste Kumei.

—Es una mascota —responde Yong, la que en su día fue una chica de Shanghái.

—¿Una mascota? ¿Qué es eso?

—Un animal que se tiene por diversión —explica Yong, dándoselas de mujer de mundo—. La gente juega con él. —Al ver las miradas de incredulidad de las otras, añade—: ¿Por diversión?

La respuesta es recibida con resoplidos de desaprobación.

—¿Qué ha escrito la tía May? —pregunto.

Joy entrega la foto a las mujeres, que siguen comentándola y mirándola con una mezcla de disgusto, asombro y excitación. Es como si estuvieran viendo a una estrella de cine de antaño, si no fuera porque esta gente (con la salvedad de Yong, quizá) nunca ha visto una película, y mucho menos a una celebridad. Joy sostiene la carta cerca del pecho, y no es porque no quiera que las mujeres de la aldea vean lo que hay escrito en ella. A May nunca se le han dado bien los caracteres chinos, así que estoy segura de que la carta está en inglés. Joy no quiere que la vea yo.

—«Querida Joy —lee mi hija, traduciendo poco a poco—, tengo entendido que debo felicitarte. Espero que estés profundamente enamorada. Esa es la única razón para el matrimonio —Joy frunce el ceño. Difícilmente son deseos sinceros—. Incluyo una fotografía. El perro se llama *Martin*, me lo ha regalado mi amiga Violet. Dice que me ayudará en mi soledad. No sabe que le he puesto el nombre de uno de mis amigos especiales.»

Oh, May. Meneo la cabeza. Menciona a su amiga Violet, cuando en realidad es amiga mía. Ha sido mi única amiga aparte de mi hermana. Y luego está lo del perro. Me digo a mí misma que Violet solo está siendo amable con mi hermana, y eso puedo soportarlo. Pero ¿quién es Martin? Me refiero al amigo especial, no al maldito perro. ¿No se da cuenta de que es viuda?

Conozco el verdadero motivo de esas palabras. Son una venganza contra mí. He escrito a May con regularidad y ella ha guardado silencio deliberadamente. Pero la entiendo; yo estoy aquí con Z.G. y ella no.

—«Tienes que contarme tu nueva vida —continúa Joy—. Háblame de tu padre. Estoy deseando saber cómo lo estáis pasando juntos. —Joy no tiene por qué leer esta parte en voz alta, pero lo hace. Parece que esta carta ha reavivado la ira que abriga hacia May y hacia mí, y siempre ha sabido ejercer de cuña entre nosotras—. Por favor, escríbeme... —Joy levanta la vista de la carta, observa a quienes le rodean y dice—: Termina con una felicitación por nuestra extraordinaria cosecha.

No tengo ni idea de qué ha escrito May, pero estoy convencida de que no era eso. De camino a la cantina, Joy tiene los ojos entornados y no dice nada en toda la cena. Después, vuelve a la villa para darse un baño. Esas noches se han convertido en un ritual que anhelo. A veces, Kumei y Yong, después de superar su reticencia inicial, se sientan en unos taburetes de la cocina, cerca de nosotras, y charlamos, tomamos té y relajamos los huesos después de un duro día de trabajo. Ta-ming está sentado en el suelo punteando las cuerdas de un violín. Por lo que sé, su padre era una persona culta. Ahora, el instrumento, una de las pocas posesiones del terrateniente que no fueron destruidas ni confiscadas durante la Liberación, le pertenece. A veces toca las cuerdas con los dedos, como hace ahora, o lo sostiene como un *erhu*, verticalmente sobre su regazo, y utiliza el arco. Suena horrible, pero no tanto como las marchas militares que oímos por los altavoces.

Normalmente, cuando estamos juntas Joy derriba los muros que la rodean. Esa melancolía sigue formando parte de su esencia, pero algunas noches ríe, cuenta chistes e incluso chismorreos. Es en esos momentos cuando me siento más cerca que nunca de ella, como si hubiésemos realizado la transición de madre e hija a amigas, pero hoy está agitada. Ahuyento a Yong, Kumei y Ta-ming, me siento en un taburete cerca de la bañera y contemplo a Joy restregarse la piel como si eso fuese a limpiarle el alma. Si puedo hablar de mis errores y fracasos, tal vez podrá comprender que tiene que perdonarse a sí misma. Mis mayores equivocaciones han guardado relación con May, y Joy siempre ha estado en medio.

—No siempre he sido la mejor hermana —digo, tratando de parecer lo más conversadora posible—. A menudo he sido impaciente con May. No he sido tan comprensiva como podía. Z.G. también ha estado entre nosotras durante veinte años. Cuando vuelvo la vista atrás me doy cuenta de lo ciega que he estado. Le quería, pero él amaba a May.

—Ahora estás aquí —dice Joy con benigna resignación—. Z.G. vendrá a buscarte. Todavía podéis estar juntos.

¡Caray! Yo también lo he pensado. Z.G. vendrá a por mí, iremos a Cantón, nos alojaremos en un hotel... Pero qué extraño que Joy diga eso.

—No he sido buena hermana —repito—. Desde que regresé a China he tenido mucho tiempo para pensar en lo duros que habrán sido para May todos esos años...

Joy menea la cabeza, no quiere oír eso.

—No tiene por qué gustarte, pero es la verdad. Te quiero y siempre serás mi hija. Tiene que haber sido muy difícil para May. Lo entiendes, ¿verdad?

—Sí, pero ¿por qué ibais a quererme? ¿Por qué iba a quererme nadie?

Todavía es una niña que necesita una prueba de mi amor y de su valía.

—Porque eres inteligente y hermosa y tienes mucho talento...

—¿En qué?

—Eres actriz desde una edad muy temprana. Se te daban bien la lengua y la caligrafía chinas. Ahora veo que naciste con un talento que no he reconocido hasta hace poco: tus habilidades con el pincel. Es como si te viera en esos trazos.

—Eso lo dices porque te ves obligada, pero nada cambiará el hecho de que mis padres no me querían. Incluso antes de que naciera sabían que no merecía su amor. Por eso me dieron en adopción.

—¿Cómo puedes pensar eso?

Esto es peor que su sentimiento de culpabilidad por el suicidio de Sam, porque atañe a su esencia misma y a su valía para nuestra familia y para el mundo.

—Z.G. no sabía que May estaba embarazada. Ella te quería tanto que te entregó a mí para poder estar siempre contigo. Y, si somos sinceras, ¿con quién pasabas más tiempo cuando eras pequeña, con tu tía o conmigo?

—Con la tía May.

—Eso es porque te quería, y yo también.

—Pero ¿es que no te das cuenta? Ese es uno de los motivos por los que huí. Siempre os habéis peleado por culpa mía. Si me hubiera quedado, al final habría tenido que elegir a una de las dos.

—¿Elegir? Cariño, eso solo demuestra lo mucho que te queríamos.

—Pero no lo merecía.

—¡Pues claro que sí! Tus abuelos te querían. Los tíos te querían. May, Vern y tu padre te querían. Eras una perla en la palma de su mano. Y yo...

¿Realmente no se da cuenta de lo mucho que la quiero? Mi hija y yo nos miramos, y veo que su duro caparazón está agrietándose y por debajo asoma la dulzura de la comprensión. Era y es querida. Le caen lágrimas por las mejillas.

—He fallado en muchas cosas —dice—. Le fallé a papá. Os fallé a ti y a la tía May. Y no soy buena esposa.

—No puedes culparte de todo —digo, pero en mi fuero interno me castigo por ello.

¿Cómo puede haber perdido tanta confianza? ¿Es por culpa del secreto que guardábamos May y yo? Tiene que darse cuenta de que nadie es perfecto.

—Yo tampoco he sido la mejor esposa, hermana o hija.

—A mí me parecías perfecta.

—Sabes que me equivoqué en muchas cosas. May y yo te mentimos. No hice suficiente para ayudar a tu padre. —Vacilo. Este tema todavía es doloroso para ambas, pero no pienso engañarla, aunque ello la haga sentirse mejor en este momento. Se merece algo más—. Todos tenemos parte de responsabilidad en lo que le ocurrió a tu padre. Nadie es inocente, pero tampoco somos malvadas ni nos está vetada la redención.

Acerco el taburete a la bañera, hundo una taza en el agua y la derramo sobre el cabello de mi hija. Luego se lo enjabono, dejando que todo el amor que siento irradie de mis dedos y penetre en el cuerpo dolorido de mi hija, con la esperanza de que libere su tristeza, destierre el pasado y se perdone a sí misma de una vez. Y, después de esta noche, el espíritu de Joy es más liviano, lo cual me hace sentir agradecida.

Pearl

Un círculo perfecto

Nacimiento, crecimiento, ocaso y muerte. Todos los festivales chinos nos recuerdan que formamos parte de ese ciclo. Es el decimoquinto día del octavo mes lunar, hacia mediados de septiembre según el calendario occidental. Ya se ha recogido la cosecha récord, pero en el esfuerzo por producir acero o competir se han ignorado campos enteros, y melones, calabazas y nabos se pudren literalmente en cepas, en tallos y en la tierra. Han traído el arroz, aunque incluso este preciado cereal se ha quedado en sus vainas o puede encontrarse en la plaza principal, donde lo tamizamos, clasificamos y secamos. Nos han animado a comer sin parar. Esta manera de pensar es justamente la antítesis del resto del mundo, porque nunca sabes cuándo llegarán tiempos difíciles, pero obedecemos y disfrutamos del proceso.

Me cuentan que esta es la época habitual de tranquilidad y celebración, pero este año es distinto. El líder de brigada Lai ha ordenado a los equipos que aren lo que queda en los campos para que los agricultores puedan plantar el trigo de invierno. Las semillas son lo más densas posibles, entre cuarenta y cincuenta *jin* por *mu*, en lugar de dieciocho. A algunos nos envían a los campos de maíz a recoger tallos para dar más peso a los muros y el techo de la cantina antes de la llegada del invierno. Todavía hay que talar algunos árboles y bajarlos de las colinas para mantener en funcionamiento los hornos. Parece que se ha echado en ellos gran parte del metal, pero aún se escucha el sonido de algunos utensilios antes del amanecer y bien entrada la noche, provocando la insensata muerte de los gorriones que quedan.

Puede que no corran tiempos tradicionales, pero algunas cosas siguen siendo inamovibles y ciertas. Hoy la luna está más cerca de la Tierra que en ningún otro momento del año. Ahora pueden llamarlo Festival de Mediados de Otoño, pero para mí siempre será el Festival de la Luna. La familia de Tao nos ha invitado a Kumei, a Ta-ming y a mí a celebrar la unión familiar, la cosecha y la luna. La cantina ha preparado pasteles en forma de luna rellenos de una pasta azucarada de dátiles, frutos secos y albaricoques caramelizados. En la parte superior llevan estampadas imágenes de un sapo de tres patas y un conejo. Llevo una caja de pasteles a casa de Joy. *Tuanyuan*, la palabra para designar una reunión, significa literalmente «círculo perfecto», y eso son la luna, los pasteles y nuestra familia esta noche. Jie Jie y algunos niños están tumbados en el suelo o sentados en cuclillas contemplando la luna. Les entrego los pasteles. Los niños no son lo bastante mayores como para tener recuerdos agridulces, pero los adultos sí. Vemos los pasteles y recordamos los años pasados, la gente que ya no está y las vacaciones felices.

—Espero que este año podamos crear recuerdos para el futuro —dice Joy.

Llevo siete semanas aquí. Joy sigue viniendo a la villa a bañarse por las noches. Ha dejado de quejarse de su suegra y nunca parece molestarle el hecho de vivir en una casa tan abarrotada de gente, en su mayoría niños. La he visto pintar y he descubierto un aspecto de mi hija cuya existencia ignoraba. La he visto trabajar en el campo con una sonrisa aunque le ardiera la piel. Ha dado un giro. Aunque ha vivido sus tragedias, puede reír, ser feliz en su matrimonio y trabajar con entusiasmo en algo que es verdaderamente más importante que ella. Así pues, por más que quiero a Joy, iré con Z.G. a la Feria China de Servicios de Exportación en Cantón cuando venga a buscarme. Mi hija es ahora una mujer casada. Ha elegido una vida que yo no querría para mí, pero es su vida y tendrá que averiguar las cosas por sí misma, como una mujer. Me mata separarme de ella, pero es lo mejor y lo único que puedo hacer como madre.

Llegado el momento de depositar unos pasteles en el suelo a modo de ofrenda, nos sentamos —madre e hija— con varios niños correteando por allí. Esta noche no son necesarias las lámparas de aceite. La brillante luna nos ilumina y las sombras bailan a nuestro alrededor. Joy me coge de la mano y se la apoya en la rodilla.

—Esta es una noche especial —dice a los niños—. La Dama de la Luna escuchará vuestros deseos y os concederá lo que pidáis, pero solo si sois amables y nadie os oye.

Joy y los niños miran el astro. Yo también contemplo el conejo que vive allí, extrayendo siempre el elixir de la inmortalidad. Mi deseo es sencillo: que mi hija siga siendo feliz.

A finales de octubre, Z.G. vuelve a la aldea. Esa noche hago las maletas, agradezco a Yong y Kumei su hospitalidad y prometo a Ta-ming que le enviaré libros y papel. Por la mañana, Joy nos acompaña a lo alto de la colina.

—Escríbeme —le digo—. Cuando termine la feria de Cantón, volveremos a Shanghái. Estaré cerca si me necesitas.

Luego, Joy nos observa mientras descendemos el polvoriento camino que conduce a la carretera principal. Yo no dejo de mirar atrás y despedirme hasta que la pierdo de vista.

Es una de las pocas veces en mi vida que he estado sola con Z.G. En el pasado, May siempre estaba presente. Desde mi regreso a China, casi siempre nos ha acompañado Joy. En estos últimos meses, Z.G. y yo nos hemos vuelto a conocer. Es el padre de Joy y yo soy su madre, y eso nos une en un nivel profundo. Ahora que estamos solos, creo que ambos sentimos ansiedad por lo que pueda ocurrir. Me he dicho a mí misma que no deseo que pase nada. Amo demasiado a mi hermana y no quiero desbaratar el equilibrio que Z.G. y yo hemos encontrado con Joy, pero mentiría si no dijera que entre nosotros reina la incomodidad de la expectativa, primero en el autobús y más tarde en el barco que nos lleva a Cantón. No sé qué decir y él no sabe dónde mirar.

Cuando llegamos a Cantón vamos a un hotel y nos registramos en habitaciones separadas, por supuesto. Asistimos a una cena informal con la delegación de Shanghái, todos ellos desconocidos para ambos. Brindamos con *mao tai*, un licor muy potente. Comemos cuencos de fideos y después llegan más brindis. Todo el mundo ríe y cuenta chistes, y me recuerda a cuando Z.G. y yo éramos jóvenes y cada noche era así. Cuando llega el momento de dispersarnos, me sorprende lo mareada que estoy. Z.G. se encuentra aún peor, y se tambalea por el pasillo que lleva a nuestras habitaciones. Llegamos primero a su puerta; me empuja adentro y no me resisto. Me convenzo a mí misma de que el *mao tai* está volviéndome incauta y de que me iré en un minuto. Pero al instante me encuentro entre sus brazos y estamos besándonos, quitándonos la ropa y yendo hacia la cama.

Lo sé, lo sé, una viuda no debería ir nunca con otro hombre. Tiene que pasarse el resto de su vida respetando la castidad. Pero he amado a dos hombres en toda mi vida: Sam y Z.G. El amor que sentía por Sam obedecía a la gratitud, la confianza y el respeto. Mi amor por Z.G. nació cuando era solo una niña. Ha sido el gran amor de mi vida, mi gran pasión. May decía que era un capricho, y tal vez sea cierto, pero aquí estoy yo, y aquí está él, y ambos nos sentimos más que achispados y nostálgicos de la gente a la que amamos. Y, si somos honestos, los hombres se sienten atraídos por las mujeres que están locas por ellos, como yo lo estuve en el pasado. De repente, todo es muy sencillo: la habitación de hotel, con las defensas bajas a causa del alcohol, y la oportunidad. Aquí nadie nos conoce. Nadie lo sabrá jamás. Y, además, ¿no sería extraño que no ocurriera? Aun así, somos lo bastante inteligentes como para adoptar precauciones.

—No quiero que te quedes embarazada —dice Z.G.

—Es imposible —respondo. Por suerte, no pregunta el motivo.

Z.G. tiene la sensatez de levantarse a buscar una toalla del lavabo y eso me da un segundo para pensar. ¿Qué estoy haciendo? Entonces lo veo volver a la cama. Está desnudo y preparado. Una mujer decente apartaría la mirada, pero lo observo fijamente. Su cuerpo es hermoso. Desliza la toalla debajo de mí para que absorba cualquier fluido que pueda escaparse y no manche las sábanas, cosa que las camareras podrían comunicar al jefe de planta, quien, a su vez, podría dar parte a autoridades más elevadas. Y entonces... entonces...

Sabe exactamente dónde tocarme y dice:

—Conozco la forma de tu cuerpo porque lo he pintado muchas veces.

Me encuentro segura y me olvido por primera vez de lo que me sucedió durante la violación. No albergo ningún sentido del deber o la obligación, que a menudo me invadía con Sam, aunque fuese la amabilidad personificada. No diré que todo es perfecto en esa zona de ahí abajo, pero siento algo que no he sentido nunca.

Después, tumbados en la cama, Z.G. toca el saco que llevo colgado del cuello.

—Joy lleva uno igual —dice—. ¿Qué es?

—Mi madre nos regaló uno a May y otro a mí —al pronunciar esas palabras, siento que mi conexión con Z.G. se desvanece—. May le dio el suyo a Joy cuando nació.

Me incorporo y me cubro los senos con la sábana; de repente me siento avergonzada. Amo a mi hermana, y puede que lo que acabo de hacer no sea una atrocidad, pero tampoco ha estado bien.

—Tenemos que pensar en May —digo.

—Es cierto —responde Z.G., que parece mucho más sobrio.

—Has vivido mucho tiempo sin ella, pero desde luego no he sido la única otra mujer que ha habido en tu vida.

¿Por qué estoy diciendo eso? ¿Para sentirme menos culpable?

—Soy un hombre, y han pasado más de veinte años.

Encajo su respuesta en silencio. Entonces pregunta:

—¿Has oído hablar de Ku Hung-ming? Vivió al final de la dinastía Ch'ing. Él decía: «Un hombre es idóneo para cuatro mujeres, igual que una tetera es idónea para cuatro tazas» —se ríe tímidamente—. Siempre he pensado que si esa filosofía era buena para el presidente Mao, también lo era para mí.

—Pero no lo es. Tú amas a May.

Finalmente, después de todos estos años, me siento en paz con esa realidad.

—Pearl...

—No tienes que disculparte por nada —le pongo una mano en el brazo—. Nunca sabrás lo mucho que ha significado esto para mí —señalo las sábanas arrugadas—, pero no puede volver a ocurrir.

Me cubro con la sábana al salir de la cama. Z.G. se tapa con la colcha, pero me cuido mucho de mirarlo. Recojo la ropa del suelo, voy al baño y me visto. Me miro en el espejo. Todavía tengo las mejillas sonrosadas por el *mao tai* y la relación conyugal, pero me veo muy distinta. Por fin he terminado con Z.G. y con mi temor al sexo. Se han cerrado dos círculos. No está claro qué significará esto para mí —una viuda—, pero ahora siento que se me brindan algunas posibilidades que no he tenido desde que era joven.

Me despido de Z.G. con aire compungido, compruebo que el pasillo está desierto y salgo de su habitación. Por la mañana nos reunimos para desayunar, como buenos camaradas, y acudimos a la feria. No volveremos a hablar de lo sucedido, pero antes de abandonar Cantón escribo una carta a May. No puedo borrar lo que he hecho con Z.G., pero sí apaciguarla. Estoy muy cerca de Hong Kong; me gustaría ir allí, coger un vuelo a casa y contárselo en persona. Por el contrario, mi carta viajará a la cercana Wah Hong, la meterán en otro sobre y, como de costumbre, cruzará la frontera y llegará a Chinatown, Los Ángeles.

Hay algo que debes saber. Z.G. es un conejo y tú una oveja. Z.G. te ama a ti y solo a ti.

Joy

Entre el amarillo y el verde

—¿Cuántas moscas habéis matado hoy? —pregunta el líder de brigada Lai mientras se pasea por nuestros dormitorios como parte de su inspección de limpieza instituida recientemente.

Los hermanos pequeños de Tao le muestran una taza en la que han depositado las moscas muertas.

—Eso está bien —les dice—, pero ¿habéis matado alguna rata o ratón?

No lo hemos hecho, y no le gusta.

—¿Y algún gorrión? —pregunta.

—No quedan muchos —responde el padre de Tao.

—Eso me han dicho algunos habitantes de la comuna —reconoce el líder de brigada Lai—. Pero ¿por qué sigo viéndolos volar? ¡Tenéis que poner más empeño! ¿Qué ha hecho vuestra familia por erradicar a otros insectos?

—Es invierno —dice el padre de Tao—. Mira —señala el papel que hemos pegado en las ventanas con pasta de arroz para que no entre el frío.

—Quitad el papel —recomienda el líder de brigada—. Dejad una lámpara encendida sobre la mesa. Por la mañana habrá muchos insectos muertos.

Esto me preocuparía más si no fuera porque el papel de arroz no es exactamente lo mismo que una ventana con cristal a prueba de vendavales.

—¿Tenemos que guardar lo que matemos para mostrártelo? —pregunta el padre de Tao.

—Por supuesto. No será una inspección si no veo lo que habéis cazado.

Cuando el líder de brigada Lai se ausenta, los niños se levantan de los colchones tendidos en el suelo. Los padres de Tao van a la otra habitación. Están intentando engendrar otro bebé. Como dice el presidente Mao y como me recuerda mi suegra a diario: «Con cada estómago llega otro par de manos.» En cuanto terminen mis suegros, llegará nuestro turno.

¿El matrimonio es lo que yo me esperaba? En absoluto. ¿Y aquella primera noche? No fue romántica, y Tao no se mostró demasiado caballeroso. Sé que su forma de ser y actuar en parte viene determinada por el hecho de haberse criado en este lugar, pero llegar hasta el final distó mucho de lo anterior. Sin embargo, lo que me preocupa no se limita al sexo. No había entrado en casa de Tao hasta ese día, así que no me había dado cuenta de lo pobre que es su familia. No tenía una cama de matrimonio como en la villa. No me regalaron mobiliario de baño que llegó a casa apilado en la parte trasera de una bicicleta como había visto en las calles de Shanghái, Cantón y Pekín. Disfruté pasando sin comodidades en la villa, pero aquí no tenía privacidad para utilizar el urinario con doce personas compartiendo dos estancias. Aquella noche, cuando nos desnudamos, Tao me pidió que me quitara el saco que me regaló la tía May. Me dijo que aquí estaba segura y que ya no necesitaba su protección. Obedecí porque es mi marido. Me convencí de que no necesitaba dinero, muebles ni un talismán para quererle y hacer el amor. Aun así, nada es lo que yo esperaba. Una cosa es tener una aventura campestre en una villa durante un par de semanas, y otra bien distinta darme cuenta de que tendré que vivir así el resto de mis días.

Esto es lo que he aprendido en tres meses de matrimonio: incluso en la Nueva Sociedad, las mujeres deben cuidar de su marido, de sus hijos y de los miembros más ancianos de la familia. Tienen que atender la casa, limpiar, coser y lavar la ropa. Además, deben trabajar fuera. Desde la inauguración de las comunas se han producido pocos cambios. Ahora se aplican tres normas a la mujer: no pueden trabajar en lugares húmedos durante la visita de la hermanita roja. Las embarazadas desempeñarán labores físicas livianas. Las madres trabajarán cerca de casa. También existen algunas reglas no escritas. Al final de la jornada, las mujeres deben estar preparadas para concebir a otro niño para la gran nación socialista. A cambio, tenemos que contentarnos con unas palabras de admiración y una palmadita en el hombro. Me aferro a esas cosas y me las guardo en el corazón como una prueba del amor de Tao y de mi valía.

La alternativa no es tan buena. «La crítica y la autocrítica deben aplicarse al matrimonio», me dice Tao cada día. «La unidad solo es posible cuando una parte libra la batalla esencial y apropiada contra los errores cometidos por la otra.» Ahora que estamos casados, según Tao, cometo muchos errores garrafales.

En su día estuve enamorada de Tao, pero el sexo es una decepción enorme. Aunque Tao me tocara los puntos adecuados y no fuese tan brusco y rápido, ¿cómo no iba a estar nerviosa e incómoda con diez personas en la otra habitación? A veces pregunto si podemos ir al Pabellón de la Caridad. Quiero sentir lo que sentía antes de casarnos. Me imagino todas las cosas que podríamos hacer si disfrutáramos de privacidad. Incluso he susurrado algunas a Tao. Noto su respuesta en mi mano, pero dice: «Ya no es necesario ir allí. Estamos casados. No deberías preocuparte tanto.» En otras palabras, lo intento pero ¿qué más da? A él no le importa.

Una cosa es el sexo, y otra la felicidad. Detesto este lugar, y ni siquiera estoy segura de que me guste Tao ahora que lo conozco.

Puede parecer algo repentino, pero no lo es. La mañana siguiente de casarme con Tao y todas las mañanas desde entonces he sabido que fue un error, pero soy un tigre testarudo y lo he aceptado como el castigo que creo merecer. Por otro lado, me flagelo continuamente por haberme dejado engañar e influir tan fácilmente. Sí, todavía sigo tan confusa como siempre.

Cuando mi madre estaba aquí no podía mencionar esas cosas porque no quería preocuparla. Intentaba fingir felicidad delante de ella después de aquella noche en que hablamos en la villa. Le dije lo que pensaba que quería oír. Necesitaba creer que era feliz para que me dejara aquí, pero lo cierto es que estoy destrozada. No solo he arruinado mi vida, sino también la suya. Mis acciones no hacen sino empeorar las cosas y soy incapaz de cambiarlas o arreglarlas. Y ahora que se ha ido, los oscuros sentimientos que me han asolado desde la muerte de mi padre me envuelven con su aceitosa negrura.

Durante todo el mes de noviembre me mantengo ocupada con mis labores de campesina: zurciendo ropa, preparando encurtidos y almacenando verduras secas. Los cerdos son sacrificados —lo cual resulta de lo más desagradable— y sumergidos en agua salada durante un par de semanas, y finalmente se los cubre con guindillas para ahuyentar a las moscas. Puesto que ahora formamos parte de una comunidad, sus miembros son colgados fuera del salón del liderazgo en lugar de las casas privadas. Seguimos comiendo tanto como nos apetezca en la cantina, pero con la llegada de diciembre y la bajada en picado de las temperaturas —y todos esos tallos de maíz adosados a las paredes de la cantina apenas contienen las inclemencias del tiempo— el líder de brigada Lai decreta racionamientos.

Tao me dice que no me preocupe.

—Esto ocurre siempre entre el amarillo y el verde. En los campos prácticamente no hay cosechas, empiezan a agotarse, y todavía no ha comenzado la plantación del Festival de Primavera.

—Pero yo creía que teníamos una cosecha récord —repongo—. ¿Cómo es posible que la comuna se quede sin comida?

—No te inquietes por esas cosas —responde mi marido, tratando de comportarse como un adulto, pero por otras personas me entero de que el líder de brigada prometió una enorme cantidad de cereales al Gobierno basándose en nuestra excelente cosecha. Cumplió su promesa entregando esa cantidad inflada, nos dijo que comiésemos tanto como gustásemos, y ahora el granero del salón del liderazgo está peligrosamente bajo.

A medida que transcurre el mes, el frío y la humedad se intensifican. La casa de la familia de Tao está orientada al norte, así que apenas recibimos el calor del sol invernal. El suelo está blanquecino por la escarcha. El agua corriente se congela por la noche. A veces cae nieve, pero se derrite con rapidez. Un aire gélido se cuela por las grietas de la puerta y el techo. A mi juicio, la ventana —hemos vuelto a pegar el papel de arroz— no impide que entre el aire frío ni mantiene el calor en el interior. Me paso el día expulsando vaho. La familia de Tao ha tenido mucho tiempo para aprender a arreglárselas. Van vestidos con capas y capas de ropa enguatada. Yo también, pero no me calienta.

Escribo a mi madre cada domingo, ya que es el único día que no tengo que trabajar para la comuna. Le hablo de Yong, Kumei y Ta-ming, y también del tiempo. Le digo que estoy aprendiendo a ser buena esposa. El lunes me dirijo al estanque y espero al cartero, que visita las distintas aldeas que integran la comuna montado en su bicicleta. Le entrego la carta, que llevará para que la clasifiquen, lean y procesen en el salón del liderazgo. Hoy me ha traído una, que leo en voz alta a toda la familia:

«Z.G. y yo hemos asistido a una ceremonia del té en casa de madame Sun Yat-sen. Tiene un hermoso jardín con treinta alcanforeros. ¿Sabías que escribe todos sus discursos en inglés? Si estuvieras aquí, seguro que tu padre podría conseguirte trabajo ayudándola, ya que fuiste a la universidad en Estados Unidos, igual que ella. A la fiesta también acudieron representantes de Birmania, Nepal, Pakistán y la India. Deberías haber visto a las mujeres con sus saris. Eran muy elegantes en comparación con las rusas. Tu padre me convenció de que llevara un *cheongsam* antiguo de seda roja con ribetes amarillos. A decir de todos, éramos los invitados más atractivos. No está bien que yo lo diga, pero creo que tenían razón.»

Una semana después envía unos regalos de Navidad: una bufanda roja, una lata de galletas y tela comprada con sus cupones de algodón. Regalo las galletas a los hermanos de Tao y el algodón a mi suegra para que pueda tejer ropa para los niños, pero me guardo la bufanda. No les explico qué significa la Navidad.

Al cabo de dos semanas, mi hermana me da las noticias que

ya he oído por los altavoces. Las autoridades de Pekín han anunciado la construcción de diez proyectos en la capital para conmemorar el décimo aniversario de la República Popular China el 1 de octubre del año que viene, 1959. «El de mayor envergadura se llamará Gran Salón del Pueblo —leo a Tao y a los demás—. Será más grande y espectacular que cualquier otra construcción de China, excepto la Gran Muralla. Y lo más importante es que el Gran Salón del Pueblo lo levantará el voluntariado. Tu padre me ha prometido llevarme a las celebraciones. ¡Será algo digno de ver!» Creo que con su falso entusiasmo se refiere a esto: «¿Voluntariado? Me alegro de no vivir en Pekín y no tener que trabajar en este o en los otros nueve ostentosos templos dedicados al ego de Mao.» Los censores no pueden tachar lo que no ha sido escrito.

Pero para mi marido y su familia todo suena elegante y la sala principal se llena de exclamaciones. ¡Madame Sun Yat-sen! ¡El Gran Salón del Pueblo! Las cartas de May no los han impresionado tanto, porque no saben nada de televisores, coches ni estrellas de cine. Aun así, miran las fotografías que manda y preguntan por qué lleva esa ropa o si no tiene frío con los hombros al descubierto. A veces observan las fotografías en las que May lleva maquillaje y el pelo cardado y no dicen ni una palabra. Puede que no hayan visto nunca una prostituta, pero saben reconocer un zapato roto cuando lo ven.

Mi madre y mi tía siempre me preguntan lo mismo: «¿Eres feliz? ¿Estás pintando?» No soy feliz, pero no quiero decírselo. Tampoco pinto, pero Tao sí. Sabedor del éxito de Z.G. con su cartel de Año Nuevo, Tao quiere participar en la competición nacional. «Si gano, podríamos trasladarnos a Shanghái, o puede que incluso a Pekín», dice a menudo. Trabaja a la mesa, enfundado en su ropa enguatada, con un edredón sobre los hombros y otro cubriéndole las piernas. Ha tomado una temática tradicional, los dioses portales, y los ha transformado en dos campesinos cargando una abundante cosecha. No me utiliza como tema o inspiración como hizo Z.G., lo cual hiere enormemente mis sentimientos. Siempre que digo algo al respecto, Tao me espeta: «Deja de quejarte y ponte a pintar. Nadie te lo impide.» Eso es muy fácil de decir. Ojalá pudiera aplicar el pincel al papel con tanta confianza como mi padre y mi marido. Tengo algo en mente —sé que es así—, pero todavía no he podido dilucidarlo y no cuento con nadie que me dé su aliento.

Por la noche, Tao y yo nos tumbamos en unos colchones instalados en el salón. Guardamos debajo la ropa que nos pondremos mañana para que esté caliente. Los otros niños están enroscados a nuestro alrededor. Tao me acaricia el cuello y me mete una mano por debajo del camisón. Si somos silenciosos podemos conseguir que la noche aporte su calidez natural.

—La próxima vez que escribas a tus padres —dice Tao mientras desliza sus dedos por mis zonas húmedas—, pregúntales si pueden obtener permisos para que los visitemos en Shanghái.

Desde febrero, me levanto y me acuesto hambrienta. Me engaño a mí misma diciéndome que no tengo tanta hambre, que muestro una mala actitud occidental, y que lo que veo y percibo no es real. Pero algunos dicen que es la peor temporada entre el amarillo y el verde que han vivido. Algunos quieren disolver la comuna, afirmando que estaban mejor cuando eran responsables de sus tierras, sus cereales y sus familias. Yo mantengo la boca cerrada, pero empiezo a pensar que la cantina ya no está allí para animarnos a comer gratis, sino para restringir lo que nos dan.

Todo esto desencadena nuevas inspecciones.

—¿Estáis ocultando cereales? —pregunta el líder de brigada Lai mientras el secretario del partido Feng Jin y Sung-ling registran nuestros cajones.

La madre de Tao es menuda pero dura. Lo mira directamente a la cara.

—¿Y dónde vamos a esconder algo?

Eso lo deja sin palabras momentáneamente.

—¿Habéis entregado todos los utensilios de cocina? —pregunta Sung-ling a todas las mujeres—. No debéis tener ninguno. En este momento tienen que estar en la cantina o en el alto horno.

—¿Me estás preguntando si hemos cocinado? —replica Fushee abruptamente—. No podríamos aunque quisiéramos. Solo nos queda la tetera.

Creía que mi madre y mi tía mentían bien, pero puede que mi suegra sea la mejor y sabe cuidar de su familia. Ha estado yendo al campo con los niños más pequeños y robando arroz, nabos y cacahuetes que fueron ignorados durante la apresurada cosecha. También guardó utensilios suficientes —ocultos en un hueco en el suelo— para cocinar bollos con harina de maíz, que acompañamos con trozos de pimiento seco.

—Cuando he entrado olía a comida —prosigue Sung-ling en tono acusador.

—Será el agua que hemos calentado para beber, porque ya no nos quedan hojas de té.

Esa noche escribo a mi madre.

Dicen que las suegras son criaturas terribles venidas a la Tierra para torturar a sus nueras, pero Fu-shee no es tan mala. Vuelve a estar embarazada. Yo no. Me gustaría tener un bebé. Un niño, por supuesto. Eso haría feliz a Tao y complacería a mis suegros. Espero que también os hiciera felices a vosotros.

En chino, la palabra útero está compuesta por los caracteres que significan «palacio» y «niños». Por la noche, tumbada junto a Tao, expreso deseos propicios para mi matriz. Si el matrimonio no sana mi tristeza, puede que un hijo sí lo haga.

El día de Año Nuevo encuentran comida en casa de un vecino durante una inspección. Derriban la vivienda y la familia no tiene adónde ir, así que duermen en el salón ancestral. Asimismo, a consecuencia del descuido de nuestros vecinos, nos arrebatan todos los candados.

—Si no entregáis todos los candados —nos dice el líder de brigada Lai—, nos llevaremos las puertas.

Y no se detiene ahí. En un frenesí de actividad, destruyen las puertas y los patios que separan las propiedades para evitar que se esconda comida y para que todos y todo esté visible. Si no existe un buen campo de visión, se derriba la casa entera.

—Nuestra nueva política beneficia a la patria —observa el líder de brigada Lai—. El metal que queda de las bisagras y los candados puede fundirse y utilizar la madera de las casas y los muebles para alimentar los hornos.

La villa donde él reside permanece intacta.

Tres días después llegamos a casa y encontramos a Fu-shee en cuclillas en un rincón, con un cubo lleno de sangre y unos trapos debajo. Me piden que limpie el cubo, lo cual me resulta nauseabundo. Intento ayudar en otras cosas, pero todo lo que he avanzado con mi suegra desaparece. Ahora me mira con reproche. Pronto otras embarazadas de la comuna se alejan cuando me ven o me dan la espalda. Creen que las mujeres que no han dado a luz traen mala suerte a los bebés no natos o recién nacidos.

Mis únicas amigas son Yong y Kumei, que me dicen repetidamente que no me preocupe.

—Estamos entre el amarillo y el verde —aseguran, como si eso me calmara el hambre, las embarazadas me ignoraran menos o mi suegra no estuviese tan enfadada conmigo—. Es peor de lo habitual, pero ocurre cada año.

Mi perspectiva es estadounidense: ¿Tenemos que aceptar algo porque siempre haya sido así? Se me ocurren algunas ideas beneficiosas.

—¿Por qué no criamos gallinas para que pongan huevos? —propongo a mi familia política.

—¿Y dónde las esconderíamos? —pregunta mi suegro—. ¿Qué pasaría si el líder de brigada hiciera una inspección?

—Podríamos hacer tofu —digo—. Cuando era pequeña, mi abuelo lo preparaba en la bañera.

—¿Y de dónde sacamos leche de soja? —pregunta mi marido.

—¿Qué es una bañera? —interviene Fu-shee.

—Quizá podríamos crear una empresa de carromatos —intento de nuevo—. La gente siempre necesita llevar cosas a la carretera principal.

—¿Y el dinero para comprarlos? —pregunta mi suegro.

—Yo tengo algunos ahorros —respondo—. Somos una familia y quiero ayudar en todo lo que pueda.

Compro tres carros y ganamos cuatro yuanes —algo menos de dos dólares— al día transportando carbón, ladrillos y cereales hasta que nos ordenan que lo dejemos. Las autoridades de la aldea nos critican y nos recuerdan que no está permitida ninguna empresa privada. La próxima vez que hago una sugerencia para mejorar nuestra situación, Fu-shee me espeta:

—En lugar de fanfarronear del dinero que tienes, ¿por qué no nos compras comida?

Pero no puedo hacerlo, porque no hay comida que comprar. Y aunque la hubiera, ¿dónde cambiaría mis dólares estadounidenses? Tendría que desplazarme a Tun-hsi, o puede que incluso a Hangzhou. El líder de brigada no me daría permiso.

Podría escribir a mi madre para contarle todo esto, pero no lo hago. ¿Cómo voy a hacerlo? No quiero oírla decir «te lo advertí» cuando me vienen a la mente recriminaciones aún peores.

Joy

Ropa de cristal

Es una mañana de domingo a finales de marzo, y acaba de amanecer cuando me despierto. Lo primero que veo es el nuevo cartel del presidente Mao pegado a la pared. En todas las casas de la comuna hay uno idéntico, con Mao flotando encima de un mar de nubes rojas. Me imagino este mismo cartel en todos los hogares del país. No puede haber nada colgado encima de él (lo cual sería insultante), ni estropear la superficie del póster (lo cual constataría que la familia no muestra el debido respeto). Me balanceo, cosa que provoca las risas de los bebés y los niños pequeños acurrucados a mi alrededor. Me llevo una mano a la barriga para intentar calmar las náuseas. Algo que he comido o bebido me ha sentado mal. Me levanto silenciosamente del colchón y salgo a la calle.

El aire primaveral es fresco, y el cielo, de un azul vivo. Desde el porche veo varios campos de semillas de colza. En las plantas han brotado ya flores amarillas que me recuerdan a la mostaza silvestre que crece en el sur de California en esta época del año. Las chimeneas escupen columnas de humo por todo el Dragón Verde. Talo madera y enciendo el fuego de la cocina exterior. Luego cojo dos cubos, voy al riachuelo, los cargo colina arriba y pongo un poco de agua a hervir.

Entonces sale mi suegra.

—¿Todavía te cepillas los dientes con agua hervida? —pregunta con fingida incredulidad—. No serás uno de los nuestros hasta que puedas beberte el agua. Déjame que te prepare un poco de té con jengibre para el estómago. A mí siempre me ha sentado bien.

Puesto que es domingo y no tenemos que trabajar para la comuna, todo el mundo se toma su tiempo para vestirse. Le digo a Tao que voy a la cantina, pero me ignora. La primavera me rodea por todas partes: más campos de semilla de colza, árboles con extravagantes flores, pétalos rosas y blancos volando como copos de nieve y nueva vegetación en los pocos y preciados arbustos de té que se han librado de la insistencia del líder de brigada Lai en que toda la tierra debe dedicarse de nuevo al cultivo. Aunque hemos tenido un invierno duro en la comuna, espero con impaciencia la primera cosecha de trigo, que llegará en junio. Hemos plantado abundantemente otros productos —tomates, coles chinas, maíz y cebollas— tal como nos ha ordenado el líder de brigada Lai, sembrando dos o tres veces la cantidad habitual de semillas por *mu*. Estamos convencidos de que el presidente Mao no nos llevaría en la dirección errónea. Sí, los días más largos y el calor han mejorado mucho mi estado de ánimo. Tal vez no haya sido un error. Puede que fuera solo una chica de Los Ángeles que estaba acusando demasiados años de comodidades y despilfarro.

Ahora, al admirar el contraste del verde chillón de los campos y el cielo, desearía pasarme el día apoltronada en algún lugar, pintando y dibujando. Sin embargo, tomo un desayuno frugal y me paso el resto de la mañana escribiendo cartas a mi madre y a mi tía. «La vida va bien. El tiempo ha mejorado.» Mañana esperaré junto al estanque la llegada del cartero. Le entregaré mis cartas y espero que traiga alguna para mí.

A última hora de la tarde, el altavoz del salón cobra vida. «¡Todos los camaradas deben acudir a la cantina de inmediato!» Es la voz del líder de brigada. «¡Todos los camaradas deben acudir a la cantina de inmediato!»

No está previsto ningún mitin político, pero hacemos lo que nos ordenan. Al acercarnos a la zona en la que se encuentran la cantina, la guardería y el salón del liderazgo, vemos que se trata de una reunión para toda la comunidad. Es raro que nos congreguemos todos en un mismo lugar, pero aquí estamos, casi cuatro mil personas. Tal vez vayamos a «lanzar un *Sputnik*», un proyecto de veinticuatro horas inspirado en el Viejo Gran Hermano que requerirá la participación de toda la comuna. A principios de este año, el país entero lanzó un *Sputnik* al pasarse veinticuatro horas produciendo más hierro del que produce Estados Unidos en un mes —o eso nos dijeron—, pero el resultado no solo fue inútil, sino que dejó a comunas como la nuestra sin apenas guadañas, martillos o cubos.

El líder de brigada Lai se encuentra sobre una plataforma elevada con las manos detrás de la espalda, balanceándose sobre sus tacones con una mirada agresiva. Se me encoge el corazón al ver a Yong arrodillada junto a él con los pies atados. Le han prendido un lazo blanco en la túnica, lo cual demuestra que ha sido denunciada. Kumei y Ta-ming están al borde de la plataforma. Kumei es capaz de reír en cualquier situación, pero ahora no. Está pálida y sus cicatrices han adoptado un tono lavanda, creo que por miedo. ¿Qué habrán hecho Yong y Kumei para molestar al hombre que ha vivido con ellas en la villa estos últimos meses? El secretario del partido Feng Jin y Sung-ling también ocupan la plataforma. Parecen enérgicos, embargados por la emoción. No se trata de una pequeña representación para el Dragón Verde. Esta vez, miles de caras los observan con expectación.

El líder de brigada Lai se lleva un cuerno de toro a la boca.

—El presidente Mao dice que no habrá parásitos en la Nueva Sociedad —recita—. Todo el mundo debe trabajar para que todo el mundo pueda comer.

No es la primera vez que lo oímos, pero lo que dice a continuación no es nada halagüeño.

—Estos son tres elementos negros. Dos compartían cama con el terrateniente. Uno es la semilla negra del terrateniente. Una vez que se adjudica esta etiqueta, pasa de generación en generación. Ellos y sus descendientes no podrán escapar nunca de sus etiquetas negras.

Un escalofrío me recorre todo el cuerpo.

Señala a Kumei y Ta-ming.

—Estas dos hacen lo que pueden. —Entonces toca a Yong con el zapato—. Pero esta es un recordatorio diario de todos los rasgos negativos de la vieja sociedad. Años atrás, el presidente Mao ordenó que las mujeres se quitaran las vendas de los pies. ¿Obedeció la cuarta esposa del terrateniente?

La multitud grita «no». Yong no reacciona ni levanta la mirada del suelo.

—Todos trabajamos en el campo, pero ¿y esta? —pregunta el líder de brigada.

A mi alrededor se escuchan murmullos de descontento. Todo el mundo parece haber olvidado que Yong salió de la villa para trabajar en el Batallón Superar a Gran Bretaña con mi madre, mi suegra y algunas ancianas del Dragón Verde.

—Ha llegado el momento de que te quites las vendas y te unas a nosotros. ¡Hazlo ahora! —ordena el líder de brigada Lai.

Sin resistirse, Yong se sienta, aceptando los insultos y la humillación de un modo que aquí todos comprenden, porque en el pasado solo los esclavos, los delincuentes condenados, los prisioneros de guerra y los sirvientes se sentaban en el suelo. La muchedumbre guarda silencio y estira el cuello para ver como caen las largas vendas bucle a bucle. Puede que los miembros de la comuna fueran demasiado pobres como para tener mujeres con los pies vendados en la familia, pero todo el mundo sabe que son sus partes más privadas. «Incluso más que ese lugar de ahí abajo», me dijo una vez mi madre hablándome de los vendajes de mi abuela.

—¡Ahora levántate! —le grita a Yong.

¿Cómo va hacerlo cuando le han roto y machacado los pies y han conservado su diminuta forma durante más de cuarenta años? Pero una orden es una orden, y la muchedumbre está llena de odio. La expresión de Yong es estoica, pero su cuerpo se tambalea. Ta-ming se dispone a ayudarla, pero Kumei, en un gesto inteligente, lo retiene. Como ha dicho el líder de brigada, el muchacho es y será siempre un elemento negro. Su comportamiento ahora le puede salvar de futuros acosos.

—¡Camina! —grita el líder de brigada Lai. Al comprobar que Yong no se mueve, alza todavía más la voz—. ¡Camina!

Estoy consternada, horrorizada, y me sumerjo en ese lugar que nunca quiero visitar: lo que le sucedió a mi padre y mi responsabilidad en su muerte. Vuelven las náuseas de estos últimos días y me queman la garganta. Estoy convencida de que voy a desmayarme.

—¡Camina! —La furia tiñe de rojo la faz del líder de brigada—. Y mañana te unirás a tus camaradas en el campo. Ha llegado la época de plantar y necesitamos todas las manos... y los pies.

¿Está bromeando? Yong no puede trabajar en el campo. No duraría ni una hora, y mucho menos un día.

—¡Camina! —insiste—. ¡Vuelve andando a tu villa!

La multitud se une al cántico: «Camina, camina, camina.»

Esto es mucho peor de lo que sufrió el camarada Ping-li por el suicidio de su esposa, que se arrojó a la cortadora de heno. Yo participé voluntariamente en los ataques, pero Yong, Kumei y Ta-ming son amigos míos. No han cometido ninguna fechoría. Ahora me horroriza la idea de que tal vez Ping-li tampoco obró mal.

A Kumei y Ta-ming les permiten ayudar a Yong a bajar las escaleras y luego se apartan para que pueda caminar sola. La multitud la deja pasar. Se le escapan las lágrimas, pero se niega a expresar su tristeza. Miro a todas partes buscando a Tao, pero me han separado de él y de su familia. Le necesito. ¿Dónde está? Intento calcular cuánto durará el trayecto hasta la villa. Yong tendrá que recorrer el sendero que se encuentra junto al arroyo, pasar por el desvío que conduce al Pabellón de la Caridad y continuar hasta la casa. Yo tardaría diez minutos, pero no creo que Yong sea capaz de hacerlo.

La gente de las otras aldeas que constituyen la comuna empieza a dispersarse para pasar el resto del domingo en paz con sus familias, pero los habitantes del Dragón Verde permanecen cerca de Yong, mofándose de ella y escupiéndole. Veo a Tao y lo agarro del brazo, pero él se zafa. Está lleno de rabia y de odio. ¿Cómo pude casarme con él?

Paso junto a varias personas. Más adelante, Yong se tambalea. Cuando llego hasta el líder de brigada Lai, el secretario del partido Feng Jin y Sung-ling, les suplico que acaben con esto, pero continúan con sus cánticos. «¡Camina, camina, camina!» Sus rostros están tan retorcidos y enfervorizados como el de mi marido. Me viene a la mente una imagen de mi madre. Fue el día que los agentes del FBI y el INS acusaron a mi padre de tantas cosas terribles. Mi madre no demostró su miedo. Fue fuerte como un dragón. Darme cuenta de que la verdad, el perdón y la bondad son más importantes que la venganza, la condena y la crueldad me infunde ánimo y certidumbre. Estoy mareada, pero yergo la espalda, camino hacia delante y agarro a Yong del brazo. Al verme, Kumei la coge del otro. Nos dedican insultos. Reconozco las voces de mi marido, su madre y su padre, sus hermanos y hermanas. Finalmente, me rindo a lo que he sabido durante meses: este no es mi lugar. En cuanto haya terminado todo esto, me iré a casa, romperé la carta que le he escrito a mi madre hoy mismo y redactaré otra, pidiéndole que venga a buscarme. Quiero marcharme a Los Ángeles. Si no puedo irme a casa, al menos podré estar con ella en Shanghái.

Una vez en la villa, Kumei y yo ayudamos a Yong a cruzar el umbral de piedra y entrar en el primer patio. Tengo miedo de que los aldeanos nos sigan, pero no lo hacen, y se quedan fuera con sus cánticos. Arrastramos a Yong por los patios y pasillos hasta la cocina, y allí se desploma. Voy a vomitar y busco frenéticamente un cuenco o una olla, pero todos han sido entregados a la cantina o al horno. Normalmente hay una palangana en el suelo, pero hoy no está. Por pura desesperación, echo a correr hacia el muro bajo que separa la cocina de la cuadra en la que esta familia guardaba los cerdos antaño. Asomo la cabeza y regurgito. Ya con el estómago vacío, me caigo, me doy la vuelta y miro a los demás. Yong está pálida de dolor, Kumei parece aterrada y Ta-ming tiembla a causa de la conmoción.

—¿Por qué? —acierto a preguntar.

—Por comida —responde Kumei, que se encuentra sumamente débil, lo cual me deja aún más confusa—. Necesitábamos comida. Somos elementos negros, así que sabía que recibiríamos menos cuando comenzaran los racionamientos. Vivimos en la villa con el líder de brigada. Trajo más comida a casa, pero lo hemos pagado caro.

—Has sido... —Miro a Ta-ming sin saber hasta qué punto puedo ser contundente.

—Es un precio que ya he pagado antes —dice Kumei—. No es tan malo como crees, pero anoche el líder de brigada y yo tuvimos una discusión. Yo tenía que ocuparme de Ta-ming, pero él prefería que me ocupara de él.

Cierro los ojos. Por supuesto, tiene que ser verdad. El líder de brigada no tenía por qué vivir en la villa cuando ya disponía del salón del liderazgo, el edificio más seguro y cómodo de la comuna. Yo solo conviví con él unos días después de volver al Dragón Verde y antes de casarme con Tao, pero recuerdo que mi madre se quejó un par de veces de que alguien la despertaba por las noches paseándose por la casa. Debía de ser el líder de brigada yendo o viniendo de la habitación de Kumei, o viceversa. En China no hay secretos, ni siquiera en una villa tan grande, pero ¿por qué no me percaté antes de lo que ocurría? Porque soy idiota.

—¿Has comido? —pregunta Yong con una voz que es casi un susurro—. ¿Bebes té?

Esas son las dos preguntas más habituales cuando entra en casa un invitado. Incluso en su agonía, Yong es una mujer que está muy por encima de los bárbaros apostados fuera de los muros de la casa.

Kumei, que recuerda que también es anfitriona, se pone en pie y sirve agua para el té.

Más tarde, cuando los campesinos se han ido, recojo agua del riachuelo. Su frescor ayudará a curarle los pies a Yong, que son una de las cosas más inquietantes que he visto en mi vida. Le han roto los dedos y la mitad del pie y se los han comprimido hasta que tocaran los talones. Han estado vendados en esa posición durante décadas. Ahora se han desenroscado, pero solo un poco. Parecen la joroba de un camello. Solo los dedos y la parte anterior del talón entran en contacto con el suelo. Los altos mandos la obligan a caminar descalza, y la carne, que al haberse escondido del mundo todos estos años parece muy tierna, está desgarrada. Jamás he visto ese color en una criatura viva. Estoy tratando de ser valiente y útil, pero se me revuelve el estómago. Ojalá pudiera digerir rápidamente lo que he comido o bebido, como ocurrió cuando llegué aquí con Z.G.

Durante mucho tiempo he dudado de Yong y Kumei. En el pasado me inventaba historias románticas, sobre todo de la segunda. Ahora que las he ayudado delante de todo el mundo, supongo que yo también llevaré una marca negra. Siendo así, tengo que averiguar por qué se granjearon la antipatía de todos los miembros de la comuna.

—¿Por qué os odian de esa manera?

No puedo ser más directa y estadounidense. Tengo la sensación de que mi rudeza las amedrentará, pero me miran como si fuera estúpida.

—Mi amo era el terrateniente —responde Yong, señalando el lazo blanco que llevará como estigma el resto de su vida—. ¿No lo sabías?

—Sí, pero aún no entiendo qué tienen contra vosotras.

—Somos lo único que queda de su casa —dice Kumei—. La gente cree que llevamos una vida privilegiada, pero era un mal hombre y tuvimos que aguantar mucho...

—Sé que te sientes así —la interrumpe Yong—. Pero a mí me parecía un buen hombre. Se preocupaba de la gente del lugar. Cuando llegó el Ejército de la Octava Ruta y los soldados le pidieron que distribuyera sus tierras, no puso objeción.

—Yo ni siquiera había oído la palabra «terrateniente» antes de que llegaran los soldados —señala Kumei.

—Eso es porque no existía —explica Yong, con la voz contraída por el dolor—. Todo el mundo le llamaba siempre *en ren*, que significa benefactor. Pero los soldados le dieron el nuevo título de *dichu*, terrateniente. Cuando se fueron, creímos que todo iría bien. Sin embargo, afloraron la ira y los resentimientos ocultos de los aldeanos.

Kumei sostiene un pie de Yong con una mano y con la otra le vierte agua fría sobre la piel púrpura y marrón. Lavar unos pies vendados es algo que siempre debe hacerse en la privacidad más absoluta. Yong tendría que sentir una vergüenza mortal, pero ya ha sufrido tal humillación delante de la comuna que tenerme aquí en este momento tan íntimo no significa nada.

—Todas las guerras son brutales, especialmente para las mujeres —continúa Yong con voz entrecortada—. Pero nuestra vida no era tan maravillosa, ni siquiera antes de la guerra de Liberación y la reforma de la tierra. Entramos en esta casa como esposas, juguetes, entretenimientos y sirvientas...

—Mis padres eran pobres —interviene Kumei—. Más que la familia de tu marido. —No espera a que comente nada—. Padecimos una gran hambruna cuando yo era pequeña. Si este invierno te ha parecido terrible, no tiene comparación con lo que vivimos cuando yo tenía cinco años. Cuando mi hermano murió, me dijeron que sería entregada al amo para costearnos su funeral. Dijeron que me dejaban en manos del benefactor, pero no sabía lo que significaba eso ni qué requería. Me llevaron al segundo patio y me dijeron que apoyara la frente en sus pies y en los de las mujeres vendadas de la casa. Tenía cincuenta años.

Me llevo una mano a la boca para disimular mi sorpresa al conocer el motivo por el que Sung-ling eligió a Kumei para interpretar a la doncella en nuestra obra propagandística y por el que las autoridades fueron tan tolerantes con mi amiga por olvidar el guion. El marido de la camarada Ping-li no fue el único acusado aquella noche. También forzaron a Kumei a contar su historia. ¿Cuántas veces ha sido obligada a hacerlo de una forma u otra desde la Liberación? Me vienen a la mente otros momentos: cuando llegué y pregunté a Kumei por qué no vivía más gente en la villa y ella se mostró tan esquiva, y la noche que vino mi madre a casa de Z.G. y dijo que nos habían alojado allí como castigo. Aunque la gente me contaba cosas, no escuchaba.

Vuelvo a conectar con la historia de Kumei cuando dice:

—Yo esperaba a las esposas y concubinas y les cuidaba los pies vendados. Yong era la más joven y hermosa...

—Y también la más mezquina —confiesa Yong—. Venía de Shanghái y hablaba el dialecto. La villa era muy bonita, pero el Dragón Verde no era Shanghái. Nuestro amo tampoco estuvo satisfecho nunca. Tenía muchas mujeres y concubinas, además de hijos, pero quería demostrar su fuerza a la aldea. Era el líder, ¿entiendes?

No, pero Kumei procede a explicármelo.

—Ejercía control sobre nosotros, pero como líder también necesitaba demostrar su fuerza a todos los habitantes del Dragón Verde. Y qué mejor manera que tenerme en su cama y demostrar que podía darme un hijo. Yo tenía once años en aquel momento. Después de la primera noche, me fui corriendo a casa de mis tíos en la Aldea del Puente Negro. Les rogué que me dejaran vivir con ellos, pero me dieron la espalda, entraron en casa y cerraron la puerta. Regresé al Dragón Verde, a la casa en la que había nacido. Me senté fuera y rompí a llorar. Me froté la cara, los brazos, la ropa y la boca con arena. Entonces me levanté y volví a la villa.

—¿Por qué no te ayudaron tus padres? —pregunto.

—Murieron de hambre el invierno que me entregaron. —Tras una breve pausa continúa—: No entendía lo que estaba ocurriendo en la villa. Era sirvienta, pero también concubina.

—¡Eras una niña!

Yong ha dicho que el terrateniente era un buen hombre, pero ¿cómo es posible?

—Tratábamos a Kumei peor que al sirviente de menor rango porque era la favorita del amo en el dormitorio —reconoce Yong. Entonces se dirige directamente a Kumei—. No tenías un estatus en la casa y no podías disfrutar de los mismos lujos que las demás esposas y concubinas. Recuerdo que la Tercera Esposa te pinchaba con la parte afilada de su broche e insistía en que las cocineras te dieran solo cáscaras de melón y hojas de verdura podridas.

—Al menos tenía algo que llevarme a la boca...

¿Están burlándose la una de la otra?

—¿Y qué hay de aquella concubina de Hangzhou? —Yong interrumpe a Kumei riéndose. Pese al dolor y la humillación, está tomándose con sentido del humor lo que me parece una historia espantosa—. Se creía muy especial, ¡una gran belleza! Si el té estaba demasiado frío, lo tiraba al suelo y te obligaba a limpiarlo con la ropa.

—¡Si estaba demasiado caliente, me lo tiraba a la cara! —Kumei se ríe al recordarlo. Debió de hacerse las cicatrices así, pero antes de que pueda preguntar, exclama—: ¡Me habría cambiado por vosotras encantada! ¡Menudas cosas que hacía! ¡Y las que me obligaba a hacer! No sé si las parejas de verdad hacen esas cosas ni quiero saberlo.

Yong y yo nos miramos. ¿Qué hacía Kumei que no haya hecho con el líder de brigada? Por lo que yo sé, solo ha mantenido relaciones sexuales por obligación o por necesidad. ¿No empañaría la experiencia, sobre todo si no estaba enamorada como yo lo estuve en su día de Tao?

—Realizaba muchas tareas —continúa—. Les lavaba los pies a las esposas y las concubinas. Escuchaba sus discusiones y las observaba cuando se ponían maquillaje, sedas y joyas de jade. Cuanto más aguantaba, más bella me consideraba el amo. Me quedé embarazada cuando tenía trece años. No entendía lo que estaba pasando. Tenía sueño y me mareaba.

—Creíamos que eras una holgazana —dice Yong—. Pero ahora sé que en aquel tiempo vivías como un animal.

—Finalmente, una esclava de la cocina me contó lo que ocurría. —El rostro de Kumei palidece—. Pronto sentí que aquello crecía en mi interior y se movía, como si estuviese poseída por un demonio. Quería desaparecer en las oscuras profundidades de la muerte. Me quitaría la vida tragándome el anillo de oro que me había regalado mi señor o comiendo alimentos en mal estado, pero esos métodos no garantizaban el desenlace deseado. Entonces me di cuenta de que lo mejor era beber lejía, pero el amo me lo impidió justo cuando estaba a punto de hacerlo y por eso tengo este aspecto.

Kumei se pasa los dedos por las cicatrices, que le recorren el cuello y prosiguen bajo su ropa.

—Tiene tantas cicatrices en el corazón como en el cuerpo —dice Yong—. En su vida no ha habido un solo rayo de luz.

—Pero la tuya tampoco ha sido fácil —le digo a Yong.

—Supuestamente había de tener una vida feliz —reconoce—. Mi madre me dijo que si me vendaba los pies, mi tambaleo parecería niebla en movimiento y que me casaría con un hombre de buena familia con al menos otras cinco mujeres con los pies vendados. Me prometió que cuando me casara llevaría un tocado que pesaría más de cinco kilos. Me dijo que nunca tendría que salir de casa, pero si por alguna razón deseaba hacerlo, me llevarían en palanquín para que nadie pudiera verme. Me dijo que siempre dispondría de cuatro doncellas que me ayudarían, y durante un tiempo tuve aún más. Me dijo que nunca tendría que trabajar en el campo...

—No tendrás que hacerlo —promete Kumei—. Me aseguraré de que sea así.

Sé cuál es el precio que está dispuesta a pagar. Yong la coge de la mano en un gesto de agradecimiento y esperamos a que continúe. Al no hacerlo, Kumei retoma la historia donde la ha dejado.

—El amo no quería que muriera, pero, en aquel momento, lo que me había ocurrido era insignificante. Se había ganado la guerra de Liberación y las cosas estaban cambiando.

—Dos concubinas huyeron con los soldados —dice Yong—. La Número Uno murió de una infección. La Número Dos, que había caído en desgracia por el nacimiento de tres niñas, las llevó a visitar a unos parientes en Macau y no volvió nunca. La tercera se escapó en mitad de la noche. Esos últimos días fueron muy duros, muy tristes...

—Cuando los soldados se fueron, los aldeanos saquearon la villa en busca de oro, jade y dinero —continúa Kumei—. Se llevaron muebles y quemaron la mayoría de los libros. Luego profanaron las tumbas de la familia para que los antepasados del amo no estuvieran en paz en la otra vida. Nos permitieron conservar las camas, los instrumentos musicales del señor, varias colchas, utensilios de cocina y algunas cosas más. Pero los aldeanos no habían terminado. Llevaron a los hijos del amo a rastras hasta la plaza y utilizaron un hacha para abrirles la cabeza hasta que se les esparció el cerebro. Los únicos que quedaron en esas veintinueve habitaciones fuimos el amo, Yong y yo.

—¿Qué le ocurrió a vuestro señor? —pregunto, dejando ver una vez más mi lado estadounidense.

—Después de dejarle sufrir otros cuatro años, vinieron a por él —relata Kumei—. Era invierno y lo obligaron a quedarse solo con una delgada prenda de algodón. Luego lo ataron al árbol de los eruditos y le echaron agua fría. Lo dejaron a la intemperie toda la noche. Por la mañana estaba muerto, se le había congelado la ropa sobre el cuerpo. Los aldeanos se reían y decían que llevaba ropa de cristal. —Hace una breve pausa antes de continuar—. A decir verdad, en cierto modo ya estaba de camino a la otra vida y se había despedido de todo lo que conocía y amaba. ¿Recuerdas el disfraz que me hizo llevar Sung-ling para la obra? Era uno de los que me ponía el amo. La tela era suave, brillante y de hermosos colores.

—Sedas, satenes y brocados —traduce Yong.

Pienso que no dista tanto de Z.G., mi madre y mi tía, siempre rememorando el pasado, siempre poniéndose elegantes, siempre poniéndome elegante. Pero tengo que reconocer que este invierno he recordado con afecto mis Levi's, la distinguida ropa que me regalaba la tía May, los disfraces que llevaba en los platós y el conjunto de vaquera que me encantaba de pequeña.

—Me miraba, tocaba su instrumento y lloraba —dice Kumei.

—El violín —aclara Yong, utilizando la palabra inglesa.

—No era música china. No me gustaba, pero siempre calmaba a mi bebé —Kumei se detiene, deleitándose en el pasado—. Aun viendo tanta sangre derramada, aun cuando el sentido común me decía que escapara, no podía dejar a mi señor.

—Yo tampoco —añade Yong—. Éramos las que habíamos recibido el peor trato en la villa, pero también las más leales.

Kumei suspira.

—El amo no era un mal hombre —repite Yong, y esta vez Kumei asiente.

«Puede que no supierais más», pienso.

—La familia del amo tenía más de treinta generaciones de antigüedad —dice Yong—. Había eruditos imperiales en su familia, y gracias a ellos consiguió muchas tierras. Cuidaba de la gente del Dragón Verde. Era un auténtico benefactor. También era buen músico. Cuando vivía en Shanghái de niña, mis padres me daban clases de piano. ¡No es fácil con los pies vendados!

Conocí al maestro en un recital. —Se vuelve hacia Kumei— ¿Te lo había contado alguna vez?

Kumei menea la cabeza, pero estoy convencida de que no sabe qué es un recital de todos modos.

—El amo y yo tocábamos juntos —añade Yong con nostalgia—. Éramos cultos, como tu madre —me dice.

Ahora entiendo por qué Yong y mi madre se llevaban tan bien. Sus vidas habían sido distintas, pero similares. Yong tiene los pies vendados; mi madre nació solo cuatro años después de que prohibieran esa práctica. Yong se casó con un hombre rico que la llevó al campo; mi madre con un pobre que se la llevó de la ciudad que amaba. Ninguna tuvo hijos, pero Yong tiene a Kumei y mi madre a mí. Ambas vieron cómo su vida se desmoronaba por las circunstancias políticas. Ambas, por los motivos que sea, amaban a los hombres con los que se casaron. Pero, un momento...

—En mi boda me dijiste lo duro que fue el día de tus nupcias y lo severo que se mostró el amo cuando te levantó el velo —digo—. Pero parece que querías casarte.

—No fue un matrimonio concertado —repone Yong—. Mis padres insistieron en vendarme los pies, pero en otros aspectos eran muy modernos. Querían que me casara por amor...

—Pero en mi boda dijiste...

—¡*Aiya*! ¿Hace falta explicártelo todo? Me casé con el amo y soy de Shanghái. Sé leer y tocar el piano. No soy como Kumei. No soy de aquí. Nadie me tendrá simpatía en la vida. Digo y hago lo necesario para vivir. Si eso significa mentir a una sala llena de rabanitos...

Yong se calla e intento asimilar lo que me ha dicho. No soy de aquí. Vengo del Estados Unidos imperialista. Sé leer y escribir. Expreso mis opiniones con demasiada libertad. No he sido lo bastante cautelosa...

—Cuando mataron al amo llegaron nuevos soldados —dice Kumei de repente—. Me preguntaron si quería algo. ¿Por qué lo hicieron, cuando se suponía que nadie quería nada? Así que dije que no, pero el capitán miró a mi bebé y le regaló el violín.

—Y sobreviviste. Los tres seguís vivos —después de todo lo que he oído, pregunto—: ¿Cómo es posible?

—Llegó un momento en que solo podía pensar en salvarnos a mí y a Ta-ming —admite Kumei—. Pensé que podría recurrir a Yong. Me planteé unirme a los demás cuando la insultaban. Pensé en huir de este lugar, pero ¿adónde podía ir? ¿Qué podía hacer? ¿Mendigar? ¿Vender mi cuerpo? ¿Quién iba a comprarlo? ¿Y Ta-ming? ¿No tenía un deber hacia él? Nació aquí. Su padre también. Esta es la aldea ancestral de Ta-ming. ¿Y Yong? —Kumei se toca la barbilla.

—Tenía demasiada bondad en su corazón como para abandonarme —me dice Yong, como si no lo supiera ya.

—Me dije a mí misma que debía ver con claridad —dice Kumei—. Los soldados eran sencillos y educados. No nos robaron. No mataron al amo. Eran los aldeanos quienes tenían ira en el corazón, pero no nos habían hecho daño a mí ni a mi bebé en ningún momento. Puede que lleve una marca negra, pero soy de esta aldea, y durante años todo el mundo había visto cómo me habían tratado. Era uno de ellos. Nunca había exigido comida especial ni había esperado que la gente me hiciera reverencias al pasar. ¿Por qué iban a hacerlo? Vaciaba y limpiaba las letrinas de la villa como las demás mujeres. Pero no podía irme, sobre todo porque era el hogar de mi hijo, igual que lo será del tuyo.

—No tengo hijos —digo, sorprendida.

Kumei y Yong vuelven a mirarse.

—Vas a tener un bebé —afirma Yong—. ¿No lo sabes?

Hago un gesto despectivo con la mano.

—¡No! ¡Eso es imposible!

Yong abre más los ojos.

—¿Es que tu madre no te habló de esas cosas antes de irse a Shanghái?

—Mi madre no tenía que hablarme de nada —respondo indignada—. Ya sé cómo se hacen los niños.

Pero tengo un mal presentimiento, porque sí, sé cómo se hacen los niños.

—¿Te ha visitado la hermanita roja últimamente? —pregunta Kumei, intentando ser útil—. Tu suegra dice que no.

Me sonrojo al comprobar que un tema tan íntimo como mi

periodo ha sido motivo de habladurías por parte de mi suegra y que incluso Yong y Kumei lo saben, pero eso explica por qué se ha mostrado más amable conmigo recientemente.

—No me ha visitado —reconozco—. Pero estoy segura de que vosotras e incluso mi suegra tampoco la habéis tenido. No hemos comido bien.

—Camarada, no te ha visitado porque te has dedicado al asunto conyugal.

Y por si no sabía que tiene razón, lo demuestro levantándome de un salto, echando a correr hacia el muro y vomitando otra vez en la antigua cuadra.

Kumei vuelve a animarse, como de costumbre.

—Eres muy afortunada. Tener un bebé te cambia, y si es un niño, mejor. Te aporta valía. Sung-ling también va a tener un bebé. ¿Lo sabías?

Tampoco había oído ese chismorreo. Esto me lleva a sospechar que en el Dragón Verde la gente me considera una intrusa, incluso antes de que ayudara a Yong.

—Tú y Sung-ling deberíais haceros amigas, ya que ambas estáis embarazadas —propone Kumei. Entonces, como si estuviera leyéndome la mente, añade en tono conspirador—: Ella podrá ayudarte después de lo que has hecho hoy.

Empiezo a comprenderlo. Un bebé. ¿Cómo voy a marcharme ahora del Dragón Verde? Me tapo la cara con las manos.

—Prepárate un té de jengibre —recomienda Kumei—. Al bebé le irá bien para el pelo.

—Y perdona a tu marido y a su familia por su comportamiento de antes —agrega Yong—. Tan solo estaban sacando a relucir sus raíces de pobreza y estrecheces. Recuerda que en su día no tenían derechos como seres humanos.

Salgo de la villa a regañadientes y subo la colina en dirección a casa de mi marido. Estoy embarazada. No debería ser ninguna sorpresa, pero lo es. De repente entiendo algo sobre mi madre y mi tía que antes no comprendía. Soportaron matrimonios concertados con hombres que no pertenecían a su clase social, y en el caso del tío Vern, que no estaba bien de la cabeza. Se quedaron en Chinatown, un lugar que no les gustaba. Lo hicieron por mí. Esto, más que nada, me demuestra lo profundo que es su amor maternal. Me querían mucho y se sacrificaron por mí, igual que yo me hallo inundada de amor —y miedo— y estoy decidida a sacrificar lo que sea necesario por mi bebé. Hace menos de dos horas quería dejar este lugar, pero ¿cómo voy a hacerlo? Mi hijo —todas las madres chinas desean un hijo— pertenece a este lugar. Su familia y su padre están aquí. Esta es su aldea ancestral. Debo quedarme aquí para demostrarle a mi hijo mi amor de madre. Pero ¿cómo puedo hacerlo después de la expresión de Tao en la sesión punitiva, después de la marca negra que me he ganado hoy al ayudar a Yong, después de darme cuenta de lo equivocada que estaba con el comunismo, las comunas y los ideales de la vida en la aldea?

Me detengo en el porche de la casa de mi marido y contemplo el campo. ¿Qué tiene la inminente maternidad que me hace ver las cosas con otros ojos? No lo sé, pero el amarillo de las semillas de colza me resulta mucho más cautivador que esta mañana. Para sobrevivir aquí —como madre y como hija— tendré que hacer algo por mí misma, como hizo la tía May trabajando en Hollywood y mi madre cuidando de la casa, del bar y de todos nosotros. Tendré que coger las imágenes que han flotado en mi mente y plasmarlas. Una fotografía es demasiado pequeña. Un cartel es demasiado común. En mi interior veo algo tan enorme como los campos de colza. Aunque no puedo disponer de un lienzo tan grande, conozco el lugar perfecto para pintar lo que siento: las paredes del salón del liderazgo, donde Lai come y almacena los cereales para la comuna. Voy a tener un bebé, voy a lanzar un *Sputnik*, voy a arreglar las cosas con mi marido y, por el camino, espero protegerme de los campesinos y encontrar mi verdadero yo.

Pearl
La escalera de la vida

Es abril. Han transcurrido veinte meses desde que me fui de Los Ángeles y cinco desde que Z.G. y yo regresamos de Cantón. Ahora trabajo de nuevo como recolectora de papel y Z.G. ha vuelto a su estudio. A mí me ignoran por mi profesión; a él lo vigilan de cerca para cerciorarse de que no se desvía de los temas que le han impuesto. Seguimos nuestras rutinas diarias y semanales: Z.G. pinta y va a fiestas y mítines políticos; yo trabajo, participo en la vida de mi casa, visito al comisario Wu, asisto a reeducación política y paso algún tiempo en mi jardín. Z.G. y yo seguimos viéndonos bastante. Por fin nos hemos convertido en lo que siempre deberíamos haber sido: buenos amigos, como hermanos.

Ahora mismo estoy sentada en las escaleras de la casa de mi familia, dejando que me calienten los últimos rayos de sol. Las primeras rosas de la temporada han florecido. Oigo a Dun y a los demás huéspedes riéndose dentro. En la mano sostengo dos cartas, una de May y otra de Joy. Abro primero la de May y encuentro veinte dólares. No han censurado nada, y obviamente nadie cogió el dinero. Parecemos estar en un periodo de apertura, pero eso podría cambiar mañana. Me guardo el billete en el bolsillo y abro la carta de Joy, mi regalo del día.

Estoy embarazada.

Me tomo esta noticia con sentimientos encontrados. Me alegra ser abuela —¿Y a quién no?—, pero me preocupa mi hija. ¿Se encontrará bien? ¿Tendrá algún problema si da a luz en la comuna? Pero, sobre todo, ¿es feliz? Espero de todo corazón que sí. Pero no me basta con eso. Quiero verla. Quiero formar parte de ese momento milagroso. Quiero llevarle regalos y ya empiezo a pensar en cosas que puedo hacer y comprar para Joy, para el bebé e incluso para todos los niños de su familia. Mañana visitaré al comisario Wu y veré si puedo obtener un permiso de viaje, pero primero necesito comunicarle la noticia a Z.G.

Voy a mi habitación, me cambio de ropa y voy a su casa en autobús. Tengo por seguro que habré de esperar a que vuelva de alguna fiesta, pero me llevo la agradable sorpresa de encontrarlo en casa.

—Joy va a tener un bebé —anuncio—. Seremos abuelos.

Intento interpretar las emociones que afloran en su semblante, pero no lo consigo.

—¿Abuelo? Ni siquiera he sido padre todo este tiempo. —Está tratando de tomárselo con sentido del humor. O puede que la noticia le incomode. Tal vez ser abuelo no encaje con su imagen de soltero en la ciudad—: ¡Es maravilloso! ¡Abuelo!

Ambos nos echamos a reír.

Más tarde, el chófer de Z.G. me lleva a casa en la limusina Red Flag. Me despido y entro. Cojo papel de carta y busco un lugar en el salón donde sentarme. Dun está enfrente de mí, leyendo trabajos de estudiantes. Como siempre, me sorprende su dignidad en estos tiempos difíciles. Desprende tranquilidad y orden, lo cual me tranquiliza. Las dos bailarinas escuchan una retransmisión vespertina por la radio, sin percatarse de que mueven los pies al ritmo de la música. Cook dormita en otra silla. Oigo al zapatero hurgando en su habitación, situada debajo de las escaleras. La viuda del policía está sentada en el suelo con las piernas cruzadas, tejiendo un jersey para una de sus hijas.

Escribo a Joy para contarle lo contenta y entusiasmada que estoy. Le pregunto si necesita algo y cuándo le gustaría que le hiciera una visita. Cierro la carta y me recuesto en la silla para pensar antes de escribir a May. Recientemente he cumplido cuarenta y tres años. Ha habido muchos días horrendos en mi vida, he experimentado numerosas aflicciones y he cambiado mucho, pero voy a ser abuela. Dejo que cale esa palabra y me llene el corazón. ¡Abuela! Sonrío y me dispongo a escribir.

Querida May,
Voy a ser *yen-yen*. Eso significa que tú también. Mañana iré de tiendas para ver qué le puedo mandar a Joy para los preparativos. Intentaré comprar leche en polvo como la que le dábamos a ella cuando nació, y quizá podrías enviársela tú también, además de un termómetro, cierres para pañales y tarros.

¿Comprenderá May lo que estoy diciendo? Incluso después de que Joy se casara, parte de mí creía que acabaría viendo la luz y volvería a casa. Ahora no se irá nunca, lo cual significa que yo tampoco. Mi hija está aquí. Mi nieto nacerá en otoño. Las personas que viven en esta casa serán mis compañeras de ahora en adelante. Por primera vez, la idea de quedarme en China el resto de mi vida no me parece tan mala.

Doblo la carta y la meto en un sobre. Me aclaro la garganta y los huéspedes levantan la cabeza.

—Mi hija va a tener un bebé. Voy a ser abuela.

Dejo que me envuelvan con sus buenos deseos y felicitaciones. Soy muy feliz.

Al día siguiente voy a la comisaría. Tras una larga espera me invitan a entrar en la oficina del señor Wu.

—Hoy no es el día de nuestra reunión periódica —dice al verme.

—Lo sé, pero espero que pueda ayudarme. Me gustaría visitar a mi hija.

El comisario se recuesta en la silla.

—Ah sí, la hija que no me mencionó cuando llegó a Shanghái.

—Ya le he dicho que lo lamento, pero no sabía dónde estaba, así que no había nada de lo que informar.

—Y ahora quiere verla. Por desgracia para usted, el Gobierno no concede permisos de viaje al campo en este momento.

—¿Y si acudo a la Comisión de Chinos de la Diáspora? Me dijo que en calidad de ciudadana llegada del extranjero me estaba permitido viajar adonde quisiera.

El comisario levanta las manos.

—Las cosas cambian.

—Mi hija va a tener un bebé...

—Felicidades. Espero que sea un nieto.

Conozco a este hombre desde hace tiempo. Lo han ascendido de comisario de tercera clase a segunda. Se ha moderado un poco desde la primera vez que lo vi, pero todavía es muy purista con las normas. Nunca aceptará un soborno y se cerciorará de que me impongan un castigo si ofrezco uno. Así que cuando formulo la pregunta, sabe que estoy buscando una respuesta práctica.

—¿Qué necesitaré para obtener un permiso de viaje?

—Vaya a su comité de bloque. Si le dan su aprobación por escrito, tal vez pueda ayudarla. Pero, camarada, he dicho «tal vez».

Soy prudente, pero salgo de la comisaría con una sensación de optimismo. Cook es el director de nuestra casa y es muy poderoso en el comité de bloque. Él se asegurará de que consiga una recomendación positiva.

Pero puede que no sea así. Las dos ex bailarinas me acusan de ser capitalista en secreto. «Guarda vestigios de su pasado en la habitación —dice una de ellas a nuestros vecinos—. Trae a casa carteles de tiempos pasados en los que aparecen ella y su hermana.»

—Incluso fragmentos pequeños, un ojo o un dedo —añade su compañera de habitación.

Esto último me alarma, porque significa que han entrado en mi habitación en mi ausencia. ¿Qué más habrán encontrado?

—Lleva ropa de antes de la Liberación —dice el zapatero—. ¡Se la pone para dar clases a uno de nuestros huéspedes!

—Y esconde comida —interviene la viuda—. Solo la comparte con nosotros cuando le viene en gana.

A mi parecer no he hecho nada malo. Al fin y al cabo, mi trabajo consiste en arrancar carteles de las paredes, llevo mi vieja ropa para no derrochar, enseño a Dun porque él me lo pidió y comparto comida para ser una buena camarada. He oído a otros contraatacar cuando reciben críticas, creyendo que son inocentes o moral, ética o políticamente correctos, y quiero presentar batalla, pero eso no me ayudará a conseguir un permiso de viaje para visitar a mi hija.

Atendiendo al eslogan «Indulgencia para quienes confiesan», me apresuro a contarlo todo.

—Viví en un país imperialista, estoy demasiado habituada a las débiles costumbres occidentales, y mi familia era mala.

Parecen bastante satisfechos con eso, pero estoy segura de que volverán a acusarme. Por más preocupada que esté por Joy, doy gracias de que viva en el campo, donde agrada por cómo es y no es objeto de sospechas por su lugar de origen.

Por supuesto, todo esto llega al comisario Wu.

—Ahora mismo es imposible que obtengas un permiso de viaje —me dice cuando le veo—. Espera, compórtate y puede que lo consigas a tiempo para ver nacer a tu nieto.

Estoy terriblemente disgustada, pero ¿qué puedo hacer?

Fue una tontería guardar los fragmentos de los carteles que arrancaba de las paredes en una caja debajo de la cama y tengo que deshacerme de ellos para no llamar más la atención. Cuando Joy era niña solía coser, y ahora he encontrado un proyecto —fabricar zapatos artesanales para ella y su familia— que también demostrará a los huéspedes que me criticaban que estaba siendo una socialista buena y comedida al recoger ese papel y que trabajo hombro con hombro con mis camaradas en las comunas. En la casa tengo dos amigos, y decido pedirles ayuda. El domingo siguiente, me acerco primero a Dun. Confío en él por muchos motivos y, como siempre, se alegra de verme en el umbral de su habitación.

—Tú y yo lo pasamos bien juntos —digo—. Me has enseñado todos los lugares que conservan un regusto del pasado.

Y es cierto: el último bar bielorruso de la ciudad que sirve *borscht*, un pequeño lugar donde venden nata para preparar mantequilla y un mercadillo para comprar sartenes con las que hacer tostadas.

—Me gusta estar contigo —responde—. Me gustaría que hiciéramos más cosas juntos si te apetece.

—Me encantaría —digo, y le cuento mi proyecto.

—¡Perfecto! —exclama Dun—. Pero ¿tú sabes fabricar zapatos?

—Yo no, pero Cook sí.

Aunque Cook permitió que me atacara el comité de bloque, sé que me quiere mucho. De hecho, si lo pienso, puede que dejara que aireasen sus críticas contra mi persona para evitar ataques más duros o peligrosos en el futuro. Tal vez Cook lo planeó todo con el nacimiento del bebé en mente. A fin de cuentas, ¿cuántos permisos de viaje puede conseguir una persona?

Voy a mi dormitorio, saco la caja de debajo de la cama y Dun y yo bajamos a la cocina. Al ser domingo por la tarde, la mayoría de los huéspedes han salido —de compras, a visitar amigos y parientes o a pasear por el malecón—, pero Cook está en casa, ya que es demasiado anciano y frágil para excursiones. Me sonríe con su boca desdentada y se levanta a calentar té para su señorita.

—Director Cook —digo, dirigiéndome a él con formalidad—, cuando era pequeña fabricaba usted suelas de zapato en la mesa de la cocina. ¿Lo recuerda?

—¿Que si lo recuerdo? ¡*Aiya*! Recuerdo cómo se enfadaba tu mamá conmigo. No le gustaba el desorden. Decía que me daría un par de zapatos del amo si dejaba de mezclar pasta de arroz en su cocina...

—¿Cree que podría enseñarnos a fabricar suelas? Me gustaría hacer unos zapatos para mandárselos a Joy y a los niños de su familia. La mayoría de ellos no tiene.

Abro la caja y vuelco los fragmentos de carteles sobre la mesa. Cook me dedica otra sonrisa.

—Inteligente, señorita, muy inteligente.

Cook se levanta y prepara una pasta de arroz. Luego nos

enseña a Dun y a mí a pegar capas de papel en el minucioso proceso de fabricación de una suela. En el último paso hay que tejer ropa sobre las suelas, cosa que haré luego en mi habitación. Lo que podría ser una tarea tediosa se convierte en una suerte de juego en el que intentamos adivinar qué bocas, ojos, orejas y dedos pertenecen a May y cuáles a mí. Dun es especialmente hábil a la hora de localizarme en el montón de papeles, lo cual me complace enormemente.

—Si nos hubieran visto los recolectores de papel de la época feudal estarían muy enfadados —dice Dun.

Lo observo mientras coge otra de mis narices, la cubre de pegamento y la aplica a la suela que ha fabricado para Jie Jie, la mayor de las hermanas de Tao.

Sonrío y meneo la cabeza. No puede evitarlo, es un excelente profesor.

—¿Por qué? —pregunto—. ¿Por fabricar zapatos o por utilizar estos divertidos trozos de papel?

—Ambas cosas. ¿Acaso muestra esta suela algún respeto por el papel escrito? ¡En absoluto! Uno no debe pisar jamás el papel escrito.

—Pero no todo está escrito —señalo.

Y es cierto. Aunque algunos fragmentos lo están, la mayoría del texto se encontraba en la parte inferior o en los laterales de los carteles de chicas bonitas.

—Aun así, el papel era un anuncio —responde Dun—. En el pasado se habría considerado un acto deliberado de irrespetuosidad. Podrían habernos acortado la vida cinco años....

—¡Diez! —corrige Cook.

—¿Porque iríamos a la cárcel? —pregunto.

—No es tan sencillo —repone Dun—. Puede que te alcanzara un rayo, que te lloraran los ojos, que perdieras la visión o que nacieras ciega en la próxima vida...

—Recuerdo a una mujer de mi aldea que escondía monedas en los calcetines —dice Cook—. Llevaban palabras grabadas. La mujer tropezó, cayó en un pozo y murió.

—Y recuerdo una advertencia que me hizo mi madre cuando era un chaval —añade Dun—: «Si utilizas papel escrito para avivar el fuego, recibirás diez deméritos en el submundo y tendrás hijos con picores.»

—Entonces, como recolectora de papel debería ser candidata a una recompensa increíble —digo.

Dun asiente.

—Mi madre me decía siempre que el que recorre las calles recogiendo, almacenando y quemando ritualmente el papel para depositarlo luego en el mar recibirá cinco mil méritos, vivirá doce años más y será honrado y sano. Sus hijos, nietos y biznietos también serán virtuosos y filiales.

Aplico varias tiras de papel a lo que será el arco de un zapato para Joy.

—Yo solo arranco papel de las paredes y limpio callejones —reconozco—. Así que tal vez no sienta veneración por el papel escrito. Pese a ello, creo que lo que estamos haciendo ahora está bien. Puede que Joy nunca sepa de qué está hecho, pero espero que sienta mi amor.

Trabajamos amigablemente un rato, hasta que Dun espeta:

—¡Tengo una idea! ¿Para qué se fabrica papel? Para la publicidad, por supuesto. —Pasa la mano por la mesa, donde se amontonan ojos, bocas, narices, dedos y lóbulos—. Pero ¿y qué más?

—Podemos quemarlo para calentarnos —responde Cook con indecisión—. Taparnos con él para dormir, y tumbarnos encima —verdaderamente es rojo de los pies a la cabeza—. Si tienes mucha hambre te lo puedes comer...

—Puedes utilizarlo para liar cigarrillos —tercia Dun, y se vuelve hacia mí expectante.

—Para imprimir libros —digo, dubitativamente—. Y también Biblias y dinero.

Todavía no sé adónde quiere llegar.

—Pero ¿qué es lo más importante? —insiste—. ¿Por qué sentimos veneración por el papel escrito? Porque las palabras en sí mismas son venerables. Las enseñanzas de mi madre son lo que me movió a leer libros, a ser profesor y a enseñar a otros a amar la palabra escrita. Ella considera que las palabras son mágicas...

—Como las palabras que se escribían y luego se quemaban

—digo—. Mi madre creía que era la manera más eficaz de comunicarse con los dioses. Por supuesto, en la misión nos enseñaban que esas ideas eran otra forma de idolatría.

—Tu madre se ponía muy triste cuando visitabas a aquella gente —me recuerda Cook.

Es cierto. El hecho de que fuera a la misión metodista enojaba a mis padres, pero lo hacía de todos modos. Aprendí inglés y modales, pero sobre todo fe. No me arrepiento absolutamente de nada.

Dun cierra el puño y se golpea ligeramente los labios, pensando. Entonces dice:

—Pero ¿no os parece que todavía creemos en la eficacia de los caracteres escritos? Todavía escribimos «paz», «riqueza» y «felicidad» en papel rojo para colgarlo sobre las puertas en Año Nuevo. Pearl, dices que esperas que Joy sienta tu amor, pero ¿y si se lo escribieras y lo pegaras en sus zapatos?

—¿Para qué? Jamás sabrá que está ahí.

—Pero tú sí. —Dun se levanta, abre un cajón y saca papel y bolígrafos para que las palabras no se emborronen al mojarse—. Enviemos mensajes a todas las personas para las que estamos fabricando zapatos. Dices que los míos son para la cuñada mayor de Joy, una niña de catorce o quince años. —Empieza a escribir, leyendo el mensaje en voz alta—: «Eres muy hermosa. Espero que te cases y tengas una vida feliz.»

Puesto que Cook es analfabeto, le ayudo con su nota. Entonces escribo un mensaje secreto para Joy y lo pego en medio de la suela. Noto la cálida mirada de Dun mientras tapo la dedicatoria con un retazo de mis ojos.

Joy

Lanzar un *Sputnik*

Lo he preparado todo lo mejor posible: he ensayado mi solicitud. He hecho dibujos y mezclado muestras de pigmentos. Me he lavado el pelo y me he puesto ropa limpia. Me gustaría poder ir al salón del liderazgo a hablar con los líderes de la aldea sobre mi idea, cuando todavía hace fresco y estoy limpia, pero no es posible. Me preparo la bolsa y me uno a mi marido y a su familia cuando salen de casa y descienden la colina. El verano está aquí de nuevo. Hace un calor terrible y apenas hay visibilidad. Intento aplastar los mosquitos que zumban alrededor de mi cabeza y se me posan en los brazos, pero ¿de qué serviría? Hay más de los que puedo matar.

Los demás recorren el sendero hacia nuestro nuevo puesto de trabajo y yo me detengo en la villa a recoger a Kumei. Por suerte, Yong no vendrá con nosotros. Después de armar un escándalo delante de toda la comuna, el líder de brigada Lai confiscó los vendajes de Yong y los colgó fuera de la villa, donde ondean como serpentinas. También cogió sus zapatos —diminutos, de colores brillantes y con delicados bordados— y los clavó en la entrada principal, donde el sol y la lluvia los están destiñendo. Ahora Yong solo puede andar a gatas de una habitación a otra. La buena vida de la comuna no lo es para todos, lo cual me ha ayudado a concentrarme más en mi plan.

Kumei no está muy parlanchina esta mañana, y yo estoy demasiado nerviosa por mis proyectos como para hablar de banalidades. Llegamos al puesto de trabajo y nos separamos. Hace unas semanas, cuando el líder de brigada Lai anunció que deberíamos erigir algo juntos —como comuna—, esperaba que fuese una cantina al uso. Por el contrario, nos ordenó que construyéramos una carretera desde la parada de autobús, situada a varios kilómetros de aquí, hasta el centro de la comuna. Hemos dejado de arrancar malas hierbas, cavar surcos y aniquilar las plagas que atacan las cosechas para quitar pedruscos, palear arena y compactar la tierra. Todo este trabajo se realiza a mano, y todavía nos sustentamos con raciones limitadas, así que el sol me marea y se me cansan muy rápido los hombros, la espalda y las piernas. Soy más afortunada que la mayoría. Al estar embarazada, recibo más comida. Por suerte, ya han pasado las peores náuseas matinales y he podido retener la comida en el estómago. Se me está hinchando poco a poco la barriga, pero todavía no se nota demasiado bajo mi blusa holgada de algodón. Sin embargo, en la comuna todo el mundo lo sabe todo y me dan muchos consejos.

—No vayas a espectáculos de magia —recomienda una mujer que intenta levantar una cesta de tierra junto a mí—, porque si descubres los trucos del mago, te lanzará un hechizo por haberlo avergonzado.

—No trepes a un árbol —dice otra—, porque no dará fruta el año que viene.

Y no cesan. No debo discutir con nadie (pero tengo que encajar las críticas), ir de viaje (cosa que igualmente no puedo hacer porque carezco de pasaporte interno) o pisar heces de oca (ya trataba de evitarlo antes de quedar encinta).

Un silbato anuncia la pausa para comer. Mientras los demás forman cola para recibir el arroz y las verduras que sirven en la cuneta de la nueva carretera, cojo apresuradamente el saco y me dirijo al salón del liderazgo. Qué distinto es todo de hace dos veranos. Este año, la cosecha de maíz debería llegarme al hombro y las semillas inundar el aire con un aroma cálido, pero lo que veo es corto y rechoncho, como si los campos padecieran un caso grave de sarna. Las razones son sencillas y todas están relacionadas.

En primer lugar, aunque los científicos han anunciado que los gorriones comen más insectos que semillas, el presidente Mao insiste en que sigamos matando pájaros. Ahora lo único que engorda aquí son los enjambres de langostas que comen felices en la cantina gratuita en la que se han convertido nuestros campos. En segundo lugar, la sobreexplotación. Cuando los agricultores que se criaron en la región preguntan al líder de brigada Lai si es una práctica inteligente, él responde: «Confiad en la comuna popular.» En tercer lugar, cuando preguntamos qué ha prometido este año al Gobierno, dice: «¡Entregaremos una cosecha de cereales diez veces mayor!» Ahí es donde nacen nuestros temores. ¿Cómo vamos a entregar tantos cereales cuando la cosecha no se ha incrementado? Si renunciamos a ella para satisfacer el «viento de la exageración» del líder de brigada, este invierno será mucho peor que el anterior. Para protegernos, dejamos tanto como pudimos en el suelo cuando entregamos las primeras cosechas por si tenemos que recurrir a espigar los campos el invierno que viene.

Llego al centro de la comuna. Respiro hondo para atemperar los nervios y armarme de valor. Entonces entro con determinación en el salón del liderazgo, situado en el edificio de ladrillo. Hay un guardia apostado en la puerta.

—¿Puedo ver al líder de brigada Lai? —pregunto.

—¿Por qué? —dice el guardia, un joven campesino de la Aldea del Estanque de la Luna.

—Me gustaría enseñarles una cosa al líder de brigada, al secretario del partido Feng Jin y a su honorable esposa.

No he respondido a su pregunta, tan solo ampliado mi petición. El guardia tensa los músculos de la mandíbula. Concedan a un hombre raso un gramo de poder y les arrojará mil kilos de ladrillos a la cabeza. Me grita. Cuando pierde fuelle, vuelvo a exponerle mi solicitud, pero se enoja todavía más. El líder de brigada Lai sale a la puerta. Lleva una servilleta de tela metida en la camisa.

—¿Qué es este ruido? ¿No sabéis que estoy comiendo?

—Líder de brigada, quiero lanzar un *Sputnik* —anuncio.

—¿Tú?

Asiento con confianza.

—No —dice él.

—Escúcheme, por favor —insisto—. Mi idea traerá a autoridades importantes a la Comuna Popular Diente de León Número Ocho.

Es una aseveración atrevida, pero espero que suscite una buena respuesta en el líder de brigada. En la Nueva China se supone que nadie debe aspirar a la gloria personal, pero el reconocimiento individual es algo que desean todos los líderes. Me mira de arriba abajo, sopesando: es una imperialista reincidente, pero también es hija de un artista famoso, parece profesional y lleva colgado del hombro un saco que contiene... ¿Qué?

—Déjame terminar de comer —dice, una vez tomada una decisión, y ordena al guardia que vaya a buscar al secretario del partido Feng Jin y a Sung-ling—. Que vengan en quince minutos —y, dirigiéndose a mí, añade—: Espera aquí.

Entonces cierra la puerta y vuelve a comer.

Un cuarto de hora después, el guardia nos escolta al comedor privado del edificio. El olor a carne es tentador y doloroso al mismo tiempo. Miro a Sung-ling. Como Kumei aconsejó, nos hemos hecho amigas. Cuando ella dice que a su bebé le gusta dar patadas, yo respondo que al mío más. Cuando digo que voy a tener un niño, ella asegura que tendrá gemelos. Me he esforzado mucho en intercambiar estas bromas bienintencionadas porque necesito que me ayude. Pero ahora, al mirarla, me pregunto si puede. Cuando la conocí estaba rellena. Ahora está embarazada y pierde peso. Como líderes de la aldea, ella y su marido deberían gozar de las mismas ventajas que el líder de brigada. Sin embargo, han decidido seguir comiendo con nosotros en la cantina.

El líder de brigada les indica que se sienten. Yo debo permanecer de pie porque he venido a suplicar.

—De acuerdo —dice el líder de brigada Lai con su voz ronca—. ¿Qué quieres?

—Deberíamos lanzar un *Sputnik* pintando un mural que exhiba el orgullo que nos produce la nueva carretera. —Me miran, seguros de que tengo más cosas que decir—. Según el presidente

Mao, los murales pueden enseñar a la gente. Son recordatorios visibles de lo que se debe y no se debe hacer.

—No tenemos dinero para comprar suministros —dice el líder de brigada Lai.

Qué respuesta tan extraña. ¿Me está pidiendo un soborno?

—Ningún problema. Nos fabricaremos nosotros los pigmentos. —Abro el saco y le muestro unos pequeños tarros con colores—. Este amarillo lo hice con flores del árbol del patio principal del Dragón Verde. Este rojo es de la tierra de las colinas. El negro sale del hollín que queda en los hornos. Podemos utilizar cal para el blanco, y he hecho azul y púrpura con flores. El verde es fácil. Empapé hojas de té para extraer el color.

Sung-ling sonríe en señal de apreciación.

—Estás utilizando lo que tenemos a nuestro alrededor.

Pero no es porque haya aceptado alguna lección comunista, sino porque estoy poniendo en práctica lo que mi madre, una persona ahorradora, y mi padre, un hombre muy práctico, me enseñaron en Chinatown: conservar, manipular y utilizar lo que otros consideran inútil.

—Sí, sí, pero, ¿cuál es la temática? —pregunta el líder de brigada Lai—. Esta camarada tiene muchas marcas negras contra ella. ¿Cómo podemos confiar en que pinte algo que no sea reaccionario?

—Quiero plasmar la gloria de la Comuna Popular Diente de León Número Ocho. Permítame mostrárselo. —Le entrego mis dibujos—. Mire, esta es nuestra magnífica cosecha con la carretera que conduce directamente a ella. Y quiero hacerle un retrato, líder de brigada. Nuestros sueños socialistas no se materializarían si no fuera por su liderazgo.

Lai está henchido de orgullo, pero el secretario del partido ha vivido en el Dragón Verde desde siempre y sabe quién es quién y qué es qué.

—Tao es el artista de tu familia —señala—. ¿Por qué no está aquí?

La respuesta breve sería que no sabe lo que estoy haciendo. He trabajado sola, escapándome al Pabellón de la Caridad cuando debería haber estado lavando ropa en el río o realizando otras tareas. El anuncio de mi embarazo no trajo el cambio de actitud hacia mí que preveía. Mi marido y mis suegros muestran interés por mí porque esperan que tenga un niño, pero también me tratan con desconfianza desde la sesión punitiva de Yong. Hemos transitado una fina línea entre la posesión del bebé y mía y una desconfianza y una distancia absolutas. Pero he pensado en esto y sé qué contestar.

—Mi marido me pidió que viniera. Él es mejor artista, pero también el que trabaja más. Por eso él está construyendo la carretera y yo aquí, frente a ustedes.

Los tres asienten, pero ¿cómo reaccionará Tao a lo que acabo de decir? Lo que quiero es que me considere una buena esposa que lo apoya. Puede que suceda, y puede que se lleve el mérito del mural, sobre todo si cree que la noticia llegará a personas de mayor rango que las que se encuentran en esta sala. Pero parezco una amargada.

—¿Dónde se pintará este mural? —pregunta el líder de brigada Lai.

—Solo hay un lugar —respondo—. En la fachada de este edificio. Tiene cuatro muros que ahora cantarán las alabanzas de nuestra comuna.

—Piensa en el efecto que podría tener en sus miembros —dice Sung-ling vacilante—. Pasarán cada día por delante cuando vengan a comer, a visitar la clínica, a dejar a los niños en el colegio...

—¡No solo la gente de la comuna! —interrumpo—. ¡Vendrán todos los habitantes del condado a verlo! Recorrerán la nueva carretera y verán el buen trabajo que han desempeñado nuestros líderes.

¡Sus miradas son dignas de ver! En su día los respetaba y los temía. Ahora los veo —incluso a Sung-ling, mi supuesta amiga— como unos payasos.

—Lanzar un *Sputnik* es un programa muy específico —observa el secretario Feng Jin, el más cauteloso de los tres—. Veinticuatro horas no son mucho tiempo para un trabajo de semejante envergadura. Queremos lanzar un *Sputnik* —mira a los demás con incertidumbre—, no un carromato.

No es necesario que lo diga. Todo el mundo en esta sala es consciente de lo inútiles que han sido esos proyectos: cavar un pozo en veinticuatro horas que acabó derruyéndose con las primeras lluvias o coser pantalones para todos los habitantes de la comuna en ese mismo plazo que al final llevaban perneras que no les correspondían.

Ahora que le han recordado los posibles escollos, el líder de brigada suma una nueva preocupación:

—Este no puede ser un proyecto individual. No hay lugar para el pensamiento ni las conductas individuales en la Nueva Sociedad.

No sonrío, pero me dan ganas de hacerlo, porque ha dicho exactamente lo que yo esperaba.

—Por eso he acudido a ustedes. Lanzar un *Sputnik* significa mejorar lo que hay a nuestro alrededor, pero también requiere muchas manos. Les pido respetuosamente que asignen un grupo de trabajo al proyecto. Propongo lanzar cuatro *Sputnik*, uno para cada lado del edificio.

—¡Eso son cuatro días! —exclama el líder de brigada—. Y estás embarazada. El Partido dice que las mujeres encinta deben realizar tareas livianas.

¡Menuda broma! ¿Cree que pintar un mural es más duro que construir una carretera bajo un sol de justicia? ¿Le parece mejor que se me hinchen los hombros por cargar rocas y tierra en cubos colgados de unos palos en la lucha por rehacer la naturaleza y sin apenas comer nada? He pasado del optimismo a la desilusión muy rápidamente. El tigre se abalanza, pero esta vez mantengo la cabeza erguida.

—¡Noche y día hacemos la revolución! —exclamo—. ¡Trabajaremos más de cuatro días si es necesario! ¡Queremos honrar a los líderes de nuestra comuna!

—¿Estás segura de que no nos costará nada? —dice el líder de brigada, que duerme en la villa y come unos platos maravillosos en este edificio.

—Aunque compre un poco de material —respondo—, no costará más de dos yuanes. Recuerde: «¡Más, más rápido, mejor y más barato!»

El líder de brigada sonríe. Recibirá lo que considera un himno a sus logros, como ha hecho el presidente Mao en todo el país con sus carteles gigantes, por menos de un dólar.

Cuatro muros, cuatro *Sputnik*. Pintaremos un mural cada martes del mes de julio para cubrir las cuatro paredes del salón del liderazgo.

—Mi camarada y esposa me ha sido muy útil en la planificación del *Sputnik* —dice Tao a Kumei, Sung-ling y el resto del equipo que nos ha sido asignado.

Sonríe con sus grandes dientes blancos y todo el mundo le corresponde. Naturalmente, considera que este proyecto es suyo y toma las riendas de la planificación. Esboza nuevas ideas, que siguen los cinco temas aceptados para los murales: la belleza natural de la patria, los avances científicos, los conocimientos y la producción tecnológicos, los bebés para fomentar el crecimiento demográfico y las familias felices. A todo el mundo le gustan, excepto a Sung-ling.

—Son imágenes festivas —dice—, pero esto no es lo que aprobó el comité.

Me lanza una mirada inquisitiva. Puede que no sepa mucho de arte, pero por lo visto distingue lo que hemos dibujado Tao y yo. Adopto una expresión lo más anodina posible. Tal vez sea una camarada con un pasado cuestionable, pero ante todo soy esposa. Sung-ling lo entiende. Después de todo, aunque es líder por derecho propio, su marido es el secretario del partido. Mao puede decir que las mujeres sostienen la mitad del cielo, pero es la mitad más pequeña. Aun así, Tao debe proceder con cautela. En un esfuerzo por demostrar su espíritu socialista, divide elegantemente las paredes entre los dos. Cada uno se quedará con un muro pequeño y otro más largo que pintaremos como queramos.

En las primeras veinticuatro horas pintamos el primer mural de Tao. Las jornadas son brutales. El polvo se levanta de la tierra chamuscada y el aire es opresivo. Es como si estuviéramos trabajando dentro de un horno de ladrillo, pero al menos no estamos construyendo la carretera. Colaboramos con gente que tiene poco sentido de la perspectiva, el sombreado o las dimensiones, pero no supone ningún problema, porque el Gran Salto Adelante también ha perdido esas sensibilidades. En el mural de Tao, unos pescadores reman en el mar sobre unas cáscaras de cacahuete del tamaño de sampanes (para demostrar lo grandes que son esos frutos secos en la Nueva Sociedad) y tiran de enormes redes llenas de peces gigantescos y saltarines.

—Rápido, rápido —grita Tao—. No podemos demorarnos. ¡Solo nos quedan unas horas!

No sabía que fuera tan ambicioso.

La semana siguiente dirijo al equipo y pintamos un estanque en mi muro pequeño. En el centro del mural hay un loto gigante. Nadie puede protestar por su envergadura, en consonancia con las exageraciones del Gran Salto Adelante. El loto simboliza la pureza, ya que nace del barro pero su aspecto es inmaculado. Sin embargo, el que yo pinto presenta salpicaduras y moratones. Sobre la estampa vuela Chang E, la diosa de la luna, que mira hacia abajo con lágrimas en los ojos. Cuando la gente pregunta por qué llora, explico que sus lágrimas de felicidad llenan el estanque y limpian el loto. En el fondo creo que llora por el pueblo chino.

Estoy embarazada y vivo en un lugar deprimente, tratando de sacar lo mejor de una mala situación y con la esperanza de que trabajar juntos cambie las cosas entre Tao y yo. Es poco realista, lo sé, pero también lo son los sueños de Tao. Ve el mural como una manera de abandonar la comuna e irse a Pekín o Shanghái. «La gente querrá conocer al artista —dice a las chicas bonitas que se congregan a su alrededor mientras pinta—. No vendrá todo el mundo. Tendré que ir yo a ellos.» Coquetea con ellas, pero me trata cada vez con más formalidad, como una mujer con marcas negras que resulta que es la madre de su hijo no nato. Finjo que no me importa.

Durante la tercera semana, Tao pinta el tramo largo del salón del liderazgo. El tema es un deseo de todos los residentes: arrozales que se extienden hasta el horizonte, niños gordos subiendo escaleras para llegar a lo alto de los tallos de trigo y bebés sentados junto a tomates más grandes que ellos. Tao pinta un buen retrato del líder de brigada y lo sitúa en medio de tanta felicidad.

Una semana después, inspirado por nuestro proyecto, el líder de brigada Lai decide lanzar un *Sputnik* totalmente nuevo. La noche de luna llena, mientras algunos pintamos el último mural —el mío—, el resto de la comuna trabaja en la carretera para intentar llegar al salón del liderazgo al amanecer.

La gente dice que hay poesía en la pintura y pintura en la poesía. Yo quiero que mi mural hable por sí solo, que sea leído de diferente manera por diferentes espectadores. He estado reflexionando sobre una cosa que me dijo Z.G. en una ocasión: la gente está condicionada por la tierra y el agua que la rodea. Quiero que mi pintura refleje esta idea. Perfilo una figura central en negro y le pido a mi marido que la rellene: el presidente Mao como un dios que domina la tierra y el pueblo, apartado de las masas y desafiando a la propia naturaleza. Esta es mi crítica velada, pero estoy segura de que el líder de brigada, el secretario de partido y otros miembros de la comuna lo interpretarán literalmente. Asigno grupos de dos y tres personas a trabajar en el cielo y el fondo, donde unas figuras se elevan de la tierra china, modeladas en barro rojo para que se conviertan en campesinos obedientes. Encargo a Kumei la importante tarea de dirigir un grupo mientras pintan rábanos monumentales, que los miembros de la comuna reconocerán una vez más como arte del Gran Salto Adelante. Surcan el cielo unas naves hechas de mazorca y ocupadas por bebés-astronautas sonrientes, un presunto tributo a los avances agrícolas y técnicos de China destinado a los habitantes de la Comuna Popular Diente de León Número Ocho, que jamás han visto un avión, por no hablar de una nave espacial como el *Sputnik*.

Esa noche, la luna llena ilumina los campos que nos rodean. La carretera está cada vez más cerca. Mi suegra nos trae más pintura roja, preparada apresuradamente con tierra. Nunca podemos utilizar demasiado rojo, y parece que brille a la luz de la luna.

En la parte izquierda del mural pinto un árbol con las ramas en forma de cruz. De las curvaturas de la corteza cuelga un cristo abstracto, con la cabeza gacha y un corte verde que representa la corona de espinas. A la derecha pinto otro árbol, de manera que todo el mural esté enmarcado por ramas, raíces y hojas. En una de las ramas altas reposa un búho con un ojo cerrado.

¿Cuál es mi mensaje si alguien pregunta? Diré que las mejores personas de China provienen de esta tierra, mientras el búho mira al mundo ofreciendo su sabiduría. Pero para mí entraña significados más profundos de culpabilidad, tolerancia y perdón. Sí, he utilizado demasiado negro en contraste con el falso rojo chillón del resto del mural. Sí, he pintado un búho, que lo ve todo y no se deja engañar. Y sí, he utilizado una cruz y a Jesús para mostrar el sufrimiento del pueblo. Que yo sepa nunca vienen misioneros a esta zona, así que, si alguien pregunta, diré que he pintado un dios arbóreo.

Creo que el mural me cambiará mágicamente la vida, pero no lo hace. Ningún dignatario visita la Comuna Popular Diente de León Número Ocho, el líder de brigada Lai no gana ningún premio por ser un cabecilla modélico, a Tao no le gusto más que antes y los miembros de los equipos de trabajo olvidan con rapidez que los he sacado unos días de la carretera.

Pearl

Un pastel de pétalos de rosa

La festividad nacional, el Día de la Independencia china, es el 1 de octubre. Este año —1959— también es el décimo aniversario de la República Popular, de modo que la conmemoración será la más importante hasta la fecha. La gente trabaja día y noche para engalanar Shanghái. La ciudad retumba con los golpes de palas y martillos y la música militar. Banderas, farolillos, luces de colores y paños ornamentan edificios, farolas y puentes. Todo es rojo, por supuesto. En el malecón están construyendo un arco enorme flanqueado de árboles y lechos florales. Mi unidad de trabajo duplica su jornada en las calles, limpiando, arrancando carteles y recogiendo todos los trozos de papel que encontramos. Me veo arrastrada por el entusiasmo que me rodea y estoy entusiasmada, orgullosa de mi país natal.

Pero, como se suele decir, todo se convierte siempre en su antítesis. Justo cuando empiezo a sentirme a gusto en China, empezamos a acusar la escasez de alimentos en la ciudad. En mi casa nos asignan ocho kilos de arroz, unas cuantas cucharadas de aceite para cocinar y media chuleta de cerdo al mes, lo cual significa, entre otras cosas, que las discusiones son aún peores de lo habitual. Intento impedir que los celos se desborden llevando a casa algún que otro paquete de arroz o azúcar moreno comprado a un precio desorbitado en el mercado negro o en la tienda para chinos de la diáspora, donde puedo utilizar mis certificados especiales, que últimamente agradezco mucho.

Todo esto me hace preocuparme por Joy. ¿Estará sufriendo las mismas estrecheces que experimentamos nosotros en Shangái? Intento no inquietarme, porque ¿cómo es posible que los miembros de una comuna no tengan comida? ¡La cultivan ellos! Pero soy madre y agonizo. Escribo a Joy para preguntarle cómo está. «¿Qué tal te encuentras?» Le envío dulces y frutos secos. «A lo mejor le gustan a los hermanos de Tao.» Pero no obtengo respuesta. De hecho, no he recibido noticias suyas desde que me comunicó su embarazo hace casi cinco meses. Esto me causa una profunda aprensión y la ansiedad me impide dormir por las noches. Me digo a mí misma que estará ocupada con Tao y preparándose para tener el bebé. Me digo a mí misma que debo conservar la calma, pero no estoy tranquila. Tengo que verla. Para ello, necesito un permiso de viaje, pero todavía no he tenido suerte con eso.

Voy a casa de Z.G. a pedirle ayuda, pero ni siquiera él puede conseguirme el permiso. Escribo a May para contarle mis preocupaciones. Dos semanas después me responde diciendo que ha tenido noticias de Joy y que por lo visto se encuentra bien. Me relajo un poco, pero no pierdo el deseo de ver a mi hija en este momento tan especial de su vida. En las semanas posteriores vuelvo varias veces a la oficina del comisario Wu. Le digo que todavía no he sabido nada de mi hija y solicito un permiso una vez más. Durante una de mis visitas, me informa de que prácticamente no se conceden autorizaciones.

—Es como si quisieran que nadie vaya al campo —dice.

—¿Y por qué?

El comisario no lo sabe, pero al final hace algunas averiguaciones —no me dice dónde— y me comunica que Joy está bien.

—¿Bien? —eso es lo que dijo May, pero soy la madre de Joy, y hay algo que no encaja—. Si está bien, ¿por qué no me ha escrito?

El comisario no tiene respuestas. Empiezo a contar el tiempo en función de los días que faltan para la llegada del bebé.

El 1 de octubre, la festividad nacional, llega al fin. Es un luminoso día de otoño e intento imaginar el aspecto que tendrá mi hija en su octavo mes de embarazo. Visualizo a la comuna conmemorando la ocasión con petardos, un gran banquete y los discursos de Pekín retransmitidos a través de los altavoces. Luego me guardo esas imágenes en el corazón y me preparo para las celebraciones. Hace meses, Z.G. me invitó a ir con él a Pekín a presenciar las festividades. Dijo que ocuparíamos la tarima junto a Mao para ver el desfile y escuchar los discursos frente a la Ciudad Prohibida. Reconozco que habría sido una experiencia única, pero me quedo en Shanghái para estar más cerca de Joy por si de repente me dan permiso para viajar. Lo celebraré con Dun, los demás huéspedes y la tía Hu.

Todos los habitantes de la casa se visten con camisas y blusas rojas y salimos a la calle. Ondeamos unos banderines rojos cuando el desfile pasa por delante. Vemos madres de niños con camisas blancas, pantalones o faldas azules y pañuelos rojos al cuello. Las brigadas del Ejército Rojo marchan a paso ligero. Los miembros de todas las comunas siguen la ruta con los puños levantados o agitando banderas rojas. Unas flotas que subrayan los logros económicos y militares del país se mueven con aire digno. Pese a todo lo malo que hay aquí, pese a todos los momentos en que añoro mi hogar de Los Ángeles, hay instantes como estos en los que siento un gran orgullo por lo que ha conseguido China en diez años.

Dun y yo nos vamos antes de que den comienzo los discursos locales y nos reunimos en casa de la tía Hu, ya que no puede estar en una calle atestada con los pies vendados. Nos sentamos en el salón y nos sirve un pastel de pétalos de rosa.

—Tía Hu, siempre preparas los pasteles más deliciosos —digo después de darle un bocado—. ¿Cómo consigues algo así con esta escasez?

Los ojos de la tía Hu se entrecierran de placer.

—Siempre intento encontrar los buenos tiempos de antaño en estos nuevos tiempos tan malos. Ven, acércate y te lo cuento. —Hago lo que me pide, y madame Hu susurra—: ¿Te acuerdas de la panadería rusa de la avenida Joffre, donde tu madre siempre compraba vuestros pasteles de cumpleaños? Uno de los ayudantes chinos ahora utiliza esas recetas para preparar tartas en su casa. Solo se las vende a los mejores, a los que saben guardar un secreto. ¿Compramos una para el cumpleaños de Dun? ¿Sabes cuándo es?

Se relaja en la silla y mira con afecto a Dun, que está sentado en uno de los sofás de terciopelo, leyendo un libro y fingiendo indiferencia ante el gran secreto. Dun empezó a acompañarme a casa de la tía Hu hace unas semanas, cuando le hablé de su colección de libros en inglés. A la tía Hu le encantó al instante, y lo trata como al hijo que perdió hace años. Su forma de abrazar a Dun me ha alegrado sobremanera, como si estuviese recibiendo la aprobación de mi madre.

—¿Te gusta el pastel de chocolate o prefieres la vainilla? —pregunta inocentemente a Dun—. ¿O quizá los pasteles más exóticos: de uva, con un baño de mantequilla o de ron?

—Nunca había probado un pastel hasta que vine aquí, madame Hu —responde Dun—. Un simple bocadito ya es un regalo para mí.

En los tiempos que corren, un bocado de cualquier cosa hecha de azúcar, huevos, leche y harina es más que un «regalo».

—Me pregunto si podríamos mandarle uno de estos a Joy —dice la tía Hu—. ¿No le encantaría a una embarazada el pastel de pétalos de rosa?

—Seguro que sí —respondo, pero ¿debo decirle lo preocupada que estoy por mi hija?

—Pearl, te conozco demasiado bien —observa la tía Hu—. No me ocultes cosas. ¿Le ocurre algo a Joy?

—Va todo bien —respondo animadamente, tratando de disimular mi preocupación—. May me escribió el otro día para decirme que Joy se ha comunicado con ella y ha preguntado cosas de lo más extrañas.

—¿May le escribe a Joy?

—Claro, continuamente. Y Joy responde —saberlo me resulta doloroso (¿Por qué escribe a May en lugar de a mí?) y tranquilizador (Joy debe de estar bien)—. Joy le ha pedido a su tía que le mande Oreo, chocolate con almendras Hershey y Bit-O-

Honey. ¿Conoce esos dulces? —la tía Hu recuerda el chocolate Hershey de los viejos tiempos, pero los demás no—. Bueno, esto, más que otra cosa, me recuerda que Joy está embarazada y es feliz.

Prácticamente estoy citando la última carta de May, en la que escribía: «¡Qué antojos tenemos las mujeres!»

—May envió también un ajuar de bebé que compró en Bullock's Wilshire. Es una de las mejores tiendas de Los Ángeles —le explico—. ¡Mi nieto será el bebé más elegante de la comuna!

Dun y la tía Hu se ríen conmigo. ¿Qué va a hacer un bebé campesino con un camisón, peúcos, gorro y cubrecamas?

—May —la tía Hu suelta un suspiro de tolerancia—. Siempre le ha gustado comprar. ¿Qué más? Cuéntame.

—May ha estado ocupándose de mi bar —respondo, contenta de no hablar más de Joy—. Acaba de obtener una licencia para servir cerveza y vino. Dice que ahora tenemos más clientes.

—Eso está bien. Cuando vuelvas a casa tendrás un negocio próspero.

—Ya le he dicho antes que no me iré de China. Ahora mi vida está aquí, con mi hija y su bebé.

La tía Hu frunce el ceño y me apresuro a añadir:

—Pero la mejor noticia de May guarda relación con su negocio. Todavía alquila material de atrezo y disfraces para producciones cinematográficas, pero ahora también recurren a ella algunos programas de televisión. No adivinará nunca lo que ha ocurrido: ¡También quieren caras chinas en sus programas! May consiguió trabajo interpretando al ama de llaves de un médico en una serie. ¡Si supieran qué mala ama de llaves es en la vida real!

Todos nos echamos a reír. Entonces la tía Hu se levanta a encender la radio para que podamos escuchar los discursos retransmitidos desde la capital. «Los chinos han pasado de ser esclavos que vivían un infierno en la tierra a convertirse en dueños intrépidos de su destino», anuncia el primer ministro Chou Enlai al país. «Los imperialistas se mofan de nuestro Gran Salto Adelante y lo tachan de gran salto atrás. Pero permitidme que os diga una cosa: los imperialistas europeos intentaron destruirnos. Los agresores japoneses quisieron devorarnos. Ahora Estados Unidos está intentando aislarnos y excluirnos del escenario internacional. Esa política fracasa cada día más. Mantenemos relaciones diplomáticas con treinta y tres países, económicas con noventa y tres, y contactos e intercambios culturales con ciento cuatro. ¿Cómo puede explicarse este rápido progreso?»

A la tía Hu no le interesa la respuesta y se levanta de inmediato a apagar la radio, diciendo:

—Prefiero que Dun nos lea.

Pasamos el resto de la tarde tomando té, charlando y escuchando a Dun recitar *Cumbres borrascosas*, el favorito de la tía Hu. Aquí reina la paz y me alegra que Dun y yo podamos pasar un rato sin Cook y los demás huéspedes observando y escuchando.

Más tarde, aunque la tía Hu tiene servicio, llevo la bandeja con tazas y platos a la cocina. La tía Hu me sigue, tambaleándose sobre sus pies diminutos. Echa a las sirvientas de la cocina y se vuelve hacia mí con semblante de preocupación.

—¿Te inquieta mucho Joy?

—Mucho. No entiendo por qué no he recibido una carta suya. Incluso una con todo el contenido tachado por los censores sería mejor que nada.

—Ya pasaste por este silencio cuando esperabas su regreso a Shanghái con Z.G. —dice para intentar tranquilizarme.

—Eso fue distinto. No sabía que yo estaba en China.

La tía Hu asiente en un gesto de comprensión y le formulo la pregunta que me ha remordido la conciencia últimamente.

—¿Cree que de repente prefiere a May, que la engendró, ahora que se acerca el parto? ¿Por eso no me escribe Joy?

—¡Eres tonta! ¡Pues claro que no!

—Entonces, ¿cuál es el motivo? ¿Por qué no he recibido ninguna carta?

—¿Quién sabe? Esto es China. Las cosas van bien un día y al día siguiente son una locura.

—Tengo... Tengo un mal presentimiento.

—Entonces escríbele a May y pídele consejo...

—No sabe cómo están las cosas aquí. No lo entiende.

—May es tu hermana. Puede que ya no conozca China, pero a ti sí. Y te preocupas demasiado. Eres muy negativa. Te dirá que te calmes.

—Me cuesta plasmar mis sentimientos en una carta.

—Entonces deberíais veros. ¿Por qué no os reunís en Hong Kong?

—Es lo que propuso May en su última carta.

—¿Y bien?

—Si no puedo conseguir un permiso para ir a ver a Joy ¿cómo voy a obtener una autorización de salida para ver a May?

—Son cosas diferentes. Una es al campo...

—Y otra fuera del país.

—¿Y si te citas con tu hermana en la feria de Cantón?

—También lo propuso. Pensaba que podría conseguir un permiso de un día para visitar la feria y comprar vestuario para la empresa de alquiler y productos enlatados para el bar. No creo que pueda, pero, aunque así fuera, yo tendría que obtener el permiso para viajar. Si el comisario Wu me lo diera, lo utilizaría para ir a ver a Joy.

—Pues prueba con un permiso de salida de un día y a ver qué pasa.

—Me encantaría ver a May y puede que en el futuro intente conseguir un permiso de salida de un día, pero ahora no. El bebé nacerá el mes que viene.

Volvemos al salón. Luego, la tía Hu nos acompaña a Dun y a mí a la entrada principal, pero nos retiene unos instantes.

—He estado pensando en ello —dice a Dun—. Los dos deberíais intentar salir de China. Yo perdí a mi marido y a mi hijo, pero si estuvieran aquí, les diría que tienen que irse.

Es raro que de repente se muestre tan categórica y esté presionando tanto cuando sabe que no me iré para siempre de China sin Joy.

—Es usted quien debería marcharse al extranjero, madame Hu —dice Dun.

—Sí, lo he pensado, y estoy intentándolo —confiesa en voz baja—. Tengo una hermana en Singapur a la que no he visto desde que se casó, hace más de cuarenta años.

Me asombra esa revelación.

—Nunca lo había mencionado. ¿Y cómo puede irse?

—¿Cómo no voy a poder hacerlo? Tu madre era la inteligente. Os sacó a ti y a tu hermana a tiempo.

No menciono que, en efecto, lo hizo, pero que padeció una muerte horrible por ello.

—Empecé a ir a la comisaría y la Oficina de Asuntos Exteriores para solicitar un permiso de salida hace más de un año —continúa la tía Hu.

Me sorprende lo mucho que me duele esto.

—¿Por qué no me lo dijo?

—No tenía nada que decir al principio. Creía que no tenía opciones. Alguna gente espera toda la vida para conseguir un permiso de salida. Otros obtienen una autorización de un día para viajar a Hong Kong. Pensaba que yo esperaría toda la vida. Ahora dicen que tal vez me lo concedan porque están seguros de que volveré. ¡Creen que no puedo vivir sin sirvientes! —suelta una carcajada maléfica—. No me conocen muy bien.

Creo que la conocen mejor que ella misma. La tía Hu nunca ha vivido sin sirvientes. Tiene los pies vendados, y en muchos sentidos está tan aislada como Yong en la Aldea del Dragón Verde. No sabe limpiar la casa, tender la ropa (por no hablar de lavar, planchar o ponérsela ella sola), cocinar (y mucho menos ir a comprar, hacer nada que no sea hervir agua o fregar ollas y sartenes) o trabajar para llegar a fin de mes.

—El verdadero motivo por el que me dejarán marchar —prosigue— es que ya me lo han arrebatado todo, salvo esta casa. Si me voy, se la quedarán. —La tía Hu le toca el brazo a Dun—. Volverás el próximo domingo, ¿verdad? (todo esto después de decir que se va).

Junta las manos y hace una reverencia, lo cual está anticuado, pero hace feliz a la tía Hu. Pese a los cambios, tenemos que recordar nuestra humanidad, y me complace que Dun sea tan amable, pero de camino a casa me siento apagada. La ciudad estaría muy vacía sin la tía Hu, pero me convenzo de que no debo preocuparme. Diga lo que diga, jamás conseguirá un permiso de salida.

Los demás huéspedes todavía no han vuelto, así que Dun abre un vino de ciruela y sacamos los vasos fuera a la espera de los fuegos artificiales. Él se sienta en las escaleras y yo me entretengo en el jardín. Corto las últimas rosas de la temporada y me siento al lado de Dun. A lo lejos oímos las celebraciones. Dun me cubre una mano con la suya y no me sorprende ni me asusta. Sonrío y el corazón me empieza a palpitar.

—Pearl Chin —dice, utilizando mi nombre de soltera—, te conozco desde hace mucho. Cuando me instalé en vuestra casa, creo que no te fijaste en mí, pero yo en ti sí. Espero que no te molestes si te digo que ya te amaba en secreto entonces. Sabía que no tenía esperanza, pero quizás ahora te lo plantees.

—Soy viuda —le recuerdo.

No tengo nada más que explicar. Es un hombre chino de cierta edad. Conoce las viejas restricciones impuestas a las viudas. Pero cuando explota la primera salva de fuegos artificiales, me aprieta la mano.

—No creo en los matrimonios concertados —dice—, pero tampoco en el matrimonio que tenemos en la Nueva China. Ya conoces mi pasado. Sabes que he leído muchos libros en inglés. Lo que yo quiero es un cortejo, un cortejo occidental.

Tengo cuarenta y tres años y nunca me han cortejado.

Joy

Un año de abundancia

Todo el mundo temía que este invierno fuera peor que el del año pasado, pero no éramos conscientes de lo crudo que iba a ser. Todavía estamos en noviembre (lo peor del periodo entre el amarillo y el verde aún está por llegar), y Fu-shee y yo ya estamos espigando. El cultivo intensivo no salió bien. La mayoría de las plantas murió, y las que sobrevivieron han dado cosechas muy débiles y reducidas. Luego lanzamos los *Sputnik*, apresurándonos a recoger una cosecha entera de nabos, maíz o coles en un solo día. Trabajamos sin comida y sin apenas agua hasta sentirnos aturdidas y desorientadas. A las mujeres que tenían la regla no les estaba permitido ir a lavarse, y tenían los pantalones empapados de sangre. Y seguíamos con el problema de tener que recoger una cosecha entera en tan solo veinticuatro horas. La única forma de hacerlo era podando la parte superior de los nabos y dejando los bulbos en el suelo, haciendo caso omiso de algunas espigas de trigo o dejando caer por descuido las hojas de col. Todo eso quedó arrasado hace meses, así que mi suegra y yo nos hemos venido a uno de los campos de cosechas de trigo perdidas en busca de algún grano que otro. Nos han dicho que le demos más importancia a la cantidad que a la calidad, pero no tenemos ninguna de las dos. Nuestras raciones de arroz se han visto reducidas a medio *jin* por persona, lo justo para un solo cuenco de arroz hervido al día. Recojo un grano, me lo meto en el bolsillo y me acerco a Fu-shee.

—Creo que el bebé va a nacer pronto —le digo—. A primera hora de esta mañana he empezado a notar contracciones. Ahora son más intensas. Me parece que deberíamos irnos a casa.

Fu-shee ha dado a luz a todos sus hijos en una esquina de la habitación principal de la casa familiar. Si ella puede hacerlo, yo también, sobre todo si ella me ayuda. Pero Fu-shee me dice que no con la cabeza.

—Lo mejor es que vayas al patio de la maternidad —me dice—. Te darán más comida si tienes a tu bebé allí.

En la Nueva China, las mujeres que dan a luz tienen derecho a ocho semanas de baja por maternidad, unos catorce metros de tela de algodón, veinte *jin* de harina blanca y tres *jin* de azúcar. Todas esas cosas son importantes, pero para conseguirlas tendré que dar a luz en el patio de la maternidad.

—Me da miedo ir allí —confieso.

Debido a la hambruna, muchos bebés nacen muertos. La gente de la comuna piensa que el patio de la maternidad está habitado por demonios que tratan de robarles el primer aliento a los bebés.

—No te dejes influenciar por creencias feudales sobre espíritus de zorros y cosas así —me advierte Fu-shee, sin darse cuenta de que mis motivos son prácticos—. Sung-ling tuvo a su hija en el patio de la maternidad la semana pasada, y ambas siguen con vida. Ahora podéis estar juntos los cuatro.

Entonces se agacha, raspa la tierra y recoge unos cuantos granos más. Se los pone en la palma de la mano, los sopla para limpiarlos y luego me los enseña para recordarme que estos diminutos granos de cereal son lo que está manteniendo con vida a las doce personas de nuestro hogar. La promesa de harina y azúcar no se puede rechazar así como así.

Fu-shee me acompaña hasta el patio de la maternidad, que se encuentra en la Aldea del Estanque Lunar. Cada vez pasa menos tiempo entre una contracción y otra, y son tan intensas que a veces tenemos que pararnos para que pueda prepararme para el dolor. Ojalá mi madre estuviera aquí; no entiendo por qué no está. Ojalá las cartas que me envía respondieran a las que yo le envío a ella. Tampoco entiendo qué significa eso. He tenido cuidado de no escribir abiertamente sobre la hambruna, ya que estoy segura de que eso no pasaría la censura. Por el contrario, he hablado de lo mucho que echo de menos la comida de mi padre. Incluso he mencionado platos concretos del restaurante familiar y el olor característico que tenía siempre el arroz, con la esperanza de que me envíe ingredientes o un saco de arroz. A lo mejor esas pistas son demasiado claras y los censores están tachando esas líneas. O a lo mejor no le está llegando ninguna de mis cartas. Otra contracción. Quiero estar con mi madre, y no tengo más que a Fu-shee.

Llegamos al patio de la maternidad, una casa enorme que fue confiscada y transformada para darle un uso distinto cuando se formó la comuna. Mi suegra le explica a la comadrona que soy de la ciudad y que nunca he visto cómo nace un niño. La comadrona me mira con desdén, me lleva hasta una sala, me dice que me quite los pantalones y me indica que me acerque a una esquina en la que ha extendido un trozo de tela. Me pongo en cuclillas como es debido y me apoyo en las paredes. Cada vez tengo más contracciones y son más intensas. Quiero gritar, pero eso no está bien visto. No obstante, incluso con la mandíbula apretada, los gemidos salen de algún lugar de lo más profundo de mi cuerpo. Mi suegra y la comadrona se quedan mirándome con desaprobación. Miro hacia abajo y veo que tengo un bulto entre las piernas. Y justo cuando creo que toda esa zona de ahí abajo se va a partir en dos, la comadrona me mete la mano por debajo y corta la piel.

Cuando por fin me ordena que empuje, obedezco con mucho gusto. Esa es la parte más fácil, al menos para mí. No he podido comer mucho estos últimos meses y el bebé es pequeño, así que sale deslizándose como un pescado grasiento. Es una niña, así que nadie llora de alegría ni me felicita. La comadrona me entrega el bebé. La pequeña mueve espasmódicamente los brazos. Tiene la cabeza cubierta de mechones de pelo negro. Su nariz es perfecta, y sus labios, bonitos. Es diminuta —delgada en realidad—, pero noto que es fuerte por cómo me agarra el meñique. Ha nacido en el año del jabalí, como mi tío Vern. Me acuerdo de algo que dijo mi madre hablando de él: «Al igual que todos los jabalíes, nació con un cuerpo muy fuerte. Puede soportar mucho dolor y sufrimiento sin quejarse.» Me aferro a esas palabras. Espero que mi hija sea como mi tío: valiente ante las adversidades. Bendición y preocupación, alegría y miedo: así es el amor de una madre.

Una vez que la niña y yo estamos limpias, nos pasan al dormitorio. Me dan una cama contigua a la de Sung-ling, que me mira con compasión. Ella también ha tenido una niña, así que también ha sentido la decepción de la gente que la rodea. Mi suegra se va a casa y vuelve a la mañana siguiente con una sopa especial para madres a base de cacahuetes, jengibre y licor para que me suba la leche, se me encoja el útero y me ayude a recobrar fuerzas. No sé de dónde ha sacado los ingredientes, pero la sopa surte efecto, y la niña se pone a chupar de mi pecho con avidez. Por primera vez siento compasión realmente por lo que tuvo que pasar mi tía May cuando se desprendió de mí nada más dar a luz. Sus pechos, su útero y todo su cuerpo debían de dolerle por mi ausencia.

Menos mal que tengo a Sung-ling a mi lado porque, de lo contrario, estaría muy triste. ¿Cuántas películas y series de televisión habré visto en las que la mujer da a luz y el marido llega y la colma de flores y de besos? Tantas que no me bastan los dedos de la mano. Pero Tao no viene a verme. Ahora sé que no hay nada que pueda hacer para complacerlo, y eso es desgarrador. Pero ese no es mi único fracaso ni mi único motivo para estar triste. Se supone que a Sung-ling, al resto de las mujeres que acaban de dar a luz y a mí nos deberían dar raciones extra de comida, pero las reservas de la comuna son escasas. No nos dan azúcar moreno ni ginseng para restaurar la sangre, y no hay pollo ni fruta para ayudarnos a recobrar nuestra constitución. Ya preveo que tampoco se harán huevos rojos cuando mi hija cumpla un mes para celebrarlo. Aun así, tres vecinas me dan huevos: uno está podrido, el segundo es tan viejo que no se distingue la yema de la clara y el tercero tiene un pollito muerto dentro. Pienso en el riesgo que han corrido escondiendo los huevos. Si alguien es descubierto acumulando o escondiendo comida, el líder de brigada Lai ordena que le den una paliza.

Cuando me mandan a casa, no me dan ni la comida ni el algodón que me habían prometido. Mi suegro no me mira. Mi suegra me ignora. Le pregunto a Tao si quiere coger a nuestra hija, pero no quiere tocarla porque es una niña. Toda posibilidad de que Tao y yo pudiéramos llevarnos mejor se ha ido al traste con su nacimiento. Le digo que deberíamos ponerle un nombre.

—«Estúpida» —sugiere mi marido.

—«Cerda» —suelta mi suegra.

—«Perra» —dice uno de los hermanos de Tao con una sonrisa burlona.

—«Jie Jie» —sugiere Jie Jie, la mayor de las hermanas de Tao. Está claro que esa es la sugerencia más amable y generosa, ya que eso significa que, si le pongo a mi bebé «hermana mayor», tendré más niños. Asimismo, me da la sensación de que Jie Jie está dispuesta a ayudarme con la niña y a cuidar de ella.

—«Sin nombre» sería mejor —dice mi suegro, con lo que ofende a la vez a la madre de sus hijos, a mi niña y a mí.

—Quiero ponerle Samantha. La llamaré Sam para acortar —estoy pensando en mi padre, Sam, y en que este pequeño bebé se merece llevar el nombre de una persona honorable y amable. Samantha Feng. Acabo de dar a luz y no estoy en buena forma, pero ya sé que lucharé por ella. Por supuesto, Sam no significa nada en el dialecto local, lo cual resulta una ventaja.

—Tú puedes llamarla como quieras —dice mi marido con desdén—. Nosotros la llamaremos Ah Fu.

Eso significa «buena suerte», pero en realidad es un insulto tremendo, porque tener una niña está considerado una desgracia. Da igual. Mi abuelo me llamaba siempre Pan-di o «esperanza para un hermano». Y ese nombre me hizo aún más fuerte.

Le escribo una carta a mi madre y otra a mi tía en las que les hablo del nacimiento del bebé y les digo su nombre. Luego envuelvo a Sam en un trozo de tela y me la ato al pecho. Andamos juntas colina abajo y esperamos junto al estanque a que llegue el cartero. Hoy trae un paquete de mi madre. Nerviosa, me lo llevo a casa, con la esperanza de que esté lleno de comida. Pero el paquete ya está abierto y medio vacío, lo que quiere decir que alguien del salón del liderazgo se ha llevado lo que ha querido. Lo que queda es un poco de leche en polvo y unos zapatos hechos a mano. Escondo la leche de bebé en el cartón que me envió mi tía May (la suya venía con una nota en la que me decía que, para evitar que el pecho me envejeciera y se me quedara flácido, le diera el biberón a Samantha). En cuanto a los zapatos hechos a mano, Fu-shee no va a dejar que sus hijos se los pongan aunque haga frío, argumentando que hay que reservarlos para ocasiones especiales.

Me pregunto qué es peor: ¿Congelarse o morir de hambre? Todavía me queda mucho para morirme de hambre, pero por la ventana entra una implacable corriente fría que hay que detener, sobre todo con un recién nacido en casa. Le pido a uno de los hermanos de Tao que me traiga agua del arroyo y a otro que avive la hoguera exterior. Cuando el agua empieza a hervir, vienen a avisarme. Las hermanas y los hermanos pequeños de Tao miran con los ojos como platos cómo vierto el agua en un cuenco, lo llevo dentro y meto uno de los zapatos que me ha hecho mi madre para que se empape. Al momento, el zapato empieza a despedazarse.

El altavoz que hay dentro de casa no suele estar en silencio. Ahora mismo el locutor está hablando de catástrofes naturales: sequías, inundaciones, tifones y monzones. Mientras voy despegando cada una de las capas de las suelas, me doy cuenta de que no hemos visto ninguna de esas catástrofes. Pero si el altavoz dice que es verdad, debe de serlo. Quito las capas de papel de los zapatos y las deposito con suavidad sobre el fino papel de arroz que ya está pegado en la abertura de la ventana con la esperanza de impedir que el viento se cuele por las rendijas y añadirle más capas para que hagan de barrera ante los elementos. A lo mejor el papel oscuro atrae también más calor solar. Mientras trabajo, me doy cuenta de lo que ha hecho mi madre. Me ha enviado pequeños trozos de sí misma y de la tía May: sus ojos, sus labios, sus dedos. Y cuando voy por la mitad de la suela del segundo zapato, me encuentro con un tipo distinto de papel. Lo retiro con cuidado de la suela, lo abro y veo cinco palabras escritas con la delicada caligrafía de mi madre.

Mi corazón está siempre contigo.

Levanto la mirada hacia el *collage* con el que he tapado la abertura de la ventana. Saco a la niña de su arnés y la subo en brazos para que pueda ver: «Mira, son tu *yen-yen* y tu tía abuela. ¿Ves cuánto nos quieren?»

Después vuelvo a dejar a Sam en el arnés y sigo pegando papel. Las hermanas y los hermanos pequeños de Tao salen corriendo a contarles a los vecinos lo que estoy haciendo. Vienen, lo miran y hacen un gesto negativo con la cabeza.

A principios de diciembre, el líder de brigada Lai trae a unos milicianos de Tun-hsi para registrar nuestras casas, porque ya no quiere hacer el trabajo sucio que le corresponde. «¿Dónde habéis escondido el cereal? —preguntan los hombres con brusquedad—. Sabemos que lo habéis robado.»

La cantidad que hemos escondido es ínfima (solo unas cuantas tazas), pero la hemos repartido bien por las dos habitaciones de la casa. Hemos rajado nuestras chaquetas acolchadas y les hemos cosido pequeños paquetes de arroz y trigo espigado con la tela de algodón. Hemos enterrado un poco de mijo en un bote debajo de la plataforma para dormir. Hemos envuelto cáscaras de cacahuetes que habíamos recogido en un saco de arroz viejo y lo hemos metido entre una viga y el techo. Machacaremos las cáscaras para hacer puré. Los responsables del partido nos han dicho que «vivamos un año de abundancia como si fuera un año frugal». En mi opinión, estamos viviendo un año frugal, haciendo todo lo que podemos para sobrevivir, y aun así no es suficiente.

Los hombres del líder de brigada Lai vienen a la Aldea del Dragón Verde todos los días durante dos semanas (solo diré una cosa: es fácil distinguir quién ha estado comiendo bien con solo verle el cuerpo. El líder de brigada y sus milicianos no presentan signos de estar muriéndose de hambre. No han perdido peso, no les ha salido una tripa cóncava y ninguna de sus extremidades está hinchada por los edemas). La gente espera que, si los hombres de Lai encuentran algún alijo, dejen de registrar otras casas de la aldea y el castigo no sea demasiado severo. A los que tienen suerte les dan varazos o les atan las manos por detrás de la espalda y los cuelgan de un árbol por las muñecas hasta que gritan de dolor. A los que no tienen tanta suerte se les prohíbe comer en la cantina. Y a los que tienen mucha menos suerte les mandan a un alejado proyecto de irrigación, pero nadie puede trabajar sobre agua congelada con este tiempo y sobrevivir. De los que han sido enviados fuera ninguno ha vuelto, pero muchos de los que han sufrido palizas han muerto, y no poder comer en la cantina también es otra forma de morir, solo que más lenta. La aldea, los campos y la cantina empiezan a parecer platós de cine: solo fachadas. La gente que me rodea también parece de mentira, esbozando siempre una sonrisa falsa y coreando eslóganes sobre cosas en las que no creen. Todo el mundo finge tener una actitud abierta, cordial y entusiasta en cuanto al Gran Salto Adelante, pero denotan un toque furtivo que me recuerda a las ratas que corretean con sigilo por los bordes de las paredes.

Aunque nuestra primera cosecha de trigo del invierno ha sido muy mala, el líder de brigada Lai sigue con la idea de convertir más arrozales, huertas y bancales de té en campos de trigo. Ahora quiere que aremos en profundidad. Tenemos que cavar tres metros bajo nuestros pies para que los surcos sean más fértiles que nunca, o al menos eso dice él. Los agricultores saben que la capa superior del suelo es la más preciada y que lo que hay debajo es inservible, pero el líder de brigada no acepta un no por respuesta. Aunque es invierno, nos envían de vuelta a los campos. Un hombre tira de un arado y otros dos lo empujan, mientras el resto hacemos más profundos los surcos con palas y azadones. El eslogan es: «¡Haz surcos profundos para enterrar al agresor estadounidense!» Cuando no estamos recitando el lema, nos dicen que cantemos lo siguiente: «¡Trabajamos todo el día! ¡Trabajamos toda la noche! ¡Trabajamos todo el día! ¡Trabajamos toda la noche!» Y así lo hacemos, parándonos a veces solo para dormir un rato a un lado del campo o para engullir el único cuenco de gachas de arroz que nos dan. Cuando alguien le pregunta al líder de brigada por qué tenemos que utilizar nuestro cuerpo para hacer algo que siempre han hecho los animales de tiro, este le responde: «Un buey o un búfalo de agua no pueden cavar tan hondo como las personas.»

Me acuerdo de una historia que me contó Tao acerca del búfalo de agua y de por qué lleva anteojeras. Me dijo que el sufrimiento del animal en esta vida era un castigo por las cosas que había hecho en su vida anterior. Ahora se me ocurre otra razón: para que un buey o un búfalo de agua trabaje tanto, tiene que estar ciego y desinformado. Eso es lo que el Gobierno está haciendo con las masas. ¿Por qué? Porque los campesinos son las auténticas mulas de carga de China. Aun así, nadie le echa la culpa al presidente Mao. «El Gran Líder nunca nos haría daño —afirman mis vecinos—. Lo que pasa es que la gente que le rodea no le dice la verdad. No es culpa suya.» Sueltan este tipo de cosas incluso cuando les están saliendo ronchones oscuros en los labios y en las extremidades que no tardan en convertirse en heridas abiertas. Les duele el estómago, pero siguen teniendo hambre, están mareados y no pueden dejar de caminar. Parece que estamos pagando por las cosas que hicimos en esta vida o en vidas anteriores. La única buena noticia —si se le puede llamar así— es que a veces nos dan boniatos secos, como se hacía antes con los animales de tiro, a modo de suplemento de nuestro medio *jin* de arroz.

A finales de diciembre, el líder de brigada Lai reduce nuestra ración de cereales a un cuarto de *jin* por persona. Eso es poco más de cien gramos de almidón o medio cuenco de gachas de arroz al día, cuando seguimos trabajando como animales, arando en profundidad los campos congelados.

—Hay mucho cereal —nos asegura—, pero la gente tiene un problema ideológico.

No, la verdadera razón es que le ha enviado una parte demasiado grande de nuestra reducida cosecha al Gobierno. Las comunas modélicas son aquellas cuyos líderes mienten más y mejor. Ahora hasta el líder de brigada Lai se ha dado cuenta de que duplicar la cosecha de cereal en un único año solo se puede lograr sobre el papel. Pero para mantener esta promesa, nuestro arroz, nuestro trigo, nuestro mijo y nuestro sorgo han ido a parar a silos nacionales para que la gente de las ciudades pueda alimentarse, y a la Comuna Popular Diente de León Número Ocho nos ha dejado prácticamente sin nada. Las comidas de la cantina tienen ingredientes raros: tallos de trigo, raíces, hojas secas de boniato y hierbajos cocidos para hacer sopa o polvo seco de guisantes, serrín, bellotas, corteza de olmo y piedra pómez convertidos en harina para hacer pesados pasteles cocinados a la plancha. Los denominados «elementos negros» —como Kumei, Ta-ming y Yong— brillan aún más por su ausencia que las escasas raciones de comida. Parece que mi madre y mi tía no entienden lo que está pasando aquí. Siguen enviando paquetes con dulces para los niños en lugar de comida de verdad (las cartas de mi tía llegan bien, pero las de mi madre tienen párrafos enteros tachados). Hay gente que no tiene galletas ni caramelos, así que supongo que somos unos privilegiados. Aun así, no pasa un solo día en que no me acuerde de lo displicente que era con los cupones especiales de comida a los que tenía derecho como china de la diáspora. Ahora daría lo que fuera por ellos.

Dejamos de menguar y de perder peso. Empezamos a desarrollar lo que todo el mundo denomina la enfermedad de la hinchazón: los brazos, las piernas, el cuello y la cara se nos hinchan por los edemas provocados por la falta de proteínas. Nuestra nueva dieta nos sienta fatal al entrar y aún peor al salir. Algunos de nosotros estamos estreñidos; otros tienen diarrea. Eso no es un problema para los bebés y para los niños pequeños que no llegan al retrete. Las ranuras del suelo son lo suficientemente anchas como para que la diarrea se cuele por ellas. Pero para los mayores es mucho más incómodo. La casa tiene dos habitaciones y utilizamos un inodoro. Como es lógico, al igual que lo que entra en nuestro cuerpo, lo que sale de él constituye un motivo de preocupación para el líder de brigada Lai. Nuestra casa no es la única que tiene problemas intestinales, así que ahora envía a sus hombres a que hagan inspecciones de limpieza.

—¿Seguís lavándoos los dientes y las manos? ¿Vaciáis y limpiáis el retrete todas las mañanas? ¿Qué pasa con ese revoltijo de la esquina? ¿Por qué tenéis moscas si es invierno?

Los acontecimientos se suceden a gran velocidad. Los miembros de la comuna están pasando de tener hambre a estar muriéndose de hambre y de estar muriéndose de hambre a morirse de verdad. No obstante, pocas personas fallecen de inanición. En lugar de eso se mueren de un ataque al corazón, les entran fiebres y resfriados que terminan en neumonía, se hacen pequeños cortes que se infectan y acaban infectando la sangre o comen algo que no deben y pierden toda el agua por la diarrea. Las niñas pequeñas son las primeras en morir, seguidas de las jóvenes y de las abuelas. Los hijos, los padres y los abuelos no se mueren. Hay un viejo dicho que nos recuerda que existen treinta y seis virtudes pero que no tener un hijo las invalida todas. Por eso, toda la comida debe destinarse primero a los hombres.

—Si no, ¿quién se va a ocupar de la familia? —pregunta Tao.

Me gustaría decir: «A mí me educaron creyendo que hay que salvar a las mujeres y a los niños primero. Mi padre era chino, pero hasta él pensaba igual.» Pero sé que es mejor no discutir con mi marido, y no quiero hablar de mi padre, Sam. Su sacrificio hace que mi hambre parezca una nimiedad.

Algunos de nuestros vecinos intentan vender a sus hijas, pero nadie quiere comprar niñas. Otras familias (la nuestra incluida) envían a los niños pequeños a los campos por la noche para cortar brotes verdes de la nueva cosecha de trigo de invierno. Se supone que nadie puede irse de la comuna, pero el líder de brigada Lai expide certificados autorizando a los hombres (incluido mi suegro) a salir de la Comuna Popular Diente de León Número Ocho para mendigar o buscar trabajo. No sé lo que les pasará, pero una cosa está clara: cuantas menos bocas que alimentar, más comida para nosotros.

No sé lo que me termina llevando al salón del liderazgo para pedir el divorcio: que mi marido haya hecho todo lo posible para llevarse el mérito de mi mural, que no quiera tocar a la niña, que no me haga caso, que me coja comida del cuenco en la cantina y se la dé a sus hermanos o que haya empezado a «compartir su tiempo», es decir, que esté manteniendo romances con algunas jovencitas de la comuna. Cuando yo iba al colegio, las chicas tenían un nombre para los chicos y los hombres como mi marido: un perro. Tao es un perro con las peores características de ese animal. Si estuviera en una ciudad, iría al Tribunal Popular de Distrito y presentaría mi caso ante un juez, un fiscal, un abogado y un policía, pero estoy en una comuna remota, y ese es uno de los motivos por los que hay tan pocos divorcios en el campo. El tribunal lo componen el líder de brigada Lai, el secretario del partido Feng Jin y Sung-ling, pero se supone que no es un asunto privado. Llego a la cantina justo después de que termine la cena. Los miembros del tribunal están sentados a una de las mesas en las que se sirve la comida, recordándonos a todos los que ingerimos tallos de trigo todo lo que no tenemos. Sin televisor, películas, libros, revistas o periódicos, el invierno puede ser muy largo. Por lo menos al pedir el divorcio descanso un poco del altavoz. Me quedo de pie a pocos metros del tribunal. Samantha está dormida en un arnés de tela atado alrededor de mi pecho. Tao y el resto de los asistentes están sentados detrás de mí.

—¿Cuál es la naturaleza de tu queja? —pregunta Sung-ling, la única mujer del tribunal.

—Me casé con Tao por la razón equivocada —empiezo, señalándolo a él—. Para ver si era merecedora de su amor...

—El amor no tiene cabida en la Nueva Sociedad —sentencia Sung-ling.

Pues muy bien.

—Nada más casarnos, nos llevábamos bien —explico—. Pero luego empezamos a discutir. Y ahora apenas me habla.

—Son cosas que pasan en un matrimonio —responde Sung-ling—. Tienes que esforzarte más.

—Mi marido no quiere tocar a nuestra hija —confieso, con

vencida de que con eso quedará claro qué tipo de hombre es Tao.

Cuando la gente se ríe disimuladamente, el secretario del partido Feng manda callar a la multitud y se dirige a mí: «Nadie se alegra cuando tiene una niña.» Puede que sea analfabeto, pero los sentimientos relativos a las niñas pequeñas están tan enraizados que hasta él puede citar el famoso poema de Fu Hsüan que empieza así: «¡Qué triste es ser una mujer! No hay nada en el mundo que tenga tan poco valor.» Debe de haber aprendido a recitar el poema de su padre, que lo aprendería de su padre, como probablemente lo habrán aprendido todos los hombres —y todas las mujeres— de la comuna, y quizá del país entero.

—Las niñas pequeñas también tienen derecho a la igualdad, ¿no? —contesto.

Pero no recibo nada de empatía en ese sentido.

—No estás cumpliendo tu deber como camarada —me reprende Sung-ling—. Todo aquello que no esté relacionado con la revolución es una pérdida de tiempo. Los brazos deberían utilizarse para mejorar el país, no para llevar bebés.

Y eso que yo he visto a Sung-ling haciéndole arrumacos a su hija. Muchas veces nos sentábamos juntas para dar de mamar a nuestras niñas. Hemos ido a pasear con ellas a última hora de la tarde cuando lloraban. Incluso hemos hecho conjeturas, como todas las madres, sobre si las dos niñas serán amigas de por vida cuando crezcan.

No quiero acusar a Tao directamente de que se acuesta con otras mujeres, así que menciono el resto de los motivos:

—Me critica constantemente. Sospecha de mí cuando llego tarde. Apenas me habla, a pesar de que vivimos en una casa con dos habitaciones. Una mujer no debería tener que sufrir en el matrimonio.

—Tus quejas son graves, pero un divorcio no es una nimiedad —comenta el líder de brigada Lai—. Si te concedemos el divorcio, ¿qué harás con la niña? ¿Se la dejarás a tu marido? ¿De qué y dónde vas a vivir? Una mujer es como una vid, que necesita el sustento de un árbol. ¿Qué vas a hacer?

Recuerdo que Z.G. dijo algo parecido cuando anuncié que

me iba a casar con Tao. Y ahora me sienta igual de mal que entonces.

—¿Que una mujer es como una vid? A nosotros nos han dicho que las mujeres sostienen la mitad del cielo —respondo.

Antes de que pueda seguir, el secretario del partido Feng Jin me interrumpe:

—Las mujeres son como el agua; los hombres son como las montañas.

—¡Bah! —rezonga Sung-ling—. Si un hombre es una montaña y una mujer el agua, entonces es la mujer la que reafirma la existencia de la montaña. Si es agua, la mujer puede ir a cualquier parte. Da vida. Alienta la vida. Un hombre se refleja en su agua.

¿Se estará refiriendo Sung-ling a mi mural? Se me ocurrió a mí la idea, mezclé las pinturas y dejé que Tao se llevara el mérito. El resto de los jueces (hombres los dos) tienen pinta de haberse tragado aceite de hígado de bacalao. Cuando llegué aquí, vi cómo la gente del Dragón Verde adoraba a Tao por sus talentos artísticos y yo me sentía orgullosa de él. Y me aproveché de sus buenos sentimientos para hacer el mural. Si piensan que ahora estoy intentando quitarle el mérito, esto va a acabar mal.

—De una boda precipitada no sale un buen matrimonio —continúo tartamudeando antes de que los dos hombres puedan ordenar sus ideas—. No nos conocíamos lo suficiente como para saber si nos íbamos a llevar bien. No nos tratamos de igual a igual —añado, con la esperanza de que, si acepto parte de culpa, sean más compasivos en su deliberación.

—Oigamos lo que tiene que decir tu marido —dice el líder de brigada.

Me siento y Tao se levanta. No espero que se contenga. Le he avergonzado viniendo aquí, y su única esperanza es dejarme mal. Pero estoy preparada para escuchar sus palabras melosas y escurridizas cuando él retoma la argumentación de Sung-ling.

—Es natural que un hombre vaya hacia un lugar superior, como es natural que el agua fluya hacia un lugar inferior. Cuando mi mujer llegó aquí, era un zapato roto.

¡Me acaba de llamar prostituta barata! Detrás de mí, la gente se pone a farfullar y a cambiar de postura. No me doy la vuelta, pero me imagino cientos de cuerpos inclinándose de repente hacia delante, deseosos de oír lo que va a decir Tao. Sí, no cabe duda de que esto es más entretenido que el altavoz, pero estoy preocupada y tengo miedo. Estrecho a Samantha entre los brazos, protegiéndola y protegiéndome a mí misma.

—Si le concedéis el divorcio —prosigue—, no habrá ningún hombre que la quiera, porque solo quieren a novias vírgenes. Y tendrá que dejar al bebé conmigo. Ah Fu es mía hasta que se case.

Al líder de brigada no le interesa lo más mínimo el futuro de mi bebé, no cuando hay otra cuestión más candente.

—Esa es una acusación muy grave —afirma—. ¿Qué pruebas tienes del comportamiento indebido de tu mujer?

—Me besó en el Pabellón de la Caridad antes de que nos casáramos —responde Tao sinceramente. En la cantina la gente vuelve a rezongar y a cuchichear entre sí. El líder de brigada pide silencio, y Tao sigue hablando—. Me tocó con sus pies desnudos en el riachuelo. —Lo que provoca expresiones de asombro—. Cuando ya estábamos casados, quería hacer lo que hacen el marido y la mujer con mis hermanos y hermanas al lado. —Se vuelve y se dirige a mí directamente—. Pero ya no volverás a hacerlo.

Me pongo de pie de un brinco. Todas las miradas están puestas en mí, pero ¿qué voy a alegar? Todo lo que ha dicho es verdad. No puedo enfadarme, pero tampoco puedo permitirlo.

—Cuando Tao y yo nos conocimos, yo era virgen —afirmo—. Y ahora me insulta diciéndome que era un zapato roto...

—Un bebé, aunque sea una niña, no debería estar con una madre así —empieza a hablar Tao sin esperar a que yo termine—. Ah Fu pertenece a mi familia y a nuestra aldea, no a una paria. Mi mujer finge ser roja, pero yo he visto sus maneras burguesas. La he instado a que abra su corazón al Partido. Le he dicho que tiene que ser un engranaje más dentro de la máquina revolucionaria, pero se niega a hacer los ejercicios de rigor de autoevaluación y de autocrítica.

Todo lo que mi madre dijo de Tao es verdad. Es *hsin yan*:

embelesador, astuto. Utiliza la seguridad que le dan sus orígenes para denunciarme como una forma de desviar la atención del hecho de que se está acostando con chicas de los equipos de trabajo.

—No es roja —insiste—. ¡Es negra y ha intentado contagiarnos a todos su negrura pintando un mural de ese color! Hay unas normas para pintar cuadros. Tienen que ser *hong, quang, liang* (rojos, brillantes y resplandecientes), pero ¿qué eligió ella como motivo para una de las paredes? Un búho. Todo el mundo sabe que el búho simboliza los malos augurios, la oscuridad y el mal.

—Tú lo que tienes es *hong yen bing* (la enfermedad de los ojos rojos), envidia —le espeto. Pero me atemorizan sus comentarios, porque con mi mural sí que estaba tratando de expresar el mensaje de que el Gran Salto Adelante es una calamidad.

Entonces Tao dice algo aún peor, con lo que demuestra a todo el mundo que soy no solo una mala esposa, sino también una traidora a la Aldea del Dragón Verde y a la comuna.

—Siempre intenta convencerme de que nos vayamos de la aldea. Dice que puedo tener una vida mejor si me voy a otro lugar.

—¡Eso es mentira! —exclamo—. Tú eres el que me está pidiendo siempre que escriba a mi padre para ver si te puede conseguir un permiso de viaje o un pasaporte interno. Me has dejado muy claro que soy una carga para ti, que te impido que te marches de la aldea. Tú eres el que siempre está tratando de granjearte elogios y reconocimiento. Has intentado hacer creer a la gente que el mural lo habías pintado tú.

Pero ¿a quién va a creer la gente de la cantina: a alguien al que conocen desde siempre o a mí? Siempre he pensado que el secretario de partido Feng Jin era un hombre honesto y directo. Ahora me dirijo a él, con las manos abiertas en señal de súplica.

—Debes intentar solucionar las cosas —afirma—. Una mujer divorciada es como un gusano de seda seco: fea y totalmente inútil para todos.

—Pero es que Tao ha estado compartiendo su tiempo...

—¡Basta ya! —ordena el líder de brigada Lai—. Siéntate y deja que escuchemos a tus camaradas.

Y así es como mi divorcio se convierte en una sesión de castigo en la que una persona tras otra se levanta para acusarme de ser un elemento derechista. Hablan en voz baja, como si llevaran mucho tiempo sin comer como es debido, y así es. Entonces una joven que me suena de uno de los equipos de trabajo se acerca al tribunal. Por cómo mira a Tao veo que es una de sus chicas. Solo mirarla hace que todo mi cuerpo se ponga tenso. Samantha se despierta y empieza a retorcerse.

—Querías ser la estrella en la obra de teatro que organizó el equipo de propaganda nada más llegar aquí —dice la chica en tono acusador—. Siempre estabas intentando destacar para recibir un trato especial. Ya desde ese primer momento decidiste trabajar de una forma individualista.

—Yo he venido aquí para ayudar a la República Popular China —afirmo con entereza—. Quería servir al pueblo, y eso es lo que he hecho.

—Utilizas la palabra «yo» con demasiada frecuencia —afirma una persona—. Yo, yo, yo... Suena a una exageración de ti misma, a una forma de expresión propia y a la glorificación del individuo.

—Hablas con demasiada franqueza —comenta otra persona.

—Y alardeas...

—Como una extranjera.

—Y los movimientos que haces con los brazos son demasiado extravagantes y expresivos. —Eso es verdad. En ese sentido soy más estadounidense que china.

El líder de brigada hace un gesto a los asistentes para que se callen, y luego se dirige a mí directamente:

—Tus camaradas están diciéndote que tu individualismo todavía no ha desaparecido del todo. Asimismo, te has negado a abrir tu corazón al Partido. Entiende que el objetivo de nuestras críticas es ayudarte.

Dos pares de brazos me agarran por las axilas y me suben a una mesa para que la gente pueda verme mejor. No paran de proferirme insultos y acusaciones. Es la hora de comer de Samantha, y se pone a llorar. Es una cosita diminuta, pero el sonido que emite expresa tanto enfado como desesperación. Mis pechos responden llenándose de leche. Si no le doy el pecho pronto, empezarán a gotearme los pezones. Mi situación debería suscitar cierta compasión, pero no es así.

—Estás escondiendo unos defectos más graves ocultándote detrás de fallos triviales —señala el líder de brigada Lai después de media hora más de críticas—. Oigamos más cosas de la gente que te conoce.

La madre de Tao se levanta. Nuestra relación no ha sido muy buena que digamos, y Tao es su hijo, pero lo que dice no es todo lo malo que podría haber sido.

—Tú querías una ceremonia nupcial y una celebración, pero estas cosas no son necesarias en la Nueva China. ¡Por aquel entonces ya te pavoneabas!

Uno de los hermanos de Tao da un paso adelante:

—A veces a mi cuñada le llega una carta y dice que es de su madre o de su tía, pero todos vemos que está escrita en código —está hablando del alfabeto—. Tenemos que fiarnos de lo que ella dice que está escrito. Ella viene del enemigo imperialista más ultraderechista. ¿Cómo podemos estar seguros de que no es una espía?

—Pero ¿qué voy a espiar? —pregunto indignada.

Este chico ha sacado provecho de mí de mil maneras distintas: desde los paquetes de dulces que me han enviado mi madre y mi tía hasta la comida que literalmente me han quitado del cuenco para ponérselo en el suyo. Aun así, debo tener cuidado. Solicitar el divorcio es una cosa, pero que te tachen de espía es algo muy distinto.

—Dormimos juntos en la habitación principal —prosigue el hermano de Tao—. No se esfuerza todo lo que podría para que el bebé deje de hacer ruido. No hay más que escucharla ahora. —Samantha le da la razón con sus llantos—. Nadie consigue pegar ojo. Mi pobre hermano está tan cansado que ya no tiene fuerzas para pintar.

Me gustaría decir que Tao está cansado del hambre que tiene, de trabajar demasiado en los campos y de acostarse con demasiadas jovencitas, pero no lo hago porque agradezco que las acusaciones hayan tomado un cariz menos amenazante que el hecho de que me tachen de espía.

Se sienta y le da un codazo a Jie Jie, instándola a levantarse y a decir unas palabras en mi contra. Pero ella dice que no con la cabeza. Ojalá tuviera el coraje de decir algo a mi favor, pero tampoco lo hace. Aun así, me tomo su silencio como una pequeña victoria.

Siguen criticándome algunas personas más: que no he trabajado todo lo que debería durante la cosecha; que gané el concurso de recogida de trigo no por la gloria del equipo y del país, sino para alardear de lo importante que era; o que dejé que mi madre me abrazara delante de todo el mundo.

Me quedo ahí de pie, y noto el resentimiento y el enfado en mi interior. Esta es una forma magnífica de hacer que la gente se olvide del hambre y de la fatiga: trabajar todo el día sin comer bocado y luego ir a una sesión punitiva por la noche. Entonces alguien le propina una patada a una pata de la mesa. Se vuelca, y el bebé y yo nos caemos al suelo. Giro el cuerpo para caer de espaldas y proteger así a Samantha. Levanto la vista y veo a Kumei. Le estiro la mano creyendo que ha venido a ayudarme como yo ayudé a Yong. Pero, en lugar de eso, Kumei me acusa con el dedo.

—Te bañabas desnuda en la cocina de la casa —afirma.

Me duele en el alma que Kumei piense que debe decir algo en mi contra. Pero lo entiendo: tiene que protegerse a sí misma, a su hijo y a Yong. Aun así, esa información es sorprendente y espeluznante. Los ánimos vuelven a cambiar, y la cosa se pone fea. Me acuerdo de la sesión de castigo de Yong. Por suerte nadie ha mencionado que ese día la ayudé. O, por lo menos, todavía no. Pero todo el mundo tiene hambre y está cansado, y la cosa podría adquirir tintes violentos.

Me levanto del suelo. Samantha está soltando lo que mi tía May llamaría alaridos de un asesinato sangriento. Miro fijamente a Sung-ling. «Ayúdame, por favor.» Sung-ling se levanta y alza las manos para pedir silencio. Los asistentes se callan, lo que hace que los gritos de Samantha den aún más pena. La voz del miembro de la plana mayor de la aldea es estridente y brusca cuando se dirige a mí, pero sus ojos no. Otra muestra de amabilidad.

—Todos estamos de acuerdo en que eres demasiado blanda —afirma—. Te quejas demasiado. Pero el presidente Mao dice: «No temáis a las penurias. No temáis a la muerte.»

Yo no temo a las penurias ni temo a la muerte. Las víctimas de las sesiones de castigo tienen pocas opciones: aferrarse a sus valores morales y arriesgarse a sufrir un castigo aún peor; admitir su culpa y aceptar el castigo; o admitir su culpa, agradecerle a todo el mundo su ayuda como camaradas y aguardar su indulgencia. La imagen de mi padre Sam aparece ante mí con total nitidez. Noto como si estuviera de pie a mi lado, con la mano apoyada en mi hombro, recordándome no solo lo que un padre debería hacer, sino también que él lo habría hecho de otra forma. Me doy la vuelta y me enfrento a mis acusadores.

—Os agradezco vuestras críticas, puesto que sé que no las habríais pronunciado si no fueran verdad —digo—. Las atesoraré, y mejoraré. Les doy las gracias a mis camaradas.

—¡Eso está bien! —afirma Sung-ling—. El tribunal tardará unos minutos en deliberar. Que todo el mundo permanezca sentado. Volveremos en breve.

El líder de brigada Lai, el secretario de partido Feng y Sung-ling bajan por el pasillo central y salen por la puerta. Yo me siento en mi banco y fijo la mirada al frente, consciente de la agitación de las personas que se encuentran detrás de mí. Me desabrocho la blusa y la boca de Samantha se agarra a mi pecho. Mis hombros se relajan. Todos los que me rodean se tranquilizan ante el repentino silencio. Tao se acerca y se sienta a mi lado. Ni me mira ni se preocupa por Samantha. ¿Por qué me lo está poniendo tan difícil? ¿Por qué no me deja que me vaya? No me quiere. Ni siquiera le gusto. ¿Le habré herido de alguna forma? ¿Querrá algo de mí? Lo único en lo que puedo pensar es en lo que dijo Z.G. Tao quiere que le ayude a marcharse de este lugar. ¿Cuántas veces me ha pedido que escriba a Z.G. para solicitarle un permiso de viaje? Ya ni me acuerdo. Y, no obstante, esa ha sido una de las quejas más importantes que ha expresado Tao sobre mí.

El tribunal vuelve.

—Habéis peleado por diferencias sin importancia —anuncia

el líder de brigada Lai—. Camarada Joy, no tendrás que llevar un lazo blanco de denuncia, pero deberás abstenerte de albergar pensamientos capitalistas y asegurarte de que cumples la voluntad de tu marido. Camarada Tao, recuerda que tus hijos (ya sean varones o hembras) no son tuyos. Tu hija es del presidente Mao. —Se para un momento para darle más bombo a lo que va a anunciar a continuación—. No se os concede el divorcio.

El espectáculo ha tocado a su fin y la gente se dispone a marcharse. Descubro a Kumei mirándome, y aparta la vista avergonzada. Mi suegra, Jie Jie y el resto de los hijos se reúnen, a la espera. Tao me hace un gesto con el dedo con el que me indica que le siga. No tengo adónde ir ni otra opción en este momento, pero en cuanto llego a casa saco un papel y un bolígrafo. Le escribo una carta a Z.G. rogándole que nos conceda unos permisos de viaje. Tao no me quita ojo de encima en ningún momento.

Al día siguiente llego a casa del trabajo, le doy el pecho a la niña y la dejo con Jie Jie. Luego me llevo la carta al estanque y espero al cartero. Estamos a comienzos de enero según el calendario occidental. Me he vuelto a perder la Navidad y el Año Nuevo. Hace frío y el cielo está gris. Como el cartero no pasa, me adentro monte arriba por el camino que sale de la aldea. Desde aquí veo la inmensidad de los campos desiertos. A lo lejos distingo a un hombre que viene hacia mí montado en una bicicleta. No es el cartero habitual, por lo que supongo que el otro ha muerto. ¿Será fiable este otro? Lo único que puedo hacer es confiar y albergar esperanzas, pero sé con una certeza demoledora que mi carta nunca llegará a su destinatario. El líder de brigada Lai leerá mi solicitud de los permisos de viaje, y ahí se quedará la cosa. Ningún testimonio de lo que está pasando aquí puede filtrarse al exterior de la comuna. La única manera de librarme de Tao es ayudarle a marcharse de la aldea, y la única forma que conozco de conseguirlo no va a funcionar.

Después de entregarle la misiva al cartero, doy media vuelta y regreso a la Aldea del Dragón Verde. Han instalado un cartel nuevo a un lado del camino:

1. TODOS LOS CADÁVERES DEBEN ENTERRARSE.
2. TODOS LOS CUERPOS DEBEN ENTERRARSE AL MENOS A UN METRO DE PROFUNDIDAD CON CULTIVOS POR ENCIMA. NO SE PERMITIRÁN SUPERSTICIONES DE NINGÚN TIPO.
3. NO ESTÁ PERMITIDO LLORAR NI GIMOTEAR.
4. NO ESTÁ PERMITIDO ROGAR, ACUMULAR NI ROBAR.
5. TODAS LAS INFRACCIONES PODRÁN SER CASTIGADAS CON PALIZAS, PÉRDIDA DE LOS PRIVILEGIOS DE ALIMENTACIÓN EN LA CANTINA O ENVÍO INMEDIATO A REEDUCACIÓN MEDIANTE TRABAJO.

Pearl

Un corazón valiente

—¿Dónde naciste? —vuelve a preguntar el comisario Wu.

—En la aldea Yin Bo, en la provincia de Kwangtung —respondo.

—¿Tienes parientes que sigan viviendo allí? ¿Puedes decirme sus nombres?

—Estoy emparentada con todos los habitantes de la aldea, pero me marché de allí cuando tenía tres años. No me acuerdo de nadie.

Tras veintinueve meses de reuniones no podría decir que el comisario y yo somos amigos, pero nos llevamos bien.

—¿Qué son tus parientes: obreros, campesinos o soldados?

—Supongo que campesinos, pero la verdad es que no lo sé.

—Volvamos al tema de tu hija. ¿Sigue en la Comuna Popular Diente de León Número Ocho?

—Sí. Como ya sabe, acabo de recibir noticias suyas. Tengo una nieta. Tiene diez semanas. Todavía sigo queriendo ir a ver...

—Háblame de tu familia en Estados Unidos.

—Tengo una hermana. Espero que algún día podamos volver a estar toda la familia reunida.

Y así sucesivamente. Siempre las mismas preguntas.

Después de dos horas me dejan marchar. El aire de febrero es de un frío penetrante. Me calo el sombrero y me subo la bufanda. Cuando llego a casa, oigo una discusión que proviene de la cocina. Echo un vistazo al salón y veo a Dun leyendo un libro. Lleva un jersey de color café y unos pantalones anchos marrones. Ha perdido peso, como todos. Me mira y sonríe.

—Tengo algo para ti —dice.

Miro a mi alrededor para asegurarme de que nadie esté vigilando y entro sigilosamente en el salón. Se agacha para coger algo del otro lado de la silla y saca un ramo de flores rosas.

Me arrodillo junto a la silla y le doy un beso en la mejilla:

—Gracias, pero ¿de dónde las has sacado?

Ahora es ilegal vender cosas de forma privada. Los vendedores ambulantes no autorizados van a la cárcel. Todas las cancioncillas y tonadillas de los vendedores que solía oír por la calle han desaparecido.

—Siempre se pueden comprar cosas —explica—, si sabes dónde buscar.

—No quiero que te metas en líos.

—No te preocupes —responde Dun—. Disfruta de ellas y ya está.

Pero sí que me preocupo.

—¿Vamos a ir a ver a madame Hu esta noche? —pregunta Dun—. También le he comprado unas flores a ella. Son las primeras de la temporada.

—Seguro que le gustan —apostillo.

¿Por qué el hecho de que tenga un gesto bonito con una mujer mayor hace que sienta tanta ternura por Dun? Su consideración y su amabilidad con la mejor amiga de mi madre han sido más significativas que todas las suaves caricias que me ha hecho. Me sonrojo y miro hacia abajo. Dun me coge la barbilla con el dedo y me levanta la cara. Me mira a los ojos. De alguna manera entiende lo que siento y lo que pienso. Me pone la mano en la mejilla, y yo la dejo ahí un momento, empapándome de su ternura.

De camino a la cocina cojo un jarrón para las flores y me paro para colocar un cuadro, uno que le compré a una mujer en la antigua Concesión Francesa la semana pasada. Últimamente hay mucha gente que vende tesoros, herencias familiares y porcelana en los callejones y desde la puerta de la cocina. El hambre de otras personas me ha valido para ir consiguiendo poco a poco que mi hogar recobrara el aspecto que tenía antes. Como he dicho, se supone que nadie puede vender (ni comprar) nada de forma privada, pero todos lo hacemos de un modo u otro.

Entrar en la cocina es como adentrarse en un tifón. Las discusiones son constantes. Hoy hay arroz, col mustia y dos pescados de quince centímetros de largo con un poco de salsa de soja para cenar. La comida tenemos que dividirla entre seis personas que llevan más de veinte años viviendo juntas pero que no son familia y yo. Las peores discusiones están relacionadas con nuestro alimento básico, el arroz, ya que su escasez es algo inaudito en un país que se ha granjeado el corazón del pueblo con la promesa de un cuenco de arroz de hierro, como símbolo de comida segura y garantizada de por vida. El resto del almidón proviene de la harina hecha de boniato, sorgo y maíz. La carne y los huevos son imposibles de encontrar. Nos han dicho que, como muestra de solidaridad con el pueblo durante lo que el Gobierno denomina «estos años de mal tiempo», ahora la mujer del primer ministro Chou En-lai sirve té preparado con las hojas que dejan sus invitados. Otros líderes tienen pensado plantar huertos en cuanto el tiempo mejore un poco. Hasta el Gran Líder asegura que va a convertir sus jardines de flores en un huerto, o eso es lo que dicen en los medios. Esas noticias y nuestra hambre constante hacen que estemos nerviosos e irritables. ¿Qué va a ser lo próximo?

—No estás metiendo tu parte proporcional de arroz en la olla —se queja al zapatero a una de las ex bailarinas. Hace dos semanas lo descubrió comiendo arroz a escondidas en mitad de la noche y todavía desconfía de él.

El zapatero hace caso omiso de la acusación:

—Lo que pasa es que no calculas las porciones como es debido.

A Cook, que es el más rojo de todos nosotros y tiene potestad para denunciar a cualquiera al comité de bloque, no le gustan las peleas:

—Dejad de discutir. Ya soy muy viejo para aguantar todo este ruido —ordena, tratando de reunir la fuerza de mando que tenía cuando yo era pequeña—. Ya te he dicho que utilices esta balanza para asegurarte de que todo el mundo recibe la misma cantidad de comida.

Es una buena idea, pero Cook no ve muy bien, y eso provoca todavía más riñas.

Por lo demás, la vida sigue. Yo no dejo de coleccionar papel, Dun da clases en la universidad, las bailarinas van a la fábrica, el zapatero trabaja en su quiosco, la viuda recibe su estipendio y teje ropa para sus nietos y Cook se pasa la mayor parte del día durmiendo. Todas las mañanas y todas las noches (por costumbre y porque soñar es gratis) sigo paseando por el malecón, urdiendo un plan para irme de China. He llegado a la conclusión de que escapar bajando por el río Whangpoo hasta el mar sería imposible. Más de mil embarcaciones arriban y zarpan de Shangái cada día, y las aguas están llenas de patrullas de inspectores. La Patrulla de Inspectores Número Cinco ganó un premio «ejemplar» el año pasado por atrapar al mayor número de polizones tratando de abandonar el continente. Según el periódico local, la tripulación ha jurado incrementar dicha cifra este año. Así que el río y el mar son demasiado arriesgados.

Pero hay gente que sí que se va, aunque no por su propio pie. La ciudad no está tan abarrotada como cuando llegué. La policía ha hecho un buen trabajo manteniendo a los pueblerinos del país fuera de las lindes de la ciudad. Los que consiguieron entrar hace dos años, cuando abrieron nuevas fábricas, han sido enviados de vuelta a casa y les han cedido el trabajo a los vecinos de la ciudad. A los alborotadores los han mandado a campos de trabajo. Asimismo, el Gobierno Popular, que estaba deseando ampliar el comercio con Hong Kong, ha concedido algunos permisos de salida para que las personas que tienen parientes allí puedan reunirse con su familia. Los afortunados que consiguen dichos permisos tienen derecho a llevarse el equivalente a cinco dólares para el viaje, con lo que se aseguran que solo tienen dinero para visitar a su familia y luego volver a casa. Si Joy estuviera conmigo, iría todos los días a la comisaría de policía para pedirle los permisos al comisario Wu. May estaría esperándonos en Hong Kong con dinero suficiente para llevarnos a todos a Los Ángeles. ¿Cómo es ese dicho estadounidense? ¿La esperanza es lo último que se pierde?

A las cinco, Cook llama a todo el mundo a la mesa para cenar. Como muestra de solidaridad con las masas que están en las comunas (aunque realmente es una forma de asegurarse de que nadie recibe más comida de la que se merece), comemos en el salón. Todos hemos perdido peso. Todos estamos pálidos. Sencillamente no comemos lo suficiente.

Diez minutos después, cuando se acaba la cena, los demás se van a sus respectivas habitaciones, demasiado débiles como para hacer otra cosa. Yo subo la escalera para cambiarme y ponerme algo más apropiado para ir a ver a la tía Hu. Recojo a Dun abajo, nos ponemos la chaqueta, las botas, el sombrero y los guantes y salimos al viento gélido. Atravesamos la ciudad en autobús hasta llegar a la residencia de Hu. Por lo general las ventanas delanteras suelen estar iluminadas, pero esta noche solo vemos una única luz titilante proveniente de un cuarto trasero. Dun levanta el ramo. Yo llamo al timbre y espero. Escudriño el interior por la ventana, pero no veo a nadie. Vuelvo a llamar al timbre y toco a la puerta unas cuantas veces. Al final distingo una figura que baja al vestíbulo entre sombras. No es la tía Hu. Reconocería sus ligeros andares. Y tampoco es uno de sus criados.

Un hombre alto y tosco abre la puerta:

—¿Qué queréis?

—Vengo a ver a Madame Hu —contesto.

—Aquí no hay nadie con ese nombre. Marchaos.

Miro a Dun. ¿Nos habremos equivocado de casa? Entonces me quedo mirando el vestíbulo y veo el jarrón de cristal grabado favorito de la tía Hu con flores medio marchitas, sus muebles y los cuadros de las paredes. No, estamos en el lugar correcto. Vuelvo a mirar a Dun y veo cómo una expresión dura y fría se apodera de sus rasgos.

—Madame Hu vive aquí —asegura Dun con un tono seco. Empuja al hombre y entra en la casa. Yo le sigo. Dun y yo llamamos a Hu. De las habitaciones oscurecidas va saliendo gente, algunos con lámparas de aceite y otros con velas. De alguna forma la casa se ha llenado de clavos, ocupantes ilegales. Acierto a ver a una de las criadas de la tía Hu espiando desde el dintel de una puerta.

—¡Tú! ¡Ven aquí! —llevo sin hablar con ese tono desde que tenía mis propios criados. La chica sale de su escondite. Debe de estar avergonzada porque no levanta la vista—. ¿Dónde está? —es más una orden que una pregunta.

La chica se muerde los labios como si eso fuera a impedir que yo obtenga respuesta. No sabe a cuántas personas he perdido. Levanto la mano, dispuesta a pegarle.

—¡He dicho que dónde está!

—Se fue hace cinco días —responde gimoteando—. Y no ha vuelto.

—¿Le han concedido un permiso de salida? —indaga Dun—. ¿Se ha ido a ver a su hermana?

La chica niega con la cabeza.

—Madame Hu no me dijo nada. Pero al día siguiente cortaron el gas y la luz.

El hombre tosco que ha abierto la puerta me toca el hombro con el dedo:

—No tenéis ningún derecho a estar aquí. ¡Largo!

Dun da un paso adelante, pero le agarro del brazo con una mano.

—Vámonos. No tenemos nada que hacer aquí.

Volvemos a la gélida noche. Caminamos casi hasta el final de la manzana y dejo que Dun me abrace. Meto la cara en su chaqueta acolchada, tratando de contener las lágrimas.

—La tía Hu no se habría marchado sin decírmelo —aseguro.

—Sí lo habría hecho si no tenía pensado volver o si no contaba con un permiso de salida. No habría querido meterte en un lío.

—Pero ha dejado las flores...

—¿Y no crees que son un señuelo para protegerte a ti y a sus sirvientes? Así puedes decirle a la policía que no sospechabas nada.

No puede ser.

—¿De verdad crees que ha intentado escapar? Es una mujer muy mayor.

—No tiene más de sesenta años, poco más o poco menos.

—Pero si la pillan, pasará una larga temporada entre rejas. Y no sobrevivirá a eso.

—Tiene un corazón valiente, igual que tú, Pearl. Tenemos que rezar por que esté bien y consiga marcharse.

¿Un corazón valiente? Más bien parece que tengo un objeto hinchado y doloroso en el pecho.

—Vamos a tomar un té —sugiere Dun—. Hará que te sientas mejor.

Me lleva a una tetería estatal. Nos sentamos lo más cerca posible del brasero de carbón, pero el viento frío se cuela por entre las grietas y nos corre por los pies. Bebemos el té a sorbos en silencio. Yo miro fijamente la taza, pero sé que Dun me está mirando a mí. Me sorprende lo profunda que es la tristeza que siento. Tanto mi padre como mi madre están muertos. Mi hermana está lejos. Mi hija y mi nieta están cerca físicamente, pero podrían estar fácilmente a millones de kilómetros de distancia, ya que ellas no pueden venir a Shanghái y yo no puedo ir a la comuna. La tía Hu era uno de los pocos vínculos que me quedaban con mi pasado, y ahora se ha ido.

—Pearl. —Levanto la vista y distingo una cierta preocupación en los ojos de Dun. Al ver su expresión, me entran ganas de llorar—. No sabemos qué nos va a deparar la vida. Por eso es importante que sigamos adelante, que vivamos, que compremos flores, que...

—¿Qué quieres decir con eso?

—Fíjate en la tía Hu. Perdió a todo el mundo, pero ha reaccionado. Esté donde esté, trata de labrarse una vida mejor. —Hace una pausa para dejar que lo medite. Luego, pasados unos minutos, se baja de la banqueta y apoya una rodilla en el suelo. El propietario de la tetería, preocupado, se acerca corriendo a nuestra mesa, pero Dun le despacha con un gesto—. Tú y yo ya no somos unos jovenzuelos, y las cosas no siempre van a ser fáciles pero ¿me concederías el honor de casarte conmigo?

Las lágrimas que estaban acechando terminan saliendo, pero las gotas que caen no son de tristeza y de pérdida, sino de una inmensa alegría.

—Por supuesto —le contesto.

Dun paga los dos tés y volvemos a salir a la calle. Estamos demasiado felices como para volver directos a casa, donde no tendremos nada de intimidad. La mejor forma que tenemos de estar solos es aquí mismo, paseando junto a cientos de personas por la calle Huaihai. Pero no llegamos a andar mucho porque una limusina se detiene justo delante de nosotros. Se abre la puerta y se baja Z.G.

—Te he visto andando —dice—. Y tenía que saludarte.

Dun me pone la mano en la parte inferior de la espalda (¿Un gesto para transmitir tranquilidad o posesión?). Z.G. esboza una sonrisa divertida.

—Voy a una cena —prosigue—. Luego proyectarán una película también. ¿Queréis venir? Sois justo el tipo de personas que buscan, probablemente más que yo.

—Ya hemos comido —respondo, aunque la cena ha sido frugal.

—Y ya vamos a casa —añade Dun.

—Ni hablar —interrumpe Z.G., que nos abarca a los dos con los brazos (como solía hacer con May y conmigo hace años cuando paseábamos por la calle) y nos mete en la limusina—. Vamos, vamos, subid al coche.

Z.G. siempre ha tenido la habilidad de arrastrar a la gente consigo, y de repente nos encontramos yendo a toda velocidad por las calles, con el conductor pitando a los peatones y a la gente que va en bicicleta.

—¿Adónde vamos? ¿Qué se celebra? —pregunto.

—Hay una delegación que ha venido de Hong Kong —contesta Z.G.—. Tenemos que enseñarles que en China todo va bien, que nadie se está muriendo de hambre y que deberían incrementar el comercio con nosotros.

—¿Una delegación de Hong Kong? —pregunta Dun perplejo—. Pero si es una colonia británica.

—Ya lo sé —responde Z.G. como si estuviera cansado de la vida—. Va a ser una de esas veladas que dan tanta rabia en la Nueva China. Por un lado, Inglaterra está considerada como un país ultraimperialista porque fue la primera potencia extranjera que invadió China y todavía sigue ocupando Hong Kong. Pero, por otro, Inglaterra es uno de los pocos países que reconoce a la República Popular China... aunque se alía con Estados Unidos —el país más ultraimperialista que hay— en Naciones Unidas para evitar que China llegue a ser miembro. Tenemos que hacer lo que podamos para granjearnos la amistad de los pocos capitalistas que tenemos. Mirad, ya hemos llegado.

El coche se detiene en el terreno del Garden Hotel, lo que antes era el Club Francés. La fachada perfectamente iluminada y el jardín tapiado me traen a la memoria las fiestas a las que venía aquí con mi hermana. Es una sensación extraña subir la escalera y acceder al vestíbulo con sus arañas de cristal, su escalinata larga y curva y sus paredes y suelos de mármol. La grandeza del *art déco* parece dilapidada y anticuada, pero unos chicos y chicas vestidos con los antiguos uniformes del hotel nos quitan el abrigo, nos acompañan por el vestíbulo y nos guían escaleras arriba hasta una de las salas del banquete. En su interior, la gente se divide en tres grupos: los que llevan los típicos trajes grises de la élite de la China comunista, los que llevan los coloridos *cheongsams* hechos en Hong Kong y otros (como Dun y yo) que llevan ropa a lo occidental de hace veinte años.

Dun y yo aceptamos unas copas de champán francés. Mientras Z.G. echa un vistazo por la sala para ver quién es importante, Dun y yo chocamos nuestras copas en un brindis silencioso. Él sonríe y yo también. Parece que al final hemos encontrado una forma de celebrar nuestro compromiso.

Nos sentamos a la mesa de un suntuoso banquete. Hay más comida de la que he visto desde que vine a China y todo tiene un aspecto magnífico: pichón asado servido con rodajas de limón recién cortadas y pequeños cuencos de sal para pasar por ellos la carne; arroz dulce pastoso dentro de raíces de loto y estofado para sacarle todo el dulzor; finas rodajas de tofu tan frescas y ligeras como unas natillas decoradas con unas vieiras frescas; cangrejo entero aderezado con cebolletas picadas, cilantro fresco y chile; tripa de cerdo con miel; huevos pasados por agua con caviar por encima y finas rodajas de verduras escabechadas de guarnición; verdura frita en abundante aceite con una leve capa de sirope dulce; y un pescado entero al vapor. El anfitrión de nuestra mesa les dice a los invitados de Hong Kong que en China hay tanta comida que no es necesario servir arroz. «Eso sería repetitivo», asegura, y los invitados se ríen con el comentario.

Dun y yo comemos todas las delicias servidas con el objetivo de impresionar a «nuestros amigos de Hong Kong» y saboreamos cada bocado. Yo hablo en mi mejor inglés británico con un caballero que posee una fábrica textil en Kowloon. Espera poder abrir una fábrica en el continente. Escucho cómo Dun practica su inglés con una mujer que está a su izquierda. Es diestro y gracioso. Cada cierto tiempo busco con la mirada a Z.G. Parece que está bien. No ha perdido peso, y si ha venido a muchos banquetes como este, ahora entiendo por qué.

Cuando se termina la cena, vamos a una sala contigua con un pequeño escenario, donde nos deleitan con un breve programa de bailes y canciones provinciales. Luego bajan una pantalla, se atenúan las luces y se empieza a oír el zumbido de un proyector. Me espero un noticiero sobre el Gran Salto Adelante pero, en lugar de eso, proyectan un corto del Gordo y el Flaco, seguido de *Sombrero de copa*, con Fred Astaire y Ginger Rogers. Ya la había visto en el Metropole con May un año antes de que nos fuéramos de Shanghái. Después de la película, la gente de nuestra mesa se levanta y pregunta:

—¿Todos los estadounidenses van en coche?

—¿Todos tienen un avión?

—¿Toda la gente vive en casas como esa?

Ninguno es de Hong Kong.

Joy
Una buena madre

Me despierto una mañana de domingo de marzo rodeada de un silencio artificial. Todos los gallos y los pollos del Dragón Verde han sido pasto del hambre. Los bueyes, los búfalos de agua y los perros de la aldea, también. No oigo los chillidos de los ratones o de las ratas en las vigas y en las paredes porque también nos los hemos comido. No hay pájaros en los árboles, ni niños jugando entre las casas ni gente por la calle realizando sus quehaceres diarios.

Los hermanos y las hermanas de Tao siguen dormidos a nuestro alrededor. Necesitan descansar. Ayer por la noche se escabulleron para robar cabezas verdes de espigas de trigo, amasarlas entre los dedos para separar el cereal de la cáscara y luego comerse los granos que todavía no están maduros. Eso, claro está, va contra las normas, y si las patrullas nocturnas te descubren, el castigo es raudo y severo. Hay gente a la que han atado al árbol del erudito en la plaza para cortarle la oreja, la nariz o la cabellera o quemarle la cara, la cabeza o las partes íntimas. A otros les han matado a su hijo primogénito para cortar las raíces de una familia o han sido privados de cualquier alimento hasta que lo único que pueden comer es el relleno de algodón de sus chaquetas acolchadas, así que se mueren con la barriga llena pero desnudos.

Yo tenía siete años cuando terminó la Segunda Guerra Mundial. Luego, en el colegio, solíamos hablar de por qué los alemanes no se rebelaron contra el poder y por qué los judíos no luchaban con más ahínco por su vida. Ahora entiendo cómo pasó, porque aquí tampoco ha habido revueltas, protestas ni alzamientos. Estamos demasiado débiles, cansados y atemorizados como para hacer ese tipo de cosas. Nos han lavado el cerebro a base de hacernos pasar hambre, y la gente sigue creyendo en el presidente Mao y en el Partido Comunista.

Nos han dicho que nadie puede irse de la comuna sin un permiso escrito. Pero aunque huyéramos, ¿qué nos íbamos a encontrar? El paisaje no está salpicado de bares, restaurantes o caserones, que digamos. Y no tendría sentido mendigar. Vivimos con un miedo y un hambre constantes. Estamos atrapados por el destino, y nuestro sino es muy negro. Aun así, intentamos ser optimistas, pero de la forma más oscura posible, recitando una variante de un viejo proverbio. En lugar de «hace falta más de un día de frío para que un río se congele hasta un metro de profundidad», nos decimos los unos a los otros que hacen falta más de cinco meses para morirse de hambre. No sabemos si es verdad.

Últimamente me han llegado paquetes enviados por mi tía a través de la asociación familiar en Hong Kong y por mi madre desde Shanghái. Siempre que los responsables del salón del liderazgo ven los sellos de los paquetes, los abren con la esperanza de encontrar envíos de comida sancionados según la doctrina oficial. Se quedan toda mi comida (a excepción de la leche en polvo para bebés, algo que nadie de aquí entiende ni quiere). Aun así, los matones del líder de brigada Lai siguen registrando nuestra casa (y todas las de la comuna) en busca de comida. Si descubren a alguien con comida escondida, lo envían a reeducación mediante trabajo. Eso es una muerte segura, pero peores cosas pueden pasar.

Las miradas temerosas de los niños lo dicen todo. No son sordos ni ciegos. Han oído hablar de vecinos nuestros (o incluso los han visto) que salen a hurtadillas por la noche para cortar la carne de los muertos o desmembrar a los bebés que han sido abandonados y han perecido. Han oído hablar de niños a los que han hervido vivos en otras aldeas que conforman la comuna.

Han oído hablar de compañeros suyos cuyas madres los han estrangulado para luego cortarles en trocitos y meterlos en la olla. Han oído hablar de padres que tratan de convencer a sus mujeres de que se coman a sus pequeños diciéndoles: «Todavía somos jóvenes. Podemos tener más niños.» Todo eso resulta horripilante, pero a mi mente, embotada por el hambre, le cuesta asimilar cualquiera de esas cosas. Me digo a mí misma que esas cosas nunca podrían suceder en nuestra casa. Fu-shee es una buena madre y quiere demasiado a sus hijos.

Samantha está dormida en la parte interior de mi brazo. Le aparto la manta de la cara. Sus labios y su lengua se mueven como si estuviera chupando. Incluso dormida tiene hambre. Tiene cinco meses pero más bien parece que tenga dos. De mis senos ya no sale nada, pero al menos le puedo dar la leche en polvo. Es más de lo que se llevan a la boca los hermanos y las hermanas de Tao. Ayer por la noche, cuando los más pequeños se pusieron a llorar por los retortijones del hambre, Fu-shee les dio de beber agua caliente y les dijo que se durmieran boca abajo para tener sensación de saciedad. Pero no llegaron a dormirse. Su estómago no puede acostumbrarse a comer cereales verdes, tubérculos podridos, tallos de boniato secos u otras hojas, cortezas y raíces rescatadas de la basura, y, uno tras otro, fueron corriendo a utilizar el retrete. El hedor de la habitación principal era más que putrefacto.

Yo tampoco conseguí dormir mucho. Tao y yo hicimos lo que hacen el marido y la mujer ayer por la noche. Mantuvimos relaciones porque nos reafirmó que íbamos a estar bien y nos recordó que seguimos con vida, pero nada más terminar me di asco a mí misma.

Quiero ir a ver a Kumei y a Yong para dejar de pensar en el hambre y en lo que hice con Tao. Dejo al bebé junto a Jie Jie. Voy a estar fuera tan solo unos minutos. Lo más probable es que sigan durmiendo cuando vuelva. Los dejo acurrucados en el suelo, salgo de puntillas y camino con paso lento monte abajo hasta la casa.

Muchas de las viviendas y otros edificios están desmoronándose porque la gente ha cogido el metal que los mantenía unidos para fabricar acero o la madera para encender fuegos para los altos hornos. Hasta una de las paredes del antiguo salón ancestral, donde Z.G. daba sus clases de arte hace dos años y medio, se ha venido abajo. Las personas a las que mandaron allí a vivir como castigo han muerto. El árbol del erudito que antes se alzaba imponente en el centro de la plaza principal se ha quedado sin corteza ni hojas. La tierra que hay debajo está ensangrentada. Los sauces están igual de desnudos que en invierno. Los olmos que antes arrojaban su sombra sobre el camino que sale de la aldea también se han quedado reducidos a esqueletos desnudos. ¿Y la gente? Nos movemos pesadamente de un lugar a otro, con la mirada vacía, pensando constantemente en comida, y con las piernas, el estómago y la frente con extrañas hinchazones.

Hace una semana, el líder de brigada Lai pronunció otro comunicado por el altavoz:

—Las comidas ya no se sirven en la cantina. Ahora las masas recogerán la comida de la cantina y se la llevarán a sus casas. Decíais que echabais de menos comer en casa. Ahora podéis volver a estar con vuestras familias.

Lo que quería decir en realidad era que no quería oír a la gente hablar de comida, algo que se ha vuelto más peligroso que hablar de política. Y tampoco quería ver a más gente desmayarse a causa del hambre, morirse en el mismísimo suelo de la cantina o lo que es aún más molesto: ver como los parientes lloran su muerte. Ahora enviamos a un miembro de la familia a que recoja nuestra ración diaria de un cuarto de *jin* de arroz y algún otro tipo de almidón (menos de un cuarto de lo necesario para sobrevivir) al salón del liderazgo y que lo traiga a casa. Así no todo el mundo tiene que gastar la energía necesaria para llegar hasta la cantina y podemos morirnos con nuestras familias, sin que los demás tengan que presenciar otra muerte más.

La situación no es como la del año pasado, cuando murieron unas pocas personas mayores y algunos bebés. Ahora se está muriendo muchísima gente. Hace dos semanas nos llegó la noticia de que mi suegro había sucumbido ante una fiebre que contrajo después de trabajar en el agua congelada en un proyecto de irrigación muy lejos de aquí. El líder de brigada Lai no quiere que todo el mundo se entere de cuántos vecinos han fallecido, así que no pudimos pegar un papel amarillo fuera de la casa para anunciar la muerte de mi suegro. Nos estaba prohibido llorar su muerte en público. No podíamos realizar ofrendas para ayudarle en su camino hacia el más allá. Así que, como ha sido enterrado lejos de su casa, está condenado a convertirse en un fantasma hambriento, vagando sin rumbo y perdido para siempre. Y no podemos encontrar consuelo en el budismo ni en el taoísmo por miedo a que nos tachen de reaccionarios.

Todos los días, Fu-shee, los niños más pequeños y yo peinamos los montes que rodean el Dragón Verde para quitarle la corteza y las hojas a los árboles, escarbar para sacar raíces y buscar hierbajos. Nos comeríamos cualquier cosa, y ya lo hemos hecho. Pero no te puedes comer un cinturón de cuero como si fuera un pepino crujiente. Tienes que empaparlo, hervirlo y masticarlo durante varios días. Una vez intentamos comer tierra de Kwan Yin, llamada así por la Diosa de la Compasión. Coges la tierra, le echas hierba seca, la hierves y luego te la comes. Es fácil imaginar cómo sabía, y ninguno de nosotros comimos mucho. Al final fue mejor así, porque una familia que vive monte arriba estuvo tres días seguidos comiéndola, y el barro se les endureció en el estómago y se fueron muriendo lentamente.

Sé que debería estar paralizada por los horrores de los que he sido testigo, pero tengo demasiada hambre como para albergar sentimientos. El hambre es lo único que siento y lo único en lo que pienso. Es como una serpiente que se desliza por mi cerebro, pasa por el estómago y llega hasta los dedos de las manos, para luego bajar hasta las piernas y volver al cerebro. Nunca se detiene.

Llego hasta la casa y voy directa a la cocina, segura de que encontraré a Kumei allí. Hablamos con frases cortas para ahorrar energía.

—Yong ha muerto —afirma.

—¿Qué vas a hacer? —le pregunto.

—Esconderla. Esperar que no la encuentren.

—Pero el líder de brigada vive aquí.

—Se marchó de la casa hace unos días. Se ha ido al salón del liderazgo —eso es más de lo que le he oído decir a Kumei en mucho tiempo, y veo que le cuesta mucho trabajo—. Dice que tiene que proteger las reservas de grano que quedan en la comuna.

Yo creo que lo ha hecho por otro motivo. La casa tiene veintinueve habitaciones, pero en el salón del liderazgo goza de total intimidad. La gente está dispuesta a hacer cualquier cosa por comida. Muchas mujeres de la comuna han caminado o se han arrastrado hasta la casa para prostituirse con el líder de brigada a cambio de un simple panecillo. Ahora irán hasta el salón del liderazgo, donde el líder de brigada Lai no tendrá que preocuparse de miradas curiosas. El salón está lejos, y me pregunto cuántas mujeres morirán yendo o viniendo.

—En la casa hay muchos lugares en los que esconder un cuerpo —prosigue Kumei—. Yong está demasiado atrofiada como para desprender hedor. Espero tener fuerza suficiente para moverla y que me sigan dando su ración de comida.

Muchas familias hacen eso: esconden el cadáver de la madre, el padre, el hermano, la hermana, la mujer, el marido, la abuela o el abuelo en la casa para poder coger una ración más de comida en la cantina todos los días.

Me muerdo el labio inferior pensando en esta mujer mayor. Ha sufrido tantas humillaciones en los últimos diez años de su vida... Trago y le digo:

—Si quieres, te ayudo a moverla.

Morirse de hambre es un asunto turbio, pero Kumei, agradecida, dice que sí con la cabeza.

—Ta-ming está muy débil —me cuenta—. Lleva dos días sin salir de su esterilla.

—¿Tienes algo que darle?

No me responde, pero las dos conocemos la respuesta. Y ahora que el líder de brigada Lai se ha ido, no le puede dar las sobras de este a su hijo.

Kumei me lleva a ver a Yong, que está hecha un ovillo, como un bebé. Incluso después de muerta lleva el lazo blanco de la denuncia. Kumei y yo nos sentamos al borde de la cama. Pongo una mano en el tobillo de Yong, y luego les cuento a mis dos amigas que me he acostado con Tao. Yong no responde, claro está. Kumei intenta lanzarme una mirada comprensiva, pero sé lo que está pensando: «Necesito comida.»

Estamos atrapadas en las fauces del hambre, y este pensamiento tortura nuestra mente. Y por muy hambrientas y débiles que estemos, sabemos que mañana y los próximos seis días, hasta el próximo domingo, tendremos que trabajar tirando del arado, cavando pozos, plantando y desherbando de seis de la mañana a seis de la tarde, seguido de una reunión política o una sesión de castigo, con tan solo una sopa de espejo (tan fina que uno se ve reflejado en ella) en el estómago.

De repente acierto a verme en el espejo de Yong. Mi cuerpo es igual de delgado que una raíz de jengibre. Mis manos son tan huesudas como unas ramas secas. Mi piel parece traslúcida. Mi pelo cuelga inerte. Mis labios, que eran suaves y gordos, se han quedado reducidos a casi nada. Voy a cumplir veintidós años el día 20 de este mes, pero el hambre me ha convertido en una mujer mayor cercana a la muerte. Pienso en los amigos que tenía en Chinatown: Hazel y Leon. Lo más probable es que Hazel se haya casado, y Leon ya habrá terminado la carrera en Yale. Si me hubiera quedado en casa... ¿Qué estaría pasando? A lo mejor tendría un trabajo, un piso propio, mi primer coche...

Después recorro el largo y pesado camino de vuelta a casa monte arriba. Sigue sin haber actividad en el porche, pero veo que mi suegra ha puesto una olla con agua en la cocina exterior: el desayuno.

En el interior, Tao, Fu-shee, Jie Jie y otros niños más están levantados y vestidos. Están sentados en banquetas y cajas alrededor de la mesa. No hablan ni emiten sonido alguno. No se retuercen ni se empujan entre ellos. Su concentración está fija en un punto de la mitad de la mesa. Están esperando y observando. De alguna forma, sus ojos parecen brillar como los de los animales y, al mismo tiempo, estar igual de apagados que la tierra.

Miro por encima de sus hombros para ver qué están observando. Es algo pequeño envuelto en una manta.

—¡Samantha! —exclamo.

¿Es posible que se haya muerto en el poco tiempo que he

estado fuera? El bulto se mueve. Cuando me acerco para coger a mi niña, oigo un aullido extraño. Retiro las manos. No es Sam, porque conozco su llanto.

Mientras tanto, mi marido ni se ha inmutado. Sus ojos son como el carbón: inertes y opacos. Me entra un escalofrío cuando paso la mano por encima de uno de los niños para coger el bulto. Retiro la manta y veo al bebé de Sung-ling, que parece estar a unas horas, quizá minutos, de la muerte.

—¿Dónde está Sam? —pregunto.

Hambrientos y desesperados, me miran como si tuviera entre mis manos su última comida. Aterrorizada, doy un paso atrás. ¡Es que tengo entre mis manos su última comida! He oído rumores de una cosa que están haciendo los habitantes de la Aldea del Puente Negro. Lo llaman *I Tzu, Erh Shih* (cambiar niño, hacer comida), y consiste en que las madres se intercambian a sus bebés, les dejan que se mueran y luego los cocinan para alimentar a sus respectivas familias.

—¡Que dónde está Sam! —grito aterrorizada, pero nadie responde.

Aprieto a la hija de Sung-ling contra mi pecho y me voy corriendo a la casa de sus padres. Entro por la puerta a toda velocidad y me encuentro una escena parecida a la que acabo de presenciar. El secretario de partido Feng Jin y Sung-ling, que antes eran corpulentos pero ahora están desmejorados y macilentos, se quedan mirando a Sam. Al menos tienen la decencia de llorar.

Le entrego a Sung-ling su bebé y cojo a mi hija. La abrazo fuerte, y se pone a llorar. Creo que nunca he oído un sonido más alegre. Me dispongo a salir de la casa.

—Por favor, no nos denuncies —dice Feng Jin tímidamente—. Si lo haces, nos mandarán a realizar trabajos forzados.

—¿Qué mas da? —pregunto—. Si vais a morir igual...

Es una maldición, pero también es una constatación de un hecho. El corazón me late a mil por hora y me siento más débil y atemorizada de lo que nunca habría podido imaginar, pero consigo volver a salir al aire matutino. Es primavera, y hace un día precioso. Deberíamos estar plantando, pero nos estamos muriendo y, en el proceso, nos estamos convirtiendo en animales. Puede que haya fracasado como hija, pero no puedo fracasar como madre. Mi madre solía contarme que el Cielo nunca sella todas las salidas. Debe de haber alguna forma de salir de aquí. Vuelvo a la cabaña de Tao. Fu-shee y los niños han vuelto a tumbarse en las esterillas del suelo. Los niños están hechos un ovillo y apretados contra su madre, esperando la muerte. No me importa. Tao sigue sentado en la mesa con las piernas estiradas, un brazo colgando y la mandíbula abierta.

Cojo un trozo de tela y me ato a Samantha al cuerpo. No volveré a alejarme de ella nunca más. Piso y rodeo a los que están tumbados en el suelo. Sus ojos me miran desde abajo como si fueran criaturas marinas. Recojo lo último que queda de leche en polvo para bebés, mi dinero estadounidense y algo de ropa para Sam y para mí. Salgo fuera y vierto un poco de agua hirviendo en unos biberones. Luego, sin mirar atrás, camino monte abajo pasando por la casa, monte arriba y monte abajo otra vez. No tengo permiso escrito para salir, pero nadie me detiene. Al final llego a la carretera principal. Desde allí voy andando hasta Tun-hsi. No es una ciudad muy grande, pero seguro que encontraré a alguien que esté tan desesperado o que sea tan tonto como para que me cambie los dólares estadounidenses por yuanes. Luego cogeré un barco rumbo a Shanghái, rumbo a mi madre.

A lo largo de las últimas semanas me he preguntado muchas veces si la Comuna Popular Diente de León Número Ocho es la única que ha sufrido y si nuestra escasez de alimentos se debía simplemente a una cuestión de pésimo liderazgo. Pero no tengo que llegar muy lejos para obtener la respuesta. Acabo de salir de lo que yo creía que era el peor de los horrores, pero en la carretera presencio otras muchas cosas espeluznantes. Un hombre pretende venderme carne de «conejo». Su mujer está sentada a poco más de un metro de distancia, con los ojos sin vida y dos manchas grandes y húmedas en la blusa de la leche que le gotea del pecho. Otros van arrastrándose por la carretera, a través de los campos, sorteando los cadáveres de la gente. ¿Estarán buscando comida? ¿Estarán tratando de escapar? ¿O estarán tan trastornados y tan débiles por el hambre que no saben lo que están haciendo? ¿Cómo habrán llegado hasta aquí los muertos y los moribundos si nos decían que los fugitivos serían apresados y enviados a reeducación? A lo mejor la cantidad de personas con un hambre atroz es tan elevada que las autoridades locales no pueden hacer nada al respecto. A lo mejor la hambruna se ha extendido por todo el país. Si eso es así, debe de haber millones de personas muertas o moribundas.

Cuando ya no puedo seguir andando, duermo a un lado de la carretera estrechando a Sam contra mi cuerpo. Por la mañana sigo rumbo a Tun-hsi, donde voy directa al embarcadero para comprar un billete del barco que va a Shanghái. En el control me para un guardia y me dice que los horarios se han reducido a la mitad por falta de combustible, pero que incluso si fuera a zarpar alguno, no me estaría permitido embarcar.

—Eres una campesina —dice con brusquedad—. No tienes un pasaporte interno ni un permiso de viaje. No te está permitido ir a una ciudad. Olvídate de Shanghái. Vete a casa.

No voy a hacer eso. Cojo un *rickshaw* para que me lleve a la estación de autobuses, donde tampoco me dejan pasar el control de entrada. Cojo otro *rickshaw* para ir a la estación de tren. El tren no es la forma más fácil o más rápida de llegar a Shanghái, pero es mi última opción. Aquí también hay un control, pero encuentro la manera de sortearlo esperando a pasar sin que me vean los guardias cuando están distraídos con una familia entera que se está muriendo de hambre y empieza a armar jaleo. Una vez dentro de la estación, me vuelven a decir que los horarios se han reducido, pero esta vez tengo suerte. Solo he de esperar tres horas al siguiente tren. Compro más agua caliente y mezclo un poco de leche en polvo para Samantha. Ya en el tren aprieto a mi niña contra el pecho, la cubro con una manta y le doy el biberón a escondidas. Todavía me quedan varias horas para llegar a Shanghái, pero ya noto un alivio inmenso. ¿Por qué no habré hecho esto antes?

Pero antes de que podamos salir de la estación, unos guardias uniformados entran en el vagón y nos piden la documentación a todos. En realidad no es complicado distinguir quién no debería estar en el tren. Somos los que vamos vestidos con harapos, con el cuerpo hinchado artificialmente o los brazos, las piernas y la cara tan finos que casi se ven los huesos. Aun así, los guardias siguen el protocolo y van de una persona a otra comprobando la documentación y los carnés de identidad. Miro a mi alrededor. ¿Hay algún sitio donde esconderse? No. ¿Hay algo que pueda hacer para evitar que me echen del tren? Quizá pueda intentar sobornarlos, pero el riesgo es considerable. Podrían arrestarme.

Se me acerca el más viejo de los guardias.

—Por favor —le digo, y aparto la manta para dejar al descubierto la cara de Samantha.

—Eres una fugitiva. Tienes que bajarte del tren —señala el guardia, aunque con cierta compasión—. Tienes que volver a tu aldea.

Saco un billete de cien dólares con la esperanza de que sea tan mayor como para reconocer el dinero estadounidense. Mira alrededor para ver lo cerca que están los otros guardias.

—Guarda eso antes de que te vean —susurra—. Además, no te va a servir de nada. Las autoridades no quieren que nadie sepa lo mal que están las cosas en el campo, así que aunque te deje quedarte en el tren, te mandarán de vuelta más adelante. Y puede que los otros guardias no sean tan comprensivos.

Me pongo a llorar cuando me levanta cogiéndome del codo y me guía hasta la salida. Después de ayudarme a bajar al andén, abre una cartera que lleva colgada al hombro, saca dos panecillos de trigo y me los mete en la manta entre el bebé y yo.

—Vete a casa —me dice—. Es lo mejor.

Nunca he sentido tanta desesperación. Salgo andando de la estación, me siento en las escaleras y me como medio panecillo. El sabor es increíble y tengo muchísima hambre, pero debo andarme con cuidado. Después de seguir una dieta de inanición, mi estómago ha encogido. Además, todos los sucedáneos de alimentos que he comido me han arruinado la digestión. No estoy segura de cuánta comida aguantará mi estómago o cuánto pueden soportar mis intestinos, pero este pequeño sustento me da más energía (física y mental) de la que he tenido en semanas. Paseo por los callejones en busca de un lugar seguro para dormir.

A la mañana siguiente relleno los biberones de Sam en un depósito de agua caliente, le doy de comer y me como la otra mitad de mi primer panecillo, asegurándome de recoger cada miga que se cae. Me planteo si tengo la fuerza suficiente como para ir andando hasta Shanghái. Imposible. Sigo teniendo dinero, pero no es fácil gastarlo. No tengo los cupones necesarios, y no me dejan comprar en ninguna tienda ni en ninguna cafetería. Al final consigo comprar un poco de harina de boniato. Cuando vuelva al Dragón Verde, haré un rebozado con agua y cocinaré unos pasteles pequeños. Si los comparto con mi marido y su familia, puede que sobrevivamos unos días más.

De vuelta al Dragón Verde vuelvo a dormir en una cuneta. Solo han pasado tres noches, pero hay más cuerpos, incluidos los del hombre y la mujer que estaban tratando de vender a su bebé muerto como carne de conejo. Entro en la aldea sintiéndome totalmente derrotada. Siempre que pienso que no se puede caer más bajo, ocurre algo peor. Entro en casa y encuentro a Tao sentado a solas, casi como lo dejé hace cuatro días. En la casa reina un silencio sospechoso. Los niños no están. La madre de Tao tampoco.

—No deberías haber vuelto —dice.

—No tenía adónde ir. —Me siento en el suelo, aprieto a Samantha contra mi hombro y le doy palmaditas en la espalda—. ¿Dónde está todo el mundo?

—Cuando te marchaste, me fui a trabajar a los campos —cierra los ojos con fuerza—. Y cuando volví a casa, los hombres del líder de brigada Lai estaban enterrando... —Abre los ojos y se me queda mirando fijamente.

Mi estómago, que por primera vez desde hace semanas no me está sonando ni pide comida a gritos, se encoge por el miedo y la aprensión:

—¿Qué ha pasado?

—Cavaron una fosa, tiraron a mi madre y a los pequeños dentro y los cubrieron con tierra. Los enterraron vivos.

Es una noticia espantosa y escalofriante pero pienso que a lo mejor los afortunados son ellos. Por lo menos han dejado de sufrir.

—Has dicho los pequeños. ¿Qué ha pasado con Jie Jie y el resto de tus hermanos y hermanas?

—El líder de brigada Lai los ha obligado a marcharse de la aldea junto con el secretario del partido Feng Jin y Sung-ling.

—¿Adónde?

Tao hace un gesto negativo con la cabeza.

—Nadie me lo quiere decir.

—Y ¿tú?

Siempre pensé que Tao tenía una sonrisa preciosa. Ahora su rostro ha adoptado la máscara de la muerte que he visto en tantos cadáveres en la carretera: los labios consumidos y echados hacia atrás, demasiada encía a la vista y los dientes como si fueran huesos secos.

—Yo sirvo de escarmiento para el resto de los habitantes de la aldea.

Debería preguntar cómo se ha enterado el líder de brigada del plan de la familia de Tao de «cambiar niño, hacer comida», pero en realidad no me importa. Quiero llorar por los niños, pero no me quedan lágrimas. Quizá debería sentir más compasión por el resto, pero no la siento. Esta gente estaba dispuesta a cambiar a mi bebé para comer. Y, aparte, ya estoy calculando lo que va a dar de sí la harina de boniato de más con solo dos bocas que alimentar en lugar de once, porque no me voy a rendir. «El cielo nunca sella todas las salidas.» Tengo que creer en eso.

Me obligo a levantarme. Saco todas mis posesiones, casi todas las cosas que mi madre o mi tía me han regalado o enviado: las compresas, aunque mi cuerpo está tan debilitado que llevo sin tener la regla desde que nació Samantha; la bolsa con tres semillas de sésamo, tres judías y tres monedas de bronce que debían protegerme pero que podrían terminar convirtiéndose en mi última comida; las bonitas prendas de ropa de bebé de Bullock's

Wilshire, aunque dudo que Sam viva lo suficiente como para poder ponérselas; y la cámara de mi madre, que me dejó junto con el carrete para inspirarme y hacer fotos de mi nueva vida pero que, hasta la fecha, me ha parecido un instrumento inservible.

Me pongo a pergeñar un último plan a la desesperada. Saco un trozo de papel y le escribo una carta a mi madre. Tengo que formular mis pensamientos de tal manera que hagan que el líder de brigada Lai permita que mi carta pase la censura y que mi madre entienda lo que le estoy diciendo. Vuelvo a leer la carta y la meto en un sobre acolchado hecho con un trozo de tela cosido. Luego me ato a Samantha al pecho, cojo la cámara y la carta sin sellar y salgo de mi casa.

Dejo a un lado la villa y sigo andando por el sendero que bordea el riachuelo. Me detengo en el desvío al Pabellón de la Caridad. Este tramo nunca ha estado muy transitado, por eso a Tao y a mí nos resultaba tan fácil escondernos aquí sin que nos viera mucha gente. Me siento en una roca, saco el otro panecillo que me dio el guardia en el tren y me lo como. Mi mente necesita tener fuerza y estar ágil. Bebo del riachuelo y luego prosigo mi camino hacia el salón del liderazgo. Rodeo todo el edificio rezando para que encuentre lo que necesito. En el exterior de la puerta que da a la cocina privada del líder de brigada veo unas plumas de pollo. Todos nosotros llevamos meses sin ver un huevo, por no hablar de comer pollo, pero el líder de brigada ha ordenado que le traigan pollos vivos y los maten para sus comidas. Recojo unas pocas plumas y las guardo con cuidado al fondo de mi sobre de tela. No creo que mi madre sepa lo que significan, pero espero que le pregunte a alguien. Luego vuelvo a rodear la casa hasta llegar a la entrada del edificio, llamo a la puerta y pregunto por el líder de brigada. El olor a comida cocinada impregna todas las salas por las que me llevan hasta la oficina. De todos los habitantes de la Comuna Popular Diente de León Número Ocho, el líder de brigada Lai es el único que no ha perdido peso. Encima de su mesa hay una pistola a plena vista. La gente está demasiado débil como para rebelarse, así que, ¿la tendrá aquí para recordar su supremacía a todo aquel que venga mendigando?

—Camarada —me dice—, ¿en qué puedo ayudarte?

Hablo alto en un intento de proyectar el entusiasmo del Gran Salto Adelante (¡Y no seducción!):

—Mi madre y mi padre tienen que ver el mural que ha hecho nuestra comuna.

—¿Quieres invitarles a que vengan? —Su mueca me indica que no cabe ni la más remota posibilidad de que eso suceda.

—No les estoy invitando a que vuelvan —(«Pero, por favor, Dios mío, que entiendan que necesito que vengan aquí»)—. Quiero que mi padre enseñe nuestro mural a las autoridades de la Asociación de Artistas. Estoy segura de que dicha organización, la más importante para los artistas del país, reconocerá a Tao como un camarada ejemplar...

—¿Quieres eso después de lo que acaban de hacer su familia y él?

—Déjeme terminar. Quiero que la Asociación de Artistas reconozca a la Comuna Popular Diente de León Número Ocho como una comuna ejemplar. Y, por supuesto, también debe otorgar su reconocimiento a nuestro clarividente líder de brigada —añado con deferencia—. Nunca podríamos haber creado el mural sin su orientación.

Mientras se lo piensa, da golpecitos sobre la mesa con la uña de un dedo de la mano. Su primer comentario es justo el que esperaba.

—Tu marido dijo que el contenido del mural era sombrío.

—Solo lo dijo porque estaba enfadado conmigo. Le avergoncé con mi petición de divorcio. Pero ahora, si le ayudo a que le reconozcan como artista ejemplar, me perdonará, como deberíamos hacer los dos con él. Ha perdido a casi toda su familia. La niña y yo somos lo único que le queda. Además, su indulgencia le puede granjear a usted grandes honores. Como podrá ver usted mismo, el mural es muy patriótico. ¿No ha visto las naves espaciales, los rábanos gigantes, los...? ¡Será elogiado por un montón de gente!

Al líder de brigada le gusta mi explicación, sobre todo cuando ve que puede sacar mucho partido de la cuestión. Aun así, no quiere que venga nadie de fuera a la Comuna Popular Diente de León Número Ocho. Finge indiferencia, aunque su deseo es bastante inequívoco.

—Has dicho que quieres que tu padre vea el mural. Pero ¿cómo lo va a ver si no viene en persona?

Saco la cámara de mi madre:

—Si usted me ayuda a hacer algunas fotos, yo enviaré el carrete a Shanghái. Como he dicho, todos los elogios le pertenecen a usted y a la comuna. Habrá innumerables honores. Nadie vendrá aquí, pero las masas oirán su nombre en los altavoces de las casas y las comunas de todo el país. —Hago una pausa para que se imagine la situación—. Como sabe, lo único que se necesita son contactos, y mi padre...

—Tiene un buen *guan-hsi* —termina la frase por mí. Aparta la silla de la mesa—. Venga. Vamos a terminarlo rápido.

Salimos fuera. Hago unas cuantas fotos para enseñarle al líder de brigada Lai a utilizar la cámara.

—Tú sola te bastas y te sobras. No necesitas mi ayuda —dice en vista de lo que resulta evidente.

—Tengo que aparecer en alguna foto —le contesto—. Porque si no, ¿cómo sabrán mis padres que el mural pertenece a nuestra comuna? Cualquier persona podría enviar el carrete. No querrá que se lleve todo el mérito la comuna equivocada, ¿verdad?

—Claro, claro, tienes razón —reconoce.

Me echo hacia atrás y me pongo junto a una parte del mural en la que aparecen unos pollos picoteando el suelo, con unos huevos del tamaño de bolas de fútbol en unos nidos cercanos. Clic. Clic. Vamos moviéndonos por el edificio lentamente hasta que llegamos a la figura de Jesús oculta entre las ramas y la corteza del árbol. Clic. Clic.

—Perdóneme, líder de brigada, pero ¿podría esperar un segundo? Tengo que hacer una cosa.

Se aleja la cámara del ojo. Me quito la chaqueta, saco a Sam del arnés y la levanto estirando los brazos.

—Mis padres todavía no han visto a mi niña —le cuento—. Creo que les gustaría ver a su nieta, ¿no? Así sentirán unos lazos aún más estrechos con nuestra comuna.

El líder de brigada vuelve a asentir con la cabeza y levanta la cámara.

—Líder de brigada, por favor, acérquese un poco más. Sí, un poco más.

Estoy exhausta a causa del miedo y la concentración, pero sonrío a la cámara. Sé perfectamente el mensaje que va a transmitir esta fotografía: «Samantha y yo nos estamos muriendo de hambre. Puede que estemos a tan solo unos días de la muerte. Si os llega este mensaje, ayudadnos. Si llegáis demasiado tarde, al menos habréis visto a vuestra nieta.» Si el líder de brigada Lai no envía el carrete, no hay nada que hacer.

El líder de brigada me entrega la cámara. Le sigo de vuelta al salón del liderazgo. Se sienta a su mesa. Me quedo de pie mientras saco el carrete de la cámara. Empiezo a meter el carrete en el sobre con la carta y las plumas de pollo.

—¿Qué es eso? —pregunta.

—El carrete tendrá que ir en un sobre, ¿no?

El líder de brigada entrecierra los ojos.

—¿Qué más hay ahí? ¿No estarás tratando de comunicarte con el exterior? Eso va contra las normas.

—No puedo enviar el carrete sin una carta —le contesto.

—No puedes enviar una carta.

—Vale. —Saco el carrete y me lo meto en el bolsillo. Doy media vuelta para marcharme.

—¡Espera! ¿Qué dice la carta?

Saco el trozo de papel con cuidado de no tirar de las plumas y se lo entrego. Lee rápidamente los renglones con sus abundantes elogios del líder de brigada Lai por su clarividencia y su orientación, así como una explicación de lo que aparece en el carrete, indicando que el mural es sin duda el mejor del condado, que es obra de Tao y de otros camaradas y que envía un mensaje sobre el Gran Salto Adelante a las masas. Al final añado que, aunque comemos pollo todas las noches, espero que mi madre nos envíe algún que otro manjar especial (he pedido comida sabiendo que el líder de brigada la ha confiscado en otras ocasiones). Pero son solo palabras. El mensaje de verdad está en el carrete y en las plumas de pollo. Cuando el líder de brigada termina de leer, levanta la vista. Estoy bastante segura de que va a enviar la carta, pero para asegurarme le entrego la cámara.

—Se puede quedar con ella —le digo.

Él me devuelve la carta, y yo le doy la cámara. Meto la carta y el carrete en el sobre de tela, y el líder de brigada ve cómo lo cierro dándole unas puntadas, asegurándose de que no añado ni saco nada. Cuando he terminado, se la entrego.

—Cuanto antes lo reciban, antes se llevará usted su reconocimiento —le digo. Hago una reverencia y salgo de su oficina, como un humilde sirviente de la época feudal.

Me voy a casa, vuelvo a rebuscar entre mis pertenencias y saco la bolsa que me dio mi tía. Dejo a Sam sobre una de las esterillas para dormir, le paso la bolsa por encima de la cabeza y luego la bajo hasta su vientre hinchado como si fuera un cinturón para que no haya posibilidad de estrangulación. Luego me acuesto a su lado. No sé cuánto tiempo tardará mi paquete en salir de aquí o lo que sucederá cuando caiga en manos de los censores en Shanghái. ¿Recibirá mi madre lo que le he enviado en unos días, en una semana o nunca? He hecho lo que he podido, pero el final se acerca. Solo me queda un poco de leche en polvo para bebés. Si cojo los trocitos de mi madre y de mi tía que pegué en la ventana y los hiervo, podría conseguir extraer suficiente pasta de arroz como para hacer una leche suave que mantenga a Sam con vida durante un tiempo. Por ahora me chupa el pecho vacío, y está tan débil que ni se queja. «El jabalí siempre sufre en silencio.»

Cierro los ojos. Oigo las voces del pasado en el viento y en el latido de mi corazón. Mis dos madres, mis dos padres y mi querido tío trataron de convencerme de que estaba equivocada en cuanto a la República Popular China. Al principio, remontándome a la Universidad de Chicago, pensaba que el socialismo y el comunismo eran algo bueno, que la gente debía compartir con igualdad, que no era justo que mi familia lo hubiera pasado mal en Estados Unidos cuando había gente que tenía coches de lujo, vivía en mansiones y se iba de compras a Beverly Hills. Huí de allí y vine aquí con la esperanza de encontrar un mundo ideal, de dar con mi padre biológico, de evitar a mi madre y a mi tía y de aplacar mi sentimiento de culpa. Nada de eso ha salido como esperaba. Ese mundo ideal estaba plagado de hipocresía y de gente como Z.G., que iba a fiestas mientras que las masas sufrían. Cuando encontré a mi padre biológico, solo pude pensar en lo maravilloso que era Sam. Él me quería incondicionalmente, mientras que Z.G. me quería como una musa, como una niña preciosa de la que alardear, como una manifestación física de su amor por la tía May, como una artista que reflejaría a su vez su gran talento como creador. Pensé que podía utilizar el idealismo para resolver mis conflictos internos, pero al solucionar mis conflictos internos, acabé con mi idealismo.

Al mirar la cara de mi hija, lo veo todo muy claro. Mi madre y mi tía me querían y me apoyaban, pasara lo que pasase. Las dos eran buenas madres. Lo que más lamento es no haber sido una buena madre y no poder salvar a mi hija. Ruego que en nuestros últimos días y horas, Samantha sepa lo mucho que la quiero.

CUARTA PARTE

El dragón se levanta

Pearl

Separadas por un hilo

A principios de abril, llego a casa después de un día entero arreglando papeles y me encuentro un paquete de Joy. ¡Por fin! Subo corriendo a mi cuarto y cierro la puerta. El paquete está en perfectas condiciones, así que nadie lo ha abierto ni ha leído su contenido. Estoy tan emocionada que me tiemblan las manos mientras corto las costuras cosidas a mano con las tijeras. Un carrete y unas cuantas plumas caen encima de la cama. Recojo una de las plumas y la miro con detenimiento. ¿Por qué me habrá enviado Joy algo así? Las retiro todas a un lado. Lo que más ilusión me hace es el carrete. Por fin voy a poder ver a mi nieta. La carta, fechada hace dos semanas, está cargada de información que me levanta el ánimo: «¿Ves la abundancia con la que vivimos aquí? Comemos pollo todas las noches» (lo que explicaría las plumas de pollo). En la carta habla de la niña. Describe el mural *Sputnik* que la comuna ha creado y se deshace en elogios al líder de brigada Lai por su papel a la hora de coordinar el proyecto hasta el final. Termina la carta pidiéndome que le envíe algún manjar especial. Es justo lo que me esperaba: la situación está mejor en el campo. Siento alivio y alegría de que le vayan tan bien las cosas.

Subo la escalera hasta el salón y llamo a la puerta de Dun. Le leo la carta y le enseño el carrete.

—¿No había nada más? —pregunta.

—No. ¿Por qué lo dices?

—Parece demasiado positiva. ¿Crees que esta época da pie a ser positivo?

—Tiene un bebé y un marido, y está donde quiere estar.

Asiente lentamente con la cabeza meditando lo que le acabo de decir.

—En el paquete había también unas plumas de pollo —añado—. No creí que...

—Déjame verlas.

Volvemos a mi cuarto y le enseño las plumas. Dun se queda mirándolas con preocupación.

—Pearl, a lo mejor no es nada y no quiero que te alteres, pero en la región en la que se crio mi familia una pluma de pollo es una señal urgente de peligro.

No sé nada acerca de las tradiciones del campo, pero Joy debe de haberlas aprendido. Mi estado de ánimo se torna en un segundo en ansiedad y miedo.

Me quedo mirando el carrete:

—Puede que aquí haya incluido también un mensaje. Si lo hay, puede que en la tienda de revelado no me den las fotos —me tiembla la voz. No puedo tener miedo. Cuando vuelvo a hablar, oigo la fuerza del dragón—. Vamos a ver a Z.G. Es un artista. Conocerá a algún fotógrafo que pueda revelar el carrete.

Cuando llegamos a casa de Z.G. son las siete. Las criadas nos dejan pasar. Como era de esperar, Z.G. no está.

—El señor está en un banquete —dice la chica de la melena sin que le preguntemos.

La criada de más edad suelta un suspiro. Nunca va a poder enseñar a sus subordinadas, pero en un visto y no visto nos sirven té y las chicas han desaparecido de la habitación. Dun se sienta en una silla con demasiado relleno, y yo camino impaciente de un lado a otro. Z.G. llega pasadas las once. Llega hecho un galán (como una estrella de cine), y no parece sorprenderle que Dun y yo estemos aquí a estas horas de la noche.

—¿Os han tratado bien mis chicas? —pregunta—. ¿Habéis comido ya? ¿Les pido que os traigan un poco más de té?

Aquí estoy yo, en un momento de desesperación, y él está pensando en las buenas costumbres.

—Creemos que Joy está en peligro. Ha enviado un carrete de fotos. ¿Conoces a alguien que pueda revelarlo?

Dun le explica lo de las plumas de pollo, y Z.G. reconoce al instante su significado al acordarse de una historia que solía contar su abuela. La preocupación que noto en los rostros de los hombres me aterroriza, pero trato de mantener la calma. Z.G. nos hace un gesto, y salimos con él de la casa. Caminamos con rapidez por las calles desiertas. Es casi medianoche. En la Nueva China no hay personas paseando a altas horas de la noche, ni gente yendo a clubes nocturnos o a teterías para tomarse la última copa ni prostitutas dispuestas a entretener a la clientela. Solo estamos nosotros tres, recorriendo un callejón detrás de otro. Nos metemos en un patio y subimos cuatro tramos de escaleras. Z.G. aporrea una puerta, y responde un hombre con una camiseta interior gris y unos calzoncillos anchos.

—Anda, Z.G., ¡cuánto tiempo! Es un poco tarde, ¿no? ¿Qué te trae por aquí? —Se frota los ojos para desperezarse.

—Viejo amigo, tienes que hacerme un favor —le explica Z.G. empujando al hombre hacia el interior de su apartamento.

A los pocos minutos estamos los cuatro metidos en un cuarto oscuro diminuto iluminado por el brillo de una única bombilla roja que cuelga de un cable. El fotógrafo mezcla los productos químicos y revela el carrete. Cuelga los negativos en una cuerda y espera con impaciencia a que se sequen. Luego hace las impresiones de contacto, que pasan a una bandeja con una solución. La primera imagen que se vuelve nítida en su baño químico muestra un búho pintado en el muro del salón del liderazgo. El fotógrafo suelta una bocanada de aire a través de los dientes.

—Malo —farfulla. Los otros dos hombres asienten con la cabeza con aspecto sombrío.

—¿Qué pasa? —pregunto.

—Los búhos siempre son considerados una crítica —explica Dun—. Y si a eso le añadimos el mensaje de peligro de las plumas de pollo...

El amigo de Z.G. cuelga la primera foto en la cuerda y sigue revelando una serie de imágenes en las que aparece el mural desde cada lateral del salón del liderazgo, con algunos detalles incluidos para que se vea bien todo. Las naves espaciales, el maíz gigante y más pollos. Qué fácil es distinguir el trabajo de mi hija del de Tao o el del resto de la gente que le ha debido de ayudar a pintar. Entonces aparecen las fotografías en las que sale Joy de pie delante del mural, con la cara delgada, vestida con capas de ropa almohadillada y con Samantha en brazos igual de tapada.

—¿Por qué no enseña el bebé? —pregunto—. Soy su abuela, y quiero verla.

A pesar de mi impaciencia, el amigo de Z.G. cuelga cada una de las fotos en la cuerda. En la siguiente fotografía aparece Joy de pie ante lo que me parece Jesús en la cruz, pero quizás esté viendo cosas que no son. Una vez más, el fotógrafo hace un gesto negativo con la cabeza. ¿Le preocupa la seguridad de mi hija o la suya propia? Al final introduce la última fotografía en el baño químico y agita el papel con unas pinzas. La imagen que se vuelve nítida es una que no olvidaré mientras viva: Joy se ha quitado la chaqueta y ha destapado al bebé. La persona que estaba haciendo la foto se ha acercado para que pueda ver a mi hija y a mi nieta. Si no supiera que es Joy, no la reconocería. Parece un fantasma más que un ser humano. Nos quedamos callados un buen rato mientras cada uno de nosotros asimila lo que eso quiere decir. Dun es el primero en hablar.

—Tenemos que ir a por ella. Tenemos que ir a por ella ya.

—Tiene razón —lo secunda Z.G.—. Tenemos que ir hasta allí. Tenemos que ir a por ella.

—Pero ¿cómo? —pregunto.

—Podríamos presentar las solicitudes para obtener los permisos de viaje, pero... —Dun titubea, ya que no quiere decir lo que resulta obvio: aunque solicitáramos los permisos de viaje, no hay ninguna certeza de que vayamos a conseguirlos. Y si los obtuviéramos, probablemente llegaríamos demasiado tarde.

—Podríamos ir andando —sugiero.

—Está muy lejos —apostilla Z.G.—. Son unos cuatrocientos kilómetros.

Pero no voy a permitir que eso me detenga:

—Mi madre, mi hermana y yo nos marchamos de Shanghái caminando —oigo la desesperación en mi voz. Pero aunque pudiera recorrer esos cuatrocientos kilómetros a pie, nunca llegaríamos a tiempo. Me quedo mirando fijamente las fotografías, y noto cómo la desesperación empieza a apoderarse de mí. Entonces se me ocurre una idea—. También ha enviado una pista sobre cómo sacarla de allí de una forma oficial.

Los demás me lanzan una mirada inquisitiva.

Señalo las fotografías del mural que nos rodean:

—Joy ha dicho que es un «proyecto ejemplar de una comuna ejemplar».

Z.G. se pellizca la barbilla, asintiendo lentamente con la cabeza, pensando concienzudamente:

—Conseguiremos un permiso para verlo —dice finalmente—. Iremos a la Asociación de Artistas en cuanto abra. Les pediremos que nos envíen allí.

Eso no parece muy viable, pero tengo que confiar en Z.G., porque, de lo contrario, voy a volverme loca. Quita las fotografías de la cuerda y me las da.

—Vete a casa —prosigue—. Coge algo de ropa y...

—Comida —termino la frase por él.

—Tenemos algo de arroz —señala Dun.

—Y yo conseguiré más —añado.

Dun frunce el ceño. Sabe que tengo unos cupones especiales de la Comisión de Chinos de la Diáspora, pero no sabe de cuánto dinero estadounidense dispongo ni que lo utilizo para comprar comida en el mercado negro.

—May también ha enviado algo de comida. Llevaré eso y lo que he rescatado: azúcar moreno y...

—Tú eres madre —interrumpe Z.G.—. Sabes lo que necesitan Joy y la niña. —Mira el reloj y frunce el ceño—. Es la una.

Eso quiere decir que ya no hay autobuses. Ya nos hemos topado con nuestro primer obstáculo.

—Ahora vamos a tu casa —le digo—. Y a las cinco, cuando vuelva a haber autobuses locales, saldremos, recogeremos todo y estaremos de vuelta en tu casa a las ocho.

Le damos las gracias al fotógrafo y volvemos sobre nuestros pasos hasta la casa de Z.G. Deberíamos dormir un poco, pero no podemos. Cuando Dun y yo volvemos a mi barrio horas más tarde, el ajetreo de primera hora de la mañana está en plena ebullición. Compramos todos los alimentos que podemos conseguir. Ya compraremos jengibre y leche de soja cuando estemos cerca del Dragón Verde.

Los huéspedes sospechan de nosotros, como es natural.

—¿Por qué estás cogiendo el arroz de la lata? —pregunta la viuda—. No puedes hacer eso.

—¿Vais a escaparos juntos? —pregunta Cook—. Ese tipo de cosas no se toleran en la Nueva China...

—Vais a meternos a todos en un lío —se queja una de las bailarinas.

No puedo ni quiero escucharles.

Volvemos a casa de Z.G. a las ocho. Dejamos los fardos en la entrada y nos vamos los tres a la Asociación de Artistas. Cuando abren las puertas, Z.G. pregunta si podemos hablar con el director y nos llevan hasta su oficina. Este hombre estaba rechoncho la primera vez que vine aquí buscando a Joy y a Z.G., pero ahora está demacrado y gris. Z.G. deja las fotos del mural (excepto aquellas en las que aparece el búho, la figura de Cristo y Joy con el bebé) encima de la mesa. Yo leo la carta de Joy en la que alaba la comuna y, sobre todo, el papel que ha desempeñado su marido a la hora de lanzar este *Sputnik* concreto.

Cuando termino, Z.G. dice:

—Debería usted traer a Feng Tao y a su mujer a Shanghái.

—¿Y por qué iba a querer hacer eso? —pregunta escéptico el director.

—Porque ese chico es uno de los favoritos del presidente Mao —responde Z.G.—. Su obra participó en el concurso del cartel de Año Nuevo de hace dos años.

—El concurso que ganaste tú precisamente —señala el director.

—Sí, pero Feng Tao fue alumno mío, y este es un proyecto ejemplar de un campesino ejemplar —prosigue Z.G.—. Si usted lo trae a Shanghái, nuestra rama de la Asociación de Artistas se llevará el mérito, ya que lo que ha logrado es producto de su sapiencia.

—De tu castigo, querrás decir —comenta el director con tono irónico, sin ceder ni un ápice.

—Pasaré más tiempo todavía en el campo enseñando a las masas —sugiere Z.G.—, si es necesario.

Yo tengo otra idea: abro el bolso y saco unos dólares estadounidenses. El director los coge, igual que la primera vez que vine aquí.

—La mujer y tú iréis al campo a transmitirles la buena noticia de que el mural será trasladado a Pekín bajo los auspicios de la Asociación de Artistas de Shanghái —anuncia el director. Traed aquí al chico y a su familia. Avisaré de antemano a la plana mayor de la comuna para que sepan que vais para allá. Pero solo os daré cuatro permisos de viaje. Él —señala a Dun— no tiene por qué ir.

Quiero —necesito— que Dun venga con nosotros, pero no hay forma de convencer al director.

No va a ser fácil llegar al Dragón Verde. Todos los viajes en barco y en tren se han reducido. Z.G. tiene coche, pero no sabe conducir, y no podemos pedirle al chófer que nos lleve porque no tiene permiso de viaje. Al final, decidimos que las criadas de Z.G. me vistan con uno de sus uniformes para que parezca un chófer y nadie cuestione nuestra apariencia. Al mediodía, la limusina Red Flag de Z.G. está aparcada y lista para arrancar.

—Ten cuidado —dice Dun—. Y vuelve conmigo.

—Volveré —le prometo. Cuando nos abrazamos, le susurro al oído:

—Te quiero.

Entonces, el chófer de Z.G. me entrega las llaves del coche. Abro la puerta trasera para que entre Z.G. Una vez que está dentro con las cortinas azules echadas, doy la vuelta hasta el asiento del conductor, me meto en el coche, enciendo el motor y piso el acelerador. En la esquina, a través del retrovisor, miro a Dun una última vez.

En las afueras de Shanghái atravesamos un campamento que se ha construido para retener a los campesinos que han sido capturados intentando entrar en la ciudad de forma ilegal. Desde aquí, el camino es increíblemente lento. Las carreteras son nefastas (a veces casi intransitables por el barro y los surcos), pero los controles son nuestro principal problema. Cada pocos kilómetros nos paran para comprobar que nuestros papeles están en regla. Estamos yendo a contracorriente. El objetivo de los controles es impedir que haya más campesinos que se marchan de sus aldeas para venir a las ciudades (y vemos a mucha gente a la que no dejan pasar y envían de vuelta a su casa). Aunque estamos yendo en sentido contrario, me sudan las manos y el corazón me late a mil por hora en cada control.

Llegamos a Tun-hsi a eso de la medianoche. Pedimos una habitación en una pensión, pero ¿cómo vamos a dormir? A la mañana siguiente bajamos a comer algo. Hace una mañana despejada de primavera y nos sentamos fuera a una mesa que hay bajo un árbol. El dueño de la pensión se niega a aceptar nuestros cupones de arroz de la ciudad, así que no podemos comer gachas. En lugar de eso, nos sirve una sopa hecha a base de mizuna y agua. Y, de repente, todo se convierte en una de esas películas de miedo como las que Joy solía ver por la tele: la gente —esqueletos andantes, zombis— empieza a salir de los rincones, los callejones y las casas. Todos nos miran fijamente mientras comemos. En cuanto nos levantamos, un par de ellos salen corriendo de entre la multitud, agarran nuestros cuencos y los relamen hasta no dejar nada.

Unos kilómetros después de salir de Tun-hsi, un paisaje de pesadilla se alza ante nosotros: gente vestida con harapos arrastrándose por la carretera y cuerpos sin vida esparcidos por los campos y salpicados por el camino. El olor debería ser atroz, pero a los cadáveres no les queda ni sangre ni carne que pueda pudrirse. Son como momias: grisáceos y consumidos. Hay muchos perros salvajes, y se están dando un festín con los muertos. Conduzco despacio, virando bruscamente de un lado a otro de la carretera en un intento de sortear los espeluznantes obstáculos. Z.G. va sentado en el asiento de atrás. Todavía podrían pararnos, y el señor nunca iría en el asiento del copiloto. No hago más que mirar por el retrovisor, y veo los ojos de Z.G. abiertos de par en par a causa de la conmoción. Los dos estamos aterrados por cómo se encontrará Joy.

Cojo una curva y piso el freno a fondo: hay una pareja tumbada en medio de la carretera. No puedo sortearlos. Nos quedamos sentados en el coche con el motor encendido.

—¿Qué hacemos? —pregunto con las manos todavía en el volante.

—Vamos a darles algo de comer. Quizás así podamos moverlos.

No quiero bajarme del coche, pero lo hago. Z.G. y yo rebuscamos en el maletero y sacamos unas galletas saladas. Nos acercamos con cautela a la pareja, sujetando cada uno una galleta salada con el brazo estirado. El hombre hace ademán de coger la galleta de Z.G. y se desploma muerto. La mujer me coge la galleta de la mano, la aprieta contra el pecho y se hace un ovillo para protegerla.

—Deberías tratar de comértela —le digo con suavidad.

La mujer observa a su compañero muerto, con la mirada perdida y su tesoro protegido. Es como si le hubiéramos hecho el mejor regalo de Navidad posible, algo que hay que guardar y atesorar... y no romperlo nunca ni mucho menos comérselo.

Haciendo gala de un coraje que yo no sabía que tenía, Z.G. agarra al hombre muerto por los talones y lo arrastra hasta la cuneta. Luego le ayudo a mover a la mujer. En cuanto terminamos, dice con brusquedad:

—Vamos. Hay que seguir.

Tenemos que parar varias veces más para retirar a muertos o moribundos de la carretera. El sol brilla resplandeciente sobre nuestras cabezas. Siempre que me bajo del coche espero que todo esté en silencio (nadie canta ni se oye el ruido del trabajo en los campos, los sonidos de los animales o el canto de los pájaros), pero las cigarras, inmunes a las preocupaciones de la humanidad, siguen emitiendo su zumbido constante. En una de nuestras paradas, superando el volumen de las cigarras —y perforándome el alma— unos niños y unos bebés chillan, gimotean y lloriquean. Z.G. y yo echamos un vistazo a los campos en busca del origen de esos sonidos que parecen provenir de todas direcciones.

Delante de nosotros algo se mueve—saltando con rabia— no muy lejos de la cuneta. Son la cabeza y los hombros de una niña pequeña. Los padres han cavado un hoyo lo suficientemente profundo como para evitar que escapara y han abandonado a su hija en su interior. Debían de pensar que alguien pararía y se la llevaría a casa. Me acerco unos pasos para poder ver el interior del agujero. La niña está desnuda. La piel le cuelga como si fuera tofu arrugado, y tiene la tripa hinchada y amoratada. Entonces Z.G. me agarra por los hombros.

—Mira —señala hacia diferentes puntos del campo.

Otros niños y bebés han sido abandonados en esos otros hoyos. Están por todas partes. Creo que voy a vomitar.

—Es horrible, pero tenemos que irnos —afirma Z.G.

—Pero... —señalo el campo.

—No podemos ayudarles. Tenemos que ir a por Joy y su bebé.

La desesperación me supera. Si salvo a uno de estos niños, puede que llegue tarde para salvar a la sangre de mi sangre. Me tapo los oídos y el corazón, volvemos a meternos en el coche y seguimos nuestro camino.

Al final llegamos al apeadero de la Aldea del Dragón Verde. Como el director de la Asociación de Artistas ha llamado para avisar de nuestra llegada, esperamos ver a un grupo que venga a recibirnos, como la última vez. Pero la carretera está vacía y silenciosa, lo que no es buena señal, y el sendero que solíamos coger para ir al Dragón Verde ha sido bloqueado con caballetes y otros desechos. Un cartel con una flecha en dirección a la Comuna Popular Diente de León Número Ocho señala hacia una nueva carretera que atraviesa los campos y rodea los montes que circundan el Dragón Verde. La plana mayor de la comuna no habría hecho esto a menos que quieran que veamos a Joy y al bebé allí, en el emplazamiento del mural.

Cojo la carretera que lleva al centro de la comuna. Aquí está el Jardín de la Felicidad para los ancianos, la guardería y la clínica. Sin embargo, las paredes de tallos de trigo de la cantina se han resquebrajado y el tejado se ha venido abajo. Y ahí, tal y como aparecía en las fotografías que envió Joy, está el salón del liderazgo con su mural crítico pero increíblemente colorido. Junto al salón, unos niños pequeños saltan y juegan sobre pilas de lo que parece heno recién cortado. Están aplaudiendo y gritan «¡bienvenidos!, ¡bienvenidos!». Están actuando como si su vida dependiera de ello, y quizá sea así, porque tienen el estómago hinchado del hambre y su mirada no es algo que debería ver todo el mundo. Un grupo de adultos, limpios pero de una delgadez grotesca, sujetan unos carteles con corteses saludos y cantan las típicas canciones del Gran Salto Adelante, pero tampoco se aprecia un entusiasmo sincero —ni energía— en ellos.

El líder de brigada Lai da un paso al frente. Está igual que cuando lo vi por última vez. Nos saluda y nos hace un gesto para que entremos en el edificio. Entramos corriendo esperando ver a Joy. Al fin y al cabo fue ella quien escribió la carta. Solo puede haberlo hecho a sabiendas del líder de brigada. De hecho, ahora que lo pienso, lo más seguro es que fuera él el que hiciera las fotografías en las que salía ella con el bebé. Hay una mesa redonda servida para un banquete.

—Hemos preparado un banquete de veinte platos para nuestros honorables invitados —anuncia el líder de brigada Lai.

La mesa está preparada para tres comensales.

—¿Dónde está mi hija? —pregunto.

—El artista y ella están en casa. No hay necesidad de ir a verlos. ¡Disfruten! ¡Disfruten! —Se aprieta las manos expectante—. Después de cenar, Li Zhi-ge puede entregar su premio. —Agacha la cabeza con deferencia—. Espero no estar presumiendo demasiado...

Salgo corriendo del edificio. Los hombres, las mujeres y los niños que hace unos segundos estaban saltando, saludándonos con la mano y cantando están en cuclillas engullendo pequeñas bolas de arroz (posiblemente una recompensa por su actuación), mientras un guardia los vigila. Tardaría unos diez minutos en llegar al Dragón Verde andando. Si vuelvo con el coche a la primera encrucijada y luego sigo andando, solo son unos kilómetros.

Ż.G. me coge por el brazo:

—Vamos.

Recorremos corriendo el sendero que discurre junto al riachuelo. En cuestión de minutos cruzamos el pequeño puente de piedra y entramos en el Dragón Verde. Hay cuerpos esparcidos por doquier. En la carretera no olía tan mal, pero aquí el hedor a muerte y a descomposición es nauseabundo. Levanto la vista hacia la casa de la familia de Tao. No veo señal de vida alguna, pero también es verdad que en toda la aldea reina un silencio de muerte.

Z.G. echa a correr monte arriba. Yo le sigo de cerca. La puerta de la casa está abierta. La cocina exterior parece que lleva un tiempo en desuso. Sobre la pared descansan tres carretillas oxidadas. La misma escalerilla rota sigue apoyada formando un extraño ángulo. Nadie la ha colocado bien desde la primera vez que vine aquí.

Z.G. se queda mirándome. Su hija, mi hija, está en el interior. Tomo aliento para que el corazón se tranquilice y me preparo para lo peor que una madre puede imaginarse.

Entramos en la casa. La habitación está oscura, fría y húmeda. Unas tiras de papel cuelgan de las ventanas. Las esterillas para dormir están extendidas en el suelo, pero no hay nadie tumbado sobre ellas. De repente, en una esquina distingo un leve movimiento. Es Tao. Tiene muy mala cara.

—¿Dónde está Joy? —le pregunto.

Sigo la dirección que me indican sus ojos y veo una pila de prendas de ropa acolchada en la otra esquina. Cruzo la habitación a todo correr y me arrodillo ante el montón de ropa. Tiro de ella con suavidad y se cae hacia delante. Es Joy. Su piel parece un pergamino antiguo. Tiene las mejillas hundidas y los labios presentan un tono azulado. Tomo aire, segura de que hemos llegado demasiado tarde, pero el sonido hace que abra los ojos. Tienen un brillo ardiente y miran sin ver, como febriles. Mueve la boca, pero no le sale ningún sonido: «Mamá.»

Me trago el miedo y el temor. No puede ser demasiado tarde.

—Z.G., hierve un poco de agua. Deprisa.

Mientras él vuelve a salir afuera, voy retirando más capas de ropa de Joy y allí, apretada contra sus pechos desnudos pero marchitos, está mi nieta. Ella también está viva. Abro el bolso y saco el paquete de azúcar moreno que he traído. Saco unos granos y se los doy a Joy en la boca. Luego hago lo mismo con la niña.

Z.G. vuelve con una olla de agua caliente. Hago un té suave con azúcar moreno y unas rodajas de jengibre fresco. Mientras Z.G. remueve el brebaje, busco un cuchillo. Me hago un corte en el brazo y dejo que la sangre caiga en una taza. Durante milenios, las nueras han hecho esto por sus suegras como muestra de respeto y veneración en tiempos de hambruna. Yo lo hago porque quiero a mi hija. Z.G. vierte el té sobre la sangre sin pronunciar palabra. Le doy un poco a Joy con una cuchara mientras Z.G. coge otra cucharada para dársela a la niña. Nuestras miradas se encuentran: «¿Y ahora qué?»

No sé qué hacer. ¿Deberíamos quedarnos aquí hasta que recuperen las fuerzas o intentar llevarlos de vuelta a Shanghái lo antes posible? ¿Qué pasará cuando el líder de brigada se dé cuenta de que queremos volver a Shanghái? Está claro que ha estado haciendo acopio de alimentos mientras los habitantes de la comuna se han ido muriendo. ¿Cuál sería el castigo por hacer algo así y qué haría el líder de brigada para mantener sus actividades en secreto? Tenemos que salir de aquí y tenemos que darnos prisa.

Estoy desesperada. Z.G. no es más que un artista, y un artista conejo, encima. No es bueno en momentos de urgencia, pero luego caigo de repente en la cuenta de que yo tampoco lo soy. Mi hermana era siempre la que nos sacaba de los apuros. ¿Qué haría May? Después de que me violaran y de que muriera mi madre, May me metió en una carretilla y me puso a salvo.

—¿Puedes empujar una carretilla? —le pregunto a Z.G.

Cojo unos edredones y los pongo en dos de las carretillas para que amortigüen. Z.G. saca a Joy y a la niña fuera y las deposita sobre los edredones. Mientras él vuelve a por Tao, yo le doy a Joy más té con sangre y media galleta salada que yo he masticado previamente. Z.G. vuelve a salir de la casa sujetando a Tao, que tiene las fuerzas justas para andar. Joy lo ve y empieza a farfullar y a decir que no con la cabeza: «No, no, no.» Debe de estar delirando.

Le aparto el pelo de la frente:

—Todo va a salir bien.

Joy gira la cabeza y cierra los ojos. Z.G. y yo levantamos con esfuerzo las carretillas y empezamos a andar. La primera parte es fácil. Joy apenas pesa nada y estamos yendo monte abajo. En la villa giramos a la derecha. Cuando llegamos a la entrada principal, nos detenemos.

—Espera —digo a Z.G.

Me meto corriendo en la villa. Kumei, Yong y Ta-ming no están en la cocina. Atravieso corriendo los patios hasta la habitación de Kumei. Está tumbada en la cama. Ta-ming está sentado junto a ella con las piernas cruzadas. Unas moscas están dándose un festín con las comisuras de sus labios y los rabillos de los ojos. Es un manojo de huesos prominentes y torcidos, y tiene la mirada perdida.

—Ta-ming —le llamo con suavidad.

Sigue mirando a su madre, por lo visto incapaz de gastar la energía necesaria para volver la cabeza. Me acerco lentamente para no asustarlo. La verdad es que puede que ya nada le asuste. Intento despertar a Kumei, llamándola por su nombre y zarandeándola. No abre los ojos y su cuerpo sigue inerte. Ya no se puede hacer nada por ella, pero no puedo abandonar a Ta-ming, no después de haber dejado a todos esos niños y bebés en los hoyos de la cuneta. Le cojo de la mano y me mira.

—¿Puedes andar? —le pregunto.

Se mueve como un anciano: con paso frágil, pausado y lento. Me acerco al cofre que está en el rincón, cojo algo de ropa, el violín del chico (prácticamente lo único que queda de la herencia de su padre) y unos dibujos que hizo Kumei en clase con Z.G. Luego atravesamos el silencio de los patios y los pasillos de la casa. Cuando él y sus bienes materiales están en la carretilla junto a Joy, cojo los brazos del carro y me pongo a andar hacia el centro de la comuna.

Estoy aterrorizada por lo que vaya a pasar cuando lleguemos al coche. Milagrosamente, no hay ni rastro del líder de brigada ni de sus guardias. No tenemos tiempo de preguntarnos dónde están o si están planeando algo. Z.G. y yo metemos rápidamente los cuatro cuerpos casi inertes en el asiento trasero. Z.G. se monta conmigo delante, enciendo el motor y emprendemos el largo y espeluznante viaje de vuelta a través de las carreteras plagadas de muerte que llevan hasta Shanghái.

Ojalá pudiéramos abandonar el país en coche. ¿Y si nos fuéramos hacia el norte, a la Unión Soviética? Puede que eso sea peor que donde estamos ahora. ¿Y si bajáramos a Cantón con la esperanza de cruzar la frontera? Sería un viaje arduo y larguísimo en el que estaríamos semanas viajando por carreteras de tierra y atravesando numerosos puestos de guardia. Joy y los demás no sobrevivirían. Tenemos que volver a Shanghái para que recuperen fuerzas (si llegan con vida), reunir dinero y alimentos (si puedo encontrarlos) y urdir un plan de huida (si sobrevivimos todo ese tiempo).

Nos paramos donde podemos para comprar un poco de comida y se la damos a Joy, Tao y Ta-ming en uno o dos bocados cada vez para que su estómago se adapte y asimile el alimento. Le damos a la niña unos biberones de leche de soja aguada tratando de no forzar demasiado su debilitado sistema. El chico no ha pronunciado ni una palabra, y el llanto de la pequeña es débil. Ni Joy ni Tao tienen mucho que decir. Hablar requiere un esfuerzo demasiado grande. Por la noche paro el coche lejos de la cuneta. Z.G. ayuda a Joy a subirse al asiento delantero, donde se duerme con la cabeza sobre mi regazo. Estoy exhausta, pero me quedo despierta, mirando cómo el pecho de mi hija sube y baja con cada respiración.

Cuando nos acercamos a los controles con los que impiden que las masas entren en ciudades como Hangzhou y Suzhou, Z.G. vuelve al asiento trasero y corre las cortinas. Me alivia ver que atravesamos la mayoría de los puestos de seguridad sin problema. Estuvimos aquí hace un par de días, y los jóvenes con sus ametralladoras todavía se acuerdan de la limusina de las cortinas azules. No es necesario hacer más preguntas.

Tardamos cinco días en llegar a las afueras de Shanghái. Un poco de comida, abundante agua, té y leche de soja han revivido bastante a nuestros pasajeros. Por el retrovisor veo que Joy está mirando por una de las ventanas mientras que Tao está apoyado al otro lado del asiento, mirando por la otra. Ta-ming está sentado entre los dos con la mirada fija al frente y sin ver nada.

Acordándome del último control importante con el campamento para aquellos que han tratado de entrar en la ciudad de forma ilegal, me salgo de la carretera principal y voy hasta una zona apartada. Z.G. y yo hacemos lo que podemos para dejar a Tao y a Joy presentables. Peino a Joy y le recojo el cabello en un moño a la altura de la nuca. Z.G. le pone a Tao una de sus camisas y se la abrocha. Solo tenemos cuatro permisos de viaje. Los centinelas que están a las afueras de Shanghái seguro que son más estrictos que los del campo. El bebé se puede esconder fácilmente bajo la blusa de Joy, pero ¿qué podemos hacer con Ta-ming? Lo llevo a la parte de atrás del coche y abro el maletero. Me aprieta la mano con fuerza.

Me arrodillo para que pueda mirarme frente a frente. Le cojo de los hombros y le hablo directamente:

—Tienes que meterte ahí dentro. Va a estar muy oscuro y te va a dar mucho miedo. Tendrás que estar callado. Pero no durará mucho tiempo, te lo prometo.

Lo meto en el maletero, le pongo la funda del violín entre los brazos para que esté cómodo, cierro el maletero y vuelvo a la carretera principal. Viniendo desde este lado, podemos ver el interior del campamento, en el que hay cuerpos que han sido arrojados a una gran fosa. Detengo el coche en el último control y le entrego al guardia cuatro fajos de papeles. Los hojea con desconfianza. Cuando mira por encima de mi hombro para ver los asientos traseros, Z.G. le espeta:

—Tenemos un asunto importante entre manos. ¡Hazte a un lado y déjanos pasar o te denuncio! —suena duro, y el guardia obedece.

Soy la única que percibe el miedo en la voz de Z.G. En cuanto estamos dentro de la ciudad, me meto en un callejón y saco a Ta-ming del maletero.

—Buen chico. Eres muy valiente.

No me responde. Entiendo que esté aturdido. Yo pasé por lo mismo hace veintitrés años, cuando huí de Shanghái.

Dos horas después, Z.G. y yo estamos sentados a la mesa de su comedor. Joy y Tao están descansando en sofás distintos del salón, donde podemos verlos. Están demasiado débiles como para subir la escalera hasta las habitaciones. Las criadas de Z.G. han hecho una sopa flojita. Todavía no dejo que Joy y Tao coman por sí solos. Podrían caer fácilmente en la tentación de atiborrarse de comida. Por suerte no tienen fuerza ni para resistirse y permanecen tumbados dócilmente mientras dos criadas les meten cucharadas de caldo en la boca. Ta-ming, que es joven pero tiene una resistencia increíble, está sentado a la mesa con Z.G. y conmigo. La tercera criada trae una bandeja con platos, palillos, servilletas, una tetera y tazas de té. En la bandeja solo cabe un pequeño cuenco de arroz, que impregna la habitación de una fragancia hogareña que transmite seguridad. Deja el cuenco delante de Ta-ming antes de volver a la cocina a por el resto de la comida. El chico se queda mirando el arroz. Luego Z.G. y yo vemos como va sacando un grano de arroz detrás de otro (uno para Z.G., uno para mí y otro para él) y los va dejando encima de la mesa en tres pequeños montones. Esa es el hambre que han pasado. La vida y la muerte están separadas por un hilo u, hoy día, por unos pocos granos de arroz.

Joy

Esta es Joy

La cometa cae en picado y da vueltas. Ta-ming está controlando el amarre, pero el viento que impulsa la cometa es tan fuerte que Z.G. está detrás del chico sujetándole los hombros. En el extremo de la cuerda no hay una cometa normal y corriente: Z.G. y Ta-ming han colocado un banco entero de peces de colores, cada uno con su cola y sus aletas únicas. La de al lado puede que sea un grupo de mariposas con alas que baten el viento o a lo mejor una bandada de grullas en medio del cielo fresco de otoño, galopando y flotando en la brisa.

Estamos a principios de noviembre, y ya han pasado siete meses desde que mi madre y Z.G. nos rescataran. Somos fantasmas que hemos resucitado, y el día de hoy es una visión de lo que puede ser la vida. Tenemos la necesidad de olvidar, aunque sea por unas horas. Cuando me marche de China —si conseguimos salir— lo que más recordaré serán los domingos, el único día de la semana en el que tenemos libertad de hacer más o menos lo que nos venga en gana. Hemos venido a la Pagoda Lunghua. Me han contado que Z.G., mi madre y mi tía solían hacer volar cometas aquí hace años. Por aquel entonces, la pagoda estaba en un terreno vacío ocupado por jóvenes soldados chinos a la espera de entrar en combate. Más adelante, los japoneses tuvieron un campo de detenidos aquí para ciudadanos británicos. Ahora es un parque: olmos, ginkgos y alcanforeros (verdes y exuberantes) destilan vida. Los vendedores ambulantes venden juguetes (leones de papel de la buena suerte y dragones montados en palos que bailan y se retuercen). Un músico toca un *erhu*, unos cantantes entonan melodías tradicionales y unos malabaristas, contorsionistas y magos dejan a la gente asombrada con sus misteriosas habilidades. Los hombres mayores caminan arrastrando los pies con las manos detrás de la espalda. Las mujeres mayores están sentadas en bancos de piedra con las piernas abiertas y las manos sobre las rodillas. Si tienes suficiente dinero, y nosotros lo tenemos, te puedes comprar algo dulce: un *toffee*, una chocolatina o un polo de helado. El Gran Salto Adelante continúa en otros lugares. Una cantidad inmensa de personas está muriéndose pero nosotros estamos contentos... y sanos.

Miro a mi madre, que está a mi lado. Se tapa los ojos con la mano cuando levanta la mirada hacia las cometas de Z.G. Luego me mira y sonríe.

—El verdadero sufrimiento me ha quitado las ganas de amargarme por el pasado —afirma—. Mira lo que tenemos aquí, en este mundo. Mi hija, mi nieta, Z.G., Dun y Ta-ming estáis bien conmigo aquí. Somos una familia. Más que eso, quizá seamos la familia... —Hace una pausa para reírse—. Quizá seamos la familia que debíamos ser desde un principio.

Levanta los brazos como si fuera a abrazar al mundo. Lo que dice me hace ver lo estadounidense que se ha vuelto —y eso que se ha quedado aquí, en China—, con su expresión franca no solo de sus sentimientos y su efusividad física, sino también su deseo de ser feliz, como si fuera un derecho.

—Esto es la felicidad, ¡y quiero aferrarme a ella todo el tiempo que pueda!

Yo también.

Cuidarnos a Tao, a Ta-ming, a Samantha y a mí para que volviéramos a la vida debe de haber sido una agonía lenta y aterradora para mi madre. Ta-ming fue el primero en recobrar las fuerzas, aunque todavía no habla mucho y sus huesos están torcidos y débiles por el hambre. Quizá se quede así siempre, pero espero que no. La niña no tardó en responder a los biberones de leche en polvo y leche de soja fresca, aunque ninguno de nosotros sabemos qué consecuencias tendrá para ella la desnutrición a largo plazo. Si acaba teniendo problemas, pues... mi tío Vern también tenía problemas y todos le queríamos. Yo era el caso más preocupante: comía poco y hablaba poco. No dejaba que nadie cogiera al bebé excepto mi madre. ¿Cómo iba a hacerlo con Tao cerca? Z.G. y mi madre pensaban que estaban haciendo lo correcto al traer a Tao de vuelta a Shanghái, y durante un tiempo estaba demasiado débil como para decirles lo contrario. Aun así, varias veces le pedí a mi madre que me llevara a su casa.

—Pero si aquí tenéis mucho más espacio —respondía siempre—. Cuando os hayáis recuperado y podáis subir la escalera, Tao, el bebé y tú podréis ir a tu habitación. Aquí tenéis criadas. Estaréis más cómodos así.

Tuvimos varias conversaciones como esta en distintas ocasiones, pero nunca cazaba mis indirectas, y yo no iba a decir nada delante de Tao por miedo a lo que pudiera hacer. La primera oportunidad que tuve fue cuando Tao se levantó del sofá del salón de Z.G y se ofreció a lavar el arroz para cenar (lo que mi madre, Z.G. y Dun consideraron un punto de inflexión notable en su recuperación). Cuando mi marido se alejó, le hice un gesto a mi madre para que se acercara. Pero, en ese momento, Tao llamó para pedir ayuda. Dun, Z.G. y mi madre siguieron la voz de Tao y lo encontraron en el baño del sótano.

—Me está costando lavar el arroz —dijo.

¡Cómo no iba a costarle si estaba lavando el arroz en el retrete! Oí cómo a todos les entraba un ataque de risa. Cuando mi madre volvió al salón después de dejar a los hombres lavando el retrete, le conté lo de «cambiar niño, hacer comida». En cuestión de una hora mi madre nos había sacado a la niña, a Ta-ming y a mí de casa de Z.G. y estábamos en la habitación en la que ella dormía cuando era pequeña.

—¡Deja que Z.G. se encargue de Tao! —exclamó hecha un basilisco—. Pero mañana voy a...

Era lo único que podía hacer para evitar que lo denunciara a la policía. Fue ahí cuando le dije lo que quería de verdad.

—Olvídate de él —le pedí—. Vámonos a casa.

Esa noche, en la habitación que mi madre solía compartir con mi tía, empezamos a tramar un plan. Obviamente, lo primero que había que hacer era contactar con la tía May.

—«He esperado mucho tiempo para escribir esta carta —comentó mi madre cuando empezó a escribir—. Joy y la niña han vuelto a Shanghái —me leyó a medida que iba escribiendo—. Qué bonito sería que pudiéramos volver a reunirnos todos los miembros de la familia en nuestra antigua casa en Hong Kong.» —Levanta la vista para explicármelo—. Ella sabrá que me refiero al hotel en el que nos hospedamos hace veintitrés años.

Tenía que fiarme del criterio de mi madre en este sentido, porque a mí no me quedaba tan claro, pero es verdad que mi madre y mi tía siempre se han comunicado de una forma que nunca he llegado a entender del todo.

—«Desde nuestra casa en Hong Kong envía una invitación oficial de reunificación familiar —prosiguió mi madre—. Pide una visita de veinticuatro horas. En cuanto la recibamos, la llevaré a la comisaría de policía y a la Oficina de Asuntos Exteriores para solicitar los permisos de viaje. Y una cosa más...»

Mi madre soltó el bolígrafo, juntó las manos y se las puso en el regazo de una forma tan remilgada y decorosa que casi me echo a reír.

—Voy a pedirle a mi hermana que incluya a Dun en la invitación. Me ha pedido que me case con él, y yo le he dicho que sí.

—¡Mamá! —Me cogió completamente por sorpresa.

—No quiero marcharme de aquí sin él.

Podría haberme indignado —¿Por qué no era más fiel a mi padre?—, pero su rostro irradiaba una felicidad que no había visto nunca, lo que a su vez me procuró la más pura de las alegrías. Así que una de las primeras cosas que había que hacer como parte de nuestro plan de huida sería que mi madre y Dun, al que solo había visto unas cuantas veces, empezaran a rellenar los documentos para solicitar el permiso para casarse (un proceso que era más difícil en la ciudad que en el campo).

—Y ¿qué pasa con Z.G.? —pregunto—. ¿No querrá venir él también?

Así es el amor que siente mi madre por Dun: ni siquiera le ha cambiado la cara al pensar que May y Z.G. podrían volver a verse.

—Vamos a preguntarle —responde—. Pero no creo que quiera venir. ¿Tú sí?

Yo creía que tampoco, ya que él era famoso aquí. En Estados Unidos tendría que empezar de cero. A lo mejor mi madre le daría un trabajo como lavaplatos en el bar. Pero no me lo podía ni imaginar. Y aunque está claro que sigue queriendo a May, un conejo no nace para luchar por lo que quiere, sino que elige lo que le resulta fácil, cómodo y conocido en todo momento. Y eso es precisamente lo que hacía Z.G.

—Mejor será que os ayude con vuestro plan —contestó él.

De hecho, terminaría desempeñando un papel crucial, pero en ese momento no lo sabía, y mi madre, que estaba escribiendo la carta, dijo:

—No se lo vamos a comunicar a May todavía. No quiero que se lleve una desilusión.

Luego, cuando terminó la carta, mi madre nos arropó al bebé y a mí en la cama de la tía May. Nunca me habría imaginado cómo nos iba a mirar en ese momento. Irradiaba amor y felicidad. Tampoco me habría imaginado que permitiría a Ta-ming acurrucarse junto a ella en su propia cama. Vi que mi madre —de alguna forma, por fin— había encontrado consuelo en el afecto físico, ya fuera abrazándome, consolando al bebé, protegiendo a Ta-ming de la oscuridad o ilusionándose por su nueva vida con el profesor.

La felicidad surgida del miedo: eso era lo que sentía. Cuando traté de explicarle eso a mi madre, me dijo desde la cama:

—Te miro y veo una rosa doble, de dos colores preciosos: uno amarillo palo y otro rosa intenso. Tú formas parte de mí y de May, y me alegro mucho de que así sea. —Me volvió a mirar con los ojos muy abiertos y llenos de ternura y amor—. ¿Qué más puede hacer feliz a una mujer?

—Un marido que la quiera, que le apoye, que la anime a ser una persona completa, como lo que tenías con papá —le respondo—. Y como lo que tendrás con Dun.

Mi madre había encontrado a dos hombres que la querían, y yo...

—Siento mucho que tu matrimonio no saliera bien —me dice con tono comprensivo—. No tenías forma de saber qué tipo de persona era Tao.

La respuesta a ese comentario era: «¡Pero Z.G. y tú sí que lo sabíais!

Antes de que me casara con Tao, Z.G. me dijo que estaba utilizándome para intentar escapar de la vida en la aldea. Durante la sesión de castigo a la que me sometieron, la madre de Tao me acusó de querer secuestrar a Tao y llevármelo a Shanghái. Ahora sabemos quién tenía razón. El deseo de Tao se había cumplido: Shanghái. Y le había salido muy bien la jugada: cuando recobramos un poco nuestras fuerzas, la Asociación de Artistas organizó una ceremonia para entregarle a Tao un premio como artista ejemplar. Z.G. y mi madre me dijeron que debía asistir a la ceremonia porque la Asociación de Artistas también había organizado mi regreso a la ciudad y porque así haría más interesante la historia de Tao. Qué pareja más patética formábamos Tao y yo. La ropa nos quedaba enorme. Nuestros ojos seguían siendo unas cáscaras oscuras y huecas. Pero ahora mi marido se ha vuelto algo así como una celebridad. Nos cuenta (como le cuenta a cualquiera que quiera escucharle) que se le ocurrió la idea del mural y que lo pintó con «un poco de ayuda» de algunos miembros de la comuna. Por suerte suele estar fuera de la ciudad, viajando por todo el país como artista campesino ejemplar. En julio y agosto se fue al Tercer Congreso Nacional de Trabajadores Literarios y Artísticos en Pekín.

—Era uno de los 23.000 delegados culturales —alardeó a la vuelta—. La vida popular es rica y variopinta. El arte debería reflejar eso. ¡Va a ser un nuevo periodo de florecimiento!

No es algo por lo que haya que estar emocionado, ya que el último periodo de florecimiento acabó con la Campaña contra los Derechistas. Pero ese es mi marido: un rabanito que se piensa que sabe algo.

Pero mucho antes de que pasaran todas estas cosas, cuando mi madre y yo estábamos aún en su habitación, me dijo:

—Joy, recuerda que tienes toda la vida por delante. Solo tienes veintidós años. Vas a encontrar a un buen hombre. O a lo mejor te encuentra él a ti. ¿Quién sabe? A lo mejor ya os habéis conocido. Estoy segura de que el hijo de Violet todavía sigue esperándote...

—¿Leon? —pregunto con una risa nerviosa. Mi madre y su amiga Violet llevan tratando de que acabemos juntos desde siempre.

—¿Y por qué no? —pregunta ella, toda inocencia—. Lo único que estoy intentando decirte, Joy, es que hay que ser feliz. —Hace una pausa para que piense en ello—. Otra cosa que hace feliz a una mujer es encontrar un trabajo que haga que su vida sea más importante, ya sea contratando a tus vecinos para que trabajen de figurantes en películas, como hace May, o trabajando con tu marido, como hacía yo con Sam en el bar. En tu caso, creo que ese algo será tu arte.

Los recuerdos de Tao, del mural y de la comuna habían hecho que sintiera repulsa por el arte.

—No quiero volver a pintar —le dije, y lo decía en serio.

—Eso lo dices ahora, pero las cosas cambiarán.

Y, claro está, mi madre también tenía razón en eso.

Tardamos cerca de un mes en tener noticias de May. Recibimos una carta y un paquete, que habían sido enviados por la ruta habitual de la familia del abuelo Louie en la aldea de Wah Hong. La carta era una invitación formal de May para que la lleváramos a la comisaría de policía. El paquete incluía un poco de pan seco y arroz crujiente (que aceptamos con gusto), así como un vestido blanco de volantes para Samantha con un bordado rosa con nido de abeja, una gorrita a juego y unos pantalones bombachos para taparle el pañal. Antes de que pudiera detenerla, mi madre destrozó la gorrita.

—May suele esconderme cosas en los sombreros —me explicó.

Lo único en lo que podía pensar era «¡menudas dos hermanas!». Pero allí, pegada a la pieza para ajustar la visera de la gorrita, había otra carta de la tía May:

He llegado a Hong Kong. He dejado el bar en manos del tío Charley. Mariko se está encargando de mi negocio. En cuanto a mi trabajo como actriz, les he dicho a los productores lo que iba a hacer. Me han dicho que estaba mal de la chaveta, pero todo el elenco ha hecho una colecta y me han dado mil dólares. Busca bien en este y en otros paquetes para encontrarlos.

Tenéis que daros prisa, pero también debéis tener cuidado. El hombre de la asociación familiar me ha dicho que hay mucha gente que se está yendo de China. Los responsables de aquí y de Estados Unidos no se creen las historias que cuentan los refugiados acerca de la hambruna. Asimismo, la República Popular China está animando a la gente de Hong Kong a enviarles dinero y comida a los parientes que tengan en el continente, y las colas en las oficinas de correos son larguísimas. Los que son generosos son recompensados con un banquete. ¿Es que no entienden lo irónico que es todo eso?

No creo que el Gobierno chino entienda la ironía en general.

Ya estoy muy cerca de vosotras. Por favor, decidme qué más puedo hacer.

Seguimos enviándonos cartas y encontramos todo el dinero, pero fuimos muy cuidadosas a la hora de transmitir los detalles de nuestro plan, pensando que sería más seguro de esa forma.

—«Quédate en nuestra antigua casa —respondió mi madre, refiriéndose al hotel—. Llegaremos algún día, dentro de poco.»

Así que aquí estoy hoy, meses después, haciendo volar cometas una tarde ventosa con esta familia improvisada. En lo más profundo de mi ser ya no tengo miedo ni siento el peso de la culpa. ¿Se puede ser feliz en la República Popular China? Claro que sí, porque ahora mismo soy feliz.

Nuestro plan de huida se ha convertido en una cosa muy simple que está formada por solo dos elementos. En primer lugar, los permisos de viaje. Como lleva los últimos años yendo a Cantón a la Feria China de Servicios de Exportación a principios de noviembre, Z.G. ha solicitado y recibido el permiso para asistir y llevar consigo a Tao (un artista ejemplar) para realizar una exhibición pictórica conjunta en la que demostrar los estilos antiguo y moderno del arte en China. Les acompañaremos un bebé, su *amah* (mi madre) y yo (la mujer del artista ejemplar). En segundo lugar, los permisos de salida y los pasaportes. Mi madre y Dun se casarán mañana, y luego iremos a la comisaría de policía y a la Oficina de Asuntos Exteriores para recoger los pasaportes de quienes los necesitamos, los permisos para viajar a Cantón para Dun y Ta-ming y los permisos de salida para que mi madre, Dun, Ta-ming, Samantha y yo vayamos a Hong Kong para una visita de reunificación familiar (llevamos seis meses yendo a entrevistas, presionando y rogándole a todo el mundo que arregle las cosas a tiempo para nuestra fecha de salida. Mañana tenemos la última serie de citas. Si no conseguimos los papeles, nada de esto saldrá bien). Cuando lleguemos a Cantón, Z.G. mantendrá a Tao ocupado en la feria y hará que los demás podamos escabullirnos y coger el tren rumbo a Hong Kong. Una vez allí, iremos al hotel de May.

Parece sencillo, pero todavía hay que sortear muchos obstáculos. ¿Qué pasa si alguien sospecha algo —en la unidad de trabajo de mi madre, en la Asociación de Artistas, en nuestra casa o en casa de Z.G.— o, Dios no lo quiera, Tao se entera de lo que hemos planeado? Nunca permitirá que Sam y yo nos vayamos de China, ni siquiera a una visita de reunificación familiar. Es un rabanito, pero se daría cuenta de todo. Al fin y al cabo, él estaba tan desesperado por marcharse del Dragón Verde y venir a Shanghái como nosotros lo estamos por huir de China y volver a Estados Unidos. Así que tenemos que intentar tener las cosas muy claras, no dejar que el miedo pueda con nosotros y seguir hacia delante.

Mientras los demás ayudan a Z.G. a enrollar las cometas, yo recojo hojas de los álamos y reúno un poco de hierba. Serán unos complementos buenísimos para las comidas de mañana.

Joy

El latido del corazón del artista

Es lunes por la mañana, el día en que se casa mi madre. Mi madre y Dun me ayudan a preparar el desayuno para toda la casa. Los huéspedes están sentados en la mesa de la cocina discutiendo y cotilleando. Mi posición en la casa ha cambiado desde que me vine a vivir aquí. Por aquel entonces, a los huéspedes les asustaba mi presencia. No tenía permiso de residencia, ni unidad de trabajo ni cupones de comida. Estaba medio muerta y traía conmigo a dos bocas más que alimentar. Nadie se mostró compasivo ni amable conmigo, excepto Cook, que está claro que quiere a mi madre y, por ende, quiere a su hija y a su nieta. Por suerte era el único que importaba, ya que era él el que estaba a cargo de la casa y el que elaboraba todos los informes que se enviaban al comité del bloque, que a su vez le manda la información al comité del barrio y así sucesivamente. Ahora tiene a Samantha en brazos y le está dando el biberón. Luego se la pasará a otra persona de las que están en la mesa. Dentro de unas semanas cumplirá un año, pero sigue siendo tremendamente pequeña: un recuerdo constante de que algo no va bien en este país.

La mayoría de los habitantes de las ciudades no llegan a entender del todo lo que está sucediendo en el campo. Les han llegado rumores, pero no cuadran con lo que han oído de que en las comunas las cosechas llegan hasta el cielo, lo que dicen los responsables gubernamentales sobre los llamados «años de mal tiempo» que han arrasado campos enteros y lo que ven en las calles de Shanghái, donde no hay forma de evitar ni ocultar el estado físico de la gente mientras espera en las largas colas que se forman para comprar comida con sus cupones. Están dejando atrás el primer signo de inanición (la pérdida de peso) para pasar a la segunda fase (los edemas). Se les ha empezado a hinchar el cuello y la cara. Cuando la gente se saluda, se aprietan la frente con los pulgares entre sí para ver lo profunda que es la huella y cuánto tarda la carne en recuperar su forma normal. Da la impresión de que todo el mundo camina con apatía. Aun así, nadie se queja, nadie se rebela. Solo cuando la gente tiene hambre de verdad es cuando puedes conseguir tenerlos sometidos.

Pero los habitantes de esta casa han visto la inanición y sus efectos con sus propios ojos. Ahora se alegran de que estemos aquí, porque entienden lo que está por llegar y yo sé cómo sobrevivir, igual que mi madre. Su dinero y sus certificados especiales de china extranjera nos han protegido, al permitirnos comprar provisiones a unos precios desorbitados. En Shanghái, donde la comida siempre ha sido muy dulce, el azúcar es un bien preciado. La carne es difícil de encontrar y muy cara. Mi madre compra un cuarto de una chuleta de cerdo por cincuenta yuanes, es decir, veinticinco dólares. Los productos que antes costaban dos o tres yuanes ahora los compra por el equivalente a treinta y cinco dólares. Consigue coles mustias y otras verduras de menor calidad a través de agricultores que de alguna manera se han saltado los controles y que venden su mercancía en callejones oscuros. Una vez pagó un precio absurdo por un pollo alegando que teníamos que estar fuertes para que funcionara nuestro plan. Pero nada de eso basta para alimentar a las diez personas que vivimos ahora en la casa.

Me pongo a preparar «pasteles amargos» en los fogones con la hierba que recogí ayer en la Pagoda Lunghua. Luego, cuando todo el mundo se ha ido a trabajar, empapo las hojas de álamo en agua para quitarles el amargor y poder hacer tortitas a base de hojas esta noche. Sé cómo hacer comida casi de la nada, y por eso todo el mundo no solo tolera mi presencia, sino que la agradece.

—Primero nos dicen que matemos a los gorriones, pero ahora tenemos una campaña contra las chinches —se queja una de las bailarinas—. Pero si nosotros no tenemos chinches, ¿cómo vamos a demostrar que estamos haciendo nuestro trabajo?

—Le echaremos la culpa de nuestra falta de chinches, a nuestro Viejo Gran Hermano —dice el zapatero con voz tímida y en tono de broma—. Diremos que se llevaron las chinches.

En julio, los expertos soviéticos se marcharon de China y se llevaron consigo su maquinaria, sus equipos y su conocimiento tecnológico. Desde entonces, el Gobierno le ha echado la culpa de todo al Viejo Gran Hermano.

—¡Sí, sí, sí! Ya he oído eso —interviene la viuda—. Diremos que es por eso por lo que no tenemos chinches.

—Ahora tenemos dos enemigos —prosigue el zapatero, abriendo los brazos para poder coger un rato al bebé—. Tenemos que luchar contra el revisionismo soviético mientras seguimos combatiendo el imperialismo estadounidense.

Su lógica no tiene sentido por muchas razones, como el hecho de que ya nos han contado que fueron los soviéticos los que trajeron las chinches y que luego nos dejaron esa plaga para torturarnos, pero ahora mismo pocas cosas siguen teniendo sentido. El locutor de la radio nos dice muchas cosas: que la Unión Soviética se ha aliado con Estados Unidos en la ONU para ningunear y seguir marginando a la República Popular China (yo nací en Estados Unidos y viví allí diecinueve años. Mi familia fue víctima de las tácticas impulsadas por el temor rojo. No me cabe en la cabeza que lo que nos están contando pueda llegar a ocurrir). Mientras tanto, pasan otras cosas: a los extranjeros de otros países que no son la Unión Soviética también se les ha enviado de vuelta a casa. Todas las publicaciones —excepto dos periódicos propagandísticos— tienen prohibido salir del país. En otras palabras: China se ha aislado del resto del mundo. Nadie se cree los testimonios que salen de nuestras fronteras, tal y como nos comentó May en su carta. La gente que está en China, incluidos los que estamos aquí, en esta mesa, desayunando, intentamos ir más allá de lo que nos cuentan para entresacar la verdad. Ahora mismo de lo que más se habla es de Mao Tse-tung, que hace poco le cedió su puesto de presidente de la República Popular China a Liu Shao-ch'i.

—Cuentan que Mao presentó su propia autocrítica delante de siete mil responsables del Partido —murmura una de las ex bailarinas con complicidad.

—A lo mejor ha dimitido para evitar que le culpen del Gran Salto Adelante —contesta el zapatero.

Samantha empieza a estar inquieta, y el zapatero se la pasa a la viuda. Como madre de dos hijas que es, sabe exactamente cómo calmar a la niña: subiéndose a Samantha al hombro, meciéndola y dándole golpecitos en la espalda de forma rítmica. Dejo una fuente de pasteles amargos encima de la mesa y los huéspedes los devoran con rapidez sin dejar de charlar.

—¿Y qué más da que Mao haya dejado de ser el jefe de Estado? —pregunta la viuda—. Sigue teniendo el control supremo. No ha cambiado nada.

—Excepto que seguimos hambrientos —dice Cook.

Los huéspedes no se dan cuenta todavía de lo afortunados que son.

—¿Quién se iba a imaginar que las ratas desaparecerían de Shanghái? —La bailarina se inclina hacia delante, y todo el mundo se acerca para escucharla mejor mientras revela lo que va a contar con un tono de asombro—. ¡La gente se las ha comido! —Luego se dirige a la viuda—. Me toca. Dame a la niña. —Sujeta a Samantha de los brazos para que pueda practicar el estar de pie. Samantha sigue estando débil, pero es increíblemente testaruda y perseverante. Le tiemblan las piernecitas, pero agita las manos con emoción y una sonrisa enorme le ilumina la cara. La bailarina sujeta a Samantha para que no se caiga y luego se dirige a mí:

—La próxima vez que vayas a la Pagoda Lunghua a recoger hojas vamos contigo, si quieres.

—Me encantaría —(pero ya no estaré aquí).

Dun y mi madre son los primeros en salir de la cocina y se llevan a Ta-ming. La bailarina me deja a la niña. Antes de irse, los demás le dan una palmadita en la barbilla o un suave pellizco al bebé. Todo el mundo deja los platos para que yo los lave. Le sirvo otra taza de té a Cook.

—Deberías descansar —le digo—. La «señorita» querrá que estés bien para que luego puedas cumplir con tus obligaciones.

Asiente con la cabeza, coge la taza y sube la escalera arrastrando los pies. Le adelanto corriendo para llegar hasta la habitación que comparto con mi madre. Está delante del espejo, mirándose con ojo crítico. Lleva los pantalones del trabajo y una blusa blanca planchada. Se ha peinado el cabello y se lo ha puesto detrás de las orejas.

—Estás guapísima —le digo—. Una novia perfecta.

—Pocas cosas en mi vida son como me las había imaginado —me dice mientras se vuelve para verme. No son palabras de lamento como las que antes constituían una parte esencial de la forma de ser de mi madre. Aunque quería tener una boda a lo grande con vestido y banquete (primero para ella y luego para mí), no la va a tener, pero está sonriente y feliz. La vida es lo que es, y está viviéndola como debería hacerlo un dragón: sin darse nunca por vencida.

Cuando se pone su chaqueta de recogedora de papel, me acerco a la ventana, la abro y meto la caja que hemos guardado en el alféizar para que el contenido estuviera frío y a salvo. Me siento en la cama de May y abro la tapa con cuidado. En su interior hay una docena de huevos que nos dio Z.G. Hoy mi madre irá a su unidad de trabajo y le dirá a su supervisor que quiere casarse con un profesor. Le prometerá al supervisor una docena de huevos frescos si la acompaña a la oficina del Gobierno a la una, donde se reunirá con Dun, que llegará de sus clases matutinas. Su supervisor tiene que aprobar el matrimonio: tiene que corroborar que mi madre no padece ninguna enfermedad, que es un miembro servicial del proletariado y que Dun y ella no son parientes de hasta tercer grado de consanguinidad. El responsable les pedirá a mi madre y a Dun que firmen unos documentos y luego les entregará un certificado de matrimonio. No obstante, mi madre no soltará los huevos hasta que su supervisor acceda a darle la tarde libre para que celebre su luna de miel. Estamos seguros de que aceptará este soborno, ya que todos llevamos meses sin ver un huevo, y su proteína es una salvaguarda buenísima en contra de la enfermedad de la hinchazón.

Coloco los huevos para que estén perfectos, vuelvo a ponerles la tapa y le entrego la caja a mi madre. Le doy un beso y un abrazo.

—Me encantaría poder ir contigo.

—Y a mí, pero todo tiene que parecer lo más práctico posible. Eso me lo enseñó la tía Hu —me cuenta.

Luego sale por la puerta con su docena de huevos.

Es importante que sigamos nuestra rutina habitual, así que a las nueve cojo a la niña y a Ta-ming y nos vamos en autobús a la casa de Z.G., como hemos hecho todos los días durante los últimos dos meses. Tao sigue viviendo con Z.G. Desearía más que nada en el mundo no tener que ver a Tao, porque le odio y porque no hay nada más peligroso que un campesino sin estudios —alguien que puede afirmar que es rojo mientras pone verde a la gente que le ha ayudado—, pero tengo que verlo para que nuestras acciones parezcan normales.

—Solo tendrás que aguantarle un poco más —me recuerda a menudo mi madre. Lo hago, pero me cuesta.

Una de las criadas me abre la puerta, y yo subo directa la escalera hasta una habitación que Z.G. ha convertido hace poco en un estudio. Los rayos del sol entran por la ventana. Unos caballetes con lienzos o acuarelas a medio pintar por Tao, por Z.G. y por mí están dispersos por la habitación para aprovechar la luz natural. Tao ya está aquí. Sigue siendo guapo, de eso no cabe duda, pero no sonríe para enseñarme sus preciosos dientes ni se vuelve para saludarme. Espera a que ponga a Samantha en un canguro —una caja de madera que le permite moverse pero de la que no puede escaparse— y luego se acerca para acariciarle la cabeza a su Ah Fu.

Ta-ming se sienta en el alféizar de la ventana, desde donde puede ver la calle peatonal que hay abajo. El pobre chico no es el mismo niño feliz que conocí cuando llegué al Dragón Verde. No habla de su madre, de la casa, del hambre o del miedo que debió de pasar él solo en la oscuridad del maletero del coche de Z.G. Rara vez sonríe, pero supongo que es de esperar. Dun le pidió a un amigo suyo que da clases de música occidental en la universidad que le diera unas clases básicas de violín al chaval. Dice que el violín del terrateniente es bastante antiguo y valioso. Ahora las cosas que le hacen feliz a Ta-ming son sus clases de violín y el tiempo que puede estar practicando en nuestra habitación por la noche. El resto del tiempo está callado y pensativo.

Z.G. entra en la habitación.

—Buenos días —anuncia—. ¿Estamos todos listos para pintar? —Se acerca a Tao a grandes zancadas y se ponen a hablar de la obra en la que está trabajando—. Me gusta que los campos tengan un aspecto tan crudo y frío...

En muchos sentidos, el tiempo que pasamos juntos me recuerda a cuando Tao y yo dimos nuestras primeras clases particulares con Z.G. en la casa, a excepción de nuestro amor loco, por supuesto. Z.G. nos sigue tratando a Tao y a mí de forma distinta. Admira el trabajo de Tao y le elogia por ser el artista ejemplar en el que se ha convertido. Es una farsa que contribuye a forjar la exagerada opinión que mi marido tiene de sí mismo. Z.G. me enseña la técnica de frotamiento y pintura que solía utilizar él para pintar los carteles con chicas guapas basados en mi madre y mi tía: echar polvo de carbón sobre una imagen y luego aplicar las acuarelas para sacar la calidez y la profundidad de las mejillas, el tejido, el pelo, los muebles y el cielo.

En mis obras estoy intentando conseguir lo que Z.G. me dijo cuando aparecí por primera vez en su puerta que era la verdadera esencia de la aspiración artística china: representar el mundo interior de la mente y el corazón. Mi madre y Z.G. me salvaron físicamente, pero en mi peor momento encontré mi verdadera voz, que fue la que me salvó el corazón y el alma. El arte por amor al arte no es lo que me motiva. Y la verdad es que la política tampoco me motiva ya. Lo que me motiva son los sentimientos. Y de esos sentimientos, el más fuerte es el amor: el amor que siento por mis dos madres, mis dos padres y mi niña. Durante mi recuperación empecé a «ver» algo. Recordé momentos de mi infancia: ensartando guisantes con mi abuela, paseando con mi abuelo por China City, jugando a los vestidos con mi tía en los platós de las películas. Y, por supuesto, todas y cada una de las cosas que mi madre hizo conmigo: embutirme en una cazadora que había cosido ella, ayudarme a deletrear el nombre de todos los niños de mi clase en mis tarjetas del día de San Valentín, llevarme a la iglesia, a la playa, al colegio chino... hacer todas esas cosas que han hecho que me convierta en la persona que soy hoy.

El cartel de Año Nuevo (donde solían estar y siguen estando las chicas guapas) se ha convertido en mi forma artística y en la manera que tengo de plasmar mi visión. En la pintura en la que estoy trabajando aparecen mis dos madres: la que me dio a luz y aquella a la que le importaba tanto que me siguió hasta aquí. Yo estoy entre las dos; soy el vínculo, el secreto, el objeto del amor de ambas. Nos hemos reunido para mirar a una niña pequeña, Samantha, que acaba de aprender a sentarse sola. Somos tres generaciones de mujeres que han sufrido y reído, luchado y triunfado. Mi cartel de Año Nuevo es un agradecimiento de corazón por el regalo de la vida. El hecho de haberlo pintado con el estilo que Z.G. perfeccionó durante la época de las chicas guapas me hace feliz. Mis dos madres tienen una complexión cremosa, los labios coloreados y las cejas como hojas de sauce: impasibles ante el paso del tiempo, las preocupaciones o el Realismo Socialista. Son lo que estaba previsto que fueran: guapas para siempre.

Mi acuarela nunca saldrá de esta casa. Hemos decidido que se quede aquí, junto con el resto de mis obras, como prueba para las autoridades de que Z.G. y Tao no sospecharon en ningún momento que fuera a escapar. Cuando los demás la vean, lo más probable es que me acusen de adorar lo extranjero o me tachen de burguesa (refiriéndose a Estados Unidos) o de revisionista (refiriéndose a la Unión Soviética). Pero no importa, porque ya me habré ido para siempre, para siempre.

Z.G. se acerca a mi lado:

—En Occidente dicen que la belleza está en los ojos del que mira —afirma—. Aquí, en China, la belleza está definida por la política y el realismo. Pero ¿cuáles son las cosas más bonitas que conozco? Los sentimientos del corazón: el amor que sientes por Samantha, el amor que sientes por Pearl y May. Esas cosas son puras, verdaderas e inmutables.

Sus palabras calan hasta lo más profundo de mi ser. Quiero a mi padre Sam, y eso no va a cambiar nunca, pero Z.G. también es mi padre. El tiempo, la paciencia, la técnica y el sentido del color que él me ha transmitido han cambiado mi vida de una forma que ni siquiera he empezado a entender todavía.

—Solía pensar que *ai kuo*, el amor por China y por nuestro pueblo, era lo más importante en la vida —le digo—. Luego pensé que poder llamar a alguien *ai jen*, amado, era lo más importante. —Le lanzo una mirada a Tao. Cuando oye mis palabras, estira la espalda, pero no me mira—. Ahora me he dado cuenta de que el amor es algo mucho más importante. *Kung ai*, el amor que lo rodea todo, es lo más importante.

—Eso lo has dejado claro en tu pintura —observa Z.G.—. El arte es el latido del corazón del artista, y tú has encontrado tu latido.

Mi padre sigue alabándome, diciendo que mi obra es la mejor que ha visto en años. Cuando sale del estudio, Tao y yo trabajamos en silencio. A la una y media, cojo a la niña y a Ta-ming. Tao empieza a embalar sus cuadros y los de Z.G. para llevarlos a la feria de muestras. Desde la puerta echo un último vistazo a mi cuadro. Sí, sin duda siento el latido de mi corazón.

A las dos y media nos volvemos a reunir en la casa de mi madre. Ponemos en común todos los documentos, fotografías y otros papeles que hemos tenido que rellenar. Luego cogemos un autobús que nos lleva a la Oficina de Asuntos Exteriores para recoger nuestros pasaportes. Nos acercamos a la ventanilla y nos saluda la camarada Yikai, una mujer enjuta y nervuda con una actitud sorprendentemente agradable que lleva hablando con nosotros una vez por semana prácticamente durante seis meses. Le enseñamos nuestros documentos, que ha visto ya docenas de veces, pero ahora tiene nuestro último requisito en sus manos. Se le enciende la cara cuando ve el certificado de matrimonio de mi madre y Dun.

—¡Por fin! —exclama—. ¡Os deseo lo mejor!

Hojea el resto de los papeles sin fijarse apenas en los certificados de nacimiento de Ta-ming y Samantha, recién expedidos.

¿Que cómo los hemos conseguido? Logré reclamar, acorde con la verdad, que no me dieron ningún documento por Samantha en la Comuna Popular Diente de León Número Ocho. Mi madre mintió y dijo que había adoptado a Ta-ming después de encontrárselo abandonado en un hoyo en la cuneta.

—Eres una buena camarada por ayudar al chico —elogia Yikai a mi madre, como cada vez que venimos aquí—. Y, además, todas las mujeres deberían tener un hijo varón. —Pero hay una cuestión que todavía la desconcierta—. China es el mejor país del mundo. ¿Por qué querríais marcharos, aunque sea solo para hacer una visita?

—Tienes mucha razón, camarada Yikai —contesta mi madre—. El presidente Mao es nuestra madre y nuestro padre, pero ¿no crees que es importante que los parientes más cercanos se vean también? Quiero que mi hermana, que cayó hace tiempo en las garras del Occidente capitalista, tome nota de lo buena que es nuestra familia. —Nos señala a Dun, a Ta-ming, al bebé y a mí—. Cuando lo haga, estoy segura de que querrá volver a su madre patria.

La camarada Yikai asiente con la cabeza con aire de gravedad. Sella los cinco pasaportes y los pasa por debajo de la ventanilla.

—Todas las personas de tu bloque estarán orgullosas si traes de vuelta a tu hermana —asegura—. Que tengáis un buen viaje.

Tal y como estaba planeado, vuelvo a la casa para ir a por Cook, porque el comisario Wu ha pedido que haya alguien que responda por nosotros. Vamos juntos hasta la comisaría de policía, donde nos saltamos la cola de gente que está esperando poder conseguir sus permisos de viaje y de salida. Vamos directamente a nuestra cita con el comisario Wu, que lleva interrogando a mi madre desde que llegó a Shanghái. Trata al director Cook con deferencia y le ofrece una silla y té. Luego pasa directamente al asunto en cuestión.

—Llevamos varios meses analizando esta solicitud de viaje. Solo tenemos unas cuantas preguntas más, que estoy seguro de que podrás responder. —Le hace un ademán con la cabeza a Cook, que le devuelve el gesto, consciente de la gravedad de la situación—. ¿Dirías que la camarada Pearl se ha sumado a los obreros, los soldados y los campesinos para ayudar a construir una sociedad mejor?

—Ha limpiado su propio retrete y se ha lavado su propia ropa —responde Cook, con la voz temblorosa por la edad.

Al traer a Cook aquí estábamos corriendo un riesgo. Nadie sabía exactamente lo que iba a decir, pero eso es perfecto. Me entran ganas de darle un beso, pero sería un poco indecoroso.

El comisario Wu se dirige a mi madre:

—Sospeché de ti durante mucho tiempo. Respondías a mis preguntas exactamente de la misma forma siempre que nos reuníamos. ¿Cómo podrá ser?, me preguntaba. Respondiste a la llamada de volver a la madre patria, pero no tenías nada que ofrecer porque no eras científico ni ingeniero. Les dije a los de arriba que no debíamos alimentar, dar cobijo o tolerar a imperialistas estadounidenses como tú, pero me has demostrado que estaba equivocado. Ahora mis superiores me preguntan si pienso que aprovecharás esta oportunidad para volver a Estados Unidos.

—Nunca volvería allí —señala mi madre.

—Eso es precisamente lo que les dije a mis superiores —apostilla el comisario Wu con una sonrisa—. Les dije que eres más lista que todo eso. Los estadounidenses nunca te aceptarían. Te cogerían y te ejecutarían.

Llevamos meses escuchando este tipo de cosas. Es la misma propaganda que nos contaron a mi madre y a mí antes de que llegáramos a China.

—¿Un viaje de un día a Hong Kong? —dice el policía con sorna para luego añadir con voz firme—: En unos años, Hong Kong volverá a formar parte de China. Lo único que tenemos que saber es que vayáis a ser bienvenidos allí. No tenemos ningún deseo de imponerle cargas a nuestro primo pequeño.

Como hemos hecho durante los últimos seis meses, mi madre le entrega la carta de invitación de la tía May. Luego le enseña su certificado de matrimonio recién obtenido y los pasaportes.

—¿Qué es esto de que os habéis casado? —pregunta el comisario Wu, aunque sabe desde hace tiempo que se iba a celebrar la boda.

—Es de esperar —dice Cook sin que le pregunte—. Son dos personas de la misma edad que viven bajo el mismo techo. Se conocen desde hace más de veinte años. A la madre de la chica le gustaba mucho el profesor. Yo creo que ya era hora.

El comisario Wu se queda mirando el certificado de matrimonio con desconcierto.

—Un soltero que se casa con una viuda —suelta una carcajada y se dirige a Cook—. La viuda le enseñará cómo funciona la cosa, ¿no?

A Cook se le ponen los pelos de punta. Preocupada por que empiece a decir cosas para defender la reputación de la «señorita», le dejo con un gesto rápido a Samantha en el regazo para distraerle.

Como nadie se suma a las típicas bromas sobre matrimonios, el comisario Wu hace un gesto de desilusión con la cabeza.

—Todo está en orden —anuncia. Pone cinco permisos de salida encima de la mesa, le toca el pelo a Ta-ming y suelta de repente unos comentarios subidos de tono sobre la pareja de novios y sobre lo que Dun puede esperar esta noche. Cuando estamos saliendo de su oficina, llama a mi madre—. ¡Te veo a la hora habitual el mes que viene!

Ya hemos dejado atrás la parte más peligrosa de nuestro viaje. Nos quedamos de pie en la escalinata delantera; estamos frenéticos, pero tenemos cuidado de que no se nos note. Aun así, la gente que está esperando en la cola nos mira con envidia. Por lo menos nosotros hemos entrado por la puerta.

Cuando llegamos a casa, mi madre se para en el jardín, como siempre. Si todo va bien, esta será la última vez que arranque flores muertas, pode ramitas esmirriadas o recoloque las macetas del jardín familiar.

El zapatero franquea el portón.

—¿Estás cogiendo flores para la comida o para uno de tus jarrones? —pregunta.

—Quiero coger las últimas flores antes de la primera helada

—responde mi madre con un tono suave—. Creo que estas quedarán bien en el salón, ¿no?

El zapatero no responde, pero sé lo que está pensando mi madre. Ya ha mencionado la visita que hizo a la casa de su amiga y nos ha comentado que vio unas flores muertas en un jarrón encima de una mesa. Por las flores pensó que madame Hu iba a volver. Mi madre espera que sus acciones le hagan creer a todo el mundo que vamos a estar fuera solo unos días. Al igual que Z.G., no queremos que nadie se meta en un lío una vez que nos hayamos ido. Cuando la policía venga a interrogar a los huéspedes, podrán responder sinceramente que no sospechaban nada. Y señalarán las flores de mi madre como prueba.

Hago la cena. Todo el mundo se sienta a la mesa del comedor. Escuchamos los cotilleos diarios. A una de las ex bailarinas le han concedido un ascenso en la fábrica textil, lo que hace que su compañera de habitación se enfade. Ambas discuten como solo pueden hacerlo dos mujeres que llevan veintitrés años compartiendo la misma habitación de pequeñas dimensiones. Sí, todo está yendo como debería. Incluso cuando Cook anuncia el matrimonio de la «señorita» y el profesor, a nadie parece sorprenderle mucho.

—En esta casa no hay secretos —afirma el zapatero, y alza su taza de agua caliente para hacer un brindis.

Mi madre va mirando un rostro tras otro. Fija en su retina el papel de pared descolorido y los apliques *art déco* que compró en una casa de empeños. Desliza los dedos por la superficie de la mesa del comedor, memorizándola. Veo que está tratando de retener las lágrimas. Por un momento tengo miedo de que lo eche todo a perder, pero pestañea, se aclara la garganta y coge sus chuletas.

Pearl

Un lugar en la memoria

Dejo la casa familiar casi como cuando llegué. Los huéspedes se arremolinan a mi alrededor en el vestíbulo y me dan consejos. Se dispersan cuando entra Cook. La idea de que no voy a volver a verlo me arde otra vez en el pecho, pero le digo:

—Cuida de todo hasta el próximo martes —y luego me dirijo a todo el mundo—: No os olvidéis de la campaña de limpieza. No quiero volver y encontrar...

—Ya, ya lo sabemos —canturrean todos a coro.

Luego cojo la bolsa que traje conmigo a China, salgo por la puerta y bajo la escalera hasta el jardín. Joy lleva al bebé, y Dun va con Ta-ming de la mano. Abro el portón principal para que pasen los demás. No miro hacia atrás. Luego vamos juntos a la esquina y nos subimos a la primera serie de autobuses que nos llevarán al aeropuerto.

Como era recogedora de papel, he pasado mucho tiempo en el malecón, viendo como los barcos navegaban río arriba y río abajo, tratando de averiguar si había alguna forma de marcharse de Shanghái por el Whangpoo. Suponía que ahora cogeríamos un barco o un tren a Cantón, pero los superiores de Z.G. de la Asociación de Artistas nos han insistido para que Tao, Joy, el bebé y su *amah* vayamos en avión a Cantón. Los billetes de avión son caros, le han dicho a Z.G., pero así estaríamos menos días fuera y no tendrían que darnos tantos cupones de arroz.

Con mi dinero he comprado dos asientos más para Dun y Ta-ming.

Esperamos seis horas en la terminal. Algunos de nosotros intercambiamos miradas de preocupación. Z.G. y Tao tienen que hacer su demostración en las festividades de apertura de la feria mañana a primera hora de la mañana. ¿Qué pasa si el avión no despega hoy? Si no llegamos a Cantón antes de maña-na por la mañana, no tendrá ningún sentido que Z.G. y Tao —y, por ende, los demás— vayan a Cantón. Esperamos y se-guimos esperando. Los bebés lloriquean y los niños hacen rui-do. La gente se apiña con capas y capas de ropa almohadillada, llevando prendas de ropa de más de una forma que no parezca sospechosa, pero lo parece. El olor agrio a seres humanos hú-medos, a pañales sucios, a humo de cigarrillos y a nabos en vina-gre se me ha quedado pegado en la garganta. El suelo de linóleo es una mezcla de escupitajos, flemas con manchas de nicotina, bolsas, cestas y carteras. Una patrulla de soldados recorre los pasillos y de vez en cuando para a alguien para pedirle la docu-mentación y su identificación con la foto. La espera, la ansiedad y la inquietud cada vez que pasan los soldados armados resultan agobiantes. Pero, aun así, las caras pálidas y las miradas vacías se han cambiado por atisbos de esperanza. Puede que las cosas es-tén mejor en el sur.

Al final el avión está listo para el despegue, pero volar en un avión a propulsión chino no tiene nada que ver con mi vuelo transpacífico con Pan Am. Samantha no para de llorar en todo el viaje. Ta-ming sujeta la funda del violín de su padre en el rega-zo, y me la da justo antes de inclinarse hacia delante y vomitar en el pasillo. Tao y Z.G. fuman sin parar, como la mayoría de los pasajeros. Es un viaje largo y con muchas turbulencias. Miro por la ventana y veo como sobrevolamos la China continental.

Cuando nos bajamos del avión en Cantón, lo primero que noto es que aquí el aire es mucho más cálido que en Shanghái. Parece Los Ángeles, y eso me encanta. Luego oigo a gente ha-blar cantonés. Miro a Joy. Este es el sonido de Chinatown. Se-guimos en China, pero cada vez estamos más cerca de casa. Las dos sonreímos y, justo después, volvemos a cambiar la cara al recordar que tenemos que dar la impresión de que no tenemos ninguna razón especial por la que estar contentas.

Cogemos unos *rickshaws* de doble asiento para llegar al hotel. Las calles están plagadas de refugiados con sus fardos, sus niños y sus bienes atesorados. Todo el mundo se quiere marchar. Pero el hotel está tal y como lo recordaba. Me acuerdo también de las cosas que hice allí con Z.G. Cuando nuestras miradas se cruzan, sé que él también está recordando esas mismas cosas. Avergonzada, aparto la vista y me acerco un poco más a Dun. Nos dan tres habitaciones: una para Z.G.; una para Tao y Joy (pobre); y otra para los niños, para Dun y para mí, ya que he venido aquí en calidad de *amah*.

Tao apenas reacciona cuando ve la recepción del hotel. Ha vivido muchas cosas desde el incidente de querer lavar el arroz en el retrete. No obstante, por primera vez veo un ápice de nerviosismo en él. Todo el mundo habla cantonés. Él ha llegado prácticamente a dominar el dialecto de Shanghái, pero el cantonés no tiene nada que ver con el mandarín, el dialecto wu de Shanghái o su dialecto local de la aldea del Dragón Verde. Tenemos que recordarnos los unos a los otros que Tao no puede sospechar nada, pero no tengo palabras para expresar lo emocionante que resulta estar a tan solo 160 kilómetros de Hong Kong.

Por la mañana, Joy viene a nuestra habitación y, junto con Dun, repasamos nuestro plan una última vez. Nos hemos vestido acorde con las festividades de apertura: Joy —la mujer del artista campesino ejemplar—, con la blusa sencilla de algodón y los pantalones que llevaba cuando la saqué de la aldea del Dragón Verde en una carretilla; Dun, con un traje oscuro de estilo occidental que le queda mal, con lo que esperamos que dé la impresión de ser un chino de Hong Kong que está visitando la feria; los niños, con unos uniformes negros conjuntados para hacer ver que vienen del campo; y yo llevo lo que llevaba fuera de China, cuando volví a China y, esperemos, cuando vuelva a estar fuera de China esta misma tarde: la ropa de campesina que May me compró hace muchos años.

—Yo llevaré a la niña —recita Joy.

—Yo me encargo de Ta-ming, y llevaré el dinero en los pantalones —digo.

—Yo tengo nuestros papeles aquí —Dun se da golpecitos en la chaqueta—. Todos tenemos que estar presentes cuando se inaugure la exposición de pintura a las nueve.

Hemos acordado que teníamos que hacerlo, pero nos costará mucho teniendo tantas ganas de huir. Sin embargo, a Tao le parecerá raro que no aparezcamos y a los organizadores de la feria aún más, ya que han invitado a Tao, a su mujer y a su niña pequeña a este acontecimiento especial.

—Cuando empiece la demostración de Z.G. y Tao, saldremos del vestíbulo con disimulo y nos iremos a la estación de tren —sigue Joy. Estamos hablando de algo extremadamente peligroso, pero suena tranquila y decidida. Mi hija, la tigresa, está volviendo a saltar.

—Y luego solo tardaremos dos horas en llegar a Hong Kong —digo yo, reuniendo el coraje de Joy.

Bajamos las escaleras hasta el comedor, donde nos encontramos con Z.G. y Tao. Z.G. lleva uno de sus trajes Mao más elegantes, acorde con su estatus. Tao también lleva un traje Mao, pero de un tejido y un corte inferiores. A diferencia de Joy, que debe seguir pareciendo la mujer de un campesino, Tao le está haciendo ver al mundo entero que es el protegido de Z.G. Camina erguido y orgulloso con una sonrisa de oreja a oreja.

La feria es internacional, al igual que el buffet: huevos duros, yogur y pan fino salado para los asistentes de la India y Pakistán; tomates asados, salchichas, beicon blando y tostadas con mantequilla y mermelada para los ingleses; y gachas, encurtidos y pilas de *dumplings* para los chinos.

Para el Gobierno es esencial transmitir la imagen de que nada va mal en el país y que el Gran Salto Adelante es maravilloso. Ta-ming se llena el plato con más comida de la que podría comer nunca, pero todos hacemos lo mismo.

Justo antes de las nueve vamos a la entrada de la feria, donde nos saluda el organizador, un hombre oficioso con una cara brillante y redonda. Nos acompaña hasta el interior del gran salón.

En el escenario situado al principio de la sala hay varios caballetes tapados con seda roja.

—En cuanto se abran las puertas, haremos las presentaciones y luego destaparemos vuestros cuadros —explica el organizador en mandarín con un cigarrillo colgándole de los labios. Hace una pausa y, preocupado, frunce el ceño—. Los miembros de la filial de Cantón de la Asociación de Artistas os presentarán sus proclamaciones y luego haréis vuestra demostración. Pero, por favor, daos prisa. La gente ha venido aquí a comprar nuestros productos, y querrán pasar a ver la exposición rápidamente.

Se abre la entrada a cientos de asistentes. Tao se pega como una lapa al organizador, probablemente con la esperanza de hacer contactos, mientras los demás esperamos a que empiece el programa. Como es lógico, hay más cosas aparte de las que nos han contado. Una danza de dragones con platillos repicando, sonido de tambores y trajes coloridos anuncia un ambiente festivo. Posteriormente, el organizador, con Tao detrás (no es la primera vez que miro a mi yerno y pienso en lo avaricioso e idiota que es), se sube al estrado.

—Quiero darles la bienvenida a todos nuestros invitados a la Feria de Servicios de Exportación de la República Popular China —comienza el organizador en cantonés. Repite su bienvenida en mandarín y luego prosigue su discurso en mandarín, la lengua oficial de China—. Este año podrán ver (y espero que quieran comprar) más productos nuestros de gran calidad: tractores, máquinas textiles, despertadores y linternas. Como verán, fabricamos las mejores mercancías del mundo al mejor precio. ¡No hay nada que no puedan hacer las masas!

Los asistentes aplauden. El organizador levanta las manos para pedir silencio.

—Sé que todos ustedes están deseando entrar en la feria, pero primero les hemos preparado un regalo especial. Hoy vamos a inaugurar la feria con una magnífica exposición de arte —prosigue—. Desde aquí viajará a Pekín al concurso anual de carteles de Año Nuevo, y luego irá recorriendo ciudades de todo el país. Si han estado aquí más veces, ya conocerán a Li Zhi-ge, uno de los mejores artistas de nuestro país. Ha vuelto a venir, y enseguida le pediré que suba al estrado, pero antes permítanme presentarles a Feng Tao.

La gente vuelve a aplaudir cuando Tao saluda, sonríe y hace varias reverencias, tal y como le han enseñado a hacer en otros eventos durante los últimos siete meses.

—Feng Tao es rojo de los pies a la cabeza —continúa el organizador—. Pero, ¡es mucho más que eso! Es lo que llamamos tanto rojo como experto. —Este es el mayor cumplido que se puede hacer actualmente, y se refiere a campesinos como Tao, que son «rojos» por sus milenios de sufrimiento y «expertos» por su ignorancia—. Ha venido aquí para demostrarle al mundo entero que cualquier persona puede ser artista. No cabe duda de que ganará el premio al mejor cartel de Año Nuevo en Pekín.

Miro a Z.G. para ver cómo está llevando todo esto. Qué difícil debe de ser haber escuchado toda esta sarta de tonterías durante los últimos meses, pero él mantiene su expresión impávida e indiferente. Noto que Joy se mueve con impaciencia a mi lado. Sabe que la van a llamar dentro de poco para enseñarla como la mujer camarada ejemplar de Tao, que vino a la madre patria de los Estados Unidos imperialistas.

El organizador le pide a la delegación de la filial de Cantón de la Asociación de Artistas que suba al estrado. Empiezan a retirar la seda roja de cada uno de los caballetes, y quedan al descubierto varias obras recientes de Z.G.: espléndidas mujeres de cara redonda conduciendo tractores, mujeres robustas ondeando banderas rojas y sonriendo a una fila de tanques en el Bulevar Chang'an durante el desfile del décimo aniversario de la República Popular China y el presidente Mao paseando por el campo, más alto que las montañas y más grande que el mar. Las pinturas de Tao son totalmente distintas: muestran la vida en el campo con pinceladas limpias pero simples con brillantes colores.

La gente aplaude en señal de apreciación. Entonces, uno de los hombres de la Asociación de Artistas retira una de las telas rojas de un caballete y noto cómo Joy da un respingo. Miro entre las cabezas de la gente para ver qué es lo que la ha alterado y en el estrado veo algo tan bonito que no llego a asimilarlo del todo. Es una acuarela de mi hermana, Joy, Samantha y yo realizada con el estilo antiguo de las chicas bonitas. Lo primero que pienso es que debe de haberlo pintado Z.G.

—¡Eso es mío! —dice Joy con un tono lo suficientemente alto como para que algunas personas se vuelvan y se queden mirando. Z.G. le coge el brazo con la mano para tranquilizarla. Ella le mira con la cara roja de ira—. Me ha robado el cuadro. También se va a llevar el mérito de esto.

Los extranjeros que nos rodean no parecen estar muy impresionados por lo que ha sucedido hasta ahora, y sus cuerpos parecen resignados (esto es China y tenemos que aguantar los saludos, las proclamaciones y la demostración antes de que podamos entrar en la sala de exposiciones), pero los chinos escuchan nuestro diálogo con gran interés, acercándose cada vez más, atrayendo la atención hacia nosotros.

—Lo debe de haber metido junto al resto de las pinturas cuando yo no estaba atento —dice Z.G. en voz baja—. Pero eso no es lo que te tiene que preocupar ahora.

Es verdad, porque hay algo mucho peor por lo que preocuparse. En el estrado, los miembros de la Asociación de Artistas hablan animadamente entre sí y señalan iracundos al organizador y a Tao. Ahora entiendo por qué: el cuadro de Joy evoca la belleza del pasado y los profundos sentimientos del amor maternal en un estilo que ahora está considerado como burgués y ultraderechista, pero yo estoy muy orgullosa de ella. También me siento feliz y honrada. Puede que Joy nunca pueda expresar sus sentimientos con palabras, pero con sus pinceladas me acaba de demostrar irrefutablemente que nos ha perdonado a mi hermana y a mí.

El organizador vuelve a acercarse al micrófono. Se ha puesto nervioso y, claramente, está tratando de solucionar lo mejor que puede una situación embarazosa.

—Lamentamos esta obra de arte negro que acabamos de mostrarles. Por suerte, en la Nueva Sociedad, hasta los peores delincuentes tienen la oportunidad de confesarse. —Le hace un gesto a Tao chasqueando la mano—. Por favor, da un paso al frente y explícate ante tus invitados. Que vean nuestro grandioso país en plena construcción del socialismo y del comunismo.

Cuando Tao se acerca al estrado, presiento lo que va a hacer. Esto no va a ser como el mural, cuando se llevó el mérito por el trabajo de Joy. En lugar de eso, va a decir el nombre de la artista y a acusar a Joy —y quizás a Z.G. también— de intentar llevarle por un sendero oscuro. Al ponerles en el punto de mira, hará que ascienda su estatus en el Gobierno como un artista ejemplar que es rojo, experto, puro y un valiente ajusticiador y acusador de vándalos, que deberían ser y serán castigados.

—Tenemos que irnos —digo—. ¡Tenemos que irnos ya!

Cuando empiezo a empujar a los demás hacia la puerta, oigo la voz de Tao:

—Yo no he pintado esta maléfica atrocidad, pero he presenciado su creación. Mi mujer era objeto de críticas en nuestra comuna por ser una oportunista de derechas. Mi suegro tiene un pasado decadente. Ellos son los culpables...

—¡Daos prisa! —exclamo.

—¿Dónde está el autor de la pintura? —grita Tao—. ¡Que dé un paso al frente y acepte las críticas!

Tao no me gustó desde la primera vez que lo vi. Le he despreciado profundamente desde que Joy me contó lo de «cambiar niño, hacer comida». Es un paleto de pueblo y, a pesar de ser cristiana, deseo su muerte con todo mi corazón.

—¿Dónde está el autor? —vuelve a preguntar Tao.

—Yo soy el autor —grita de repente Z.G. Estamos justo al lado de la puerta, pero todos nos paramos, horrorizados ante lo que ha hecho—. Pueden reconocer mi técnica de hace unos años.

—¡Papá! —esta sorprendente palabra sale de boca de mi hija—. ¡No puedes...!

Pero en el estrado, Tao no le corrige.

—Mi suegro me enseñó que el arte debería estar al servicio de los obreros, los campesinos y los soldados, pero ya ven que a él lo único que le importa son las mujeres bonitas —balbucea Tao, deleitándose en su papel de acusador.

Ahora lo entiendo: Tao prefiere ir en contra de Z.G. en lugar de Joy. Si Tao consigue apartar a Z.G., se convertirá en algo más que un simple artista campesino ejemplar. Ocupará el puesto de Z.G.

—No es demasiado tarde para que confieses tus innumerables crímenes —proclama Tao—. Eres un hierbajo venenoso. ¡Da un paso al frente! ¡Da la cara!

Alguien de las primeras filas grita:

—¿Dónde está ese derechista?

—Ahí está —dice Tao, señalando hacia nuestro grupo.

Dun se vuelve hacia mí:

—Tienes que salvar a los niños. ¡Vete!

—¿Qué estás diciendo? —le pregunto.

En medio del caos que nos rodea, las caras chinas se mueven a mayor velocidad.

—¿Dónde está el traidor? —pregunta otra persona.

De repente, Dun me lanza en brazos de Z.G.

—¡Vete! —implora Dun con urgencia. Levanto la mirada para ver el rostro de Z.G. y percibo su reacción cuando oigo a mi marido, que está detrás de mí, gritar:

—Estoy aquí. Yo soy el autor.

Mientras Z.G. me saca de la sala, miro hacia atrás y veo cómo la gente se acerca a Dun, rodeándolo y atrapándolo. No puedo abandonarle. Trato de zafarme de Z.G. con todas mis fuerzas, pero él me saca por la puerta y me lleva hasta el vestíbulo del centro. Joy, con la niña en brazos y la mirada aterrada, ya está ahí. Ta-ming está a su lado con la cara pálida.

—¡Vamos! —dice Z.G.

Vuelvo a intentar soltar el brazo.

—¡Yo no voy!

Z.G. mira a Joy. Ella asiente con la cabeza y me coge el otro brazo. Juntos me sacan del vestíbulo, cruzan la puerta y me meten en un coche de fabricación rusa convertido en un taxi para extranjeros en la feria.

—¡Arranque! —ordena Z.G. en mandarín.

El conductor se nos queda mirando por el espejo retrovisor. No parece haber entendido lo que ha dicho Z.G. y, además, tiene a tres adultos sin resuello, a un bebé y a un chaval asustado en el asiento trasero.

Joy, que se crio hablando cantonés, dice:

—Llévenos a la estación de tren. —El coche se aleja del arcén y se adentra en el tráfico de bicicletas; entonces, Joy vuelve la cabeza para mirarme—. Mamá, tenemos que seguir —me dice cambiando al mandarín para que el conductor no lo entienda—. Si no nos vamos, no saldremos nunca.

—Pero ¿qué pasa con Dun? —pregunto.

—No podemos volver —responde Joy—. Eso lo sabes. Nos ha salvado. ¿No lo entiendes?

—No le harán nada —promete Z.G.

—Tu promesa no significa nada si nos marchamos —le contesto—. ¡Eso lo sabes tú!

—Probablemente ya habrán descubierto que él no es yo —replica Z.G.—. Eso quiere decir que nos estarán buscando. Las autoridades querrán encontrarme a mí, y Tao querrá encontrar a Samantha.

—Tao no quiere al bebé —contesta Joy—. Es una chica. A Tao ni siquiera le gusta. La llama Ah Fu.

—Es su padre, claro que la quiere —responde Z.G.

—Nada resulta más valioso que cuando estás a punto de perderlo —añado.

Me inclino y me tapo la cara con las manos. Los demás harán lo que yo diga, pero dejan en mis manos un elección terrible: ¿Mi marido o mi hija, mi nieta y el chico al que acabo de adoptar? Dun ha dicho que tenía que salvar a los niños, y eso es lo que hago. Me trago todos mis sentimientos y luego me siento correctamente.

—Dun tiene nuestros documentos —les recuerdo a los demás—. Ahora no podemos marcharnos en tren.

Con los nervios parece que Joy se había olvidado de ese detalle, y su cuerpo se desinfla.

—¿Y qué vamos a hacer? —pregunta presa del pánico.

Le pongo la mano en el brazo para calmarla mientas hablo con el conductor:

—Llévenos a la aldea de Wah Hong.

Me lanza una mirada despectiva por el espejo retrovisor, como diciendo: «¿No saben lo que quieren?» Le indico cómo llegar, según lo que recuerdo de la vez que fui allí hace tres años. El conductor asiente con la cabeza, hace una «U» y continúa por la atestada carretera.

—Yo le dije a Tao que Wah Hong era la aldea natal del abuelo Louie —dice Joy nerviosa en mandarín—. Ese es el primer sitio en el que nos buscarán las autoridades.

—Lo es —contesto—. Pero tardarán en conseguir esa información. Al fin y al cabo, Tao no habla cantonés. Así que la policía irá a Wah Hong, pero para entonces ya nos habremos ido.

—¿Qué vamos a...?

—Vamos a hacer una pequeña parada en Wah Hong para poder conseguir algunas provisiones y dejar una pista falsa —explico antes de que pueda terminar la pregunta—. Al fin y al cabo, solo hay un lugar al que podemos ir: Yin Bo, la aldea natal de mi familia. Con suerte allí habrá alguien que pueda ayudarnos. El comisario Wu conoce el nombre de mi aldea natal, porque llevo diciéndoselo una vez al mes durante años, pero las autoridades tardarán un tiempo en llegar a obtener esa información. Para entonces ya estaremos fuera del país —termino, intentando transmitir seguridad.

Apoyo a Ta-ming sobre mi regazo y le aprieto fuerte.

Recordando el viaje que hicimos Z.G. y yo al Dragón Verde, siento pavor por lo que podemos encontrarnos cuando salgamos de la autopista principal. Pero no vemos a gente muerta o moribunda ni en la carretera ni en los campos mientras recorremos la carretera de tierra dando botes. Tampoco vemos a niños abandonados en hoyos. Sí, es noviembre y el clima es más cálido a esta altura del sur, pero la provincia de Kwangtung también está más lejos de la capital. No parece haber sufrido tanto las estrategias del Gran Salto Adelante. ¿Cómo es ese viejo dicho? «Las montañas son altas y el emperador está lejos», lo que viene a significar que cuanto más lejos estás de la capital y de las políticas del emperador, más fácil te resulta vivir tu vida.

El conductor nos deja justo a las afueras de Wah Hong, porque la aldea fue construida hace siglos y no se hizo para automóviles. Vamos corriendo a la casa del primo. Se sorprende al vernos, pero nos da la bienvenida ofreciéndonos té y dándonos las gracias.

—Si no fuera por el dinero que nos envía tu hermana —dice— nos habríamos muerto de hambre.

—Dentro de poco no estarás tan agradecido —le aviso. Cuando le explico nuestra situación, sus ojos quedan ensombrecidos por los párpados—. Necesitamos ropa para Z.G., toda la comida que nos puedas dar y agua. En cuanto nos vayamos, debes coger todo el dinero que May haya enviado al pueblo y enterrarlo. No mientas a la policía cuando vengan. Diles que nos has visto y que nos has echado.

—¿Y adónde les digo que habéis ido?

—A Macau.

No vamos ahí, pero para los parientes de Louie será más seguro que no sepan la verdad. De todas formas, lo más importante es que despistemos a la policía.

Estamos menos de una hora en Wah Hong. Z.G. se cambia su elegante traje Mao por ropa sucia de campesino. Acordándome de mi huida de China hace muchos años y de cómo los bandidos que se subieron a nuestro barco distinguieron a una chica adinerada entre todos nosotros por el calzado, le digo a Z.G. que se cambie los zapatos de calle de Shanghái por un par de sandalias. Le doy a mi primo cinco billetes de veinte dólares. Se arrodilla y pone la frente sobre mis pies en una muestra de gratitud. Luego salimos de Wah Hong caminando. Yo llevo a Ta-ming de la mano, Joy tiene a la niña en el arnés, y Z.G. lleva varias garrafas de agua y una cesta llena de bolas de arroz. Todavía parece fuera de lugar, como una cabra sin pelo.

Así que partimos rumbo a la aldea natal de mi familia, Yin Bo, un lugar que ha perdurado en mi memoria. Me fui de allí cuando tenía tres años, así que no sé cómo llegar hasta allí. Sabemos que no deberíamos andar juntos, pero tengo miedo de separarnos. Cuando vemos que alguien se nos acerca (un vendedor ambulante o un agricultor llevando sus productos al mercado), algunos de nosotros nos alejamos del grupo y nos metemos en un campo para hacer como si estuviéramos trabajando, o nos adelantamos o nos quedamos atrás, mientras uno pregunta cómo llegar hasta Yin Bo. Parece que vamos a tener que recorrer quince kilómetros por carreteras de tierra o senderos elevados que separan un arrozal de otro. Ni por un segundo dejo de pensar en Dun. Tengo miedo y estoy preocupada por él, pero sigo plantando un pie detrás de otro.

Pasadas dos horas, vemos cómo se acerca un coche. El deseo de echar a correr es atroz. Yo voy más despacio, Joy aprieta el paso y Z.G. y Ta-ming, que no hablan cantonés, se adentran en los campos. El coche se para junto a Joy. Después de inclinarse y escuchar al conductor, señala hacia su izquierda. El coche se aproxima a mí y se detiene.

—Estamos buscando a unos alborotadores —explica el conductor—. ¿Los has visto?

—Hay mucha gente en la carretera —le respondo—. ¿Cómo voy a distinguir quiénes son los alborotadores?

—El hombre iba bien vestido, como un líder de tres estilográficas.

—¿Un líder de tres estilográficas? Nunca he oído nada parecido. Pero si dicen que un hombre se parece a nuestro gran presidente solo que más delgado, sí que lo he visto a él y a los demás. Se fueron por allí —señalo hacia mi derecha (indicándoles una dirección totalmente distinta de la que les ha dicho Joy) y espero que mi mano temblorosa y mi sudor nervioso no se noten mucho.

Llegamos a Yin Bo a primera hora de la tarde. A mí me parece como cualquier otro pueblecito: casas pequeñas hechas de ladrillo gris, huecos donde debería haber ventanas de cristal y cerdos, patos y pollos correteando por los callejones. Aquí vivirán probablemente unas trescientas personas, quizá menos. Una madre joven con un bebé apoyado en la cadera sale de su choza y se nos queda mirando. Poco después, otras personas —unos niños, una adolescente y dos agricultores con unas pilas de heno atadas a la espalda— se paran y nos observan sorprendidos.

—Perdonad —digo—. ¿Podríais ayudarnos? Necesitamos algo de comida y un lugar donde dormir. Me llamo Zhen Long

—Pearl Dragon—. Nací aquí. El apellido de mi familia natal es Chin. Vosotros también sois Chin. Soy pariente vuestra. Todos estamos emparentados. —Pero esta gente es demasiado joven como para acordarse de mí—. ¿Hay alguna abuela o algún abuelo con el que pueda hablar?

Se quedan mirándome con la mandíbula desencajada. Nadie quiere arriesgarse a dar un paso en falso.

—Vosotros sois Chin. Yo soy Chin —repito—. Mi padre nació aquí. Yo nací aquí. Estas son mi hija y mi nieta. Puede que mis tíos o tías todavía vivan aquí. Serían los hermanos de mi padre y sus esposas. Tengo que verlos. —Cuando nadie se mueve, señalo a la adolescente—. Dile al cacique que venga. ¡Corre!

Entonces nos quedamos ahí, esperando, mientras la chica baja corriendo un callejón con los pies descalzos. Unos minutos después vuelve no con un hombre solo, sino con varios, todos mayores, peleándose y empujándose los unos a los otros para llegar al frente del grupillo. Esta es la aldea natal de mi padre, así que no me sorprende que todos los hombres (que se apellidan Chin) se le parezcan. Tienen sus mismos andares levemente patizambos, la mandíbula débil y los hombros encorvados.

Cuando se acercan, uno de los hombres se adelanta corriendo. Es más mayor y probablemente es el cacique. Abre los brazos y pregunta:

—¿Pearl?

Hago un gesto negativo con la cabeza, tratando de apartar recuerdos que no tienen cabida ahora mismo.

—Pearl, Pearl.

El hombre se para a unos metros de mí. Es más bajito que yo. Las lágrimas le surcan el rostro. Tiene la vejez del campo (la piel arrugada y morena por el sol), pero no cabe duda de que es mi padre.

Pearl

El destino continúa, la suerte abunda

—¿*Baba*? —pregunto anonadada. El hombre que tengo ante mí no puede ser mi padre. Sé que no puede ser. Pero lo es—. Pensaba que habías muerto.

—Pearl.

Cuando era pequeña, mi padre no me abrazó ni una sola vez, pero ahora me rodea con los brazos y me aprieta fuerte. Ni en diez mil años habría imaginado que volveríamos a encontrarnos; ni ahora, ni nunca. Tengo muchísimas cosas que decirle y muchas preguntas que hacerle, pero he traído al resto conmigo y estamos en medio de una huida desesperada. A regañadientes, me separo de él.

—*Baba*, quiero que conozcas a unas personas. Esta es tu nieta, Joy. El bebé es tu biznieta. Y seguro que te acuerdas de Z.G.

Mi padre va mirándolos uno a uno. Las lágrimas no paran de surcarle el rostro. Otras personas a nuestro alrededor también se ponen a llorar. La reunificación familiar no es procesar formularios y obtener permisos. Es esto: cuatro generaciones juntas después de demasiados años perdidos.

—¿Dónde está May? —pregunta *Baba*.

Su pregunta me duele. May siempre fue su favorita.

—May y yo llegamos hasta Los Ángeles...

—*Haolaiwu* —afirma, asintiendo con la cabeza. Eso es lo que él tenía planeado para nosotros. De repente, sus rasgos cambian al darse cuenta de la situación—. Pero ¿por qué habéis venido aquí?

—Es una larga historia, y no tenemos mucho tiempo. Lo que importa es que May está esperándonos en Hong Kong. Estamos intentando llegar hasta ella. ¿Nos puedes ayudar?

—A lo mejor sí —contesta—. Venid conmigo.

Le seguimos callejón abajo. Los mirones nos siguen a la zaga. Eso debería preocuparme más. Cuando venga la policía, no quiero que esta gente se lo cuente todo. Pero, al fin y al cabo, esta era mi antigua casa. ¿Serían capaces de delatar a uno de los suyos?

Entramos en la casa de mi padre. Varios aldeanos nos acompañan. Mientras estamos allí, aparece todavía más gente para escuchar y observar a sus primos. Siempre he odiado la pobreza del campo, pero ahora no veo eso. La casa es pequeña, pero tiene ventanas de verdad. Los muebles son bonitos. Los armarios están llenos de tarros, latas y sacos de comida. La última vez que estuve aquí fue cuando tenía tres años, pero se me pasan por la mente pequeños recuerdos. Me acuerdo de la cesta que colgaba del techo. En ese escalón me caí y me desollé la rodilla. Y me gustaba sentarme en la banqueta que hay junto a la silla tallada sobre la que mi abuela solía descansar los pies.

Alguien sirve té. Joy le hace un biberón de leche en polvo a la niña. Mi padre le da a Ta-ming una naranja. ¡Una naranja! Resulta increíble ver algo así después de meses pasando penurias. Mi padre se pone en cuclillas y empieza a hablar. Puede que ahora viva en una aldea, pero durante una época fue empresario en Shanghái.

—Cuentan que unas cien personas cruzan la frontera de forma ilegal todos los días —comenta—. Pero si habláis con un guardia o un policía, os dirá que todos los días también cogen a mucha más gente. Y todavía más personas mueren en el intento. —Hace una pausa para que pensemos en lo que acaba de decir—. ¿Cuánto dinero tenéis?

Por primera vez sospecho de los motivos de mi padre. ¿Podremos fiarnos de él?

—Si tenéis dinero —prosigue—, podríais coger el tren y sobornar a los guardias.

—Ya lo he intentado —afirma Joy—, y no funcionó.

—Supongo que aquí las cosas son distintas —responde *Baba*—. Las bandas organizan huidas en tren, pero tenéis que pagar...

—Bah, no me digas que te has vuelto a meter en una banda.

Hace como si no hubiera oído mi comentario.

—Podríais alquilar un sampán o un barco pesquero que os lleve navegando por el río Pearl hasta Macau o Hong Kong —sugiere—, pero ese tráfico también lo controlan las bandas.

—El río Pearl —repite Joy—. Eso tiene que ser un buen augurio.

De lo ansiosa que está por marcharse, mi hija no piensa con claridad.

—Tendremos los mismos problemas aquí que los que habríamos tenido en Shanghái —le recuerdo—. ¿Sabes los horarios de las barcazas patrulleras? —le pregunto a mi padre.

Hace caso omiso a mi pregunta para darnos otra idea:

—Podríais viajar de polizones en un barco, pero no parece algo muy práctico con tanta gente. Hay personas que prefieren dejarse llevar por la corriente del río en una cámara de aire o una tabla de madera...

—Parece que sabes muchas cosas sobre el tema —interrumpe Z.G. Siempre es un conejo: precavido y reservado.

Mi padre saca la barbilla tímidamente. Solía hacer eso cuando no quería hablar de algo desagradable con mi madre.

—Pero, ¿cómo vais a flotar corriente abajo con un bebé y un niño pequeño? —prosigue mi padre después de hacer una pausa—. Además, es la temporada seca y el cauce del río está bajo. Y puede que os pillen las barcazas patrulleras.

Dejo caer los hombros. Hemos llegado muy lejos, pero ¿qué pasará si nos pillan?

—Hay otra forma —dice mi padre—. Nuestra aldea forma parte de una comuna que tiene veinte aldeas. Nuestras aldeas tienen lazos con Hong Kong y Macau que datan de hace varios siglos. Esos lazos no se han roto solo porque los comunistas hayan asumido el mando. —Suena como el hombre de una asociación familiar de Hong Kong, y eso me da esperanzas renovadas—. Los productos siguen teniendo que cruzar la frontera. La gente de nuestra comuna cruza a los Nuevos Territorios de Hong Kong todos los días para vender nuestros productos y luego comprar y traer otras provisiones.

—¿Vuestros productos? —pregunta Joy confundida, ya que la Comuna Popular Diente de León Número Ocho no fabricaba nada que se pudiera vender.

—Procesamos y fabricamos ingredientes que se utilizan para elaborar remedios de hierbas chinos —responde mi padre.

—¿Remedios de hierbas chinos? —repite Joy no muy convencida.

—¿Tu madre no te daba remedios tradicionales cuando eras pequeña? —replica *Baba*. Luego se vuelve hacia mí—. Tu madre se habría llevado una decepción al oír que no has criado a tu hija como es debido.

La cara me arde de resentimiento y exasperación. Este hombre nos abandonó, sus apuestas provocaron directamente mi boda concertada y la de May; que May, mi madre y yo tuviéramos que escapar de Shanghái, que mataran y violaran a mi madre, que May y yo tuviéramos que abandonar nuestro país natal...

—Pues claro que mamá me daba hierbas y tónicos —le interrumpe Joy defendiéndome y protegiéndole a él de mi ira—. Los odiaba.

—Y ¿cómo pensabais que llegaban esos ingredientes a *Haolaiwu*? —pregunta *Baba*.

Tiene razón. Incluso después de que China cerrara sus fronteras, la gente de Chinatown seguía comprando jengibre, cuerno de ciervo en polvo o algún otro ingrediente de un sabor terrible para curar un resfriado, una indigestión o los problemas maritales.

—Cultivamos y preparamos ingredientes para remedios tradicionales —continúa—. Vendemos nuestros bienes en el mercado al por mayor de Hong Kong. También vendemos cerdos, pollos, patos... Nuestra comuna tiene varios camiones, y cruzamos la frontera por el puente Lo Wu casi a diario. Pekín quiere y necesita el comercio extranjero con Hong Kong. Y nosotros somos algunas de las personas que realizan dicho comercio.

—¿Qué estás diciendo? ¿Que podemos ir en coche a Hong Kong? —pregunta Z.G., pero su voz suena aún más escéptica que la de Joy.

—Más o menos —responde *Baba*—. La frontera está a unos 120 kilómetros de aquí. Creo que podemos conseguir que crucéis la frontera y entréis en los Nuevos Territorios. Una vez allí, deberíais poder tomar un autobús para recorrer los últimos treinta kilómetros que os separarán de la ciudad de Hong Kong.

—¿Por qué no nos has dicho eso desde el principio? —pregunta Joy indignada.

Mi padre me suelta una mirada: «¿Es que no le has enseñado educación a mi nieta?»

Pero Z.G. secunda a Joy:

—Es verdad. ¿Por qué no nos lo ha dicho? Es decir, si es tan fácil, ¿por qué no se ha marchado usted de China?

Baba me mira mientras responde a la última pregunta de Z.G.:

—Abandoné a mi familia y la dejé en manos de un destino incierto. Me porté muy mal. —Eso no se lo voy a refutar—. Me he quedado aquí porque es mi casa ancestral. Las hojas de otoño vuelven a sus raíces. Yo tengo una casa. No me meto en problemas. Hago mi trabajo...

—*Baba*, nos persigue la policía —interrumpo—. Vendrán aquí si no esta noche, mañana por la mañana.

Empaqueta un poco de comida, nos entrega unos edredones y nos lleva hasta una parte lejana del campo.

—Esta noche os quedaréis aquí. Intentad que la niña se mantenga despierta todo el tiempo posible. Tendrá que estar dormida cuando crucéis la frontera. Yo vendré a por vosotros por la mañana.

—*Baba*, ¿no puedes quedarte? ¿No quieres hablar?

—A lo mejor hay historias y recuerdos destinados a quedar incompletos —contesta—. Además, será más seguro si os quedáis aquí. Si llega la policía, gritaremos y haremos ruido para alertaros. Si eso sucede, id hacia el sur y que pase lo que tenga que pasar. Mientras tanto, los demás miembros de la familia y yo tenemos que prepararlo todo.

Dicho eso, se vuelve a la aldea. Extendemos los edredones.

Hace frío, pero no es insoportable. Joy camina de un lado a otro con la niña, meciéndola, intentando mantenerla despierta. Yo rodeo a Ta-ming con los brazos.

—Intenta dormir un poco —le digo—. Cierra los ojos.

Me quedo mirando las estrellas. Mi padre está vivo, pero ¿nos podemos fiar de él?

Me despierto con un respingo de miedo justo antes del amanecer. Me quedo quieta unos minutos, esperando a que mi corazón se tranquilice. Tengo miedo por lo que pueda pasar hoy y, evidentemente, estoy aterrorizada por mi marido. Tengo que utilizar todas mis fuerzas para aplacar esos sentimientos porque hoy debo ser fuerte.

Z.G. ya está levantado, un poco alejado de los edredones, mirando fijamente hacia el sur. Me levanto y camino hasta donde está él.

—¿Z.G.?

—Ya no puedo seguir el viaje —dice en voz baja.

No es momento de enfadarse, pero estoy indignada.

—¿Cómo que no vas a seguir? ¿Me estás tomando el pelo? ¿Dun ocupó tu lugar para mantener a la familia consanguínea junta y ahora quieres irte a casa? Además, no puedes volver: te echarán la culpa del cuadro de Joy y de ayudarnos a escapar.

—Lo sé, pero he estado pensando en lo que dijo tu padre anoche. Quizás irse de China no sea lo mejor. Este es mi hogar.

—Tú y yo nunca hemos llegado a hablar de May —le contesto, y él me da la espalda. Le doy la vuelta para que me mire—. No puedes quedarte ahí y decirme que no la quieres. Sé que la amas. —No trata de negarlo—. May está a unos pocos kilómetros de aquí. Escojas la dirección que escojas, el futuro es incierto, pero en uno de esos caminos está May.

—¿Y si ella no me quiere? Yo me porté igual de mal que tu padre...

—¡No seas idiota! —vuelvo a hablar un poco más alto y con más dureza de lo que pretendía. Respondo primero a lo segundo que ha dicho—. Tú no eres como mi padre. Tú no abandonaste a tu familia. Te fuiste a la guerra porque creías en una causa. Y no sabías que May estaba embarazada, ¿no? —Cuando asiente, sigo hablando—: Y claro que te quiere. Siempre te ha querido, del mismo modo que tú siempre la has querido a ella. Al final, cuando empezamos todo esto, entendía por qué no querías venir, pero te lo vuelvo a repetir: no puedes volver; tienes que marcharte.

Y, dicho eso, volvemos a despertar a los demás.

Cuando sale el sol, vemos dos camiones en una carretera que hay a lo lejos. Cuando se paran, nos agazapamos para que no nos vean. Luego oigo la voz de mi padre:

—Somos nosotros. Es la hora. —Ha venido con un hombre, Hop-li, un primo. Nos dan algo de comer. Mi padre le da a Joy un líquido para que lo eche en el biberón de Sam y le ayude a dormir.

—Tu apariencia no es normal —le dice Hop-li a Z.G.—. Tienes una pinta rara.

Y así es: lleva unos pantalones que le quedan demasiado cortos, los tobillos blancos quedan a la vista por encima de las sandalias, sus manos son suaves y pálidas y sus gafas tienen una montura de alambre.

—Ven aquí, deja que te arregle. —Hop-li coge un poco de tierra y se la frota a Z.G. por las partes de la piel que están al descubierto (la cara, el cuello, las manos, los tobillos y los pies). Hop-li se echa hacia atrás para ver cómo ha quedado: un artista trabajando sobre otro artista. Hace un gesto negativo con la cabeza, vuelve a acercarse, le quita las gafas a Z.G y las tira al campo. Luego le frota la tierra a Z.G. por los ojos. Ayer pensé que Z.G. parecía una cabra sin pelo. Ahora parece una cabra sin pelo y ciega.

—¡Mucho mejor! —exclama Hop-li.

—Pero no veo —se queja Z.G.

—Pero te pareces mucho más a mi hermano —replica Hop-li.

—En nuestra comuna, solo los hombres conducen los camiones —explica mi padre—. Tus dos primos siempre van juntos. El primo menor...

—Me acompaña en todos los viajes, y los guardias fronterizos están acostumbrados a verlo. Piensan que se pone nervioso porque tiene fatal la vista. Ahora su nerviosismo puede ser un disfraz para ti.

El primo le da a Z.G. un carné de identidad. Cuando lo veo, entiendo por qué el primo se ha esmerado tanto en preparar a Z.G. No se parecen mucho físicamente, pero luego me acuerdo de los documentos con los que Sam entró en Estados Unidos. Tampoco se parecía mucho al chico de la foto. Los inspectores estadounidenses no se dieron cuenta de la diferencia hasta que pasaron muchos años, cuando la foto se utilizó como prueba del estatus de inmigrante ilegal de Sam.

—¿Y qué pasa con nosotros? —pregunto.

—Vosotros iréis en la parte de atrás del camión. Os esconderemos cuando nos acerquemos a la frontera.

—¿Funcionará?

Mi padre pestañea.

—A lo mejor. Eso espero.

Cruzamos el campo hasta los camiones. Los dos tienen camas abiertas con listones de madera a los lados. La cama de uno de ellos está llena de cerdos envueltos en esteras de paja y cestas de cochinillos aparte. La otra está atiborrada de barriles, botes y sacos de lona llenos hasta los topes. Nos metemos en la parte de atrás del segundo camión. Mi padre y Hop-li conducen. Me preocupa el estómago de Ta-ming, pero él parece que está bien, mirando por las rendijas mientras recorremos el campo. Al poco tiempo llegamos hasta una carretera asfaltada. Dejamos el sol a nuestra izquierda mientras nos dirigimos al sur. Ojalá estuviera Dun con nosotros; rezo por que esté bien. El temor y la pena me tienen acongojada. Le cojo la mano a Joy y nos apretamos con fuerza.

Cuanto más nos acercamos a la frontera, más tráfico hay: carretas; carretillas; carromatos tirados por burros, mulas y búfalos de agua; bicicletas con montañas enormes de mercancías; camiones de todos los tamaños; y gente con cestas de productos atadas a la espalda, colgadas de los hombros en barras o encima de la cabeza manteniendo el equilibrio. Nuestros dos camiones se salen de la carretera principal, se meten en un callejón y se detienen.

Mi padre viene a la parte de atrás, y todos nos bajamos de un salto. Los hombres sacan uno de los barriles de la parte trasera del camión. Mi padre levanta la tapa haciendo palanca. Está lleno de caballitos de mar secos. Retira la primera capa para dejar a la vista un compartimento oculto, y luego se agacha para hablar con Ta-ming:

—Tendrás que meterte en el barril y estarte callado.

Ta-ming me mira y se pone a temblar. No tiene el violín como consuelo, como cuando tuvo que esconderse en el maletero del coche de Z.G. Pero ese no es nuestro único problema. Samantha tiene que ir en una cesta con algunos cochinillos y cruzar la frontera en el camión de los cerdos.

Joy hace un gesto negativo con la cabeza:

—No voy a meter a mi niña en una cesta con un montón de cochinillos.

—Tendrás que hacerlo si quieres que cruce la frontera —afirma mi padre, igual de terco que mi hija.

—Entonces nos quedamos —replica Joy.

Le cojo el brazo con una mano:

—Las madres a veces tenemos que hacer cosas que son muy duras y que van en contra de nuestra naturaleza —le digo.

—No voy a dejar a mi niña ahí —repite Joy.

—A los guardias del control no les gusta inspeccionar animales vivos porque huelen mal y están sucios. Y, si la niña se pone a llorar, será menos probable que la oigan si está con los cerdos —explica mi padre, tratando de ser útil, pero eso es casi lo peor que podría haber dicho.

En una ocasión oí a Joy y a Z.G. hablar de una forma que me resultaba incomprensible. Me vuelvo hacia él en busca de ayuda.

—Joy, ¿te acuerdas que hace unos días estábamos en el estudio y hablamos de las diferencias entre el amor por un país, el amor que sientes por la persona a la que amas y el amor que lo abarca todo? —pregunta.

Joy asiente, pero es tan cabezota que no creo que le esté escuchando realmente.

—Pero ¿qué pasa con el amor que sientes por ti misma y por tu hija? —pregunta—. ¿No se merece ella tener un futuro feliz?

Vemos la cara de Joy mientras medita lo que Z.G. acaba de decir. Está en la misma tesitura en la que estaba yo ayer en el taxi. No quería abandonar a Dun, pero tuve que hacerlo.

—¿No puedo ir en el mismo camión que ella por lo menos? —pregunta al final.

—¿Estás dispuesta a meterte en una cesta? —El primo la mira como si estuviera loca.

—No tenemos mucho tiempo —responde Joy rápidamente—. Tenemos que salir de aquí.

Joy mete a la niña dormida en una cesta con los cochinillos. Unos morros asoman por los laterales abiertos.

Ta-ming se ha quedado totalmente pálido. No se me ocurre nada que decir ni qué hacer para que se sienta mejor. Luego me acuerdo de mi madre. Me quito del cuello la bolsa con las tres semillas de sésamo, las tres judías y las tres monedas y se la cuelgo a Ta-ming.

—Esto te protegerá —le digo—. Solo estarás ahí dentro un ratito. No dejaré de hablarte en ningún momento, pero tú tienes que estar en silencio.

Este chico ha sufrido muchísimo, pero se mete dentro del barril y se agarra las piernas con los brazos. Ponen la tapa falsa, echan los caballitos de mar encima y cierran el barril.

Joy se mete dentro de una cesta de cerdos más grandes y la suben al centro del camión. Dejan la cesta con Samantha y los cochinillos junto a ella, y el resto de las cestas de cerdos las empujan hacia los laterales y las apilan unas encima de otras. Subo al camión con el barril de Ta-ming. Me meto dentro de un saco de lona, me echan encima cientos de pequeñas serpientes enrolladas de forma ordenada y cierran el saco atándolo. Oigo como se cierran las puertas y arrancan los motores. El camión que lleva a Joy, Samantha y Z.G. sale primero, y luego arranca el camión en el que estoy yo.

Estoy en la más completa oscuridad, cubierta de serpientes secas, petrificada. Hablo con Ta-ming, con la esperanza de que pueda oírme. No veo nada y solo puedo intuir lo que está pasando por lo que siento y oigo. El camión empieza a pararse, se detiene, recorre unos metros más y se vuelve a parar. Oigo el agua. Debe de ser el río Sham Chun, la frontera de la China continental con los Nuevos Territorios de Hong Kong, lo que significa que ya estamos en el puente Lo Wu. Mi padre tenía razón. Esta forma de cruzar es relativamente fácil; la cola se mueve con bastante rapidez.

Oigo a un hombre, un guardia supuestamente, que dice:

—Por favor, entréguennos la documentación para que la revisemos. —Tengo miedo, pero sonrío. El camión que llevaba a Joy y a la niña iba por delante del nuestro. Pase lo que pase ahora, mi hija y mi nieta están fuera. Y Z.G., también.

—¡Cuánto tiempo sin verte, camarada Chin! —le dice el guardia a mi padre.

—Hemos estado ocupados en la comuna —responde mi padre.

—¿Qué vais a pasar hoy al otro lado de la frontera?

Se me oprime el pecho, el estómago se me sube hasta los pulmones y el corazón me late tan fuerte que puedo hasta oírlo.

—Lo de siempre. Nos dirigimos al mercado al por mayor de medicinas.

—Ah, vale. Muy bien. Pues os veré a la vuelta más tarde.

Las marchas del camión rechinan y rodamos por el puente. El camión hace unos cuantos giros a la izquierda y luego uno a la derecha. Al final nos detenemos. Se abre la puerta del camión. Un minuto más tarde abren mi saco. Me pongo de pie y me quito las serpientes secas del cuerpo. Abro la tapa del barril de Ta-ming y lo saco. Está pálido y temblando. Le doy un abrazo.

—Lo hemos conseguido —le digo.

Ayudo a Ta-ming a salir del camión. Me tiemblan las piernas del miedo y de estar apretujada en el saco de lona. Un poco más allá, el primo y Z.G. siguen moviendo las cestas de cerdos. Voy corriendo a ayudarles. En cuestión de minutos, Joy y el bebé —con unos pocos rasguños pero completamente dormida aún— están en la carretera con nosotros. Estamos tan cansados, tanto física como mentalmente, que no nos ponemos a dar gritos ni a abrazarnos. Pero, aun así, siento alivio cuando noto cómo tres años de preocupación y estrés empiezan a desaparecer de mi cuerpo. Todos estamos un poco aturdidos, y tendrá que pasar mucho tiempo hasta que asimilemos todo, pero ya hemos salido. Podríamos llegar al hotel de May para la hora de la comida, y esa es una idea que habría resultado impensable hace apenas unas horas.

—Aquí tienes —dice mi padre. Me entrega una cartera—. Esto es para ti y para May. Son fotografías y algunas cosas que escribí sobre tu madre, lo que pasó... todo.

—Me hubiera gustado que tuviéramos más tiempo —le digo.

—Y a mí —contesta mi padre—. A lo mejor un día podamos volver a estar todos juntos. Quizás un día puedas traer a May aquí y podamos reunirnos. ¿Crees que a las dos os gustaría?

Hago un gesto afirmativo con la cabeza. No tengo palabras para expresar lo que siento.

Luego le dice al primo:

—Tenemos que darnos prisa. Cuanto antes lleguemos al mercado, más dinero nos darán por los productos. —Me mira por última vez antes de volver a subir al camión—. Seguid por esa carretera de la izquierda. Al poco tiempo veréis una parada de autobús, y el autobús os llevará a Kowloon. Una vez allí, podéis coger el transbordador hasta la parte de la bahía que está en Hong Kong.

Cuando llegamos al centro de Hong Kong, el ajetreo del puerto internacional, las mujeres vestidas con intensos colores, los edificios blancos junto a lomas de color verde esmeralda e incluso la inmensidad del cielo hacen que todo parezca más brillante, más luminoso, más libre. Subimos por el monte y luego recorremos Hollywood Road y pasamos unos puestecillos de antigüedades, donde sigue habiendo carteles al estilo de las chicas guapas de May y míos ondeando con la brisa, esperando a que los turistas los compren y se los lleven a casa. El propietario del hotel no me reconoce, pero aun así nos da el número de habitación de May. Subimos varios tramos de escaleras, recorremos un pasillo lúgubre y llamamos a la puerta. Nadie responde.

Vuelvo a llamar y digo:

—May, soy yo, Pearl.

Como si fuéramos uno, todo nuestro pequeño grupo se echa para atrás cuando se abre la puerta. Pero no aparece mi hermana, sino Dun.

Ta-ming es el primero en reaccionar, echa a correr, grita «¡*baba!*» (la primera vez que lo dice) y Dun le coge en brazos. Luego nos arremolinamos todos, empujamos a Dun hacia dentro, le abrazamos y le damos palmadas en la espalda, todavía sin creernos del todo que esté aquí. Pienso que no me queda nada de emoción en mi interior, pero mis sentimientos son tan grandes que no se distinguen sus límites. Le rodeo con los brazos y le estrecho fuerte contra mí; no quiero volver a soltarle nunca. Mis ojos se llenan de lágrimas de alegría.

—Pero ¿cómo? —acierto a preguntar después de un rato.

—Tenía todos los documentos que necesitaba. Demostré quién era y dije que tenía que ir a Hong Kong con motivo de una reunificación familiar. ¿Quieres saber qué me dijeron en la frontera? Que una boca menos que alimentar.

—¿Y qué ha pasado con Tao? —pregunta Joy.

Dun sonríe con malicia.

—Se enfadó, pero no podía hacer nada —se dirige a Z.G.—. Menos mal que te has ido.

Luego, mirando a Ta-ming, que está cara a cara con Dun en sus brazos, le dice:

—Te he traído una cosa. Mira. —Y en la mesa, junto al teléfono, está el violín de Ta-ming—. Me he traído todas las cosas, aunque ahora ya no las necesitamos. Pero tengo algo que a lo mejor te gusta, Joy. —Se va a una esquina y coge un tubo de cartón—. Es tu cuadro. Dijeron que no había cabida para tus pensamientos burgueses en China.

Joy le coge el tubo de las manos y hace un gesto negativo con la cabeza como muestra de... ¿Incredulidad? ¿Asombro? ¿Gratitud?

—¿Dónde está May? —pregunto.

—Está en la embajada estadounidense. Necesitaremos documentos, ¿no? Ha pensado que debía empezar con el papeleo. La verdad es que tienes una hermana que es increíble.

Volvemos fuera para esperar a May. A lo mejor deberíamos

habernos dado una ducha, porque todos estamos andrajosos y sucios, como unos pobres refugiados. No nos buscará vestidos así, pero nadie quiere arriesgarse a perderse el momento en el que volvamos a vernos. Nos sentamos en los escalones del hotel y nos ponemos a charlar animadamente. Z.G. no ve de lejos, pero noto que está nervioso.

Yo soy la primera en ver a May. Está caminando monte arriba, con la cabeza gacha, mirando por dónde pisa con sus tacones de una altura imposible. Lleva un vestido con una falda hasta los pies ceñido en la cadera con un cinturón diminuto y una chaqueta corta con mangas de tres cuartos de una tela a juego. En la cabeza lleva un sombrero redondo y gracioso. En las manos con guantes rosas lleva unas bolsas de la compra de alegres colores.

Me pongo de pie. Los demás me miran y miran a la calle. Dejan que vaya la primera. May levanta la vista y me ve. Mi hermana. Pensé que no volvería a verla. Nos acercamos corriendo y nos abrazamos. Tengo muchísimas cosas que decirle, pero por alguna razón lo único que puedo hacer es alargar el brazo hacia Joy y el bebé cuando se acercan. ¿Estará volviendo a ver a su tía favorita o a su madre favorita? Cuando Joy le enseña a Sam a mi hermana, sé que ya no me tengo que preocupar por ese tipo de cosas. Mi hija volverá a Los Ángeles sabiendo que tiene dos madres que la quieren.

Y luego está Z.G. Mi mirada se entrecruza con la de Joy. Entre hermanas hay comunicación sin palabras, pero es aún más fuerte entre madres e hijas. Joy se hace a un lado y le toca el codo a May.

—Hemos traído a alguien más —le digo.

Mi hermana sigue mi mirada con los ojos. Ve a Dun, un hombre con un traje de estilo occidental que le queda mal, sujetando con las manos de forma protectora por los hombros a un chaval delgado pero de carita dulce con una funda de violín en las manos. Junto a ellos está un hombre alto pero delgado, vestido con ropa mugrienta y con unos pantalones demasiado cortos, que parece un topo cegado por la luz. A May le empiezan a temblar las rodillas, pero le sujeto fuerte del codo para que no se caiga.

La acompaño a subir el montículo, se la entrego a Z.G. y me echo hacia atrás. Esto va a ser interesante.

Cuando me marché a China hace tres años, pensé en algo que me dijo una vez mi hermana: que todo vuelve a empezar. Estaba volviendo a casa, a mis raíces, al lugar en el que habían acabado conmigo como mujer y como persona, pero donde volví a descubrir la persona que debía ser: un dragón muy fuerte y con capacidad de perdón. He encontrado a mi hija y, gracias a la mera fuerza de voluntad —gracias a la fiereza del dragón del que mi madre siempre me advertía— la he sacado de China. He encontrado a Joy y la alegría con Dun y Ta-ming. Ahora volveré al que creo que es mi verdadero hogar: Estados Unidos. Los milagros ocurren por doquier, y cuando veo a mi hermana —que siempre será guapa y siempre será mi hermana pequeña— mirando fijamente a los ojos del único hombre al que ha querido jamás, entiendo que sí que es verdad que todo vuelve a empezar. El mundo se vuelve a abrir, y veo una vida de felicidad sin miedo. Miro a mi familia —por muy complicada que pueda ser— y sé que el destino nos sonríe.

Agradecimientos

En muchos sentidos, esta novela no podría haberse escrito de no ser por Amy Tan y su maravilloso esposo, Lou DeMattei, que me invitaron a irme con ellos a la aldea Huangcun en la provincia de Anwei, donde nos hospedamos en una villa del siglo XVII llamada Zhong Xian Di. Ellos habían sido invitados por Nancy Berliner, comisaria de arte chino del Peabody Essex Museum de Salem, Massachusetts, que llevó Yin Yu Tang, otra villa de Huangcun, piedra a piedra hasta el museo. La señora Berliner respondió a muchas preguntas sobre la vida en Huangcun y sobre la villa tanto en la actualidad como durante el Gran Salto Adelante por correo electrónico y en persona. Tina Eng, la hermana de Amy, también vino a Huangcun. Sus historias sobre el Gran Salto Adelante, cómo era la vida en el campo, lo sola que se sentía sin su madre, así como su exhaustiva explicación de *hsin yan* (el ojo del corazón), contribuyeron a la documentación para *Sueños de felicidad*. Cecilia Ding, que trabaja para el proyecto Village China, fue una traductora excelente, una fuente de información y una compañera de viaje. Me gustaría dar las gracias a todas las personas de Huangcun que nos contaron sus historias, que nos enseñaron cómo viven a diario y nos sirvieron unas comidas excelentes, muchas de las cuales están incluidas en estas páginas. He cambiado gran parte de la geografía de Huangcun para crear la Aldea del Dragón

Verde, pero los visitantes reconocerán al instante el templo ancestral, los puentes de piedra, la villa y la belleza del paisaje.

En 1960 vivían en China cerca de diez millones de personas dependientes de chinos extranjeros y ciudadanos de la diáspora. Durante los tres años de la hambruna, decenas de miles de chinos trataron de salir del país. Muchos fueron apresados y encarcelados o murieron. Posteriormente, en 1962, el Gobierno chino permitió a 250.000 personas que salieran de China y pasaran a Hong Kong. Hay estimaciones que indican que 700.000 personas más habían llegado hasta Guangzhou con la esperanza de escapar. No hay cifras fiables de cuántas lo lograron. Quiero dar las gracias a Xinran, a quien conocí en Inglaterra, por la información sobre la higiene femenina en China, las aldeas fantasma y cómo la gente escapa de China incluso actualmente; a Jeffrey Wasserstrom por la información sobre Shanghái, así como por presentarme a gente que había vivido el Gran Salto Adelante o que se había escapado de China; a Judy Fong Bates, que compartió conmigo historias familiares de envíos de dinero y cartas a China cuando las fronteras estaban cerradas. Otras personas —en China y en Estados Unidos— me relataron sus experiencias durante el Gran Salto Adelante, cómo se comunicaban con sus parientes cuando las fronteras de la República Popular China estaban cerradas y cómo ellos o sus padres salieron del país en esa época. Aunque prefieren mantenerse en el anonimato, quiero que sepan lo agradecida que les estoy por compartir esas historias conmigo.

Estoy en deuda con Pan Ling, Hanchao Lu y Simon Winchester por sus descripciones de Shanghái. También quiero mostrar un agradecimiento especial a Spencer Dodington, un arquitecto que vive en Shanghái y que restaura edificios *art déco*, y a Eric Zhang, que es un gran conocedor de Hongkew y de lo que hay que ver en las rutas menos transitadas por los turistas, por hacerme de guía en la ciudad. En cuanto a la historia de los carteles propagandísticos chinos, me gustaría expresar mi apreciación por las obras de Melissa Chiu, Reed Darmon, Duo Duo, Stefan Landsberger, Ellen Johnston Liang, Anchee Min, Michael Wolf y Zhen Shentian, pero la fuente más importante para mí en materia artística fue *Art and Politics in China*, de Maria Galikowski. Le doy las gracias a Ye Xiaoqing por sus conocimientos sobre el *Dianshizhai Pictorial* y la vida urbana de Shanghái; a Derek Bodde, Edward John Hardy, George Ernest Morrison, el reverendo H. V. Noyes y Richard Joseph Smith por sus observaciones escritas sobre la veneración del papel impreso; a Theodora Lau por su conocimiento enciclopédico del zodiaco chino; a Patricia Buckley Ebrey, cuya colección *Chinese Civilization and Society* me aportó mucha información sobre el correcto manejo del amor, del matrimonio y de los problemas familiares en los primeros años de la República Popular China; a Liz Rawlings, que me invitó a tomar un té con la cónsul general Bea Camp en el Consulado Estadounidense de Shanghái; y a Mike Hearn, comisario del Departamento de Arte Asiático del Metropolitan Museum of Art, por su magnífica visita guiada (también con Amy Tan) a través de la colección. Los lectores atentos se habrán dado cuenta de que el nombre de Madame Garnett estaba escrito con una sola «t» en *Dos chicas de Shanghái* y con dos en esta novela. Quiero dar las gracias a Trish Stuebing, la nuera de Eleanora Garnett, que se dio cuenta del error y desde entonces me ha escrito muchas historias maravillosas sobre esta condesa rusa que era bailarina, diseñadora de moda y una mujer impresionante de los pies a la cabeza.

No es sorprendente que se haya escrito tan poco sobre el Gran Salto Adelante. Los que vivían en el campo y sufrieron las peores consecuencias de la hambruna murieron o permanecieron aislados en sus aldeas. No obstante, hay unos pocos eruditos que han llevado a cabo una investigación considerable sobre el tema. Me gustaría destacar a Jasper Becker (*Hungry Ghosts*), Frederick C. Teiwes (*China's Road to Disaster*), Ralph A. Thaxton, Jr. (*Catastrophe and Contention in Rural China*) y Frank Dikötter (*Mao's Great Famine*, que se publicó justo cuando yo estaba terminando *Sueños de felicidad*). Varias personas han escrito memorias, historias o biografías que hablan de los años del Gran Salto Adelante o de cómo era la vida en China cuando cerró sus fronteras o justo después de que se abrieran. Quiero agradecer en particular la labor de Peter Brigg, Nien Cheng, He

Liyi (junto a Claire Anne Chik), Li Mo (gracias en especial por la correspondencia que mantuvimos), Sidney Rittenberg (y Amanda Bennett), Peter J. Seybolt y Ningkun Wu (en colaboración con Yikai Li). El *Informe sobre el ajuste de los objetivos principales del Plan Económico Nacional de 1959 y el posterior desarrollo de la campaña para incrementar la producción y ejercitar la economía* de Chou En-lai me proporcionó una visión parcial de la postura gubernamental sobre lo que sucedía en esa época. Me resultaron de gran ayuda los detalles de la vida diaria de Shanghái que me hizo llegar una admiradora, Helen Ward, quien respondió a numerosas preguntas sobre sus experiencias al volver a Shanghái en agosto de 1951 con sus padres. Muchos detalles de este libro —lo que sucedió cuando entraron en la República Popular China, lo que costaba hacer tostadas con mantequilla y qué tipo de productos cosméticos podían comprarse en las tiendas— están incluidos gracias a su buena memoria.

Bajo el encabezado de «nunca sabes lo que te vas a encontrar», tuve la suerte de toparme con *China da un salto adelante, 1958*, un documento asombroso redactado por la CIA y distribuido por los Archivos Nacionales con secuencias filmadas en comunas, en ferias y en las calles de China hace cincuenta y tres años. En la biblioteca de investigación de UCLA encontré una serie llamada *La China comunista*, que formaba parte de la Serie de Investigación del Problema de la China Comunista, publicada por el Union Research Institute de Hong Kong. Estos volúmenes anuales contienen ensayos escritos a máquina sobre las relaciones de China con países denominados imperialistas, agricultura, acero, artes, «catástrofes naturales en el continente» y cuestiones relativas a los chinos de la diáspora, y me resultaron increíblemente valiosos (en UCLA también encontré *Historias chinas de los años cincuenta, Mujeres chinas liberadas, Mujeres chinas en el Gran Salto Adelante* y *Mujeres de China*. Estos libros y panfletos revelaban preciados detalles e historias populares sobre la vida de las mujeres en China durante este periodo). En Internet di con la página web de Joseph Rupp sobre su proyecto de los pies vendados. En 1985 fue a la China rural para entrevistar y hacer fotografías a las mujeres que llevaban vendajes. Estas historias, sobre todo las de aquellas mujeres que tuvieron que quitarse las vendas después de que Mao subiera al poder, son sobrecogedoras y proporcionaron información sobre lo que le sucedió a Yong.

Bob Loomis, mi editor en Random House, es amable, considerado y divertido y me apoya mucho. En general, quiero dar las gracias a todos los que trabajan en Random House, sobre todo a Gina Centrello y a Susan Kamil por sus interesantes preguntas y sugerencias. Una vez más, mi representante, Sandy Dijkstra, y las maravillosas mujeres de su oficina han trabajado incansablemente en mi nombre. Larry Sells, Vivian Craig y Meiling Moore me han ayudado de formas sorprendentes e interesantes. Millie Saltsman y yo hemos compartido muchos momentos relevantes este año. Le doy las gracias por sus sabias palabras, muchas de las cuales han acabado en estas páginas. Sasha Stone cuida de mi página web con aplomo y buen humor, y Pattie Williams es la mejor fotógrafa que conozco.

No se me ha escapado el hecho de que mis libros suelen estar habitados por personas que no se llevan bien o que se fallan unas a otras de muchas maneras. Esto me choca bastante, porque mi propia vida familiar es muy dichosa. No podría escribir los libros que escribo sin el apoyo de mi familia. Mi madre, Carolyn See, es una fuente constante de inspiración. Mi hermana, Clara Sturak, ofrece su ojo crítico con amor y ternura. Mis hijos, Christopher y Alexander, son siempre cariñosos. Ahora tengo una nuera guapísima e inteligentísima, Elizabeth, que me ha convertido en la suegra más feliz sobre la faz de la Tierra. Y, por último, mi marido, Richard Kendall, me tranquiliza, me estabiliza y, al mismo tiempo, me recuerda que nunca he de darme por vencida ni cejar en mi empeño. Sois los mejores, y os quiero profundamente.

Índice

Tercera parte

EL PERRO SONRÍE

Cuarta parte

EL DRAGÓN SE LEVANTA

OTROS TÍTULOS
DE LA COLECCIÓN

AZUL

Lou Aronica

A sus cuarenta años, Chris Astor está viviendo el peor momento de su vida. Poco antes, su mundo era perfecto: tenía un trabajo importante, un hogar acogedor y una preciosa hija, Becky, que lo adoraba. Y de pronto el divorcio lo deja solo.

Becky tuvo que superar un enorme desafío antes de convertirse en una joven alegre y vital. Pero la separación de sus padres deja huella, sobre todo en su relación con su padre. Antes intercambiaban largas historias de mundos imaginarios. Hoy casi no se hablan.

Paralelamente, Tamarisk, el mundo imaginario que Becky y Chris crearon a lo largo de los años, ha desarrollado vida propia. Pero Miea, su joven reina, solo sabe que la ecología de su maravilloso reino está ahora en peligro.

En el momento crucial de sus vidas, Becky y Miea se conocen. Para Becky, es casi inconcebible que Tamarisk sea un mundo real. Para Miea, es casi imposible que una niña haya creado su mundo. Para Chris, es casi un milagro volver a vivir algo importante para Becky, su hija. Juntos deberán guardar el secreto de por qué esos dos mundos, el uno real y el otro imaginario, se han cruzado en un mismo plano.

LA FAMILIA FANG

Kevin Wilson

«El señor y la señora Fang lo llamaban arte.
Sus hijos, gamberrada.»

Así empieza la novela que ha seducido unánimamente a la crítica más prestigiosa. No en vano las revistas Time, Esquire, Kirkus Reviews y Booklist la han elegido como uno de los diez mejores libros de 2011. Libreros y autores de la talla de Nick Hornby se rinden ante el magistral encanto de una obra que ha alcanzado las listas de más vendidos del New York Times y ha encumbrado a Kevin Wilson como la voz más original de los últimos tiempos en lengua inglesa.

Bajo la forma de una comedia tremendamente original y provocadora, La familia Fang es una profunda reflexión sobre las familias nucleares, y disfuncionales, y sobre qué ocurre cuando se borra la línea que separa arte y familia. Será difícil no sentirse identificado.